VIVIEN SUMMER
Sand Castle Ruins

VIVIEN SUMMER

# SAND CASTLE RUINS

Roman

LYX

LYX in der Bastei Lübbe AG
Dieser Titel ist auch als E-Book und als Hörbuch erschienen.

Die Bastei Lübbe AG verfolgt eine nachhaltige Buchproduktion. Wir verwenden Papiere aus nachhaltiger Forstwirtschaft und verzichten darauf, Bücher einzeln in Folie zu verpacken. Wir stellen unsere Bücher in Deutschland und Europa (EU) her und arbeiten mit den Druckereien kontinuierlich an einer positiven Ökobilanz.

FSC www.fsc.org MIX Papier | Fördert gute Waldnutzung FSC® C014496

Originalausgabe:


Textredaktion: Lisa Vo-Dieu
Umschlaggestaltung: © Vivien Summer unter Verwendung von Motiven von © Shutterstock (© brusheezy.com; © Bokeh Blur Background; © Maderla; © Phatthanit; © Anastasiia Veretennikova; © Cafe Racer; © Maslova Larisa)
Satz: Greiner & Reichel, Köln
Gesetzt aus der Adobe Caslon
Druck und Verarbeitung: GGP Media GmbH, Pößneck
Printed in Germany
ISBN 978-3-7363-1871-7

1 3 5 7 6 4 2

Sie finden uns im Internet unter lyx-verlag.de
Bitte beachten Sie auch: luebbe.de und lesejury.de

Liebe Leser:innen,

dieses Buch enthält potenziell triggernde Inhalte.
Deshalb findet ihr auf der letzten Seite eine Triggerwarnung.

Achtung: Diese enthält Spoiler für das gesamte Buch!

Wir wünschen uns für euch alle
das bestmögliche Leseerlebnis.

Eure Vivien und euer LYX-Verlag

*Für Anna und Michelle.*

# PLAYLIST

**Theme Song**

*Just Pretend* – Bad Omens

*You and I* – PVRIS
*Bad Habits* – Nerv
*Cross* – Echos
*Church* – Chase Atlantic
*OHMAMI* – Chase Atlantic
*Okay* – Chase Atlantic
*Bad Things* – I Prevail
*Self-Destruction* – I Prevail
*DiE4u* – Bring Me The Horizon
*sTraNgeRs* – Bring Me The Horizon
*maybe* – Machine Gun Kelly, Bring Me The Horizon
*Bad Life* – Sigrid, Bring Me The Horizon
*last november* – Machine Gun Kelly
*TELL ME ABOUT TOMORROW* – jxdn
*Pray* – jxdn
*THE DEATH OF PEACE OF MIND* – Bad Omens
*lovebomb* – Nessa Barrett
*Dead Inside* – Future Palace
*Can You Hold Me* – NF, Britt Nicole
*Shut Up and Listen* – Nicholas Bonnin, Angelicca
*Goosebumps (TBT Version)* – JVLA
*Can't Force The Love* – Siamese

*Even when our sand castle caved in*
*With thousand broken promises left in stone*
*You'll always be my favorite sin*
*And I'll be your forever throne.*
*Maybe we were doomed*
*Two halves of an open wound*
*But, baby – listen to the unseen*
*the demons in our ruin whispering*
*»Long live the Devil and his queen.«*

# PROLOG

## KIT

*Vergangenheit*
*8 Jahre alt*

Du darfst nicht lügen.

Du darfst *nicht* lügen.

Du darfst *niemals* lügen.

»Sie lügt!« Daddy warf beide Hände in die Luft und lief in der Küche auf und ab. »Sie ist ein Kind, Sharon. Ein verdammtes Kind. Sie weiß überhaupt nicht, was sie gesehen hat. Ich würde niemals –«

»Willst du mich verarschen, Jimmy?!«, unterbrach Mom ihn so laut, dass ich hinter dem Treppengeländer zusammenzuckte und mich instinktiv kleiner machte. »Das ist alles, was dir dazu einfällt? Zu behaupten, unsere Tochter *lügt?*« Ihre Stimme brach weg, und obwohl ich sie nicht sehen konnte, hörte ich, dass sie weinte. Das tat sie schon, seit sie angefangen hatten, sich zu streiten.

Meinetwegen.

Ich war schuld daran, dass meine Eltern sich schon seit Minuten anschrien, und fühlte mich unendlich schlecht.

Ich wollte nicht, dass sie sich stritten.

Mein Vater ließ frustriert seine Arme sinken; er stand hinter dem Küchentisch. »Du kennst ihre blühende Fantasie. Vielleicht hat sie sich das nur ausgedacht, weil ich in letzter Zeit nicht so viel zu Hause war, und das tut mir leid. Ich werde das ändern und öfter da sein«, fuhr Dad fort, atmete tief aus und schloss dabei die Augen. »Aber, bitte, Sharon, Babe, ich würde dir das niemals antun. Ich liebe dich. Ich liebe unsere Kinder. Ich würde das für nichts auf der Welt –«

»Ach ja? Dann solltest du dir das vielleicht mal ansehen.« Mom drückte ihm kräftig die Kamera gegen die Brust, die auf dem Küchentisch gelegen hatte.

Es war meine Kamera. Die, die ich von Daddy zum Geburtstag bekommen hatte und mit der ich seitdem herumlief, als wäre sie ein zusätzliches Körperteil.

»Danach kannst du mir gerne erklären, was davon genau sich unsere Tochter ausgedacht haben soll.«

Mom wartete darauf, dass Dad das Video abspielte, das ich aus Versehen aufgenommen hatte, als ich mit meinem kleinen Bruder um die Wette durchs Haus gerannt war, aber das tat er nicht. Stattdessen hielt er die Kamera einfach nur in der Hand, starrte erst sie und dann wieder Mom an, während es unerträglich still wurde.

In meinem Bauch formte sich ein dicker, schwerer Klumpen. Meine Unterlippe fing an zu zittern, und ich wünschte mir mit jeder Sekunde mehr, die Zeit zurückdrehen zu können. Niemals in Daddys Büro geplatzt zu sein, das sich im Anbau unseres Hauses befand und in dem er immer seine Fotoshootings machte. Und niemals, niemals gesehen zu haben, was meine Kamera aufgenommen hatte.

*»Sag Mommy nichts, okay, Kitty? Das bleibt unser kleines Geheimnis«*, hatte er gestern zu mir gesagt, *danach*, und vielleicht war das ja der Grund, wieso er jetzt böse auf mich war. Weil er

dachte, dass ich mein Versprechen gebrochen und Mom alles gesagt hatte.

Aber das hatte ich nicht. Hätte ich nie getan.

»Sharon, ich … ich weiß nicht, was …«, hörte ich Dad schließlich sagen, leiser und auch nicht mehr so wütend wie zuvor. Nur müde. Traurig. »Es hat nichts bedeutet … es … es war ein dummer Fehler, das musst du mir glauben …«

»Dir glauben?! Du hast mir gerade ins Gesicht gelogen und behauptet, unsere Tochter hätte sich das alles nur ausgedacht!«, zischte Mom, und jedes einzelne Wort fühlte sich wie ein kleiner Stich in meiner Brust an. »Ich kann nicht fassen, dass du das getan hast. In *unserem* Haus – als die *Kinder* da waren. Mit dieser … dieser …« Sie brach ab und fing heftig an zu schluchzen.

Ich konnte nicht verstehen, was Dad antwortete, aber irgendwie wollte ich das auch nicht. Alles in meinem Körper fing an zu brennen, Tränen schossen mir in die Augen, sodass ich kaum noch etwas sehen konnte. Und bevor ich wusste, was ich tat, lief ich die Stufen runter und verschwand durch die Haustür nach draußen.

Ich rannte bis zum Spielplatz, auf dem meine beiden Brüder mit Freunden Ball spielten, blieb jedoch hinter dem hohen Zaun stehen und klammerte meine Hände daran fest. Als ich Jackson und Logan aus der Ferne lachen hörte, brachte ich nichts raus, konnte sie nicht rufen.

Was, wenn sie mich auch hassen würden, wenn sie von der Frau und meinem Video erfuhren? Wenn sie mir die Schuld geben würden, wenn Mom und Dad sich trennten?

Allein die Vorstellung ließ mich so unkontrolliert weinen, dass ich damit die Aufmerksamkeit mehrerer Mütter erregte, die mit großen Sonnenbrillen auf der Bank saßen. Sie musterten mich besorgt. Bevor eine davon aufstehen konnte, drehte ich mich einfach um und rannte ziellos weiter.

Ich wusste nicht wohin, wollte nicht zurück nach Hause und mich einfach nur verstecken. Irgendwo dort, wo mich niemand finden würde.

Als ich an unserer Kirche vorbeikam, lief ich die Stufen hoch und stieß die schwere Holztür auf. Meine Schritte und Schluchzer waren das einzige Geräusch, das von den hohen Wänden des einsamen Kirchensaals widerhallte, während ich an den leeren Bänken vorbeilief. Als ich den hohen Beichtstuhl aus dunklem Holz erreichte, riss ich den Vorhang auf und zog ihn hektisch hinter mir wieder zu.

Ich warf mich auf den Sitz, kauerte mich darauf zusammen und weinte, weinte und weinte. Ich hatte das Gefühl, mir die Augen auszuweinen, als würde mein Kopf jeden Moment platzen und ich keine Luft mehr bekommen.

»Alles okay?«

Als plötzlich eine Stimme neben mir ertönte, gab ich einen erschrockenen Laut von mir und spürte, wie mein Herz in meiner Brust hüpfte.

»Wer ist da?« Ich wischte mir mit meiner Hand unter meiner laufenden Nase entlang und entdeckte einen Schatten auf der anderen Seite des blickdichten Gitters sitzen.

Es war nicht der Pater, dafür klang seine Stimme viel zu jung, und er schien außerdem nur ein bisschen größer zu sein als ich. Ich konnte gerade mal die Umrisse seines Kopfes erkennen, der aussah, als würde er eine Baseballkappe tragen.

»Ist das wichtig? Ist so ein Beichtstuhl nicht dafür da, *nicht* zu wissen, wer man ist?«

Ich schniefte. »Stimmt. Aber du bist kein Priester. Also weiß ich nicht, ob das dann zählt.«

»Such's dir aus. Wir können das Sichtgitter aufmachen, wenn's dir lieber ist. Oder auch zulassen.«

»Lieber zulassen.«

»Okay. Also … willst du darüber reden, wieso du weinst?«

Kopfschüttelnd wischte mir ein weiteres Mal unter der Nase entlang. Ich wollte diesem Jungen nicht sagen, was passiert war, aber … er konnte mich nicht sehen, also wusste er auch nicht, wer ich war, oder?

Bevor ich es verhindern konnte, sprudelten die Wörter nur so aus mir heraus. Ich fing dabei wieder an zu weinen. Ich schlang meine Arme um mich selbst, während ich erzählte, und verstand manchmal selbst nicht, was ich überhaupt sagte.

Als ich fertig war, war es eine Weile still, und ich dachte schon, dass er vielleicht genauso glauben könnte, dass es meine Schuld war, als er sagte: »Was für ein Bullshit.«

Mir klappte erschrocken der Mund auf. »Was?«

Hatte er gerade geflucht?

In der *Kirche?*

»B-U-L-L-Shit«, wiederholte er noch mal und schnaubte laut. »Wenn einer schuld ist, dann dein Dad und nicht du. Deine Eltern streiten sich nicht, weil du deiner Mom das Video gezeigt hast. Sie streiten sich, weil dein Dad etwas getan hat, das deine Mom verletzt hat.«

»Verletzt? Er hat ihr nicht wehgetan.«

»Nein, ich meine …, na ja, ihr Herz, verstehst du?«

Als er das sagte, drückte ich meine Hand auf meine Brust. Mein Herz tat auch weh. »Ich glaube schon …«

»Und damit hast du nichts zu tun. Wenn es nicht durch dein Video rausgekommen wäre, wäre es auf eine andere Weise passiert. Das ist immer so, mit der Wahrheit. Und vielleicht hätte es deine Mom dann noch mehr verletzt. Es ist also nicht deine Schuld.«

Ich fühlte mich trotzdem schuldig, schwieg jedoch und schniefte wieder nur.

Vielleicht hatte der Junge ja recht …

»Damit hast du also keine Sünde begangen und kommst dafür nicht in die Hölle.«

Überrascht stieß ich ein halbes Lachen aus. »Oh, gut. Ich möchte nicht in die Hölle. Mom sagt immer, der Teufel ist keine gute Gesellschaft.«

Als er daraufhin nicht sofort antwortete, sah ich das erste Mal wieder zum Gitter und fragte mich, ob ich ihn vielleicht doch kannte. Ich hatte seinen Akzent schon mal gehört, aber ein kalifornischer war es nicht.

»Glaubst du daran?«

»An den Teufel?«, hakte ich mit gerunzelter Stirn nach und nickte. »Auf jeden Fall.«

»Nein, ich meine, dass er keine gute Gesellschaft ist.«

Ich dachte kurz darüber nach und zog meine Nase hoch. »Mom sagt, er ist der Böse, also … ich denke schon, dass ich das glaube. Außerdem sagt die Bibel das auch.«

»Stimmt, aber darin steht auch, dass er ein gefallener Engel ist. Er hat gegen Gott rebelliert und wurde dafür in die Hölle geworfen«, erwiderte der Junge leichthin. »Ich schätze, davor war er vielleicht ganz in Ordnung.«

Ich musste wieder lachen. »Ja, vielleicht. Und was ist mit dir? Warum bist du hier? Hast du auch geweint?«

Er machte ein leises, amüsiertes Geräusch. »Nee. Ich versteck mich hier vor meinen Eltern.«

»Streiten die sich auch?«

»Schön wär's. Die sind eher von der peinlichen *Happy-Family*-Sorte. Du weißt schon. Sie tanzen ständig am Kamin, mein Dad kauft meiner Mom jedes Jahr zum Hochzeitstag einen Stern, und wenn er könnte, würde er wahrscheinlich noch den Boden küssen, auf dem sie geht.«

Ich erwischte mich dabei, wie ich leise kicherte. »Das klingt echt peinlich. Aber ziemlich cool mit den Sternen. Ich hätte auch gern mal einen. Ich mag Sterne. Und das Weltall.« Ich sah an mir runter und strich mit einer Hand über das dunkelblaue Kleid, das ich trug. Darauf waren weiße Sterne.

Die hatte ich schon immer faszinierend gefunden.

»Den Mond mag ich am liebsten«, erzählte ich ihm, keine Ahnung, wieso eigentlich. Ein bisschen war ich froh darüber, über etwas anderes zu reden als über das, was gerade passiert war. »Ich mag's, dass er sich verändert, und mal da ist und mal nicht. Aber ist ja auch egal. Wieso versteckst du dich denn hier vor deinen Eltern?«

»Mein Grandpa ist gestorben.«

»Oh«, machte ich leise. »Das tut mir leid.«

»Muss es nicht, er war ein Arschloch.«

Wieder sah ich erschrocken durch das Sichtgitter. »Du kannst doch nicht in der Kirche fluchen! Oder so etwas über dein Grandpa sagen.«

»Wieso nicht? Es ist die Wahrheit, und man soll ja nicht lügen, oder?«

*Niemals.*

Froh darüber, dass er das genauso sah wie ich, wollte ich ihn gerade fragen, ob er gar nicht traurig war, als ich jemanden rufen hörte.

»Connor! Coooooonnor!« Es war die Stimme eines anderen Jungen. »Connor, bist du hier?«

Er stöhnte genervt. »Nerv nicht, Ash.«

»Ah, da bist du ja. Mom und Dad suchen dich schon die ganze Zeit. Wir müssen langsam zum Flughafen. Kommst du raus?«, fragte er fröhlich und zog dabei einen Vorhang auf. Allerdings nicht den von dem Jungen, den er Connor genannt hatte, sondern meinen.

Erschrocken fuhr ich zusammen und sah plötzlich in das Gesicht eines dünnen, kleinen Jungen, der ungefähr so alt sein musste wie ich. Er hatte dunkelbraune Haare, die ihm wild ins Gesicht fielen, und große grüne Augen. Ein Grinsen lag auf seinen Lippen, doch sobald er erkannte, dass ich nicht Connor war, fielen seine Mundwinkel nach unten.

»Kit?«

Überrascht formten meine Lippen ein kleines O. »Asher?«

Ich kannte ihn. Genauer gesagt, hatten wir uns erst vor ein paar Wochen im Sommercamp gesehen, in das ich immer mit meinem älteren Bruder Jackson fuhr. Asher war cool, vor allem, weil er viel über das Weltall wusste und mir sein Buch über das Sonnensystem geschenkt hatte.

*The Beautiful Secrets Of The Milky Way.*

Ich hatte es immer noch und las jeden Tag darin.

»Wieso hast du denn geweint? War mein Bruder gemein zu dir? Wenn ja, dann vermöbel ich ihn«, sagte er und hob mit einer übertriebenen Geste die Faust.

»Halt die Klappe, *Squarehead.*« Plötzlich tauchte Connor neben Asher auf und stieß ihn neckisch an der Schulter weg. Ash grinste ihn an und ich … ich spürte, wie ich rot wurde.

Connor war Ashers älterer Bruder und auch im Sommercamp gewesen. Allerdings hatte er nie mit uns gespielt, sondern immer nur mit drei älteren Jungen, die alle mindestens zehn oder elf sein mussten. Connor war ein Stück größer als Ash, trug eine dunkle Jeans mit Rissen an den Knien und ein schwarzes Trikot der New York Rangers, das ihm locker von den schmächtigen Schultern hing. Seine dunkelbraunen Haare lugten unter den Rändern seiner verkehrt herum aufgesetzten schwarzen Baseballkappe hervor, und während ich mich noch darüber wunderte, dass er so was in der Kirche trug, musterte er mich und mein Sternenkleid mit einem amüsierten Funkeln in den Augen, die so leuchtend grün waren wie Palmenblätter.

Meine Wangen glühten inzwischen wie Herdplatten; so sehr, dass man darauf ein Spiegelei hätte braten können.

»Jungs!«

Connors und Ashers Köpfe fuhren herum, als ein Mann nach ihnen rief.

»Was macht ihr denn da? Wir müssen los, also beeilt euch.«

»Einen Moment noch, Dad!«, rief Ash durch die Kirche zurück, Connor rollte mit den Augen. »Sollen wir dich nach Hause bringen? Ich kann Dad fragen, ob –«

»Nein, schon gut, danke. Ich wohne nicht weit weg, und ich glaube, ich bleibe noch ein bisschen hier«, sagte ich schnell und lächelte ihn dankbar an.

Ash lächelte zurück. »Na gut. Dann bis nächsten Sommer, und pass gut auf mein Buch auf, okay?«, nahm er mir noch mal das Versprechen ab, das ich ihm schon vor Wochen gegeben hatte, und ich nickte.

»Mach ich. Habt einen schönen Flug nach Hause und bis nächsten Sommer«, verabschiedete ich mich und winkte ihnen zu. Connor und Asher wohnten in New York, aber Asher hatte mir erzählt, dass sie jeden Sommer hierher nach Kalifornien kamen, weil der Großteil ihrer Verwandten hier lebte.

Mein Blick glitt noch einmal zu Connor, der mich mit seinen Augen stumm fragte, ob wieder alles gut war.

Als ich daraufhin lächelte, lächelte er zurück und verschwand dann mit seinem Bruder in Richtung Ausgang.

Ich ließ sofort meine Schultern sinken. Es ging mir zwar besser, aber ich wollte trotzdem noch nicht nach Hause.

»Geh schon mal, ich komm gleich«, hörte ich Connor noch mal sagen. Dann Schritte, die näher kamen.

Fragend sah ich hoch, als er wieder vor mir auftauchte und eine Hand nach mir ausstreckte.

»Gib mir mal deinen Arm.«

Ohne zu fragen, wieso, tat ich es einfach. Er griff mit einer Hand danach und zog mit der anderen einen schwarzen Filzstift aus seiner Hosentasche. Mit den Zähnen löste er die Kappe und malte mir eine kleine Sonne aufs Handgelenk.

Als er damit fertig war, ließ er meinen Arm wieder los. »Du hast gesagt, du magst am liebsten den Mond«, meinte er und lächelte, dieses Mal aber nur mit einem Mundwinkel, und warum auch immer hüpfte mein Herz dabei. »Ich mag die Sonne lieber.«

Damit ging er und kam nicht noch mal zurück.

Eine Weile saß ich einfach nur da, sah die Sonne auf meinem Handgelenk an und fühlte mich damit später auf dem Nachhauseweg, als hätte er mir einen Mutmacher dagelassen.

Eine kleine Erinnerung daran, dass es nicht meine Schuld war und ich nichts falsch gemacht hatte.

Damit ich es nicht vergaß.

Ich hielt mich daran fest, als ich nervös unser Haus betrat und es vollkommen still war. Weder meine Eltern noch meine Geschwister schienen da zu sein. Ich rief nach ihnen, bekam aber keine Antwort.

In der Küche fand ich schließlich meine Kamera.

Sie lag auf den Fliesen. Das Objektiv war zerbrochen, das Display von mehreren Rissen durchzogen.

Mir schossen sofort wieder die Tränen in die Augen, und ich drückte mir mein Handgelenk mit der Sonne an die Brust.

*Es ist nicht meine Schuld.*

*Nicht meine Schuld.*

Nicht *meine Schuld.*

Doch nach diesem Tag sollte meine Kamera nicht das Einzige sein, von dem nur noch Scherben übrig blieben.

Nach diesem Tag war nichts mehr, wie es mal war.

☾

# CONNOR

*Vergangenheit*
*Sechs Jahre später, 16 Jahre alt*

**Traurige Bestätigung: Forbes World's Billionaire Stephen Quinn (†37) erliegt schweren Verletzungen**

*New York City* – Nach den tragischen Ereignissen am vergangenen Freitag und dem bereits bestätigten Tod seines Sohnes Asher Quinn (†14) (wir berichteten) erlag nun auch der erfolgreiche Selfmade-Millionär und *Silver-Horizons*-CEO Stephen Quinn heute Nacht seinen schweren Verletzungen. Er hinterlässt seine Frau Rebecca Quinn (36) und seinen Sohn Connor Quinn (16). Die Beisetzung wird im privaten Rahmen der Familie in Solane, Los Angeles County, Kalifornien stattfinden. Ein genaues Datum ist noch nicht bekannt.

Die Familie bittet um Privatsphäre in dieser schweren Zeit und dankt für die zahlreiche Anteilnahme.

Die Ermittlungen des NYPDs dauern weiterhin an.

# 1

# KIT

*Gegenwart*
*Kit, 21 – Connor, 24*

Optimismus war ein Konzept, das ich nie verstehen würde. Nicht nur, weil es noch weniger in mein Leben passte als ein All-Inclusive-Fünf-Sterne-Trip auf die Bahamas, sondern auch, weil ich nicht verstehen konnte, wie es *funktionierte.*

Ehrlich, ich bewunderte jeden, der auf alles ein bisschen Glitzer streuen konnte und über die Enttäuschung hinwegkam, die unweigerlich eintreffen würde – aber ich war kein besonders großer Fan davon.

Von Enttäuschungen.

»Himmel, du ziehst ein Gesicht, als wäre man dir über'n Fuß gefahren«, stellte meine beste Freundin Lana mit einem Drink in der Hand fest, während sie neben mir an der Bar zum Song mitwippte, der im *Six Six* – einem angesagten Club in der Nähe der Strandpromenade – über die tanzende Menge dröhnte.

Eigentlich hätte ich heute gar nicht mehr die Zeit, geschweige denn die Lust gehabt, auszugehen, aber Lana etwas auszuschlagen, wenn man die Hälfte der Verabredungen regelmäßig absagen musste, war nicht besonders leicht. Also hatte ich mich von ihr überreden lassen, meine »neue, schillernde Zukunft« zu feiern und wenigstens mal für ein paar Stunden zu vergessen, dass zu Hause eine Menge Arbeit liegen geblieben war.

»Jetzt freu dich doch endlich mal!« Sie stupste mich mit ihrer Hüfte an und schob den Sex On The Beach, den ich in der Hand hielt, näher an meinen Mund. »Und trink! Wer weiß, wann du das nächste Mal dafür Zeit hast, wenn du bald in Lernstoff versinkst.«

Ich rollte mit den Augen, zog aber ihr zuliebe an meinem Strohhalm und trank. Okay, auch mir zuliebe.

Es war nur … einfach komisch, sich über etwas zu freuen, für das man nicht mal etwas getan hatte.

Vor allem, wenn es sich darum um einen nur schwer zu ergatternden Kursplatz an einer Elite-Universität handelte.

»Ich verstehe nur immer noch nicht, wieso Brandon mir das angeboten hat und auch noch bezahlt«, rief ich Lana über die Musik, »Such a Whore« von JVLA, zu. Ihre schwarzen langen Haare streiften mich bei jeder tanzenden Bewegung, die mir verriet, dass sie gerade lieber auf der Tanzfläche den Typen den Kopf verdrehen wollte.

»Weil du es verdient hast, Baby? Du arbeitest seit über einem Jahr für Brandon und machst einen klasse Job. Wieso sollte er sich also nicht denken: *Hey, ich revanchier mich und sorge dafür, dass sie einen richtig guten, richtig festangestellten Job bei mir bekommt?*«

Vielleicht.

Ich arbeitete seit eineinhalb Jahren für das *Solane Sun Magazine*, das Brandon Michaels gehörte, allerdings nur als freiberufliche Fotografin. Er gab mir hin und wieder Aufträge für seine Artikel, aber am Anfang der Woche hatte er mich mit dem Angebot überfallen, mir einen Buchhaltungskurs zu finanzieren, und mir dann, sobald ich den Kurs abgeschlossen hatte, eine Festanstellung in seiner Buchhaltung zu ermöglichen.

Heute hatte ich den Vertrag dafür unterschrieben.

Ich hatte es schwarz auf weiß gesehen, aber ich konnte trotzdem nichts gegen das Misstrauen tun.

Mein Leben funktionierte so nicht. So ... leicht. So simpel.

Immer, wenn etwas »gut« lief, endete das häufig darin, dass die Sache einen Haken hatte.

Die mir zugesagte Stelle als Barista wurde doch an jemanden mit einem Abschluss in Quantenphysik vergeben.

Meine Eltern waren leider nicht verschollen, sondern mal wieder nur nächtelang im *Royal Island* gewesen – einem miefigen Casino, das den Titel *Royal* nicht mal dann verdient hätte, hätte einer der 5-Dollar-Plastikkronleuchter über den Poledance-Stangen echte Juwelen.

Wieso sollte ich also glauben, dass es dieses Mal gut ging?

Ich meine, der Buchhaltungskurs war an keiner einfachen, bodenständigen Abendschule – sondern an der Westside University. Einer der renommiertesten und teuersten Universitäten Kaliforniens.

Allein ein Studiensemester hätte auf dem Schwarzmarkt den Wert einer Handvoll lebenswichtiger Organe.

Während ich zweimal die Woche darüber nachdachte, ein paar davon zu verkaufen, gingen auf die WSU nur Leute, die sich auch einen Privatjet leisten konnten. Wenn einer von denen die Rechnungen auf unserem Küchentisch sehen würde, würde er mir mit einem bedauerlichen »Ist ja süß« den Kopf tätscheln.

»Oder willst du den Job und den Kurs doch nicht machen?«, hakte Lana nach, als ich zu lange für eine Antwort brauchte.

»Doch, schon. Ich glaube, ich muss mich nur erst mal mit dem Gedanken anfreunden, das ist alles.«

»Du kriegst das schon hin. Vor allem, weil du dann endlich bei diesem Schmierlappen-Devon kündigen kannst. Wenn du mich fragst, solltest du das gleich morgen tun.«

Schön wär's. Ich war nur leider am Ende jeden Monats nicht pleite, weil ich so auf den Nervenkitzel des Existenzminimums abfuhr …

Und weil mir der Kurs vorerst auch nicht den Kühlschrank füllte, konnte ich noch keinen meiner Jobs kündigen.

Anders als Lana und neunundneunzig Prozent der Leute hier lebte ich auf der Northside der Stadt – dem heruntergekommenen Viertel, in dem sich Langzeitarbeitslose, Alkoholiker und der Nachwuchs von Pablo-Escobar-Junior die Hände schüttelten. Dort fiel einem nichts in den Schoß, und um zu überleben, musste man halt manchmal in den sauren Apfel beißen und in »Schmierlappen-Devons« Kino Käsesoße über halb verbrannte Nachos gießen und wissen, wie oft derselbe Typ mit verschiedenen Frauen in denselben Film ging.

Es war immer noch besser als alles, womit die meisten anderen ihr Geld auf der Northside verdienten: auf dem Rücken liegend oder mit gepanschten Tütchen.

»Ich überleg's mir mal«, wich ich Lana aus und wollte sie gerade fragen, ob wir tanzen gehen würden, als ein vertrautes Gesicht vor uns auftauchte.

»Na, wenn das nicht mal die zwei schönsten Ladys sind, die die Natur je hervorgebracht hat.« Nate trat mit einem Bier in der Hand und einem unverschämten Lächeln auf den Lippen auf uns zu und verströmte dabei wie üblich den Charme seiner guten Laune.

Meine eigene sank um ein paar Grad in den Keller.

Nicht direkt wegen Nate, er war ein Freund. Aber er ging praktisch nirgends ohne *seine* drei besten Freunde hin, und speziell auf einen davon konnte ich verzichten.

»Hi, Nate. Rutschst du eigentlich jemals auf deiner Schleimspur aus?«

»Nicht, wenn es die Wahrheit und nichts als die Wahrheit ist.« Er hielt feierlich eine Hand hoch und zog mich in eine kurze, Nate-typische Umarmung, die mich von den Füßen hob. Nachdem er mich wieder abgesetzt hatte, wandte er sich an Lana und zog sie dabei halb mit seinem Blick aus. »Und die Eisprinzessin die Dritte ist auch da. Bitte sag mir nicht, dass du vorhast, heute jemanden damit zu erstechen.« Er deutete auf Lanas geschnürte Sandalen, die tatsächlich einen mörderischen Absatz hatten.

Aber eigentlich war alles an Lana mörderisch. Sie war über und über von Goth-Tattoos übersät und hatte elegante Kurven, auf denen schätzungsweise jeder Zweite in diesem Club mal eine Runde drehen wollte.

Sie lächelte süß und warf sich ihre spiegelglatten schwarzen Haare über die Schultern. »Manche würden töten, um diesen beiden Hübschen näher zu kommen.«

»Von welchen beiden Hübschen redest du? Oder, ah, nein, warte! Sag's nicht. Ich mag's mysteriös.« Nate zwinkerte ihr zu, ehe er auf sie zutrat und sie an sich zog. Anders als bei mir blieb es aber nicht nur bei einer Umarmung.

Er küsste sie heftig, wobei er ihren Oberkörper nach hinten beugte, und damit so ziemlich jede Hoffnung anderer Kerle zunichtemachte.

Ich hörte, wie ein paar Mädels hinter uns von Neid erfüllt nach Luft schnappten, zwei andere schossen Lana giftige Blicke zu.

Teilweise konnte ich es verstehen. Auch wenn es hier genug attraktive Typen gab, spielte Nate Renshaw in der Extraklasse. Mit seinen aschblond-gefärbten Haaren und dem dunklen Naturansatz, dem markanten Gesicht und seinem ganz besonderen Charme könnte er reihenweise Frauen aus dem Club hinter sich herziehen.

»Dein Ernst?«, brummte Lana, nachdem Nate sie wieder losgelassen hatte. »Du hast mir gerade 'ne sichere Nummer versaut.«

Nate grinste unbekümmert und prostete der besagten sicheren Nummer zu. Lana hatte schon den halben Abend über Blicke mit so einem Kerl an der Bar geflirtet, der gerade sichtlich den Schwanz einzog.

Hauptsächlich, weil Nate war, wer er war – ein Sprössling der reichsten Familie der Stadt – *und* weil jeder wusste, dass er mit seinen drei Buddys hier war, die *ebenfalls* zu den reichsten Familien der Stadt gehörten.

Niemand wollte ihnen auf den Schlips treten. Weil, ja … Geld, Macht, Einfluss, und so weiter. Dieser ganze Kram, der für jemanden aus meinen sozialen Verhältnissen so wenig nachvollziehbar war wie der Kauf von dreißig Autos, wenn man nur eins brauchte.

Wie ausgerechnet *ich* im Gegensatz zu denjenigen, die immer wieder hoffnungslos versuchten, Teil dieses Freundeskreises zu werden, hineingestolpert war? Nun, das war eine lange und vor allem schon lang vergessene Geschichte, die keine Rolle mehr spielte.

»Sorry, Eisprinzessin. Aber das wird kein großer Verlust sein, versprochen.« Nate sah neugierig zwischen uns hin und her. »Und, was treibt ihr hier so?«

»Wir häkeln, sieht man das nicht?«, spöttelte Lana, während sie mit dem Strohhalm in ihrem fast leeren Cocktail rührte. Dann sah sie aber zu mir und meinte: »Also eigentlich haben wir etwas zu feiern, aber die Spaßbremse hier zerbricht sich schon wieder den Kopf.«

Fragend blickte Nate von Lana zu mir.

Seufzend und weil ich wusste, dass er ohnehin keine Ruhe geben würde, erzählte ich ihm von meinem Jobangebot und dem Buchhaltungskurs, der nächste Woche starten würde.

Gleich darauf pfiff er dem Barkeeper zu und hob eine Hand. »Ey, jo! Alles, was diese Lady hier heute bestellt, geht auf mich! Und diese hier auch!« Er zeigte von mir zu Lana, woraufhin der Barkeeper ihm einen Daumen zeigte.

»Muss das sein?« Ich verzog die Lippen. Ich hasste es, wenn jemand Geld für mich ausgab. Es war schon schlimm genug, dass ich Lana »zur Feier des Tages« den Eintritt in diesen Club und meinen Cocktail hatte bezahlen lassen.

»Ausnahmsweise«, neckte Nate mich. »Weil ich mich für dich freue und weiß, dass du den Kurs rocken wirst. Aber sag Bescheid, wenn du Hilfe brauchst. Ich bin zwar nicht gut mit Zahlen, aber ich kann gut zuhören.«

Ich verstand jetzt nicht, was das eine mit dem anderen zu tun hatte, aber okay …

»In welcher Welt kannst du gut zuhören?«, wollte Lana amüsiert wissen. »Du schläfst bei der Hälfte deiner Vorlesungen ein, und ich muss dir dann alles noch mal erklären, damit du nicht durch die Prüfung rasselst.«

»Na ja …« Er grinste wieder breit, zog sie an der Hüfte an seine Seite und stupste ihr mit seiner Bierflasche spielerisch gegen die Nasenspitze. »Dir kann ich gut zuhören. Vor allem, wenn du so sexy Wörter benutzt wie … steigende Kurven … zu groß … Höhepunkt …«

»Ich glaube, da braucht aber einer mal einen Realitätscheck«, erwiderte sie spitz, ich konnte aber sehen, wie sie sich das Schmunzeln zu verkneifen versuchte.

Was zwischen Nate und Lana lief, hatte ich bis heute nicht so richtig verstanden. Sie waren kein Paar. Lana hasste die Vorstellung einer Beziehung mehr als eine Wurzelbehandlung, und Nate war ebenso wenig ein Beziehungstyp, wie ich Millionärin war. Sie hatten nur ihren Spaß miteinander, und, na ja, ich war mit Sicherheit die Letzte, die ein Urteil darüber fällen würde.

»Und du bist mit den Jungs hier?«, fragte sie dann, woraufhin er mit dem Bier an seinen Lippen nickte und irgendwo hinter sich deutete.

Ohne dass ich es verhindern konnte, folgte ich der Richtung und blieb sofort an einem Tisch in der VIP-Sitzecke hängen, in der drei Kerle saßen.

Jesse Cameron – Adoptivsohn eines Star-Strafverteidigers und der Erbin eines Schmuck-Imperiums. Er war so was wie TikTok-fame, weil er professionell Motocross fuhr und mit seinen kurzen Clips (und vermutlich auch, weil er mit den schwarzen, gelockten Haaren und tiefblauen Augen aussah wie ein griechischer Gott) durch die Decke gegangen war. Er war der Einzige von den Jungs, der einen richtigen Social-Media-Account besaß, was ich darauf zurückführte, dass er die Aufmerksamkeit liebte. Er hatte einen höheren Frauenverschleiß, als die Woche Tage hatte.

Dann Alec Hawthorne – Sohn eines Luxus-Autohändlers. Für seine Grumpy-Cat-Attitude bekannt. Überall tätowiert, mit dunklen Haaren, die er zum Undercut trug, und Perfektionist in der stummen Ausstrahlung: »Was zum Teufel willst du eigentlich von mir, und kannst du dafür aus meinem Sichtfeld verschwinden?«

Jesse und Alec unterhielten sich miteinander, aber dann war da noch die dritte Person, die die beiden ignorierte und mit einer Glasflasche in der Hand, einem Bein gegen den niedrigen Tisch gestemmt und einer verkehrtherum aufgesetzten Basecap offen in unsere Richtung starrte. Und mit offen meinte ich, dass es ihn nicht kümmerte, dass ich seinen Blick erwiderte, und mich nicht davon einschüchtern ließ, wie finster seine Miene war.

Er starrte mich an, als hätte ich hier nichts verloren.

Als hätte ich sein Territorium betreten und wäre hier mehr als unerwünscht.

Darf ich vorstellen?

*The Devil himself.*

Connor »Fick dich bis ans Lebensende« Quinn.

Er war *der* Goldjunge der Stadt. Erbe eines mächtigen Milliarden-Imperiums für Luxus-Immobilien und Luxus-Yachten. Und das größte Arschloch in seiner Freundesgruppe.

Ach, was – auf der Welt.

Um ihm zu demonstrieren, dass mir seine *Du-gehörst-hier-nicht-hin*-Blicke am Arsch vorbeigingen, verdrehte ich unbeeindruckt die Augen und sah dann wieder zu Nate, der mich mit hochgezogener Braue amüsiert ansah.

»Ich wollte gerade fragen, ob ihr euch zu uns setzen wollt. Um über ein paar Dinge zu reden, andere zu vergessen, Kriegsbeile zu begraben, du weißt schon. Aber ich sehe, das ist wohl keine gute Idee.«

Hundert Punkte.

Es war nicht das erste Mal, dass Nate versuchte, mich mit seinem Cousin an einen Tisch zu bekommen – aber ich würde eher ohne Seil einen Bungeejump machen, als ein Wort mit Connor zu wechseln.

Warum?

Auch das war eine lange Geschichte. Sagen wir einfach … Wenn dein bester Freund dir nicht wie alle anderen ein Messer in den Rücken, sondern einfach direkt in die Brust rammt, und es ihm scheißegal ist, dass du vor seinen Augen verblutest … Dann gab es keinen Grund, auch nur in seine Richtung zu atmen.

»Nein, kein Bedarf.«

Nate seufzte. »Ehrlich, Sonnenblume? Wieso seid ihr eigentlich beide so stur?«

*Wir* waren schon mal gar nichts. Und vor allem nicht stur. Es gab nur einfach nichts, was ich ihm noch zu sagen gehabt hätte. Von ein paar Beleidigungen mal abgesehen.

»Ich weiß zu schätzen, was du versuchst, aber lass gut sein.« Um meine Aussage zu unterstreichen, trank ich meinen Cocktail aus und stellte ihn demonstrativ auf die Bar, bevor ich mich an Lana wandte. »Wollen wir jetzt ein bisschen tanzen oder weiter hier rumstehen?«

»Oh, yes!«, rief sie begeistert, griff nach meinem Handgelenk und winkte Nate mit einem Zwinkern weg. »Wir sehen uns später.«

»Kann's kaum erwarten, Eisprinzessin.« Er schüttelte grinsend den Kopf, und ich hörte noch, wie er mir ein »Bitte reiz ihn nicht zu sehr, ich musste ihn schon überreden …« hinterherrief, aber der Rest ging in der lauten Musik unter.

# 2

☾

# CONNOR

*Vergangenheit*
*Kit, 14 – Connor, 17*

**Eine Stadt in Trauer: Beerdigung von Stephen Quinn (†37) und Asher Quinn (†14)**

*Solane* – Der plötzliche und tragische Tod von *Silver-Horizons*-CEO Stephen Quinn und seinem jüngsten Sohn Asher Quinn hat das Land im Mai dieses Jahres tief getroffen. Unter großer Anteilnahme der Bevölkerung wurden sie vergangenen Samstag auf dem *Santa Ana Cemetery* in Solane im engsten Familienkreis beigesetzt, während die trauernde Öffentlichkeit Blumen für die Verstorbenen vor den Toren des Friedhofs niederlegte.

Laut mehreren Augenzeugenberichten kam es nach der zunächst friedlichen Beisetzungszeremonie jedoch zu einer körperlichen Auseinandersetzung zwischen Quinns ältestem Sohn Connor (16) und einem Fotografen des *Solane Sun Magazines.* Wie uns mitgeteilt wurde, hatte sich der Fotograf der trauernden Familie unrechtmäßig genähert.

Alle Angehörigen der Familie Quinn bitten weiterhin, in dieser schweren Zeit ihre Privatsphäre zu wahren.

☾

*Verliere nie deinen Anker, Connor. Egal, wie schwer das Leben manchmal wird – und das wird es –, verlier ihn nicht. Wir alle brauchen hin und wieder etwas, das uns rettet, wenn wir im Sturm untergehen.*

Die Worte meines Dads hallten in meinen Ohren wider, als ich mich mit dröhnendem Schädel vom Boden hochstemmte und mir Blut unter der Nase wegwischte.

Meine Lippen verzogen sich spöttisch.

*Was für ein Anker, Dad?*

*Was für ein beschissener Anker soll mich jetzt noch retten?*

»Hast *du* nicht langsam genug, Westside?«, knurrte das Arschloch über die hämmernden Klänge von Bring Me The Horizons »Shadow Moses« und spuckte aus. Seine Knöchel, die in weiße Tapes gebunden waren, waren nur noch rot.

Beinahe hätte ich gelacht.

Ich hatte noch nicht genug. Es würde *nie* genug sein.

»Wovon? Von den Schlägen einer Pussy?«, rief ich laut genug, damit er mich über die tobende Menge des *FLOOR 22* überhaupt hören konnte, und bleckte provozierend die Zähne. Wohlwissend, dass ich über ein Minenfeld rannte und jederzeit eine neue Sprengung auslösen könnte. Ich machte keine vorsichtigen Schritte. »Oder sprichst du von deiner Freundin, die mir nachher noch den Schwanz lutscht?«

Mehr brauchte es nicht.

Der Wichser stürzte sich brüllend auf mich und rammte mir seine Faust in den Magen. Ich ließ ihn gewähren, auch wenn mir die Luft wegblieb und Schmerz unter meinen Rippen explodierte. Anstatt mich sofort zu wehren, ihm die Scheiße aus dem Leib zu prügeln, so wie er es jede Sekunde mit mir tun würde, hielt ich inne und nahm den Schmerz in mir auf. Atmete ihn ein wie ein verdammter Junkie sein Crack.

*Du gehst nicht nur unter.*

*Du verblutest – und es gibt verdammt noch mal nichts, was du dagegen tun kannst.*

Ehe der Typ – er war höchstens ein Jahr älter als ich – noch mal zuschlagen konnte, warf ich mich auf ihn und riss ihn unter dem Brüllen der Menge zu Boden. Meine Faust landete in seinem Gesicht. Sein Knie donnerte in meine Seite. Er versuchte mich von sich runterzuwerfen, und auch wenn ein erbärmlicher Teil in mir nachgeben und ihn so lange auf mich einschlagen lassen wollte, bis ich überhaupt nichts mehr spürte, bis ich daran erstickte – ich konnte nicht.

Fuck, ich *konnte* nicht.

Irgendwas in mir hatte die Kontrolle an sich gerissen. Vielleicht diese ganze verfickte Wut, die mich seit Monaten von innen heraus in Stücke riss, vielleicht die Bilder, die Erinnerung, vielleicht auch dieses ganze gottverdammte Blut.

Es war überall. Aber es war nicht genug.

Wann zur Hölle war es endlich genug?

»Was glaubst du eigentlich, wer du bist, huh?«, zischte mir der Bastard ins Gesicht, nachdem er es geschafft hatte, mich mit seinem Knie auf meiner Brust auf den Boden zu pinnen.

Mein Kopf flog zur Seite, als er mir einen Kinnhaken verpasste. Schmerz schoss durch meinen Körper, und ich spürte sofort, wie mir noch mehr Blut aus der Nase lief. Er gab mir das Zeichen, dass es reichte – aber das, was auch immer mich gerade beherrschte, mich kontrollierte, lachte nur und inhalierte diesen gottverfluchten Schmerz.

Es war das Einzige, das diesen ganzen Scheiß in mir erträglicher machte. Mich irgendetwas anderes fühlen ließ als dieses klaffende Loch zwischen meinen Rippen, das seit drei Monaten jeden verdammten Tag größer wurde.

Ich grinste zu dem Bastard hoch und ignorierte das Blut, das mir übers Gesicht lief. Was ich glaubte, wer ich war?

»Frag deine Freundin. Sie wird's dich wissen lassen, wenn sie meinen Namen schreit.«

Wie erwartet traf mich daraufhin ein weiterer Schlag.

Wieder schoss Schmerz durch mich durch, fing irgendwo hinter meiner Stirn an und hörte in meiner Brust auf. Wieder konnte ich etwas freier atmen.

Der Vollpfosten, der immer noch nicht kapierte, dass ich ihn nur provozierte und seine Freundin nicht mal mit dem kleinen Finger anfassen würde, packte mich am Kiefer.

»Du hast dir gerade dein eigenes Grab geschaufelt, Westside.«

Ich lachte auf und würde nicht lügen: Ein Teil in mir hoffte, er meinte es ernst. Als ich das letzte Mal nachgesehen hatte, hatte ich sowieso nichts mehr zu verlieren.

Es war schon alles weg.

☾

Ich konnte mich später nicht mehr daran erinnern, wie ich das *FLOOR 22* verlassen hatte und auf dem *Santa Ana Cemetery* gelandet war. Ich hatte keine Ahnung, wie spät es war, wie lange ich schon auf dem Boden sitzend an einem fremden Grabstein lehnte, wie viel Gras ich mir reingezogen hatte, um irgendwie damit klarzukommen, dass offenbar jeder Zentimeter meines Körpers in seine Einzelteile zerlegt worden war, und am allerwenigstens hatte ich eine Ahnung, wer zur Hölle dieses Mädchen war.

Sie war einfach da, als ich meine Augen wieder öffnete.

Im ersten Moment fragte ich mich, ob ich zu viel gekifft hatte und mir jetzt schon Geister, Zombies oder so einen Bullshit einbildete, aber sie sah eher lebendig als tot aus.

Sie stand vor dem Grab, in dem schon mehrere Generationen meiner Familie eingeäschert waren, ein großes Buch an die Brust gedrückt, und bemerkte mich nicht. Ich konnte ihr Gesicht nicht erkennen, nur ihre blonden Haare, die sich im Mondlicht wie Schnee von der Dunkelheit abhoben, das Skateboard, das zwischen den Trägern ihres Rucksacks steckte, und den hellgrauen Pullover der Northside High, der ihr locker drei Nummern zu groß war.

Sie trat näher ans Grab heran, das mit der auf einem Podest stehenden Engelsstatue eher an ein Denkmal erinnerte, und betrachtete den ganzen Kram davor: die Blumen, Kuscheltiere, Fotos. Obwohl die Beerdigung fast vier Wochen zurücklag, brachten die Leute immer noch sämtlichen Scheiß hierher. Dabei hatten sie sie kaum gekannt. Meinen Vater wahrscheinlich, aber meinen …

Etwas in mir verkrampfte und meine Hände ballten sich zu Fäusten. Ich schob den Gedanken beiseite, konzentrierte mich wieder auf das Mädchen, das ein paar Schritte mit dem Rücken zu mir ums Grab herumging. Aus irgendeinem Grund fuckte es mich ab, dass sie überhaupt auf dem Friedhof war.

Was zum Teufel wollte sie denn hier? Mitten in der Nacht? Und wie war sie überhaupt reingekommen? Das Tor und der Zaun des Friedhofs waren über zweieinhalb Meter hoch. War sie ernsthaft darübergeklettert?

Wie groß war sie? Eins sechzig?

*Fuck, was kümmert es dich?*

Ich zog genervt meine Brauen zusammen und vergaß für einen Moment, dass sich mein halbes Gesicht anfühlte, als wäre es in eine Kreissäge gefallen. Ich gab ein undefiniertes

Geräusch zwischen Zischen und Stöhnen von mir, woraufhin das Mädchen zusammenzuckte und zu mir herumwirbelte.

»O Gott!« Sie stolperte über irgendwas, das vorm Grab lag, fing sich aber schnell wieder und starrte mich dann mit Augen so groß wie Golfbälle an. »Himmel, hast du mich – oh mein Gott, geht's dir gut?!« Entsetzen spiegelte sich in ihrer Miene, während ihr Blick über mein Gesicht bis zu dem Blutfleck glitt, der sich auf meinem weißen T-Shirt schwarz abhob.

Bevor ich darauf antworten konnte – was ich, wenn wir mal ehrlich waren, nicht vorhatte; es ging mir verdammt fantastisch –, überbrückte sie die wenigen Schritte zwischen dem Grab meiner Familie und dem, an dem ich lehnte, und kniete plötzlich direkt neben mir.

»Scheiße, was ist denn passiert?« Sie warf ihren Rucksack zwischen uns und fing an, darin herumzuwühlen. »Ich ruf dir einen Rettungswagen, du musst ins –«

»Nein«, knurrte ich, griff nach ihrem kleinen Stoffrucksack und zog ihn ihr weg.

»Hey!«, setzte sie fassungslos an, verstummte dann aber. Strähnen ihrer langen blonden Haare hatten sich aus ihrem Zopf gelöst und wehten ihr ins Gesicht, das ich gerade das erste Mal überhaupt richtig wahrnahm.

Wie alt war sie? Dreizehn? Vierzehn?

Sie war jünger als ich, und entweder war ich wirklich high as fuck, oder sie hatte die größten Augen, die ich jemals ohne diese lächerlichen Snapchat-Filter gesehen hatte.

Weil ich nicht schnell genug war, schaffte sie es, mir wütend ihren Rucksack wieder zu entreißen. »Was soll das? Ich versuche dir zu helfen! Du blutest!«

»Niemand hat dich darum gebeten. Kümmere dich um deinen eigenen Scheiß, Cali«, fuhr ich sie an und ignorierte, dass sie recht hatte. Ich blutete – sie bezog sich aber vermutlich auf mein Gesicht, das so beschissen aussehen musste, wie es sich anfühlte, und nicht auf den ganzen Rest in mir.

Ich hatte mein Gesicht zwar nicht selbst gesehen, aber weil ich nicht das erste Mal bei einem der Kämpfe gewesen war, für deren Teilnahme man ein so hohes Startkapital hinblättern musste, dass niemand dumme Fragen stellte, hatte ich eine ungefähre Vorstellung davon.

»Ist das gerade dein Ernst? Du könntest ernsthaft verle–«

»Was geht dich das an? Wenn ich einen beschissenen Rettungswagen bräuchte, kann ich ihn mir selbst rufen«, unterbrach ich sie kalt und log schamlos. Der Akku meines Handys war schon seit Stunden leer.

»Du könntest ohnmächtig werden.« Sie sah mich an, als hätte ich den Verstand verloren.

Möglich, dass das der Fall war. Wenn man mal bedachte, dass ich nicht des Preisgeldes wegen beim Kampf mitgemacht hatte, und schätzungsweise dreimal, seitdem ich hier war, das Bewusstsein verloren hatte …

Aber wen zum Teufel kümmerte es?

Die einzige Person, bei der es überhaupt von Bedeutung gewesen wäre, befand sich gerade nicht mal in derselben Zeitzone wie ich.

»Ist nicht dein Problem. Verschwinde einfach.«

Leider tat sie das nicht. Sie blieb stumm neben mir sitzen, mit zusammengeschobenen Brauen und einem Blick, der über mein Gesicht fuhr wie Fingernägel über Sonnenbrand.

Ich wartete darauf, dass auch bei ihr das Mitleid an die Oberfläche kommen würde, das mir seit Monaten von Wildfremden auf der Straße überreicht wurde und das ich nicht ertragen konnte. Aber dieser Blick kam nicht.

Sie schnaubte nur leise, nahm ihren Rucksack und das Buch,

um sich keine zwei Meter entfernt an dem Grabstein neben mir wieder fallen zu lassen, den Blick stur auf das Grab meiner Familie geheftet.

Ich starrte mit zusammengekniffenen Augen zu ihr rüber. »Was soll der Scheiß jetzt?«

Sie lehnte sich ebenfalls gegen den Grabstein und winkelte ihre Beine an. »Ich sitze hier.«

»Sitz woanders.«

»Sitz du doch woanders.« Schnippisch nahm sie das Buch in die Hand und legte es mit aufeinandergepressten Lippen auf ihren Oberschenkeln ab.

Hätte ich noch aufstehen können, ohne dass meine Rippen aus ihrem Gerüst springen und sämtliche meiner Organe wie Butter durchschneiden würden, wäre ich spätestens jetzt weg gewesen. Aber, fuck – allein, dass ich versucht hatte, ihr den Rucksack wegzunehmen, hatte wieder derartig pochende Schmerzen in meiner Seite heraufbeschworen, dass ich mich keinen Zentimeter bewegen konnte oder wollte.

Anstatt sie das wissen zu lassen, beschloss ich, sie zu ignorieren, und kramte meine Zigaretten raus. Ich hätte einen Joint vorgezogen, aber solange der nicht auf magische Weise vom Himmel fiel, musste ich wohl drauf verzichten.

Während ich rauchte, saß sie schweigend da, und obwohl mir die angepissten Fragen auf der Zunge lagen, was sie eigentlich da machte, ob sie kein Zuhause hatte, stellte ich sie nicht. Also saßen wir was weiß ich wie viele Stunden bloß rum, ignorierten uns und wahrscheinlich dämmerte ich dabei auch ein paarmal ein. Irgendwann ging jedenfalls die Sonne wieder auf, und als wäre das endlich mal Grund genug, zu verschwinden, erhob sich das Mädchen vom Boden. Sie legte das Buch vor dem Grab ab und warf mir mit ihrem Skateboard unterm Arm noch einen eindringlichen Blick zu.

Einen Moment lang sah sie aus, als würde sie etwas sagen wollen, und öffnete schon den Mund, entschied sich aber wohl anders, schloss ihn wieder und ging.

Ich kapierte nicht, wieso ich ihr so lange hinterhersah, bis sie nicht mehr zwischen den Gräbern auszumachen war – und ich kapierte auch nicht, wieso ich mich zu der Stelle schleppte, an der sie das Buch abgelegt hatte.

Es war ein großes Hardcover mit dem Titel *The Beautiful Secrets of the Milky Way.*

Ich kannte dieses Buch. Ich hatte Ash dasselbe …

Ein Bild schoss in mir hoch, und unter meinen Rippen zog sich etwas zusammen. Für den Hauch einer Sekunde sah ich ihn lachend mit dem Buch in der Hand die Treppe runterlaufen, aber bevor ich mich daran erinnern konnte, was er zu mir gesagt hatte, was er …

Ich kniff meine Augen zusammen und zwang mich dazu, die Faust, die sich gerade durch meinen Brustkorb rammte, wegzuatmen. Sobald ich die Augen wieder öffnete, flirrte mein Blick.

Ich verstand nicht, woher sie das Buch hatte.

Warum sie es hatte. Wie sie …

Ohne darüber nachzudenken, nahm ich es in die Hand und schlug es wie gelähmt auf. Mehrere Zettel fielen daraus auf den Boden.

Nein, keine Zettel. Polaroids.

Auf einem war nur ein weißer Punkt auf schwarzem Hintergrund. Auf einem anderen das Riesenrad vom Pier, hinter dem die Sonne unterging. Auf einem weiteren der Strand. Auf dem nächsten ein altes Karussell.

Ich griff nach einem, auf dessen Rückseite sie etwas geschrieben hatte. Die Buchstaben waren so klein und eng aneinandergesetzt, dass ich Mühe hatte, es zu lesen.

*Ash … ich weiß, wir haben uns eine ganze Weile nicht gesehen … ehrlich gesagt, weiß ich nicht mal, ob du mich noch erkennen würdest. Es ist auch total komisch, dir zu schreiben, weil ich weiß, dass du nichts hiervon je lesen wirst, aber ich wünschte, du könntest es. Ich wünschte, ich könnte dir sagen, wie leid es mir tut. Wie sehr ich wünschte, du wärst immer noch hier. Es ist nicht fair, was dir passiert ist, und es ist auch nicht fair, was deinem Dad passiert ist. Es ist einfach nicht fair. Es ist nicht fair, dass ich dem Jungen, der mir dieses Buch geschenkt hat, nie wirklich Danke sagen konnte, und ich hasse es, dass ich es auch jetzt nicht mehr kann. Ich hoffe so sehr, dass du weißt, wie viel mir dieses Buch bedeutet. Es war für mich da, als ich etwas gebraucht habe, an dem ich mich festhalten konnte. Es war da, als meine ganze Welt auseinandergebrochen ist, und war das Einzige, das alles in mir zusammengehalten hat. Also, danke, Asher. Danke, dass du mich gerettet hast, als es sonst niemand konnte.*

*Es tut mir so unfassbar leid, dass ich dir das nie sagen kann. Es tut mir so leid, dass ich nicht …*

Der Rest ihres Textes ging in Flammen unter.

Ich ließ das brennende Polaroid fallen und nahm kaum wahr, wie ich das Zippo, das meinem Dad gehört hatte, um meine Faust schloss. Wie ich so fest, dass meine immer noch blutverschmierten Knöchel wieder aufrissen, gegen den Grabstein schlug.

Ich spürte es nicht, als ich es immer und immer wieder tat.

Und wieder.

Und wieder.

Und wieder.

# 3

## KIT

Weil aus einem Cocktail ungefähr sechs zu viele geworden sind, verbrachte ich den nächsten Tag eher im Zombie-Modus. Ich stand in aller Herrgottsfrühe als Zombie auf, bereitete die Lunchpakete meiner drei jüngeren Geschwister als Zombie vor und fuhr als Zombie mit dem Bus und meinem Skateboard zu meiner, wie ich es nannte, Tag-Arbeit ins *Drop Ink*. Einem Tattoo-Studio, in dem ich als Mädchen für alles arbeitete, allerdings nicht als Tätowiererin. Eine Dreijährige hätte mehr Zeichentalent als ich.

Mein Auffassungsvermögen für so ziemlich alles heute war also kleiner als ein Shot-Glas (von denen ich gestern definitiv hätte die Finger lassen sollen). Das wiederum hieß, dass ich auch gern mein Handy ignoriert hätte, als ich, während ich so lahm wie die Faultiere aus *ZOOMANIA* Tattoo-Anfragen beantwortete, von der Schule meines Bruders angerufen wurde. Sie versuchten es inzwischen gar nicht mehr bei unseren Eltern, weil die eh nie zu erreichen waren.

»Logan war heute wieder in eine Auseinandersetzung mit einem Mitspieler aus seinem Football-Team verwickelt«, erklärte mir die Sekretärin der Sunset High in einem leicht herablassenden Oberschicht-Ton. »Wie Sie sicher wissen, ist das bereits das dritte Mal seit Beginn des Schuljahres.«

Cool, dreimal in zwei Wochen. Das war ein neuer Rekord.

Fast schon resigniert, weil man sich ja wohl denken könnte, was nach drei Strikes passierte, seufzte ich. »Bedeutet das, dass er jetzt von der Schule fliegt?«

»Nein, Logan wird nur zwei Wochen nachsitzen müssen«, erwiderte sie und klang wie jemand, der für die Höchststrafe plädiert hätte.

Mich durchfuhr stattdessen pure Erleichterung.

*Er muss nicht wieder an die Northside High.*

Nicht wieder dorthin, wo es regelmäßig Spindkontrollen und Metalldetektoren an den Eingängen gab und wo jeder Dritte schon eine Zelle mit seinem Namen im Knast sicher hatte. Wahrscheinlich sogar jeder Zweite.

»Hören Sie, Miss Callahan, Direktor Curtis hat mich nur gebeten, Sie über die Auseinandersetzung in Kenntnis zu setzen. Logan war bereits bei der Schulkrankenschwester, aber falls Sie noch mit ihm ins Krankenhaus wollen, wird Mister Sherwood für alle anfallenden Kosten aufkommen. Geben Sie Logan die Rechnung einfach mit, ich leite sie dann weiter. Alles andere haben wir bereits mit Mister Quinn geklärt. Dann wünsche ich Ihnen noch einen schönen –«

»Moment, äh …«, unterbrach ich sie, weil sie so schnell sprach, dass ich ihr kaum folgen konnte.

Schulkrankenschwester? Wie schlimm war Logan verletzt?

Mister Sherwood? Wer sollte das sein und wieso sollte er die Krankenhausrechnung bezahlen?

Und was – zum Teufel – hatte der Nachname *Quinn* bei dieser Aufzählung verloren?

Mein Puls fing an zu hämmern. »Mister … Quinn?«

»Ja, Mister Quinn.«.

»Entschuldigung? Ich verstehe nicht ganz, was er mit meinem Bruder und der ganzen Sache zu tun hat …?«

»Er bezahlt doch Logans Schulgebühren.«

*Er macht bitte was?*

Ich stieß ein ungläubiges Lachen aus. »Das kann überhaupt nicht sein. Logan hat ein Stipendium.«

Für das er sich den Arsch aufgerissen hatte und das sein Ticket raus aus dem Loch war, das sich unser Leben nannte. Nach dem Abschluss an der Sunset High, einer privaten, sauteuren Highschool für versnobte Millionärs-Kinder, würden ihm sämtliche Tore offen stehen.

Und dafür hatte er ein *Stipendium.*

»Wenn Mister Quinn die Schulgebühren für jemanden bezahlt, dann sicherlich nicht für meinen Bruder.«

»Äh«, machte sie, als hätte ich die News des Jahrhunderts verschlafen. »Logan hat kein Stipendium. Ich weiß nicht, wie Sie darauf kommen, aber ich habe jetzt Feierabend. Klären Sie das doch bitte persönlich mit Mister Quinn.«

Mir fiel alles aus dem Gesicht. »Wie bi– «

»Einen schönen Tag noch.« Sie legte einfach auf.

Fassungslos starrte ich auf mein Handydisplay, fragte mich, ob ich wegen Übermüdung eingeschlafen war und das hier nur geträumt hatte, aber das war so unwahrscheinlich wie eine neue Eiszeit.

Was zum … *Teufel?!*

Was hatte Connor – und es gab keinen anderen *Mister Quinn*, der infrage kam – noch mit meinem Bruder zu tun? Mit seinem Schulgeld? Wieso … was … wie … hä?!

Offenbar hatte ich genauso wenig Ahnung von irgendwas wie meine Eltern.

Bevor ich etwas Dummes tun würde – zum Beispiel mein Handy quer durchs gerade leere Tattoo-Studio zu schleudern –, rief ich meinen Bruder an, wurde aber mehrmals von seiner Mailbox vertröstet.

Etwas, das ihr über meinen Bruder wissen müsst: Der Anruf der Schule war keine Überraschung. Ich hatte keine Ahnung, was in letzter Zeit mit Logan los war, außer, dass er nur noch Ärger machte. Die Sorte, bei der ich langsam Angst bekam, dass er es bis vor einen Haftrichter schaffen könnte, die Jungen wie ihn, Jungen von der Northside, die ohnehin als *das* Problemviertel galt, täglich als Nachmittagssnack auf der Speisekarte hatten.

Mit ihm mal darüber zu reden, vernünftig, ohne dass er ständig abhaute und Türen knallte, war schwerer, als ein vollbesetztes Flugzeug zu landen.

Natürlich ging er nicht an sein Handy, als ich versuchte, ihn hundert Mal anzurufen. Und natürlich war er auch nicht zu Hause, wo ich zuerst nach ihm suchte, nachdem ich mal wieder früher von der Arbeit abgehauen war. Aber da war er praktisch nie, und wenn dann nur, um zu duschen, bevor er sich wieder weiß kein Mensch wo herumtrieb.

Ehrlich gesagt war es ein Wunder, dass er sein Stipendium noch nicht …

Ach, nee. Das existierte ja anscheinend nicht.

Ohne zu wissen, was ich tun sollte, rief ich Nate an, der gerade anscheinend noch geschlafen hatte. Um halb drei.

»Hallo Sonnenblume, was für ein wunderbarer Weck–«

»Wo ist Connor?«, knurrte ich ins Handy, wobei ich bereits ziellos aus unserem heruntergekommenen Haus rannte, an dem die Farbe unter der Dauerbestrahlung der Sonne schon seit Jahren abblätterte wie trockenes Herbstlaub.

Okay, nicht ganz ziellos. Ich wusste, dass die Westside – das stinkreiche Viertel der Stadt, wo der Himmel immer blauer war, Geld auf Palmen wuchs und jemand wie ich wie ein frischer Vogelschiss auf einem nigelnagelneuen Sportcabrio behandelt wurde – ein guter Anhaltspunkt war.

Nate gähnte. »Was ist heute für ein Tag?«

»Donnerstag.«

»Ach ja, stimmt, Donnerstag …« Er gähnte wieder. »Donnerstags ist er vor der Uni bei SH, aber was auch immer du vorhast, heute ist das glaube ich keine gute –«

»Danke«, sagte ich noch, dann legte ich schnell auf und wusste genau, dass ich gleich Connors und meinen stillschweigenden Pakt, die Existenz des anderen zu leugnen, brechen würde.

☼

Als ich den Limit Tower erreichte, ein schwarz-verglaster Wolkenkratzer mitten auf der Westside, brodelte ich innerlich auf einer Temperatur, gegen die die Sonne ein Eisklotz war.

Ich wusste nicht, was ich tun würde, sollte ich Connor gleich gegenüberstehen.

Ich wollte nicht mit ihm reden.

Ich wollte überhaupt gar nichts mehr mit ihm zu tun haben, und ich war mir todsicher, dass für ihn dasselbe galt. Immerhin war es exakt das, was er mir vor vier Jahren ins Gesicht gesagt hatte, während das Messer schon bis zum Anschlag in meiner Brust gesteckt hatte.

Ich würde euch ja gern erklären, was damals genau vorgefallen war – aber ich verstand es bis heute selbst nicht.

Es interessierte mich aber auch nicht mehr.

Vier Jahre waren eine lange Zeit, um jemanden dafür, dass er einen mit einer Leichtigkeit aus seinem Leben gekickt hatte, als hätte er nebenher auch noch den Müll rausbringen können, erst zu verfluchen, dann brennend zu hassen, und zuletzt einfach für tot zu erklären.

Denn das war er für mich. Gestorben.

Was ich noch für ihn empfand, war *nichts mehr*.

War ich trotzdem angepisst gewesen, weil er vier Jahre aus der Stadt verschwunden und vor zwei Monaten nach Solane zurückgekommen war, *ohne* sich sofort vor mir auf die Knie zu werfen und sich für die Scheiße, die er mit mir abgezogen hatte, zu entschuldigen?

Selbstverständlich – aber nur, weil er mir damit die Genugtuung genommen hatte, ihn einfach stehen zu lassen.

Dass jetzt auch noch ausgerechnet ich diejenige war, die ihn aufsuchen musste, kotzte mich dabei am meisten an.

Fast so sehr wie die lächerliche Argumentation, die eine der beiden Empfangsdamen hinter dem schwarzen Marmortresen hervorbrachte, kaum dass ich das Foyer von SH – Silver Horizons, das Milliarden-Unternehmen von Connors verstorbenem Dad – betreten hatte. »Schätzchen, soll ich Ihnen mal erklären, wie viele Ihrer Sorte jeden Tag hier reinspaziert kommen und verlangen, mit Mister Quinn zu sprechen?« Sie blies gelangweilt eine Kaugummiblase auf, musterte mich, als hätte ich sie und ihr Designer-Outfit mit meinem 4-Dollar-Shirt von Walmart persönlich beleidigt, und wandte sich an ihre Kollegin. »Wir sollten uns mal Gedanken über ein Schild machen. Ich bin es leid, immer und immer wieder erklären zu müssen, dass Mister Quinn niemanden ohne Termin zu sich lässt. Schon gar keine Hipster.«

Sie blies wieder ihr Kaugummi auf, von dem ich hoffte, sie schmierte ihn sich selbst in ihre Extensions.

»Hören Sie, Miss … ach, wissen Sie was, es ist mir egal.« Ich lächelte sie so künstlich an wie ihre Veneers. »Ich muss mit ihm sprechen. Dringend. Rufen Sie ihn verdammt noch mal an, wenn es sein muss.«

Genervt nahm sie den Hörer, drückte eine Taste und hielt ihn sich ans Ohr. »Mister Quinn? Ja, hi. Hier ist eine Ms …?«

»Kit«, sagte ich einfach nur, auch wenn mir »Diejenige, die gleich die Schnauze voll hat« besser gefallen hätte.

»Eine Ms Kit, die mit Ihnen sprechen will.« Kurze Pause. Kaugummiblase. *Plopp.* »Aha – aha – ja, natürlich richte ich ihr aus, dass Sie niemanden in Ihr Büro lassen, wenn …« Sie wurde leiser, als irgendwo den Flur runter eine entfernte, angepisste Stimme ertönte.

»… für diesen Scheiß keine Zeit. Warum hast du ihr nicht einfach –« Connor trat aus einer der dunklen Ebenholztüren und verstummte, als sein ohnehin schon finsterer Blick an mir hängen blieb.

Sofort ballten sich meine Fäuste.

Connor war komplett in Schwarz gekleidet, in Jeans und Blazer, sein dunkelbraunes kurzes Haar war zerzaust, die sonst für ihn so typische Basecap fehlte. Eine ebenfalls schwarze Uhr umschlang sein Handgelenk und unterstrich nur das, was an ihm haftete wie ein dunkler Schatten – Geld, Macht und ein Desinteresse an praktisch allem und jedem, die Welt, die er irgendwann niederbrennen würde, eingeschlossen.

Anders als seine Freunde war Connor derjenige, über den man kaum etwas wusste und über den trotzdem am meisten gesprochen wurde. Er war derjenige, den man wie einen Tiger mied und gleichzeitig ehrfürchtig bewunderte, weil man die Person sein wollte, die er nicht zerfleischte, sondern beschützte.

Für viele war er deswegen pure Faszination.

Ein Mythos.

Aber für mich?

Für mich war er der Teufel.

Von außen unmenschlich schön, beinahe lächerlich vollkommen – mit einem Gesicht, für das jeder Künstler Blut vergießen würde, einer Kinnlinie, die scharf genug war, dass man sich daran schneiden könnte, und so sündhaft sinnlichen Lippen, dass man nicht einmal mehr bemerkte, welche Lügen man nur allzu bereitwillig davon trank.

Im Inneren war er dafür umso hässlicher – grausam, verdorben und von absoluter Finsternis beherrscht.

Er konnte dich mit einem Wimpernschlag in die Hölle locken, und du würdest glauben, es wäre das in Flammen stehende Paradies. Du würdest, ohne es zu merken, immer tiefer in seine Falle tappen – bis es zu spät war und er sein wahres Gesicht zeigte.

Ich wusste, wovon ich sprach. Ich hatte diesen Fehler schon einmal gemacht und dafür bezahlt.

»Fuck, willst du mich verarschen?« Obwohl er seine von Natur aus schmalen olivgrünen Augen wie zwei auf mich visierte Fadenkreuze in meine bohrte, war mir klar, dass er nicht mit mir, sondern mit Nate am Handy gesprochen hatte.

Dafür musste man kein Genie sein.

Die beiden waren vielleicht nur Cousins, aber manchmal verhielten sie sich wie siamesische Zwillinge.

Schnaubend und wutentbrannt stieß ich mich vom Empfangstresen ab und ging auf Connor zu.

»Halt, warten Sie, Sie können nicht –«, rief die Kaugummi blasende Assistentin, und ich hörte, wie sie von ihrem Stuhl aufsprang. »Mister Quinn, soll ich den Sicherheitsdienst –«

Er würgte sie mit einer einzigen Handgeste ab und steckte dann sein Handy in seine Hosentasche. »Hast du dich verlaufen, Cali?«, spottete er, verschloss mit einer Hand sein Büro und kam mir entgegen. »Das Theater ist ein paar Blocks weiter südlich.«

Ich hatte keine Ahnung, was das heißen sollte, aber statt ihn danach zu fragen, musste ich mich dazu zwingen, eine Handbreit von ihm entfernt stehen zu bleiben. Andernfalls wäre der Sicherheitsdienst mein geringstes Übel gewesen.

»Was fällt dir eigentlich ein?!« Mit geballten Fäusten starrte ich zu ihm hoch.

»Nichts, wofür ich gerade Zeit hätte«, erwiderte er kalt, schob sich an mir vorbei und ließ mich stehen.

Er ließ mich einfach stehen.

Nicht, dass mich das überraschte. Ich musste nur tief durchatmen, mich daran erinnern, dass er die lebenslange Strafe im Knast nicht wert wäre, und konnte ihm erst dann folgen. Kaum drehte ich mich um, war er aber verschwunden.

Was zur Hölle?!

»Connor!« Ich eilte los, ignorierte die Assistentinnen, von denen eine überfordert und die andere fuchsteufelswild aussah, und steuerte die Aufzüge an. Mein Herz sprang zornig gegen meine Rippen, als ich gerade noch sah, wie er in einen davon einstieg, und ich so schnell ich konnte auf die sich schließende Tür zurannte. »Verdammt noch mal, Connor! Jetzt warte! Du kannst nicht einfach –«

Ich knallte beinahe gegen die geschlossenen Türen des Aufzugs, bremste aber vorher ab und schlug mit beiden Händen fest dagegen. »Arschloch!«

In meinen Ohren begann es zu rauschen. Mein Puls pochte plötzlich so laut, dass ich fast nicht mitbekommen hätte, wie eine der beiden Assistentinnen jetzt tatsächlich den verdammten Sicherheitsdienst rief, und beschloss kurzerhand, in den nächstbesten Aufzug einzusteigen.

Es fühlte sich beschissen an. Ich hatte mir geschworen, Connor nie wieder hinterherzurennen, und jetzt tat ich exakt das. Am liebsten hätte ich deswegen einfach hingenommen, dass er das Schulgeld für Logan bezahlte. Solange er mir dafür keine Rechnung schickte, könnte es mir scheißegal sein. Aber so einfach war das nicht.

Das war es mit Connor noch nie.

Ungeduldig schlug ich meine Hand mehrmals auf den einzigen Knopf des Aufzugs, der mir logisch erschien – die Tiefgarage. Weil Silver Horizons im achtunddreißigsten Stock des Limit Towers lag, betete ich auf dem Weg runter, nicht gestoppt zu werden, und erreichte schließlich mein Ziel.

Ich entdeckte Connor sofort – etliche, im schlimmsten Fall zu viele Meter vor mir – und lief wieder los. Starrte ihm wütende Pfeile in seinen Rücken. »Connor!«

Er reagierte nicht. Ich wurde noch schneller. »Ist das jetzt dein Ernst? Du ignorierst mich?!«

Spoileralarm: Dazu hatte er keinen Grund. *Ich* hatte ihm nichts getan. *Ich* hatte ihn nicht von einem Tag auf den anderen geghostet und jeden seiner Anrufe ignoriert, nachdem ich in der dunkelsten Zeit seines Lebens für ihn da gewesen war und ihn in- und auswendig gekannt hatte. Seine Schwächen und seine Gedanken, die an manchen Tagen dunkler gewesen waren als das tiefste Schwarz.

Ich folgte ihm durch die halbe Tiefgarage und holte ihn gerade ein, als er nur noch ein paar Meter von einem mattschwarzen Mercedes-Geländewagen entfernt war.

»Connor, jetzt bleib –«

»Fuck, hast du mir nicht zugehört? Ich hab für diesen Scheiß keine Zeit. Also dreh verdammt noch mal irgendwo anders durch«, unterbrach er mich harsch, aber den Gefallen tat ich ihm nicht.

»Du bezahlst Logans Schulgeld?«

»Brauchst du darauf ernsthaft noch eine Antwort? Ich dachte eigentlich, dein IQ wäre hoch genug.«

Arsch. Loch.

»Ihr habt so getan, als hätte er ein verdammtes Stipendium?«, zischte ich, als er bereits die Fahrertür seiner G-Klasse erreichte. »Du schuldest mir eine scheiß Erklärung!«

Er lachte herablassend und zog seine Autotür auf. »Ich schulde dir überhaupt nichts, Cali.«

»Nenn. Mich. Nicht. So!« Bevor ich begriff, was ich tat, oder besser gesagt, wie ich es tat, drückte ich mich zwischen Connor und sein Auto und verhinderte, dass er einsteigen konnte. Weil er mir deswegen plötzlich wieder viel zu nah war, so nah, dass wir uns beinahe berührten, presste ich meinen Rücken gegen den Fahrersitz und wich so weit ich konnte vor ihm zurück. Er war mindestens einen Kopf größer als ich, locker eins fünfundachtzig, und sah jetzt zu mir runter, als würde ich seine Nerven um Millimeter mit einer Bowlingkugel verfehlen.

»Du hast dazu kein Recht mehr«, erinnerte ich ihn scharf. »Und du hast auch kein Recht, dich einfach in mein Leben und das meiner Familie einzumischen, kapiert? Kümmere dich verdammt noch mal um deine und lass *meine* in Ruhe.«

Im ersten Moment reagierte Connor nicht. Er sagte nichts, tat nichts. Er mahlte nur mit dem Kiefer und erwiderte meinen Blick hart und kalt. Als hätte ihn die Dunkelheit, die ihn schon immer umgeben hatte, komplett verschlungen.

»Was, genau, willst du jetzt von mir, *Kit?*« Er betonte meinen Namen abfällig, wobei er ohne Vorwarnung einen Arm direkt über meinem Kopf gegen das Dach des Geländewagens stemmte und sich dabei so nah zu mir beugte, dass es unmöglich war, seinen Geruch zu ignorieren.

Er roch immer noch nach Sommerregen, immer noch nach demselben Parfüm und immer noch nach … Connor.

Mein Inneres reagierte darauf wie eine Horde wildgewordener Piranhas, die wegen eines einzigen Tropfen Bluts meinen Brustkorb in Stücke rissen.

»Willst du, dass ich das Geld wieder zurückziehe? Dass ich dafür sorge, dass er von der Schule fliegt?«, raunte er, seine Stimme und sein Blick eine einzige Provokation. »Nein? Dann sei ein braves Mädchen und geh mir verdammt noch mal aus dem Weg.«

Ich presste meine Lippen zu einem harten Strich aufeinander. »Wieso bezahlst du sein Schulgeld?«

»Frag. Ihn. Selbst.« Er stieß jedes Wort einzeln hervor, ehe er mir noch näher kam. »Und jetzt geh.«

»Nein.«

»Gut, dann steig eben ein. Ich habe noch ungefähr drei Minuten, in denen ich dir alles sage, was du wissen willst, während du mir dafür einen blasen kannst. Hab gehört, du bist jetzt 'ne glatte neun von zehn.«

Ich sah exakt eine einzige Sekunde fassungslos zu ihm hoch, bevor ich ihn mit beiden Händen und einem geknurrten »Fick dich!« an der Brust wegstieß. Aber er verlor nicht mal das Gleichgewicht und schob mich nur wie eine lästige Fliege aus dem Weg, damit er einsteigen konnte.

»Keine Sorge. Wenn du's nicht tust, find ich irgendeine andere.« Dann schlug er die Tür zu und startete den Motor.

»Ist das gerade dein scheiß Ernst?!« Meine flachen Hände knallten aufs Blech – und ich hätte gern auch noch ein zweites Mal gegen sein beschissenes Auto geschlagen, als er einfach rückwärts ausparkte und dann einmal, nur kurz durch die Windschutzscheibe zu mir sah.

In diesem Moment musste ich mir eingestehen, dass ich wohl doch mehr als gar nichts für ihn empfand.

Jetzt gerade *hasste* ich ihn.

Ich hasste ihn für das hier, dafür, dass er hinter meinem Rücken das Schulgeld meines Bruders bezahlte, dafür, dass er ein Arschloch war, und dafür, dass er glaubte, mir keine verdammte Erklärung schuldig zu sein.

Ich hasste ihn für alles, was er war, was er nicht war und was er nie wieder sein würde.

Weil Cali – seine beste Freundin, die jedes noch so dunkle Geheimnis über ihn gewusst und trotzdem den Fehler gemacht hatte, ihm für ein paar flüchtige Augenblicke, für den Hauch eines Was-wäre-wenns, ihr Herz zu geben – tot war.

# 4

☾

## CONNOR

»Die Anschuldigungen gegenüber Mister Quinn sind haltlos. Es gibt weder medizinische Untersuchungen oder stichhaltige Beweise, die belegen, dass er in irgendeiner Form handgreiflich gegenüber Ms Pierce geworden ist, noch gibt es Zeugen, die etwas von dem angeblichen Vorfall mitbekommen haben. Außerdem ist es doch höchst merkwürdig, dass zur selben Zeit die Überwachungskameras abgeschaltet waren, oder, Ms Pierce?«, fragte Olivia Fenton, die Anwältin auf meiner Seite des Konferenztisches, und fixierte dabei Leila Pierce gegenüber von uns.

Sie war eine Elite-Studentin der WSU, der ich das, was auch immer sie da an ihrem Hals hatte, zugefügt haben sollte. Lilablaue Abdrücke, die sich wie Leuchtsignale von ihrer gebräunten Haut abhoben und *nicht* von mir stammten.

Weil ich *Ms Pierce* – die mit vor der Brust verschränkten Armen in einem hochgeschlossenen Klosterschülerin-Kleid dasaß und so subtil schmollte, dass man ihr einen verdammten Mitleidsorden verleihen sollte – nicht mal angerührt hatte. Weder mit meiner Hand noch mit meinem kleinen Finger. Ich hatte nicht mal darüber *nachgedacht*, ihr näher zu kommen, als es für das Überreichen von Unterlagen gebraucht hätte – und trotzdem saß ich schon zum fucking zweiten Mal an einem

Tag im Büro eines Direktors und musste einen potenziellen Rauswurf verhindern.

»Meine Mandantin hat keine Notwendigkeit gesehen, ihre Verletzungen ärztlich dokumentieren zu lassen«, erwiderte die inkompetente Pappnase eines Anwalts, die neben Leila saß und schon seit dem Beginn dieses Gesprächs nicht aufhörte, am Knoten seiner Krawatte zu fummeln. »Nichtsdestotrotz ist Ms Pierce natürlich höchst traumatisiert von dem Vorfall, der sich nicht nur angeblich, sondern tatsächlich Dienstagabend in den Geschäftsräumen von Silver Horizons ereignet hat, weshalb wir überzeugt sind, dass Sie, Dekanin Lopez, den Vorfall trotz der Person von Mister Quinn ernst nehmen werden.«

Schon bevor er diese Lächerlichkeit einer Antwort beendet hatte, schnaubte ich und bekam dafür einen Seitentritt gegen mein Schienbein.

Jesse Cameron, einer der Wichser, der das Pech hatte, den Titel einer meiner besten Freunde innezuhaben, warf mir einen scharfen Blick zu. Er saß direkt neben mir, unter anderem, weil er während seines Jura-Studiums in der Kanzlei seines Vaters assistierte und wohl aufpassen sollte, dass ich mich nicht noch tiefer in die Scheiße ritt.

Ich wandte mich genervt ab, ohne eine Miene zu verziehen. Ich würde sowieso nicht von der Uni fliegen. Aus vielen Gründen. Einer davon war, dass Leilas Geschichte mehr Löcher hatte als ein verdammter Maschendrahtzaun.

Der Vorfall hatte sie traumatisiert?

Mich würde interessieren, was daran genau.

War's der Teil, in dem sie mit aufgeknöpfter Bluse auf meinem Schreibtisch sitzend begriffen hatte, dass ich sie nicht darauf vögeln würde? Oder war es der, in dem sie sich mir – nachdem ich sie aufgefordert hatte, sich höflichst aus meinem

Büro zu verpissen – an den Hals geworfen und wie ein rolliges Meerschweinchen mein Bein gerieben hatte?

Das erste, einzige und letzte Mal, dass meine Hände ihren Körper berührt hatten, war, als ich sie zur Tür geschoben hatte. *Ohne* Gewalt.

»Des Weiteren«, fuhr Anwalt Pappnase nahtlos fort, »weisen wir die Unterstellung ab, dass Ms Pierce die Überwachungskameras von Silver Horizons manipuliert haben soll. Soweit SH selbst bestätigt, hat nur qualifiziertes Personal Zutritt zu den IT-Räumen. Meine Mandantin absolviert lediglich ein studentisches Praktikum, und ich wage doch zu bezweifeln, dass sie die Kameras abschalten könnte.«

»Nicht allein. Ms Pierce wurde gegen drei Uhr nachmittags gesehen, als sie aus der IT-Etage in den Aufzug gestiegen ist.«

»Wollen Sie meiner Mandantin vorwerfen, jemanden aus *Ihrem* Unternehmen – in dem es schon mehrfach zu Vorwürfen sexueller Belästigung gekommen ist – bestochen zu haben?«

»Ich werfe Ihrer Mandantin nichts vor, Mister Cowell. Ich lasse sie lediglich wissen, dass sie gesehen wurde. Außerdem hat Mister Quinn nichts mit etwaigen Anschuldigungen von sexueller Belästigung zu tun, die Sie gerade aufgeführt haben.«

»Aber Sie würden mir doch gewiss zustimmen, dass Mister Quinn kein Heiliger ist, korrekt?« Anwalt Pappnase brachte diesen Satz raus, ohne dabei in meine Richtung zu blinzeln. »Wenn man mal einen Blick auf seine Vergangen-«

»Mister Quinns Vergangenheit gehört ebenso wenig an diesen Tisch wie die Anschuldigungen, die ihn nicht betreffen«, unterbrach Olivia ihn entschieden. »Die Westside University und Dekanin Lopez sind außerdem über die Umstände seines unterbrochenen Studiums informiert und haben sich dennoch dazu entschieden, dass er sein Studium an der WSU fortsetzen kann.«

Pappnases Blick wanderte beinahe Hilfe suchend zur Dekanin, die am Kopf des Konferenztisches saß und diesem Zirkus schweigend folgte.

Ich konnte nur raten, wie oft sie sich so einen Scheiß anhören musste, genauso wie ich nur raten konnte, wie viele Millionen ich schon wegen besagtem Scheiß über Tische geschoben hatte.

Klar, ich hatte mit Sicherheit einige Dinge getan, auf die ich nicht stolz war, und nein, ich war kein verdammter Heiliger. Nicht mal dann, wenn man mich in einem See von Weihwasser ertränken würde. Aber ich gehörte auch nicht zu den Wichsern, die glaubten, ein paar Nullen zu viel auf dem Konto berechtigen sie dazu, Frauen zu irgendwas zu nötigen. Ich brauchte das nicht. Wenn ich wollte, könnte ich mich nackt aufs Unigelände stellen und hätte eher irgendwelche Lippen um meinen Schwanz, als in Handschellen auf der Rückbank eines Polizeiwagens abgeführt zu werden.

»Dekanin Lopez, ich kann mich nur wiederholen.« Olivia schüttelte leicht den Kopf. »Die Anschuldigungen von Ms Pierce sind haltlos. Mister Quinn hat Ihnen bereits geschildert, was sich vorgestern Abend ereignet hat, und weist jeden Vorwurf von Ms Pierce zurück.«

»Bei allem nötigen Respekt, Miss Fenton, aber die von Mister Quinn geschilderten Ereignisse sind genauso haltlos«, widersprach Anwalt Pappnase und warf einen kurzen übertrieben besorgten Blick auf Leila. »Die Male an Ms Pierce' Hals sprechen eine andere Sprache. Außerdem …« Er nahm das iPad, das neben seinen Unterlagen lag, aktivierte das Display und schob es über den Tisch. »Dekanin Lopez, was Sie auf den Fotos sehen werden, ist der Beweis, dass Ms Pierce nicht das einzige von Mister Quinns Opfern ist.«

*What the fuck?* Meinen Opfern? *Plural?*

Und was für verdammte Fotos?

»Diese Aufnahmen wurden vor nicht mal einer Stunde getätigt. Kurz bevor er zu diesem Gespräch hier erscheinen sollte. Was sagt das über ihn aus? Wollen Sie wirklich jemanden wie ihn an dieser angesehenen Elite-Universität studieren und ihn damit ihren fantastischen Ruf beschädigen lassen? Wer weiß, was passiert wäre, hätte meine Mandantin nicht die Chance gehabt, die Flucht zu ergreifen.«

Wäre ich nicht so konzentriert auf dieses verdammte iPad gewesen, hätte ich ihn gefragt, ob er sich gerade einen durchgezogen hatte. So viel Schwachsinn auf einmal hatte ich selten gehört, und, fuck, ich hatte *viel* gehört.

Lopez gab das iPad an uns weiter, und als ich dann sah, *wer* mein »Opfer« gewesen sein sollte, hätte ich es am liebsten genommen und Cowell ins Gesicht geworfen.

Auf dem Foto waren Kit und ich in der Tiefgarage – ich stand direkt vor ihr, einen Arm gegen das Dach meines Geländewagens gestemmt, während sie sich mit dem Rücken an den Fahrersitz presste und so mörderisch zu mir hochsah, dass ich nichts als Genugtuung dabei empfand.

Ob ich wohl ein paar Abzüge von dem Foto haben könnte? Für persönliche Zwecke.

Statt die Frage auszusprechen und Cowell damit nur in die Karten zu spielen, sahen wir uns das nächste Foto an.

Darauf sah man, wie Kit wütend ihren Arm von mir wegzog, nachdem *sie* mich von sich weggestoßen hatte – oder, besser gesagt, man hätte es sehen können, wenn es nicht so gewirkt hätte, als hätte sie sich *von mir* losgerissen.

Mir entglitt ein ungläubiges Lachen.

Was war das denn hier für eine Shitshow?

»Dekanin Lopez, diese Fotos wurden ohne Einverständnis von Mister Quinn aufgenommen und sind *nicht* Bestandteil dieses Gesprächs«, stellte Olivia klar und schob das iPad wieder zurück. Keine Ahnung, wie sie noch die Fassung bewahren konnte – ich war kurz davor, sie zu verlieren.

Hatte dieser Penner mich beschatten lassen? Weil er wusste, dass ich Leila nicht angerührt hatte?

»Ist die junge Frau auf dem Foto eine Studentin der WSU?«, fragte Lopez.

»Nein.« Ich starrte Anwalt Pappnase unmittelbar an und wartete darauf, dass er an seiner Krawatte erstickte. »Sie ist keine Studentin. Und die Fotos stellen nicht wirklich das dar, was zwischen mir und ihr vorgefallen ist.«

*Nicht mal ansatzweise.*

Rote Flecken breiteten sich auf Cowells Hals aus. »Nicht? Ich bin mir ziemlich sicher –«

»Mister Cowell«, unterbrach ihn Lopez. »Ich glaube, ich habe für heute genug gehört. Ich möchte mit Ms Pierce allein sprechen und das Gespräch am Montag um dieselbe Uhrzeit fortsetzen. Bis dahin – Mister Quinn«, sie richtete ihre Aufmerksamkeit ohne jede Regung auf mich, »Ihnen empfehle ich, Ihre Kurse und Vorlesungen nicht wahrzunehmen, bevor diese Angelegenheit nicht eindeutig geklärt ist.«

☾

»Warum lassen die dich beschatten?« Jesse lehnte mit einer Zigarette in der Hand an der Hintertür meiner G-Klasse, nachdem wir zwanzig Minuten später draußen auf dem Parkplatz standen, und sezierte dabei mein Gesicht, als wartete er nur darauf, dass ich ausflippte.

Ich war nah dran. So verdammt nah, dass ich mein Blut auf jeder Wand dieser verfluchten Stadt hinterlassen wollte.

Nicht, weil ich gerade suspendiert worden war. Und auch

nicht, weil die Gefahr bestand, von der Uni zu fliegen – wie gesagt, das würde ich nicht. Die WSU würde nur ein paar Studienabschlüsse für mich und meine nie existierenden Kinder springen lassen müssen, wenn ich auf die Idee kommen würde, wegen eines unberechtigten Rauswurfs vors Gericht zu ziehen.

Ich war abgefuckt, weil dieses Gespräch die Krönung der beschissenen letzten Tage war.

»Keine Ahnung.« Ich öffnete meinen Wagen, holte meine Zigaretten aus der Mittelkonsole und griff nach der schwarzen Basecap, die auf dem Beifahrersitz lag. Nachdem ich sie mir tief ins Gesicht gezogen hatte, steckte ich mir eine Zigarette an. »Warum rennt das Miststück damit direkt zu Lopez? Wieso war sie nicht bei den Cops oder der Personalabteilung? Sie hat ja nicht mal nach Geld gefragt. Oder einer Festanstellung. Oder dass ich sie heirate, damit sie gar nicht erst anfängt, diese Scheiße rumzuerzählen.«

Ich ließ meinen Blick über den vollen Parkplatz der WSU schweifen, auf der Suche nach irgendeinem Indiz darauf, dass ich gerade beobachtet wurde. Die Hälfte der Autoscheiben war allerdings so dunkel getönt, dass man dahinter genauso gut hätte einen Porno drehen können.

»Ich telefoniere mit meinem Vater, wenn er aus dem Gericht raus ist«, ließ Jesse mich wissen, während er zwei Elite-Studentinnen zunickte, die kichernd und mit Büchern auf der Hüfte balancierend an uns vorbeigingen.

Ich ignorierte sie, aber Jesse sah ihren kurzen Röcken hinterher wie ein Jaguar einer Antilope, in seinem Gesicht dieselbe kühle Berechnung eines Jägers, die ich auch von seinem Adoptivvater kannte. Auch wenn Jesse das nicht von ihm, sondern im Blut hatte.

Er stieß den Rauch seiner Zigarette aus und sah mich unter

pechschwarzen, gelockten Haarsträhnen an, die ihm fast bis in die Augen fielen. »Warum sollte Leila wollen, dass du von der Uni fliegst? Wieso diese Fotos? Irgendwas an der ganzen Nummer stinkt.«

Ich antwortete nicht darauf. Weil er recht hatte.

Diese lächerlichen Anschuldigungen waren nicht der erste abgefuckte Vorfall, der seit meiner Rückkehr in diese gottverfluchte Stadt passiert war, in der das ganze Jahr über Künstlichkeitsschutzfaktor 0 herrschte.

Einmal hatte ein alter Zeitungsartikel über meinen Vater unter meiner Windschutzscheibe geklemmt.

Vor drei Wochen hatte ein Mädchen, kaum älter als sechzehn, es bis vor meine Wohnungstür geschafft, mir pathetisch heulend einen Schwangerschaftstest vor die Nase gehalten und behauptet, es wäre von mir – was absoluter Bullshit und unmöglich war.

Kurz danach war ein Paket für mich abgegeben worden, von dem Jesse, Alec und Nate bis heute nichts wussten. Sie würden mir nicht glauben, dass ich den Inhalt in die Feuerschale geworfen und verbrannt hatte.

»Denkst du, Kit hat was damit zu tun?«

Ich verengte die Lider. »Inwiefern?«

»Vielleicht hat sie den Lockvogel gespielt und ein paar Scheine kassiert«, überlegte er, woraufhin ich die Zähne zusammenbiss und den Kopf schüttelte.

»Fuck, nein.« Es war zwar nicht zu übersehen gewesen, dass sie mir am liebsten die Eier abgerissen hätte, aber bei ihrem Auftritt bei SH war es um ihren verletzten Stolz gegangen und nicht um Rache.

»Wir werden trotzdem mit ihr reden müssen«, sagte Jesse und klang dabei so begeistert, als hätte er gerade zusehen müssen, wie jemand eins seiner Bikes schrottete.

Bevor ich allerdings darauf antworten konnte, erklang hinter mir die nervtötende Stimme von Nate, der mir genauso nervtötend einen Arm über die Schultern warf. »Mit wem müssen wir reden und wieso müssen wir das? Und wieso siehst du so aus, als hätte dir ein Chick in den Schwanz gebissen? War es Kit oder hatte die Lopez scharfe Zähne?«

Ich schüttelte genervt seinen Arm ab. »Verpiss dich.«

Mein sieben Monate jüngerer Cousin ignorierte mich und stellte sich neben Jesse, der ihm seine Zigarettenschachtel hinhielt. Während sich Nate eine rausnahm, trat Alec neben mich, bereits mit einer Kippe im Mund.

»Ich gebe Nate ungern recht.« Er lehnte sich gegen den SUV, der neben mir parkte. »Aber du siehst wirklich beschissen aus, Quinn.«

»Beschissen, aber immer noch wie die Augenweide, die wir Quinns sind«, warf Nate nuschelnd ein, wobei er mehrere Versuche brauchte, seine Zigarette anzuzünden.

Ich verdrehte die Augen. Nate hieß Renshaw, nicht Quinn. Allerdings war er der Enkel unseres Großvaters und seine Mom die Zwillingsschwester meines Vaters. Wir stammten beide aus demselben Genpool, in dem das Wasser wie Gold glänzte. Unsere Familie besaß altes Geld und wahrscheinlich so viele Immobilien, dass keiner so wirklich einen Überblick darüber hatte, wie viele es insgesamt waren.

»Also, *compardres*. Es lief offenbar so beschissen wie erwartet. Mit wem müssen wir jetzt reden?«, fragte Nate weiter und musterte abwechselnd Jesse und mich.

Jesse berichtete ihm und Alec knapp, was gerade im Konferenzraum passiert war, und erklärte, warum wir mit Kit reden mussten. Anwalt Pappnase hatte versucht, mir was anzuhängen – Kit musste es klarstellen.

Könnte für mich nicht besser laufen.

»Also erstens«, setzte Nate dann wieder an und fuhr sich mit einer Hand durch seine aschblonden Haare.

Eigentlich waren sie wie meine dunkelbraun, aber er war der Meinung, die neue Haarfarbe würde die *Elite-Studentinnen der WSU dazu bringen, jedem anderen Gott abzuschwören und zum Nathanismus zu konvertieren*. Seine Worte, nicht meine, und nur der gewöhnliche Nonsens, der ständig in Form von Wörtern aus seinem Mund kam.

»Hat dieser Clown seine Lizenz von *Wish*? Und zweitens.« Er sah mich irritierend hoffnungsvoll an. »Wie lief's mit Kit? Kommt sie jetzt wieder zu unseren Partys?«

Ich beschloss, ihm nicht zu antworten. Für meine Nerven, oder so ein Scheiß, weil Kit das Letzte war, worüber ich reden wollte. Erst recht mit ihm, denn so dankbar ich Nate für ein paar Dinge war, so sehr weckte seine Freundschaft zu Kit den Drang in mir, ihm ein paar Zähne auszuschlagen.

Jesse schnaubte. »Es ging um Logans Schulgeld, also warte noch mit den Hochzeitseinladungen.«

»Oh, fuck.« Nate lachte bedauernd. »Das heißt, sie weiß es jetzt? Kriege ich Karten in der ersten Reihe, wenn sie dir deswegen ein paar verpasst? Ich würd's zu gern sehen.«

Ohne ihn zu beachten, trat ich meine Zigarette aus. Anders als Nate, der den Mitteilungsdrang eines Aufziehäffchens hatte, zog ich Stille vor, gerade noch dringender als ohnehin schon. Auch, weil ich immer noch angepisst wegen seiner verspäteten Warnung war. Hätte er nur ein paar Minuten früher angerufen, hätte ich mir die Nummer mit Kit gespart, sie nicht absichtlich provoziert und als Erinnerung daran kein fucking Foto bekommen.

»Ich merk schon, du verstehst mal wieder keinen Spaß«, fuhr er fort, wurde dann aber zur Abwechslung mal ernst. »Glaubt ihr echt, Kit sollte für ihn aussagen? Ich würde es ihr nicht zutrauen, dich mies gegen die Wand fahren zu lassen, aber, Mann … du hast echt verkackt.«

*Als wüsste ich das nicht selbst.*

Alec hob seine gepiercte Braue, als würde er dasselbe denken. Sie dachten es alle drei, weil sie wussten, was damals passiert war. Sie kannten die ganze Geschichte, den Anfang, die Mitte, das Ende – weil diese Wichser meine Brüder waren. Die Familie, die sich keiner von uns ausgesucht hatte, verbunden durch zu viel abgefuckten Scheiß und alle auf ihre Art kaputt.

Jesse war ein Fuckboy mit dem Verstand eines Puppenspielers, aufgewachsen zwischen Sex und Crackjunkies im Trailerpark-Ghetto von Detroit, und war ständig auf der Suche nach einem neuen Opfer, mit dem er seinen Mindfuck abziehen konnte.

Alec war ein provokantes Arschloch mit einem unstillbaren Drang nach Verwüstung und Blut, einem Bastard als Vater und meistens mit einer Zigarette in der einen und einem *Fuck you* in der anderen Hand.

Und Nate? Er wirkte auf den ersten Blick wie ein guter Kerl. Ein Spaßvogel, der keiner Fliege etwas zuleide tun würde – aber stille Wasser waren tief, und er hatte genauso eine Seite, die er kaum jemanden sehen ließ, wie wir alle.

»Kit ist gerade das geringste seiner Probleme«, sagte Alec und verschränkte seine tätowierten Arme vor der Brust. »Leila will kein Geld. Wie wirkt das auf jemanden, der glauben soll, dass sie die Wahrheit sagt?«

»Als würde sie die Wahrheit sagen«, antwortete Jesse. »Und das Miststück hat ihre Hausaufgaben gemacht.«

»Die Würgemale auf ihrem Hals? Könnten von dir sein.« Alec zuckte mit einer Schulter. »Die halbe Uni weiß das.«

Jesse nickte. »Wundert mich eh, dass sie das noch nicht als Argument gebracht haben.«

»Weil es keiner wissen *will.*«

»Wohl wahr.«

Nate sah mit zusammengeschobenen Brauen zwischen den beiden hin und her. »Äh … das wage ich zu bezweifeln. Wart ihr die letzten Wochen mal auf Instagram oder Society?«

Alec beachtete ihn nicht, genauso wenig wie Jesse, genauso wenig wie ich. Ich wartete nur darauf, dass mir einer von beiden das sagte, was ich ohnehin schon wusste.

»Irgendwer will dich ficken, mein Freund«, verkündete Jesse, wobei er seinen Blick über den Parkplatz schweifen ließ. »Allerdings ohne das Happy End.«

»Eine Ahnung, wer das sein könnte?«, wollte Alec wissen, aber ich schüttelte den Kopf und biss die Zähne zusammen.

Nein, keine verdammte Ahnung.

Aber ich würde es rausfinden.

# 5

☾

# CONNOR

*Vergangenheit*
*Kit, 14 – Connor, 17*

**BREAKING NEWS – Tatverdächtiger festgenommen: Er soll den Silver-Horizons-CEO Stephen Quinn († 37) und seinen Sohn getötet haben († 14)**
*New York City* – Nachdem bereits seit einer Woche nach Isaac Bailey gefahndet wurde, konnte der 27-Jährige vergangene Nacht in seinem Haus in Brownsville, Brooklyn, vom NYPD gestellt werden.

Bailey steht unter dringendem Tatverdacht, im vergangenen Juni in das Anwesen des *Forbes-Millionaires* Stephen Quinn eingebrochen zu sein und diesem bei einem versuchten Raubüberfall eine tödliche Schusswunde zugefügt zu haben. Quinn verstarb noch in derselben Nacht im Krankenhaus. Sein zum Tatzeitpunkt im Haus anwesender Sohn Asher Quinn wurde dabei ebenfalls tödlich verletzt und noch am Tatort für tot erklärt.

Laut dem NYPD habe Bailey bei der Festnahme keinen Widerstand geleistet. Er wird am morgigen Donnerstag einem Haftrichter vorgeführt.

☾

Die Wochen nach der Beerdigung verbrachte ich in einem Nebel aus Wut, dem Gras, das Nate und Jesse ständig besorgten, und einem Normalzustand von 1,0 Promille. An den meisten Tagen wachte ich auf, ohne mich daran zu erinnern, was am Tag davor passiert war, und wenn ich mich daran erinnern konnte, dann sorgte ich dafür, den nächsten wieder zu vergessen.

Einmal, als ich mal wieder eine Party in dem 30-Millionen-Dollar-Dreckspalast schmiss, den ich am liebsten bis auf die Grundmauern niedergebrannt gesehen hätte, war ich wohl von einem der Balkone in den Pool gesprungen. Irgendwann anders hatten wir auf einer unserer Yachten gefeiert – am nächsten Tag hatte ich erfahren, dass der obere Salon *tatsächlich* fast komplett ausgebrannt war. Weil irgendwelche Kiffer, die auch mit einer Wunderkerze ein Meth-Labor in die Luft jagen würden, einfach unfähig gewesen waren. Ein anderes Mal wachte ich morgens nach einer Party auf der Terrasse auf, mit einem blonden Mädchen auf meinem Schoß, das ich noch nie zuvor gesehen hatte. Ihre Wimperntusche und ihr Lippenstift waren verschmiert, ihre Haare zerzaust und ihr eng anliegendes schwarzes Kleid so verrutscht, dass der Nachbar von nebenan nicht mal ein Fernglas bräuchte, um ihren halb nackten lilienweißen Arsch in der Morgensonne aufgehen zu sehen.

Sie fummelte mit fahrigen Fingern an meinem Gürtel rum und hatte ihn schon fast geöffnet, als ich richtig zu mir kam.

»Fuck, was soll die Scheiße?«, brachte ich mit rauer Stimme hervor und setzte mich so angepisst auf, dass sie neben der Liege auf ihrem Hintern landete.

Ihr stand empört der Mund offen. »Hey, was –«

»Verschwinde«, schnitt ich ihr das Wort ab. Ich kniff die

Augen zu, weil sich die Welt um mich herum schneller drehte als eine Kreissäge und noch mehr Lärm verursachte.

»Was? Du schmeißt mich raus?«

Ehe ich darauf antworten konnte, lag ihre Hand auf meinem Knie. Ich öffnete widerwillig die Augen, ignorierte, dass dabei mein Kopf malträtiert wurde, und sah sie so finster an, dass sie mit ihren Fingern zehn Zentimeter von meinem Schwanz entfernt innehielt und mit ihren unechten Wimpern zu mir hochblinzelte.

»Aber ich dachte, ich könnte dich vielleicht ein bisschen ablenken. Ich glaube, du hattest einen Albtrau–«

Ich legte ihr meine Hand unters Kinn und verschloss ihre Lippen mit meinem Daumen.

Ich wollte nichts davon hören. Nichts über meine Albträume. Nichts über Ablenkung – und sowieso nichts davon von einem Mädchen wie ihr. Eins, das mit diesem verdammten »Es-tut-mir-so-leid,-was-deiner-Familie-passiert-ist«-Blick zu mir hochsah und eigentlich »Ich kann dir helfen, darüber hinwegzukommen – ich habe keinen Würgereflex und verbringe am liebsten Zeit auf meinen Knien« meinte.

Ich war den Scheiß so leid.

Würde ich eine Strichliste führen, wie oft mir eins der Aristokraten-Mädchen der Sunset High schon einen Blowjob angeboten hatte, und sei es nur als Belohnung dafür, dass ich körperlich im Unterricht anwesend war, würde ich einen neuen *Guinness World Record* aufstellen.

Zu ihrem Pech war ich da aber nicht scharf drauf.

Ich fuhr mit meinem Daumen über ihren Lippenstift und verschmierte ihn noch mehr, während ich mich zu ihr runterbeugte. Ihre noch vom Alkohol verschleierten Augen fingen an zu glänzen, ihr Blick wurde weich.

Erwartungsvoll. Gefügig.

Erbärmlich.

»Genau das ist das Problem. Du *denkst*«, raunte ich kalt. »Und weil dein Talent offenbar woanders liegt, noch mal zum Mitschreiben: Du hast zehn Sekunden, um dich aus meinem Haus zu verpissen. Also *verschwinde.*«

Einen Moment lang starrte sie mich wieder schockiert und mit offenem Mund an – dann ging sie endlich und zischte dabei zwei oder fünf Mal ein wütendes »Arschloch«.

Ich hätte mitgezählt, hätte mein Leben davon abgehangen, aber … nein, wartet, wahrscheinlich nicht mal dann.

Es war mir scheißegal. Ihre Beleidigung interessierte mich genauso wenig wie ihr beschissenes Angebot, und noch weniger als die Meinung der Jungs, die sich eher mit Stacheldraht einen runterholen würden, als sich eine dieser Gelegenheiten entgehen zu lassen.

»Bro, du hast ein ganzes Buffet vor deinem Schwanz. Lass es doch zur Abwechslung einfach mal geschehen. Wird dir guttun«, hatte Jesse irgendwann mal gesagt, aber ich nahm von niemandem Tipps an, der mit vierzehn eine zwei Jahre ältere Junior auf dem Schulklo genagelt hatte.

Und abgesehen davon, zog ich den Stacheldraht vor.

Dabei würde ich wenigstens irgendwas fühlen.

Allein deswegen hatte es keinen Reiz für mich, ihre Angebote anzunehmen. Scheißegal, ob ich dabei nüchtern war, high oder betrunken – in mir blieb alles kalt, tot und schwarz. Es waren nur irgendwelche Lippen. Nur ein weiterer mitleidiger Blick, wenn sie fertig waren und dachten, irgendetwas *besser* gemacht zu haben. Aber, fuck, das hatten sie nie. Es wurde nichts davon besser, dass sie auf ihren Knien vor mir herumrutschten, mich bemitleideten oder wie eine verdammte Vase behandelten, die man mit Luftpolsterfolie einwickeln musste, damit sie nicht beim kleinsten Erdbeben zerbrach.

*Sie sind tot, und sie würden nicht zurückkommen.*

Bevor dieser Gedanke Wurzeln schlagen konnte, rauchte ich den letzten Rest meines Joints auf und warf ihn aus dem Fenster meines Autos. Ich parkte vor der Sunset High, kiffte mir diesen Tag schön, auch wenn er am Ende genauso schön beschissen blieb wie alle anderen, und schlenderte dann in die Schule. Es war Freitagabend, das heutige Football-Heimspiel gegen die Northside High hatte längst angefangen, aber da ich anders als die Jungs kein Spieler war, legte ich keinen Wert drauf, pünktlich zu sein. Oder anwesend.

Keine Ahnung, warum ich dann überhaupt hier war.

Ich hatte kein Bock auf Football, kein Bock auf Menschen.

Umso ironischer war es, dass ich mehr oder weniger mit beidem konfrontiert wurde, als ich auf dem Gang zum Sportplatz um die Ecke bog und jemand so heftig in mich reinrannte, dass mir die Luft wegblieb.

Ein noch nicht verheilter Schmerz jagte durch meine Seite, ein blonder Haarschopf knallte gegen meine Brust, und für den Bruchteil einer Sekunde rechnete ich damit, dass sie uns beide umgenietet hätte. Mein Gleichgewichtssinn war genauso high wie mein Verstand, aber ich schaffte es irgendwie, sie am Arm zu packen und stehen zu bleiben.

»*Fuck!* Pass doch –«, setzte ich knurrend an und verstummte, kaum dass ich ihr Gesicht erkannte.

Ihr Atem ging so heftig, als wäre sie dreihundert Meilen um ihr Leben gerannt, und ihre Augen, groß wie Golfbälle, wurden vor Entsetzen noch größer.

Das Blau darin war unmenschlich. Fast surreal.

Die Angst darin dagegen …

Mein erster Instinkt war es, sie zu fragen, was zur Hölle passiert war, aber ich blieb an dem Louis-Vuitton-Portemonnaie hängen, an das sie sich festkrallte wie eine Ertrinkende an einem Rettungsring, und bildete mir ein, Schritte hinter ihr zu hören.

Sie warf einen panischen Blick über ihre Schulter, und ich verzog amüsiert die Lippen.

Die kleine Diebin wurde verfolgt.

Mir entglitt ein Schnauben, ihr ein erschrockenes Keuchen, als ich sie einfach mit mir zog.

»Was – « Sie versuchte, sich zu befreien, aber ich legte ihr nur schnell eine Hand auf den Mund und schob sie, ohne darüber nachzudenken, in den erstbesten Klassenraum.

Sobald wir drin waren, ließ ich sie los, drückte die Tür mit dem Fuß zu und zog meine weiß-graue Collegejacke aus. Es war die meiner alten Highschool in New York, die Farben der Sunset High waren Schwarz und Dunkelblau.

»Was …«, begann sie noch mal, verstummte aber, als ich ihr die Jacke hinhielt. Sie war vor mir zurückgewichen, presste sich die Brieftasche an die Brust und starrte mich an, als hätte ich sie gerade in ein Verlies gesperrt.

»Zieh die an und gib mir das.«

Zögernd überreichte sie mir das Ding, nahm meine Jacke und schlüpfte hinein. Anschließend schleifte ich sie mit zum Lehrerpult, wo ich erst das Portemonnaie in die Schublade warf und dann nach ihren Hüften griff.

»Was tust du da?«, zischte sie mich im Flüsterton an, aber ich hob sie einfach hoch und setzte sie auf dem Pult ab.

Davon abgesehen, dass sie einen Kopf kleiner war als ich, wog sie gefühlt nichts. In meiner Jacke ging sie fast unter, und sie war dünn. Dünner als die Tussis von der Sunset High, die in der Mittagspause in der Cafeteria saßen und nach drei Salatblättern behaupteten, sie wären satt.

Irgendwas an ihr verriet mir, dass sie dieses Gefühl nicht wirklich kannte. Satt zu sein.

Ich antwortete ihr nicht und nahm stattdessen meine schwarze Basecap, um sie ihr aufzusetzen und ein Stück ins Gesicht zu ziehen. Nur für den Fall, dass irgendwer reinkam.

Die guten Gehirnzellen funktionieren offensichtlich noch.

»Was tust du da?«, wiederholte sie wieder, dieses Mal ein bisschen energischer – was wohl daran lag, dass ich ihre Beine, die in einer ausgefransten Hot Pants steckten, mit meiner Hüfte auseinanderschob und meine Arme rechts und links daneben auf dem Pult abstützte. Ihr Gesicht war damit höchstens noch eine Handbreit von mir entfernt, und das auch nur, weil sie mit einem gehetzten Ausdruck und aufgerissenen Lidern vor mir zurückwich.

Fuck. Wieso waren ihre Augen so abartig blau?

Und wieso dachte ich darüber nach, ob sie die Farbe der Blauen Lagune oder des Atlantischen Ozeans hatten? Wollte ich ein verdammtes Gedicht schreiben, oder was?

*Kiff vielleicht mal weniger. Könnte helfen.*

»Ich fass dich nicht an«, sagte ich genervt von ihrer Reaktion. »Also krieg dich wieder ein und spiel einfach mit, wenn wer reinkommt.«

Sie versuchte trotzdem, argwöhnisch mehr Abstand zwischen uns zu bringen. »Bist du betrunken?«

»Auslegungssache.«

»Wie?«, fragte sie irritiert.

Ich zuckte mit einer Schulter.

*Wann ich das letzte Mal richtig nüchtern war …*

*Ab wann man als betrunken zählt …*

»Entspann dich einfach«, wich ich ihr aus und musterte dann schamlos ihr Gesicht.

Sie war hübsch. Auf eine natürliche, unaufdringliche Art, die man nicht übersehen konnte, hatte sie etwas von einer puppenhaften Zeichentrickfigur. Ihre Nase war im Gegensatz zu ihren Augen klein, ihre Lippen dagegen voll und gerade leicht geöffnet. Das Einzige, was nicht zu diesem Porzellan-Puppengesicht passte, waren eine verblasste Narbe an der Kante ihres Kiefers und ihre sonnengebräunte Haut.

Ich blinzelte sie betont gelangweilt an. »Das war die Security, die hinter dir her war, stimmt's?«

Sie nickte schwach.

»Dann werden sie jetzt die ganze Schule nach dir absuchen. Wenn sie dich mit mir hier finden, hast du immerhin ein Alibi. Nichts zu danken.«

Ihrem Blick nach zu urteilen, hatte sie das ohnehin nicht vor. Mir danken. Stattdessen musterte sie mich vorsichtig. »Warum hilfst du mir?«

»Sollte ich nicht?«

»Keine Ahnung …?« Sie runzelte die Stirn und musterte mein Gesicht so wie ich ihres eben noch. Ich bemerkte, dass sie an den einigermaßen verheilten Platzwunden hängen blieb und sich wohl fragte, ob sie noch von der Nacht vom Friedhof waren, die inzwischen ein paar Wochen zurücklag, oder ob es neue gegeben hatte.

Ich schätze, die Antwort war beides.

Ich ging immer noch zu den Kämpfen, wenn Alec von einem hörte. Er war zwar der ungefragten Meinung, dass ich allmählich die Kontrolle darüber verlor, aber was zum Teufel wusste er schon?

*»Die Kontrolle zu behalten ist der einzige Weg, wie dein Kopf funktioniert. Wenn du sie einmal verlierst, bist du gefickt, Mann. Dann gibt es kein Zurück mehr. Also krieg dich verdammt noch mal in den Griff. Kontrollier es, bevor es dich kontrolliert.«*

Er wusste einen Scheiß.

»Keine Ahnung«, wiederholte sie noch mal und sah dann anders als ich nicht, dass einer der Sicherheitstypen im Fenster hinter der Tür auftauchte. Fuck. »Ich dachte nur, dass du vielleicht weißt, wer –«

Bevor sie den Satz beenden konnte, stoppte ich sie mittendrin und küsste sie. Es war keine Kurzschlussreaktion, eher ein Instinkt. Schnell, fest und im Endeffekt nicht länger als eine Sekunde.

Aber diese Sekunde reichte, dass sie unter meinen Lippen erstarrte und gleich darauf zusammenzuckte, als die Tür hinter ihr aufgestoßen wurde.

Sofort löste ich mich wieder von ihr und ignorierte, dass sich ihr Blick wie eine Rasierklinge über mein Gesicht zog.

»Was zur Hölle?«, knurrte ich.

»Mister Quinn«, stammelte einer der beiden Sicherheitsmänner und sah mich peinlich berührt an. »Ich bitte um Entschuldigung, wir wussten nicht, dass Sie –«

»Offensichtlich.« Ich beugte meinen Kopf dichter zu Cali runter, damit sie ihr Gesicht weiter von der Tür abwandte.

Sie atmete nur flach, aber sie machte mit. Ich bezweifelte allerdings, dass sie wahrnahm, wie fest sie ihre Beine um meine klammerte und ihre Hände in mein T-Shirt krallte.

Kurz abgelenkt davon und von ihrem Geruch – sie roch ernsthaft wie verfluchter Sonnenschein; wie Sand und Meer und Maracuja-Eiscreme – verlor ich kurz den Faden und fand ihn nicht sofort wieder.

»Worauf wartet ihr? Eine beschissene Live-Show?«, fuhr ich die beiden Männer an, die sich immer noch nicht von der Stelle gerührt hatten. »Raus hier! Und wenn einer spannt, war es das letzte Mal, dass er 'nen Ständer hatte, kapiert?«

Sie zögerten einen Moment. Fast so, als wären ihnen kurz tatsächlich Eier gewachsen, mir zu widersprechen – was eine Premiere wäre –, aber dann schrumpften sie bereits wieder und die beiden Vollpfosten schlossen die Tür hinter sich.

Keine Sekunde später stieß Cali mich an der Brust zurück und sprang vom Pult. Ihre Augen brannten wie blaue Gasflammen. »Geht's noch? Du kannst mich nicht einfach … Spinnst du?!«

Ich richtete unbeeindruckt mein T-Shirt. »Komm mal wieder runter.«

Sie kam nicht wieder runter.

Sie warf meine Basecap nach mir.

»Diesen Mist kannst du mit anderen Mädchen machen, okay?! Aber ich bin so nicht«, zischte sie und bekam nicht mal mit, wie ich mit den Augen rollte.

»Es war doch nur –«

»Du denkst vielleicht, dass du machen kannst, was du willst, weil du bist, wer du bist, und weil du Geld bis zum Umfallen hast«, sie zerrte sich meine Collegejacke vom Körper und schmiss sie aufs Pult, »*aber* ich bin dir nichts schuldig. Küss mich *nie wieder*.«

Sie drehte sich weg und ging sich so schnell zur Tür, dass ich nicht mal reagieren konnte. Davon mal abgesehen, war ich nicht dumm genug, sie noch mal anzufassen.

»Das würde ich an deiner Stelle nicht tun. Sie sind wahrscheinlich immer noch auf dem Flur.«

Abrupt blieb sie mitten im Klassenzimmer stehen, ihre Hände zu Fäusten geballt.

»Warum machst du daraus so eine große Sache, Cali? Das war doch nur ein verdammter Kuss. Wird ja kaum dein erster gewesen sein.«

Sie wirbelte wieder zu mir herum und war jetzt fast so rot wie der Feuerlöscher hinter ihr an der Wand. »*Nur ein verdammter Kuss* gibt dir aber noch lange nicht das Recht dazu! Und außerdem geht es dich überhaupt nichts an!«

Ich kniff genervt die Augen zusammen. »Erstens. Du bist

mir nichts schuldig.« Während ich das sagte, zog ich die Schublade des Pults wieder auf und angelte das Louis-Vuitton-Portemonnaie raus. »Zweitens. Ich wollte dich nicht mal küssen.« Dann ging ich zur ihr rüber, öffnete das Portemonnaie, nahm Ausweise und Kreditkarten raus und drückte es ihr samt Bargeld entgegen. »Und drittens: Wir sind quitt.«

Als sie zu mir hochsah, hatte sich eine steile Falte zwischen ihren Augenbrauen gebildet. »Quitt? Weswegen?«

*Weil ich deinen Brief an meinen Bruder verbrannt habe.*

*Weil es sich gut angefühlt hat, auf dem Friedhof nicht allein zu sein.*

*Weil deine Augen irgendwas in mir auslösen, das ich nicht verstehe.*

Ich brachte nichts davon über die Lippen. »Nimm einfach das Portemonnaie.«

Einen Augenblick lang glaubte ich, so etwas wie Scham über ihr Gesicht huschen zu sehen, aber dann gewann das, gegen was auch immer sie innerlich kämpfte, und sie griff nach der Brieftasche.

Bevor ich sie losließ, fiel mein Blick auf etwas auf der Innenseite ihres schlanken Handgelenks.

Eine kleine Sonne.

Kugelschreiberblau, nur die Linien und kaum größer als ein Penny. Sie sah genauso aus wie …

Ich wich ruckartig vor ihr zurück und starrte sie von oben bis unten an. Vor meinem geistigen Auge verglich ich sie mit dem Mädchen aus dem Beichtstuhl – das mit dem Sternenkleid, dem verheulten Gesicht und Augen wie blaue Murmeln, so groß wie … gottverdammte Golfbälle.

*Fuck.*

Das Mädchen – ich hatte keine Ahnung, wie sie hieß, seit dem Friedhof nannte ich sie einfach nur Cali – sah ebenfalls auf ihr Handgelenk und presste ihre Lippen aufeinander.

Ich machte noch einen Schritt zurück, stieß mit der Hüfte gegen das Pult und musste mich von ihr wegdrehen. Ich versuchte mich auf die Faust gefasst zu machen, die sich unweigerlich durch meinen Brustkorb rammen und das bisschen von dem toten Muskel in meiner Brust packen würde, was noch davon übrig war, aber ich konnte nicht. Als ich einatmete, blockierte etwas in meiner Kehle, der Käfig um meine Rippen schloss sich fester zusammen, und ich bekam keine Luft mehr.

*Sie* war das Mädchen aus dem Beichtstuhl.

*Sie* war das Mädchen aus dem Camp, von dem Asher wochenlang gesprochen hatte. Das Mädchen, mit dem er sich nachts an den See geschlichen hatte, um ihr Sternenbilder aus dem Buch zu zeigen, das ich ihm gekauft hatte.

Das Buch, das *sie* ans Grab gelegt hatte.

*Sie* war das Mädchen, auf das er jedes Jahr wieder gewartet hatte. Selbst als er im dritten Jahr kein Wort über sie verloren hatte, hatte er nach ihr Ausschau gehalten, als würde sie jeden Moment durch die Tore des Camps auftauchen – und jetzt war sie hier? Vor mir? Sollte das ein beschissener Witz sein?

»Connor? Alles okay?«, hörte ich sie plötzlich wie unter Wasser fragen und begriff erst da, dass ich auf meine bebenden Hände gestarrt hatte.

Ich ballte sie zu Fäusten. Natürlich wusste sie, wer ich war, und natürlich hatte sie es nicht für nötig gehalten, mir zu sagen, wer *sie* war.

Und ich hatte sie geküsst.

Das verfluchte Mädchen aus dem Camp. Die Sandkastenliebe meines kleinen Bruders. Der jetzt unter der gottverfluchten Erde lag, weil dieser Wichser auf ihn …

Die Erinnerung kam so schnell, so brutal, dass ich zusammenzuckte. Bilder drückten auf meine Brust, rammten sich in meinen Verstand und kämpften darum, dass ich hinsah. Dass ich nicht vergaß.

Mir kam ein bitteres, kurzes Lachen über die Lippen.

Wie zur Hölle sollte ich irgendwas von dieser Nacht je vergessen? Es war *überall* gewesen. Dieses verdammte Blut.

An mir, unter mir. An meinen Händen. Meinen Klamotten. Meinem Gesicht.

Ich schmeckte es immer noch. Roch es, fühlte es.

Ich hasste es. Ich hasste die Erinnerungen und die Bilder. Sie brachten mich dazu, schreien zu wollen. Um mich treten und meine Fäuste gegen das Nächstbeste zu rammen, so lange und so fest, bis da wirklich das Blut war, das ich jede verfickte Nacht sah. Solange, bis diese brennende Wut endlich verschwand.

Dieser gottverdammte Schmerz.

»*Verschwinde.*« Mein Blick landete auf dem Mädchen, und allein, dass sie sich keinen Zentimeter rührte, nicht mal vor meiner Feindseligkeit zurückzuckte, reichte aus.

Der Dämon in meinem Inneren war plötzlich hellwach.

Er fokussierte sich komplett auf sie, nahm sie ins Visier und gierte sofort danach, sich auf sie zu stürzen.

Erst recht, als sie fragte: »Willst du darüber reden?«

Der Dämon polte alles in mir auf Angriff – und wenn ich angriff, gewann ich.

»Darüber … *reden*? Fuck, seh ich so aus? Wenn ich mit Mädchen *rede*, endet das normalerweise darin, dass sie mir den Schwanz lutschen. Aber du bist noch ein Kind, also verzieh dich einfach, bevor ich es mir anders überlege.«

Sie rührte sich immer noch nicht von der Stelle.

Sie sah mich nur so unbeeindruckt an, dass ich noch mal nachladen wollte. Der Dämon zitterte vor Vorfreude.

Er liebte Verwüstung. Er liebte Schmerz.

Manchmal meinen, aber noch mehr den von anderen.

Aber dann veränderte sich auf einmal etwas in ihren Augen und fühlte sich an, als würde sie mir die Haut von den Knochen ziehen. »Und ich dachte schon, an den Gerüchten wäre möglicherweise nichts dran. Wie sich herausstellt, bist du es aber wirklich.«

Ich kniff die Lider zusammen. »Was?«

»Ein Arschloch, das alle davon überzeugen will, er wäre eins – aber eigentlich bist du nur ein gebrochener, verlorener Junge, der um sich schlägt und vergisst, dass jede Fassade irgendwann zu bröckeln beginnt.« Sie schüttelte langsam, resigniert den Kopf. »Und wenn es dann so weit ist, ist vielleicht niemand mehr da, der dir helfen wird, die Scherben aufzusammeln.«

# 6

## KIT

Als ich am Abend nach Hause kam, war Logan natürlich nicht da. Ich ging in das Zimmer meiner jüngeren Schwester Josie, um sie nach ihm zu fragen.

»Nö, er war nicht hier«, antwortete sie. »Hab ihn schon seit gestern nicht mehr gesehen, wieso?«

Sie lag bäuchlings auf ihrem Bett, hatte einen In-Ear-Kopfhörer drin und blätterte in einem Comicheft. Ihre blonden Locken zu einem Dutt zusammengebunden, wischte sie sich eine Strähne aus ihrem lieblichen Gesicht.

Auch wenn sie schon vierzehn war, wirkte sie jünger, manchmal eher noch kindlich. Dabei war nicht zu übersehen, dass sie langsam erwachsen wurde – was insofern beängstigend war, weil sie nicht wie Logan den Luxus hatte, auf eine private Highschool zu gehen, die ihm jemand bezahlte. Nope, meine kleine Schwester musste auf die Northside High und war jetzt Frischfleisch für Pablo Escobar Junior. Ich hasste diese Vorstellung, konnte aber nichts dagegen machen.

Was auch ein Grund war, wieso ich ihr lieber nichts von der Stipendium-Lüge erzählte, auf die wir alle hereingefallen waren. Natürlich waren wir darauf hereingefallen. Wie auch nicht, wenn Logan schon immer gute Noten gehabt hatte und ein Spitzenspieler seines Footballteams gewesen war?

»Er hat sich mit jemanden aus seinem Team geprügelt«, sagte ich nur knapp und innerlich immer noch so wütend, dass ich fast Josies Türgriff abriss, der ohnehin schon nicht ganz in Ordnung war.

Sie runzelte besorgt die Stirn. »Schon wieder?«

»Japp.« Ich seufzte und ließ sicherheitshalber die Tür los. »Ich versteh's einfach nicht. Er verhält sich seit Wochen wie ausgewechselt und macht nur noch Scheiße.«

Entweder kam er gar nicht mehr nach Hause, stieg nachts aus dem Fenster oder, wenn er denn nach Hause kam, dann meistens mit Platzwunden. Zu allem Überfluss war er auch noch so kommunikativ wie eine Wand und ging mir aus dem Weg, wenn ich versuchte, mit ihm zu reden. Und, ach ja, die halb leere Wodkaflasche, die ich vor zwei Wochen in seiner Sporttasche gefunden hatte, war auch nicht beruhigend.

Vor allem nicht, wenn man schon einmal zugesehen hatte, wie jemand daran kaputtging. An Wut, Schmerz, noch mehr Wut, und ich wollte nicht, dass Logan dasselbe passierte.

Falls es dafür nicht längst zu spät war …

Josie sah genauso ratlos aus, wie ich mich fühlte, aber weil ich sie da nicht mitreinziehen wollte, winkte ich ab. »Kannst du mit Jamie schon mal mit dem Kochen anfangen? Ich komm gleich runter.«

»Na klar.« Josie klappte ihren Comic zu, nahm ihre Kopfhörer raus und kam leichtfüßig zu mir. Sie trug ein Blümchen-Sommerkleid, das sie von Lana geschenkt bekommen hatte, und blieb vor mir stehen, um mich in eine Umarmung zu ziehen.

Weil das ehrlich gesagt nicht so oft vorkam und ich auch nicht zu den Menschen gehörte, die mit dieser Art von Nähe umgehen konnten, brauchte ich einen Moment, um die Umarmung zu erwidern.

»Mach dir nicht so viele Sorgen, Kitty. Logan kriegt sich bestimmt wieder ein.«

Ich seufzte leise. »Mhm …«

Sie löste sich wieder von mir, um nach unten zu unserem jüngsten Bruder Jamie zu gehen. Er war acht und anders als wir hier auf der Northside geboren.

Ich würde nicht sagen, dass ich ihn darum beneidete, aber dadurch konnte er wenigstens das Leben nicht vermissen, das wir geführt hatten, als wir noch eine Familie gewesen waren. Er kannte nichts anderes als das hier – ein von den morschen Dielen bis zum undichten Dach kaputtes Haus und eine mindestens genauso kaputte Familie.

Manchmal frage ich mich, ob wir uns an den Zerfall dieser Bruchbude angepasst hatten oder ob es eher umgekehrt der Fall war. Fakt war jedenfalls – beides war schon in einem schlechten Zustand gewesen, als wir hier eingezogen waren.

Nachdem Josie die Treppe nach unten verschwunden war, ging ich kurz in mein eigenes Zimmer, steckte mein fast leeres Handy an die Steckdose und öffnete Logans Chat.

**Ich:** Kannst du bitte nach Hause kommen?
Wir müssen darüber reden. Ich bin auch nicht sauer, okay?

Ich wartete ein paar Minuten, ohne Antwort.

**Ich:** Sag mir wenigstens, ob alles gut ist.
Willst du ins Krankenhaus?
**Logan:** 👍

Ich verzog unzufrieden die Lippen. *Wow.*

Es nervte mich, dass er nur mit einem Emoji antwortete –

aber wenigstens kam überhaupt irgendwas und es ging ihm gut. Wenn er noch ins Krankenhaus müsste, hätte er es gesagt. Er war vielleicht ein Dickkopf, der schon seit Jahren nicht mehr mit mir über seine Probleme sprach, aber er würde nie seine Gesundheit gefährden. Er brauchte sie für Football, und er brauchte Football für ein College-Stipendium.

Es sei denn, das wurde ihm auch noch *privat* gesponsort, und ich schwöre bei Gott, wenn das der Fall war …

*Dann was, hm? Dann versaust du deinem Bruder seine Zukunft, weil* du *ein Problem mit deiner Vergangenheit hast?*

Genervt warf ich mein Handy aufs Bett. Natürlich würde ich das nicht tun – aber ich würde auch nicht weiter darüber nachdenken, dass Connor auch noch ein Studium für Logan springen ließ, wenn ich nicht mal eine Antwort darauf bekommen hatte, wieso er sein Schulgeld bezahlte.

Kurz überlegte ich, Nate zu fragen. Er wusste definitiv, was da los war. Jedoch würde er auf Connors Seite stehen und mir von da aus entschuldigend zuwinken. Genau wie damals, nachdem Connor einfach abgehauen war und mir niemand gesagt hatte, wo er war.

Mit zusammengepressten Lippen schob ich diesen Gedanken beiseite und half dann meinen Geschwistern in der Küche beim Kochen.

Ein paar Stunden und zwei erfolglose Versuche, Schlaf von letzter Nacht nachzuholen, später, machte ich mich für ein Treffen fertig und band mir gerade meine Haare zu einem Dutt zusammen, als mein Vater in meiner offenen Zimmertür auftauchte.

Er klopfte leise an den Rahmen. »Hast du eine Minute?«

»Was ist?«, wollte ich genervt wissen und zog das Zopfgummi fest.

Dad wich meinem Blick aus, wobei er seine Hände tief in

die Taschen seiner in die Jahre gekommenen Jeans stopfte. Er sah erschöpft aus – eigentlich sogar ziemlich beschissen. Als hätte er drei Tage nicht geschlafen und noch mal doppelt so lang nicht geduscht. Sein blondes, inzwischen von grauen Strähnen durchzogenes Haar war strähnig und ungekämmt, und seine Augenringe hatten locker die Farbe von Tod.

»Hast du … hast du vielleicht ein bisschen Geld?«, stammelte er rum, Scham beschwerte seine Stimme. »Ich geb's dir auch zurück. Versprochen. Ich brauche auch nur so fünfzig, sechzig Dollar. Morgen früh kriegst du es –«

»Nein«, unterbrach ich ihn schnaufend und nahm meinen Rucksack, der auf meinem Bett lag und in dem leise Spraydosen aneinander klirrten.

»Bitte, nur fünfzig. Du kriegst es zurück. Versprochen.« Mit verzweifelter Miene trat er einen Schritt in mein Zimmer, aber ich schüttelte mit einem abfälligen »Ist klar« den Kopf, warf mir meinen Rucksack über eine Schulter und ließ meinen Vater stehen.

Falls er ernsthaft dachte, dass ich ihnen noch einmal, noch ein einziges Mal in meinem Leben Geld geben würde, musste er unter Wahnvorstellungen leiden. Ich hatte das schon zu oft getan, jedes Mal wieder in der dummen Hoffnung, dass er es ernst meinte. Dass er mir das Geld wiedergeben, sich einen Job suchen und sich zur Abwechslung mal für seine Kinder interessieren würde. Aber statt genau das zu tun, verzockten er und meine Mutter mein Geld nur. Entweder machten sie damit Casinos noch reicher oder schlossen Wetten ab, von denen sie nicht mal Ahnung hatten.

Inzwischen wusste ich, dass ich mein Geld nicht wiederbekommen würde. Und Dad würde sich auch keinen Job suchen, egal, wie oft er *das* schon versprochen hatte.

»Wo willst du hin, Christina?«, fragte meine Mutter harsch,

als ich mit schnellen Schritten die Treppe runterkam und sie sich auf dem durchgesessenen Sofa zu mir umdrehte.

Ich ignorierte sie komplett. Zum einen, weil ich es hasste, wenn sie mich so nannte, zum anderen, weil Gespräche mit ihr nie gut ausgingen.

Das Leben in diesem Haus hatte jedes Licht, das mal in ihr existiert hatte, bis auf den letzten Funken ausgelöscht und stattdessen einen egoistischen Klotz zurückgelassen.

Und ach ja, dass mein Vater mit einer Handvoll Models fremdgevögelt hatte, dürfte auch noch mit reingespielt haben.

Fragt mich nicht, wie meine Eltern ihre Ehe hatten retten können, nachdem meine Mutter davon erfahren und mein Vater, der früher als Fotograf gearbeitet hatte, alle seine Aufträge verloren hatte. Es änderte jedenfalls nichts daran, dass sie uns damit in dieses Loch katapultiert hatten, in das sie sich gegenseitig nur immer tiefer reinzogen.

Sollten sie allein damit klarkommen.

»Christina!«, versuchte Mom noch mal nachdrücklicher, mich aufzuhalten, aber als ich in der Diele stehen blieb, schlüpfte ich nur in meine abgenutzten Fake-Chucks, griff nach meinem Skateboard und knallte zwei Sekunden später die Haustür hinter mir zu.

☼

»Und du bist dir sicher, dass du hierbleiben willst? Ich kann dich mitnehmen.« Der Kerl, den ich dank Tinder großzügig geschätzt seit einer Stunde kannte, schloss seine Jeans und sah mich dabei fragend an.

Ich glaube, er hieß Trey. Oder Grey. Vielleicht auch Clay? Wie auch immer.

»Schon gut«, winkte ich ab, fischte meinen Hoodie vom

staubigen, von vertrockneten Blättern übersäten Boden und schüttelte ihn aus. »Ich hab noch was vor, aber danke.«

Trey/Grey/Clay wirkte nicht überzeugt und warf mir erneut diesen Blick zu, mit dem er mich schon auf dem Weg hierher gemustert hatte – als würde ich ihn in eine verlassene Irrenanstalt führen und darin satanische Rituale an ihm ausüben.

Nun, da wir das gerade nicht getan hatten, könnte er jetzt aufhören, mich so anzusehen und verschwinden. Es war ja ganz nett gewesen, und so, aber es reichte dann jetzt auch.

»Okaaaaaay, wie du willst.« Trey – ich war mir zu sechzig Prozent sicher, dass das sein Name war – zuckte mit den Schultern, ich zog mir mein Hoodie wieder über.

»Jipp.«

Gott, ich hasste diesen Teil. Diesen schrägen Small Talk *danach* und der kleine Funke Anstand, der offenbar in den Kerlen steckte, mit denen ich ins Bett ging – oder die ich, besser gesagt, hierhin mitnahm, weil keiner von denen jemals in *meinem* Bett landen würde. Oder ich in ihrem.

Ich wollte nicht wissen, wo und wie ein Typ wohnte oder was seine Matratze für einen Härtegrad hatte, und aus offensichtlichen Gründen würde ich auch nie einen Kerl mit zu mir nach Hause nehmen.

Mir reichte dieser Ort hier. Ein schon seit mindestens zwei Jahrzehnten leer stehendes Gebäude, knapp außerhalb des Stadtrands von Solane. Eine alte Villa, die versteckt zwischen Bäumen unweit vom Strand entfernt lag und von der aus man einen wunderschönen Blick auf das Meer und den Himmel hatte. Unter anderem dank der Löcher von der Größe eines Pick-ups im Dach.

Diese Ruine war damit vielleicht nicht der bequemste oder gar sauberste Platz. Überall wuchs Unkraut, die Wände waren mit Graffiti besprayt und es kam öfter vor, dass randalierende

Jugendliche ihren Müll hier zurückließen –, aber sie war die einzige Option, die ich mitmachte.

Weil es mir jedes Mal half, ein paar Geister zu vertreiben.

Und heute war dieser Geist verdammt hartnäckig.

»Na dann«, sagte Trey unschlüssig und fuhr sich mit beiden Händen durch seine zurückgestrichenen hellbraunen Haare. »Meld dich, wenn du das mal wiederholen willst.«

Ich lächelte matt. »Mach ich.« … *natürlich nicht*.

Ich schlief nie zweimal mit demselben Typen und zog Kerle vor, die ich im besten Fall nie wiedersah. Das machte alles weniger kompliziert, und niemand konnte sich einbilden, dass ich plötzlich auf der Suche nach einer Beziehung war. Das war ich nicht. Ich musste nur mal Dampf ablassen, erst recht nach einem so verdammt ätzenden Tag wie heute.

Nachdem Trey mich allein gelassen hatte, lehnte ich mich neben das Loch in der Wand, in dem irgendwann mal ein Fenster gewesen sein musste, und wartete darauf, dass er vor der Villa auftauchte.

Mir kribbelte es in den Fingern, eine meiner Spraydosen aus meinem Rucksack zu holen und die Wand zu besprayen, gegen die er mich eben noch gepresst hatte – mit seinen Händen und Lippen auf meinem Körper und einem der unzähligen Geister im Raum, die mich mit aller Macht wissen lassen wollten, dass sie immer noch da waren.

Ich hatte sie wie einen eisigen Windhauch auf meiner Haut gespürt, aber anders als früher stoppte mich die Kälte nicht mehr. Sie war mein Antrieb. Mein Motor, mit dem ich die Geister nicht nur aus dieser Ruine, sondern auch aus meinem System verbannen konnte.

Mit den Kerlen, die ich hierhin mitnahm.

Mit bedeutungslosem Sex.

Mit dem Sprayen.

Ich löschte Spuren aus, hinterließ neue und würde erst damit aufhören, wenn es keine Geister mehr gab, die mich noch heimsuchen konnten.

Und ja … Connor war diese Geister.

Weil diese Ruine »unser Ort« gewesen war. Die Flucht aus einer beschissenen Realität. Hier hatten wir nächtelang gesessen, geredet und uns in einer völlig anderen Welt bewegt. Hier hatte es keine Rolle gespielt, wer er war und wer ich war. Gesellschaft und Status hatten nicht existiert. Wir waren einfach nur *wir* gewesen – zwei Hälften eines Ganzen.

Die Ruhe und der Sturm.

Sonne und Mond.

*Die Sünde und der Teufel.*

Plötzlich von dem Geräusch eines Motors aus den Gedanken gerissen, sah ich nach unten auf den Platz vor der Ruine. Eigentlich erwartete ich, Trey endlich wegfahren zu sehen – aber stattdessen erhellten andere Scheinwerfer die Nacht. Sie kamen aus der Richtung der unbefestigten Straße und brachen nur Sekunden später mit einem so halsbrecherischen Tempo zwischen den Bäumen hervor, dass es mich überraschte, dass der schwarze Mercedes-Geländewagen bei der Vollbremsung nicht in Treys silbernen Porsche knallte.

Mein Herz machte einen Satz, als die Fahrertür aufgestoßen wurde und ich nicht mal hätte hinsehen brauchen, um zu wissen, dass das Connor war. Ich erkannte sein verfluchtes Auto sofort wieder – ihn um die Motorhaube herumgehen zu sehen, mit geballten Fäusten und einer in sein Gesicht gezogenen Basecap, wäre demnach auf mehreren Ebenen nicht nötig gewesen.

Bevor ich mich aber fragen konnte, was zur Hölle hier gerade passierte und wieso Connor so aussah, als müsste Trey gleich noch ins Krankenhaus, war er bereits bei ihm, packte ihn am Kragen seines Hoodies und stieß ihn mit dem Rücken so heftig gegen die Außenwand der Villa, dass er sich an seinem »Hey, Mann, was ist dein –« verschluckte.

Ich konnte nicht verstehen, was und ob Connor antwortete – ich rannte blind vor hochkochender Wut die Stufen aus dem ersten Stock runter und stürmte durch die immer offen stehende drei Meter hohe Eingangstür aus massivem Holz.

Allerdings zu spät.

Er hatte Trey in sein Auto verfrachtet, und das Letzte, was ich hören konnte, bevor er die Tür zuknallte, war ein geknurrtes: »Fass sie noch mal an, und ich brech dir jeden verfickten Knochen. Halt dich verdammt noch mal von ihr fern.«

# 7

☾

## CONNOR

Die Reifen von Trey fucking Montgomerys Porsche drehten durch, als er aufs Gas trat und sein Wagen nach vorn schoss. Ein Teil in mir bereute es bereits, ihm nur gedroht und nicht sofort jeden verdammten Zahn einzeln ausgeschlagen zu haben. Aber, Shit, diese Ratte wäre es nicht wert, mir seinetwegen die Hände schmutzig zu machen.

»Willst du mich eigentlich komplett verarschen?«

Beim Klang von Kits zornerfüllter Stimme drehte ich mich zu ihr und sah gerade noch, wie sie auf mich zustürmte. Ihre sonst so riesigen Augen waren zu wütenden Schlitzen verengt, alles an ihr brannte.

»Hast du sie noch alle?«, zischte sie, holte mit ihren Händen aus und hätte sie mir zielsicher gegen die Brust gerammt, hätte ich sie nicht abgefangen.

Wäre ich gerade nicht selbst so abgefuckt, dass ich in den nächsten zehn Sekunden diese verfickte Ruine zu Asche niederbrennen würde, wären ihre Funken an mir abgeprallt – so waren sie nur wie ein Molotow-Cocktail in einem offenen Feuer.

Ehe ich begriff, dass ich das verdammt noch mal nicht tun sollte, nicht jetzt, nicht mit der Gefahr, dass ich sogar mitten im Nirgendwo beschattet werden könnte, wirbelte ich sie herum und drückte sie so schnell gegen die hintere Tür meines Wagens, dass sie mit dem Rücken dagegen prallte. Ich presste ihre Hände rechts und links neben ihren Kopf.

»Verdammt, geht's noch?!« Das Feuer, das in ihren ozeanblauen Augen loderte, schwor mir, mich auf der Stelle umzubringen.

Ich ließ sie trotzdem nicht los, sondern schob mein Knie zwischen ihre Beine und knurrte nur Zentimeter von ihrem Gesicht entfernt: »Trey fucking Montgomery. Was wollte er von dir?«

Sie stieß ein ungläubiges Lachen aus. »Gott, du willst mich wirklich verarschen, oder?« Kopfschüttelnd zerrte sie erneut an ihren Handgelenken, aber ich verstärkte nur den Druck und hielt sie bestimmend fest.

Scheißegal, dass ich es mehr als verdient hätte, dass sie mir eine reinschlug.

»Nimm deine scheiß –«

»Sag mir, was er von dir wollte, und ich lass dich los.«

»Was er von mir wollte?« Sie schnaubte und hörte auf, sich zu wehren. »Du hast sie doch nicht mehr alle! Scheiße, was machst du überhaupt hier?«

Verdammt gute Frage. Eine Antwort hätte zu viel Erklärung benötigt, also ignorierte ich sie.

Ich verengte meine Lider und beugte mich noch näher zu Kit. »Was. Wollte. Er. Von. Dir?«

»Leck. Mich«, knurrte sie zurück und atmete so heftig, dass ihre Brust sich immer wieder gegen meine drückte.

»Bedaure. Ich bringe nichts zu Ende, was der Wichser angefangen hat.«

Mir war klar, dass er sie gevögelt hatte. Das war es schon, seit ich die beiden auf meiner Überwachungskamera gesehen hatte, die den Eingang der Villa aufzeichnete. Nicht wegen Kit.

Nicht wegen dem, was sie da drin abzog. Sondern weil es *mein* verdammtes Haus war.

Bisher hatte ich sie machen lassen, weil sie keine Ahnung davon hatte, dass das Grundstück mir gehörte, und fuck, wenn es ihr damit besser ging, hinderte ich sie auch nicht daran – aber Trey Montgomery überschritt eine beschissene Grenze.

Mein Kiefer verhärtete sich. »Was wollte er?«

»Was glaubst du denn, hm?« In ihren Augen brodelte Provokation wie in einem verfluchten Vulkan. »Soll ich es dir aufmalen? Oder willst du Details? Dann erzähl ich sie dir.« Sie fuhr herausfordernd mit ihrer Zunge über ihre Lippe, und als dabei ein silbernes Piercing aufblitzte, das ich genauso wenig von ihr kannte wie ihre ganzen verdammten Tattoos, konnte ich meinen Blick nicht davon losreißen.

Fuck.

Als würde Kit das merken, umschlag sie plötzlich eins meiner Beine mit ihrem. Sie zog mich noch enger an sich, tiefer in den Nebel unserer Wut und ihrem Geruch nach Sommer, und rieb ihre Hüfte über meinen Schwanz, der auf sie reagierte wie ein trockener Alkoholiker neben einer offenen Kiste Schnaps.

Ein Knurren steckte in meiner Kehle. Mein rationales Denken setzte kurz aus – wegen des Mädchens, das ich nicht mehr wiedererkannte, der Frau, die mit Fackeln in ihren Augen darauf abzielte, alles um uns herum in Brand zu stecken, und wegen der verdammten Tatsache, dass ich komplett unter Strom stand, dass irgendwas in mir darauf lauerte, dass es knallte, zwischen uns, in mir, und dass ich mich nicht mal mehr daran erinnern konnte, wann mein Schwanz das letzte Mal mehr bekommen hatte als meine verdammte Hand.

Zum Dank reagierte er jetzt wie ein beschissener Teenager, drängte sich hart gegen meine Jeans und wollte ignorieren, dass sie gerade noch einen anderen gevögelt hatte.

»Es gibt nichts, was du beenden könntest, Connor. Denn ich bin bestens versorgt.« Ein zynisches Lächeln erschien auf ihren Lippen, wobei sie weiter ihre Hüfte kreisen ließ und ich mich fragte, was zum Teufel in sie gefahren war und warum ich nicht von ihr abrückte. Wieso ich zuließ, dass ausgerechnet sie Bilder in mir hochbeschwor, die die Dunkelheit in mir sofort an sich riss, anzündete und inhalierte. Als hätte sie zu lange darauf gewartet, dass ich ihr wieder Stoff besorgte.

*Du weißt, wieso.*

*Du weißt, dass du dich genau deswegen von ihr fernhalten solltest.*

Bevor ich über die Konsequenzen nachdenken konnte, griff ich mit einer Hand nach ihrem Kiefer, drehte meine Hüfte weg und schob sie mit meinem Bein zwischen ihren ein Stück gegen meine G-Klasse gepresst hoch.

Ein leiser Laut, beinahe ein Stöhnen, kam ihr über die Lippen, enttarnte sie als Lügnerin.

»Ach ja? Du wirkst gerade eher verzweifelt. Hab ein bisschen mehr Stolz, Cali«, raunte ich herablassend, hob ihr Kinn ein Stück an und kam ihr so nah, dass ich die Wärme ihrer Lippen spüren konnte. »Aber wie es aussieht, ist davon nicht mehr viel übrig. Du kannst jetzt aufhören, dich wie eine 50-Cent-Stripperin an mir zu reiben.«

Kaum hatte ich meinen Satz beendet, stieß sie mich mit ihrer freien Hand von sich. »Verdammtes Arschloch!«

Mir kam ein spöttisches Lachen über die Lippen.

*Wie wahr.*

»Was zur Hölle stimmt eigentlich nicht mit dir?«, fauchte sie weiter, und als ich netterweise auch ihren anderen Arm losließ, rammte sie mir auch diese Hand gegen die Brust.

Dieses Mal ließ ich sie. Solange sie mir nicht ins Gesicht schlug und ich am Montag nicht erklären musste, warum ich in einer Angelegenheit von Handgreiflichkeiten selbst eine Verletzung hatte, war's mir egal.

Der Gedanke an das kommende Gespräch hätte mich daran erinnern sollen, mich zusammenzureißen – mit Kit direkt vor mir ging das nur nicht. Wenn ich sie ansah, spürte, wie sich ihr lodernder Blick in meinen bohrte, wuchs diese verfluchte Schwärze in mir weiter und streckte ihre Fühler nach ihr aus. Wollte ihr wehtun, sie berühren, und ihr diese lächerliche Maske vom Gesicht reißen, die sie jetzt trug.

»Dasselbe habe ich mich auch schon gefragt. Aber immerhin vögel ich nicht Trey Montgomery.«

Sie blinzelte mich mehrere Sekunden lang aus zusammengekniffenen Augen an. »Du bist krank.«

Das war nichts Neues. »Inwiefern?«

»Keine Ahnung«, brachte sie triefend vor Sarkasmus hervor. »Es ist ja völlig normal, dass du hier auftauchst wie so ein völlig Durchgeknallter, Trey fast schlägst und diese Eifersuchtsnummer abziehst, als hättest du –«

»Eifersuchtsnummer?«, unterbrach ich sie mit einem spöttischen Lachen. »Fuck, glaubst du, ich hätte keine beschissene Ahnung, was du da drin tust? Oder dass es mich auch nur im Geringsten interessiert?«

Ich trat auf sie zu, obwohl ich es verdammt noch mal einfach lassen sollte. Ich konnte nur nicht. Mein Körper reagierte auf ihren, als würden uns Seile immer fester zueinander ziehen. So war es schon immer, fuck.

»Es ist mir scheißegal, ob du da drin irgendwen vögelst, kapiert? Mach, was du willst – aber tu dir selbst einen Gefallen, und halt deine Beine das nächste Mal geschlossen, wenn Montgomery an dir vorbeiläuft.« *Du hast keine verdammte Ahnung, wer der Bastard ist.* »Kriegst du das hin?«

»Ob ich das – wow, du tickst echt nicht mehr ganz richtig«,

zischte sie und drehte sich einfach um. Wieder zur Ruine, die ich *immer noch* abfackeln, abreißen und dem Erdboden gleichmachen wollte.

Als Kit in die Scheinwerfer meines Autos trat, strahlten sie die unzähligen schwarzen Tattoos auf ihren Beinen an. Sie trug dieselbe abgeschnittene Jeans wie heute Nachmittag, statt dem grauen T-Shirt einen schwarzen Hoodie, unter dem noch mehr Tattoos lagen. Welche, die ich nur kannte, weil ich zu oft auf ihrem Instagramprofil gewesen war.

Damals – vor dieser verfluchten Nacht, die sich in mein Gedächtnis gebrannt hatte und mich jeden Tag dazu ermahnte, meinen Scheiß zusammenzuhalten – hatte sie nur ein einziges Tattoo besessen.

Eine schwarze Mondsichel unterhalb ihrer Armbeuge.

Bei dem Gedanken daran fing die Sonne auf meinem eigenen Unterarm an zu brennen, aber ich ignorierte es und setzte ihr hinterher. Auch wenn ich diese fucking Ruine gerade eigentlich nicht betreten wollte.

»Kit, wir müssen reden.«

»Wir müssen einen Scheiß«, schnaubte sie und stieg bereits die Stufen der Villa hoch. »Verschwinde einfach.«

»Glaub mir, das will ich genauso sehr wie du. Aber es geht um das, was heute in der Tiefgarage passiert ist.«

Sie ignorierte mich und ging weiter.

Ich folgte ihr widerwillig bis hoch in den ersten Stock und dann in den Raum, in dem wir früher immer auf der fehlenden Fensterbank gesessen hatten.

Ohne mich zu beachten, hob sie ihren Rucksack vom Boden auf und kramte darin rum.

»Morgen werden dich Camerons Anwälte anrufen. Du musst Montag eine Aussage an der WSU machen.«

»Warum sollte ich das tun?«, erwiderte sie ungläubig, zog

etwas aus ihrem Rucksack, das wie eine Spraydose aussah, und schüttelte sie.

Ja, fuck, warum sollte sie das tun? Weil ich mich da draußen, heute Nachmittag oder doch schon vor vier Jahren wie ein Wichser verhalten hatte? Oder weil ich nicht vorhatte, in nächster Zeit etwas daran zu ändern?

Ich verschränkte die Arme vor der Brust und lehnte mich mit einer Schulter gegen den Türrahmen, während sie auf die Wand mir gegenüber zuging und den Deckel der Dose abzog.

»Weil du vielleicht nicht vergessen solltest, wer Logans Schulgebühren bezahlt.«

Sie lachte harsch auf. »Willst du mich jetzt erpressen, oder was?«

*Nein.* »Willst du's rausfinden?«

Ohne zu antworten, wandte sie sich der Wand zu und fing an, etwas darauf zu sprayen. Nicht dass ich noch eine Bestätigung gebraucht hätte, wer für einen Großteil der Graffiti verantwortlich war …

Wieder blieb mein Blick an ihren Beinen hängen. Hier drin war es zu dunkel, um irgendeins ihrer Tattoos richtig erkennen zu können, aber es war auch nach zwei Monaten immer noch total abgefuckt, sie so zu sehen. Nicht nur auf den Fotos, die ich mir nicht hätte ansehen sollen – sondern direkt vor mir. Nah genug, dass ich sie nicht einfach ignorieren konnte, und so verflucht weit weg, dass ich ihr immer noch nicht sagen konnte, was ich ihr schon vor vier Jahren hätte sagen sollen.

Aber, fuck – ich konnte auch nicht *nicht* hinsehen.

Kit war schon immer hübsch gewesen, auf eine ruhige, gelassene Art, aber jetzt, mit diesen Tattoos überall auf ihrem Körper … ein Körper, der schon immer die gottverfluchte Sünde auf zwei Beinen gewesen war … Beine, von denen ich immer noch wusste, wie sie sich unter meinen Händen anfühlten, wie sie sich anspannten, zitterten, um meine Hüften schlangen …

Ob ich eifersüchtig auf diesen fucking Trey Montgomery war? Auf jeden Wichser, der sie ansehen, anfassen oder auch nur mit ihr reden konnte, ohne dass sie ihn ansah, als würde sie ihm dafür etwas brechen?

Fuck, es war komplizierter als das.

Ich riss meinen Blick von ihr los, als sie die Spraydose wieder runternahm und jetzt ein riesiges *GO TO HELL* auf der Wand stand.

Nett. Da war ich schon.

Unbeeindruckt hob ich nur eine Braue.

Kit lächelte künstlich, drehte sich wieder weg und warf die Dose in ihren Rucksack. Sie nahm ihn und ihr Skateboard und wollte sich an mir vorbeischieben.

Allerdings streckte ich meinen Arm vorher aus und stemmte ihn gegen den Türrahmen, um ihr den Weg abzuschneiden. »Machst du's jetzt?«

»Warum sollte ich?«, wiederholte sie wieder grimmig. »Du wirst Logans Schulgeld nicht zurückziehen. Also spar's dir.«

Ich spannte meinen Kiefer an. »Eine Praktikantin von SH und Studentin an der WSU behauptet, ich wäre ihr gegenüber handgreiflich geworden. Ich wurde heute beschattet, und *wir* wurden in der Tiefgarage fotografiert. Der Anwalt der Gegenseite stellt es so dar, als wärst du *ein weiteres meiner Opfer.*«

»Wow«, lachte sie matt und gleichzeitig zu Tode amüsiert. »Das muss Karma sein.«

*Annähernd.* »Du musst das richtigstellen.«

»Ach, muss ich?«

»Tu es einfach«, knurrte ich. »Je eher du Ja sagst, desto eher können wir das hier beenden.«

»Weil immer alles nach deinen Regeln laufen muss, oder?«, schnaubte sie und schüttelte den Kopf. »Warum?«

»Warum was?«

»Warum bezahlst du Logans Schulgebühren?«

Ich zuckte mit einer Schulter. »Frag ihn selbst.«

»Falls ich dich daran erinnern darf, *du* willst irgendwas von mir – also?«

»Frag. Ihn. Selbst.« Ich konnte es ihr nicht sagen. Das war etwas, das sie von ihm selbst hören musste.

Sie stieß einen verächtlichen Laut aus. »Du hast Nerven. Unfassbar.« Bevor ich darauf antworten konnte, schob sie meinen Arm weg und drängte sich an mir vorbei auf den Flur.

Obwohl ich sie nicht gehen lassen und diesen Mist klären wollte, ließ ich sie durch. Gerade würde es sowieso nichts bringen, es weiter zu versuchen.

Nicht so, wie sie jetzt war.

Wenn ich sie früher angesehen hatte, hatte ich immer so was wie Frieden gespürt. Aber jetzt? Jetzt war da nur noch Krieg. Als würde hinter ihr eine ganze verdammte Armee stehen und nur darauf warten, einen Kampf zu eröffnen.

Ich hätte es verdient, dass sie ihn gewann.

Ich würde sie nur nicht lassen.

Meinetwegen sollte sie gegen mich kämpfen. Mich hassen. Mich verachten, mich anschreien – so lange, bis sie irgendwann mit diesem Bullshit fertig war.

Denn ich war noch lange nicht fertig mit ihr.

# 8

☾

## CONNOR

*Vergangenheit*
*Kit, 14 – Connor, 17*

**Mörder von Silver-Horizons-CEO Stephen Quinn († 37) und Asher Quinn († 14) bekennt sich schuldig – Isaac Bailey (27) legt Geständnis ab und geht Deal mit Staatsanwaltschaft ein**

*New York City* – Es ist vier Monate her, seit Stephen Quinn und sein 14-jähriger Sohn Asher Quinn bei einem missglückten Raubüberfall ums Leben gekommen sind.

Der 27-jährige Isaac Bailey hat sich kurz nach seiner Festnahme schuldig bekannt, unter Drogeneinfluss ins Anwesen der Familie eingebrochen und von Quinn und seinem Sohn überrascht worden zu sein. In seinem Geständnis beteuerte der Vater eines zwei Jahre alten Sohnes unter Tränen, dass er nicht vorgehabt habe, jemanden zu verletzen oder zu töten.

Bailey zeigte bei der Verkündung seines Urteils Reue. Nachdem er einen Deal mit der Staatsanwaltschaft eingegangen war, erhält er eine Freiheitsstrafe von 25 Jahren ohne die Möglichkeit auf Bewährung.

☾

Es dauerte fast zwei Monate, bis ich sie wiedersah.

Es war weit nach Mitternacht, an einem Ort, an dem ich genauso wenig mit ihr gerechnet hätte wie nachts auf einem Friedhof – in einer verlassenen, alten Strandvilla, die außerhalb der Stadt lag. Ich hatte sie schon vor Wochen gefunden, und kam seitdem immer wieder hierher. Heute, weil ich in dem Dreckspalast eine Party schmiss und keinen Bock mehr auf Menschen hatte. Solange man betrunken, high oder beides war, war es erträglich, aber heute half nichts davon. Nicht mal mehr der Schmerz, der bei der falschen Bewegung durch meine notdürftig bandagierte Hand schoss.

Cali saß im Schneidersitz auf einem vorstehenden Teil der zweiten Etage, dort, wo vorher mal ein Balkongeländer gewesen sein musste. Ihr Gesicht wurde von dem Licht ihres Handydisplays angeleuchtet, daher entging mir auch ihre überraschte Reaktion nicht, als sie meine Stimme hörte.

»Ist da noch ein Platz frei?«

Sie sah mit hochgezogener Braue zu mir runter. »Falls du keine Karte fürs Kinderparadies hast, leider nicht. Sorry.«

*Touché.* »Wie hoch ist der Preis?«

»Sogar für jemanden wie dich unbezahlbar. Also versuch's gar nicht erst.«

»Alles hat einen Preis, Cali. Lass es drauf ankommen.«

Sie legte den Kopf schief und tat so, als würde sie darüber nachdenken. Ich tat so, als würde ich mich nicht fragen, was sie überhaupt mitten in der Nacht hier machte.

War sie obdachlos? Weggelaufen? Lebensmüde?

»Warum nennst du mich überhaupt so? Das ist nicht mein Name«, erwiderte sie genervt und richtete ihren Blick wieder auf ihr Handydisplay, bevor sie es ausschaltete und weglegte.

»Ist das nicht offensichtlich?« Ich deutete mit einer nichtssagenden Kopfbewegung auf alles um uns herum. Sogar hier in diesem kleinen Wald stank alles nach diesem Bundesstaat, in den meine Mutter mich gezwungen hatte, während sie selbst überall war, nur nicht hier.

»Du bist ein fucking kalifornisches Klischee.«

Mal davon abgesehen, dass sie blond war und Augen wie das Meer hatte, sah sie aus wie ein Surfer-Mädchen.

Sie verdrehte besagte Augen. »Wie einfallsreich. Aber ich muss dich enttäuschen. Ich hatte nie vor, Schauspielerin, Sängerin oder Model zu werden. Und von grünen Smoothies muss ich würgen. Ich kann nicht mal Surfen und habe auch nicht vor, das zu ändern.«

Interessant.

*Ach ja, wirklich?*

»Also, was ist jetzt?«, fragte ich und ignorierte, was sie gesagt hatte. »Nenn mir deinen Preis.«

»Eine Entschuldigung.«

»Ich entschuldige mich für nichts, was mir nicht leidtut.«

Sie stieß einen halb amüsierten, halb spöttischen Ton aus. »Lass mich raten: Dir tut gar nichts leid?«, schnaubte sie und schob sich weiße Over-Ears über den Kopf.

Ohne auf eine Erwiderung zu warten, ließ sie sich auf den Rücken fallen und verschwand aus meinem Blickfeld.

Im ersten Moment war das für mich Grund genug, mich wieder von hier zu verziehen. Sie war … nervig. Sie redete zu viel und brachte mich dazu, ihr zu oft antworten zu müssen. Mein verdammter Mund war schon so trocken wie der ganze beschissene Sand dreihundert Meter weiter.

Aber ich hatte etwas, was ich ihr geben wollte.

*Deswegen* und ausschließlich deswegen kletterte ich mit vor Schmerz pochender Hand über eine Mauer zu ihr hoch.

»Hey, was wird das?«, beschwerte sie sich, setzte sich wieder auf und ich könnte schwören, dass ich den Gedanken in ihren Gasflammenaugen aufblitzen sah, mich mit einem gezielten Tritt vom geländerlosen Balkon zu schubsen.

»Ich habe nur gesagt, dass ich mich für nichts entschuldige, was mir nicht leidtut«, wiederholte ich, zog ein neues Päckchen Zigaretten aus der Tasche meines Hoodies, zündete mir eine davon an und ließ meinen Blick schweifen.

Es sah jedenfalls nicht danach aus, als hätte sie hier oben ihr Lager für die Nacht aufgeschlagen; ihr Rucksack, aus dem ein Kabel, Zettel und eine Kamera herauslugten, war zu klein, als dass sie darin ihr halbes Leben hätte aufbewahren können. Wie bei unseren Begegnungen zuvor waren auch ihre Klamotten sauber, ihre hohen Chucks an der Sohle kaputt und der zu große Pullover der Northside High verriet mir mehr, als ich überhaupt über sie wissen wollte.

Nein, sie war nicht obdachlos. Sie hatte ein Zuhause. Sie zog es nur einfach vor, gerade nicht da zu sein.

*Wie du.*

Fuck, nein. Sie war kein verdammtes bisschen wie ich.

»Und du irrst dich«, betonte ich und stieß angespannt den Rauch meiner Zigarette zwischen uns aus. »Es gibt ein paar Dinge, die mir leidtun.« *Dinge, von denen ich mir wünschte, sie wären nie passiert.* »Und es tut mir leid, dass ich dich geküsst habe.«

Sie schnaufte. »Weil ich ein *Kind* bin?«

Ja. Nein.

*Weil du so alt bist, wie Asher jetzt wäre.*

*Weil er dich wiedererkannt hätte, hättet ihr euch je wiedergesehen.*

»Es war scheiße von mir, und ich hätte das nicht tun sollen.

Ich schwöre dir, dass das nicht noch mal vorkommt«, wich ich ihr aus, meinte es aber ernst. Ich hatte kein Interesse an ihr. Aus zu vielen Gründen. Ein paar davon hatten mit Asher zu tun, andere damit, dass ich einfach nicht *wollte*.

Wenn es nach den Jungs ging, würde meine Welt wieder besser aussehen, wenn ich meinen Schwanz in jedes Loch reinsteckte, das sich mir bereitwillig anbot.

Aber sie kapierten es nicht.

Ich hatte nie behauptet, dass ich irgendwas an meiner beschissenen Welt ändern wollte.

»Sind wir dann mit diesem Schwachsinn fertig? Ich wollte dir nur was wiedergeben, dann bin ich wieder weg«, sagte ich gereizt, klemmte mir die Zigarette zwischen die Lippen und versuchte, das, was ich schon die ganze Zeit, seit Wochen, mit mir rumschleppte, aus meiner Hosentasche zu holen.

»Mir etwas wiedergeben?«, fragte sie verwirrt. »Was ist mit deiner Hand?«

»Die Antwort würde dir nicht gefallen.« Manchmal gefiel sie mir selbst nicht – aber Alec hatte recht gehabt. Ich hatte angefangen, die Kontrolle zu verlieren, und das hier war der einzige Weg, um sie zu behalten – mit einer Hand zwischen der Spindtür und jemanden, der sie zuschlug.

»Lass es drauf ankommen«, benutzte sie meine Worte, aber ich schüttelte den Kopf, zog das inzwischen zerknitterte Polaroidfoto aus meiner Tasche und hielt es ihr entgegen.

Es zeigte das Riesenrad des Solane Piers. Ein türkis leuchtendes, weißes Gestell, hinter dem die Sonne unterging – das einzige von den Flammen unbeschädigte Polaroid, das sie mit dem Buch ans Grab gelegt hatte.

Keine Ahnung, wieso ich das nicht auch noch verbrannt hatte. Aber, fuck, ich hatte auch keine Ahnung, warum ich es überhaupt eingesteckt und behalten hatte.

Cali nahm es mir ab und betrachtete es eine Weile verwirrt. Ich spürte ihren Blick auf mir, erwiderte ihn jedoch nicht. Ich befahl mir nur etwa alle fünf Millisekunden, vom Balkon zu springen und zu verschwinden.

Sie hatte das Foto zurück. Ich hatte mich entschuldigt.

Dieses Mal waren wir wirklich quitt.

Aber ich rührte mich nicht.

»Ich verstehe nicht … warum gibst du mir das wieder?«, fragte sie und drehte das Polaroid mehrmals auf die Vorder- und dann wieder auf die Rückseite.

Die Wahrheit war: Ich hatte keine Ahnung.

Ich zuckte nur mit einer Schulter.

»Hm …« Sie starrte schweigend auf das Polaroid und hielt es mir plötzlich wieder hin. »Behalt es.«

Meine Finger wollten sofort danach greifen und das Loch, das sich gerade in meine Hosentasche brannte, füllen.

Aber der ganze Rest war wie erstarrt. »Was?«

»Behalt es. Es sei denn, du willst es nicht.«

Am liebsten hätte ich ihr geantwortet, dass sie es sich auch an die Stirn kleben oder zerreißen könnte, und es mir scheißegal gewesen wäre – aber etwas in ihren Augen erschien mir so verflucht … *wissend.* Als könnte sie in meinem Gesicht ablesen, dass es mir beinahe körperliche Schmerzen bereitete, das Polaroid nicht länger bei mir zu tragen.

Ich verzog verächtlich den Mund und schnippte meine Kippe weg. »Was ich nicht will, ist dein verdammtes Mitleid.«

»Was hat das jetzt mit Mitleid zu tun?«, fragte sie verständnislos und ließ das Foto zwischen uns sinken. »Aber schon kapiert. Danke, dass du es mir wiedergegeben hast. Dann kannst du ja jetzt gehen.«

Mhm. Könnte ich. Sollte ich. *Wollte* ich.

»Schönen Abend noch, Connor«, betonte sie noch mal, und

in jedem verfluchten Wort schwang so viel Provokation mit, als wüsste sie, was ich könnte, sollte, wollte – aber verdammt noch mal nicht tat.

»Kit.«

Ich sah sie mit zusammengeschobenen Brauen an.

»Mein Name«, erklärte sie und klang, als wäre sie sich selbst nicht sicher, wieso sie ihn mir verraten hatte.

Einem Teil in mir wäre es lieber gewesen, sie hätte es nicht getan. Es machte Cali *real*. Machte Asher wieder real.

Es gab ihr mehr als nur eine Erinnerung an ein verheultes Mädchen, dem ich eine Sonne aufs Handgelenk gemalt und das diese Augen hatte, in denen etwas war, das nicht alles an Kalifornien so scheiße machte.

Und allein, dass ich das dachte, erinnerte mich wieder nur daran, dass alles an ihr das komplette Gegenteil von allem in mir war. Dass ich ihr den Gefallen tun und einfach gehen sollte. So weit wie möglich weg von ihr, damit sie gar nicht erst sah, dass alles in mir schwarz war.

Pechschwarz. Rabenschwarz. Kohlschwarz.

Würde man mich aufschneiden, würde man unter der Oberfläche nichts finden, was nicht total hässlich und abgefuckt war. Statt einem Herzen war unter meinen Rippen nur noch ein schwarzes Paket ohne Absender, und es war kein Geheimnis, dass sich darin selten Regenbögen und verfickte Einhörner befanden.

Irgendwann würde ich hochgehen.

Aber auch wenn ein Teil in mir sie wegstoßen wollte, wollte ein anderer wissen, was mit ihr passieren würde, wäre sie die Vase und *ich* das Erdbeben.

Würde sie zerbrechen oder würde sie ganz bleiben?

»In der Presse stand nicht alles«, sagte ich einfach nur, ohne den Blick von ihr abzuwenden, und so tonlos, dass sie begriff, worüber ich sprach. Damit sagte ich ihr mehr, als irgendjemand außerhalb meiner Familie und den Jungs wusste, und vielleicht war das ein Fehler. Vielleicht war das alles hier ein beschissener Fehler.

Aber in dem Moment, in dem ich ihr das Polaroid wieder aus der Hand nahm und nicht das in ihrem Gesicht vorfand, was ich erwartete, nahm ich es einfach hin.

Da war etwas in ihren Augen, das ein Gewicht von meiner Brust entfernte. Es war nur ein kleines, eins von vielen, aber es passierte, und ich hasste es, dass es sich gut anfühlte.

Aber ich hasste es nicht genug.

»Brauchst du vielleicht jetzt jemanden zum Reden?«

Fast hätte ich darüber gelacht. Über die Ironie, dass ich beinahe aus Gewohnheit geantwortet hätte, dass ich keine Hilfe brauchte. Dass ich mit der ganzen Scheiße allein klarkam. Mit dem Tod meines Vaters. Meines kleinen Bruders. Und mit meiner Mom, die an diesem verdammten Tag vor sechs Monaten auch irgendwie gestorben war.

Aber nichts davon stimmte.

Es stimmte nicht, dass ich klarkam.

Es stimmte nicht, dass ich niemanden brauchte.

Es stimmte verfickt noch mal überhaupt nichts mehr.

»Ja«, brachte ich einfach nur hervor und fühlte mich dabei, als hätte ich einen Krieg gegen mich selbst verloren.

Ich hatte nur noch nicht gewusst, dass der wahre Krieg gerade erst anfing.

# 9

## KIT

Seitdem Connor wieder in Solane war, mied ich die Partys der Jungs. Ich ließ mich nicht mehr in ihrer Villa blicken, auch nicht, wenn ich wusste, dass Connor anders als früher nicht bei ihnen wohnte. Aber … na ja. Sagen wir, weil ich es immer noch bereute, ihm nicht mein Knie zwischen die Beine gerammt zu haben, hatte ich meine Meinung geändert.

Ich war nach wie vor angepisst wegen dem, was an der Ruine passiert war. Wegen Trey. Und weil Connor Logans Schulgebühren bezahlte und mir keiner von beiden mal erklärte, was das sollte. Aber das ging auch schlecht – Connor hatte ich nicht mehr wiedergesehen, und Logan hatte sich seit dem Anruf der Schule vor zwei Tagen auch nicht mehr zu Hause blicken gelassen. Ich hatte keine Ahnung, wo er war, wo er schlief und wann er vorhatte, wieder zurückzukommen, aber es war jetzt auch nicht so, als wäre ich das nicht gewohnt. Er würde wieder nach Hause kommen. Irgendwann.

Am Samstagabend hatte ich also immer noch keine Ahnung, wollte aber auch nicht mehr darüber nachdenken.

In erster Linie, weil Lana und ich vorgehabt hatten, uns einen gemütlichen Abend zu machen. Mit *Brooklyn Nine-Nine*, das über den Fernseher in unserem Wohnzimmer flimmerte, Pizza, für die ich extra Geld zurückgelegt hatte, damit Lana nicht immer bezahlte, und weil sie ständig ein neues Hobby ausprobieren wollte, auch noch mit bunten Wollknäueln, mit denen wir nach einer Pinterest-Anleitung Armbänder zusammen mit Josie und Jamie flochten.

Zumindest bis Nate sie irgendwann mit Nachrichten und der Bitte bombardiert hatte, dass wir zu ihrer Night-Pool-Party kommen sollten.

Und ja – jetzt war ich halt hier.

Zum Leidwesen einer gewissen Person, deren Gesicht ihr hättet sehen sollen, als sie mich in einem schwarzen Bikini am Rand des Infinity Pools bemerkt hatte, mit meinen Beinen im Wasser baumelnd.

Connor war durch die Terrassentür nach draußen gekommen und hatte irgendwas zu Jesse gesagt, das ich aus der Entfernung und über die Musik hinweg nicht hatte verstehen können. Er war allerdings verstummt, sobald er mich ins Visier genommen hatte, und alles an ihm war erstarrt. Seine Lippen, seine Muskeln, und vielleicht auch sein hartes Herz.

Es war herrlich gewesen. Irgendwie … genugtuend.

Je später es wurde, desto weniger kümmerten mich seine Blicke aber. Ich konnte sie den ganzen Abend auf meiner Haut spüren, so intensiv, als müsste ich sie später mit Schleifpapier von meinem Körper schrubben, das störte mich ausnahmsweise jedoch nicht.

Weil ich wusste, dass es ihn abfuckte.

So sehr abfuckte.

Meine gesamte Existenz hier ging ihm gegen den Strich, und nach dem, was er bei der Ruine abgezogen hatte … Wieso sollte ich ihm den Gefallen tun und ihm weiterhin aus dem Weg gehen? Wieso, wenn es mehr Spaß machte, einen *Du-kannst-mich-mal*-Tanz auf seiner Nase vorzuführen?

»*Jesus Christ*, Sonnenblume. Willst du, dass er explodiert?«, fragte Nate mich amüsiert, als er mit Lana auf seinem Rücken zu mir geschwommen kam und sich mit einem Arm am Beckenrand festhielt.

Lana hatte grinsend ihre Arme von hinten um seinen Hals geschlungen. »Ich würd's gern sehen.«

*Ich auch,* aber statt das laut auszusprechen, zuckte ich unschuldig die Schultern und nippte an meinem Bier. »Ich weiß nicht, was du meinst.«

Und davon abgesehen, machte ich gar nichts.

Ich saß hier nur am Beckenrand rum und unterhielt mich die meiste Zeit mit einem Typen namens Evan, der gerade sonst wo war, und mich nonstop mit einem unmissverständlichen »Zu-dir-oder-zu-mir?-Oder-hast-du-was-dagegen,-wenn-wir's-einfach-direkt-hier-machen?«-Blick abcheckte. Ich nahm das Bier, das er mir brachte, lachte über seine schlechten Witze und hatte auch nichts dagegen, wenn seine Hand meine Beine berührte.

Er war ganz nett anzusehen. Durchtrainiert, ein bisschen tätowiert, mit Haaren von der Farbe von nassem Sand, und die Sorte Mann, die ich unter anderen Umständen nicht von der Bettkante gestoßen hätte.

Heute war das aber nicht mein Ziel.

»Mhm, ist klar«, lachte Nate.

»Der Bikini war jedenfalls eine gute Wahl.« Lana setzte sich zu mir auf den Rand des Pools.

»Definitiv«, pflichtete Nate ihr mit wackelnden Brauen bei, schwamm zwischen ihre Beine und legte seine Arme um ihre Hüfte. Er fing an, an ihrem Bikinioberteil rumzufummeln, und als sie ihm deswegen auf die Finger schlug, zwinkerte er mir frech zu. Allerdings wurde er gleich darauf ernster, kaum dass sein Blick auf etwas schräg hinter mir gewandert war.

Ohne Zweifel saß da Connor, vermutlich immer noch bei Jesse. Keine Ahnung. Ich versuchte, mich so wenig wie möglich nach ihm umzudrehen.

»Jesse hat gemeint, du machst die Aussage?«, wollte Nate dann leiser wissen, und ich hob eine Augenbraue.

Eine Olivia Fenton hatte mich gestern Nachmittag angerufen, so wie Connor gesagt hatte. Und ja, ich hatte ihr gesagt, dass ich zu dem Termin am Montag erscheinen würde.

»Fragst du das jetzt für ihn? Dann sag ihm, dass ich noch zwei Tage Zeit habe, meine Geschichte auszuschmücken. Wird ihm bestimmt gefallen. Ich hänge noch ein bisschen am Höhepunkt, aber da wird sich noch was finden.«

Nate sah mich an, als wüsste er nicht, ob ich das ernst meinte, meine Geschichte aber gern hören würde.

Ich rollte mit den Augen. »Entspannt euch. Ich sag, wie es war, und fertig.«

»Danke, Sonnenblume.« Er stupste mich am Knie an, sah wieder zu Connor und dann wieder zu mir. »Ist noch irgendwas zwischen euch vorgefallen? Ich meine, wenn ich mit dir rede, sieht er mich ohnehin schon so an, als würde er mir ein neues Gesicht verpassen wollen. Aber gerade hab ich das Bedürfnis, nur noch mit offenen Augen zu schlafen.«

»Was meinst du?«, fragte ich unschuldig, weil ich bezweifelte, dass Connor mit ihm über die Nacht vor zwei Tagen gesprochen hatte.

Ich hatte vorhin beim Armbänderflechten überlegt, es Lana zu erzählen, es dann aber doch nicht getan. Ich wusste nicht genau, wieso … Vermutlich, weil ich einfach generell nicht über Connor reden wollte. Oder nachdenken.

Bevor Nate aber auf meine Frage antworten konnte, tauchte Evan wieder neben uns auf, glitt vom Rand ins Wasser und zog mich auf seine breiten Schultern.

»Hey, was –«, beschwerte ich mich nicht wirklich ernsthaft, aber er übertönte mich einfach.

»Jo, Renshaw. Wetten, wir machen dich und Lana fertig?« Seine großen Hände hielten mich an meinen Oberschenkeln fest, und auch, wenn ich eigentlich keine Lust auf so ein bescheuertes Spiel hatte, zwang mich das Kribbeln auf meinem Rücken dazu, mitzumachen – und es zu genießen.

Nate sah mit hochgezogener Braue erst zu Evan, dann zu mir. Während er die alles andere als protestierende Lana auf seine Schultern zog, sagte er an mich gewandt: »Du spielst mit dem Feuer, Sonnenblume.«

Ich konnte nicht anders, als mich daraufhin zu Connor umzudrehen.

Er saß in der Sitzecke der Terrasse, zusammen mit Jesse, Alec und ein paar Elite-Studentinnen, die so knappe Bikinis trugen, dass sie kaum noch als Schnürsenkel durchgingen. Jesse beschäftige sich mit zwei von ihnen, eine hatte ihr Bein über seins geschoben, die andere spielte mit ihrem Finger auf seiner nackten, mit schlanken Muskeln bepackten Brust herum. Alec lag direkt daneben, wirkte aber nicht ganz so an seiner gewählten Gesellschaft interessiert. Er widmete sich mehr seinem Handy und seinem Joint als der Brünetten, die sich in einem pinken Monokini auf seiner Hüfte rekelte, ziemlich high wirkte und zu »OHMAMI« von Chase Atlantic mitsang.

Und Connor?

Er ignorierte das Mädchen, das direkt neben ihm saß und schmollend ihre Arme vor der Brust verschränkt hatte. Er war der Einzige der Jungs, der in T-Shirt und Jeans dasaß und bisher nicht mal in die Nähe des Wassers gegangen war, und statt dem Mädel neben ihm Beachtung zu schenken, waren seine Augen eindringlich auf mich gerichtet.

Er starrte mich an, als würde er mich exorzieren.

Ich starrte zurück – mit einem süßlichen Lächeln und den stummen Worten auf den Lippen, dass er sich seinen Exorzismus in den Arsch schieben konnte.

Dann wandte ich mich mit demselben Lächeln an Nate. »Ich bin nicht diejenige, die sich verbrennen wird.«

»Ich hol noch was, willst du auch?«, fragte Evan eine ganze Zeit später, als wir längst aus dem Wasser raus waren und uns auf zwei Liegen am Pool zurückgezogen hatten, und hob seine leere Bierflasche hoch.

»Klar. Danke.« Ich warf ihm ein kurzes Lächeln zu, was er zwinkernd erwiderte und dann zur Villa ging.

Ehrlich gesagt bereute ich es ein wenig, zu sehr mit ihm geflirtet zu haben. Er schien inzwischen sehr zu glauben, dass ich mit ihm nach Hause gehen würde, und es tat mir auch leid, dass ich ihm dahingehend Hoffnung machte … aber … okay, na gut. Es tat mir nicht leid genug, um damit aufzuhören.

Ich wusste selbst, dass das arschig war. Normalerweise war ich nicht so, dass ich Spielchen spielte – aber *normalerweise* spürte ich auch nicht dieses Kratzen auf meiner Haut, das mir verriet, dass Connor mich ständig anstarrte.

Obwohl ich hasste, dass es immer noch so war, reagierte irgendwas in mir auf ihn. Auf seine Nähe, seine Blicke, seine pure Anwesenheit. Früher hatte ich angenommen, dass es einfach meine Seele war, die seine erkannte – heute war ich mir nicht mehr sicher.

Vielleicht wollte mein eigener Körper mich warnen.

Zumindest würde das erklären, wieso ich wusste, dass er sich gerade auf die Liege neben meiner setzte und nicht Evan.

Unbeeindruckt sah ich von meinem Handy hoch und musterte Connor. Er trug helle Jeans, ein schwarzes T-Shirt und dazu eine weinrote verkehrtherum aufgesetzte Basecap, hatte seine Ellbogen auf seine Oberschenkel abgestützt und hielt ein Glas mit irgendwas Dunklem in der Hand.

»Kann man dir irgendwie helfen?«, fragte ich lahm und senkte meinen Blick wieder aufs Handy. Er konnte mein Display nicht sehen, also bekam er wenigstens nicht mit, dass ich komplett sinnlos durch Pinterest scrollte.

»Dasselbe könnte ich dich fragen, Cali.«

Mir lag ein *Nenn mich verdammt noch mal nicht so* auf der Zunge, aber ich überspielte es mit einem trockenen Lächeln. »Nope. Alles bestens.«

»Was ziehst du hier ab?«

»Keine Ahnung, wovon du redest«, erwiderte ich, speicherte mir einen Pin, den ich auf meine Fotoshooting-Ideen packte, und sah immer noch nicht hoch.

Leider änderte sich das, als Connor sich plötzlich nach vorn beugte und mit einer Hand nach der Liege griff. Er zog einmal kurz dran, sodass sie sich um ein paar Zentimeter in seine Richtung bewegte.

Sofort fuhr etwas in mir die Krallen aus. »Was soll das?«

»Das frag ich dich, verdammt«, stieß er leise hervor und sah mich aus verengten Augen an. »Was machst du hier?«

»Wenn du darauf eine Antwort brauchst, solltest du vielleicht mal überlegen, dich durchchecken zu lassen. Würde auf jeden Fall nicht schaden, wenn du mich fragst.«

Ehe er darauf antwortete, kam Evan wieder zurück. Da seine Liege jetzt besetzt war, ließ er sich am Fußende von meiner fallen und hielt mir ein neues Bier hin. Ich nahm es an, streckte meine Beine aus und legte sie auf seinem Schoß ab.

Evans Hand landete auf meinem Oberschenkel. »Sorry, Bro. Aber diese hübsche Liege ist heute schon besetzt.«

*Ach ja?* Innerlich verdrehte ich die Augen, äußerlich lächelte ich. Vor allem, als ich sah, wie Connor Evans Hand auf meinem Knie anstarrte.

Kurz rechnete ich damit, dass er etwas in seine Richtung erwiderte. Vielleicht eine genauso lachhafte Drohung wie an Trey – aber stattdessen betrachtete er mich so eindringlich, dass ich instinktiv meine Hand fester um mein Bier schlang. Nur für den Fall, dass ich es aus Versehen auf ihn werfen wollte.

»Du hast hier nichts verloren.«

»Oh, verdammt«, lachte ich, und obwohl Evan sich praktisch vor zwei Sekunden erst wieder gesetzt hatte, nahm ich meine Beine direkt wieder von seinem Schoß. »Danke, dass du mich daran erinnert hast, vielleicht sollten wir gehen.«

»Kit«, knurrte Connor warnend, als ich von der Liege aufstand, mein unangerührtes Bier auf den Boden stellte und mein Handy wegsteckte.

Erwartungsvoll sah ich zu Evan, aber er blieb auf der Liege sitzen und sah verwirrt zwischen mir und Connor hin und her. »Moment … ihr beiden … kennt ihr euch?«

»Ich weiß nicht«, erwiderte ich scheinheilig an Connor gewandt. »Kennen wir uns, Quinn?«

»Keine Ahnung, Callahan.« Seine Miene blieb regungslos, kalt. »Kenne ich dich, nur weil ich dich mal geleckt habe?«

Wieder lachte ich auf. Das hatte er gerade nicht ernsthaft laut gesagt, oder?

Unberührt sah er von unten zu mir hoch und schaffte es dabei irgendwie, immer noch auf mich herabzusehen.

Arrogantes Arschloch.

»Lass mich kurz nachdenken«, erwiderte ich übertrieben angestrengt und bemerkte dabei, wie die anderen, die etliche Meter weiter hinten auf der Terrasse saßen, zu uns rüberstarrten. Vor allem die Jungs und Lana. Nate saß mit offenem Mund da – aber er konnte unmöglich gehört haben, *was* Connor gesagt hatte. Die Musik, »maybe« von MGK und Bring Me The Horizon, war zu laut.

Ich musste mich dazu zwingen, nicht die Lippen zu verziehen, als ich wieder in Connors abwartendes Gesicht sah. Ein Gesicht, dass ich leider Gottes tatsächlich schon zwischen den Beinen gehabt hatte, weil wir vor vier Jahren eine Grenze überschritten hatten, von der es – wie ich heute wusste – kein Zurück mehr gegeben hatte.

Nur ein Ende.

Nur einen Trümmerhaufen voller gebrochener Versprechen, verdrehten Wahrheiten und Scherben von Erinnerungen, die mein Inneres zerschnitten hatten.

»Hmm …« Ich dachte gespielt angestrengt nach. »Ich kann mich irgendwie nicht daran erinnern. Entschuldige. Kann wohl nicht so gut gewesen sein.«

Connor stand, ohne zu antworten, von der Liege auf und war mit einem Mal wieder größer als ich. Nur eine Handbreit von mir entfernt, hob er dann einen Mundwinkel – irgendwie herablassend, irgendwie zu selbstsicher und irgendwie noch provokanter als meine Worte.

Evan erhob sich ebenfalls. »Jo, Mann … ich hatte keine Ahnung, dass ihr da irgendwas am Laufen habt. Sonst hätte ich nicht –«

»Verzieh dich einfach«, unterbrach Connor ihn finster, während ich die Fäuste ballte und gleichzeitig zischte: »*Wir* haben sicher nichts am Laufen! Und sag Evan nicht, dass er sich verziehen soll. Du kannst nicht einfach –«

»Ich *kann*«, schnitt er auch mir das Wort ab und beugte sich so bedrohlich nah zu mir runter, dass die Piranhas unter meinen Rippen die Zähne fletschten. »Tu nicht so, als wüsstest du das nicht. Wenn ich *Evan* sage, dass er sich verziehen soll, dann wird er sich verziehen.« Er machte einen Schritt auf mich zu und drängte mich zurück, sodass ich mit den Unterschenkeln gegen die Liege stieß. »Und wenn ich jedem anderen Wichser in diesem Haus, in dieser Stadt, in diesem gottverdammten Staat sage, dass er dich nicht anfassen soll, dann wird er das nicht tun. Wir wissen beide, dass ich dafür sorgen kann, dass dir niemand mehr auch nur mit dem verdammten kleinen Finger zu nah kommt. Willst du das?«, wollte er herausfordernd wissen, seine tiefe Stimme ein einziges Raunen.

Was ich *wollte,* würde mich mindestens fünfundzwanzig Jahre in den Knast bringen – also nein, verdammt.

»Was stimmt nicht mit dir?!«

»Sag du's mir«, antwortete er herablassend. »Was willst du hier beweisen?«

»Ich will überhaupt nichts beweisen! Höchstens, dass du komplett den Verstand verloren hast! Ich kann machen, was ich will, und wenn dir das nicht gefällt, dann ist das dein verdammtes Problem!«

»*Du* bist mein verdammtes Problem, Kit.«

»Ich bin überhaupt nicht –«

»Ähm, Leute, ihr –«, unterbrach mich plötzlich Nates Stimme, der wiederum von Connor unterbrochen wurde.

»Fuck, halt dich da raus«, knurrte er seinen Cousin an, der auf einmal statt Evan neben uns stand und uns anstarrte, als würde er sich am liebsten zwischen uns stellen und uns wie streitende Kinder auseinanderzerren.

Ein Teil in mir wusste, dass es so richtig gewesen wäre. Dass das zwischen Connor und mir zu nichts führen würde, weil es weder Sinn noch Verstand hatte.

Aber der andere Teil sah nur Connors Blick. Diese Provokation in seinen Augen, die mich dazu herausforderte, zum Gegenschlag anzusetzen, und wollte … nein, mich *anflehte*, sich danach *sehnte*, dass ich das hier irgendwohin trieb, wo wir uns gegenseitig zerfleischen konnten.

Und, verdammt, gerade wäre es leichter gewesen, in einem Wagen mit durchgeschnittenen Bremskabeln keinen Unfall zu bauen, als ihm diesen verfluchten Wunsch auszuschlagen.

Die Piranhas in meiner Brust wollten Connor nämlich nicht nur zerfleischen – sie wollten nichts mehr von ihm übrig lassen.

Wütend bis zum Gehtnichtmehr packte ich ihn am T-Shirt, stieß Nate einfach zur Seite und riss Connor mit mir.

»Shit – müssen wir das Bombenentschärfungskommando rufen?«, rief Nate hinter uns, aber weder Connor noch ich antworteten darauf.

Er ließ sich von mir über die Terrasse ziehen, vorbei an den anderen, die uns anstarrten, Lana, die so aussah, als würde sie gleich aufspringen und mich daran hindern, in ein brennendes Haus zu laufen, aber ich ignorierte das alles, zerrte Connor in die Villa und den erstbesten Flur, der weit genug von der offenen Terrassenfront weg war. Die Musik, inzwischen »Parasite Eve« von Bring Me The Horizon, dröhnte im Haus lauter als hier drin.

Ich riss meine Hand von seinem T-Shirt und blieb schon wieder viel zu dicht vor ihm stehen. »Was – zur – verfickten – Hölle – soll das alles?!«

Er stieß ein abfälliges Geräusch aus und wurde dann wieder so gefährlich ruhig, dass das Funkeln in seinen Augen an Dunkelheit erinnerte. »Du fragst mich ernsthaft, was das soll, wenn du diejenige bist, die hier diese verdammte Show abzieht?«

»Ich ziehe keine Show –«

»Die Scheiße in der Ruine? Mit Trey? Mit Evan? Mit weiß der verdammte Teufel wie vielen Wichsern?«, zählte er gnadenlos auf und machte einen Schritt auf mich zu.

Ich wich zurück. Nicht aus Angst vor ihm – eher vor mir selbst.

»Merkst du's noch, Connor? Deine Eifersucht –«

»Fuck, darum geht es doch überhaupt nicht!«, knurrte er und drängte mich Schritt für Schritt zurück. »Wer zum Teufel bist du auf einmal? Seit wann –« Er brach ab, presste die Lippen aufeinander und fuhr mit seinem Blick über meinen Körper, als würde er mir die Haut von den Muskeln ziehen wollen.

Nein, nicht einfach nur meine Haut – meine Tattoos.

»Dir gefällt es nicht, hm?« Ich lachte irre auf und versuchte dabei zu ignorieren, dass irgendwas in meine Brust stach. Vielleicht das rostige Messer. Vielleicht die Piranhas.

»Gefällt mir *was* nicht?«

»Was du aus mir gemacht hast.« Ich breitete grinsend die Arme aus. »Nun, gewöhn dich besser dran. Das ist die, die ich jetzt bin.«

»Bullshit. Ich habe überhaupt nichts aus dir gemacht. Das war deine Entscheidung. Und das *bist* du nicht.«

Ich konnte wieder nur darüber lachen. »Woher willst du das wissen? Du warst vier Jahre weg. Und jetzt denkst du – *nimmst* dir das verdammte Recht raus, dich so aufzuführen, als würde ich dich auch nur irgendwas angehen?«

Ich stieß so plötzlich mit dem Rücken gegen die Wand, dass Connor viel zu nah vor mir stehen blieb. Ich musste meinen Kopf in den Nacken legen, um zu ihm hochzusehen, und ich hasste, dass ich mir einbildete, etwas in seinen olivgrünen Augen sehen zu können.

Augen, denen ich früher mal vertraut hatte.

Augen, die mich *Dinge* fühlen ließen.

Sicherheit. Zuhause. Freiheit.

Irgendwas darin gab mir das Gefühl, als würde er für einen Moment, nur den Hauch einer Sekunde dasselbe empfinden.

Sich daran erinnern, was wir gewesen waren, bevor er alles kaputt gemacht hatte. Bevor er einfach gegangen und aus meinem Leben verschwunden war, als hätte er nie existiert.

Als hätte *ich* nie existiert.

Irgendwo in meinem Verstand war mir klar, dass ich es nicht tun sollte – aber ich wollte ihn daran erinnern. Nicht für mich, nicht, weil ich hoffte, wir könnten alles in Ordnung bringen – sondern weil ich wollte, dass er litt. Ich wollte es so sehr, dass ich diesen ganzen reißenden Schmerz in mir nahm und in Wut umwandelte. Statt sie rauszulassen, ballte ich sie in mir zusammen und wurde kalt.

»Bereust du es schon?«

»Bereue ich was?«, hakte er genauso kühl nach. Plötzlich genauso emotionslos.

»Dass wir uns je kennengelernt haben.«

Ich wusste nicht, wieso ich ihn das fragte. Ich erwartete ja nicht mal eine Antwort.

»Nein. Ich bereue *nichts*. Ich bereue nicht, dass wir uns kennengelernt haben. Ich bereue auch nicht, dass wir eine Grenze überschritten haben – ich würde es wieder tun«, raunte er und stemmte sich mit einer Hand neben meinem Kopf gegen die Wand. »Ich denke an nichts anderes mehr, seit ich dich in diesem gottverfluchten Nichts da draußen gesehen habe.«

Sein Blick glitt von meinem Gesicht, über meinen Hals bis hinab auf meine Brust. Ich trug immer noch den Bikini, inzwischen aber auch eine Kapuzenjacke von Nate, die am Reißverschluss weit genug offen war, dass er das blumige Sternum-Tattoo sehen konnte.

In seiner Miene stand allerdings keine Abneigung.

Er hasste, dass es ihm *gefiel.*

Er verbarg es nicht mal, als er mir wieder in die Augen sah und meinem Gesicht so nah kam, dass die Piranhas beinahe aus meiner Brust ausbrachen. Sich durch meine Rippen rammten und auf ihn stürzten.

»Ich bereue auch nicht, dass ich damals gegangen bin«, fuhr er dann fort und starrte dabei auf meine Lippen. Ich verabscheute es, wie sie dabei zu kribbeln anfingen, egal, wie fest ich sie aufeinanderpresste. »Ich hätte früher oder später dein Herz gefickt, Cali – und dein Herz war nicht das, was ich wollte.«

»Dann hast du ja Glück«, erwiderte ich spöttisch, auch wenn irgendwas in mir zum Stillstand kam. Schmerzhaft. Leer. Hohl. »Da ist kein Herz mehr.«

Ohne zu antworten, huschten seine Augen zwischen meinen hin und her, als schien er nach etwas zu suchen.

*Und?*, hätte ich am liebsten gefragt und erwiderte seinen Blick herausfordernd. *Findest du's?*

Wenn Connor wirklich glaubte, dass mein Verhalten eine Show war, irrte er sich.

Ich war nur einfach nicht mehr dieselbe wie früher, und erst recht nicht mehr das Mädchen, das er Cali genannt hatte.

Sie existierte nicht mehr.

*Sie* hätte nie mit irgendwelchen Typen von Tinder gevögelt, hätte nie One-Night-Stands echten Gefühlen vorgezogen, und auch nie aufgehört, ihrem besten Freund hinterherzuheulen, scheißegal, dass er sie wie Dreck behandelt hatte.

Aber ich? Ich hatte das Messer, das er Cali in die Brust gerammt hatte, rausgezogen und auf denselben Scheiterhaufen geworfen, auf dem unsere Freundschaft auch heute noch elendig verbrannte.

Cali und ich waren inzwischen zwei verschiedene Personen, und während Cali *gut*, naiv und fast so etwas wie unschuldig gewesen war, hatte ich die Seiten gewechselt. Ich stand jetzt auf einer, auf der ich ständig ein Feuerzeug neben einem Berg von Dynamit schnippte.

Als könnte Connor das in meinen Augen ablesen, glitt auf einmal ein leises, raues »Fuck« über seine Lippen.

Es klang wie ein verfluchtes Gebet.

Wie Aufgeben und Erlösung gleichzeitig.

Wie ein Todesstoß.

Bevor ich wusste, was passierte oder es verhindern konnte, waren seine Lippen auf meinen und meine auf seinen.

Brutal. Grob. Fest.

Es war kein sanfter Kuss – es war ein Aufeinanderprallen und ein Kämpfen und ein Angriff, den keiner von uns verlieren wollte. Einer, der sich zu schnell in eine Bombardierung verwandelte und auf die völlige Zerstörung abzielte.

Irgendwas in mir verlangte von mir, dass ich ihn wieder von mir wegstieß, aber ich tat es nicht. Hier, bei dem Kuss, ging es nicht ums Vermissen. Es ging nicht darum, die Vergangenheit wieder aufleben zu lassen.

Es ging um Krieg.

Ich hörte dumpf sein Glas zu Boden fallen, ignorierte es aber und schob meine Hände in seinen Nacken. Krallte mich an ihm fest und zog ihn näher zu mir.

Ich wollte ihm wehtun. Ich wollte es so sehr, dass es mir egal war, wie fest ich meine Nägel in seine Haut bohrte, dass ich ihm in die Unterlippe biss und ihn dabei zischen hörte. Ich tat es trotzdem, kämpfte gegen ihn. Mit allem, was ich hatte, und noch hundert Mal mehr.

Connor erwiderte den Kuss mit derselben Wut, die auch in mir tobte, und drückte mich so fest gegen die Wand in meinem Rücken, dass ich ihn überall spüren konnte. Seine Muskeln, die sich an mich schmiegten, seine Brust, die sich gegen meine presste, und seine Hüfte, die über meine rieb und mir allein dadurch beinahe ein Stöhnen entlockte, das ich mit aller Macht unterdrückte.

»Ich hasse dich«, brachte ich stattdessen schweratmend zwischen unseren Lippen hervor, voller Zorn und mit einer drängenden Verzweiflung, von der ich nicht mal wusste, wo sie überhaupt herkam.

Ich wiederholte die Worte trotzdem, so oft ich konnte.

Er sollte spüren, dass ich mich für das hier, den Kuss, selbst verabscheute. Dass ich es hasste, dass ich nicht aufhören konnte, und dass ich es hasste, dass es sich zu gut anfühlte.

»Hass mich, so viel du willst. Damit tust du mir einen Gefallen«, erwiderte er irgendwann rau, zog meine Unterlippe zwischen seine Zähne und griff mit einer Hand nach meinem Kiefer. Er presste meinen Kopf gegen die Wand und obwohl etwas in mir dagegen rebellierte und wusste, dass dieser Knall erst der Anfang war, wollte ich nicht, dass er endete.

Connor gab mir nicht die Möglichkeit, ihm zu antworten, sondern presste seine Lippen wieder auf meine, drängte sein Bein gegen meine Mitte und rieb so zielsicher darüber, dass sich mein Unterleib verlangend zusammenzog. Ich erwischte mich dabei, wie ich ihm entgegenkam. Den Druck erwiderte. Wie ich meine Beine um seine Hüfte schlingen, ihm seine verfluchten Klamotten vom Leib reißen und Spuren auf ihm hinterlassen wollte, die er so schnell nicht wieder loswurde.

Die er nicht vergaß.

So wie er mich vergessen hatte.

Weil ich wollte, dass er genauso litt wie ich.

Ich wollte, dass er mir zeigte, dass er uns vermisste.

Ich wollte, dass er bereute, was er mir angetan hatte.

Ich wollte es so sehr, dass ich das Vibrieren in meiner Hosentasche zuerst nicht mitbekam. Fast hätte ich es ignoriert, aber kaum begriff ich, dass es mein Handy war, hörte ich das Klingeln. Wie ein Echo, das klarer statt schwächer wurde und mich heftig genug mit Eiswasser überschüttete, dass ich meine

Hände von Connor nahm und ihn ruckartig an der Brust wegstieß.

Er löste sich von mir, wich einen Schritt zurück. An seiner Unterlippe klebte ein bisschen Blut. In der ersten Sekunde sah er mich noch an, als würde er selbst nicht kapieren, was gerade passiert war – in der nächsten wischte er sich fluchend das Blut von der Lippe.

Das Klingeln in meinen Ohren wurde noch lauter, noch drängender. Es war Josies Klingelton. Allein das gemischt mit der Tatsache, dass es nach Mitternacht war, versetzte mich so sehr in Panik, dass das hier unbedeutend wurde und ich sofort an mein Handy ging.

»Jo?«, fragte ich atemlos und wandte mich von Connor ab. Mein Herz klopfte wie wild.

»Du musst nach Hause kommen«, flüsterte sie so leise, dass ich sie wegen der Musik kaum verstehen konnte. »Hier sind so … die wollen … haben Waffen … Logan hat –«

»Waffen?« Mir brach kalter Schweiß aus. »Josie, ich verstehe kein Wort. Was ist bei euch los? Und was ist mit Logan?« Ohne zu zögern, setzte ich mich in Bewegung und ging den Flur runter. Weg von Connor.

»Hier sind zwei Typen. Mit Waffen. Wegen Mom und Dad, glaube ich. Logan versucht sie rauszuwerfen, aber sie gehen nicht, sie wollen irgendwie Geld. Ich hab keine Ahnung, was ich tun soll. Soll ich Jacks anrufen, ich –«

»Nein«, unterbrach ich sie fest und konnte nicht mal froh darüber sein, dass Logan offenbar zu Hause war. »Nein, ich rufe ihn an. Du bleibst ruhig und sorgst dafür, dass Logan keine Scheiße macht. Ich komme, so schnell ich kann, okay?«

»Okay«, erwiderte sie noch, dann legte ich auf.

Kopflos und ohne wirklich zu begreifen, was Josie mir da gerade gesagt hatte, lief ich ins Wohnzimmer, hielt aber abrupt inne, als ich ein lautes Lachen von der offenen Terrassentür hören konnte.

Mein erster Instinkt war, Lana zu fragen, ob sie mich nach Hause brachte. Der zweite, sie da auf gar keinen Fall mit reinzuziehen und einfach zu verschwinden.

Ich entschied mich für Letzteres, rannte zur Haustür, wo ich in meine Schuhe schlüpfte, meinen Rucksack und mein Skateboard griff, und dann die Villa verließ.

Hinter mir hörte ich jemanden nach mir rufen, aber ich blendete es aus, bewegte mich die Auffahrt runter und wählte mit vor Wut und Panik bebenden Händen die Nummer meines älteren Bruders.

Er ging aber nicht dran. Dieses Scheißhandy tutete und tutete. Aber Jackson hob nicht ab.

Ich klammerte mich an mein Handy, versuchte es noch mal und überlegte gleichzeitig, wie zur Hölle ich nach Hause kommen sollte. Ein Taxi von hier bis zur Northside würde ein Vermögen kosten, und einen Bus zu erwischen wäre vermutlich auch ein verdammtes Wunder.

Ich kam aber sowieso nicht weit, bevor ich plötzlich am Arm gepackt und zurückgerissen wurde.

»Kit, sag mir, was los ist!«, fuhr Connor mich an, als hätte er mich das schon hundert Mal gefragt. »Hast du gerade *Waffen* gesagt?!«

Ich entzog ihm wütend meinen Arm. »Was geht dich das an?«, blaffte ich, ging weiter. Wieder wählte ich Jacksons Nummer. Wieder wartete ich darauf, dass er abnahm. Wieder ohne Erfolg.

»Wo willst du hin, verdammt?« Connor folgte mir und das, gemischt mit der Tatsache, dass Jackson nicht an sein scheiß Handy ging, brachte mich zur Weißglut.

»Tu nicht so, als würde es dich interessieren! Das eben ändert rein gar nichts zwischen uns, kapiert?! Geh einfach wieder zurück, Connor! Sag Lana, dass ich wegmusste.«

»Fuck, jetzt warte! Ich gehe nirgendwohin«, stieß er hervor und hielt mich wieder fest.

Keine Ahnung, warum ich dieses Mal wirklich stehen blieb, aber ich schwöre – ich war kurz davor, ihm eine runterzuhauen. Irgendwas in seinem Blick sagte mir, dass ihm das bewusst war, aber nicht wirklich juckte.

Stattdessen zog er etwas aus seiner Hosentasche und hielt es hoch.

Seine Schlüssel.

»Wenn du's nicht sagen willst, meinetwegen, aber du wirst nicht mitten in der Nacht durch die verfluchte Stadt laufen. Also schluck deinen scheiß Stolz runter und sag mir, wo du hinwillst. Ich fahre dich.«

Mir lag ein »Ich brauch deine Hilfe nicht« auf der Zunge, aber stattdessen sagte ich: »Du hast getrunken und gekifft.«

»Das war nur Cola, und ich habe vor zwei Stunden einmal dran gezogen«, war alles, was er erwiderte.

Und alles, was mich völlig entwaffnete, weil ich mir eingestand, dass er gerade die beste Option war, die ich hatte.

# 10

## KIT

Auf dem Weg zur Northside versuchte ich immer wieder, Jackson zu erreichen. Er war Polizist – und der Einzige, der verhindern konnte, dass ich meine Eltern umbringen würde.

Aber er ging einfach nicht dran.

»Shit!«, fluchte ich zischend, kurz davor, mein Handy auf das Armaturenbrett von Connors Wagen zu schmettern. Ich tat es nur nicht, weil ich nicht aufhören konnte, Jacksons Namen immer und immer wieder vergeblich anzuklicken.

Josie hielt mich während meiner Versuche, ihn zu erreichen, mit Nachrichten auf dem Laufenden. Diese Typen waren immer noch bei uns zu Hause, machten aber nichts. Sie wollten nur ihr Geld und warteten. Worauf auch immer. Dass es vielleicht von der Decke regnete, oder was?

Schon klar, es wäre das Vernünftigste gewesen, die Polizei zu rufen, wenn Jackson schon nicht an sein Handy ging. Aber … ich konnte die Polizei nicht rufen. Wenn ich die Polizei rief, würden sie das Jugendamt informieren und dann würde das Jugendamt Josie und Jamie wegholen.

Nein, das war keine Option.

»Josie sagt, bei unseren Eltern sind Geldeintreiber. Sie sind bewaffnet«, brachte ich wütend über mich selbst und meine Verzweiflung hervor, die mich dazu nötigte, es Connor zu sagen. Ihn um Hilfe zu bitten, ohne die Bitte auszusprechen.

»Warum?«, wollte er wissen. Ruhig. Gefasst.

»Spielschulden.«

»Wie viel?«

»Weiß sie nicht.« Ich wählte wieder Jacksons Nummer – wieder ohne Erfolg.

Keine Ahnung, wie oft ich ihn inzwischen angerufen hatte. Hundert Mal? Zweihundert Mal? Ich konnte nur hoffen, dass er gerade im Dienst war und mich nicht absichtlich ignorierte.

Als wir rund zehn Minuten später bei unserem Haus ankamen, schnallte ich mich schon ab, bevor Connors Mercedes zum Stehen kam.

Ich hielt ihn nicht auf, als er über meine Beine gebeugt das Handschuhfach öffnete und etwas rausholte, das mir diese beschissene Lage nur noch bewusster machte, mich aber auch nicht überraschte.

Ein eingeklapptes Einhandmesser.

Er hatte schon früher immer mindestens eins davon irgendwo aufbewahrt.

Schweigend stieg ich aus, warf die Beifahrertür hinter mir zu und eilte über die Straße. Connor folgte mir, bis wir die Stufen unseres Hauses erreichten, und packte mich dann am Handgelenk, als ich vorgehen wollte.

»Bleib hinter mir.« Eine Warnung stand in seinen Augen.

Ich wollte es nicht, aber in diesem Moment wehrte ich mich nicht, als er mich zur Seite schob und die Stufen hochging. Nachdem ich die Haustür hinter mir geschlossen hatte, entdeckte ich Josie und Jamie auf dem kleinen Flur. Jamie hatte sich an ihrer Hand festgeklammert und ließ Josie auch dann nicht los, als beide auf mich zukamen und wir auf der Höhe des Wohnzimmers aufeinandertrafen. Ich beachtete nicht, wie sie

Connor verwirrt ansahen, streckte meine Arme nach ihnen aus und drückte sie beschützend an mich. Erleichterung durchströmte mich – bis mir klar wurde, dass Logan nicht bei ihnen, sondern im Wohnzimmer war.

Er stand mit vor der Brust verschränkten Armen hinter dem Sofa, auf dem Mom und Dad saßen, und schien ebenso irritiert über Connors Anwesenheit zu sein. Allerdings verflog dieser Ausdruck, sobald er sich wieder auf die zwei Typen konzentrierte, die noch weniger hierhin gehörten.

Bei ihrem Anblick und dem meiner Eltern wollte ich so dringend etwas kaputt machen, dass sich meine Nägel in meine Handinnenflächen gruben.

*Deswegen* hatte Dad mich letztens nach Geld gefragt, oder? Ihretwegen.

»Na, das ist ja mal eine schöne Überraschung. Noch mehr Kinder«, sagte der eine Kerl, der mitten im Wohnzimmer stand und es mit einer Kippe zuqualmte.

Sein kahl rasierter und an den Seiten tätowierter Schädel war das Klischeehafteste, das ich je gesehen hatte, aber der andere war auch nicht viel besser. Er stand mit verschränkten Armen da, war locker zwei Meter groß, mit einem Kreuz so breit wie das eines Stieres, und erweckte den Eindruck, als wäre seine Lieblingsmusik das Brechen von Knochen.

Beide waren bewaffnet, aber ich wusste nicht, wie sehr. Ich entdeckte nur den Griff einer Pistole, die aus dem Hosenbund des Knochenbrechers hervorlugte.

»Was wollt ihr?«, fragte Connor beherrscht, nachdem er ebenfalls auf die Waffe geblinzelt hatte.

Der Glatzkopf zog an seiner Kippe, betrachtete Connor von Kopf bis Fuß, und mir war jetzt schon klar, dass er ihn nicht als Connor Quinn erkannte und falsch einschätzte. Ich wusste nicht, wie alt er war, vielleicht dreißig, vierzig. Aber er betrachtete Connor, als wäre er nur ein aufmüpfiges Kind, das in der Erwachsenen-Liga spielen wollte.

»Du bist nicht der heldenhafte Bruder, von dem hier alle sprechen«, stellte er fest, nachdem er den Rauch durch die Nase ausgeatmet hatte. »Wer bist du, huh?« Er deutete mit der Kippe in meine Richtung, bevor er dreckig grinste. »Ihre Lebensversicherung oder ihr Stecher?«

*Wichser.*

Meine Eltern sahen mich an, als würden sie sich gerade dasselbe fragen. Sie kannten Connor nicht. Nicht nur, weil sie sich nicht für die High Society interessierten, sondern auch, weil ich nie zugelassen hatte, dass er dieses Haus betrat. Weiter als bis zur Veranda war er nie gekommen, und ich *hasste* es, dass er jetzt in unserem Wohnzimmer stand.

»Was wollt ihr?«, wiederholte er wieder, nachdrücklicher.

»Achtundsechzig Riesen«, erwiderte der Glatzkopf und zog gelangweilt an seiner Zigarette. »Hast du achtundsechzig Riesen, Buddy?«

*Achtund* … was?!

Hatte er gerade achtundsechzig Riesen gesagt?

Achtundsechzigtausend Dollar.

Acht. Und Sechzig. *Tausend.* Dollar.

Meine Eltern hatten beschissene achtundsechzig Riesen verzockt und konnten sie nicht zurückzahlen?! Und Jackson war nicht hier, um mich von einer Straftat abzuhalten?!

»Bis wann wollt ihr sie?«, fragte Connor zurück, woraufhin ich beinahe protestierend aufschrie und mir sofort wünschte, ich hätte ihn nicht mit hergenommen.

Es war egal, was zwischen uns vorgefallen vor – irgendwo tief, ganz tief unter alldem wusste ich, dass er, ohne zu zögern, für uns gebürgt hätte. Aber das wollte ich nicht. Damals nicht und verdammt noch mal erst recht nicht heute.

»Nee, so läuft das hier nicht«, kam der Glatzkopf mir aber zuvor. »Wir sind nicht hier, um eine Nachricht zu überbringen, Junge. Wir wollen unser Cash sehen, jetzt.«

»Wie wäre es mit einer Anzahlung?«, warf ich schnell ein, wissend, dass es eigentlich komplett lächerlich war, weil unter meinem Kopfkissen leider keine siebzig Riesen lagen.

»Anzahlung?«, wiederholte er belustigt. »Du kannst mir und meinem Kumpel den Schwanz lutschen, Kleine, vielleicht geben wir euch dann eine Woche Zeit.«

Bevor ich überhaupt darauf reagieren konnte, machte Connor einen Schritt auf ihn zu und stand damit so dicht vor dem Arschloch, dem ich gerade gern die Augen ausgestochen hätte, dass sie sich fast berührten. Es wurde von jetzt auf gleich totenstill im Raum, die Luft dick und bedrohlich. Ich konnte über meinen plötzlich hämmernden Herzschlag hören, wie der Knochenbrecher seine Knöchel knacken ließ, aber Connor ignorierte die wortlose Drohung und wich nicht vor dem Glatzkopf zurück.

»Wiederhol das noch mal und du erstickst dran«, knurrte Connor, was den Glatzkopf zum Grinsen brachte.

Er ließ sich Zeit mit einer Antwort, zog belustigt an seiner Kippe und aschte einfach auf unseren Teppich. »Also ihr Stecher, hm?«

Als ich sah, wie Connor die Fäuste ballte, bekam ich Panik. Ich dachte an das Messer in seiner Hosentasche, daran, dass Jamie und Josie keine Zeugen werden durften, und ergriff schnell das Wort.

»Ich habe ein bisschen Geld. Ich hol es sofort.«

Der Glatzkopf wandte sich zu mir und lachte, als hätte er gerade den Spaß seines Lebens. »Ein bisschen reicht nicht, Süße.«

»Es sind fünftausend.«

Wieder spürte ich die Blicke meiner Eltern auf mir, aber ich ignorierte sie. Alles, was ich darin finden würde, wäre sowieso nur Enttäuschung und Wut gewesen, weil ich es ihnen nicht gegeben und für mich behalten hatte.

Dass ich ihnen damit vielleicht ihrem jämmerlichen Arsch rettete, juckte sie nicht.

Der Glatzkopf zog nachdenklich an seiner Zigarette. »Na gut«, antwortete er knapp. »Hol es. Mal schauen, ob ich's mir bis dahin anders überlegt habe.«

Ich blinzelte kurz zu Logan, der die Zähne fest aufeinanderpresste und mir kaum sichtbar zunickte. Ich erwiderte es, drehte mich um und schob Jamie und Josie ein Stück den Flur runter.

»Bleibt hier«, flüsterte ich leise. »Wenn es eskaliert, ruft die Cops und versteckt euch draußen, okay?«

Josie verzog das Gesicht. Sie wusste, was das bedeutete.

»Tu es«, wisperte ich mit Nachdruck. »Connor hat … er passt auf euch auf.«

Sie nickte knapp, und ich hoffte, dass sie verstand.

Als ich kurz darauf nach oben in mein Zimmer rannte, wusste ich nicht, wer schneller war – meine Beine oder mein Herz. Wie ein Autopilot zog ich mein Handy aus meiner Hosentasche und versuchte wieder Jackson zu erreichen.

Wieder ging er nicht ran.

Ich versuchte es die ganze Zeit über, auch dann noch, als ich in mein Zimmer stürmte und mich vor meiner Fensterbank auf die Knie fallen ließ. Mit bebenden Händen zog ich den Putzbrocken, der darunter wie ein Puzzleteil in die Wand hineinpasste, aus seinem Platz und griff in das Loch.

Es war schon seit Jahren mein Versteck, in dem ich ein paar Dinge aufbewahrte, unter anderem das Geld, das ich seit Jahren sammelte. Ich hatte jedes Mal, wenn ich meine Schecks bekommen hatte, einen Teil davon zur Seite gelegt. Für Notfälle, für … *mich.*

Mein Herz krampfte sich zusammen, als ich daran dachte, was ich mit dem Geld gemacht hätte. Dass ich es damit vielleicht hier rausgeschafft hätte und das hätte tun können, von dem ich schon träumte, seit Connor mich das erste Mal zu Lost Places mitgenommen hatte. Orte, von denen ich noch mehr sehen wollte, mehr als nur in Kalifornien. Mehr als in diesem Land.

Aber das alles war nicht mehr wichtig. Meine Geschwister und ihre Sicherheit waren es.

Sie würden immer wichtiger sein.

Hektisch zog ich die Scheine aus dem Versteck hervor, warf sie auf mein Bett und zählte sie schnell durch.

Es waren fünftausenddreihundert Dollar. Das meiste Geld, das ich je besessen und in der Hand gehalten hatte – und das gleich nicht mehr mir gehören würde.

Ich ließ das Loch unter meiner Fensterbank offen. Bevor ich mein Zimmer aber wieder verließ, fiel mir auf, dass eigentlich noch zwei Dinge hätten in meinem Versteck liegen müssen. Weil ich dazu gerade aber keine Zeit oder Nerven hatte, schob ich es zur Seite und lief wieder nach unten.

»Hier«, durchbrach ich das angespannte Schweigen im Wohnzimmer und hielt dem Glatzkopf die Scheine hin. »Fünftausenddreihundert. Mehr hab ich heute nicht. Ich besorg den Rest, so schnell ich kann.«

Schweigend nahm er das Geld und zählte es quälend langsam durch, bevor er es in seine Hosentasche steckte. »Gut, dann fehlen nur noch sechsundsechzigtausend.«

»Was?« Ich hatte ihm doch gerade über fünftausend gegeben! Es hätten dreiundsechzig sein sollen, nicht sechsundsechzig.

Er grinste so dreckig, als wären die dreitausend Dollar oben drauf nur ein netter Beigeschmack. »Du hast die Zinsen vergessen, Kleine. Wir sind kein Ponyhof. Du kannst froh sein, dass ich so großzügig bin, euch noch … sagen wir, bis zum Monatsende Zeit für den Rest zu geben.«

»Das ist nicht genug!«, platzte es aus mir heraus, und ich hasste, wie verzweifelt meine Stimme klang. Das waren weniger als drei Wochen! »Ich brauche mehr Zeit.«

»Bis zum Monatsende«, wiederholte der Glatzkopf und nickte dem Knochenbrecher zu. »Für jede weitere Woche zweitausend Mäuse extra. Haben wir uns verstanden? Unser Boss lässt sich nicht gern verarschen, wenn ihr also 'ne linke Nummer vorhabt …« Er schnalzte mit der Zunge und ließ eine kleine Karte auf unseren Wohnzimmertisch fallen. »Und wenn ihr das Geld früher habt, bringt's dahin.«

Weil er mich daraufhin fokussierte, nickte ich nur. Ich hatte keine Ahnung, wie ich innerhalb von drei Wochen das Geld auftreiben sollte, ohne meine Würde zu verlieren. Aber darüber konnte ich jetzt nicht nachdenken.

Ich wollte nur, dass sie sich verpissten.

»Perfekt«, sagte er, schon wieder mit diesem Grinsen. Er ging an Connor vorbei, sein Kollege folgte ihm wie ein treuer Hund. »Und nur, damit du's weißt …«, fuhr er laut genug fort, als er auf einer Höhe mit mir war, und leckte sich widerlich über die Lippen. Er war so nah, dass mir sein Aftershave in die Nase stieg und ich mich zusammenreißen musste, keine Miene zu verziehen. »Es gibt immer einen Weg, Zinsen zu drücken, Kleine. Wenn du lieb Bitte zu meinem Schwanz sagst, lässt sich über alles verhandeln.«

Am liebsten hätte ich ihm den Kiefer gebrochen.

Ich tat es nur nicht, weil sie gingen und ich Connor einen so warnenden Blick zuwerfen musste, dass er es nicht wagte, sich zu bewegen. Er war komplett angespannt, seine Kiefermuskeln traten hervor, seine Augen wirkten beinahe schwarz. Aber er blieb, wo er war, und folgte mir auch nicht, als ich den Kerlen nachging und hinter ihnen die Tür verriegelte. Selbst wenn es nichts nützen würde. Wenn sie wieder reinkommen wollten, bräuchten sie nur das Holz einzutreten.

»Geht in dein Zimmer und bleibt da«, presste ich an Josie gewandt hervor, die Jamie fest und immer noch mit Panik in den Augen an ihren Bauch gedrückt hielt.

Ich wartete gar nicht erst auf eine Antwort, sondern stürmte zurück ins Wohnzimmer. Innerlich war ich auf hundertachtzig. Zorn flutete meine Systeme, ich sah rot. Wegen den Typen, wegen Connor, wegen des Geldes, wegen meinen Eltern. Wegen dieser ganzen beschissenen Situation.

»Ist das euer verfickter Ernst?!«, knurrte ich Mom und Dad an, die immer noch auf der Couch saßen.

Mom hatte sich inzwischen eine Zigarette angezündet, Dad saß nach vorn gebeugt da und massierte sich den Nasenrücken. Keiner von beiden antwortete. Allein dafür hätte ich gern alles vom Wohnzimmertisch gepfeffert.

»Habt ihr – Scheiße! Sagt irgendwas!«, schrie ich und bemerkte am Rand, dass Logan zu mir kam und sich an meine Seite stellte. Ich brauchte ihn nicht mal anzusehen, um zu wissen, dass er vor Wut zitterte. Ich spürte es – weil es mir genauso ging. »Seid ihr jetzt komplett von allen beschissenen Geistern verlassen?! Habt ihr mal an Josie und Jamie gedacht? An Logan und mich?! Denkt ihr noch an irgendwen außer euch selbst?!«

Ich ballte die Fäuste und starrte sie abwechselnd an.

Meine Mutter war die Erste, die ihren Blick hob und zuerst mich, dann Connor hinter mir fixierte. »Wer ist der, Christina?«

»Das geht dich einen Scheißdreck an.«

»Rede nicht so mit deiner Mutter!«, fuhr mein Vater mich an, woraufhin Logan hart auflachte.

Ich hätte gern dasselbe getan, aber stattdessen erwiderte ich seinen Blick nur ungläubig. *Er* war derjenige gewesen, der mich vor ein paar Tagen noch um Geld gebeten hatte. Hatte er das verdammt noch mal schon wieder vergessen?

Das hier war alles *ihre* Schuld!

Mom beachtete keinen von beiden. Sie fokussierte nur immer noch Connor. »Bist du ihr Freund? Hast du Geld?«

*Wow.*

»Das hast du ihn gerade nicht ernsthaft gefragt, oder?«, stieß ich fassungslos hervor und konnte nicht in Worte fassen, wie erbärmlich ich das gerade fand. Es gab keine dafür.

»Offensichtlich hab ich das«, erwiderte meine Mutter völlig schamlos, ehe sie sich wieder an Connor wandte. »Also, was ist jetzt? Kannst du nicht reden?«

»Das reicht!« Als ich einen Schritt nach vorn machte, bereit, gegen diesen verdammten Tisch zwischen uns zu treten, hielt Logan mich am Arm zurück. »Schämst du dich nicht, *Mutter*?! Kein Wunder, dass Jacks abgehauen ist, ihr seid erbärmlich! Einen Fremden nach Geld zu fragen, weil ihr – «

»Christina!«, donnerte Dad und erhob sich warnend vom Sofa. Es war mir egal. Meine Eltern waren beschissene Zocker und Verschwender, sie waren nicht in der Lage, sich um ein geregeltes Leben zu kümmern, geschweige denn um ihre Kinder. Aber er hatte mir einen Scheiß zu sagen.

»Was?!«, blaffte ich zurück. »Tut weh die Wahrheit zu hören, oder? Ihr. Habt. Diese. Familie. Zerstört!«

Keiner von beiden widersprach mir. Mom reagierte so gleichgültig wie immer, als wäre sie nur noch eine Hülle, und Dad … er sah wenigstens so aus, als täte es ihm leid. Als wüsste er, dass seine beschissenen Seitensprünge das aus uns gemacht hatten.

Das Schweigen zog sich brutal in die Länge. Mir lag so unendlich viel auf der Zunge, aber weil sich langsam Scham unter meine Wut mischte, brachte ich nichts mehr hervor.

Ich wollte nur noch heulen. Weglaufen. Ich wollte dasselbe tun wie Jackson, meine Sachen packen und verschwinden. Ich wollte frei von dieser ganzen Scheiße sein – aber am allerwenigsten hatte ich gewollt, dass Connor das alles hier mitbekam. Jeder – aber nicht er.

Schäumend vor Wut machte ich mich von Logan los und griff nach der Visitenkarte, die der Glatzkopf auf den Tisch fallen gelassen hatte und zu einem Casino gehörte. Ich stopfte sie mir in die Hosentasche und drehte mich um.

»Geh hoch zu Josie und Jamie«, sagte ich an Lo gewandt. »Ich komme gleich nach.«

Für eine Sekunde schien er mir widersprechen zu wollen, aber er nickte und setzte sich in Bewegung.

Ich sah Connor kurz an, was er als Zeichen sah, mir auf den Flur zu folgen. Dort angekommen hatte ich das Gefühl, jede Sekunde kotzen zu müssen. Aber vielleicht waren das auch nur die Tränen, die mir im Hals stecken blieben.

»Geh«, brachte ich an ihn gewandt hervor und schaffte es nicht, ihn anzusehen. Seine Nähe, dass er hier war, dass er das alles hatte mit ansehen müssen … Es war zu viel.

»Kit …«, setzte er leise an, aber ich schüttelte den Kopf und ging auf die Haustür zu.

Ich riss sie auf und hoffte, dass das deutlich genug war.

War es nicht.

»Nimm es an«, sagte er eindringlich und blieb direkt vor mir stehen.

»Geh einfach, Connor«, wiederholte ich scharf. »Ich will dein Geld nicht. Ich will nichts von dir, schon vergessen?«

»Nein, aber es geht hier nicht um uns.«

*Ich weiß*, hätte ich am liebsten geantwortet.

Konnte es aber nicht.

»Wir gehen dich nichts mehr an, also geh einfach. Tut mir leid, dass du deine Zeit verschwenden musstest.«

»Kit. Sieh mich an.«

»Nein«, beharrte ich. Ich verhielt mich stur, aber ich wusste nicht, was ich tun würde, sollte ich irgendwas in seinen Augen finden, was ich da nicht finden durfte.

Er gab mir gerade sowieso schon das Gefühl, als wäre ich ihm nicht egal. Als wollte er mich noch immer beschützen, aber dazu hatte er kein Recht mehr. Er hatte kein beschissenes Recht dazu, sich noch in mein Leben einzumischen. Nicht, nachdem es ihm so leichtgefallen war, daraus zu verschwinden.

»Ich will, dass du gehst, Connor. Wir beide sind fertig miteinander.«

# 11

☾

## CONNOR

Ich starrte auf die Haustür, die an manchen Stellen zerkratzt und von der der braune Lack abgeblättert war, und rührte mich keinen Zentimeter. Keine Ahnung, worauf ich wartete. Dass Kit die Tür wieder öffnete?

Fuck, selbst wenn sie nicht mehr dieselbe wie früher war, würden sich manche Dinge nie ändern – und sie würde mir sicher nicht die scheiß Tür öffnen. Trotzdem stand ich immer noch hier – wie so ein gottverdammter Wachhund, nur für den Fall, dass diese Wichser zurückkamen. Für den Fall, dass Kit mich …

*Sie braucht dich nicht mehr.*

Sie hatte mich nur mitgenommen, weil Jackson nicht ans Handy gegangen war. Ich war ihr Mittel zum Zweck gewesen, und irgendwas daran fühlte sich gerade so beschissen falsch an, dass ich den explodierenden Schmerz in meiner Hand erst spürte, als es zu spät war.

Zischend zog ich meine Faust von der Hauswand und starrte auf das Blut. Es lief mir über den Zeigefinger, von meinem aufgeplatzten Knöchel bis zur Fingerkuppe, und bettelte mich regelrecht an, noch mal zuzuschlagen.

Auf die Wand. In das Gesicht dieses Wichsers, der gemeint hatte, Kit könnte für mehr Zeit seinen scheiß Schwanz lutschen. In das ihres Vaters, weil er dazu geschwiegen hatte.

Was verfickt noch mal stimmte nicht mit ihren Eltern?!

Ich hatte schon immer gewusst, dass sie alles auf Kit schoben und so viel Verantwortungsbewusstsein besaßen wie ein verfluchter Stein – aber das hier? Das war abgefuckt.

Ich wischte achtlos das Blut an meinem T-Shirt ab und setzte mich in Bewegung, bevor ich etwas so Dummes tun konnte, dass die Cops hier aufschlagen würden. Zurück in meinem Wagen, warf ich das Messer in mein Handschuhfach und wollte gerade nach meinem Handy greifen, um Hale anzurufen, damit sie sich um diese Scheiße kümmerte, als es bereits vibrierte.

Ich ging ran. »Was?«

»Wo zur Hölle seid ihr?«, blaffte Nate. »Muss ich dich daran erinnern, dass du sie nicht –«

»Ich hab sie nicht angerührt«, übertönte ich ihn, obwohl ich am liebsten direkt wieder aufgelegt hätte. Nicht nur, weil ich gerade ohne schlechtes Gewissen gelogen hatte, sondern weil ich ihm nicht sagen konnte, was passiert war. Die Worte lagen mir auf der Zunge, aber ich konnte nicht.

»Und wo zum Teufel seid ihr dann? Ihr seid hier weggestürmt, nachdem ihr euch fast die Köpfe eingeschlagen habt, verdammt!«

»Ich habe sie nach Hause gebracht.«

»Warum? Das hätte auch einer von uns machen können. Oder Lana, sie wäre eh –«

»Ist doch scheißegal«, unterbrach ich ihn wütend, nahm meine Basecap runter und fuhr mir mit meiner unverletzten Hand durch die Haare.

Das Gespräch in der Uni war in weniger als achtundvierzig Stunden – und ich hatte mir die verdammte Hand blutig geschlagen. Perfekt.

»Verdammt, Connor«, zischte Nate, nachdem er mehrere Sekunden geschwiegen hatte. »Wie lange willst du das noch machen, hm? Sag ihr die Wahrheit.«

Ein bitteres Lächeln spannte auf meinen Lippen, in die sich eben noch Kits Zähne gegraben hatten. »Sie weiß, was sie wissen muss.«

»Natürlich«, erwiderte er ironisch. »Dann hast du ihr bestimmt gesagt, dass du –«

»Ich fahr jetzt nach Hause.« Was auch immer er sagen wollte – ich wollte es nicht hören. Es änderte nichts. Dass ich Kits Lippen nach fast vier Jahren wieder auf meinen gespürt hatte, war ein Versehen gewesen. Ein Fehler. Ich hatte die Kontrolle verloren, und mir war selbst klar, dass das nicht hätte passieren dürfen.

»Mach das«, sagte Nate verächtlich. »Aber nicht darüber zu reden, heißt nicht, dass es nicht trotzdem Fakt ist, Connor. Ich liebe dich, Mann, und du weißt, dass ich zu dir halte, scheißegal, wie du dich entscheidest. Wenn du das mit Kit hinter dir lassen willst, gut. Wenn du das wieder geradebiegen willst, auch gut. Aber ich werde nicht noch mal dabei zusehen, wie du dich selbst kaputt machst und versuchst, dir die einzige Frau aus dem Kopf zu trinken, zu vögeln oder was auch immer du dir dieses Mal einfallen lässt, die dir mal die scheiß Welt bedeutet hat.«

Bevor ich auch nur den Mund geöffnet hatte, um ihm zu widersprechen, legte er auf.

Dieser Penner legte einfach auf.

»Fuck!« Mit der einen Hand pfefferte ich mein Handy in die Mittelkonsole, mit der anderen schlug ich auf mein Lenkrad. Ein scharfer Schmerz schoss meinen Arm hoch – aber ich schlug noch mal zu.

Ich hatte meine verdammten Gründe, warum ich das alles tat. Warum ich noch nicht mit Kit reden konnte. Nate wusste das, und wäre er noch am Handy, hätte ich ihm gesagt, dass er sich ins Knie ficken sollte, statt den Moralapostel zu spielen.

Vielleicht respektierte er meine Entscheidungen, aber er hatte trotzdem keine verfickte Ahnung, wie es sich anfühlte, überhaupt eine treffen zu müssen.

Vor sieben Jahren hatte ich mich gefragt, was mit Kits Vase passieren würde, wenn ich das Erdbeben wäre.

Ob sie brechen oder ganz bleiben würde.

Heute wusste ich, dass ich sie zerbrochen hatte. Ich hatte das Herz des einzigen Mädchens gebrochen, das es mir niemals hätte geben dürfen. Weil ich nun mal war, wer ich war, und weil das passiert war, was immer passierte – sie war mir zu nah gekommen.

Es spielte dabei keine Rolle, was sie mir bedeutet oder was ich gewollt hatte. Das hatte es nie. Sie war meine Sonne gewesen – aber wenn sie das Zentrum des Universums war, der Stern, der uns am Leben hielt, war ich das Gegenteil.

Ich war ein schwarzes Loch.

Ein riesengroßes, verdammtes Nichts, das alles verschlang, was in seine Reichweite kam. Das vor nichts und niemandem Halt machte. Nicht mal vor dem, was ihm am wichtigsten war.

Und ich konnte nicht zulassen, dass das ein zweites Mal passierte.

# 12

☾

## CONNOR

*Vergangenheit*
*Kit, 16 – Connor, 19*

Ich legte Kit so behutsam, wie es in meiner aktuellen Verfassung möglich war, eine meiner Kapuzenjacken über die Schultern. Sie saß zusammengekauert auf dem Rasen hinter unserer Villa, mit ihren Armen um ihre Knie geschlungen, als versuche sie sich vor etwas zu schützen, das ich nicht sehen konnte.

Es war weit nach Mitternacht, und sie hatte einfach vor unserer Tür gestanden. Ich war nicht stolz drauf, dass in diesem Moment die Flasche Bourbon in meinem Zimmer schon halb leer gewesen war und gerade eine der namenlosen Studentinnen aus meinen DMs auf allen vieren vor mir gekniet hatte – aber, fuck, ich war froh, dass Nate Kit die Tür aufgemacht und sie nicht wieder, ohne sein Hirn anzuschalten, in mein Zimmer geschickt hatte. Dass Kit mich seinetwegen schon mal mit einer Tussi erwischt hatte, wie sie mir einen blies, reichte mir bis an mein beschissenes Lebensende.

Inzwischen hatte ich die namenlose Studentin von heute rausgeschmissen, aber ihr Parfüm hing immer noch an meinen Klamotten. Ich verabscheute mich dafür, dass ich mich so zu

Kit auf den Rasen setzte, mit dem Geruch von Sex und einer anderen Frau an mir, vermischt mit dem Bourbon und immer noch zu viel Blut in meinem Schwanz, aber so wie sie abwesend in den Himmel starrte, war ich mir nicht sicher, ob sie es überhaupt bemerkte.

»Weißt du, was traurig ist?«, murmelte sie irgendwann, nachdem wir eine Weile schweigend nebeneinandergesessen hatten. »Ich kann dir so ziemlich alles über Monde, die Milchstraße und Sterne erzählen, aber Sternenbilder werde ich nie erkennen. Ohne Striche dazwischen sind sie einfach nur ein Haufen willkürlicher Sterne.«

Ich warf ihr einen kurzen Blick zu. Ich war mir nicht ganz sicher, ob ich ihr folgen konnte. Eigentlich hätte ich lieber gewusst, was mit ihr los war, wieso sie mitten in der Nacht bei uns auftauchte, aber ich fragte trotzdem: »Willst du mir was über Monde, die Milchstraße und Sterne erzählen?«

»Jupiter hat sechsundsiebzig Monde. Wusstest du das?«

»Nein.«

»Und die Erde hat manchmal sogar zwei«, erwiderte sie und fröstelte leicht. Sie zog sich meine Jacke enger um die Schultern. »Sie tauchen einfach so auf, umkreisen für kurze Zeit die Erde und verschwinden dann wieder. Ich stell's mir irgendwie traurig vor.«

»Was meinst du?«

»Dass ein zweiter Mond da war und dann einfach verschwunden ist. Klar, ist ja nicht so, als hätte er die Entscheidung getroffen, wieder abzuhauen, weil er die Erde scheiße fand und nach einem besseren Planeten suchen wollte. Aber es ist doch traurig, oder? Vielleicht hätte die Erde einen zweiten Mond dringend gebraucht, selbst wenn er gerade mal so groß war wie ein Auto.«

Als sie mich daraufhin ansah, begriff ich, dass sie gar nicht über Sterne reden wollte und ihr zweiter Mond nichts mit einem echten Mini-Mond zu tun hatte.

Mein Blut war wieder an den richtigen Stellen, mein Kopf ein wenig klarer, aber als ich die blonde Haarsträhne bemerkte, die ihr ins Gesicht wehte, konnte ich es nicht unterdrücken, sie ihr wieder zurückzuschieben.

»Cali … Was ist passiert?«

Sie blinzelte zur Seite, als wollte sie ihre Schwäche vor mir verbergen. Ich wollte ihr sagen, dass sie das nicht musste, aber stattdessen zwang ich meine Hand wieder runter und legte ihr einen Arm um die Schultern.

»Jackson war vor ein paar Tagen da. Hat Geld gebracht.« Sie ließ sich gegen mich sinken, und schindete Zeit, indem sie an einem losen Faden ihres Tops rumfummelte. »Mom hat's heute rausgefunden und wollte wissen, wo es ist.«

»Hast du's ihr gegeben?«

Sie schüttelte den Kopf. »Nein … Du kannst dir ja vorstellen, wie sie dann ausgerastet ist«, erwiderte sie und versuchte, sich den Schmerz nicht anmerken zu lassen.

Ich hörte ihn trotzdem und zog sie fester an mich.

»Sie hat mich angeschrien, dass ihr das Geld zustehen würde und dass wir es ihnen schulden würden, weil wir ja ein Dach über dem Kopf haben und was zu essen.« Sie stieß einen heiseren, abfälligen Ton aus. »Kriegt sie eigentlich mit, wer einkaufen geht und nicht mal nach Geld fragt, weil sie eh keins haben? Meinen Laptop will sie auch verpfänden.«

Meine Muskeln spannten sich an. »Was?«

»Den kann ich nie wieder einfach rumliegen lassen, ohne Angst haben zu müssen, dass sie ihn irgendwo abgibt.«

»Du weißt, dass du da nicht bleiben musst, oder?«, erinnerte ich sie behutsam, obwohl Wut in mir hochkochte. »Du kannst immer noch bei uns einziehen.«

»Nein, kann ich nicht.«

»Du weißt, dass wir dich jederzeit –«

»Logan und ich haben geredet, nachdem Jackson da war«, unterbrach sie mich angespannt. »Willst du wissen, was er gesagt hat?« Sie sah zu mir hoch, und dass verdammte Tränen in ihren Augen schimmerten, brachte mich fast um. »Ich musste ihm versprechen, dass ich, wenn ich je gehe, sie nicht zurücklasse. Verstehst du, was das bedeutet?«

Fuck. Ja. Ich wusste, wie sehr sie eigentlich von zu Hause verschwinden wollte und dass sie es wegen ihrer jüngeren Geschwister so weit wie möglich vor sich herschob.

Kit war das stärkste Mädchen, das mir je begegnet war – aber ihre Familie war ihre Schwäche, und ich hasste es, mit ansehen zu müssen, welcher Druck auf ihr lastete. Sie wollte für ihre Familie da sein. Ihren Geschwistern das bieten, was ihre Eltern verbockt hatten – aber dafür opferte sie im Grunde ihr eigenes Leben.

»Du bist nicht wie Jackson, okay?« Als ich sah, wie ihr eine Träne über die Wange rollte, wischte ich sie ihr weg. »Und wenn du ausziehen willst, dann machst du das. Du brauchst nicht darauf warten, bis Jamie achtzehn wird.«

»Du versteht das nicht, Connor.« Ihre versagende Stimme war nur noch ein Flüstern. »Wenn ich gehe, bin ich genau so wie Jackson, und ich hasse ihn dafür, dass er einfach gegangen ist. Ja, er bringt uns Geld und das alles, aber versteht er gar nicht, dass es darum nicht geht? Denkt er, er kann mit Geld wiedergutmachen, dass er einfach so ohne ein Wort abgehauen ist? Ich meine … scheiße.« Sie ballte die Fäuste und presste sie sich auf die Augen.

Es fühlte sich an, als hätte sie sie mir in den Magen gerammt. »Kit …«

»Er hätte wenigstens eine Nachricht dalassen können! Die

ersten Tage wusste keiner, wo er war. Verdammt noch mal keiner.« Ihre Muskeln unter meinem Arm waren angespannt, und ihr Atem ging viel zu flach.

Fuck, ich hasste es, sie so zu sehen. Ich hasste es, dass ich nichts tun konnte, und dass alles, was ich hätte tun können, um sie abzulenken, nicht das Richtige war.

Dafür war sie zu gut und ich niemals gut genug.

Also ließ ich mich nur mit ihr auf den Rasen fallen und zog sie fester in meine Arme. »Ich bin hier, Cali«, murmelte ich, legte beschützend eine Hand an ihren Hinterkopf. »Du musst nicht die Starke sein, okay? Nicht vor mir.«

Als wäre das alles gewesen, was sie hätte hören müssen, gab sie auf und wehrte sich nicht weiter gegen die Tränen. Sie weinte mit ihrem Gesicht in meinem T-Shirt vergraben und krallte sich dabei an mir fest.

Ihre Schutzmauer brach mit jedem Atemzug ein bisschen mehr und gab dabei den Schmerz frei, der sich längst in meine Brust bohrte. Mein eigener schrie regelrecht danach, ebenfalls rausgelassen zu werden. Verlangte, dass ich ihn genauso mit Kit teilte, wie sie gerade ihren mit mir – aber es ging hier nicht um mich. Es ging nur darum, dass ich sie auffing und davor bewahrte, zu tief zu fallen.

Also hielt ich sie fest. War stark für sie, damit sie es nicht sein musste.

# 13

## KIT

Ich hatte die ganze Nacht nicht geschlafen. Teilweise aus Sorge, dass diese Typen zurückkommen würden, teilweise auch, weil ich einfach zu wütend war. Auf meine Eltern, auf diese Typen, auf Connor und ganz besonders auf mich selbst, weil ich diesen dummen Kuss zugelassen hatte und seitdem nicht mehr vergessen konnte.

Na ja, *meistens* nicht mehr vergessen konnte.

Gerade lasteten über sechzigtausend Dollar auf mir, die wichtiger waren und meinen Stolz in den Dreck schubsten – wegen Jackson und weil ich mit wippenden Knien an seinem Schreibtisch im Polizeirevier auf ihn wartete.

Seit er von zu Hause abgehauen war, sahen wir uns nicht mehr oft. Eigentlich nur noch, wenn er mir einen Umschlag mit Geld brachte – seine »Entschädigungsversuche« dafür, dass er ein abwesender Bruder war und mich mit allem allein ließ –, aber jetzt brauchte ich seine Hilfe. Ich brauchte meinen großen Bruder.

»Hey, Kit.«

Beim Klang von Jacksons Stimme hinter mir ließ ich fast sein Namensschilddings fallen, aber bevor es auf den Tisch knallen konnte, fing ich es auf und stellte es zurück.

Wie alle meine Geschwister hatte auch Jackson blaue Augen

und blonde Haare, war aber fast einen Kopf größer als ich und breiter als früher, weil er, seit er bei den Cops war, mehr trainierte. Als er noch zu Hause gewohnt hatte, war er eher der schlanke Surfer-Typ gewesen, mit schulterlangen Locken und Tausenden Armbändern. Jetzt waren seine Haare raspelkurz, die Armbänder verschwunden und statt Badeshorts trug er Uniform.

Er deutete mit einer vagen Kopfbewegung den Gang runter. »Lass uns nach draußen.«

Ich folgte ihm auf den Innenhof des Reviers, wo wir uns in einer ruhigen Ecke auf eine Bank setzten.

»Also«, fing er an. »Sechsundsechzig Riesen, hm?«

»Ja. Sechstausend mehr, wenn wir es nicht in drei Wochen zusammenkriegen.« Ich presste meine Lippen aufeinander, gefolgt von meinen Augen. Es wäre leichter, den Papst um Hilfe zu bitten. »Ich kann vielleicht meine Chefs fragen, ob sie mir einen Vorschuss geben. Vielleicht kann ich noch jemanden fragen, wenn wir nicht alles zusammenkriegen. Aber das würde ich lieber –«

»Kit«, unterbrach er mich matt und schüttelte langsam den Kopf. »Ich werde dir kein Geld geben.«

Und da war er – der Moment, den ich befürchtet hatte.

»Du weißt, dass ich dich nicht um Hilfe bitten würde, wenn es nicht wirklich wichtig wäre.«

»Du musst damit aufhören, ihren Job zu übernehmen«, sagte er und ignorierte komplett, was ich gerade gesagt hatte. Sein Blick war unnachgiebig. »Wann hast du das letzte Mal richtig geschlafen?«

»Was spielt das für eine Rolle?«, verteidigte ich mich und spürte, wie sich etwas in mir verhärtete. Nur, damit es nicht entzweiriss. »Weißt du was? Vergiss es einfach.«

Kaum dass ich aufgestanden war, um wieder zu verschwinden, griff Jackson nach meinem Handgelenk und zog mich zurück auf die Bank.

Wütend riss ich mich frei. »Lass das!«

»Du begreifst es nicht, oder? Du bist nicht für sie verantwortlich, Kit. Es ist nicht deine Aufgabe, ihre zu übernehmen. Und du wirst nicht –«

»Es geht doch gar nicht um Mom oder Dad!«

»Es geht *immer* um Mom und Dad. Sie benutzen dich doch nur. Wer füllt den Kühlschrank und bezahlt jede verdammte Rechnung, hm? Wer reißt sich den Arsch dafür auf, dass Jamie, Logan und Josie ein möglichst normales Leben haben? Und wen juckt das alles einen Scheiß, weil sie alles Geld, was sie haben, verzocken?«

»Darum geht es doch nicht, verdammt, es –«

»Doch, Kit«, unterbrach er mich entschieden. »Genau darum geht es. Oder glaubst du, dass sie mal aufwachen und ihre Schulden selbst zurückzahlen? Nein, sie werden darauf warten, dass du oder ich hinter ihnen aufräumen – und ich bin es leid, Kit. Sie werden sich nie ändern. Sieh es ein und kümmere dich um dein Leben, bevor es zu spät ist.«

Für einige Sekunden war ich sprachlos und starrte ihn fassungslos an.

Eine kleine Stimme in mir wisperte, dass er recht hatte. Dass mir mein Leben wichtig genug sein sollte, dass ich mich mehr um mich und nicht mehr nur um alles andere kümmerte. Ich war fast zweiundzwanzig, hielt uns mit Aushilfsjobs über Wasser, genau wie Jackson, bevor er abgehauen war. Er hatte gekellnert, morgens Zeitung ausgetragen, einen mies bezahlten Hilfshausmeister-Job übernommen und im Supermarkt Regale eingeräumt. Er hatte alles Mögliche getan, damit wir nicht verwahrlosten oder die Aufmerksamkeit des Jugendamtes auf uns zogen.

Vor allem deswegen fühlte ich mich beschissen, als ich bitter hervorstieß: »Es tut wirklich immer wieder gut, zu merken, wie sehr man sich auf dich verlassen kann. Ich hoffe, dass ich dir beim nächsten Anruf nicht sagen muss, dass du einen von uns im Krankenhaus besuchen kannst. Falls es dich dann überhaupt noch interessiert.«

Ich stand auf, ohne dass er mich aufhielt.

»Kit …«, seufzte er müde. »Wach auf. Du kannst niemandem helfen, der nicht aus den Konsequenzen lernt.«

»Wenn ich es nicht tue, kriegen wir alle die Konsequenzen zu spüren! Spätestens, wenn Jo und Jamie vom Jugendamt in irgendwelche Heime oder Pflegefamilien gesteckt werden!«

»Vielleicht wäre es das Beste.«

Mir klappte der Mund auf. »Was?«

»Komm schon … Du weißt selbst, dass das ihre Chance wäre, aus dem Loch rauszukommen.«

Ich trat zurück, als hätte er mich geschlagen. Dass Jackson unser Zuhause hasste und alles getan hatte, um nicht mehr dort leben zu müssen, war kein Geheimnis – aber zu hören, dass er das Jugendamt als Rettung und nicht als die Bösen betrachtete, tat mehr weh, als ich zugeben wollte.

Weil ich nicht wusste, was ich sagen sollte, schwieg ich. Alles, was mir auf der Zunge lag, hätte man im schlimmsten Fall unter Beamtenbeleidigung verbuchen können, und ich hatte gerade echt schon genug Probleme.

Ich wandte mich ab und steuerte die Tür ins Innere an.

»Kit«, versuchte er mich wenig enthusiastisch aufzuhalten. »Denk darüber nach. Du hast dein eigenes Leben, und früher oder später kommt der Moment, an dem du Ballast abwerfen musst, um nicht unterzugehen.«

Ich erwiderte nichts. Ich verließ das Revier einfach und beschloss, mir seinen Rat zu Herzen zu nehmen. Ich fing damit an, indem ich seine Nummer blockierte, und machte damit weiter, indem ich nach L. A. zu einem Fotojob fuhr.

Schließlich wurde das Gewicht auf mir nur leichter, wenn ich bis Ende des Monats um sechsundsechzigtausend Dollar reicher wäre.

Als ich mich am Abend wieder auf den Heimweg machte, stand ich im Bus kurz vor einem Nervenzusammenbruch.

Ich hatte keine Ahnung, wie ich auch nur für eine Sekunde hatte glauben können, ich würde in nächster Zeit reich werden und die Schulden meiner Eltern bezahlen können – weil, seien wir ehrlich, das nicht passieren würde.

Mir war klar, dass ich nicht besonders viele Optionen hatte, und ich immer wieder damit endete, dass ich mit Lana reden musste. Oder mit Nate. Oder mit beiden.

Allein bei dem Gedanken wurde mir so schlecht, dass ich unrealistisch erleichtert war, als der Bus endlich an unserer Station anhielt und ich aussteigen konnte. Froh darüber, dass ich den Müsliriegel, den ich mir vorhin reingezwungen hatte, drin behielt, wurde der Tag aber trotzdem nicht besser.

Ganz im Gegenteil.

Ich hatte nicht mal die Hälfte unserer Straße zurückgelegt, als ich die Typen sah, die sich vor unserem Haus versammelt hatten. Nach dem, was gestern Nacht passiert war, rutschte mir mein Herz bis in die Kniekehlen, allerdings waren es nicht die Kredithaie, die es sich mit ihrer Frist anders überlegt hatten, sondern eine Gruppe Jungs in Logans Alter. Einen von ihnen erkannte ich sofort an seinem weiß-roten Muskelshirt, von den anderen wusste ich die Namen nicht, aber sie waren seine viertelbekannten Schläger- und Kiffer-Kumpel, die jemanden in ihrer Mitte eingekreist hatten.

»Was bist du, Callahan? 'ne verdammte Pussy?«, hörte ich Dylan Morrington aus der Ferne tief und spöttisch lachen, woraufhin seine Freunde grölend mit einstimmten.

Dylan stieß Logan an der Brust zurück und gegen einen seiner Kifferfreunde. Ihr Gelächter wurde noch lauter, ich beschleunigte meine Schritte, aber ich war nicht schnell genug – Logan ging so plötzlich auf Dylan los und schlug ihm ins Gesicht, dass nicht mal seine Freunde reagieren und Logan zurückhalten konnten. Sie zerrten ihn erst danach von Dylan weg, der Blut auf den Boden spuckte und lachte.

»Morrington!«, rief ich wütend, als ich sah, dass er einen Schritt auf Logan zumachte, und rannte das letzte Stück regelrecht. »Lasst ihn sofort los!«

Er drehte sich mit einem wölfischen Grinsen zu mir und leckte sich Blut von der Lippe, als wäre es Zuckerguss. »Entspann dich, Süße. Siehst du? Deinem Baby-Boy geht's doch gut.«

»Kit, geh rein«, befahl Logan mir grob und wehrte sich gegen die beiden Typen, die ihn festhielten. Sie arbeiteten dagegen und drückten ihm die Arme so weit auf den Rücken, dass Logan sein Gesicht vor Schmerz verzog.

Mir lagen die Worte, dass er das vergessen konnte, auf der Zunge, aber stattdessen starrte ich Dylan auffordernd an. »Lasst. Ihn. Los.«

»Warum sollten wir?«, gluckste er und kam auf mich zu.

Er hoffte wahrscheinlich, dass ich aus Angst vor ihm zurückwich, aber gegen die Geldeintreiber von gestern wirkte Dylan wie ein Riesenbaby. Was nicht hieß, dass ich ihn mutwillig provozieren wollte. Er galt vielleicht nicht als Frauenschläger, aber sein Ruf war dennoch beschissen – Highschool-Abbrecher,

Straftäter, seit er zwölf war, Kiffer, Dealer mit einem Koffer voll Waffen.

»Dein kleiner Bruder hat gemeint, er darf mir die Fresse polieren.« Dylan steckte sich einen brennenden Joint zwischen seine Lippen, atmete ein, blies den Rauch in meine Richtung. »Niemand poliert mir die Fresse, erst recht keine Pussy wie Callahan. Das bist du doch, oder?«, fragte er an Logan gewandt und drückte seine Wangen zusammen.

»Leck mich!«, knurrte Logan zurück und starrte Dylan an, als würde er ihn am liebsten in Fetzen reißen.

»Also ist er eine«, spottete Dylan weiter, seine Freunde lachten, und als ich schon mit dem Gedanken spielte, von drinnen den Baseballschläger zu holen, heulten hinter uns Polizeisirenen auf.

Blau-rotes-Licht flutete in der Dämmerung die Häuserwände und reflektierte sich in den angepissten Gesichtern der Jungs, die Logan von sich wegschubsten.

Einen Moment lang hatte ich die ungesunde Hoffnung, dass das Jacksons Einsatzwagen und er gekommen war, um uns doch zu helfen – aber er war es nicht. Und die Cops, die hier waren, warteten nur darauf, dass sich die Gruppe auflöste und sie weiterfahren konnten.

»Wir sind noch nicht fertig, Kleiner«, warnte Dylan meinen Bruder und zog im Weggehen grinsend wie eine billige Joker-Kopie einen Finger über seinen Hals.

»Komm«, befahl ich Logan scharf und schob ihn mit meiner freien Hand zum Haus. Das blau-rote-Licht der Cops erlosch, sobald wir das quietschende Maschendraht-Tor passiert hatten, in dem ein Loch klaffte, so groß, dass ein Pitbull hindurchgepasst hätte.

»Was sollte das?!«, wollte ich wissen, nachdem ich vorwurfsvoll die Tür zugeschmissen hatte.

Aber Logan antwortete nicht und verschwand durchs Wohnzimmer in die von Chaos übersäte Küche.

Ich folgte ihm, ohne zu zögern. »Was war da gerade los?«

»Unwichtig.«

»Logan, du kannst nicht …«, setzte ich seufzend an, weil mich seine Antwort nicht überraschte, verstummte aber, als er ein Bündel Scheine neben mir auf den Schrank warf.

Es war ein *dickes* Bündel.

»Hier«, war alles, was er dazu sagte, ehe er schon an mir vorbeigehen und wieder verschwinden wollte.

»Warte … was?« Ich stellte mich ihm schnell genug in den Weg und musste, weil er schon seit Jahren größer war als ich, zu ihm hochsehen.

Er war kein schlaksiger Junge mehr, sondern ein Footballspieler. Zwar nicht übermäßig muskulös, aber auch alles andere als dürr – und er war kein Kind mehr. Das wurde mir wieder einmal bewusst, als ich in seine blauen Augen sah. Der glasige Ausdruck darin verknotete mir den Magen.

»Lo, hast du wieder getrunken?«

»Was ändert die Antwort?«, erwiderte er abweisend und versuchte, an mir vorbeizutreten. »Ich wollte dir nur das Geld geben. Die Predigt kannst du dir sparen.«

Ich blockierte ihm den Durchgang.

*Was ändert die Antwort?*

Das Traurige war, ich wusste es nicht. Es war nicht das erste Mal in den letzten Wochen, dass ich ihn beim Trinken erwischte. Aber was sollte ich schon dagegen machen? Unsere Eltern interessierten sich einen Scheiß für ihn, für uns, und ich selbst hatte schon lange keinen Einfluss mehr auf meinen Bruder. Alles, was ich hätte tun können, hatte ich schon versucht, und es hatte nur dafür gesorgt, dass Logan kaum noch ein Wort mit mir wechselte.

Deswegen fragte ich ihn nicht mehr, warum er trank. Was mit ihm los war. Warum er sich ständig prügelte und so wütend auf die ganze Welt war.

Die Antwort befand sich da draußen – direkt vor der Tür.

»Woher hast du das Geld, Logan?« Es war die einzige Frage, die ich mich überhaupt zu stellen traute.

»Es sind viertausend«, wich er mir allerdings aus, ehe er auch um mich herumging und mit finsterer Miene die Hintertür öffnete. »Und sie wird es nicht vermissen.«

*Wer?*

Ich presste meine Lippen aufeinander. Am liebsten hätte ich ihm gesagt, dass er damit aufhören sollte. *Musste.* Mit den Prügeleien, dem Trinken – und dem Stehlen. Aber ich wusste auch, in welcher beschissenen Situation wir steckten und dass es besser war, nicht zu wissen, woher er das Geld hatte.

Und natürlich verschwand er, bevor ich überhaupt geantwortet hatte, und knallte die Tür hinter sich zu. Hin- und hergerissen, ob ich ihm hinterhergehen sollte, rieb ich mir mit beiden Händen überfordert durchs Gesicht und blieb letztendlich, wo ich war.

*Du verlierst ihn.*

*Genauso wie Jackson.*

*Genauso wie Connor.*

*Und du kannst nichts dagegen tun.*

# 14

## KIT

Hatte ich gesagt, dass der Tag noch schlimmer wurde? Ja? Das musste ich korrigieren – der Tag wurde nicht nur schlimmer, er wurde so beschissen, dass ich die Karmafee gern persönlich gefragt hätte, was ich ihr getan hatte.

Ich konnte nicht sagen, wie er in mein Zimmer gekommen war; er lehnte einfach im Halbdunkel und mit vor der Brust verschränkten Armen gegen meine Kommode, und ich bekam einen halben Herzinfarkt, als ich von einem Geräusch geweckt zuerst nur eine verschwommene, in Schwarz gekleidete Gestalt erkennen konnte.

Ich fuhr in meinem Bett hoch. »Fuck! Ist das dein Ernst?!«, flüster-schrie ich, um Jamie und Josie nicht zu wecken, und erwartete, dass Connor sich als mieser Traum entpuppen und in Luft auflösen würde – aber, nope. Er stand wirklich da und erreichte damit das nächste Level von *Was-verdammt-stimmt-nicht-mit-dir?* »Wie bist du hier reingekommen?!«

»Dein Fenster«, war alles, was er dazu sagte – als wäre es das Offensichtlichste auf der Welt, dass er durchs verdammte Fenster reingekommen war.

Mir entglitt ein trostloses Lachen. *Natürlich.* War ja auch völlig normal und nicht auf so viele Arten falsch, dass ich innerlich mindestens hätte explodieren sollen.

Aus vielen Gründen, und aus einem ganz besonders – aber, verdammt, wozu? Gerade hatte ich keine Lust, ihn anzuschreien und aus demselben Fenster zu schubsen, durch das er reingekommen war. Himmel, ich war sogar zu müde, um überhaupt richtig wütend zu sein.

»Und wie lange stehst du da schon, du Stalker?« Ich setzte mich auf und warf einen Blick auf mein Handy. Kurz nach Mitternacht. Sechs verpasste Anrufe von Lana. Zwei von Nate. Achtzehn ungelesene Nachrichten.

Ohne auf irgendwas davon zu reagieren, drehte ich es wieder weg und sah zu Connor, der seine Kiefermuskeln anspannte. Seine Miene war hart, die schwarze Basecap fast so tief in sein Gesicht gezogen, dass ich gerade so noch seine schmalen Augen darunter ausmachen konnte.

»Schläfst du immer mit offenem Fenster?«

»Offensichtlich. Nicht jeder von uns kann sich einen persönlichen Palmenwedler leisten.« Oder eine Klimaanlage, damit man sich nicht auch über Nacht wie in einem Backofen fühlte. Normalerweise schlief ich deswegen auch nur in Unterwäsche oder dünnen Shorts, aber heute hatte ich es nicht mal geschafft, meine Jeans auszuziehen. Nicht dass es mir etwas ausgemacht hätte, wäre es anders gewesen.

»Jeder hätte durch dein Fenster einsteigen können.«

»Mhm …« Ich griff nach meinen Zigaretten, nahm eine raus und ging damit demonstrativ an mein Fenster. »Vielleicht steh ich ja drauf. Beim nächsten Mal solltest du dich wie Freddy Krueger verkleiden und mir ein Messer an die Kehle halten. Dann hast du bestimmt auch was davon.« *Wochenlange Schmerzen beim Atmen, zum Beispiel.* »Und jetzt sag mir einfach, was du hier willst«, verlangte ich von ihm und zündete mir dann die Zigarette an. Mir war schon klar, wie er seine Aussage gemeint hatte, aber unser Haus war nicht gerade Fort Knox.

Mein Fenster hätte man auch mit einem Buntstift aufbekommen können.

»Morgen ist der Termin in der WSU. Ich wollte nur sichergehen, dass du da auf jeden Fall aufkreuzt und die Wahrheit sagst.«

Froh darüber, dass ich ihm den Rücken zugewandt hatte, verzog ich das Gesicht. Verdammt. Die WSU. Das Gespräch. Der Buchhaltungskurs, der morgen startete. Ich hatte heute keinen einzigen Gedanken daran verschwendet, und hätte es auch jetzt lieber nicht getan.

Ich stieß ein ungläubiges Geräusch aus und drehte mich wieder zu ihm um. »Und du glaubst, dass halb eins nachts und die Tatsache, dass du in mein Zimmer eingebrochen bist, die besten Voraussetzungen dafür sind?«

»Sag du's mir. Du bist doch die Expertin.«

»Für was?«

»Hausfriedensbruch.«

»Was? Ich bin noch nie irgendwo eingebrochen – im Gegensatz zu dir. *Offensichtlich.*«

Connor antwortete nicht und stieß sich von meiner Kommode ab. Ich verengte die Lider, als er auf mich zukam und gerade mal vier Schritte brauchte, um direkt vor mir wieder zum Stehen zu kommen.

Die Piranhas unter meinen Rippen erwachten daraufhin langsam zum Leben, rührten sich aber kaum. Es war ja schon schlimm genug, Connor nach allem, was gestern passiert war, in meinem Zimmer zu haben. Aber es war noch schlimmer, ihm so nah zu sein, dass nicht mal meine Zigarette seinen Geruch überdecken konnte, und ich gerade daran denken musste, wie er sich gestern um ungefähr dieselbe Uhrzeit Blut von der Unterlippe geleckt hatte.

Weil ich ihn gebissen hatte.

»Cali … man soll doch nicht lügen«, raunte er und griff mit einer Hand nach der Zigarette, die ich nach draußen hielt.

Fragt mich nicht, wieso ich zuließ, dass er sie mir abnahm und zwischen seine Lippen klemmte. Ich war müde. Ich hatte keinen Bock mehr. Ich durfte ihn nicht schlagen. Oder anschreien. Sucht euch was davon aus.

»Sagt der, der nichts anderes kann außer zu lügen«, schnaubte ich und tat unbeeindruckt, als sich sein Mundwinkel mit herablassender Belustigung verzog.

»Ich *kann* vieles. Aber du weißt ja, wie ungern ich mir sagen lasse, was ich *soll*.«

Ich verdrehte die Augen. »Komm auf den Punkt, Connor.«

Er zog an der Zigarette, stieß, ohne den Blick von mir abzuwenden, den Rauch in Richtung des Fensters und hielt mir die Zigarette dann wieder hin. »Wo ist die Visitenkarte?«

»Wüsste nicht, was dich das angeht.«

»Genug, dass du sie mir einfach geben solltest.«

»Warum?«

»Keine Ahnung. Hast du hier irgendwo siebzig Riesen rumliegen?«, wollte er kühl wissen. »Und ich schätze, du hast bisher auch sonst niemanden um Hilfe gebeten. Dafür bist du zu stolz, nicht wahr?«

»Tu nicht so, als würdest du mich noch kennen. Und wenn ich jemanden um Hilfe bitten wollen würde, dann sicherlich nicht dich.« Zunehmend genervter wandte ich den Blick ab, zog an der Zigarette und drückte sie dann außen am Fensterbrett aus.

»Was du *willst* und was du gerade *brauchst*, sind zwei unterschiedliche Dinge. Also gib mir einfach die Visitenkarte, den Rest klären wir morgen nach der Aussage.«

»Ach, so ist das.« Ich schüttelte leise lachend den Kopf und verschränkte die Arme vor der Brust. »Du willst mich kaufen. Damit ich keine Scheiße an der Uni erzähle.«

Connor erwiderte meinen Blick ruhig. »Die Visitenkarte.«

Ich schwieg und starrte ihn nur abwartend an, ohne zu wissen, worauf ich überhaupt wartete. Vielleicht darauf, dass er anfing, mein Zimmer auf den Kopf zu stellen. Einfach verschwand. Oder endlich diese Wut in mir zurückkam, die mir in dieser Situation geholfen hätte, Connor daran zu erinnern, dass er hier nichts zu suchen hatte. Dass sich nichts geändert hatte, nur weil sein Mund vor weniger als vierundzwanzig Stunden auf meinem gewesen war.

Ich hasste ihn immer noch mit jeder Faser meines Körpers – es war mir gerade nur einfach schlichtweg scheißegal.

Weil er recht hatte.

Was ich wollte und was ich brauchte, ließ sich gerade nicht miteinander verbinden. Ich wollte auf keinen Fall, dass einer meiner Freunde für mich Bank spielte, aber ich *brauchte* das Geld. Und ich wollte auch nicht, dass Connor … nein, Stopp. Ich wollte *überhaupt nichts* von ihm. Aber aus irgendeinem dummen Grund fühlte sich der Gedanke, von ihm Geld anzunehmen, auf einmal nicht mehr ganz so schmutzig an.

»Warum machst du das?«, fragte ich, woraufhin er nur fragend eine Braue hob. »Mir das Geld geben. Denkst du, dass du dich damit entschuldigen kannst und alles ist vergeben und vergessen, oder was?«

Etwas, das ich nicht definieren konnte, blitzte in seinen dunklen Augen auf. In dem Abgrund darin, der jeden, der ihm zu nah kam, in die Tiefe ziehen konnte. Man stürzte hinein wie Alice ins Rabbit Hole, wenn man zu dicht herantrat.

»Sieht das hier wie eine Entschuldigung für dich aus?«

»Nicht im Mindesten. Aber ich bin mir auch nicht sicher, ob es in diesem Fall reichen würde, wenn du dich vor mir auf die Knie wirfst.«

»Macht nichts«, raunte er schon wieder mit diesem einen

halb hochgezogenen Mundwinkel. »Ich habe sowieso andere Vorstellungen davon, was ich auf Knien tue. Ein paar dürften dir ein Begriff sein.«

*Bedauerlicherweise ja.*

»Nicht wirklich«, entgegnete ich lahm. »Sind wir hier dann jetzt fertig? Oder hast du noch mehr von diesem Schwachsinn, den du unbedingt loswerden willst?«

Zu meiner Überraschung – wobei, eigentlich nicht –, sagte er wieder nur: »Gib mir einfach die Visitenkarte.«

Himmelherrgott …

*Was soll's, hm? Lass ihn die Geldeintreiber bezahlen. Er weiß ohnehin schon zu viel. Lana und Nate müsstest du das alles erstmal erklären und davon abgesehen, könntest du ihnen nie wieder in die Augen sehen, bis du das Geld nicht zurückgezahlt hast. Bei Connor ist es egal. Und er hat recht: Je schneller du ihm die Visitenkarte gibst, desto eher bist du ihn wieder los. Tu es, bevor er so lange in deinem Zimmer bleibt, dass du es grunddesinfizieren musst.*

Ich musste komplett bescheuert sein …

Tief durchatmend und mit aufeinandergepressten Lippen holte ich die Visitenkarte, die die Geldeintreiber dagelassen hatten, aus meinem Rucksack und drückte sie Connor gegen die Brust. Ich ließ los, bevor er danach greifen konnte, aber als hätte er das kommen sehen, fing er sie viel zu geschickt auf und steckte sie weg.

»Morgen Nachmittag, vier Uhr«, war das Letzte, was er sagte, bevor er sich abwandte und wieder zum Fenster ging.

Mein Blick blieb dabei kurz an meinem inzwischen leeren Versteck in der Wand hängen, in dem nicht mehr nur das Geld fehlte.

»Wenn du übrigens noch mal in mein Zimmer einbrichst und dich an meinen Sachen zu schaffen machst, breche ich dir was«, sagte ich todernst das, was ich schon die ganze Zeit hätte sagen sollen.

Fast amüsiert drehte er sich schon halb aus meinem Fenster geklettert zu mir um. »Nicht nötig. Ich habe mir schon zurückgeholt, was mir gehört.«

Ich ballte die Fäuste. Jetzt wäre eigentlich der perfekte Moment, ihn wirklich aus dem Fenster zu schubsen. »Die Kette gehört dir nicht mehr.«

»Sie hat immer mir gehört«, erwiderte er herablassend. »Tu nicht so, als wüsstest du das nicht.«

Mit diesen Worten verschwand er nach draußen und gab mir nicht die Möglichkeit, noch zu antworten. Oder ihn zu fragen, wann er in meinem Zimmer gewesen war – und wie oft.

Bevor ich mich selbst daran hindern konnte, stürmte ich zurück ans Fenster und sah gerade noch, wie er hinter dem Vordach wieder auftauchte und seine Basecap richtete.

»Connor!«, zischte ich in die Nacht, und als er sich umdrehte, zeigte ich ihm den Mittelfinger.

Alles, was dann noch zurückkam, war ein leises Lachen.

# 15

☾

## CONNOR

Als ich am nächsten Tag von der Uni nach Hause kam, saß Logan vor dem Pacific Plaza Building. Er hockte mit angewinkelten Knien auf den Stufen, hatte seine Arme um seine Beine geschlungen und den Kopf darauf abgelegt. Sein Rucksack lag halb offen neben ihm, weshalb nicht nur ein paar herausgefallene, vollgekritzelte Papiere zu sehen waren, sondern auch der Deckel einer Flasche.

*Kein Wasser.*

»Logan.«

Er fuhr beim Klang meiner angepissten Stimme zusammen und hob mit blutunterlaufenen Augen den Blick.

*Definitiv kein Wasser.*

Ich wartete gar nicht erst auf eine Reaktion und ging zurück ins Gebäude. Seine schlurfenden Schritte verrieten mir, dass er mir folgte und hinter mir in den Privataufzug einstieg, der uns in den sechzehnten Stock fuhr.

»Weiß sie, dass du hier bist?« Ich musterte ihn durch den Spiegel.

Er lehnte mit halb geschlossenen Lidern gegen eine der Wände und hatte den Kopf zurückfallen lassen. Er sah scheiße aus, und das nicht nur, weil er einen Kater hatte und eine Hälfte seines Gesichts wegen seiner Prügelei in der Schule immer noch in bunten Farben schillerte – er hatte auch offensichtlich nicht geschlafen.

Er schüttelte träge den Kopf. »Kit würde ausrasten«, murmelte er, und ich widersprach ihm nicht.

Wüsste sie, dass ihr kleiner Bruder ständig bei mir aufkreuzte, würde sie mich nicht mehr nur so ansehen, als würde sie meine Beerdigung planen – sie würde sich ein paar Auftragskiller aus dem Darknet organisieren und meinen Tod wie einen Unfall aussehen lassen.

So, wie sie heute zu dem Gespräch an der WSU erschienen war, fehlte dazu sowieso nicht mehr viel.

Wir hatten uns zwar nur kurz danach auf dem Flur gesehen, weil ich wegen Beeinflussung oder so einem Scheiß nicht dabei gewesen war, aber die wenigen Sekunden hatten gereicht, um zu wissen, dass ihr offensichtlich nicht viel daran gelegen hatte, mir den Arsch zu retten. Sie war dort aufgetaucht, als würde sie gleich danach zum nächsten Lollapalooza per Anhalter mitfahren – in abgetragenen Army-Boots, einer verflucht engen schwarzen Hot-Pants und einem ausgewaschenen T-Shirt, das sie am Bund höher geknotet hatte. Möglich, dass es auch eine verzögerte Reaktion auf meinen Einbruch von letzter Nacht gewesen war – es würde zumindest erklären, wieso sie laut Jesse auch noch verbal hatte nachfeuern müssen. Weil er anders als ich bei ihrer Aussage anwesend gewesen war, wusste ich, dass Kit zwar die Wahrheit über die Situation in der Tiefgarage gesagt hatte, auf Anwalt Pappnases Vorwurf hin, dass sie für mich lügen würde, aber nur gelacht und geantwortet hatte: »Glauben Sie mir, ich hätte Tränen vor Glück geheult, wenn ich Ihnen sagen könnte, was Sie von mir hören wollen. Aber leider wäre das kompletter Bullshit.«

Ehrlich gesagt hatte ich immer noch keine Ahnung, ob mich das abfuckte oder anmachte.

Wahrscheinlich eine Mischung aus beidem.

Ich wurde aus meinen Gedanken gerissen, als der Aufzug zum Stehen kam. Logan und ich stiegen aus und überquerten schweigend den breiten Flur, auf dem sich vier Penthousewohnungen meiner Familie befanden, drei davon unbewohnt.

Mein Penthouse lag am Ende des Flures, erstreckte sich über zwei Stockwerke und kein Plan wie viele Quadratmeter.

Die cleanen schwarzen Designer-Möbel darin waren nur Platzfüller, die schon vor meinem Einzug da gewesen waren, die Oberflächen waren alle aus Marmor, die Technik der neuste, unnötige Scheiß. Ich hätte alles austauschen lassen können, aber weil mir das Zeug egal war und ich nicht ewig hierbleiben würde, blieb alles, wie es war. Hauptsächlich leer und so leblos, als würde hier niemand wohnen. Obwohl ich mir jeden noch so unnötigen Kram kaufen konnte, beschränkte ich mich nur aufs Nötigste und bewahrte alles, was für mich noch von Bedeutung war, in dem Safe des Schlafzimmers auf, das ich benutzte.

*Ausschließlich* ich.

Die einzige weibliche Person, die das Penthouse bisher betreten hatte, hatte das letzte Mal mit mir in einem Bett geschlafen, als wir noch Kinder gewesen waren. Neben Nates Zwillingsschwester Blake waren bisher nur Logan und die Jungs hier gewesen – wenn ich meine sozialen zwanzig Minuten hatte und zuließ, dass sie hier rumhingen und … was weiß ich, Blunts rauchten und pokerten.

Hier gab es keine Frauen. Keinen Sex. Keine Partys.

»Gib mir die Flasche«, befahl ich Logan, kaum dass er die Tür hinter sich zugeschmissen hatte.

Ohne einen Aufstand zu machen, nahm er den Wodka aus seinem Rucksack und hielt ihn mir hin.

Ich ging damit in meine offene Küche und kippte den Flascheninhalt in die Spüle. Es würde Logan nicht davon abhalten, sich wieder an irgendeiner Straßenecke Alkohol zu besorgen – mich hatte es auch nicht abgehalten –, aber immerhin könnte er nicht gleich weitertrinken.

Nachdem die Flasche leer war, schmiss ich sie in den Müll, holte Wasser aus dem Kühlschrank und stellte es samt zwei Aspirin auf den Couchtisch im angrenzenden offenen Wohnzimmer. Logan hatte sich auf eine Seite der Wohnlandschaft gelegt und einen Arm über seine Augen geworfen.

Vielleicht wäre jetzt die Gelegenheit gewesen, ihm so kräftig in seinen Arsch zu treten, dass er erst auf dem Mond wieder zu sich kommen würde. Aber weil ich bis vor einer Weile selbst noch genug getrunken hatte, dass man damit einen ganzen Pool hätte befüllen können, war ich wohl der Letzte, der ihm eine Moralpredigt halten konnte.

»Hier. Trink«, sagte ich knapp, setzte mich zu ihm und wartete, bis er das Glas geleert hatte. »Ich nehme an, du hast noch nicht mit ihr geredet?«

Er nahm seinen Arm runter, wich aber meinem Blick aus. »Ich kann nicht.«

»Du willst nicht.«

»Ich *kann* nicht. Und ich will auch nicht. Nicht jetzt, nicht mit ihr, nicht mit dir. Gar nicht. Kann ich einfach schlafen?«

»Willst du mich verarschen?«, brummte ich.

»Warum? Wirst *du* denn mit ihr reden?«

Fast hätte ich gelacht. *Ich habe andere Pläne mit deiner Schwester, Kleiner. Und keinen davon willst du hören.*

»Wenn sie so weit ist«, antwortete ich stattdessen und holte mein Handy aus meiner Hosentasche. Es war noch auf stumm geschaltet, aber Hales drei verpasste Anrufe erinnerten mich daran, dass wir noch was zu klären hatten. »Ich muss telefonieren. Ist noch irgendwas?«

Logan schüttelte zögernd den Kopf, woraufhin ich aufstand und in mein Schlafzimmer wollte. Mir war egal, was Logan jetzt machte; er konnte sich frei bewegen, solange er keine Leute mit hierher schleppte.

»Connor?«

Als ich mich noch mal umdrehte, begegnete ich seinem erschöpften Blick.

»Sag es ihr nicht«, bat er mich leise, und wir wussten beide, dass er damit mehr meinte als nur sein Trinken.

Aber ich machte keine Versprechen.

Nachdem ich zu viele davon gebrochen hatte, war es besser so.

»Gib mir keinen Grund dazu«, warnte ich ihn und wollte eigentlich verschwinden, aber weil er nur schwieg und aussah, als wäre das noch nicht alles, blieb ich abwartend stehen.

Nach ein paar Sekunden nickte er schließlich und fuhr sich mit einer Hand durch die Haare, die ihm daraufhin wieder wirr ins Gesicht und vor die Augen fielen. »Und wegen der Schulden …«

Ich winkte ab. »Schon erledigt.«

»Wir geben dir das Geld wieder«, erwiderte er verbissen.

Aber zur Hölle, nein.

Ich wollte das Geld nicht wiederhaben. Es war mir scheißegal. »Das ist was zwischen deiner Schwester und mir. Konzentrier dich auf die Schule.«

Als würde ihm das Thema auf den Sack gehen, wandte er den Blick ab. Anders als für seine scheiß Trinkerei hatte ich ihm dafür, dass er fast von der Sunset High geflogen wäre, tatsächlich den Arsch aufgerissen. Nicht weil das eine wichtiger war als das andere, sondern weil ich dabei wenigstens kein verdammter Heuchler gewesen war.

Ohne etwas darauf zu erwidern, nickte Logan wieder nur und ließ sich dann auf die Couch fallen.

Ich nahm das als Zeichen, mich in mein Schlafzimmer zu verziehen und die Tür hinter mir zu verriegeln. Auf dem Weg nach draußen wählte ich Hales Nummer. Sie hob ab, kaum dass ich eine der drei Dachterrassen betreten hatte, die zu meinem Penthouse gehörten.

»Endlich! Und?«

»Leila hat zurückgezogen.«

»Yes! Beim nächsten Mal sollte sie vielleicht nicht ihr Handy verleihen, nur weil man ihr ein Kompliment über ihre Schuhe macht«, erwiderte Hale, und ich konnte förmlich vor mir sehen, wie sie dabei mit den Augen rollte und den Kopf schüttelte. »Und erst recht nicht mit anderen darüber reden, dass ihr jemand fünfzig Riesen dafür spendiert hat, dich an der Uni anzuschwärzen.«

Ich gab ein zustimmendes Geräusch von mir und dachte kurz an die Screenshots, die sie an mich weitergeleitet hatte, fünf Minuten, nachdem Kit aus dem Gespräch abgehauen war und ich längst wieder am Tisch gesessen hatte.

Hätte ich sie der Dekanin vorgelegt, wäre die Angelegenheit wohl erledigt gewesen – allerdings war es dazu nicht mal gekommen. Nachdem ich Leila auch ohne direkte Worte hatte klarmachen können, dass ich Bescheid wusste, hatte sie zugegeben, dass ich nichts getan hatte. Wahrscheinlich, weil ihr klar geworden war, dass sie selbst von der Uni fliegen könnte, sollte ich sie auflaufen lassen.

Trotzdem hatte ich sie nach dem Gespräch noch mal auf dem Gang abgefangen und sie nett damit konfrontiert, wer sie dazu angestiftet hatte. Vielleicht waren ein oder zwei Drohungen dabei gefallen.

Es hatte zwar nicht dazu geführt, dass sie mir einen Namen genannt hatte, aber auch das war nicht nötig gewesen. Nicht nach allem, was in den letzten Tagen passiert war. Das in der

Tiefgarage. Das mit Kit und Trey. Dass Leila offenbar höllische Angst davor hatte, dass sie ihre Praktikumsstelle verlor, wenn sie mir sagte, wer sie bezahlt hatte …

*»Wer weiß, wann die Nächste aufkreuzt und was dann für eine Scheiße kommt«*, hatte Jesse hinterher gesagt, als wir wieder auf dem Weg zum Parkplatz gewesen waren. *»Dieses Mal war's nur eine Handgreiflichkeit. Was kommt als Nächstes? Eine Vergewaltigung? Am Ende steht dein Wort gegen ihres, und wer aus Fehlern lernt, macht weniger. Wer auch immer dir was anhängen will, wird beim nächsten Versuch gründlicher sein.«*

»Check Montgomery«, verlangte ich von Hale und starrte dabei über die Stadt. Von meiner Dachterrasse aus hatte ich einen nahezu perfekten Blick auf den Limit Tower – den Wolkenkratzer, in dem eins der mächtigsten Unternehmen dieser Stadt, des gesamten Staates saß.

Es war der Thron meines Vaters.

*Mein* zukünftiges Königreich.

Und niemand würde mir meinen verfickten Platz darin wegnehmen.

»Ich will jeden Scheiß über ihn wissen. Seine Routinen, seine Transaktionen, seine Kontakte, was er zum verdammten Frühstück hatte und seit wann er nicht mehr ins Bett pisst. Ich will alles, Hale. So schnell wie möglich.«

»Wird erledigt. Sonst noch was?«

»Nein.«

»Okay«, erwiderte sie, im Hintergrund klackerte etwas. »Das Paket war übrigens eine Sackgasse. Es wurde in einem Paketshop abgegeben, in dem die Kameras nur Attrappen sind. Keine Fingerabdrücke, keine DNA. Wer auch immer dir das geschickt hat, hat aufgepasst.«

Weil ich mir das schon gedacht hatte, sagte ich nichts dazu. »Schick mir jeden Tag ein Update.«

»Wie immer, Boss.«

»Nenn mich nicht so.«

»Okay, Süßer.«

»Ha–«, setzte ich an, aber sie lachte nur und legte auf, bevor ich meinen Satz überhaupt richtig anfangen konnte.

Nachdem ich mein Handy weggesteckt hatte, ging ich wieder in mein Schlafzimmer und blieb vor dem Tresor stehen, der sich wie ein Klischee hinter einem Gemälde in der Wand befand. Es war ein Gemälde, das Blake für mich angefertigt hatte, mit viel Schwarz und Gold, ohne ein richtiges Motiv.

Ich gab den sechsstelligen Code ein und öffnete ihn.

Neben dem ganzen persönlichen Kram, wichtigen Unterlagen, der Erbschaftserklärung, meinem Pass und so weiter, befanden sich darin noch eine Uhr, die meinem Vater gehört hatte, eine schwarze Box, die ich jeden Tag überprüfte, ein Eishockey-Puck von Asher, ein paar Fotos, ein violetter Chip und inzwischen auch wieder die Kette, die Kit mir vor Jahren geschenkt hatte.

Ich griff nach den beiden Dog-Tags, die daran befestigt waren, und fuhr mit dem Daumen über die eingravierten Worte.

*If you're lost, come home.*

Wie jedes Mal, seit ich sie mir zurückgeholt hatte, zersplitterten dabei blaue Murmeln vor meinen Augen, aber ich zwang mich dazu, hinzusehen. Die Klauen zu ertragen, die gerade über meine Brust kratzten und mich daran erinnerten, was ich letzte Nacht in Kits Augen erkannt hatte.

Obwohl sie gesagt hatte, dass mein Geld keine Entschuldigung war, wollte sie eine von mir hören.

Sie wollte keine Rechtfertigung, keine Erklärung, sondern einfach ein »Es tut mir leid, dass ich mich wie ein Wichser verhalten habe«, und fuck, es wäre zu leicht, ihr genau das zu geben. Es wären nur ein paar beschissene Worte, die aneinandergereiht einen Satz ergaben und Kits Wut auf mich vielleicht sogar so weit runterfahren würden, dass sie nicht mehr wie die verdammte Hölle brannte.

Aber ich konnte nicht.

Ich konnte ihr nichts sagen, was nicht stimmte. Weil es mir nicht leidtat, wie ich mich verhalten hatte.

Selbst wenn ich die Zeit zurückdrehen und einen anderen Weg hätte einschlagen können – ich hätte es nicht getan.

Ich würde alles wieder genauso machen wie vor vier Jahren, denn auch wenn es vielleicht alles zwischen uns kaputt gemacht hatte, war es das Einzige gewesen, das *funktioniert* hatte.

Ich fuhr noch einmal mit dem Daumen über die Gravur der Dog-Tags und umschloss sie dann mit der Faust. So fest, dass das Metall beinahe in meine Haut schnitt.

Ich hatte Kit gesagt, dass ich mir schon zurückgeholt hatte, was mir gehörte.

Das war Bullshit gewesen.

Ich hatte noch nicht alles zurück – ich fing gerade erst an.

# 16

☼

## KIT

Der erste Tag an der Westside University war stressiger, als ich gedacht hatte.

Angefangen mit meiner Aussage bei der Dekanin, zu der ich beinahe zu spät gekommen wäre, hatte ich den Kursraum der *Business & Law School* nicht auf Anhieb gefunden. Ich hatte mich in diesem Labyrinth aus glänzenden Marmorfußböden und Indoor-Springbrunnen verlaufen, und war dann auch noch, kaum dass ich einen Platz gefunden hatte, mit Terminen für Leistungsprüfungen bombardiert worden, für die mein Tag die Zeitrechnung eines anderen Planeten bräuchte.

Vorzugsweise einen mit über vierzig Stunden.

Und als wäre das noch nicht genug, hatte ich mich auch noch wie ein Alien gefühlt, das auf dem falschen Planeten gelandet war.

Schon klar, diese Uni stank regelrecht nach Geld, und es machte mir auch nichts aus, wenn ich von meiner Sitznachbarin im Designer-Blümchenkleid angestarrt wurde, als würde ich meine mit Armut besudelten Hände an ihr abwischen – aber das Leben wäre so viel einfacher, wenn man aufhören würde, jemanden, den man nicht kannte, vorzuverurteilen.

Inzwischen verletzte mich so was nicht mehr, aber es nervte. Abgesehen davon, dass man nie wusste, was man mit seinem eigenen Verhalten bei anderen auslöste, könnte ich genauso gut die Inkognito-Tochter eines Mafiabosses sein, der für seine Familie über Leichen gehen würde.

Manchmal war ich traurig drum, dass dem nicht so war, aber, na ja … Man konnte ja nicht alles haben.

Meine letzte Station des Tages war meine Spätschicht im Kino. Nachdem ich die hinter mir hatte, wollte ich eigentlich nur noch nach Hause und ins Bett – daraus wurde nur leider nichts, als ich den schwarzen Mercedes-Geländewagen erkannte, der vor dem Kino am Straßenrand parkte.

Connor saß hinterm Steuer, mit einem Arm auf dem Lenkrad abgelegt und wie üblich mit einer verkehrt herum aufgesetzten Basecap. Zu meinem Pech sah er leider nicht so aus, als wäre er nur zufällig hier.

Weil das Beifahrerfenster unten war, fragte ich genervt: »Wusstest du, dass Stalking strafbar ist?«

»Bedank dich bei Josie«, antwortete er kühl. »Sie hat mir gesagt, wo du bist.«

*Na, vielen Dank, Schwester.*

Ich riss gespielt erstaunt die Augen auf. »Soll das etwa heißen, du hast dieses Mal wie ein *normaler* Mensch geklingelt und bist *nicht* in mein Zimmer eingebrochen? Wow, du lernst dazu.«

Unbeeindruckt wandte Connor den Blick ab, dann klackerte leise die Zentralverriegelung. »Steig ein. Wir müssen was besprechen.« Während er das sagte, hielt er zwischen Mittel- und Zeigefinger ein kleines weißes Kärtchen hoch, das wie die Visitenkarte aussah, die ich ihm gestern gegeben hatte.

In meinem Bauch wurde es kalt. »Ich dachte, wir haben alles besprochen.«

Schon bevor mir die Worte über die Lippen kamen, war mir bewusst, dass ich nicht die Wahrheit sagte. Ich hatte leider nicht vergessen, dass er »den Rest« nach der Aussage klären wollte … aber man könnte es ja mal versuchen.

Es klappte nur nicht.

Als wüsste Connor ebenfalls, dass ich mich absichtlich dumm stellte, beugte er sich rüber zur Beifahrerseite und stieß die Tür auf. »Steig ein, Cali.«

Tief seufzend ersparte ich uns die nächste Diskussion, die ohnehin zu meinem Nachteil enden würde, zog mich auf den Beifahrersitz und warf meine Sachen in den Fußraum. Den Popcornbecher, den ich jedes Mal nach meiner Schicht mit nach Hause nahm, behielt ich auf dem Schoß.

Als er daraufhin losfuhr, schlug er eine Richtung ein, die *nicht* in die Northside führte.

»Wo fährst du hin?«, wollte ich finster wissen, weil ich aus irgendeinem Grund davon ausgegangen war, er würde mich nach Hause fahren und auf dem Weg dahin loswerden, was er loswerden wollte.

»Ruine«, erwiderte er knapp und warf dabei einen Blick in den Rückspiegel. »Ich bring dich danach nach Hause.«

»Oh, danke. Wie großzügig von dir«, antwortete ich wenig begeistert, wandte mich dann aber ab und konzentrierte mich auf mein Popcorn. Der glückliche Nebeneffekt: Der Karamell-Duft ersparte es mir, bei jedem Atemzug den von Connor zu inhalieren.

In den nächsten zwanzig Minuten gab ich mir die größte Mühe, ihn nicht zu fragen, wieso er ständig die Spiegel überprüfte und sich verhielt, als würden wir verfolgt werden. Beim letzten Mal in der Ruine hatte er etwas davon gesagt, beschattet worden zu sein …

Die Neugier in mir wollte wissen, was dahintersteckte.

Mein Verstand empfahl, dass es mir scheißegal sein sollte.

*Tja, wenn das so einfach wäre …*

Als wir die Ruine erreichten, gingen wir wieder in den Raum, in dem ich ein schönes GO TO HELL an die Wand gesprayt hatte.

»Was soll ich jetzt hier?« Ich verschränkte die Arme vor der Brust und beobachtete Connor, der seine Zigaretten rausholte, sich eine davon zwischen die Lippen schob und mir dann die Packung hinhielt. Ich musterte sie skeptisch. »Was soll das?«

»Ein Friedensangebot.«

*Nie im Leben.* Schnaufend nahm ich mir trotzdem eine raus und erwischte mich dabei, wie ich sie zwischen meinen Fingern drehte. Als würde ich erwarten, dass darauf etwas geschrieben war, so wie früher, aber … nichts. Da waren keine schwarzen Buchstaben auf dem weißen Filterpapier, kein kurzer Satz, keine Worte. Es war einfach nur eine ganz normale Zigarette.

In meinem Kopf ploppte das Bild von einer auf, die Connor vor vier Jahren hier in der Ruine für mich zurückgelassen hatte, versehen mit einem *DON'T MISS ME*. Ich hatte sie drei Tage nach seinem spurlosen Verschwinden gefunden und obwohl ich sie unzählige Male hatte in Fetzen reißen wollen, letztendlich behalten – als Erinnerung daran, durch welche Hölle ich seinetwegen gegangen war.

Inzwischen war die Zigarette aber verschwunden. Oder, nein, halt – *gestohlen.* Connor hatte sie zusammen mit der Kette aus meinem Versteck mitgehen lassen, und auch wenn ich immer noch nicht verstand, wieso überhaupt, schob ich die Frage danach weg. Mir war die Antwort egal.

Sollte er damit glücklich werden.

Nachdem ich mir mit seinem Zippo die Zigarette angezündet hatte, gab ich es ihm ungeduldig zurück. »Also, was ist jetzt? Ich hab nicht die ganze Nacht Zeit.«

Er offenbar schon, denn er steckte sich in aller Ruhe seine eigene Zigarette an und betrachtete mich dabei über die Flamme hinweg auf eine so durchdringende Art, dass es ein Kribbeln in meiner Wirbelsäule auslöste. Ich wollte es wegkratzen, als die goldenen Sprenkel in seinen grünen Augen aufloderten, kämpfte aber dagegen an und tat lieber so, als wäre es überhaupt nicht da.

»Wir müssen über den Preis verhandeln«, sagte er dann, wobei er den Rauch ausatmete und das Zippo in die Hosentasche seiner dunkelblauen Jeans schob, die ihm mal wieder verboten tief auf der Hüfte saß. Würde er sich strecken, könnte man den Bund seiner Calvin-Klein-Boxershorts sehen.

Was aber niemand wollte. Erst recht nicht ich.

»Ich dachte, ich sollte nur die Aussage machen«, stellte ich mich erneut dumm, aber wieder belächelte Connor das nur.

»Für siebzig Riesen? Netter Versuch, aber da muss noch was anderes drin sein.«

Abwartend zog ich an meiner Zigarette. Wenn er jetzt dachte, dass ich ihm alles aus der Nase ziehen würde, täuschte er sich. So wie er mich gerade nämlich von oben bis unten musterte, immer noch viel zu eindringlich, war klar, dass wir hier nicht wirklich über einen Preis verhandeln würden.

Connor hatte seinen schon – er musste ihn nur noch aussprechen.

Weil er das aber nicht tat und stattdessen tiefenentspannt auf den Boden aschte, stieß ich verärgert den Rauch aus.

»Und was soll das deiner Meinung nach sein?«, gab ich ihm seinen blöden Willen in der Hoffnung, dass wir es wenigstens schnell hinter uns brachten.

Er verzog seinen Mundwinkel, als würde er sagen wollen: *Träum weiter.*

»Ich brauche jemanden, der das, was Leila mit mir versuchen wollte, unglaubwürdiger macht«, eröffnete er mir dann – und irgendwas an seiner Tonlage ließ den Wunsch in mir aufkeimen, ich wäre nicht in sein Auto gestiegen. »Jemand, der dafür sorgt, dass der Vorstand von SH denkt, ich würde sesshaft werden. Verantwortung übernehmen und dieser ganze Bullshit, der mit einer Beziehung einhergeht.«

*Sesshaft werden?*

*Beziehung …?*

Ich blinzelte Connor an, als würde er gerade nicht das andeuten, was ich dachte, was er da gerade angedeutet hatte.

»Keine Sorge, bis zur Hochzeit wird's nicht kommen.«

Ernsthaft? Wollte er jetzt auch noch witzig sein?

»Wie bitte?« Ich konnte immer noch nicht aufhören, ihn anzustarren.

Er gab sich völlig gleichgültig, nahm die Zigarette zwischen die Lippen und zog lässig dran. »Du wirst meine Freundin.«

Ich fing an zu lachen.

Ich konnte echt nichts dafür. Es brach einfach so aus mir raus und verschluckte die Worte, die beschreiben könnten, wie sehr er den Verstand verloren haben musste, um so etwas überhaupt zu denken, geschweige denn, diese wahnwitzige, völlig absurde, hoffnungslos lächerliche Idee auch noch in Worte zu verpacken.

Ich lachte, als hätte *ich* den Verstand ebenso verloren.

»Bist du dann fertig?«, wollte Connor gelangweilt wissen, aber ich hörte nicht auf.

Ich tat, als würde ich mir übertrieben eine Träne aus den Augen wischen. Nur um festzustellen, dass ich tatsächlich Tränen lachte.

»Bist du irgendwie zu fest mit dem Kopf wogegen gelaufen oder was ist da gerade kaputt?« Ich tippte gegen meine Stirn und lachte immer noch.

Connor nicht. Er verengte leicht die Lider, wirkte jetzt aber nicht so, als würde meine Reaktion ihn überraschen.

Na, immerhin hatte er nicht erwartet, dass ich ihm deswegen um den Hals fiel. Wenn ich das tun würde, dann höchstens, um ihn zu erwürgen.

»Wenn du willst, dass ich die siebzigtausend deiner Eltern bezahle, ist das der Preis, den du dafür zahlen musst«, sagte er und sprach einfach weiter, egal, dass ich anfing mit dem Kopf zu schütteln und immer noch ungläubig und leise vor mich hin lachte.

»Es sei denn, du hast es dir inzwischen anders überlegt und willst Nate oder Lana oder wen auch immer nach Geld fragen.«

Gott, er meinte das *wirklich* ernst.

Abrupt hörte ich auf zu lachen. »Du erpresst mich?«

Er zuckte mit einer Schulter, ignorierte meinen harschen Tonfall. »Nein, mach, was du willst. Frag sie meinetwegen und leb mit der Schuld, weil du jeden Penny zurückzahlen wirst – oder du nimmst mein Geld, und tust so, als würden du und ich eine Beziehung führen.«

»Du hast … du … Gott, wie zur Hölle kommst du auf so einen Scheiß? Warum sollte ich da mitmachen? Ich meine – was soll das? Nach dieser Sache mit Trey und Evan wirkt das echt, als hättest du ein paar ernsthafte –«

»Mit diesem beiden Vollpfosten hat das nichts zu tun«, unterbrach er mich, und seine zu Tode gelangweilte Herablassung verschwand. Seine Miene verhärtete sich.

»Ach, dann bist du also nicht absolut grundlos ein bisschen durchgeknallt da oben?«

»Ich bin nicht eifersüchtig auf diese Wichser, Kit. Das habe ich dir schon mal gesagt.«

»Warum dann diese Nummer?«

Er zog ein letztes Mal an seiner Zigarette und ließ sie dann plötzlich angepisst auf den Boden fallen und trat sie mit seinem weißen Nike-Sneaker aus. »In der Erbschaftserklärung meines Vaters ist die Übernahme von SH geregelt. An meinem fünfundzwanzigsten Geburtstag gehen die Anteile an mich über, aber wenn der Vorstand denkt, dass ich noch nicht geeignet bin, können sie meine Anteile einfrieren. Da kann jeder Scheiß reinzählen. Mein Studium, mein Verhalten, mein Ruf, meine Freunde, Beziehungen.«

Ich runzelte die Stirn. »Und weil es da jetzt ein Mädchen gab, das dich nach euren Sexspielchen angeschwärzt hat, muss *jemand* die unglückliche Auserwählte spielen?«

»Nur um das klarzustellen, Cali, also hör gut zu«, erwiderte er finster, seine ohnehin schon schmalen Augen wurden noch kleiner. »Ich hatte keinen Sex mit Leila. Ich vögel niemanden von SH.«

»Nicht?«, wollte ich amüsiert wissen.

Er fand es nicht so witzig. Zumindest schaffte er es, dass seine Miene noch ein bisschen dunkler wurde.

»Nicht mehr«, korrigierte er widerwillig. »Sie hat versucht, es mir anzuhängen, weil sie dafür bezahlt wurde. Und wer auch immer das war, könnte damit weitermachen. Wird es sehr wahrscheinlich auch.«

Weil ich nicht verstand, was das eine mit dem anderen zu tun hatte, sagte ich skeptisch: »Dir ist aber schon klar, dass eine Freundin, egal, wie echt oder unecht sie ist, daran nichts ändern wird?«

»Aber sie kann mir ein Alibi geben. Weitere Vorwürfe entkräften«, argumentierte er, holte sein Zippo wieder raus und fing an, es zwischen Daumen und Zeigefinger zu drehen. »Der Vorfall mit Leila war nicht der einzige.«

»Und was war noch?«

»Ist jetzt nicht wichtig.«

*Natürlich nicht.* »Weißt du, wer dich sabotieren will?«

»Ich habe eine Vermutung.«

Weil er nicht weitersprach, grinste ich freudlos. »Und das ist jetzt auch nicht wichtig, korrekt?«

Statt zu antworten, zuckte nur einer seiner Mundwinkel wie zur Bestätigung.

Na, wie überraschend.

Bevor meine eigene Zigarette abbrannte, trat ich sie unter meinem Chuck aus. »Das ist ziemlich vage dafür, dass jemand deine Freundin spielen soll.«

»Du, Cali. Nicht jemand.«

»Warum?« Ich sah mit zusammengeschobenen Brauen hoch. »Warum *ich*?«

Mal ungeachtet dessen, dass ich aus vielen Gründen nicht gerade die optimale Kandidatin war, vergaß er offensichtlich, wie sehr ich ihn hasste. Wie gern ich eigentlich seinen Untergang sehen und ihm nicht auch noch dabei helfen wollte, zu bekommen, was er wollte.

Als würde er meine Gedanken lesen können, wanderte sein Blick über meinen Körper und blieb einen Moment an meinem rechten Bein hängen. Auf meinem Motten-Tattoo, das sich gleich darauf anfühlte, als wäre er mit einem Streichholz darübergefahren.

Am liebsten hätte ich auf mein Bein geschlagen, damit das Brennen aufhörte, aber weil Connor mir wieder mit einem Hauch von Spott in die Augen sah, rührte ich mich nicht.

»Weil ich mir am Ende keine Gedanken darum machen muss, wie ich dich wieder loswerde.«

Ich lachte ungläubig auf. Wohl wahr.

Würde ich bei diesem Unsinn mitmachen, würde ich die Tage bis zur offiziellen Trennung zählen und sie mir fett und rot umrandet in meinem Kalender markieren. Ich würde keine Träne vergießen, sobald wir »Schluss gemacht« hatten, und ganz sicher nie darauf hoffen, dass aus Fake irgendwann Realität werden könnte.

Aus seinen Worten war herauszuhören, dass es ihm exakt darum ging. Dass er keinen Bock darauf hatte, dass sich seine Alibi-Freundin in ihn verliebte.

Ich hätte ihn deswegen ja gern als eingebildetes Arschloch bezeichnet, aber ich machte mir nichts vor – es würde passieren, und er könnte nicht mal was dafür.

Er war einfach so.

So … ekelhaft anziehend.

Natürlich lag das oberflächlich betrachtet daran, dass er gut aussah. Auf eine Weise, als hätte das Universum schon immer gewusst, was es ihm mal nehmen würde, und mit allen Mitteln versucht, es wiedergutzumachen. Unter anderem mit diesem abartig hinreißenden Gesicht, das man zwischen den Beinen haben wollte, und einem von sehnigen Muskeln gemeißelten Körper, für den dasselbe galt.

Tiefergehend betrachtet, übte Connor aber auch deswegen diese faszinierende Anziehung auf einen aus, weil er einschüchterte – mit seiner desinteressierten Ausstrahlung, mit seinem ganzen Geld und der Macht, die damit einherging, und vor allem aber damit, *wie* er war.

Kalt. Rücksichtslos. Unberechenbar.

*Unerreichbar.*

Connor stand auf einem Podest, an das kaum jemand herankam. Man erreichte es nur, wenn er es zuließ, und das kam so selten vor, dass die meisten allein beim Versuch scheiterten. Schaffte man es aber nah genug an ihn heran, dann sah man ihn ganz deutlich – diesen Riss, der an Connor haftete wie an dieser Ruine.

Ein Bruch, der so schön und gleichzeitig so schmerzhaft war, dass man kaum atmen konnte.

Weil Connor kaputt war.

Nicht verbogen, nicht nur zerbrochen, sondern wirklich *kaputt.*

Er trug eine Leere in seinen Augen, die man nie wieder würde füllen können. Als würde ein Stück von ihm einfach fehlen. Rausgerissen von einem Schmerz, der einen so sehr veränderte, dass man nichts mehr fühlen wollte.

Hatte man diesen Punkt mit Connor erreicht und stand neben ihm auf seinem Podest, dann war es eigentlich schon zu spät.

Man konnte nicht mehr umkehren.

Wenn er fiel, fiel man mit.

Man spürte diese Gefahr irgendwie, aber mit Connor war sie unbedeutend. Mit ihm glaubte man, dass nichts und niemand einem etwas anhaben konnte – denn genauso wie der Mond die Erde umkreiste, konnte Connor einem das Gefühl geben, seine Erde zu sein. Selbst wenn er von manchen Blickwinkeln aus nicht immer zu sehen war, wäre er trotzdem immer da.

Leider war er auch nicht nur das Arschloch, mit dem ich es in letzter Zeit zu tun gehabt hatte. Ich erinnerte mich auch an die Momente, in denen er für mich da gewesen war. In denen er mich zum Lachen gebracht hatte, mir zugehört hatte, und an die, in denen ich nicht bloß seine Erde, sondern seine Sonne gewesen war …

Allein deswegen wollte ich ihm sagen, dass ich das auf keinen Fall machen würde. Es war zu viel zwischen uns passiert, als dass ich jemals so tun könnte, als wäre ich seine Freundin. Aber … ich konnte auch nicht leugnen, dass nicht auch ein Teil in mir nicht komplett abgeneigt war.

Ich konnte nicht mal wirklich sagen, wieso, aber man sagte ja nicht umsonst, *sei deinen Freunden nah, aber deinen Feinden näher*, oder? Und wenn das bedeutete, dass die Schulden bezahlt waren und keine Geldeintreiber mehr mit Waffen in unserem Haus auftauchen würden …

Ich hob leicht mein Kinn. »Wie lange?«

»Mindestens bis alles mit meinem Erbe geklärt ist. Vielleicht einen Monat länger.«

»Du willst, dass ich fast ein Jahr deine Freundin spiele?«, hakte ich ungläubig nach. Wir hatten jetzt September. Connor hatte im August Geburtstag. Demnach wäre es ziemlich genau ein Jahr. »Das soll ein Witz sein, oder? Nur, damit du die Schulden bezahlst?«

»Sag mir, was du dafür willst.«

»Dass du tot umfällst.«

»Vielleicht beim nächsten Mal«, erwiderte er unbeeindruckt. »Nenn mir eine Zahl. Schlaf drüber, wenn du willst. Mach 'ne Liste.«

*Mach 'ne Liste* … Waren wir jetzt bei *Wünsch dir was*?

»Und wie stellst du dir das vor? Ich habe gerade noch diese Aussage gemacht. Wäre es nicht ein bisschen auffällig, wenn dann ausgerechnet ich plötzlich deine Freundin sein soll?«

Er zuckte mit einer Schulter. »Am Anfang sollte man uns nur ein paarmal zusammen sehen. Du bist doch jetzt an der WSU, das sollte reichen.«

»Und dann?«

»Bist du irgendwann meine Freundin. Öffentliche Auftritte. Partys. Veranstaltungen. Nach vielleicht einem halben Jahr ziehst du bei mir ein.«

Jetzt lachte ich wieder. »Ich soll bitte was?«

»Du sollst nicht *zu mir* ziehen. Auf meiner Etage stehen Penthousewohnungen leer. Such dir davon eine aus.«

Uuuuund ich hörte wieder auf zu lachen. »Shit, du hast das schon komplett durchgespielt, oder?«

»Ja, fuck, habe ich«, gab Connor kalt zurück und verringerte dann mit verengten Lidern die Distanz zwischen uns. »Es geht um das, was mein Vater aufgebaut hat. Um das, was *ich* weiterführen soll – und irgendein Wichser glaubt, er könnte mir das wegnehmen, nur weil da eine beschissene Klausel im Testament ist. Also, ja, ich habe den Scheiß durchgespielt, und wenn wir das durchziehen, dann sollte dir klar sein, dass ich keine halben Sachen mache.«

Als er viel zu dicht vor mir stehen blieb, sah ich zu ihm hoch, völlig unberührt von dieser lahmen Einschüchterungstaktik.

»Verarsch mich nicht, Kit«, warnte er mich leiser. Eindringlicher. Sein Blick bohrte sich wie der eines Scharfschützen regelrecht in meinen. »Ich kann in deinen Augen sehen, dass dir irgendwas durch den Kopf geht, und was auch immer es ist, vergiss es wieder. Es geht hier um mehr, als du verstehen könntest, aber du bist auch die Einzige, die …« Er stoppte sich selbst und presste kurz seine Lippen aufeinander. »Du kennst mich. Du bist die Einzige, die mich gut genug kennt, um zu wissen, auf welchen Scheiß sie sich einlässt. Gut genug, um vortäuschen zu können, dass wir ein Paar sind.«

*Ach, wirklich?*

Ich war mir nicht ganz sicher. Wenn ich ihn wirklich so gut gekannt hatte, wie er gerade dachte, hätte ich unser Ende vielleicht kommen sehen.

Den Sturz in die Tiefe.

Bei dem Gedanken daran spürte ich wieder die Spitze des Messers, das er mir vor Jahren in die Brust gerammt hatte. Anders als früher prallte es aber an mir ab, kratzte nur ein wenig über die Rüstung, die sich Zentimeter dick um meine Rippen geschlossen hatte, und schaffte es nicht mehr, mich zu verletzen.

Und vielleicht gab mir genau das die Bestätigung, die ich gebraucht hatte.

»Ich werde dich nicht küssen«, stellte ich kühl klar, aber falls Connor das überraschte, ließ er es sich nicht anmerken.

»Ich werde nichts von dir verlangen, was du nicht willst.«

*Ich weiß.*

Deswegen hatte ich auch für keine Sekunde geglaubt, was diese Leila ihm vorgeworfen hatte.

Connor mochte so einige Frauengeschichten hinter sich haben – er war nun mal, wer er war –, aber im Gegensatz zu Jesse oder Nate war er schon immer eher diskret gewesen. Er hätte mit dreihundert Frauen schlafen können, andererseits auch nur mit drei. Ich wusste, dass es deutlich mehr gewesen waren, aber bei all diesen Frauen hatte er nie und würde er nie etwas gegen ihren Willen tun.

»Was ist mit den Jungs? Mit Lana? Sagst du's denen?«

Er nickte. »Sie wären ohnehin die Ersten, die merken würden, dass es nicht echt ist.«

Wahrscheinlich.

Ergebend schloss ich für einen Moment die Augen. Ich hatte zwar ehrlich gesagt keine Ahnung, wie ich seine Freundin spielen sollte, wenn ich auch noch drei Jobs und einen Haushalt zu schmeißen hatte – aber was hatte ich denn für eine andere Wahl, wenn ich Lana oder Nate da nicht mit reinziehen wollte?

»Ich mach's«, seufzte ich dann, und als wäre das alles gewesen, was Connor hatte hören wollen, war der Deal besiegelt.

Ich würde es ernsthaft durchziehen.

Wow.

Ich konnte das gerade selbst nicht fassen und hätte darüber vielleicht erst mal ein paar Tage schlafen sollen, aber … na ja, was soll's.

Es war nur ein Jahr. 365 Tage.

So schlimm würde es schon nicht werden.

Haha ... ja, genau.

Als Connor mich daraufhin wieder nach Hause brachte, musste ich mir ununterbrochen auf die Zunge beißen, um doch keinen Rückzieher zu machen.

Es würde nicht nur nicht schlimm werden – sondern der absolute Horror. Aber je tiefer wir in die Northside hineinfuhren, desto mehr dachte ich an die Geldeintreiber. Daran, wie sie in unserem Wohnzimmer gestanden und uns bedroht hatten. Daran, wie ängstlich Josie und Jamie ausgesehen hatten ...

Allein für sie würde ich mich zusammenreißen und Connors Preis zahlen.

»Eins noch«, sagte er dann annähernd ausdruckslos, sobald wir bei mir zu Hause angekommen waren. »Es sollte klar sein, aber dieser Deal bedeutet, dass du mit dem, was du tust, aufhörst. Vögel noch mal irgendeinen Wichser in der Ruine, und ich sorge dafür, dass er der Letzte war.«

Ich rollte mit den Augen. »Ehrlich? Schon wieder eine Drohung?«

»Nur eine Formalität.«

»Ach so, na dann. Dann gilt dasselbe ja wohl auch für dich.«

Ihm kam ein leises Lachen über Lippen, bei dem sich die Härchen in meinem Nacken aufstellten. »Das ist Sinn und Zweck des Ganzen, Cali.«

Ohne etwas darauf zu erwidern, klemmte ich mir genervt den Popcornbecher unter einen Arm, nahm meinen Rucksack und mein Skatebord und stieg aus. Bevor ich jedoch unser Tor erreichte, drehte ich mich noch mal mit zusammengekniffenen Augen um.

Connor ließ das Beifahrerfenster runter und hob eine Braue.

»Woher wusstest du überhaupt, dass ich in der Ruine war?« Diese Frage brannte mir schon auf der Zunge, seit er letzte Woche in der Nacht mit Trey da aufgeschlagen war – aber schon in der Sekunde, in der Connor wieder so furchtbar herablassend-amüsiert mit einem Mundwinkel lächelte, bereute ich es, sie gestellt zu haben.

»Ich bin mir sicher, du kannst Schilder lesen.«

Verwirrt sah ich dabei zu, wie er einfach losfuhr.

Schilder? Was für … *Nein. Das* Schild.

Mir rutschte beinahe der Popcornbecher aus der Hand, als ich begriff, wovon er sprach. Wenn man die unbefestigte Straße zur Villa hochfuhr, kam ein Schild, von wegen Privatgrundstück. Es gab keinen Zaun oder so was, weshalb ich mich nicht wirklich drum gekümmert hatte, aber … was zur Hölle?! War das etwa *sein* Grundstück?

Der Racheteil in mir dachte an die Graffiti, die ich an den Wänden hinterlassen hatte. Ihm gefiel das.

Alles andere fragte sich nur, seit wann die Ruine Connor gehörte und … warum.

# 17

KIT

»Okay, nur damit ich das richtig verstehe – *du* sollst seine Freundin spielen?«, fragte Lana entgeistert, als wir uns gerade von dem Diner, in dem wir meine Mittagspause verbracht hatten, zurück auf den Weg ins Tattoo-Studio machten. Sie starrte mich dabei von der Seite an, als hätte nicht nur Connor einen an der Waffel. »Bitte sag mir, dass er dich umbringt, wenn du dich weigerst, denn nur so ergibt das irgendwie Sinn. Erpresst er dich mit irgendwas?«

Ich lachte trostlos. *So was in der Art.* »Er hat gesagt, ich soll ihm eine Liste machen, was ich dafür will.«

»Ich hoffe, auf Platz eins steht, dass ihm ein paar Karatekids so lange in die Eier treten, bis sie abfallen?«

»Noch nicht, aber gute Idee«, erwiderte ich amüsiert, trank meinen Milchshake aus und warf ihn in den Mülleimer, an dem wir vorbeikamen.

Nachdem ich Lanas Nachrichten seit dem Wochenende mehr oder weniger ignoriert hatte, hatte ich ihr gerade alles Wichtige der letzten Tage erzählt. Oder na ja … fast alles. Ich hatte eventuell die Schulden meiner Eltern und die Geldeintreiber ausgelassen.

»Aber wie kommt er denn überhaupt darauf, dass ausgerechnet *du* diesen Job übernehmen sollst?«, fragte Lana und warf ihren Milchshake ebenfalls weg. »Also, nichts für ungut, Baby, aber wenn er dem Vorstand von SH weismachen will, er wäre auf dem Pfad von Mutter Teresa, dann bist du so ziemlich das Gegenteil einer Vorzeige-Freundin.«

Ich brauchte nicht an mir runterzusehen, um zu verstehen, dass sie nicht bloß von meinem Outfit sprach – schwarzer Skaterrock, enges Crop-T-Shirt, Army-Boots –, sondern auch von meinen Tattoos. Neben vielen Blumen hatte ich überall Line-Arts, verschiedene Symbole oder Textzeilen. Auch meine Finger waren übersät von kleinen Motiven und geometrischen Elementen. Meine Tattoos waren das Einzige, was ich mit purem Egoismus für mich selbst tat. Ich würde sogar so weit gehen und sagen, dass die Momente, in denen die Nadel über meine Haut glitt, die einzigen Minuten und manchmal Stunden waren, in denen ich komplett frei atmen konnte.

Über die letzten Jahre waren meine Tattoos zu meiner Kriegsbemalung geworden, laut und präsent, und sahen allein deswegen nicht danach aus, als würde ich a) in die Elite von Solane gehören, b) Connor auf dem Pfad von Mutter Teresa folgen oder c) jemals nah genug drankommen, dass ich ihm zuwinken könnte.

Nichts an mir war auch nur ansatzweise leise.

Das hatte in dem Moment aufgehört, als ich aufgehört hatte, *sie* zu sein. Dieses Mädchen, das wie eine unschuldige Puppe ausgesehen hatte.

*Sie* hätte jeden davon überzeugen können, Millionen zu spenden, jedes Wochenende Hundebabys zu retten und Connor irgendwann selbst süße, pausbäckige Erben mit ebenholzbraunem Haar und strahlenden gold-grünen Augen zu schenken, die sein Imperium fortführen würden.

Von *mir* würde man höchstens erwarten, dass ich zu dumm zum Verhüten oder so durchtrieben wäre, mich von ihm schwängern zu lassen, um ein paar Millionen zu kassieren.

»Nein, aber ich komme von der Northside. Wahrscheinlich werden alle denken, er hätte mich *gerettet* oder so was«, schnaubte ich und schüttelte den Kopf.

Irgendwie ironisch, wenn man bedachte, dass Mutter Teresa in Wahrheit auch nicht so gutherzig war und ihr die Menschen, die sie getäuscht hatte, im Grunde scheißegal gewesen waren … Mhm … klang vertraut.

Lana hob fragend beide Brauen. »Das war sein Argument? Weil du von der Northside kommst?«

»Nee, er meinte, er muss sich am Ende keine Gedanken machen, wie er mich wieder loswird.«

»Bitte?«, schnaufte sie, aber ich winkte ab. Sie wusste genauso gut wie ich, wie er das gemeint hatte und dass es da keine Probleme geben würde. Schließlich wusste sie alles über unsere Vergangenheit und hatte mir wieder hochgeholfen, als ich gefallen war.

Trotzdem entging mir nicht, wie sie mich aus dem Augenwinkel musterte.

»Was ist?«

Sie rückte nicht sofort mit der Sprache raus und fragte dann skeptisch: »Bist du dir sicher, dass das so eine gute Idee ist? Ich meine, wenn ihr am Samstag schon –«

»Ganz sicher«, unterbrach ich sie entschieden und wünschte, ich hätte ihr nichts von dem Kuss erzählt. »Das wird sich nicht wiederholen.«

»Schwör lieber nicht drauf. Ich sag's dir echt nur ungern, aber es ist doch nur eine Frage der Zeit, bis wieder was zwischen euch läuft.«

»Was?« Ich blieb abrupt stehen.

Lana ging weiter und bemerkte es erst nach ein paar Schritten. »Ach, komm schon. Ihr habt es doch schon damals nicht geschafft, die Finger voneinander zu lassen – und da habt ihr euch nicht gehasst.«

»Na und?«

Sie sah mich an, als wäre ich schwer von Begriff. »Baby, weißt du, was ihr euch am Samstag für Blicke zugeworfen habt? Ich hätte schwören können, entweder jagt ihr damit irgendwas in die Luft oder ihr reißt euch gleich die Klamotten vom Leib. Gegenseitig. Versteht sich.«

Für einen winzig kleinen Moment musste ich wieder daran denken, wie sehr ich das gewollt hatte, als er mich gegen die Wand gedrückt und ich das Gefühl gehabt hatte, ich könnte meine Wut auf ihn nur rauslassen, wenn ich ihm dabei wehtun könnte. Aber bevor sich die plötzliche Hitze in meinem Bauch zu weit ausbreitete, ging ich genervt davon, dass Lana überhaupt damit angefangen hatte, weiter.

»Das heißt aber noch lange nicht, dass ich es *will.*«

»Warum nicht? Also ja, ich weiß, wieso. Aber denk doch mal nach, Kit«, rief Lana mir hinterher und holte mich schnell wieder ein. Sie klang auf einmal viel zu begeistert. »Mal davon abgesehen, dass du ›Mindestens einen Orgasmus pro Woche‹ auf deine Liste setzen solltest, kannst du doch nur gewinnen. Hol dir von ihm, was du willst und damals nicht bekommen hast, und zahl es ihm heim.«

»Äh … was? Was meinst du damit?«

»Keine Ahnung. Du sollst ihn jetzt nicht dazu bringen, sich in dich zu verlieben, und ihm dann das Herz rausreißen, so wie er bei dir.«

*Danke für die Erinnerung. Wäre nicht nötig gewesen.*

»Aber er hat einen Denkzettel verdient.«

Gut, da konnte ich nicht widersprechen. Ich tat es auch nicht, weil ich lieber beschloss, das Thema fallen zu lassen.

Praktischerweise erreichten wir gerade sowieso das Tattoo-Studio.

»Halt, warte«, hielt Lana mich aber noch mal auf, als ich gerade die Glastür aufziehen wollte. »Wie sehe ich aus?«

Nicht gerade überrascht von ihrer Frage, schmunzelte ich, als sie sich ihre schwarzen, heute mal gelockten Haare elegant über die Schulter warf und an mir vorbei in die Spiegelung des Schaufensters blinzelte.

»Megan Fox kann einpacken«, antwortete ich ehrlich. Egal, ob geschminkt oder ungeschminkt, Lana war immer bildschön. Sie modelte neben ihrem Master-Studium und hatte wegen ihrer Ähnlichkeit zu Schneewittchen und ihren Goth-Tattoos über fünfhunderttausend Follower auf Instagram.

Sie grinste mich zufrieden an. »Das wollte ich hören. Dann hol ich mir jetzt meinen MGK.«

Ohne noch etwas darauf zu erwidern, lachte ich nur und stieß dann die Tür zum Studio auf.

Ich liebte es, im *Drop Ink* zu arbeiten. Nicht, weil es zu den beliebtesten Studios am Rand der Westside zählte, sondern weil mir die Atmosphäre, die Leute und die Kunst gefielen. Zwar war ich keine Zeichnerin und saß nur hinter dem Empfang, aber seitdem mein Boss Matt vor ein paar Monaten ein kleines Fotostudio eingerichtet hatte, durfte ich hin und wieder ein paar Shootings übernehmen und schoss auch die Fotos für unsere Social-Media-Kanäle und Portfolios.

Sobald ich den schwarzen Marmorfußboden betrat und sah, wie sich das Sonnenlicht in den glasklaren Regentropfen des Kronleuchters brach und tanzende Punkte auf die eingerahmten Zeichnungen unserer Tattoo-Artists warf, stieg meine Laune wieder in die Höhe.

»Wenn das nicht mal meine beiden Lieblingsleinwände auf

zwei Beinen sind«, begrüßte uns Banks mit einem Grinsen, der gerade hinter meinem Tresen stand und einen bunten Post-It in meinen Terminkalender klebte.

Lana kicherte mädchenhaft hinter mir und ging sofort in den Flirt-Modus über. Das tat sie jedes Mal, wenn sie »ihren MGK« sah – mit dem Banks im Übrigen nichts gemeinsam hatte. Banks, der eigentlich Tyler hieß, erinnerte mich stattdessen mehr an meinen Bruder, wie er früher mal gewesen war. Er war ein Surfer durch und durch, sonnengebräunt und mit blonden Haaren im Beach-Wave-Look, die er oft zusammengebunden trug. Natürlich war er tätowiert, wenn auch weniger, als man von einem Artist erwarten würde, und hatte immer unzählige Festival-Armbänder an seinen Handgelenken.

Lana stand total auf ihn, aber es war etwas anderes als mit Nate. Ich blickte da ehrlich gesagt nicht besonders durch, aber solange niemand verletzt wurde … *go for it.*

Als ich hinter den Tresen zu Banks ging, sah ich noch mehr der bunten Zettel, die während meiner Mittagspause in meinen Kalender gewandert waren, und blendete aus, wie Lana und er sich mit Blicken auszogen.

Sie hatte gleich einen Termin bei ihm, um eins ihrer Tattoos am Rücken zu erweitern, aber als er schon mal die Treppe hoch in seinen Raum ging, blieb Lana noch mal kurz bei mir am Tresen und sah seiner Kehrseite schmachtend hinterher.

»Du sabberst«, neckte ich sie, woraufhin sie unterdrückt stöhnte und sich mit einem Flyer Luft zufächelte.

»Ich schwöre, wenn er mich nicht bald vögelt, muss ich es selbst machen. Dieser Kerl macht mich noch wahnsinnig.«

»Worauf wartest du denn?«, fragte ich sie belustigt, weil es nicht zu ihr passte, dass sie auf *irgendwas* wartete.

Lana gehörte zu den Frauen, die ihr Selbstbewusstsein morgens mit frischem Toast frühstückten und es noch ein bisschen mit Orangensaft der Marke *Bad Bitch* verfeinerten.

»Ich warte auf gar nichts, aber irgendwie ist diese ganze Slow-Burn-Nummer total scharf. Na, ja, egal. Noch mal zurück zu deiner Liste. Hast du schon eine?«

Ich zog einen zerknitterten Zettel aus meinem Rucksack, den Lana mit beiden Händen glatt strich.

- *Josie und Jamie bessere Schulen?*
- *Pro Monat: 5000 $*
- *Homecoming-Ballkleid Josie*
- *Neuer Nintendo für Jamie*
- *Ein neues Bücherregal für Logan + Bücher*

Lana sah meine kümmerliche Liste mit zusammengeschobenen Brauen an. »Was soll das denn sein?«

Ich wollte ihr den Zettel wieder wegnehmen, aber sie legte ihre Hand darauf und griff über den Tresen nach einem meiner Kugelschreiber.

»Ich weiß – dein Stolz und so weiter, blablabla. Aber, Baby, darf ich dich daran erinnern, dass dieser Vollidiot *Milliardär* ist? *Multi. Milliardär.* Ihm wird's nicht wehtun, wenn wir da ein paar Nullen dranhängen.«

Sie machte aus meinen 5000 eine 500 000 und strich alles darunter einfach durch.

»Mit fünfhunderttausend im Monat kannst du Josie einen ganzen Laden mit Kleidern kaufen und ihre Schulen selbst finanzieren. Außerdem – du hast dich auf der Liste vergessen. Du bist diejenige, die sich mit Connor rumschlagen muss. Ein Jahr lang. Das Mindeste, das du dafür tun kannst, ist, dir selbst eine schöne Zeit zu machen. Also mach es auch.« Sie schob mir den Zettel mit einem eindringlichen *Keine-Widerworte*-Blick zurück. »Kein Geld der Welt kann wiedergutmachen, was er für eine miese Nummer abgezogen hat. Aber mit sechs Millionen hast du deinen Spaß und weniger Sorgen.«

Ich würde definitiv keine sechs Millionen von Connor annehmen. Es war mir schon schwer genug gefallen, die fünftausend aufzuschreiben.

»Hast du nicht einen Termin?«, erinnerte ich sie ausweichend und steckte den Zettel wieder weg.

»Connor wird dir diese Liste um die Ohren hauen, wenn da nur fünftausend draufstehen, das ist dir klar, oder?«

»Ich überleg's mir, okay? Und jetzt geh schon hoch.«

Sie wirkte nicht gerade glücklich, verschwand aber nach oben zu Banks. Kaum war sie außer Sichtweite, holte ich die Liste wieder raus und starrte mindestens für ein paar Minuten auf die 500 000.

Allein ein Bruchteil davon würde mein ganzes Leben verändern. Mir war klar, dass Lana es nur gut meinte und wirklich glaubte, dass Connor bereit war, das Geld zu zahlen – aber das war eine so absurd hohe Summe, dass es sich schon falsch anfühlte, sie nur anzusehen.

Ich zerriss den Zettel. Ich zerteilte ihn in so viele kleine Teile, dass man ein Genie sein müsste, um ihn wieder zusammenzusetzen, und wollte mir gerade eine neue Liste machen, als mein Handy vibrierte.

**Lana:** Verlang wenigstens 100 000 pro Monat. Glaub mir, alles andere wirst du irgendwann bereuen.
**Ich:** Ich denke drüber nach
**Lana:** Gut. 🖤 Eins noch.
**Ich:** ?
**Lana:** Er hat damals deine Krone in den Dreck geworfen

und dich gleich mit. Lass ihn sehen, was er hätte haben können. Werd seine Königin, Baby, und dann zeig ihm, dass du keinen König brauchst.

# 18

## KIT

Als ich am Nachmittag aus dem Buchhaltungskurs kam, lehnte ein Kerl mit Basecap an der gegenüberliegenden Wand. Schwarze Cargojeans, schwarzes T-Shirt. Mit dem Blick auf sein Handy gerichtet, verbarg die Kappe fast alles von seinem Gesicht, nur seine angespannte Kieferpartie war deutlich zu erkennen – genauso wie die Ablehnung, die wie üblich jedem unmissverständlich klarmachte, dass er, wenn er sich keine neue Identität und ein Flugticket ans andere Ende der Welt besorgen wollte, ihn lieber nicht ansprechen sollte.

Erfrischend.

Den angepissten Connor mochte ich am liebsten.

Augenrollend ging ich weiter, mit großem Abstand einfach an ihm vorbei. Leider dauerte es keine drei Sekunden, ehe er mit beiden Händen in die Hosentaschen geschoben neben mir auftauchte.

»Muss ich jetzt jedes Mal damit rechnen, wie in der Highschool vom Prom-König eskortiert zu werden?«, spottete ich, würdigte ihn dabei aber keines Blicks.

Wenn ich mich recht erinnerte, hatte er nur was davon gesagt, dass wir am Anfang zusammen gesehen werden sollten. Nicht, dass *ich* ihn ansehen musste.

Und das mit dem »Zusammen gesehen werden« funktionierte ja immerhin schon mal großartig. Wäre ich es nicht ohnehin gewohnt, wären mir die Pfeile, die sich gerade in meinen Rücken bohrten, noch unangenehm gewesen.

»Nein«, erwiderte Connor knapp und ging neben mir die Treppe runter. »Hast du die Liste fertig?«

»Möglicherweise.«

»Ja oder nein?«

»Möglicherweise«, wiederholte ich genervt. »Kommt drauf an, wie lang du sie gerne hättest. Gib mir ein paar Tage mehr, und du kannst damit das Empire State Building bekleben.«

Weil Connor nicht antwortete, sah ich widerwillig zu ihm rüber, aber er starrte mit zusammengezogenen Brauen auf sein Handy. Keine Ahnung, wie er es dabei bewerkstelligte, nirgendwo gegen zu rennen. Lag vermutlich daran, dass ihm jeder, der uns entgegenkam, auswich, als wäre er der verdammte Messias.

»Hast du fünf Minuten?«, fragte er dann, woraufhin ich nur schnaufte und durch eine der Glastüren nach draußen trat.

Zwei Mädels kamen uns dabei entgegen und begrüßten ihn mit einem fröhlichen »Hi«. Die eine biss sich lasziv auf die Unterlippe, die andere himmelte ihn förmlich mit Blicken an, die sogar mir unangenehm waren.

Sobald ihre Augen aber zu mir wanderten, gefror die Hitze darin zu einem einzigen Eisklumpen.

Fast rechnete ich damit, dass sie ihn fragten, ob ich ihn belästigte, aber Connor schob vorher eine Hand auf meinen unteren Rücken und drückte mich, ohne ihnen Beachtung zu schenken, weiter. Ich spürte seine Berührung oberhalb meines Rocks, Finger, die meine Haut streiften wie glühende Kohlen. Etwas in mir, wahrscheinlich die Piranhas, wollten mich seiner Hand entziehen und zubeißen – aber erstens, würde das wohl nicht mit unserem Deal zusammenpassen, und zweitens … Na ja, egal.

Connor nahm seine Hand erst wieder weg, als wir den Gehweg erreicht hatten, der einmal quer über das Gelände der Westside University führte. Dafür, dass die Uni selbst gerade mal ein Viertel davon einnahm, war es unverschämt riesig. Überall wuchsen Palmen, es gab einen großen überbrückten Teich, genug Sitzgelegenheiten und zahlreiche Instagram-fähige Spots.

Die Bank, die Connor ansteuerte, war zwar keiner davon, aber sie stand weit genug abseits des Weges, dass man nicht direkt an uns vorbeilief.

Kaum hatten wir uns gesetzt, fragte er: »Deine Liste?«

Tief durchatmend, weil mir sein kühler, ungeduldiger Unterton gegen den Strich ging, holte ich den zerknitterten Zettel aus meinem Rucksack.

Nachdem ich ihn Connor gegeben hatte, las er ihn sich durch, wofür er keine drei Sekunden brauchte.

Die neue Liste war sehr kurz.

»Das ist alles?«, wollte er wissen und sah mich dann das erste Mal heute überhaupt richtig an.

»Ja. Das ist alles.«

»Zehntausend im Monat, Privatschulen für Josie und Jamie und die Schulden deiner Eltern?«

»Ja.«

»Wie du willst.« Er wandte den Blick wieder ab, steckte die Liste weg und holte stattdessen wieder sein Handy raus.

Ich hob genervt eine Braue, als er nicht weitersprach. »Das war's? Keine Diskussion?«

»Warum sollte ich mit dir diskutieren? Du kriegst, was du willst. Ich kriege, was ich will. Du hast über deinen Preis entschieden, ich über den Rest.«

»Den Rest?«

»Gib mir dein Handy«, befahl er, ohne die Frage zu beantworten.

Ich rührte mich nicht. »Wieso?«

»Weil ich sichergehen will, dass du hinter meinem Rücken keine Informationen an deinen Boss vom Solane Sun Magazine weitergibst.«

Fassungslos und gleichzeitig so amüsiert, als hätte er mich gerade ernsthaft als Verräterin verdächtigt, wollte ich von der Bank aufstehen und unseren Deal in der Luft zerreißen.

Wieso hatte ich noch mal geglaubt, das hier würde irgendwie funktionieren, ohne dass wir beide anschließend eine Therapie bräuchten?

Ja. Ich wusste es auch nicht.

Bevor ich aber überhaupt richtig stand, hielt Connor mich am Handgelenk fest und zog mich sofort wieder auf die Bank. Ich verpasste den Moment, mich dagegen zu wehren, und landete näher als vorher neben ihm. Nah genug, dass mein nacktes Knie beinahe sein Bein gestreift hätte.

»Was soll –«

»Verdammt, Cali, das war ein Witz«, unterbrach er mich einfach, ließ mich aber noch nicht los.

Ich ballte die Faust, unternahm aber keinen Versuch, mich zu befreien. Mir lag die Frage auf der Zunge, woher er überhaupt wusste, dass ich für die Solane Sun arbeitete, aber dafür könnte ich mich vermutlich bei Nate bedanken.

»Ich will meine Handynummer einspeichern«, erklärte er mir freundlicherweise. »Und vielleicht solltest du mich nicht so ansehen, als würdest du mir gleich die Augen auskratzen.«

»Dann fass mich vielleicht nicht an«, fauchte ich zurück, woraufhin Connors Mundwinkel belustigt zuckte.

»Betrachte es als Training. Hin und wieder werde ich dich wohl anfassen müssen.« Während er das sagte, ließ er mich trotzdem los.

Als er seine Hand wegzog, fuhr sein Fingerknöchel über die

Außenseite meines Oberschenkels, und ich hasste es, dass die Haut an der Stelle zu kribbeln anfing.

Mit aufeinandergepressten Lippen versuchte ich meine Mimik in den Griff zu kriegen (funktionierte super). Leider hatte Connor aber recht. Nur weil ich ihm klargemacht hatte, dass ich ihn wegen dieser ganzen Fake-Sache nicht küssen würde, hieß das nicht, dass ich um jede Berührung herumkam. Wenn man uns das verliebte Pärchen abkaufen sollte, dann gehörte so was wie Händchenhalten dazu.

Schön.

Einfach schön.

Ohne zu antworten, zog ich mein Handy aus meinem Rucksack und gab es ihm. Es war ein älteres iPhone-Modell, das ich von Lana hatte.

»Der Code?«, fragte er und wollte mir mein gesperrtes Handy gerade wieder zurückgeben, als ich nur meinte: »Derselbe wie früher.«

Keine Ahnung, wieso ich das sagte. Es war mir egal, ob er den Code immer noch kannte – aber es beeindruckte mich beinahe, als er, ohne zu zögern, die sechs Zahlen eintippte und mein Handy entsperrte.

Ich beobachtete ihn dabei, wie er seine Handynummer einspeicherte und sich selbst eine Nachricht schickte.

Natürlich hatte er eine neue Nummer. Das war mir schon damals aufgefallen, als er auf keine meiner Nachrichten oder Anrufe reagiert hatte. Zuerst hatte ich gedacht, er hätte mich blockiert – und das hatte er bestimmt auch –, aber ich hatte aus lächerlicher Verzweiflung irgendwann mal versucht, ihn von Josies Handy aus anzurufen, und, na ja … die Nummer war nicht mehr erreichbar gewesen.

Von ungewollten Erinnerungen und einem dumpfen Gefühl unter den Rippen abgelenkt, bemerkte ich zuerst nicht, dass er mir mein Handy noch nicht wiedergegeben hatte. Erst als ich es immer noch in seiner Hand erkannte, fiel mir auf, dass er irgendwas anderes machte.

»Was wird das?«, fragte ich harsch und wollte nach meinem Handy greifen, erwischte aber nur Luft.

Er hielt es von mir weg und machte unbeeindruckt weiter. »Ich lösche Tinder. Das brauchst du nicht mehr.«

»Ach ja? Da bin ich anderer Meinung. Du hast gesagt, ich darf nicht mehr mit irgendwem in die Ruine. Aber nichts davon, dass ich auf Sex verzichten muss«, erwiderte ich trocken, auch wenn das nichts als Provokation war und ich natürlich nicht vorhatte, mit irgendeinem Kerl zu schlafen.

Connor sollte nur nicht glauben, dass ich jetzt nach seiner Pfeife tanzte, weil er mir einen Gefallen tat.

»Dich dumm zu stellen, steht dir nicht, Cali«, gab Connor genauso trocken zurück, konzentrierte sich aber wieder auf mein Handy. »Fasst dich irgendwer an, ist unser Deal hinfällig, und wenn du's nötig hast, findest du schon eine Alternative.«

Ich lachte ironisch. »Lass mich raten. Die bist du?«

»Ich?« Er sah unter dem Schatten seiner Basecap wieder zu mir hoch, das Funkeln in seinen dunklen Augen triefte nur so vor spöttischem Bedauern. »Falls du darauf gehofft hast, muss ich dich enttäuschen. Ich werde dich nicht vögeln. Gewöhn dich schon mal an deine Hand.«

»An meine Hand?«, echote ich amüsiert. Obwohl ich ihm viel lieber klargemacht hätte, dass ich mich eher vor den nächsten Bus werfen würde, als mit ihm zu schlafen, beugte ich mich ein Stück näher zu ihm und senkte meine Stimme in eine provokante Tonlage, bei der er den Kiefer anspannte. »Ich *brauche* meine Hand nicht, und ich *habe* schon genug Alternativen. Ein paar davon liegen in meiner Schublade, und sie machen, was ich will, wann ich will, so oft ich will.«

Als sich daraufhin etwas in Connors Augen veränderte, spürte ich, wie sich mein Puls plötzlich beschleunigte. Ich wollte, dass er sofort wieder damit aufhörte, erst recht, sobald Connor sich ebenfalls näher zu mir beugte und damit in Reichweite der Piranhas kam.

»Dann lad schon mal die Akkus auf«, raunte er genauso herausfordernd, genauso tief. »Du wirst sie brauchen.«

»Nah, darauf würde ich nicht unbedingt wetten«, erwiderte ich unbeeindruckt, aber bevor er darauf noch mal antworten konnte, kam ihm eine vertraute Stimme zuvor.

»Kneift mich mal einer, Leute. Sie *reden* miteinander!«

Connor und ich fuhren auseinander, die Piranhas sprangen einmal kurz gegen meine Rippen, als wollten sie das verhindern, aber ich zwang sie zurück und sah zu Nate rüber, der zusammen mit Jesse und Alec auf dem Gehweg stand.

Er hatte theatralisch eine Hand auf die Brust gelegt. »Ohne dass sie sich die Köpfe einschlagen. Ich glaube, ich träume.«

»Was macht ihr hier?«, wollte Connor wissen und ignorierte wenig überraschend, was Nate von sich gab.

»Nichts. Wir haben euch nur hier sitzen sehen und haben uns gefragt, ob wir das falsche Gras geraucht haben und halluzinieren. Aber ihr sitzt hier wirklich. Der Wahnsinn.«

Stirnrunzelnd betrachtete ich die drei. Sie sahen nicht gerade high aus. Alec wirkte auch nicht so, als hätte er sich das wirklich gefragt, sondern eher, als wären wir ihm völlig egal. Jesse dagegen musterte Connor und mich zu intensiv. Seine Miene ließ nicht durchblicken, woran er gerade dachte, dass tat sie nie, aber irgendwie hatte ich das Gefühl, dass es nichts Gutes war.

*Sie wissen es nicht.*

Mir schoss der Gedanke so unvermittelt durch den Kopf, dass ich fast gelacht hätte.

Connor hatte ihnen noch nichts von unserem Deal erzählt.

Mann, das dürfte jetzt lustig werden.

»Und was macht ihr hier?«, fragte Jesse kühl zurück.

»Ich lade ihr Society runter«, erwiderte Connor wie selbstverständlich, und als ich daraufhin verwirrt auf mein Handy sah, bemerkte ich, dass er wirklich etwas heruntergeladen hatte.

Society war eine Social-Media-App der WSU, die von Studenten entwickelt worden war und nur von eingeschriebenen Studenten genutzt werden konnte. Was nicht erklärte, wieso er sie mir installierte.

Wahrscheinlich sah er die Verwirrung in meinem Gesicht, denn er erklärte: »Auf deiner Kursanmeldung steht eine ID. Damit kannst du dich verifizieren.«

Fast hätte ich gefragt, wieso ich das tun sollte, aber auch diese Frage konnte ich mir selbst beantworten.

Society wurde laut Lana von nahezu allen an der WSU benutzt. Sie war wie eine Art Facebook, nur exklusiv. Es gab Gruppen, in denen man sich über Kurse austauschen konnte, eigene Profile, die Möglichkeiten, Beiträge und Storys hochzuladen, sich Nachrichten zu schreiben, und außerdem noch eine Funktion, die diese App nicht ganz so jugendfrei machte wie Facebook.

Auf den Profilen der User gab es Rankings. Man konnte sich gegenseitig *bewerten* – und mit »bewerten« meine ich von eins bis zehn. Von laut nach leise. Von Amateur bis Pornostar. Es gab Infos über das Standvermögen. Urteile darüber, wie gut die Zungenarbeit war, ob man irgendwelche besonderen Fähigkeiten besaß oder wie viel Shots man in sich hineinkippen musste, um mit diesem User zu schlafen.

Diese App war ein Paradebeispiel für Red Flags. Was ein Grund war, wieso ich sie nicht auf meinem Handy haben wollte. Allerdings konnte ich mir ungefähr ausmalen, dass Connor mich darauf nicht bewerten, sondern nur das Schauspiel ausweiten wollte.

Wo funktionierte es denn auch besser als im Social Media?

Connor gab mir mit den Worten »Wir sind dann fertig« mein Handy zurück.

*Ach, waren wir das?* Ich schnaubte, ließ mein Handy zurück in meinen Rucksack gleiten und stand auf, nachdem ich mein Skateboard aufgehoben hatte.

»Danke, das war wirklich sehr *nett* von dir, Quinn. Was würde ich nur ohne dich machen?«

»Vermutlich nicht wie eine verrückte Serienmörderin klingen, während du das sagst«, lachte Nate und kam auf mich zu, um mich fest in seine Arme zu ziehen. »Willst du nicht noch bleiben? Wir haben noch ein bisschen Zeit bis zur nächsten Vorlesung.«

»Ich kann nicht«, wich ich aus, auch wenn es die Wahrheit war, und löste mich wieder von ihm. »Ich muss noch ein paar Fotos für Brandon machen und ich hab Josie versprochen, ihre Homecoming-Frisur zu üben.«

»Ihre … Warte … was?« Er riss überrascht die dunklen Brauen hoch, die im Kontrast zu seinen aschblonden Haaren standen. »Josie geht schon auf die Highschool? War sie nicht gerade noch zehn?«

Ich lachte und kniff ihm neckisch in die Seite, wobei ich mich gleichzeitig an ihm vorbeidrückte. »Häng noch eine vier hinter, dann passt's.«

»Wow, ich fühl mich plötzlich alt.«

»Du wirst drüber hinwegkommen«, grinste ich zurück und verabschiedete mich dann aber schnell von allen. Ich wollte verschwinden, bevor das Brennen in meinem Rücken noch stärker wurde und ich auf Ideen kam, die Connor nicht gefallen und unseren Deal schon jetzt in Flammen aufgehen lassen würde – allerdings hielt er mich noch mal auf, als ich schon fast den Gehweg erreicht hatte.

Fragend drehte ich mich wieder zu ihm um und klammerte meine Hände in die Träger meines Rucksacks.

Er saß inzwischen mit seinen Ellbogen auf den Oberschenkeln gestützt da, hielt eine brennende Zigarette in der Hand und sah mich unmittelbar an.

»Ich wette dagegen«, sagte er nur, schob sich die Zigarette zwischen die Lippen und zog daran, ohne mich aus den Augen zu lassen.

Im ersten Moment begriff ich nicht, was er damit meinte, aber dann glitt sein Blick auf meine Hand, die sich daraufhin instinktiv fester um den Riemen schloss.

*Dann lad schon mal die Akkus auf. Du wirst sie brauchen.*

*Nah, darauf würde ich nicht unbedingt wetten.*

Wirklich …?

Wie konnte man eigentlich gleichzeitig so arrogant, von sich selbst überzeugt und einfach so … so … *so* sehr den Wunsch in mir wecken, mein Skateboard in sein Gesicht zu werfen?

Ich schnaubte. »Dann möge der Bessere gewinnen.«

# 19

☾

## CONNOR

»Möge der Bessere was gewinnen?«, hakte Nate nach, kaum dass Kit außer Hörweite war. Er ließ sich neben mir auf die Bank fallen. »Um was wettet ihr? Warum wettet ihr? Und was war das gerade?«

*Mein gottverfluchter todsicherer Untergang.*

»Nichts«, antwortete ich matt und ignorierte Nates zwanzig andere Fragen.

Hauptsächlich, weil ich das Bild nicht aus dem Kopf bekam, wie Kit in ihrem Bett lag und es sich selbst machte. Mit ihrer Hand. Irgendeinem Spielzeug. Meinetwegen auch mit beidem. Es reihte sich nahtlos in die Bilder ein, die mich morgens sowieso schon mit einem schmerzhaften Ständer weckten und auch in Zukunft mit dieser Folter weitermachen würden.

Weil ich meinte, was ich gesagt hatte.

Ich würde sie nicht vögeln. Nicht mal dann, wenn das hieß, dass ich mir in den nächsten Wochen, Monaten eine verdammte Zerrung im Handgelenk holen würde, weil ich es *wollte*. Weil ich *sie* wollte, trotz der ganzen Scheiße, die zwischen uns stand wie der fucking Grand Canyon. So sehr, dass mein Masochismus eine neue Stufe erreichte. Ich hatte nämlich keine verdammte Ahnung, wie ich ihre Nähe ertragen sollte, wenn ich die meiste Zeit nur auf meine Prinzipien scheißen und alles dafür tun wollte, sie wieder nackt in meinem Bett zu haben.

Aber würde das passieren, jetzt, würde sie es bereuen.

Ich wollte alles – nur nicht, dass sie bereute.

»Nach *nichts* hat das nicht ausgesehen.« Jesse, der mich die ganze Zeit anstarrte und mein Gesicht auf der Suche nach Antworten seiner unausgesprochenen Fragen auseinandernahm, verengte seine Lider. »Was war das?«

Genervt erzählte ich ihnen alles, was sie über unseren Deal wissen mussten. Es war nicht viel. Lediglich, dass Kit mir in der Angelegenheit mit Leila und weiteren Eventualitäten half und eingewilligt hatte, sich als meine Freundin auszugeben.

Die Reaktionen der Jungs waren wie erwartet.

Alec sah mich nur an, als hätte er Besseres zu tun.

Jesse, als zweifelte er an meiner geistigen Gesundheit.

Und Nate … er war einfach Nate.

»Wie lange genau soll ich noch mal mit den Hochzeitseinladungen warten? Drei Wochen? Oder vier? Ach was, ich geb euch zwei, bis wir alle froh sein können, dass du nicht mehr bei uns wohnst, und ihr beide euch gegenseitig das Hirn rausvögelt. Wer geht mit?« Nate streckte seine Hand zu Jesse und Alec aus, die gegenüber von uns standen.

Alec schlug ein. »Ich geb ihnen drei. Wenn Kit ihn bis dahin nicht umgebracht hat.«

»Guter Punkt. Bleiben wir optimistisch.« Nate hielt Jesse seine Hand hin. »Cameron? Was ist mit dir?«

Jesse ignorierte ihn und fokussierte stattdessen immer noch mich. »Legst du's irgendwie drauf an, wieder mit der Scheiße anzufangen?«

Mit einem geseufzten »Nicht das Thema schon wieder« ließ Nate seinen Arm fallen, während ich schweigend an meiner Zigarette zog und den Rauch ausatmete.

»Ich habe mich im Griff« war alles, was ich dazu sagte. Mehr gab es dazu nicht zu sagen.

»Wie lange?«, fragte Jesse herablassend zurück. »Du bist gerade mal zweieinhalb Monate wieder hier und hast genug andere scheiß Probleme. Und *sie* ist nicht die Lösung – sie ist Teil des verdammten Problems.«

Noch bevor er seinen Satz beendet hatte, ließ ich meine Zigarette fallen, trat sie aus und stand auf. »Kann mich nicht dran erinnern, dich nach deiner Meinung gefragt zu haben.«

»Das tust du nie. Es sei denn, irgendwer muss dir den Arsch retten.«

»Leute …« Nate stand ebenfalls auf, Alec hob nur seine gepiercte Braue und ich verengte meine Lider, ohne etwas dazu zu sagen.

Wir wussten alle, dass Jesse kein Problem mit Kit persönlich hatte. Er war sogar derjenige von uns, der mehr mit ihr gemeinsam hatte als Alec, Nate und ich zusammen. Dinge, die wir nie verstehen würden. Man könnte vielleicht davon ausgehen, dass er vor allem deswegen nicht gut auf sie zu sprechen war – weil sie ihn daran erinnern könnte, wo er herkam: aus noch beschisseneren Verhältnissen als sie.

Er war derjenige von uns, der wusste, wie es war, nichts zu haben, und jetzt alles haben könnte, was er wollte. Er zelebrierte das. Die High Society. Das Geld. Die Macht, die damit einherging. Aber er leugnete auch nicht, dass er aus einem der miesesten Ghettos Detroits kam.

Ihre Herkunft war Jesse aber scheißegal – für ihn gehörte sie nur zu einer Gleichung mit negativem Ergebnis.

»Ich habe gesagt, ich habe mich im Griff«, wiederholte ich davon abgefuckt, überhaupt darüber diskutieren zu müssen. »Und *sie* wird daran nichts ändern, okay? Krieg dich verdammt noch mal wieder ein.«

»Sie wird nichts daran ändern?« Er lachte spöttisch auf. »Für den Fall, dass du's inzwischen vergessen hast – *sie* war der Grund, wieso wir dich halbtot in einem verkackten Hotelzimmer gefunden haben. *Sie* hat keine verdammte Ahnung von irgendwas und reizt dich bis aufs Blut, ohne zu wissen, dass du nur einen fucking Auslöser davon entfernt bist, wieder in diesem Hotelzimmer zu landen.«

*War ich nicht.*

Die Worte lagen mir auf der Zunge, aber ich brachte sie nicht raus. Mein letzter Rückfall war gerade mal ein Jahr her, und damals hatte ich denselben Bullshit geglaubt. Genauso wie die Male davor. Und die Male davor.

Und ja, Kit reizte mich. Sie fuckte mich ab, provozierte mich mit Blicken, Worten und ihrem verdammten Verhalten, als müsste sie beweisen, dass sie nicht mehr das Mädchen aus der Vergangenheit war. Mit allem, was sie tat, forderte sie mich dazu heraus, sie zu brechen – weil das, was sie da abzog, nichts anderes als eine Fassade war. Eine, von der ich nur Scherben übrig lassen würde.

Aber ich würde nicht noch mal in diesem Hotelzimmer landen. Nicht ihretwegen.

*Niemals* ihretwegen.

»Sie hatte nichts damit zu tun«, widersprach ich Jesse zwischen zusammengebissenen Zähnen und stieß ihn mit der Schulter zur Seite. Nate rief mir hinterher, aber ich drehte mich nicht noch mal um und verzog mich von hier.

☾

Obwohl ich aktuell wenig Bock hatte, mich in der Nähe von diesem Wichser Montgomery aufzuhalten, fuhr ich ins Büro und telefonierte auf dem Weg dahin kurz mit Hale. Sie hatte mir während meiner letzten Vorlesung eine Flut an Dokumenten geschickt, die den Drang in mir weckten, dem Pisser einfach einen Besuch abzustatten und zu beenden, was er angefangen hatte. Aber weil ich bei dieser Sache keine Fehler machen durfte, widerstand ich dem Drang und wies Hale wieder nur an, weiterzugraben und mit Kit einen Sicherheitscheck zu machen.

Als ich auf der CEO-Etage von SH am Empfangstresen vorbeiging, an dem die Assistentinnen saßen, telefonierte die eine. Die andere, Gina, sprang von ihrem Stuhl auf, sobald sie mich mit meinem Handy in der Hand erkannte, und eilte mit klackernden Absätzen zu mir.

»Mister Quinn, wenn ich kurz …«, setzte sie mit gesenkter Stimme an, und nur, weil sie von all den Assistentinnen diejenige war, die mir bisher noch nicht komplett auf den Sack gegangen war, sah ich kurz hoch und in ihr nervöses Gesicht.

Sie war höchstens zwei Jahre älter als ich, mit ordentlich zusammengebundenen braunen Haaren und einem Blick, der an ein erschrockenes Kaninchen erinnerte.

»Entschuldigung, ich … äh … wäre es möglich, kurz unter vier Augen zu sprechen? Es wäre wirklich wichtig.«

»Worum geht's?«

»Ich bin mir nicht ganz sicher, ich glaube, das sollten wir lieber in Ihrem Büro besprechen.«

Ich musterte Gina knapp. Nach der Aktion mit Leila hatte ich nicht unbedingt Bock auf eine Wiederholung, aber irgendwas an ihr schien mir … fast eingeschüchtert.

Seufzend gab ich nach und öffnete meine Bürotür. Gina folgte mir hinein, schloss die Tür hinter sich und blieb mitten im Raum stehen, während ich zu meinem Schreibtisch ging. Er stand vor der bodentiefen Fensterfront mitten im Raum, dahinter nichts als strahlend blaues Meer.

»Was ist?« Ich setzte mich und warf mein Handy auf den Tisch. Mit eingeschalteter Recording-Funktion.

Reine Vorsichtsmaßnahme.

Gina spielte nervös mit ihren Fingern. »Es hat heute jemand für Sie angerufen. Es war ein … R-Gespräch.«

»Ein R-Gespräch?«, wiederholte ich kühl, die Temperatur im Raum wurde um zwanzig Grad kälter.

Sie nickte, ohne mich richtig anzusehen. »Aus der Green Haven Justizvollzugsanstalt. Ein Mister … Mister …«, stammelte sie rum, als könnte sie nicht mal seinen verdammten Namen aussprechen. »Er … hat nach Ihnen gefragt und dann einfach aufgelegt.«

Gina sah hoch und in mein erstarrtes Gesicht. Meine Zähne waren so fest aufeinandergepresst, dass ich nicht mal hätte antworten können, wenn ich es gewollt hätte.

Es war nicht das erste Mal, dass dieser Bastard versuchte, mich zu kontaktieren. Beim letzten Mal hatte er es über Jesses Vater versucht, aber ich hatte keinen Bedarf, mit dem beschissenen Mörder meines Vaters und Asher zu reden oder ihn im Knast zu besuchen, damit ich mir irgendeinen Schwachsinn anhören konnte. Ausreden, Geheule, leere Entschuldigungen. Ich wollte ihn nicht sehen, und es war mir auch scheißegal, ob er vorhätte, sich auf die Knie zu werfen und mir die verdammten Füße zu küssen, nur damit ich ein »Ich vergebe dir« aussprach. Falls es so was wie Vergebung gab, dann hatte Isaac Bailey sie nicht verdient.

Dass er jetzt aber versuchte, mich über SH zu kontaktieren … Fuck. Was sollte die Scheiße?

»Es tut mir leid, Mister Quinn. Ich wollte wirklich nicht … bin ich jetzt gefeuert?«

Verwirrt starrte ich sie über meinen Schreibtisch hinweg an. »Warum zum Teufel sollte ich Sie feuern? Nehmen Sie einfach keins dieser verdammten Gespräche an und sagen Sie mir Bescheid, wenn es noch mal vorkommt. Verstanden?«

Gina nickte schnell. »Natürlich.«

»War das alles?«

»Das war alles«, erwiderte sie und wirkte fast erleichtert, als ich sie daraufhin aus meinem Büro schickte.

Meine Hand zuckte zu meinem Handy, um die Aufnahme zu beenden und direkt wieder zu löschen, aber bevor ich es auch nur berührte, ließ ich sie wieder sinken und ballte sie auf meinem Schreibtisch zur Faust.

Es war jetzt verdammte acht Jahre her.

Acht Jahre, seit dieser Bastard mein Leben zerstört hatte.

Früher hätte der Gedanke an ihn gereicht, und ich hätte diesen Raum zu Kleinholz geschlagen. Ich hätte jedes Möbelstück bis zur Unkenntlichkeit zerstört und anschließend angezündet – aber acht Jahre und ein paar beschissene Abstürze später, konnte ich hier sitzen und mich dazu zwingen, aus dem Fenster zu starren.

Auf das Meer, in dem sich die Sonne spiegelte. Das Meer, das am anderen Ende des Landes eine andere Farbe hatte.

In meinen Träumen von damals hauptsächlich rot.

Als ich spürte, wie sich trotzdem mein Puls beschleunigte, irgendwas in meiner Brust enger wurde, zog ich das Zippo meines Vaters aus meiner Hosentasche und umklammerte es mit meiner Faust, bevor ich es zwischen meinen Fingern drehte.

Wenn es nach mir ging, wäre Isaac Bailey ein verfickt toter Mann.

Er hätte es verdient, dabei zuzusehen, wie die Hälfte seiner Familie vor seinen Augen erschossen wurde und auf dem Boden ihres eigenen Zuhauses verblutete, bevor er selbst an seinem eigenen Blut erstickte.

So wie ich es jahrelang getan hatte. Ich war an etwas erstickt, das niemand hatte sehen, niemand hatte von mir nehmen können. Ich war gefallen, ohne je irgendwo aufzuschlagen, hatte zerstört, was ohnehin kaputt gewesen war – und ich hatte nichts getan, um es aufzuhalten. Aber wenn einem das eigene Leben sowieso nur noch einen Scheiß wert war, kämpfte man nicht.

Man wartete nur darauf, dass es vorbei war.

Egal, wie. Egal, wann.

Man fühlte nichts mehr. Da war nur noch Leere, in der man ertrank. Die man versuchte, mit irgendeinem Scheiß zu füllen, der nie genug sein würde. Statt sich zu retten, vergiftete man sich. Man suchte nach jeder Form von Schmerz, die einen glauben ließ, dass ein kleiner, erbärmlicher Teil von einem immer noch in der Lage war, zu leben.

Irgendetwas zu fühlen.

Jesse hatte vorhin gesagt, Kit wäre der Grund gewesen, wieso ich in diesem Hotelzimmer gelandet war – aber das war Schwachsinn. Alles, was ich getan hatte, alles, was passiert war, um dort zu enden, war meine scheiß Entscheidung gewesen.

Und das vergaß ich nie. Diese gottverfluchte Nacht vor vier Jahren hatte sich so tief in mir verankert, dass jedes einzelne Bruchstück immer noch da war. Es hatte sich wie ein Monument in meinem Kopf manifestiert und bisher jedem Versuch, es niederzureißen, standgehalten.

Ich *konnte* nicht vergessen.

Am allerwenigsten, dass es meine verdammte Schuld gewesen war.

# 20

☾

## CONNOR

*Vergangenheit*
*Kit, 15 – Connor, 17*

**Ein Jahr nach dem tragischen Tod von Silver-Horizons-CEO Stephen Quinn († 37) und seinem jüngsten Sohn († 14): Die Asher-Quinn-Stiftung verzeichnet Millionen von Spenden bei Benefiz-Gala**

*Solane* – Der Todestag von Stephen Quinn und seinem Sohn Asher Quinn jährt sich dieses Jahr zum ersten Mal. Der 37-jährige Gründer des millionenschweren Imperiums Silver Horizons wurde vergangenes Jahr bei einem Raubüberfall in seinem Haus in Manhattan, New York City, von tödlichen Schüssen verletzt und starb kurz darauf im Krankenhaus. Sein Sohn Asher verstarb noch vor Ort an seinen Verletzungen.

Zu seinen Ehren wurde die Asher-Quinn-Stiftung gegründet. Sie hilft Familien, die ihre Kinder durch Gewaltverbrechen verloren haben, sowie Kindern und Familien, die Gewalt überlebt haben. Bei einer Benefiz-Gala, die am ersten Todestag in Los Angeles stattfand, um Stephen und Asher Quinn zu gedenken, wurden mehr als achtzig Millionen Dollar gesammelt, mit denen zukünftige Projekte gefördert werden sollen und Familien geholfen werden kann.

Wenn Sie das Projekt unterstützen möchten, besuchen Sie gern die Webseite der Stiftung oder spenden Sie direkt an folgendes Bankkonto …

☾

Ich konnte hören, wie ihr Koffer über den Natursteinboden rollte, noch bevor ich sie sah. Das Geräusch kam so beständig näher, dass ich auf die Sekunde genau sagen konnte, wann meine Mutter das Zentrum unter dem wie ein Wasserfall von der Decke reichenden Kronleuchter erreichte.

Das Ding war potthässlich.

Aber genauso wie die Gemälde, die überall an den Wänden des Herrenhauses hingen, wie die Designer-Möbel, italienischen Teppiche und Lampen vom Arsch der Welt, war der Kronleuchter schon vor uns hier gewesen.

Im Grunde war alles schon vor uns hier gewesen.

Mir entglitt ein bitteres Lachen.

Eigentlich nur vor *mir*.

»Wohin geht's diesmal? Bali? Hawaii? Nordkorea?«, fragte ich sie höhnisch, wobei ich mich mit einem Ellbogen zurückgelehnt auf einer Stufe aufstützte. Ich saß auf der breiten Treppe im Foyer, die nach oben in den ersten Stock führte. Zwischen meinen Fingern drehte ich einen Joint.

Sie würde es ja sehen – wenn es ihr nicht wichtiger gewesen wäre, in ihrer Handtasche herumzuwühlen.

»Dubai«, antwortete sie kühl und warf sich ihre dunkelbraunen Haare über die Schultern. »Ich weiß noch nicht, wann ich wieder zurück bin.«

Als wäre das was Neues. Sie machte nie einen Hehl daraus, dass sie es nicht länger als zwei Tage unter einem Dach mit mir aushielt.

Ein herablassendes Lächeln huschte über meine Lippen, während ich mir den Joint dazwischenklemmte und ihn anzündete. »Wie wäre es ausnahmsweise mal mit einer Postkarte? Dann kann ich sie mir einrahmen.«

»Mach dich nicht lächerlich, Connor.«

»Oh, sie kennt noch meinen Namen.«

»Natürlich kenne ich deinen Namen«, erwiderte sie schnippisch und bemerkte nicht, wie ich mich von den Stufen erhob und auf sie zuging. »Du bist mein Sohn.«

»Ach ja, stimmt, *Mom*. Hab ich ganz vergessen, *Mom*.«

Sobald sie realisierte, wie dicht ich hinter ihr stand, spannten sich ihre schmalen Schultern an – wie immer, wenn ich ihr zu nah kam.

Als das das erste Mal passiert war, hatte ich geglaubt, sie hätte Angst vor mir. Was ich ihr nicht mal übel genommen hätte. Fuck, keine Ahnung, wie viele Löcher ich im letzten Jahr vor ihren Augen in diverse Wände geschlagen hatte. Wie oft ich sie angeschrien und dabei in ihre Augen gestarrt hatte, die seelenloser waren als ein verdammter Sarg.

*Oder zwei.*

Aber meine Mutter hatte keine Angst vor mir – sie konnte mich nur nicht ertragen.

Sogar jetzt, als ich direkt vor ihr stand, schaffte sie es nicht, mich anzusehen. Nur einmal, für den Hauch einer Sekunde, huschten ihre leeren Augen über mein Gesicht, registrierten sämtliche Platzwunden, meine immer wieder aufreißende Unterlippe und den brennenden Joint, aber der Award der besorgtesten Mütter des Jahres ging nicht an sie.

»Du benimmst dich kindisch, Connor«, war alles, was sie mir wie eine kaputte Schallplatte immer und immer wieder sagte, ehe sie nach ihrem silbernen Koffer griff und sich einfach in Bewegung setzte.

Früher war sie mal anders gewesen – eine richtige, gottverdammte Mutter. Aber jetzt war sie nur noch eine Hülle, bei der es keinen Unterschied machte, ob sie körperlich anwesend war oder auf den verdammten Bahamas lag. Sie war so oder so nicht mehr hier.

Sie schrie nicht zurück, wenn ich schrie. Sie sah mich nicht an. Es kümmerte sie einen Scheißdreck, wo ich war, wie viele Partys ich schmiss, wie viel ich trank. Sie machte nicht mal die verdammte Tür ihres Schlafzimmers auf, wenn ich betrunken und high genug war, davor zu sitzen und ihr auf erbärmlichste Art und Weise zu zeigen, dass ich sie brauchte.

Ein Teil in mir hasste sie für alles, was sie nicht tat – aber ein anderer verkrampfte sich hilflos bei dem Drang, nach ihrem Arm zu greifen und sie aufzuhalten, als sie um mich herum auf die Tür zuging.

Ich wollte sie dazu zwingen, stehen zu bleiben.

Mit mir zu reden. Mich anzusehen. Mich verdammt noch mal wahrzunehmen und sich daran zu erinnern, dass sie noch einen Sohn hatte. Einer, der ein Jahr nach dieser ganzen Scheiße immer noch hier war. Der noch *lebte.*

Aber stattdessen ballte ich nur meine Fäuste und wartete darauf, dass die Tür hinter ihr ins Schloss fiel. Dass sie wieder verschwand und mich in diesem verfickten Haus allein ließ. Mit den Geistern, vor denen sie floh und vor denen ich nicht fliehen konnte. Mit den Dämonen, die Nacht für Nacht meinen Kopf in ihren Spielplatz verwandelten und nur lauter und lauter wurden.

*Geh nicht, Mom.*

*Fuck, bitte geh nicht.*

Aber wie jedes Mal, klickte die Tür leise, und zurück blieb nichts als Stille, die so dröhnend war, dass ich mir die Ohren zuhalten wollte.

Ich wollte sie nicht hören. Die Schüsse. Die Schreie. Die Stimme in meinem Kopf, die mir immer und immer wieder sagte, dass sie es bereute. Dass sie sich wünschte, sie hätte ihn gerettet und nicht mich.

Dass ich an seiner Stelle hätte sterben sollen.

☾

Ich schlug meine Faust gegen den Baumstamm und spürte, wie meine Knöchel aufrissen. Ein warmes Gefühl explodierte unter meinen Rippen, eine der Ketten darum löste sich.

»Connor! Hör auf!«

Ich hörte nicht auf. Ich *konnte* nicht. Sobald ich es tat, war die Kette wieder da. Die Hand auf meiner Kehle, die zudrückte, mir die Luft abschnürte. Mir die Kontrolle nahm.

Blut war mein Weg, sie zurückzubekommen.

Blut war alles, was ich noch kannte.

Wenn ich blutete, konnte ich atmen.

»Er hat sie *getötet*«, brachte ich gepresst hervor, meine andere Faust traf auf den Baum. »Er hat sie einfach getötet und keine beschissene Sekunde –« Ich brach erstickt ab und schlug wieder zu. Und wieder. Und wieder. Und wieder.

»Ich weiß, aber du musst aufhören. Bitte, hör auf«, flehte Kit verzweifelt hinter mir. So verflucht dicht, dass nur der Gedanke, sie zu treffen, dafür sorgte, dass ich schwer atmend innehielt, und zu spät realisierte, dass sie ihre Arme von hinten um mich schlang.

Blut lief über meine Hände, tropfte von meinen Fingern auf den Waldboden.

»Atme«, flüsterte sie und beachtete nicht, dass ich versuchte, ihren Griff um meine Brust zu lösen. Ich wollte, dass sie mich losließ, und hatte gleichzeitig Angst davor, dass sie es tat.

Sie war zu nah und nicht nah genug. »Schon gut. Bitte atme einfach.«

*Warum?*

Ich atmete. Fuck, ich atmete so schnell, so viel, dass ich nicht kapierte, was sie wollte. Ihre Worte ergaben keinen Sinn.

»Ich kann nicht«, hörte ich mich keuchen, woraufhin sich ihre Finger tief in meine Haut gruben. Sie trafen die Narbe unter meinen Rippen, bohrten sich in eine Realität, die ich nur vergessen wollte und nie würde, und hörten nicht wieder auf. Sie verstärkte den Druck, bis irgendwas in mir umschaltete.

Ich stellte das Atmen ein. Meine Beine gaben nach.

Kit fiel mit mir auf den Waldboden, ließ mich aber nicht los. Sie klammerte sich an mich, während ich auf abgebrochenen Ästen und Laub kniete und mich nicht mal daran erinnern konnte, wie ich hierhergekommen war. Die Welt um mich herum drehte sich, alles war verschwommen und dunkel. Es war so verfickt dunkel.

Als ich versuchte, wieder Luft zu holen, weiterzuatmen, konnte ich nicht. Meine Muskeln waren verkrampft, zitterten, Schmerz schoss durch meine Brust, meinen Kopf, meine Kehle. Ich wollte schreien, wegrennen, nach der nächsten Flasche greifen, mich darin ertränken und nichts mehr fühlen.

Ich wollte nie wieder irgendetwas fühlen.

Aber ich konnte mich keinen verfickten Zentimeter bewegen. Ich kniete nur auf diesem verdammten Boden. Wehrte mich nicht gegen die Arme, die versuchten mich, festzuhalten, während etwas in mir nicht loslassen konnte.

Es war ein Jahr her. Ein beschissenes Jahr und ich konnte nicht … ich wusste nicht, wie ich … Es sollte einfach aufhören. Es sollte endlich einfach nur aufhören.

»Komm zurück«, flüsterte Kit leise, ihre kleine Hand ruhte

auf der Stelle, unter der der tote Muskel gegen meine Rippen hämmerte. »Komm zurück, Connor. Versprich es mir.«

Ich wusste nicht, ob ich darauf reagierte, und wenn ja, wie. Ich versuchte nur, mich auf ihre Stimme zu konzentrieren, ihr zuzuhören, als sie anfing, über Sterne zu reden.

Mein Puls fuhr langsam dabei runter, der Käfig um meine Rippen verschwand irgendwann, später auch seine Hand um meinen Hals.

Kit zuzuhören, war, als würde die Welt für einen Moment stillstehen. Als würde für einen gottverdammten Moment nichts von dem, was passiert war, die ganze Scheiße, die mein Leben zerstört, es in Stücke gerissen und mir Teile davon für immer genommen hatte, keine Rolle mehr spielen.

Während Kit über Sterne sprach, dachte ich nur daran, dass sie meine Sonne war. Das, was schien, wenn ich in dieser tiefschwarzen Dunkelheit gefangen war und es allein nicht mehr rausschaffte.

Ich balancierte am Abgrund, und Kit war mein einziger Halt, damit ich nicht hineinstürzte.

Schon wieder.

Immer wieder.

# 21

## KIT

Vierundzwanzig Stunden nachdem ich Connor meine Liste gegeben hatte, bezahlte ich das erste Mal seit … puh, wahrscheinlich immer unsere Einkäufe, ohne dass ich an der Kasse Bauchschmerzen bekam.

Weil ich Geld hatte.

Dank einer Kreditkarte zu einem Konto, auf das jeden Monat zehntausend Dollar für mich eingezahlt wurden.

Eine Frau namens Hale – eine Latina mit schwarzen Haaren und einer runden Brille, höchstens dreißig – hatte sie mir über unseren Küchentisch hinweg zugeschoben, zusammen mit Anmeldeunterlagen für die Sunset High und die Westside Elementary sowie einen Beleg, der mir Schwarz auf Weiß zeigte, dass die Schulden meiner Eltern beglichen waren. Was bedeutete, dass Connor seinen Teil des Deals erfüllt hatte.

Ich hatte zwar nicht begriffen, was sie damit zu tun hatte, aber vielleicht war sie so was wie seine Assistentin mit einer Affinität für Technik? Während ich die Unterlagen ausgefüllt hatte, hatte sie meinen Laptop, meine Mailprogramme und auch mein Handy förmlich auseinandergenommen und ein paar Check-ups für mehr Sicherheit draufgespielt. Sie hatte mir außerdem erklärt, worauf ich regelmäßig achten sollte, für den Fall, dass irgendwer versuchte, mich zu hacken.

Ich glaube, das war der Moment, in dem ich so richtig realisierte, was ich getan hatte. Nicht nur, weil mein Leben von einer Sekunde zur anderen leichter geworden war. Sondern auch, weil es jetzt definitiv kein Zurück mehr gab.

Wahrscheinlich ging es mir vor allem deswegen zu schnell, weil Connor an meinem dritten Kurstag der Woche – Freitag – wieder auf dem Flur auf mich wartete.

Er lehnte an der Wand, eine Hand in der Tasche seiner schwarzen Jeans, heute eine mit Rissen an den Knien und Ziereißverschlüssen an den Beinen, in der anderen hielt er einen Becher, der verdächtig nach einem Schoko-Milchshake aussah. Mit Sahne, Schokosoße und dem ganzen Kram, bei dem die tausend Piranhas in meiner Brust mal kurz Ruhe gaben, sobald Connor ihn mir hinhielt.

Nachdem ich mich gerade zwei Stunden mit dem Grundwissen von Buchhaltung herumgeschlagen hatte, waren sie definitiv zu müde, um sich darüber zu echauffieren, dass es meine Lieblingssorte war.

»Ich dachte, ich werde nicht vom Prom-König abgeholt?« Ich zog eine Braue hoch und nahm ihm den Becher ab.

Angesichts der Blicke, die ich bereits nach zwei Sekunden auf mir spürte, musste ich es wohl. Auf der einen Seite des Flurs starrten ein paar Leute zu uns rüber, neben uns stellten sie kurz ihre Gespräche ein, und weil zwei Mädchen ihre Augen nicht von uns losreißen konnten, rannten sie beinahe in eine kleine Gruppe Studenten, die gerade aus einem Vorlesungssaal kam.

*Oh, Mann … sucht euch bitte ein anderes Hobby.*

Connor stieß sich von der Wand ab, einen Ausdruck im Gesicht, als würde ihn das alles nicht jucken, und schob auch seine andere Hand in seine Hosentasche. Ohne irgendwas zu erwidern, gab er mir nickend das Zeichen, ihm zu folgen.

Ich schnaubte. Als hätte ich eine andere Wahl.

Schweigend setzte ich ihm nach und verließ mit ihm den riesigen anthrazitfarbenen Betonklotz, der durch die vielen Fenster wie ein Diamant in der Sonne funkelte. Und auch so aussah. Ich hatte mal gelesen, dass der Architekt, der die Westside University entworfen hatte, sich an *The Enigma* orientiert hatte – einem 555,55-Karat-Diamant aus dem Weltall. Was auch sonst. Er hätte sich auch für einen klassischen Goldbarren entscheiden können, aber nein. Es musste ein fast vier Millionen teurer schwarzer Diamant sein.

»Wenn du nach einem Haustier gesucht hast, mit dem du spazieren gehen kannst … ich glaube, dahinten ist ein Tierheim«, meinte ich irgendwann betont unbekümmert, weil Connor mich schon seit ein paar Minuten über das Gelände führte, ohne irgendwas zu sagen. »Kennst du diese weißen Puschelhunde? Keine Ahnung, wie die heißen, aber ich finde, so einer würde gut zu dir passen.«

Er sah mich mit zusammengeschobenen Brauen an. »Gewöhn dich dran.«

»Woran? Dass du mich spazieren führst und mich dabei anschweigst?« Ich zog genervt am Strohhalm meines inzwischen halb ausgetrunkenen Milchshakes. »Was im Übrigen echt kontraproduktiv ist, wenn du vortäuschen willst, dass ich dich date.«

»Passt schon.«

»*Passt schon?*«

Er zog die Brauen noch enger zusammen und gab offenbar nicht besonders viel auf sein eigenes Schauspiel. Eben noch nicht ganz so angepisst, wurden seine ohnehin schon finsteren Züge noch düsterer und seine grünen Augen verwandelten sich in die üblichen dunklen Schluchten, aus denen Skelette herauskrochen.

»Du willst reden?«, fragte er kühl. »Worüber?«

»Was weiß ich? Das Wetter?«

Er starrte mich an, als könnte ich seine Gehirnzellen auf keine schlimmere Weise abtöten.

»Dann halt nicht«, gab ich genervt von mir und ging weiter, ein bisschen schneller als vorher, auch wenn ich eigentlich *immer noch* nicht wusste, wo er überhaupt hinging. Allerdings hatten wir inzwischen fast den Parkplatz erreicht. Meine Chancen standen eins zu zwei, dass das sein Ziel war.

Weil Connor jetzt hinter mir war, hörte ich ihn einmal kurz tief durchatmen. »Cali.«

Ich ging weiter, ohne mich umzudrehen. »Was?«

»Andere Seite.«

»Ganze Sätze. Connor. Sie bringen dich nicht um.«

Wenig überraschend sagte er daraufhin gar nichts, sondern griff nach meiner Hand.

Reflexartig wollte ich sie sofort wegreißen, aber als hätte er es geahnt, verschränkte er seine Finger mit meinen und zog mich in eine andere Richtung.

Für eine gefährlich lange Sekunde war ich versucht, ihm den Rest meines Milchshakes überzuschütten. Nur der Himmel wusste, wie ich es schaffte, das nicht zu tun.

»Was soll das?«, fuhr ich ihn leise an, während er mich weiter über den Parkplatz zog.

Connor wartete mit einer Antwort, bis er mich zwischen zwei SUVs durchgezogen hatte und neben seiner schwarzen G-Klasse stehen blieb. Ohne meine Hand loszulassen, wandte er sich mir zu, viel zu dicht vor mir.

Ich wich automatisch zurück, wollte mehr Abstand zwischen uns bringen und stieß dabei mit dem Rücken gegen sein Auto. Wütend starrte ich zu ihm hoch und wollte gerade den Mund öffnen, ihn anfahren, dass er das lassen sollte, als er einfach seine freie Hand an meinen Kiefer legte und meine Lippen mit seinem Daumen verschloss.

Okay, *jetzt* waren die Piranhas wach.

Er beugte sich ganz leicht ein Stück zu mir runter, was minimale Panik auslöste. Und Wut.

»Ich habe gesagt, ich werde dich nicht –« *küssen,* wollte ich ihn nuschelnd erinnern, aber er drückte seinen Daumen noch bestimmter auf meinen Mund und riskierte, dass mein Milchshake auf seinem verdammten Valentino-T-Shirt landete.

»Pscht, Cali«, raunte er und hob leicht mein Kinn an. »Du wirst dich jetzt beruhigen und mich so ansehen, als hätte ich mich für was auch immer entschuldigt. Und dann hörst du auf, deinen Becher zu zerquetschen.«

Abrupt entspannte ich meine Hand. Nicht weil er das von mir verlangte, sondern weil ich es nicht mal bemerkt hatte.

»Braves Mädchen.«

»Leck mich«, nuschelte ich finster unter seinem Daumen, woraufhin er seine Hand wieder wegnahm. »Was sollte das?«

Ich wartete darauf, dass er Abstand zwischen uns brachte, aber stattdessen legte er nur leicht den Kopf schief und blieb mit den Augen an einer Haarsträhne hängen, die sich aus meinem Zopf gelöst hatte und mir ins Gesicht wehte.

»Ein *Date*«, begann er dann und betonte das Wort, als wäre die bloße Vorstellung davon, mit jemandem auszugehen, unter seiner Würde, »verändert nicht meine Persönlichkeit. Ich muss niemanden davon überzeugen, dass ich einen ganzen Satz formulieren kann. *Wir* müssen sie davon überzeugen, dass wir nichts beweisen müssen.« Während er das sagte, hob er seine freie Hand an mein Gesicht und strich langsam die Haarsträhne zurück an ihren richtigen Platz. Meine gesamte Nackenmuskulatur verkrampfte sich, als seine Fingerspitzen meine Wange streiften, aber ich tat so, als würde mich das nicht im Mindesten kümmern.

Als würde ich nicht am liebsten seine Hand wegschlagen.

Mir war bewusst, dass ich es irgendwie hinkriegen musste, mich von ihm berühren zu lassen, ohne ihn jedes Mal deswegen halb umbringen zu wollen – aber es war schwer, wenn er sich dabei gleichzeitig wie ein Arsch benahm.

»*Das* hier wird sie überzeugen.« Er kam mir ein bisschen näher, sodass mir sein Parfüm wieder in die Nase stieg und ich instinktiv die Luft anhielt. Aus irgendeinem Grund hörte ich plötzlich meinen Puls in meinen Ohren hämmern. »Wenn sie sehen, dass ich hier mit dir stehe, deine Hand nicht loslasse, und sie sich fragen, was ich dir gerade zuraune. Ob ich dir sage, dass du mich wahnsinnig machst, oder ob ich dir ein paar schmutzige Versprechen gebe, von denen ich jedes einzelne wahrmachen werde …«

Sein Blick glitt stumm von meinen Augen über meine Lippen, meinen Hals abwärts und blieb schließlich an meiner Brust hängen. Ich trug heute ein normales Top, sodass er mir mit Sicherheit in den Ausschnitt sehen konnte – allerdings entging mir das Zucken seiner Mundwinkel nicht, das mir sagte, dass er mir nicht deswegen auf die Brust starrte.

Sondern weil ich immer noch nicht weiteratmete.

Scheißkerl.

»Und dann …«, fuhr er leise fort und stemmte eine Hand auf Kopfhöhe neben mir gegen das Auto. »Dann werden sie sich denken: *Fuck, ich wäre gern an ihrer Stelle. Bestimmt kommt sie jeden Tag drei Mal.*«

»Ach ja? Werden sie auch denken, dass sich da einer ein bisschen selbst überschätzt?« Ich lächelte falsch und ignorierte, dass sein leises, ein bisschen herablassendes Lachen in Kombination mit seinem Daumen, der über meinen Handrücken strich, ein Feuer über meinem gesamten Arm ausbreitete und viel zu schnell meine Brust erreichte.

»Darum geht es nicht, Cali. Es geht nur um das, was sie

*glauben* sollen. Und wenn sie glauben, dass ich dich lecken werde, wenn du mich noch mal so nett dazu aufforderst, dann machen wir alles richtig.«

»Darauf kannst du lange warten.«

Froh darüber, dass er sich daraufhin von mir löste, konnte ich wieder atmen, ohne dass die Piranhas dabei in einen Blutrausch fielen.

»Ich habe Zeit. Und jetzt steig ein. Ich fahr dich nach Hause.«

»Warum?«

»Weil ich dich jetzt jedes Mal nach deinem Kurs nach Hause bringen werde. Oder wohin auch immer du willst.«

Na toll.

Ich meine, ja, okay, es war *toll* – ich musste kein Geld für den Bus ausgeben und bräuchte nicht ewig. Aber es bedeutete auch, dass ich dreimal die Woche mindestens zwanzig Minuten mit ihm in einem Auto sitzen musste.

Herrlich.

Als ich nichts darauf erwiderte, zog Connor mir nur die Beifahrertür auf und wartete, bis ich mich am Türgriff in den Geländewagen gezogen hatte. Er warf die Tür hinter mir zu und stieg selbst ein.

»Du solltest dir auch einen Tag in der Woche raussuchen, an dem du zu SH kommst. Ich schick dir eine Mail mit den Zeiten, an denen ich da bin«, sagte er dann, während er den Motor startete und leise »Misery« von Memphis May Fire aus den Lautsprechern kam. »Hale hat dir alles eingerichtet?«

Ich verdrehte die Augen. Dafür, dass er gerade auf dem Weg hierher kein Wort gesagt hatte, sprach er jetzt zu viel.

»Hat sie. Und was soll ich dann bei SH?«

»Einfach da aufkreuzen. Bring mir was zu essen oder so, aber vergifte es nicht«, sagte er trocken und parkte rückwärts aus.

»Ich schalte dir meinen Kalender frei, dann weißt du, wenn ich in irgendwelchen Meetings bin.«

»Ich soll dir … Essen bringen?«

»Freundinnen machen das so.«

»Ach, echt? Und das weißt du, weil du so viele hattest?«, schnaubte ich und bemerkte im selben Moment, was ich da eigentlich gefragt hatte. Sofort ruderte ich wieder zurück. »Ich will's überhaupt nicht wissen. Aber ja, meinetwegen. Dann bring ich dir halt was.«

Das Tattoo-Studio war nicht weit vom Limit Tower entfernt. Es könnte schon irgendwie gehen, dass ich mal meine Mittagspause dafür opferte … ja, für zehntausend im Monat sollte das drin sein.

»Gut«, antwortete Connor, sein Tonfall plötzlich eine Spur kälter. »Du hast dir noch kein Society-Profil eingerichtet. Kümmere dich darum. Du wirst es brauchen.«

»Ich werde anscheinend vieles *brauchen*«, murmelte ich, kramte dann aber direkt mein Handy aus meinem Rucksack sowie einen der Zettel, auf dem meine Uni-ID stand.

Während ich meine Verifizierung in der App beantragte, fuhr Connor fort: »Wir werden Bilder posten.«

»Schon klar. Muss ich dich dann auch bewerten?«

Er warf mir einen finsteren Blick zu, aber keine Ahnung, ob es an der herausfordernden Tonlage lag oder an der Frage.

»Das heißt dann wohl nein. Dabei hatte ich mich schon so auf die Kategorien gefreut. Zungenfertigkeit? Hmmm … sechs von zehn, vielleicht.«

Connor verengte seine Lider, konzentrierte sich dabei aber auf den Verkehr. »Das hab ich anders in Erinnerung.«

»Hm … ja, stimmt. Ich weiß. Es sind nur vier von zehn. Ich wollte eigentlich nur nett sein.«

Als er darauf nichts erwiderte, die Temperatur im Auto nur

um ein paar Grad kälter wurde, konzentrierte ich mich wieder auf mein Handy und sah, dass meine Verifizierung bereits durch war. Ich hatte Zugriff auf die App und wurde dazu aufgefordert, mir ein Profil anzulegen.

Bevor ich das allerdings tun konnte, legte Connor plötzlich seine Hand, auf der dasselbe kleine schwarze Kreuz tätowiert war wie hinter seinem Ohr, auf mein nacktes Bein. Zwei silberne schlichte Ringe an Zeige- und Ringfinger.

Seine Berührung brannte wie Nadeln auf meiner Haut, aber ich zwang mich wieder dazu, keine Reaktion zu zeigen. Das Kribbeln zu ignorieren, das ich überhaupt nicht spüren wollte.

»Deine Fingerfertigkeit war auch nicht viel besser. Drei von zehn.«

Auch das ignorierte er. »Mach ein Foto davon.«

In der Hoffnung, dass er dann wieder seine Hand wegnahm, wollte ich das gerade tun, als er sie mehr auf die Innenseite meines Oberschenkels schob. Das Gefühl der Nadeln verstärkte sich, aber wie auch bei einem echten Tattoo zuckte ich nicht zurück.

Nachdem ich schnell das Foto gemacht hatte, ließ Connor seine Hand trotzdem noch auf meinem Bein liegen.

»Du wirst daran arbeiten müssen, glaubhafter zu lügen«, sagte er dann immer noch kühl, ohne dabei den Blick von der Straße abzuwenden. »Selbst wenn wir beide nicht wüssten, dass es dir nie schwergefallen ist, auf meinem Gesicht zu kommen, war das verdammt schwach.«

»Schon mal was von Vortäuschen gehört?«

Kaum hatte ich den Satz beendet, verstärkte er leicht den Druck seiner Hand auf meinem Bein und zog sie ein Stück auseinander, was sich anfühlte, als würde er mit tausend Nadeln gleichzeitig ein neues Tattoo auf meiner Haut stechen – aber an dieser Stelle musste ich wohl gestehen, dass ich ein ungesundes Verhältnis zu Nadeln hatte. Zu dem Schmerz, den ein neues Tattoo auslöste.

»Neuer Deal«, raunte Connor dann mit verengten Lidern. »Lüg jeden an, den du anlügen musst, aber nicht mich.«

Ich lachte ungläubig auf. »Und das sagst ausgerechnet du.«

»Ich habe nicht vor, dich wegen irgendeinem Scheiß anzulügen. Tu du es auch nicht.«

Endlich nahm er seine Hand weg, und auch wenn mir eine Antwort auf der Zunge lag, schluckte ich sie runter.

Ich wusste nicht, ob er mich in letzter Zeit angelogen hatte. Fakt war, er hatte es getan. Mehrmals. Mit Logans Schulgeld. In der Vergangenheit, in der er ... Verbissen wandte ich den Blick aus dem Fenster.

Ich wollte nicht darüber nachdenken.

Es spielte keine Rolle mehr.

Die Dinge, die er mir erzählt hatte. Die Versprechen, die er gegeben hatte. Die Lügen, die mich hatten glauben lassen, ich könnte ihm vertrauen ... die Manipulationen ... das Schweigen ... das Messer, das Monate in meiner Brust gesteckt hatte ... Das alles spielte gerade einfach keine Rolle.

Der Rest bis nach Hause verlief schweigend. Erst als wir vor unserem Haus anhielten und ich meine Sachen aus seinem Fußraum nahm, durchbrach er unsere Stille.

»Kit.«

Ich hielt inne, sah ihn aber nicht an.

»Ich meine es ernst. Keine Lügen mehr.«

Als ich daraufhin doch meinen Blick hob, erwartete ich fast, eine Warnung in seinem zu sehen – aber sie fehlte. Etwas an der gewohnten Härte darin war verschwunden, auch wenn er die Brauen zusammengeschoben hatte und irgendwie angespannt wirkte.

Er hatte nicht von meinen Lügen gesprochen.

Sondern von seinen.

Mein Verstand warnte mich, ihm nicht zu glauben. Nicht noch mal darauf reinzufallen, und ihm eher zu sagen, dass er sich das sonst wohin stecken konnte und dieses Fake-Ding nicht bedeutete, dass wir jetzt wieder Freunde waren.

Trotzdem wusste ich nicht, warum ich einfach nur nickte und dann ausstieg.

Ich wusste nur, dass es nichts ändern würde.

In der kommenden Woche entwickelten Connor und ich eine Routine.

Er wartete jedes Mal nach meinem Buchhaltungskurs vor meinem Raum, brachte mir jedes Mal ein anderes Getränk mit, mal einen Kaffee, mal einen Milchshake, dann eine Coke, und ging dann jedes Mal mit mir zum Parkplatz.

Am Montag liefen wir schweigend nebeneinanderher.

Am Dienstag griff er nach meiner Hand.

Am Freitag – heute – legte er mir einen Arm um die Schultern, und ich konnte gar nicht sagen, was ich daran schlimmer fand: Dass ich fast stolz auf mich war, weil ich keine Folge für einen True-Crime-Podcast aus uns gemacht hatte, oder dass sein Geruch seitdem immer noch an meinem T-Shirt war.

Sobald ich aus seinem Auto ausstieg und wieder zu Hause war, hätte ich es deswegen am liebsten auf den Schmutzwäschehaufen geworfen, aber ich betrachtete es als Übung. Je eher ich mich daran gewöhnte, desto weniger würde es mich nerven, und wenn es mich weniger nervte, würde das Jahr schneller rumgehen.

Neben den zwanzig Minuten, die wir von der Uni bis zur

Northside in seinem Auto verbrachten, kam zu der Routine noch mein wöchentlicher Besuch bei SH hinzu.

Wider Erwarten war es nicht ganz so ätzend gewesen, wie angenommen, als ich am Mittwoch in meiner Mittagspause bei ihm gewesen war.

Er hatte eine nette Aussicht.

Was kein Kunststück war, wenn man in einem Wolkenkratzer saß und den Postkarten-Panorama-Ausblick aufs Meer und den Strand hatte. Wir hatten die Burritos gegessen, die ich auf dem Weg zum Limit Tower besorgt hatte, und hatten dann mein Profil auf Society fertiggestellt. Connor wollte mit dem Posten der Bilder noch warten – was meiner Meinung nach nicht unbedingt nötig gewesen wäre, weil wir die ganze Woche über sowieso schon angestarrt worden waren, als hätten sich die Royals verirrt und als hätte Connor in der Öffentlichkeit noch nie die Hand einer Frau gehalten. Oder sich generell mit einer sehen lassen.

Was er auch nicht hatte.

Er war nicht wie Nate oder Alec, die ständig mit Frauen gesehen wurden – oder wie Jesse, der seine einwöchigen Freundinnen austauschte wie ein kaputtes Spielzeug und für den die Öffentlichkeit kein Hindernis für irgendwas war.

Connor galt da eher als unnahbar. Wie eine entfernte Galaxie, von der man nicht wusste, ob man sie jemals erreichen könnte – und falls ja, was man darin entdeckte.

Jeder würde denken, ich hätte das Unmögliche geschafft, dabei hatten sie keine Ahnung, dass ich genauso gescheitert war wie sie.

»Sollte ich nicht langsam mal wissen, wen du eigentlich verdächtigst?«, hatte ich ihn irgendwann gefragt, während ich auf dem Boden vor seinen Fenstern in der Sonne saß und zu meinem Burrito die Aussicht genoss.

Er saß hinter mir an seinem Schreibtisch, der wie alle Möbel in diesem Raum aus dunklem Nussbaumholz bestand und auf dem nichts anderes rumlag außer sein Handy, Zigaretten, ein iPad und ein MacBook. Wie beim letzten Mal, als ich Connor bei SH gesehen hatte, trug er wieder legerere Klamotten als üblich. Eine schwarze Jeans ohne Löcher, ein schlichtes T-Shirt und einen schwarzen Blazer, den er an den Ärmeln hochgeschoben hatte.

»Noch nicht«, meinte er nur. »Wenn ich mir sicher bin, wirst du's erfahren.«

Wenig überraschend.

»Was ist eigentlich aus Leila geworden?«

»Nichts. Sie hat zugegeben, dass sie dazu angestiftet wurde.«

Mit hochgezogener Braue biss ich von meinem Burrito ab und fragte mit vollem Mund: »Du hast sie nicht gefeuert?«

Er schüttelte den Kopf, den Blick auf meine Lippen gerichtet, in der Hand sein Zippo, das er zwischen Daumen und Zeigefinger herumdrehte.

Ich leckte mir ein bisschen Soße vom Mundwinkel und beobachtete amüsiert, wie sein Zippo dabei kurz stoppte. »Und wieso nicht? Ich hätte sie sofort rausgeschmissen.«

»Weil ich nicht kann«, erwiderte er fast schon bitter. »Noch habe ich hier nichts zu sagen, Cali. Und im Grunde hat Leila mir einen Gefallen getan.«

»Ach ja?«

Sein Zippo drehte sich weiter, und er schwieg ein paar Sekunden, bevor er antwortete: »Der Bastard hat sich an etwas vergriffen, was ihm nicht gehört. Leila hat mir nur die Augen geöffnet.«

Ehrlich gesagt verstand ich nicht, worauf er hinauswollte, aber ich fragte nicht nach und Connor stand daraufhin sowieso auf, weil er noch zu irgendeinem Meeting musste. (Ja, möglicherweise hatte ich mir extra einen Tag für unsere gemeinsame Mittagspause ausgesucht, an dem er nicht ganz so viel Zeit hatte ... schade.) Weil er meinte, dass ich noch in seinem Büro bleiben könnte und nur die Tür hinter mir abschließen sollte – wofür er mir einen Schlüssel auf seinen Schreibtisch legte –, aß ich in Ruhe meinen Burrito auf und blieb noch eine Weile am Fenster sitzen.

Aus Gründen, die ich selbst nicht verstand, fühlte es sich nicht komisch an, allein hier zu sein, obwohl ich hier überhaupt nicht hingehörte. Aber das war etwas, über das ich mir keine Gedanken machte.

Ein paar Minuten später verließ ich sein Büro. Ich schloss es ab, nahm den Schlüssel mit und lief am Empfang vorbei. Als mir die kaugummiblasende Assistentin dabei einen herablassenden Blick zuwarf, lächelte ich ihr künstlich zu.

Jetzt, zwei Tage später am Freitagnachmittag, genoss ich einen weiteren Teil meiner neuen Routine: meine Freizeit. Nachdem ich im Kino gekündigt hatte, hatte ich neben dem Buchhaltungskurs und dem Haushalt jetzt mehr Zeit, mich um meine Fotoaufträge für Brandons Magazin zu kümmern. Was ich gerade auch tat, als es unten an der Haustür klopfte.

Da Jamie mir aus dem Wohnzimmer zurief, dass er an die Tür ging, ignorierte ich es – stöhnte dann aber innerlich auf, als er durch das ganze Haus nach mir rief.

»Kiiiiiitty!«

»Ja?«, rief ich auf dem Boden meines Zimmers sitzend zurück und sah von Photoshop hoch zu meiner offenen Tür.

»Jacks ist hier! Er will mit dir reeeeeeden!«

Mir lagen schon die Worte auf der Zunge, dass er verschwinden solle, aber ich kannte ihn und wusste, dass Jackson genauso stur sein konnte wie ich. Und weil ich nicht wollte, dass er in zwei Minuten in meinem Zimmer stand, stellte ich genervt meinen Laptop aufs Bett und ging nach unten. Auf dem Weg dahin pickte ich Schmutzwäsche auf, die auf dem Flur und der Treppe lag, und nahm alles davon mit.

Als ich unten ankam, stand Jackson in Uniform und einem Funkgerät an der Schulter im Wohnzimmer und tat so, als würde ihn interessieren, was Jamie ihm gerade auf seinem Nintendo zeigte.

»Was willst du?«, fragte ich kühl, ging aber einfach an ihm vorbei in die Küche, wo ich die schmutzige Wäsche in die Waschmaschine stopfte.

Ich hörte, wie er Jamie darum bat, kurz nach oben zu gehen, dann tauchte er hinter mir auf.

»Ich versuche seit Tagen dich zu erreichen.«

»Ach so?«, wollte ich wissen, ohne zu verbergen, dass es mir eigentlich völlig egal war.

»Mir ist schon klar, dass du mich blockiert hast. Deswegen bin ich ja auch hier«, meinte er mit gesenkter Stimme, weil unsere Küche keine Tür hatte.

Ohne seinen starrenden Blick zu erwidern, schüttete ich demonstrativ langsam das Waschmittel in die Waschmaschine und beobachtete den Vorgang, als handele es sich dabei um hochexplosive Chemie. »Sag einfach, was du willst, Jackson.«

»Dad war bei mir.«

»Und?«

»Er hat mich nach Geld gefragt.«

Mir entwich ein herablassendes Lachen. »Witzig. Dad weiß doch, dass sich das längst erledigt hat. Ich sage ihm, dass er dich nicht mehr belästigen soll, einverstanden? Okay, gut. Auf Wiedersehen.«

»Was soll das heißen? Es hat sich *erledigt*?«

»Das hat dich vor zwei Wochen schon nicht interessiert, also warum interessiert es dich jetzt?«

»Hast du sie ausgezahlt?«, wollte er scharf wissen und zog, noch bevor ich überhaupt geantwortet hatte, seine eigenen Schlüsse. »Shit, ist das dein Ernst? Woher hast du das Geld?«

»Das kann dir egal –«

»Lass das, Kit«, unterbrach er mich warnend und trat so nah auf mich zu, dass ich wieder hochsah und wütend das Waschmittel umklammerte. »Er war das, oder?«

»Wer war was?«

»Quinn«, knurrte er. »Der Wichser hat dir das Geld gegeben, oder?«

»Oh, echt jetzt?«, schnaubte ich und hätte ihm fast das Waschmittel gegen die Brust geworfen. Keine Ahnung, wie er ausgerechnet auf Connor kam, aber er und Jackson konnten sich nicht ausstehen.

Noch nie.

Es hatte mit einer lächerlichen Football-Rivalität zwischen Jackson und Jesse angefangen, weil sie beide Quarterbacks verfeindeter Highschools gewesen waren und die Northside-Kids die reichen, verwöhnten Westside-Kids nun mal hassten – aber Jackson hatte damals ein größeres Problem damit gehabt, dass Connor zweieinhalb Jahre älter war als ich.

Seiner Meinung nach wollte ein Siebzehnjähriger nicht einfach nur mit einem Mädchen befreundet sein – also hatte er gedacht, dass Connor seiner vierzehnjährigen Schwester an die Wäsche wollte. Was *nicht* der Fall gewesen war, und Jackson hatte auch nicht das Recht, sich da einzumischen. Weder damals noch heute.

»Du hast deutlich gemacht, dass du nichts mit dem ganzen Scheiß zu tun haben willst, und jetzt – *jetzt* willst du den großen Bruder spielen?«

»Kit, du hast keine Ahnung, was er –«

»Es ist mir egal!«, unterbrach ich ihn scharf, pfefferte das Waschmittel auf die Waschmaschine. Ich wollte das nicht hören. Ich war diese alten Highschool-Geschichten und Gerüchte über die Jungs und Connor so leid. »Ich habe getan, was getan werden musste, und Connor *hilft* mir wenigstens! Was man von dir nicht gerade behaupten kann!«

Für einen Moment starrte er mich nur an, dann schüttelte er mit einem bitteren Zug um die Lippen den Kopf und trat einen Schritt von mir weg. »Ich hab genug davon, Kit. Ich gebe mir verdammt noch mal Mühe, für euch da zu sein. Ich *versuche* es trotz meines *Jobs,* trotz meines *Privatlebens*, gebe dir Geld, so viel ich kann, und trotzdem behandelst du mich seit Jahren wie den Staatsfeind. Du –«

»Für uns da zu sein? Gott, ist das dein Ernst?! Glaubst du ernsthaft, Geld macht irgendwas wieder gut?!«

»Nein. Ich weiß, dass das scheiß Geld nichts wiedergutmacht. Aber du gibst mir ja nicht mal die *Chance,* es wiedergutzumachen!«

Ich lachte hart auf. »Warum sollte ich? Du hast mich hier allein gelassen! Mit drei Kindern und zwei Erwachsenen, die sich wie scheiß Kinder benehmen!«

»Ich habe mich dafür tausendmal entschul–«

»Was nützen mir Worte, Jackson?!« Ich machte einen Schritt auf ihn zu, aber er wich nicht zurück. »*Du bist nicht hier.* Du bist gegangen, als ich dich gebraucht habe, und hast alldem hier den Rücken gekehrt. Du hast mir deine Hilfe verweigert, als ich dich drum gebeten habe. Du hast mich *wieder* im Stich gelassen!«

»Kannst du mir das wirklich immer noch vorwerfen?! Schau dich doch verdammt noch mal um, Kit! Du gehst hier unter und begreifst es nicht mal!«

»Das tue ich nicht!«

»Ach, nein?!«, lachte er auf und deutete mit einem Arm auf den unordentlichen Küchentisch. »Ich sehe sogar von hier die ganzen Rechnungen, und Mom oder Dad sind nicht diejenigen, die sie bezahlen, oder? Du reißt dir den Arsch für Menschen auf, die es nicht wertschätzen. Du bist nur am Arbeiten, schläfst nicht, und fuck, wer weiß, was Quinn von dir für das Geld will! Und wofür?«

Ich wollte antworten, dass er sich da einfach raushalten sollte, aber Jackson war noch nicht fertig.

»Du versuchst hier etwas zusammenzuhalten, was längst kaputt ist! Begreifst du das nicht?!«

»Du hast doch überhaupt keine Ahnung!«, knurrte ich und hasste es, wie sich meine Kehle zuschnürte. »Du weißt nichts mehr über mich! Du weißt nicht, was hier abgeht, du –«

»Du bist meine Schwester, verdammt, und ich sehe *genug*. Du gehst gerade in derselben Scheiße unter, in der ich fast untergegangen bin, und ich versuche nur dich zu beschützen! Du wirst daran kaputtgehen, wenn du nicht langsam mal verstehst, dass das alles hier – dieses Haus, diese Familie – ein Teufelskreis ist! Denn, oh, was für ein verficktes Wunder, ich hatte recht! Dad war bei mir und hat mich um Geld für ihre scheiß Schulden gebeten!«

»Ich habe doch schon gesagt, dass das erledigt ist!«

»Dann habe ich mich wohl nicht richtig ausgedrückt.« Er verzog bitter das Gesicht und trat auf mich zu. »Dad war nicht wegen den siebzig Riesen bei mir. Er wollte dreißig.«

*Wie bitte?*

»Sie haben nicht nur bei einem Casino Schulden, Kit, sie haben noch mehr Gläubiger. Und was denkst du, wen wird er als Nächstes fragen?«

Ich erwiderte nichts darauf.

Ich wusste verdammt noch mal nicht, was.

Irgendwie hatte ich gedacht, dass die Sache erledigt wäre. Dass, wenn ich mich um die Schulden bei dem Casino kümmerte, eins der Millionen Probleme abgehakt wäre.

Aber … es waren noch mehr Schulden?

»Du musst endlich damit aufhören, für jemand anderes zu leben, Kit«, appellierte Jackson leise an mich, als ich immer noch nicht geantwortet hatte. »Ob es dir gefällt oder nicht, aber ich kenne dich, und ich weiß, dass du hier raus willst. Dass du *mehr* willst als das hier. Und das ist okay, hörst du? Loslassen ist okay.«

»Sagt der, der nicht weiß, wie es ist, losgelassen zu werden«, erwiderte ich tonlos und wandte den Blick ab.

Er hatte einfach keine Ahnung. Er war gegangen, ohne sich umzudrehen.

*Das taten sie alle.*

Nach einem kurzen, schweren Schweigen sagte er: »Weißt du, was das wirkliche Problem mit Loslassen ist? Es bedeutet nicht, dass du versagt hast oder dass du irgendetwas verlierst. Loslassen heißt nicht, diese Familie fallen zu lassen – aber nicht loszulassen heißt, am Ende mit ihr zu fallen.«

Mir entwich ein herablassender Laut. »Das nennt sich Zusammenhalt.«

»Nein, das nennt sich Abhängigkeit«, korrigierte er mich unbarmherzig. »Du versuchst hier krampfhaft irgendwas zu retten und steckst deine ganze Kraft ins Festhalten.«

»Und?! Was ist daran so falsch?«

Sein Lächeln war beinahe bedauernd. »Wenn diese Familie fällt – und das wird sie irgendwann –, wirst du keine Kraft mehr haben, sie aufzufangen.«

Bevor ich etwas darauf erwidern konnte, auch wenn ich verdammt noch mal nicht wusste, was, bemerkte ich eine Bewegung im Augenwinkel.

Ich rechnete damit, dass Jamie runtergekommen war, aber es war Logan, der auf der untersten Treppenstufe stand. Mit aufgesetzter Kapuze und einer höchstens zwei Tage alten Platzwunde an der Unterlippe.

Bei seinem Anblick zog sich mein Herz schmerzhaft zusammen – nicht nur, weil er sich offenbar schon wieder geprügelt hatte, sondern auch, weil er uns gerade ansah, als hätten wir ihn verraten.

»Logan«, sagte ich ein bisschen überrascht, weil ich nicht mitbekommen hatte, dass er zu Hause war. Er war seit Tagen wie vom Erdboden verschluckt gewesen, reagierte kaum auf meine Nachrichten und schickte nur ab und zu ein Emoji, damit ich wusste, dass er nicht in irgendeinem Graben lag.

Er sah zwischen Jackson und mir hin und her, Wut flackerte in seinen Augen. Aber zu meiner Verwunderung fragte er: »Was will er für das Geld von dir?«

»Was?« Ich blinzelte verwirrt, dabei war mir natürlich klar, was er meinte. Nur nicht, was das jetzt für eine Rolle spielte.

»Du würdest sein Geld nicht einfach so annehmen. Was tust du dafür?«

Keine Ahnung, wieso ich daraufhin zu Jackson sah, aber ich wollte das nicht vor ihm besprechen. Ich wollte es auch Logan nicht sagen, zumindest nicht jetzt, wenn da wieder diese Wut in seinen Zügen lag, die einfach nicht zu ihm passte, und erst recht nicht, wenn ich mich gerade von ihm und Jackson in die Ecke gedrängt fühlte.

»Mach dir deswegen keine Gedanken, okay?«, sagte ich zu Logan. »Ich krieg das schon hin.«

»Du kriegst was hin?«, verlangte jetzt auch Jackson zu wissen, aber ich ignorierte ihn.

Logan starrte ihn aus zusammengekniffenen Lidern an, machte einen Schritt in unsere Richtung und stoppte dann mit geballten Fäusten. Er sah aus, als würde er mir dieselbe Frage stellen wollen, tat es aber nicht und drehte sich plötzlich einfach um, lief in Richtung Hintertür.

»Logan«, setzte ich an und ging ihm schnell nach. »Wo willst du –«

»Hat er es dir gesagt?«, schnitt er mir scharf das Wort ab und wirbelte herum. Die Wucht seiner Wut schoss mir entgegen, drohte, meine Brust wie bei einer zuschlagenden Tür zu zerquetschen, aber seine Frage irritierte mich so dermaßen, dass ich es kaum spürte.

»Was? Wovon redest du?«

Er presste seine Lippen aufeinander und antwortete nicht. Ein Schmerz, den ich nicht verstand, blitzte zwischen seiner Wut auf, verzerrte sein Gesicht. Für den Hauch einer Sekunde landete sein Blick auf Jackson, dann drehte er sich einfach wieder um und wollte abhauen.

»Logan! Lo, warte!« Ich setzte ihm nach, obwohl ich wusste, dass es nichts bringen würde.

Aber er wartete nicht. Er verschwand durch die Hintertür nach draußen und knallte sie so heftig hinter sich zu, dass Putz von der Decke rieselte.

Ich folgte ihm, riss die Tür wieder auf und rannte blind in den Garten – nur um festzustellen, dass Logan nicht mehr zu sehen war.

Mein Herz boxte mir gegen die Rippen, als ich mitten auf dem vertrockneten Trampelpfad stehen blieb, hektisch suchend den Kopf nach links und rechts wandte. Es fühlte sich an, als würde sich mein Herz gerade selbst zerreißen, sich in mehrere Fetzen aufteilen und ihm hinterherlaufen wollen, um ihn wiederzufinden und in Ordnung zu bringen, was auch immer in Ordnung gebracht werden musste.

Aber es hatte keinen Sinn.

Logan war weg.

Als ich wieder zurück ins Haus wollte, stand Jackson auf der Veranda. Seine Miene war finster und gleichzeitig unergründlich, aber ich hatte genug für heute.

Ohne ein einziges Wort trat ich an ihm vorbei und schloss die Tür hinter mir. Sperrte ihn aus und versuchte zu verstehen, was hier gerade passiert war.

Ich konnte es nur nicht.

# 22

☾

## CONNOR

»Fuck, lass mich los!«, knurrte Logan unter mir, mit seiner Wange gegen den Fußboden meines Penthouses gedrückt. Er versuchte, sich unter meinem Knie hochzustemmen, aber ich verstärkte den Druck auf seinen Rücken und hielt ihn fest.

Ich wischte mir das Blut von meiner Unterlippe. »Dann komm verdammt noch mal wieder runter.«

Statt zu antworten, stieß er nur abgehackt und rasend vor Wut die Luft aus, atmete gegen mein Gewicht zwischen seinen Schultern an, wehrte sich aber nicht mehr. Ich wartete noch ein paar Sekunden, bevor ich zuerst meine Hand von seinem Kopf nahm, mich dann direkt vor seinem Gesicht auf dem Boden abstützte und ihn dazu zwang, mich anzusehen.

»Schlag mich noch mal, und das war's«, warnte ich ihn zwischen zusammengebissenen Zähnen. »Und glaub nicht, ich würde bei dir eine verfickte Ausnahme machen, weil ich dich hier ein und aus gehen lasse und du ihr kleiner Bruder bist. Hast du das kapiert?«

Als er nicht sofort antwortete und mich nur ansah, als würde er, sobald er könnte, sich wieder auf mich stürzen, bohrte ich mein Knie so tief in seinen Rücken, dass er vor Schmerz das Gesicht verzog.

»Ja«, presste er hervor und bleckte die Zähne. »Fuck, ja.«

*Gut.*

Ich stemmte mich hoch und ließ ihn los. Anders als vorher, als ich meine Wohnungstür geöffnet hatte und *nicht* auf seine Faust vorbereitet gewesen war – ganz eindeutig mein Fehler, der sich nicht wiederholen würde –, ließ ich ihn jetzt nicht aus den Augen, als er sich auf den Rücken rollte und immer noch schwer atmete.

Er war ein paar Zentimeter kleiner und schmaler als ich, hatte in den letzten Jahren aber an Muskeln zugelegt, weshalb wir ebenbürtige Gegner hätten sein können. Im Gegensatz zu mir kämpfte Logan aber wie ein Junge von der Straße, griff schlampig und ungeplant an. Dass er mich getroffen hatte, war sein Glück gewesen – dass er danach mit dem Gesicht auf dem Boden landete, vorhersehbar.

Obwohl ich seinen Arsch dafür hochkant auf die Straße hätte befördern sollen, wusste ich, dass ich das nicht tun würde. Der kleine Pisser war mir wichtig. Ich verstand ihn auf eine Weise, von der ich wünschte, sie würde nicht existieren, und so verdreht diese Scheiße war – ohne ihn hätte heute auch mein Name auf einem Grabstein gestanden.

Direkt neben dem von Asher und meinem Vater.

Aber nicht deswegen half ich Logan. Ich hielt ihn nicht über Wasser und ließ ihn hier schlafen, weil ich mich dafür revanchieren wollte – ich tat es, damit er nicht die Kontrolle verlor. Damit er nicht in dem Abgrund landete, auf den er mit jeder Flasche Wodka mehr zusteuerte.

Ich wusste, wie es da unten aussah.

Ich wusste, wie es sich anfühlte, wenn diese verfickten Dämonen einen Spielplatz aus dem eigenen Kopf machten und nie wieder daraus verschwanden.

Der einzige Unterschied zwischen Logan und mir war nur,

dass ich mich mit ihnen angefreundet hatte – aber er war anders. Wenn er sich nicht in den Griff bekam, würden sie ihn bei lebendigem Leib fressen.

Ich hielt ihm meine Hand entgegen. Sinnbildlich und buchstäblich.

Zuerst starrte er sie wütend an und sah aus, als würde er eher die Hilfe einer laufenden Kettensäge annehmen, ergriff dann aber mein Handgelenk, und ich zog ihn wieder hoch.

»Und jetzt noch mal von vorn – ohne deine Faust im falschen Gesicht.« Ich drückte ihn in Richtung der Dachterrasse, die man über mein Wohnzimmer erreichte, und trat mit ihm nach draußen.

Dort nahm ich meine Zigaretten, die auf dem Daybed lagen, und holte mir eine raus. Ich hielt Logan die Packung hin, aber er schüttelte den Kopf und trat ans Geländer, wo er sich mit vor der Brust verschränkten Armen anlehnte.

Ich zündete mir die Zigarette an und wartete.

»Hast du's ihr gesagt?«, wiederholte er dann das, was er mir zwei Sekunden, nachdem ich ihm die Tür aufgemacht hatte, entgegengezischt hatte.

»Habe ich ihr *was* gesagt?«

Er verzog den Mund. »Du weißt genau, was ich meine.«

Natürlich wusste ich das. Aber wie kam er jetzt darauf?

Ich zog an meiner Zigarette und stieß den Rauch durch die Nase aus. »Nein. Ich habe ihr nichts gesagt – noch nicht. Aber wenn sie mich danach fragt, werde ich nicht lügen.«

Ich hatte das im Auto ernst gemeint. Keine Lügen mehr.

Wenn sie reden wollte, egal worüber, würde sie die Wahrheit erfahren – aber das machte nur Sinn, wenn sie bereit dafür war und mir zuhören würde. Sich wirklich anhörte, warum ich damals hatte gehen müssen, selbst wenn mich genau das vielleicht für immer ihr Vertrauen gekostet hatte.

Logan biss sichtlich die Zähne zusammen. Sein Kopf fing an zu arbeiten, und mir entging nicht, dass sich seine Gedanken in eine Richtung bewegten, die dunkel waren.

»Wir haben einen Deal«, erinnerte ich ihn an das, was wir mal besprochen und worüber wir schon eine ganze Weile kein Wort mehr verloren hatten. »Daran halte ich mich.«

Er nickte nur, sagte aber nichts. Sein durchdringender Blick lag trotzdem weiterhin auf mir und bohrte sich in mein Gesicht. Weil er nicht mit der Sprache rausrückte, hob ich stumm auffordernd eine Braue.

»Was willst du für das Geld von ihr?«

Verwundert über die Frage, hielt ich kurz inne und schob dann die Zigarette zwischen meine Lippen.

Wenn er mich das fragte, hatte Kit es ihm nicht gesagt. Was bedeutete, dass ich es ihm auch nicht sagen würde.

Ich würde sie nicht mehr anlügen – ihr zu verschweigen, dass Logan hier ständig aufkreuzte, war schon eine beschissene Grauzone –, aber sie zu hintergehen und ihm von unserem Deal zu erzählen, trat darüber hinaus.

»Das ist eine Sache zwischen deiner Schwester und mir«, wiederholte ich daher nur das, was ich ihm sowieso schon mal gesagt hatte, und machte deutlich, dass es dabei blieb.

Logan stieß einen verächtlichen Ton aus, sein Blick schärfte sich. »Ich habe gemerkt, wie du sie angesehen hast.«

»Und?«

Er stieß sich vom Geländer ab, kam auf mich zu und blieb mit kalter Miene auf einer Höhe mit mir stehen. »Was auch immer du für einen kranken Scheiß mit ihr abziehst … Wenn du sie noch mal verarschst oder ihr wehtust, dann gebe ich einen Fick auf deine Drohung.«

Ohne mich dazu herabzulassen, etwas darauf zu erwidern, zog ich an meiner Zigarette, aber Logan wartete sowieso nicht auf eine Antwort. Er verschwand wieder ins Penthouse, kurz darauf hörte ich meine Wohnungstür ins Schloss fallen.

»Keine Sorge«, murmelte ich ins Nichts und stieß langsam ausatmend den Rauch aus.

Ich hatte nicht vor, Kit wehzutun – aber ich konnte auch nicht versprechen, dass das zwischen uns nicht schmerzhaft werden würde.

Das würde es, und Kit würde es mir auch nicht leicht machen. Sie würde um ihre Maske kämpfen, und es würde wehtun, sie ihr runterzureißen. Es würde blutig werden, roh und wie ein offener Bruch, für beide von uns.

Aber manchmal war das der einzige Weg, der funktionierte, um wieder zu heilen.

☾

»Was hast du wegen Montgomery vor?«, fragte Jesse, als wir am nächsten Nachmittag auf dem Hauptdeck von Nates Yacht rumlagen, und drehte sich dabei einen Blunt.

Aus dem Inneren kam laute Musik – Nate hatte *Hollywood Undead* laufen – und von irgendeinem anderen Deck hallte lautes Gelächter irgendwelcher Leute zu uns rüber, auf die ich keinen Bock hatte. Wenn es nach mir gegangen wäre, wären wir unter uns geblieben, im kleinen Kreis, aber weil Nate meinte, sein »neues Baby einweihen« zu müssen, reizte er meine Toleranzgrenze an Menschen bis zum Äußersten aus.

»Noch nichts«, antwortete ich Jesse und scrollte dabei über mein Handy. Zum hundertsten Mal überflog ich die Mail, die Hale mir mitten in der Nacht geschickt hatte und die mir genug lieferte, um Montgomery mundtot zu machen.

Bisher hatte ich aber nichts getan, weil der Bastard seit der Nummer mit Leila zu still geworden war. Ich wusste nicht, ob er etwas gegen mich in der Hand hatte, und wenn ja, ob das größer war als das, womit ich ihm das Genick brechen konnte.

»Er plant irgendwas.« Ich nahm den Blunt, den Jesse mir angezündet hinhielt, und warf mein Handy auf die gepolsterte Liegefläche. »Keine Ahnung, was, aber Hale bleibt dran.«

»Gut. Wenn du noch jemanden brauchst …«, bot er an. Sein Adoptivvater hatte genügend Kontakte, die sich für die richtige Summe die Hände so schmutzig machen würden, dass sie den Dreck nicht mal mit Säure abwaschen könnten.

Ich winkte aber ab und zog am Blunt, bevor Jesse ihn sich zurücknahm.

»Wie viel weiß sie?«, wollte er dann wissen und nickte in Richtung des Sonnendecks.

Ich folgte seinem Blick, und auch wenn ich sie von hier nicht sehen konnte, schien mein Körper zu spüren, dass Kit da oben lag. In einem verdammten schwarzen Bikini, der gerade mal so viel verdeckte, dass ich mir schon seit zwei Stunden durch den Kopf gehen ließ, wie ich ihn ihr mit den Zähnen ausziehen und anschließend jeden Zentimeter ihrer Tattoos mit der Zunge entlangfahren würde.

Was frustrierend war.

Ich hatte gehofft, dass es alles erträglicher machen würde, wenn ich sie öfter sah, ihre Hand hielt und uns beide wieder an die Spannung gewöhnte. Aber, fuck, was genau sollte daran erträglich sein, sie praktisch jeden Tag vor mir zu haben, ohne sie so berühren zu können, wie ich es wollte? Ohne ein Zeichen von ihr, dass zwischen diesen Trümmern noch nicht alles kaputt war?

»Sie weiß das Nötigste. Nichts von Montgomery.«

Jesse nahm einen Zug und stieß den Rauch in Ringen aus, antwortete aber nicht. Sein Blick skalpierte mich.

Genervt davon lehnte ich mich auf den Polstern zurück und

zog mir meine Basecap tiefer ins Gesicht. »Ich habe dir gesagt, ich habe mich im Griff, also lass den Scheiß endlich. Ich bin nicht wie deine Mutter.«

»Glück für dich.« Er klemmte sich wieder den Blunt in den Mund und grinste mit einem Mundwinkel. »Syphilis soll eh nicht so geil sein.«

»Das kann ich zwar nicht bestätigen, aber ich habe davon gehört«, erklang Nates Stimme von der Seite, der mit einem Bier in der Hand zu uns geschlendert kam und sich neben mir auf die Liegefläche warf. »Was geht ab? Warum reden wir über Geschlechtskrankheiten?«

»Weil sich deine Schwester was eingefangen hat.«

Nate zeigte Jesse den Mittelfinger, ich ignorierte ihn.

»Wenn überhaupt hätte sie das von dir, und wenn sie's von dir hat, beerdige ich dich«, grinste Nate kalt. »Und wenn sie jemals irgendwas von dir hat, beerdige ich dich auch. Fass sie nicht an.«

»Keine Sorge, ich fick keine Prinzessinnen.« Jesse zog gelassen am Blunt, aber als er über das Hauptdeck zu Blake rübersah, die auf der Kante des ebenerdigen Whirlpools saß, eine getönte Sonnenbrille auf der Nase und die dunkelbraunen Haare zu einem Knoten gebunden, trat wieder der altbekannte Jagdinstinkt in seinen Blick.

Weil sie meine Cousine und ich nicht so involviert war wie Nate, wollte ich mich da raushalten. Es war uns allen grundsätzlich scheißegal, dass Jesse seinen Schwanz in alles steckte, was dem Wolf in die Arme lief, aber die Familien der anderen waren tabu.

Keiner fasste Blake an.

Keiner fasste Jesses Adoptivschwester an.

Und keiner fasste Alecs Stiefschwestern an, nicht Hayden und vor allem nicht ihre minderjährige Schwester, die uns in den Knast bringen würde.

»Und wer ist der Blindgänger Prince Charming da?«, wollte Jesse dann wissen, den Blick noch zum Whirlpool gerichtet.

Nate setzte sich wieder auf und nahm einen Schluck von seinem Bier. Seine Lider wurden schmal, während er den Polospieler-Verschnitt musterte, mit dem Blake gekommen und der anscheinend ihr Freund war. Nate hatte letztens irgendwas in der Richtung erwähnt, aber ich hatte andere Prioritäten als das Liebesleben meiner Cousine.

»North Cavendish«, sagte er gedehnt. »Er ist nett zu Blake, also lass sie in Ruhe.«

Jesse hob amüsiert eine Braue, als wäre nett seine Vorstellung von *Nur-in-Missionarsstellung-und-ohne-Licht*. Und wir alle wussten, dass das nicht Jesses Ding war.

Den Blick immer noch auf North gerichtet, verfinsterte sich Nates Miene. »Ich mag ihn nicht.«

»Sag bloß«, murmelte Jesse mit dem Blunt im Mund, und ich dachte dasselbe.

Cavendish war der perfekte geleckte Schwiegersohn, trug 24/7 gebügelte Hemden, war Absolvent an der Stanford und hatte wahrscheinlich mehr Ahnung von Golf als davon, wie man eine Frau befriedigte. Vielleicht war diese Flachpfeife »nett« und ein guter Kerl für Blake – für die Prinzessin, für die ihr Vater einen wie Cavendish vorsah –, aber dadurch war Nate in dessen Augen nur eine noch größere Enttäuschung. Der Prinz, der seine Krone nicht wert war, weil er lieber rumvögelte, statt seinen Pflichten nachzukommen.

»Wie auch immer. Ich will ins Wasser. Kommt ihr Langweiler mit, oder was?«, fragte er, exte sein Bier und grinste, als hätte es die letzten dreißig Sekunden nicht gegeben.

Wie gesagt – wir trugen alle abgefuckten Scheiß mit uns rum … Jeder auf seine Art. Auch Nate.

Weil es in der knallenden Nachmittagssonne zu heiß war, schloss ich mich Nate an, Jesse blieb sitzen. Nachdem wir kurz im Meer gewesen waren, gingen wir hoch aufs Sonnendeck der dreistöckigen Yacht, wo Kit mit Lana auf einem der beiden Daybeds in der Sonne lag.

Weil sie uns nicht bemerkten, sahen sie nicht, wie Nate mir einen Stoß in die Seite versetzte, sich auf die Faust biss und dann eine Pistolen-Fingergeste an seine Schläfe machte, als würde ihn der Anblick killen.

Mich auch.

Anders als er hatte ich aber keine Augen für Lana, sondern nur für die Frau, die mit einem Cocktail in der Hand neben ihr lag, ein Bein angewinkelt, das andere aufs Daybed ausgestreckt. Sie trug nichts außer ihrem schwarzen Bikini, der sich eng an ihren schlanken, von Tattoos übersäten Körper schmiegte, und lachte über etwas, was Lana gesagt hatte.

Der Klang grub sich in meine Brust, und fuck, das fehlte.

Dass ich mich nicht von der Stelle gerührt hatte, bemerkte ich erst, als Nate mir die Sicht versperrte und seine nassen Haare über die beiden ausschüttelte.

Lana setzte sich ruckartig auf. »Woah, Nate, dein Ernst?«, beschwerte sie sich, weil sie etwas von ihrem Cocktail auf ihre Brust verschüttet hatte, und drehte sich mit finsterer Miene nach ihm um.

Kit tat dasselbe, allerdings sah sie an ihm vorbei zu mir, und obwohl sie wie ich eine schwarze Sonnenbrille trug, spürte ich ihren Blick auf mir wie entflammtes Benzin.

Genau meine verdammte Temperatur.

Ich ging zur ihr, während Nate sich über Lana aufstützte und mit einem »Sorry, ich mach das kurz sauber« den Cocktail von ihrer Brust leckte.

In diesem Moment hasste ich ihn.

Und als wüsste er das, grinste mich der Wichser unbekümmert an und machte damit weiter. Lana wand sich kichernd unter ihm, aber ich beachtete sie nicht und hielt Kit meine Hand hin. Einerseits, weil ich es wollte – und andererseits als Test, ob sie sie nehmen würde. Auf der Yacht waren genug Leute, die nichts von unserem Deal wussten, aber auf dem Sonnendeck waren im Moment nur wir vier.

Sie zog leicht ihre Brauen zusammen, die Lippen um ihren Strohhalm geschlossen, und zögerte. Zumindest bis Nate laut genug raunte, dass wir es hören konnten: »Ich glaube, du musst das ausziehen … oder mit mir duschen. Duschen klingt auch verdammt perfekt. Die Suite im Lower Deck muss sowieso noch eingeweiht werden.«

Kit griff nach meiner Hand und ließ sich von mir hochziehen. Ich führte sie zu dem Daybed, das auf der anderen Seite des Decks lag, weit genug von Nate und Lana weg, damit sie nicht alles hörten, worüber wir sprachen.

»Ihr müsst nicht gehen«, rief Nate zu uns rüber, nachdem Lana ihn von sich runtergeschubst, aber eins ihrer tätowierten Beine zwischen seins geschoben hatte. »Wir beißen nicht, oder, Eisprinzessin?« Er packte sie am Hintern und zog sie wieder mit diesem Grinsen in meine Richtung auf sich, mit dem er mich nur provozieren wollte.

Der Penner wusste genau, was er da abzog, und früher hätte ich mich vielleicht dazu verleiten lassen, darauf anzuspringen – heute nicht mehr. Es prallte nicht so an mir ab, wie es sollte, aber das musste er ja nicht wissen.

»Schweigst du mich jetzt wieder die ganze Zeit an?«, fragte Kit, nachdem sie sich bäuchlings auf das von der Sonne aufgewärmte Daybed gelegt hatte.

Ein Fluch und Segen zugleich. Segen, weil ihr Bikini nicht mal ihren halben Hintern verdeckte, und Fluch, weil ich nicht vorhatte, wieder zum Teenager zu werden, der seinen Schwanz nicht im Griff hatte.

Als würde Kit meinen Blick auf ihren schlanken Kurven spüren, zuckte es in ihren Mundwinkeln. Sie biss leicht auf den Strohhalm ihres Cocktails, bevor sie ihn mit denselben vollen Lippen umschloss, die regelmäßig die Hauptrolle meines Kopfkinos übernahmen, wenn ich mir unter der Dusche einen runterholte.

»Nein, wir müssen was besprechen«, meinte ich und lenkte mich von dem aufsteigenden Bild in meinem Kopf ab, indem ich die Plastikfolie von meinen neuen Zigaretten öffnete.

»Ah, ja, das Geschäftliche. Hab mich schon gefragt, wann ich wieder zu einem Meeting einberufen werde, Mister Quinn, Sir.«

Meine Finger stoppten, als ich das Plastikband schon halb abgezogen hatte, meine Brauen schoben sich irritiert zusammen. »Was?«

»Nichts«, erwiderte sie, winkelte ihre Beine an und überkreuzte ihre Knöchel in der Luft. An einem davon hing ein geflochtenes hellblau-braunes Baumwollband. »Worüber wolltest du sprechen?«

Ich öffnete weiter die Packung. »Nächstes Wochenende ist eine Veranstaltung, auf die ich muss. Du begleitest mich.«

Sie runzelte die Stirn. »Was für eine Veranstaltung?«

»Business«, wich ich aus, weil ihr die Location sicher nicht gefallen würde.

»Business. Und was soll das heißen? Ist das ein Essen oder … und warte – meinst du das jetzt so richtig offiziell?«

Ich nickte nur. Es war zwar kein Essen – aber ich hatte ihr auch nicht auf diese Frage geantwortet.

»Ich dachte, für den Anfang sollen wir nur zusammen gesehen werden?«, hakte sie verwirrt nach und hörte damit auf, ihre Füße in der Luft zu bewegen. »Und jetzt willst du's schon offiziell machen? Ist das nicht ein bisschen schnell?«

Ja, der Gedanke war mir auch schon gekommen.

Andererseits wusste ich nicht, wie viel Frust ich mit diesem ganzen Händchenhalten aushielt, wenn die vergangene Woche schon angefangen hatte, mir auf den Sack zu gehen.

»Nicht für uns.«

»Wie meinst du das?«

Ich schob die Packung meiner Zigaretten auf, nahm mir eine raus und hielt sie Kit hin.

»Ich nehm deine«, lehnte sie aber ab, was mich … nicht überraschte, sondern schockierte.

Was zum Teufel war los mit ihr?

Und warum bekam ich nicht die Fuck-You-Wellen von ihr ab, die sie üblicherweise umgaben?

Mein Blick fiel auf ihren Cocktail.

Wie viel von diesen Dingern hatte sie getrunken? Und was war das überhaupt für ein Scheiß?

»Ich habe meine Meinung geändert«, antwortete ich allerdings nur und zündete die Zigarette an. »Wir brauchen nicht darauf zu warten, dass man uns beim Daten sieht. Wir haben eine Vorgeschichte. Lässt sich gut vermarkten.«

»Bitte was?«

»Vermarkten«, wiederholte ich. »Verkaufen. Ver–«

»Schon verstanden«, unterbrach sie mich, und ich spürte trotz der Sonnenbrille, dass sie die Augen rollte. »Aber was genau meinst du damit?«

»Dass, wenn wer fragt, du einfach möglichst nah an der Wahrheit bleibst. Dass wir uns von früher kennen, ein paar Jahre keinen Kontakt hatten und jetzt da weitermachen, wo wir aufgehört haben.«

Sie stieß ein harsches Lachen aus. »Das findest du nah an der Wahrheit? In welcher Maßeinheit? Lichtjahre?«

*Zentimetern.*

»Meinetwegen kannst du auch sagen, dass ich deine Gefühle ausgenutzt habe, um mir regelmäßig einen blasen zu lassen«, gab ich trocken zurück – wieder als Test. Und um sie zu provozieren. Mal abzuchecken, ob wir schon bereit waren, darüber zu reden. »Klingt nur nicht so gut.«

Ich hätte gern ihre Augen gesehen, vor allem, als sie mit einem Mundwinkel lächelte und dabei den Kopf schüttelte. Aber mich trafen immer noch keine Fuck-You-Wellen.

»Erstens«, begann sie, ehe sie nach meiner brennenden Zigarette griff. »Du hast nichts ausgenutzt. Zweitens. Ich war nicht unsterblich in dich verliebt, kapiert? Bild dir nicht mehr ein, als da tatsächlich war. Und drittens – wenn du bei der Wahrheit bleiben willst, sag doch einfach, du warst ein Riesenarschloch und hast total überreagiert.«

*Überreagiert?* Worauf?

Ich hatte damals gewusst, dass sie Gefühle für mich hatte, und war Wichser genug gewesen, das wochenlang zu ignorieren. Weil ich sie gebraucht hatte. So sehr, dass ich das Spiel zu weit getrieben hatte, bis irgendwann der Punkt erreicht gewesen war, an dem es kein Zurück mehr gegeben hatte. An dem ich keine andere Wahl gehabt hatte, als sie dazu zu bringen, mich loszulassen.

Damit *ich* sie loslassen konnte.

Aber auch das war etwas, was ich ihr nicht erklären konnte. Nicht, weil ich nicht wollte, fuck, ich wollte – ich wollte, dass sie alles wusste, damit wir diesen Scheiß hinter uns lassen konnten. Aber ich kannte Kit, trotz ihrer Maske, trotz der vier Jahre, die vergangen waren, und bevor sie mir überhaupt zuhören würde, brauchte ich erst einen kleinen Teil ihres Vertrauens zurück. Einen kleinen Teil von irgendwas, damit sie nicht bei der erstbesten Gelegenheit wieder weglief.

Ich ließ ihr Gesagtes fallen, griff nach meinem Zippo und fing an, es zwischen meinen Fingern hin und her zu drehen. »Wir sollten uns trotzdem abstimmen.«

»Auf was?«

»Was wir übereinander wissen. Die Basics.«

Sie zog mit einem skeptischen Blick an der Zigarette und gab sie mir wieder.

»Du fotografierst noch«, begann ich, um ihr zu erklären, was ich meinte. »Hast bis zu dieser Woche im Kino gearbeitet, arbeitest im *Drop Ink*, fährst eher mit deinem Board statt mit dem Bus und würdest eher nie wieder Riesenrad fahren als nie wieder Achterbahn. Du kannst immer noch nicht surfen, obwohl du in jeder freien Minute im Meer bist. Die Narbe unter deinem Kiefer hast du von einem Sturz auf der Half Pipe. Du willst mit deinem Skateboard mal quer durchs Land, jede Nacht in der Wildnis schlafen und dabei als freiberufliche Fotografin arbeiten. Deine Lieblingsblumen sind Sonnenblumen, du liebst Horrorfilme und Zuckerwatte, du stehst auf Astronomie. In den letzten vier Jahren hast du ununterbrochen als Kellnerin, Zimmermädchen, Kassiererin oder als Bedienung in Nachtclubs gearbeitet. Aus einem wurdest du rausgeschmissen, nachdem du wem was ins Gesicht geschüttet hast.«

Kit starrte mich stumm an, und wieder hätte ich ihr dabei lieber in die Augen gesehen als nur in die Spiegelung meines eigenen ausdruckslosen Gesichts.

»Erzählt Nate und du euch eigentlich alles?«, fragte sie dann schnaufend, als wäre das die einzige logische Erklärung dafür, dass ich das alles noch wusste.

Ich verzog meine Lippen. »Kommt drauf an.«

»Worauf?«

»Ob ich mir hinterher irgendwo den Kopf anschlagen will.«

»Das habe ich gehört, Sackgesicht«, rief Nate, woraufhin ich das erste Mal wieder zu ihm und Lana rübersah.

Sie saß mit dem Rücken zu uns gewandt auf seiner Hüfte; Nates Hände lagen immer noch auf ihrem Hintern, den er einmal kurz knetete – wieder mit diesem fucking selbstgefälligen Grinsen in meine Richtung.

Er war so ein verfluchter Wichser.

Kit, die den beiden ebenfalls einen Blick über ihre Schulter zugeworfen hatte, wandte sich wieder an mich und trank so viel von ihrem Cocktail, dass in dem Glas fast nur noch Eis war. »Erwartest du jetzt auch so eine Liste über dich?«

»Wir sind mit deiner noch nicht fertig.«

Sie nahm noch einen Schluck. »Ach ja?«

»Michaels bezahlt deinen Kurs an der WSU. Warum?«

»Warum?«, echote sie mit hochgezogenen Brauen, aber ich sagte dazu nichts.

Das war eine Sache, hinter die ich noch nicht gekommen und von der ich mir auch nicht sicher war, ob ich sie überhaupt wissen wollte. Brandon Michaels, der CEO vom Solane Sun Magazine, war gerade mal dreiunddreißig. Soweit Hale mir sagen konnte, verlobt, werdender Vater in drei Monaten, und auf der Suche nach Nachwuchs für seine Buchhaltung, weil bald irgendwer in den Ruhestand ging.

Aber das erklärte nicht, wieso er Kit einen Kurs an der WSU bezahlte, der ein halbes Vermögen kostete.

Als ich Kit immer noch keine Reaktion gezeigt hatte, erschien ein schmales Lächeln auf ihren Lippen. »Wieso fragst du mich nicht, was du mich wirklich fragen willst?«

»Antworte einfach.«

»Wieso?« Sie rollte sich unerwartet auf die Seite, stützte sich mit einem Ellbogen auf. »Wieso fragst du nicht: *Cali* …«, fuhr sie mit einem provokanten Unterton fort, der mich sofort in Alarmbereitschaft versetzte, »… *bezahlt Brandon Michaels deinen Kurs …*«, sie beugte sich so weit zu mir, dass ich im Sinne meiner Selbstbeherrschung hätte ausweichen sollen – zumal sie ihr Bein nach meinem ausstreckte und mit ihrem Fuß über mein Schienbein glitt, was mich gleichermaßen verwirrte, wie auch für einen Moment vergessen ließ, worüber zur Hölle sie gerade redete. »… *weil du mit ihm vögelst?*«

Ach ja. Darüber.

Die Berührung an meinem Bein – eine Berührung, die von ihr ausging, nicht von mir – zog sich meine Leiste hoch, aber ich sah Kit nur unbeeindruckt an. Weiß der Teufel, wie ich das schaffte, als sie ihr Bein noch weiter über meins schob.

»Zweimal die Woche«, flüsterte sie spöttisch. »Immer dann, wenn seine schwangere Verlobte beim Yoga ist. Er nimmt mich gerne auf seinem Schreibtisch, weißt du …«

*Lügnerin.*

Ich kniff die Lider zusammen und gab dem Drängen in meiner Hand nach. Ich griff ihr unters Knie und spürte, wie ihre Muskeln unter meinen Fingern zuckten. Als wollten sie mir ihr Bein entziehen. Bevor sie das konnte, grub ich meine Finger in ihre weiche Haut, beachtete nicht, wie sich dabei meine Rippen fester um meine Lunge schlossen und das Ziehen in meiner Leiste stärker wurde.

»Wie viel hast du getrunken?«, wollte ich von ihr wissen und wies mit dem Kinn auf ihr leeres Cocktailglas.

»Was geht dich das an?«

Und da waren sie. Die ersten Fuck-You-Untertöne.

»Weil du dich so benimmst.« Ich zog ihr Bein am Knie höher, sah, wie sich ihr Kiefer anspannte, aber sie zog genauso wenig zurück, wie ich es gerade getan hatte.

Als müsste sie mir irgendwas beweisen.

Mit einem Blick auf ihre Tattoos war mir auch klar, was – und fuck, ich wusste nicht, ob ich mich je richtig daran gewöhnen würde. An die Tattoos. Ich wollte ständig jedes Detail davon ansehen, anfassen, es mit Zunge, Lippen und Zähnen nachfahren – aber ich hasste, was sie damit verkörpern wollte. Ich hasste diese Schutzmauer, die sie sich zugelegt hatte, und die Maske, die ich ihr so dringend vom Gesicht reißen wollte, dass wir uns beide an den Scherben schneiden würden.

»Ich benehme mich normal.«

»Tust du nicht«, widersprach ich ihr, und sie verzog belustigt die Lippen.

»Und das glaubst du jetzt, weil du deine kleine Liste über mich hast, oder wie?«

*Nein, das glaube ich, weil ich es sehen kann.*

Statt das zu antworten, wiederholte ich: »Wie viel hast du getrunken?«

Ich konnte spüren, wie sie hinter ihren schwarzen Gläsern die Augen verdrehte. »Ist eigentlich irgendwie witzig, dass diese Frage ausgerechnet von dir kommt, oder?«, meinte sie herablassend, und wieder antwortete ich nichts.

Weil ich keine verdammte Ahnung hatte, was.

Natürlich war mir klar, worauf sie anspielte, und fuck, ja, sie hatte recht. Es stand mir nicht zu, sie überhaupt danach zu fragen, weil ich derjenige von uns beiden war, der in der Vergangenheit kaum ohne einen Tropfen Alkohol funktioniert hatte. Ich war derjenige, der damals, vor allem zum Schluss, nicht nüchtern durch den Tag gekommen war und von einem verdammten Wunder sprechen konnte, dass ich sie dabei nicht zugedröhnt und betrunken gevögelt hatte.

Ich hatte meine scheiß Finger nicht von ihr lassen können, weil ich einmal schwach geworden war und dann Blut geleckt hatte – aber ich hatte es irgendwie bewerkstelligt, nicht mit ihr zu schlafen, ihr nichts von dem anzutun, was aus meinem Kopf musste, und sie nicht wie alle namen- und gesichtslosen Frauen vor ihr zu behandeln, in die meine Dämonen ihre Zähne schlagen konnten.

Sie hatte von alldem keine Ahnung, weil ich mich, wenn es nötig gewesen war, mit ihrer Jungfräulichkeit rausgeredet hatte und sie diese Seite von mir nie hatte sehen lassen.

Dass ich aufgehört hatte zu trinken, ließ sie nicht verschwinden, aber ich konnte sie kontrollieren.

Ich würde Kit auch nie vorschreiben, dass sie während unseres Deals nichts trinken durfte, aber sie wirkte gerade nicht so, als würde sie aus Spaß trinken. Irgendwas stimmte nicht mit ihr, und ich fing an, mich zu fragen, ob das etwas mit Logans Besuch gestern Abend zu tun hatte.

Als Kit an ihrem Bein zog, ließ ich sie los, obwohl ich sie eigentlich noch fester halten wollte, und sah mit angespanntem Kiefer zu, wie sie vom Daybed aufstand.

»Wo willst du hin?«, wich ich wieder ihrer Frage aus, woraufhin sie mir einen genervten Blick über ihre Schulter zuwarf, auf der eine Sonnenblume tätowiert war, ihr Glas hochhielt und mit dem Eis darin klimperte.

»Falls es Ihnen genehm ist, Mister Quinn, Sir, dann werde ich mir noch was zu trinken holen. Mein Glas ist leer.« Ohne auf eine Reaktion zu warten, setzte sie sich in Bewegung.

»Cali«, versuchte ich sie aufzuhalten, meine Stimme mehr Warnung als Bitte.

Sie ignorierte das und meinte nur: »Und weil du mich so nett fragst, mach ich dir nächstes Mal eine Strichliste.«

Ich wollte ihr sagen, dass das nicht nötig war, dass sie so viel trinken konnte, wie sie wollte, solange sie nicht komplett abstürzte, ließ sie aber gehen und zog an meiner Zigarette. Zur Beruhigung, und dieser ganze Bullshit.

Ich sah ihr hinterher, wie sie auf die Treppe zuging, die ein Deck tiefer führte, und dabei zwei Frauen auswich, die ebenfalls nur in Bikinis aufs Sonnendeck gekommen waren – und meine Richtung ansteuerten.

*Zur Hölle, nein.*

Hinter ihnen sah ich, wie Kit sich umgedreht und die Stirn gerunzelt hatte, aber dann schob sich eine der Frauen vor sie, stellte sich vor meine Sonne und lächelte verrucht zu mir runter.

»Ist der Platz hier jetzt frei?«

*Fuck, nein.*

Mir lagen die Worte schon auf der Zunge, aber die Stimme hinter ihnen hinderte mich daran, sie auszusprechen.

»Sorry, Mädels – er ist schon besetzt.«

Sie drehte sich zu Kit um. »Äh … Entschuldigung?«, fragte irgendeine von den beiden – keine Ahnung, welche, für mich sahen beide gleich uninteressant aus.

Kit wirkte unberührt. »Du hast mich schon verstanden. Das ist meiner.«

»Deiner? Sorry, aber ich glaube, du hast dich ein bisschen in deiner Gehaltsklasse verschätzt, Süße. Die für Sozialfälle befindet sich leider nicht in dieser Hemisphäre.« Amüsiert warf sie sich ihre Haare über die Schultern, und weil sie mir den Rücken zugewandt hatte, sah sie nicht, wie sich mein Gesicht verhärtete.

Was zur verfickten Hölle hatte sie da gerade gesagt?

Ich setzte mich auf und musste mich dazu zwingen, meinen Mund zu halten. Wenn ich noch eine Sache über Kit wusste, dann, dass sie es hasste, wenn jemand ihre Kämpfe für sie austrug. Hatte sie immer, würde sie immer – aber es fiel mir gerade verflucht schwer, nicht drauf zu scheißen.

Mir war klar, dass früher oder später jeder, der sich in seinem eigenen beschissenen Leben nicht wie ein Versager fühlen wollte, über uns reden und Kit dabei nicht gut wegkommen würde. Neid und Eifersucht waren nur zwei der hässlichen Laster dieser geheuchelten Welt, und Kit besaß vieles, auf das diese Frauen, deren Gesichter für mich aussahen wie verschwommene Farbflecke, neidisch waren. Vieles, wofür man nicht mal einen verdammten Penny investieren musste – in erster Linie meine Aufmerksamkeit.

Und niemand, verfickt noch mal, *niemand*, würde in meiner Nähe viel zu sagen haben, wenn sie die Frau an meiner Seite beleidigten. Scheißegal, ob Fake oder nicht.

»Wollt ihr was total Witziges hören?«, fragte Kit die beiden und zeigte mit ihrem leeren Glas grinsend erst auf die eine, dann auf die andere. »Euer Sozialfall wird das bekommen, was ihr so verzweifelt wollt.« Sie nahm die Sonnenbrille ab, ihre Augen leuchteten blauer als das Meer hinter ihr.

*Wie Gasflammen.*

»Ihr wollt, dass er euch beachtet, aber das wird er nie. Ihr wollt, dass er euch anfasst, aber auch das wird er nie. Er wird euch nicht vögeln, nicht heiraten, und falls es euch auch noch nicht aufgefallen ist, sieht er euch nicht mal an. Weder dich noch dich noch irgendeine andere. Und soll ich euch auch sagen, warum?«

Sie trat herausfordernd auf die beiden Frauen zu, und ich kapierte nicht, was zum Teufel hier abging. Ich wusste, dass sie nur ihre Rolle spielte, wieder eine Maske aufsetzte – aber fuck, ihr Feuer war echt.

Es sprang auf mich über, aber ein Blick reichte, und Kit erstickte es wieder mit Eis.

»Weil ihr ihn langweilt«, fuhr sie fort, ihre Stimme kalt, ihre Augen auf mich geheftet. »Es langweilt ihn, wie verflucht leicht ihr es ihm macht.«

*Ist doch so, nicht wahr?*, schien sie mich stumm zu fragen. *Das war doch das, was du damals zu mir gesagt hast?*

Hatte ich.

Und es war nur eine von vielen Lügen gewesen, die ich in dieser gottverdammten Nacht von mir gegeben hatte.

»Und du glaubst jetzt, du wärst was Besseres und kannst ihn einfach haben, oder was?«, wollte eine von beiden wissen, woraufhin Kit hart auflachte.

Es hatte nichts mehr von dem Klang, den ich in meiner Brust einschließen wollte, es war eher ein Faustschlag durch die Rippen.

»Oh, Süße«, sagte sie fast bedauernd. »Das habe ich doch längst.«

Sie hatte ja keine verdammte Vorstellung …

Die linke der Frauen trat daraufhin so dicht an sie heran, dass ich das erste Mal wieder meinen Blick von Kit losriss. »Findest du nicht, du hast für heute genug fantasiert?«, fragte sie gespielt mitleidig. »Ich meine, ich kann ja verstehen, dass Aschenputtel mal für einen Tag davon träumt, Cinderella zu sein, aber, ich bitte dich, *Süße.*« Sie machte Anstalten, ihre Hand nach Kit auszustrecken, und kam damit ihrem Gesicht verflucht nah. »Es wird Zeit, aufzuwach–«

Ich ließ nicht zu, dass sie ihren Satz beendete, beugte mich vor und griff Kit am Handgelenk. Ich spürte, wie sie zusammenzuckte, aber sie wehrte sich nicht dagegen, als ich sie zu mir und runter auf meinen Schoß zog. In einer Hand ihr Glas, in der anderen die Sonnenbrille, suchte sie mit einem überraschten Laut Halt an meinen Schultern. Ich hielt sie mit einer Hand auf ihrem unteren Rücken fest, aber verhinderte nicht, dass sie gegen meine Brust stieß.

Es war zu viel nackte Haut. Zu viel Hitze von der Sonne, zu viel Kälte von meinen immer noch nassen Badeshorts, die plötzlich die einzige lächerliche Barriere zwischen mir und ihrer Hüfte war.

Kit spannte sich an, ich hörte, wie ihr Atem kurz stockte, aber sie blieb, wo sie hingehörte, und ich tat, was längst überfällig war.

»Das reicht«, knurrte ich und sah an Kit vorbei zu den beiden Frauen, die mich anstarrten wie verdammte Rehe, die mir vors Auto gesprungen waren. »Verschwindet.«

Eine von ihnen schnappte leise nach Luft. Die andere stammelte irgendeinen Scheiß der nach »Wie bitte?« klang.

»*Jetzt.*«

Sie brauchten fünf Sekunden, um sich in Bewegung zu setzen.

Es waren fünf fucking Sekunden zu viel.

»Nate«, sagte ich einfach nur, weil ich spürte, dass er wegen dieser Nummer nicht weniger angepisst war als ich.

»Schon dabei«, erwiderte er finster, und ich sah aus dem Augenwinkel, wie er aufstand und den Frauen hinterherging.

Als ich dann wieder Kit fixierte, hatte sie ihre Lippen aufeinandergepresst. »Das hätte ich allein –«

»Weiß ich«, unterbrach ich sie und zog sie mit meiner Hand an ihrer Hüfte ein Stück näher. Ich wusste, dass ich das nicht sollte, dass die Chancen hoch standen, dass sie sich jeden Moment losreißen würde – aber ich konnte nicht anders. »Du hast uns aber gerade von Stufe eins auf Stufe vier hochkatapultiert, und dir sollte klar sein, dass ich schon ab Stufe null niemanden so mit dir reden lasse. Jetzt können sie verdammt froh sein, wenn sie nicht von hier bis zum Hafen schwimmen müssen.«

»Das mit Stufe vier warst gerade du, nicht ich«, meinte sie, aber wen wollte sie damit verarschen?

Hätte sie diese Nummer hier nicht abgezogen, hätten wir bis nächste Woche damit warten können. Jetzt würde am Montag die ganze Uni Bescheid wissen, weil ich so was wie das hier, dass ich sie auf meinen Schoß zog, nicht machte.

Als ich nicht antwortete, abgelenkt von ihrem verfluchten Geruch nach Sonnencreme und Maracuja, rutschte sie auf meinem Schoß herum und machte Anstalten, aufzustehen.

Ich drückte sie wieder runter, meine inzwischen abgebrannte Zigarette immer noch in meiner anderen Hand.

»Was sollte das gerade, Kit? Du kannst so einen Scheiß nicht einfach machen, ohne –«

»Du hast doch gerade selbst gesagt, wir haben eine *Vorgeschichte*. Also mach kein Fass auf und lass mich runter.«

Sie sah mich finster an, aber ich ließ sie immer noch nicht gehen. Ihre Augen waren glasig. Ich konnte nicht sagen, ob sie auch gekifft hatte, aber sie war definitiv zu weit von nüchtern entfernt.

»Wie viel verdammt hast du getrunken?«

»Noch nicht genug«, pfefferte sie zurück, schmiss ihre Sonnenbrille neben uns aufs Daybed und rutschte dann plötzlich so dicht mit ihrer Hüfte nach vorn, dass ihre Mitte gegen meinen Schwanz drückte.

Gott, was zum Teufel …?!

Mein Körper reagierte vor meinem Verstand, und ehe ich kapierte, was ich tat, schmiss ich Kit rücklings aufs Daybed, warf die Zigarette irgendwohin und beugte mich mit einem Arm abgestützt zu dicht über sie. Mit meiner freien Hand griff ich nach ihrem Kiefer, woraufhin ihre riesigen Augen schmaler wurden, die Gasflammen darin loderten, mein verfickter Puls hämmerte.

»Lass den Scheiß«, warnte ich sie – und auch mich selbst, damit ich nichts tat, womit ich alles gegen die Wand fahren würde. »Und werd wieder nüchtern, verdammt.«

Ich ließ sie los, zerriss eins der tausend Seile, die mich daran hindern wollten, und verzog mich ins Innere der Yacht, ohne auf eine Antwort zu warten.

Ich würde eh keine kriegen.

# 23

## KIT

»Was war das denn?« Lana saß immer noch auf ihrem Daybed und starrte mich mit großen Augen an.

Ich … äh … ja. Das fragte ich mich gerade selbst.

Ich sah von ihr zu der Salonfront, hinter der Connor gerade verschwunden war, dann auf mein Glas, das neben mir auf dem Daybed lag, das Eis auf den Laken verstreut. Bis eben hatte ich mich nicht betrunken gefühlt, ich war es auch nicht, aber jetzt schwirrte mir plötzlich der Kopf.

»Erde an Kit.« Lana stand auf einmal neben mir, hatte ihre Sonnenbrille mit den rosa Gläsern in ihre Haare geschoben und sah mit gerunzelter Stirn zu mir runter.

Ich blinzelte gegen die Sonne an. »Was?«

»Was das gerade war. Schon klar, nicht echt, aber, *holy shit*, wenn ich nicht gewusst hätte, dass – okay, nein, weißt du was?« Sie ließ sich neben mir aufs Daybed sinken. »Es war trotzdem irgendwie heiß.«

»Geht so«, log ich, weil ich vielleicht für ein paar Sekunden dasselbe empfunden hatte.

»Ich glaub dir kein Wort«, sagte Lana belustigt.

*Ja, ich mir auch nicht.*

Himmel, es wäre deutlich einfacher gewesen, wenn mein Körper nicht so ein Verräter wäre und es ihn kaltlassen würde, wenn Connor ihn berührte. Vor allem mit nacktem Oberkörper. Aber die Piranhas hatten ausnahmsweise mal aus völlig anderen Gründen ihre Zähne geschliffen, und keiner davon hatte etwas damit zu tun, dass sie ihn zerfleischen wollten.

»Aber was war denn gerade los?«, fuhr Lana fort. »War das geplant? Das mit Tick und Trick?«

Ich brauchte einen Moment, um zu verstehen, dass sie von den beiden Frauen sprach, und seufzte dann. »Nope.«

Das war null Komma null geplant gewesen. Aber … keine Ahnung. Es war einfach so über mich gekommen, und ja, vielleicht waren die Cocktails schuld, vielleicht Connor, weil er mich mit seinen Fragen genervt hatte, und vielleicht auch dieses zusammengeballte Knäuel aus Wut, Frust und Ratlosigkeit, das sich seit gestern immer fester in meinem Bauch zusammengezogen hatte.

Ich hatte die Nacht kaum geschlafen. Nicht aus Angst, weil ich erwartete, dass wieder Geldeintreiber bei uns auftauchen könnten (gut, vielleicht ein bisschen deswegen), sondern weil mir der Streit mit Jackson nicht aus dem Kopf gegangen war und ich nicht wusste, was ich jetzt tun sollte.

Sollte ich ignorieren, was Jackson gesagt hatte? Sollte ich mit meinem Vater reden? Mir wieder irgendeins seiner hundert leeren Versprechen anhören, weil er schwor, sich dieses Mal »wirklich« darum zu kümmern? Oder sollte ich mit Connor reden und ihn bitten, auch diese Schulden zu bezahlen? Ganz gleich, was ich dann dafür tun müsste?

Nichts davon klang nach einer Option, mit der ich leben könnte.

Als könnte Lana sehen, dass meine Gedanken abgedriftet waren, runzelte sie besorgt die Stirn. »Alles okay?«

*Nein.*

Ich schluckte meine Antwort runter. Ich wollte mit meinem

Stolz dasselbe tun und ihr alles erzählen. Ihr sagen, dass ich die Schnauze so was von voll hatte, von meinen Eltern, den Geldproblemen, und dass Jackson mit so gut wie allem, was er mir gestern an den Kopf geknallt hatte, recht gehabt hatte.

Aber stattdessen winkte ich es mit einem Schulterzucken ab. »Klar, was soll denn sein?«

»Ich weiß nicht. Irgendwie benimmst du dich komisch«, stellte sie fest, lehnte sich mit einem Arm aufgestützt ein Stück zu mir und senkte ihre Stimme. »Empfindest du noch etwas für ihn?«

Ein Lachen blubberte in mir hoch. »Du meinst, abgesehen davon, dass ich die meiste Zeit darüber nachdenke, ihn mit Steinen an den Füßen auf den Grund des Meeres zu befördern? Nein.«

Lana wirkte nicht besonders überzeugt und hob eine Braue, als würde sie damit sagen wollen: *Mir kannst du's sagen.* Aber es gab nichts zu sagen.

Weil ich schwieg, gab sie mit einem Seufzen auf und hielt mir ihren kleinen Finger entgegen. »Versprich mir, dass, wenn du dich doch wieder in ihn verliebst, es mir sofort sagst.«

»Ist das dein Ernst? Das wird nicht noch mal passieren.«

»Versprich es mir trotzdem.«

Die Augen verdrehend hakte ich meinen kleinen Finger bei ihr ein. »Versprochen.«

»Danke.« Sie wollte ihre Hand wieder wegziehen, aber ich hielt sie fest.

»Und du versprichst mir dasselbe. Wenn zwischen dir und Nate doch mehr läuft und *du* dich in ihn verliebst, dann sagst du es mir auch.«

Sie starrte mich an, als hätte ich ihr gerade eine tote Ratte vors Gesicht gehalten.

»Was denn? Ihr hängt im Moment wirklich viel aneinander.

Und jedes Mal, wenn ihr an einem Ort seid, *klebt* ihr aneinander.«

»Um Himmels willen«, erwiderte sie beinahe angeekelt. »Ich habe dir doch schon tausend Mal gesagt, dass da nichts zwischen uns ist. Nate und ich haben unglaublichen Sex, ehrlich, aber alles andere würde nie funktionieren. Wir sind uns zu ähnlich. Und außerdem –«

»Verliebst du dich nicht, ich weiß«, unterbrach ich sie, weil wir auch darüber schon tausend Mal gesprochen hatten. Lana glaubte nicht an das Konzept der Liebe; ihre Mom war ständig an die falschen Männer geraten und hatte Lana im Grunde vorgelebt, dass Männer zu nichts anderem taugten, außer zu Sex und Geld.

In ihrem tiefsten Inneren wusste Lana, dass das Quatsch war, aber sie hielt sich trotzdem für verflucht und glaubte nicht daran, dass irgendwer diesen Fluch brechen könnte.

»Genau«, pflichtete sie mir bei. »Aber wenn es dich beruhigt – ich verspreche es. Wir werden uns gegenseitig sagen, wenn wir dabei sind, eine Dummheit zu begehen.«

»Kling gut«, sagte ich und hob feierlich unsere Hände höher. »Auf dass dieser Tag niemals kommen möge.«

Lana lachte. »Darauf sollten wir einen trinken.«

Fünfzehn Minuten später taten wir das – zumindest, nachdem wir vom Sonnendeck aus zugesehen hatten, wie Tick und Trick von einem Speedboot des Country Clubs abgeholt wurden und dabei schlimmer aussahen als Cercei Lannister, die den Gang der Schande antrat.

Ich fand es übertrieben, dass Nate sie von seiner Yacht geschmissen hatte, aber es überraschte mich auch nicht.

Noch weniger als das überraschte mich Connor. Wir gingen uns für den Rest des Nachmittags erst mal aus dem Weg, aber so richtig verstand ich nicht, was sein Problem war.

Okay … ich hätte ihn vorwarnen können, bevor ich uns, wie er es nannte, auf Stufe vier hochkatapultierte – aber was hätte ich denn tun sollen? Es war jetzt nicht so, als hätten wir geheime Zeichen für solche Fälle ausgemacht.

Alles, was danach passiert war, versuchte ich bis zu einem bestimmten Grad zu verdrängen. Seine von der Sonne aufgewärmte Haut an meiner, seine nassen Badeshorts an meinen Beinen, seine angespannten Muskeln, die Art, wie er mich aufs Daybed geworfen hatte … Es verstärkte nämlich nur den Frust in mir, und ich wollte das nicht.

Fakt war aber leider: Nach Tagen wie gestern hätte ich normalerweise einen Wildfremden mit zur Ruine genommen, um neue Graffiti zu hinterlassen und Frust abzubauen. Aus offensichtlichen Gründen ging das im Moment nicht.

Ich schätze, ich hörte auch deswegen nicht auf Connor, und statt wieder auszunüchtern, trank ich weiter. Mit kleinen Pausen und mit weniger Alkohol in meinen Cocktails. Schließlich wollte ich Spaß haben und nicht halb weggetreten in der Ecke liegen, während auf dem Hauptdeck bei lauter Musik getanzt und ein bisschen Gras rumgereicht wurde.

Ich wusste, dass ich trotzdem zu viel getrunken hatte.

Ich wusste auch, dass ich dazu nicht unbedingt hätte kiffen sollen – aber was soll's? Falls nicht zufällig die nächsten Geldeintreiber vor unserer Tür auftauchen würden, hatte ich nicht vor, heute Nacht nach Hause zu kommen.

Am liebsten wollte ich gar nicht mehr dahin zurück, aber weil ich keine andere Wahl hatte, wollte ich wenigstens für einen Tag alles vergessen.

Einfach für eine winzige Weile nicht mein Leben haben.

Meine Umsetzung davon gefiel der Spaßpolizei nur nicht besonders.

Das war mir eigentlich schon den ganzen Tag klar, aber als

ich später am Abend mit Lana zu »Swim« von Chase Atlantic tanzte, mit einem schon wieder halb leeren Cocktail, spürte ich unentwegt Connors gereizten Blick auf mir. Er prickelte auf meiner Haut – wenn auch hauptsächlich an meinen Beinen und meinem Hintern –, was mich gerade weitaus weniger störte, als es sollte. Es machte höchstens seltsame Dinge mit den Piranhas, weil es ihnen gefiel, dass er mich beobachtete und den Blick nicht mal dann abwandte, als ich mich im Rhythmus des Songs wiegend umdrehte und sich Lanas Arme über meinem Strandkleid um meinen Bauch schlangen.

Die Fadenkreuze in Connors Augen brannten sich bedrohlich in meine, aber das hinderte mich nicht daran, ihm ein provokantes Lächeln zuzuwerfen und weiterzutanzen.

»Es würde mich wirklich kein bisschen überraschen, wenn er heute noch ein paar Straftaten begeht. Mindestens Entführung und Freiheitsberaubung«, sagte Lana leise lachend, während wir zu den Jungs runtersahen, die in einer runden Sitzecke saßen.

Zumindest Connor, Alec und Nate; Jesse fehlte. Alec hatte eine Blondine auf sich sitzen, spielte aber mal wieder an seinem Handy, anstatt ihr dabei zuzusehen, wie sie auf seinem Bein hoppelnd nach Aufmerksamkeit verlangte. Nate war mit einem Bier in der Hand tief in die Kissen versunken und beobachtete Lana und mich mit gesenkten Lidern. Vor allem ihre tätowierten Arme um meinen Bauch. Aber wovon auch immer er da träumte – das würde nicht passieren.

Connor allerdings … Er war mal wieder der Connor, von dem man nie wusste, ob er die Herrschaft über die Welt plante oder sie doch lieber einfach niederbrennen wollte.

Angespannter Kiefer. Verdunkelte Züge. Zwei tiefe Schluchten in seinen Augen, die schon immer eine seltsame Anziehung auf mich ausgeübt hatten.

Vielleicht hätte mir das eine Warnung sein sollen, seine Nerven nicht überzustrapazieren, aber … na ja. Wieso jetzt damit anfangen, wenn es andersrum mehr Spaß machte? Wenn sich das Kribbeln auf meiner Haut zu gut anfühlte, weil er mich keine Sekunde aus den Augen ließ und es sich anfühlte, als hätte ich eine völlig irrationale Macht über ihn?

»Na los, geh schon«, lachte Lana irgendwann leise und gab mir einen sanften Stoß in Connors Richtung.

Eine kleine Stimme in mir versuchte mich davon abzuhalten, auf ihn zuzugehen. Sie sagte mir, dass er nicht der Richtige war. Dass ich das, was ich wollte, was ich brauchte, gar nicht von ihm haben wollte – aber ich ignorierte sie, tanzte auf Connor zu und trank etwas von meinem Cocktail.

Bevor ich ihn erreichte, stellte ich das Glas auf dem niedrigen runden Tisch bei der Sitzecke ab.

Connor verzog keine Miene, aber alles darin schien mich zu fragen, was zum Teufel ich vorhatte – ich verriet es ihm nicht, blieb nur zwischen seinen lässig gespreizten Beinen stehen und griff mir die Basecap, die er trug.

Ich löste meinen Dutt, damit meine Haare in Wellen über meinen Rücken fielen, und zog mir die Basecap mit dem Schirm nach hinten über.

Und dann tanzte ich weiter. Meine Hüften taten zum Song, was auch immer sie wollten, während ich mit meinen Händen über meine Seiten fuhr, meinen Kopf in den Nacken fallen ließ und zufrieden die Augen schloss.

»Cali«, raunte Connor warnend, aber ich hörte nicht hin.

Es wäre eine Lüge, zu sagen, dass ich mich nicht wieder daran gewöhnt hatte, dass er mich so nannte. So, als würde sie immer noch existieren – *Cali*.

Aber das tat sie nicht mehr. Cali hätte heute nicht getrunken. Sie hätte nicht ein paarmal an einem Blunt gezogen und auf einer 32-Millionen-Luxusyacht zwischen den Beinen des Mannes getanzt, der ihr das Herz mit bloßen Händen herausgerissen hatte, sondern sich ununterbrochen Sorgen darüber gemacht, ob zu Hause alles in Ordnung war.

Morgen würde ich mich dafür hassen, nicht Cali gewesen zu sein – aber heute wollte ich ja nicht mal mehr *ich* sein.

Als plötzlich Connors Hände auf den Seiten meiner Knie lagen, öffnete ich die Augen und sah zu ihm runter. Direkt in den Abgrund, von dem man weder eine Ahnung hatte, wo er hinführte, noch, ob man ihn mit gesundem Verstand wieder verlassen würde. Die Frage war aber nicht, ob ich mich trauen würde, ihn zu betreten – sondern was ich bereit wäre, dafür zu zahlen.

»Was tust du da?«, wollte er leise von mir wissen, aber ich schwieg wieder und stieg rittlings auf seinen Schoß.

Seine Hände schoben sich über meine Beine bis zu meinen Hüften, was nach außen hin vielleicht den Schein wahrte, aber ich merkte sofort, dass er mich nur auf Abstand halten wollte.

Das Lied wechselte zu »Shut Up and Listen« von Nicholas Bonnin und Angelicca, und ich fing an, meine Hüften zum langsamen, sinnlichen Beat auf ihm zu bewegen.

Ich wollte mehr von diesem Machtgefühl. Mehr von diesem Blick, mit dem Connor mich ansah, als wüsste er nicht, ob er mich an sich ziehen oder von sich runterschubsen wollte. Zwischen uns veränderte sich irgendwas, die Luft schien dünner zu werden, elektrisierter, als ich näher an ihn heranrutschte, mich mit einer Hand an seiner Schulter festhielt und keiner von uns wegsah.

Ich wollte es nicht wollen. Die Veränderung, dieses Kribbeln, die Spannung, die sich viel zu schnell aufbaute – nicht mit Connor. Ich hatte mir geschworen, ihn nie wieder an mich heranzulassen. Aber er hatte letztens gesagt, dass das, was ich wollte, und das, was ich brauchte, zwei unterschiedliche Dinge waren. Und gerade brauchte ich nur …

»Kit.« Wieder eine Warnung, als ich mich näher zu ihm beugte, meine Hand von seiner Schulter in seinen Nacken wandern ließ und mein Herz anfing, wild zu pochen.

Sein Griff um meine Hüfte wurde fester, seine Hände gruben sich in den Stoff meines schwarzen Strandkleides.

»Was. Tust. Du. Da?«, wiederholte er seine Frage, seine Stimme ein tiefes Knurren, das direkt in mein Inneres schoss.

Ein Lächeln legte sich auf meine Lippen. »Stufe vier«, erwiderte ich nur, schob auch meine andere Hand in seinen Nacken und ein Stück in seine kurzen Haare.

»Dann komm runter auf Stufe eins«, verlangte er leise, aber ich zog mich stattdessen nur noch näher an ihn.

Connor reagierte zu spät, und als er versuchte, mich wieder von sich wegzudrücken, presste ich mich fester gegen seine Hüfte. Er stieß ein leises Zischen aus, seine Muskeln spannten sich unter mir an. »Fuck, Cali, was ist heute los mit dir?«

*Zu viel.*

»Nichts«, wich ich ihm aus, machte damit weiter, mich zur Musik auf ihm zu bewegen und diese nicht sein sollende Spannung zwischen uns zu verstärken.

Aber dieses Mal hielt Connor mich davon ab, zwang mich dazu, stillzuhalten, und grub seine Daumen fest über die Stellen meiner Hüftknochen.

»Lüg mich verdammt noch mal nicht an.«

»Tue ich nicht«, log ich einfach weiter, weil ich nicht mit ihm darüber reden wollte. Es ging ihn nichts an.

Als wüsste er, dass ich nicht die Wahrheit gesagt hatte, presste er seine Lippen aufeinander. Mit meinem Blick darauf geheftet, beugte ich mich weiter vor, stützte mich mit den Unterarmen gegen seine Schultern ab und kam seinem Gesicht so nah, wie er es ständig bei mir tat.

So nah, dass ich seine Nasenspitze mit meiner berührte und das letzte bisschen meiner Vernunft endgültig verschwand, als ich seine Erektion zwischen meinen Beinen spüren konnte.

»Fuck, Kit … Nicht«, kam es rau über seine Lippen, kaum dass ich meine Finger noch ein bisschen weiter in seine Haare schob, mich noch ein bisschen fester gegen seinen Schwanz drückte und ein bisschen mehr wollte als nur das.

Mehr brauchte. *Für heute.*

»Warum nicht?« Mein Blick hob sich in seine Augen, die in der Dunkelheit mehr Grau als Olivgrün waren, mein Puls rauschte in meinen Ohren. »Sag nicht, dass du mich gerade nicht willst, Connor.«

»Tue ich nicht. Aber wenn du denkst, dass ich dich so anfasse, irrst du dich«, erwiderte er, seine Stimme auf einmal rauer, kälter.

»So?«, echote ich herausfordernd und stoppte meine Bewegungen, als ich sah, dass er es ernst meinte. »Wie bin ich denn gerade *so*?«

»Nicht du selbst.«

»Scheint dir trotzdem zu gefallen, oder nicht?« Ich sah runter, dorthin, wo sich mein Körper immer noch fest gegen seinen drückte und immer noch seine Erektion spürte.

Connor nahm eine Hand von meiner Hüfte, griff nach meinem Kiefer und zwang mich dazu, ihm wieder in die Augen zu sehen. Die Dunkelheit in seinem Blick provozierte die Piranhas in mir, denn da, wo ich gerade noch Verlangen gesehen hatte, war jetzt ein Widerstand, so dick, dass das warme Kribbeln in mir erlosch.

»Du bist betrunken. Du weißt nicht, was du hier gerade tust, und wärst du nüchtern, würdest du mir eher den Schwanz abschneiden, als drauf sitzen zu wollen, also fuck, nein, das gefällt mir nicht.«

Ich verengte die Lider und versuchte mich trotz seines Griffs zu ihm zu beugen. »Auf einmal ganz der geläuterte Heilige, hm? Das hat dich doch früher auch nicht gestört.«

Er biss die Zähne zusammen. »Warum benimmst du dich heute so? Das Trinken? Kiffen? Das hier?«

»Ich habe nur Spaß. Bin ich jetzt verhaftet, Officer?«, fragte ich abfällig und verdrehte die Augen, weil mir seine Fragen auf die Nerven gingen.

»Kannst du mal mit dem Scheiß aufhören?«

»Kannst du mal aufhören, so zu tun, als müsstest du mich vor irgendwas beschützen?«, konterte ich, riss mein Gesicht aus seinem Griff los.

Ich hasste es, dass er das tat.

Wieso zur Hölle war er so? Wieso wies er mich mit dieser dämlichen Begründung zurück, die ihn früher auch nicht interessiert hatte? Und wieso hatte ich das Gefühl, dass das nicht mal alles war? Dass *Cali* schuld war?

Der Frust, der schon die ganze Zeit in mir brannte, ballte sich noch mehr zusammen, wurde eklig und schwer.

Er wollte mich, ich konnte es spüren – aber genau wie früher schob er irgendwas vor, und ich verstand es nicht.

Ich wusste nicht viel über die Frauen, mit den er geschlafen hatte, aber bei ihnen war er nicht so zimperlich gewesen. Bei ihnen hatte er sich keine Gedanken darüber gemacht, ob sie Jungfrauen oder betrunken waren, oder ob sie einfach nur einen beschissenen Tag hinter sich hatten, über den sie nicht mehr nachdenken wollten.

Klar, ich war seine beste Freundin gewesen, die ihm irgendwie wohl wichtig gewesen war – aber diese Zeiten waren lange vorbei.

»Und ich weiß sehr wohl, was ich hier tue«, ergänzte ich scharf. »Tu nicht so, als wäre ich komplett besinnungslos.«

Bevor er darauf antworten konnte, stieß ich mich von seiner Schulter ab und stand wieder auf.

»Wo willst du hin?«, wollte er wissen, wobei ich schon nach meinem Glas auf dem Tisch griff und rückwärtsging.

Ich hob zum zweiten Mal heute mein Glas in seine Richtung, sein Blick immer noch finster, finster und verdammt finster. »Ich hole mir meinen Spaß woanders.«

Damit drehte ich mich um, exte den Rest meines Cocktails und stieß zurück zu Lana, die inzwischen mit Nate tanzte. Wobei tanzen untertrieben war – Nate hatte sie von hinten an sich gedrückt, seine Arme um ihre Taille geschlungen und biss und leckte ihr über den Hals. Die beiden waren in ihrer eigenen Sex geladenen Bubble gefangen, und es war unfair.

Ich spürte Neid in mir aufsteigen, komplett irrationalen Neid, weil ich mich gerade auch nach so einer Bubble sehnte und sie nicht bekam, weil Connor und ich diesen bescheuerten Deal hatten.

Würde er nicht existieren, wäre ich jetzt einfach zu einem der Typen hier gegangen – zwei davon hatten mir sowieso schon beim Tanzen die ganze Zeit Blicke zugeworfen, als würde ich nackt vor ihnen stehen – und hätte mir das geholt, was Lana heute noch bekommen würde. Aber dann hätte Connor unseren Deal in der Luft zerrissen, wahrscheinlich die Schulden wieder zurückgezogen und ich wäre wieder dort, wo ich vor zwei Wochen gewesen war.

Na ja … keine Ahnung, ob ich da nicht eh seit gestern wieder drinsteckte.

Mir stieg ein bitteres Lachen hoch, dann tanzte ich einfach weiter, an Nate und Lana vorbei und irgendwo anders hin, wo ich sie nicht im Blick haben musste.

Meine Stimmung war im Eimer. Ich war frustriert, wütend, müde von dem ganzen Chaos und wollte doch nur, dass das aufhörte. Das Karussell in meinem Kopf. Das Gefühl, dass alles auseinanderfiel und ich es nicht aufhalten konnte.

Als mein Blick bei den beiden Jungs hängen blieb, die mich vorhin beobachtet hatten – oder besser gesagt an ihrem Joint –, ging ich zu ihnen rüber.

»Hey«, sagte ich, kaum dass ich bei ihren Sesseln angekommen war, und lächelte sie an. »Darf ich –«

»Äh, sorry, aber wir sind nicht interessiert«, sagte der eine, ein dunkelhaariger Typ mit Drei-Tage-Bart, und winkte mit dem Joint in der Hand ab.

Ich kniff verwirrt meine Brauen zusammen. »Wie bitte?«

Der andere, ein Kerl mit Buzz-Cut und geöffnetem Hemd, sah kurz auf meine Beine und schüttelte den Kopf. »Du bist ja echt scharf und so, aber wir wollen keinen Stress.«

»Keinen … Stress?«, echote ich dumpf und brauchte leider einen Moment zu lange, bis es mir dämmerte.

Ich drehte mich wieder zu Connor um, der auf der anderen Seite des Decks saß und mich längst fokussiert hatte. Selbstverständlich sichtbar angepisst. Wer hätte das gedacht?

Ich schnaubte, wandte mich wieder an die beiden Kerle und stützte mich nach vorn gebeugt auf den Tisch auf, der zwischen ihnen stand. Dass sie dabei einen perfekten Blick in mein tief ausgeschnittenes Kleid hatten, war nicht mal meine Absicht, aber es interessierte mich gerade auch nicht.

Mir ging es eher darum, dass Good-Guy-Connor eine gute Aussicht hatte.

»Eigentlich wollte ich nur fragen, ob ich mal ziehen darf«, meinte ich und deutete auf den Joint.

»Oh.« Er tauschte einen Blick mit seinem Buzz-Cut-Kumpel aus, schien sich aber nicht sicher zu sein, was er tun sollte, und sah dann auf etwas hinter mir. Seine Augen wurden größer. Ein bisschen zu ängstlich, für meinen Geschmack. »Äh, ich glaube nicht, dass … Hey, Bro, ich schwöre, ich habe nicht –«

Bevor er seinen Satz vernünftig beenden konnte, schob sich ein Arm um meine Taille und hob mich hoch. Sein Griff war so fest, dass mir für einen Moment die Luft wegblieb und ich beinahe mein Glas fallen ließ.

»Hey! Geht's noch?«, zischte ich Connor an, der mich einfach wie eine Puppe von den Typen wegtrug und erst nach ein paar Metern Entfernung wieder auf den Boden absetzte. Allerdings blieb er nicht stehen, sondern zog mich am Arm ins Innere der Yacht.

»Connor! Was soll das?!« Ich versuchte an meinem Handgelenk zu ziehen, aber seine Finger umschlossen es wie ein verdammter Schraubstock.

Er hielt erst wieder an, nachdem er mich ins Lower Deck runtergeschleift und mich in eins der Schlafzimmer geschoben hatte. Wahrscheinlich kam ich deswegen kurz auf dumme Gedanken, aber die lösten sich sofort wieder in Luft auf, als ich in Connors Gesicht blickte und mir klar wurde, dass er seine Meinung nicht geändert hatte.

Er würde mir nicht helfen, zu vergessen.

Stattdessen brodelte unter seiner Oberfläche auf einmal so viel Wut, dass die Tür eigentlich hätte in zwei Hälften brechen müssen, als er sie hinter uns zuknallte.

»Fuck, ist das dein beschissener Ernst?«, knurrte er mich an und kam so nah auf mich zu, dass ich aus Reflex vor ihm zurückwich, bevor ich die Füße in den Teppich stemmte und ihn an der Brust zurückschubste.

»Das fragst du mich?! Was sollte das eben?«

Er lachte kalt auf. »Frag deine beschissenen Society-Bewertungen.«

So unerwartet wie das gerade kam, so wenig verstand ich es. »Was soll das heißen?«

»Dass du dich verdammt noch mal von Wichsern fernhalten sollst, in deren Vorstellung du schon ihre fucking Gesichter reitest.« Er beugte sich bedrohlich zu mir runter, aber seine Einschüchterungstaktik prallte an mir ab wie ein Ball an einer Mauer. »Du wirst uns nicht unglaubwürdig machen, Kit. Ich habe keinen Bock darauf, dass du jedes Mal so was abziehst, wenn du einen beschissenen Tag hast.«

»Ich habe keine Ahnung, was du meinst!«, blaffte ich zurück und warf meine Arme hoch. »Krieg vielleicht einfach mal deine scheiß Eifersucht in den Griff, anstatt mir vorzuwerfen, ich mache irgendwas unglaubwürdig. Ich habe überhaupt nichts gemacht!«

Seine Lider verengten sich zu Schlitzen. »Nichts gemacht? Fuck. Du machst den ganzen Tag schon *das hier*.« Er deutete mit einer Hand von oben bis unten auf mich, aber – wieder – ich kapierte nicht, was er gerade von mir wollte.

Das war *ich*.

Vielleicht mit ein bisschen zu viel Alkohol intus, okay, sah ich ein – aber das änderte nichts daran, dass das *ich* war und er das verdammt noch mal akzeptieren sollte.

Ehe ich aber dazu kam, ihm das zu sagen, hatte er sein Handy aus seiner Hosentasche gezogen und hielt mir sein Display vor die Nase.

»Deswegen wirst du dich von jedem Wichser fernhalten, der dir zu nah kommt – hast du das kapiert?« In seiner Stimme schwang eine dunkle Drohung mit, auf die ich überhaupt nicht gut reagierte.

Ich blinzelte und sah trotzdem genauer aufs Display und erkannte mein Society-Profil. Die Seite mit den Bewertungen, die ich gerade das erste Mal sah.

Es waren zwölf. Zwölf Bewertungen bei einer Gesamtpunktzahl von 9,2 von 10.

In der nächsten Sekunde wäre ich am liebsten geplatzt.

»Ernsthaft jetzt?! Du flippst wegen zwölf Bewertungen so aus? Das ist doch gerade mal ein Bruchteil von dem, den du hast? Wie viele sind das? Fünfhundert?!«

Ich wusste, dass es über vierhundertfünfzig waren, aber es kamen ständig neue dazu und nicht alle davon waren echt. Himmel – nicht mal *ansatzweise.*

»Darum geht es nicht, Kit«, knurrte er, bevor er anfing, vorzulesen. »*Glatte zehn von zehn. Fackelt nicht lang und geht direkt zur Sache, gibt verdammt geile Blowjobs. Ist hart im Nehmen. Jackpot.*« Er schien fast bei jedem Wort seine Zähne noch fester zusammenzupressen. »*Wenn alle Chicks von der Northside so ein Fick-Material sind wie sie, fahr ich da öfter rüber.*« Er scrollte zornig weiter. »*Scharfe Braut mit Zungenpiercing. Bester Fick seit Langem. Gönnt euch, Jungs.*« Dann sah er mich wieder an. »Fuck, *gönnt euch, Jungs*?! Gönnt euch einen verdammten Scheiß!«

Okay – wow.

Was … um Himmels willen …?

Ich versuchte noch herauszufinden, ob mich irgendwas von dem, was Connor gerade vorgelesen hatte, verletzte, aber er ließ mir dazu gar keine Zeit.

Er zeigte wütend mit seinem iPhone auf mich. »Halt dich an unseren Deal, Kit. Deinetwegen stehen wir jetzt überhaupt auf dieser verdammten vierten Stufe, und nach dem, was du da eben abgezogen hast, kannst du nicht einfach zu irgendwelchen Wichsern gehen und – *fuck!*«

Eine Sekunde lang rechnete ich damit, dass Connor seine Faust gegen die nächstbeste Wand rammte, aber er fuhr sich nur durch die kurzen Haare. Was mich daran erinnerte, dass ich seine Basecap noch trug.

»Falls du's wissen willst, ich habe sie lediglich nach ihrem Joint gefragt«, erwiderte ich harsch, bevor ich grimmig auflachte. »Aber, hey, ja klar, nach den Bewertungen würde ich auch denken, dass ich mich auf ihre *fucking Gesichter setzen wollte.* Das ist halt das, was ich den ganzen Tag lang so mache, wenn ich nicht gerade damit beschäftigt bin, hinter meinen verdammten Eltern aufzuräumen!«

»Hör auf damit!«, zischte er, aber mir war klar, dass er nicht vom Aufräumen gesprochen hatte.

»Und womit bitte schön?«

»Dich verdammt noch mal so zu verhalten!« Er trat wieder auf mich zu, baute sich vor mir auf und irgendwie zerfetzten sich die Piranhas dabei selbst. »Du hast dir heute den ganzen Tag einen Drink nach dem anderen reingeschüttet, kiffst, was du sonst nicht tust, hast dich vor fünf Minuten praktisch noch an meinem Schwanz gerieben, als wäre es beschissen selbstverständlich, dass ich dich deswegen vögeln würde, und willst mir erzählen, dass *nichts* ist?«

»Es ist auch nichts! Also lass mich einfach mit dieser scheiß Fragerei in Ruhe, okay?!« Ich trat an ihm vorbei, und als er versuchte, mich festzuhalten, wich ich ihm aus und stolperte dabei gegen das Bett, das mitten im Raum stand.

Ich verlor das Gleichgewicht, nicht wegen dem Alkohol oder dem Gras oder wegen Connor – ich konnte gerade nur nicht schnell genug von hier verschwinden.

Er sollte aufhören, mir diese Fragen zu stellen. Aufhören, so zu tun, als würde es ihn wirklich interessieren. Als wäre es nicht einfach nur Teil unseres Deals.

»Kit, jetzt warte.«

Ich beachtete ihn nicht, rappelte mich wieder vom Bett auf und wollte zur Tür. Dieses Mal erwischte er mich aber am Handgelenk und hielt mich fest.

»Renn jetzt nicht weg!«, verlangte er, während ich fauchte: »Herrgott, Connor! Was willst du von mir?!«

»Dass du mit mir redest! Fuck, rede einfach mit mir, Kit.« Ein Riss zog sich durch seine Augen, ein vertrauter, etwas, das mich an früher erinnerte, aber ich schüttelte es ab.

Ich wollte nichts davon sehen.

»Warum sollte ich?«, schoss ich bitter zurück. »Es gibt nichts, worüber wir reden müssen, Connor. Wir sind keine Freunde mehr. Wir werden nie wieder Freunde sein. Kapier das endlich.«

Ich riss meine Hand von ihm los und ging runter zur Tür. In dem Moment, in dem ich sie aufzog, nicht mal so weit, dass ich hätte abhauen können, drückte er sie aber mit einem Knall wieder zu. Schneller, als ich reagieren konnte, wirbelte er mich herum und drängte mich mit dem Rücken gegen die Tür. Sein Körper sperrte mich ein, seine Arme stemmten sich links und rechts von mir ab, und er kam mir so verflucht nah, dass es mich innerlich zerriss.

Ich spürte seine Wärme, seine angespannten Muskeln, seine Wut.

Ich hoffte, er spürte meine.

»Nein, wir sind keine Freunde mehr, Cali«, knurrte er nur Zentimeter von meinem Gesicht entfernt. »Aber vielleicht hätten wir auch nie welche sein sollen.«

Mir lag die Frage auf der Zunge, was er damit meinte, aber ich kam nicht dazu, sie zu stellen.

Plötzlich presste er seine Lippen hart auf meine und ich erstarrte innerlich.

Ich hätte ihn beißen sollen, weil er das nicht einfach so tun konnte. Aber ehe ich es selbst realisierte, schoben sich meine Hände in seinen Nacken, krallten sich an ihm fest und zogen ihn zu mir runter.

Ich küsste ihn zurück. Schmerzhaft, fest, mit meinen Zähnen in seiner Unterlippe und seiner Zunge an meiner.

Es reichte nur nicht.

Ich stellte mich auf Zehenspitzen, gierte nach mehr, brauchte mehr, woraufhin Connor sich gegen meinen Körper presste, mich zwischen sich und der Tür einsperrte und wieder nach meinem Kiefer griff. Er löste uns zu schnell wieder voneinander, zischte, als meine Zähne an seiner Lippe zogen.

»Und du hast recht – wir werden auch nie wieder verfickte Freunde sein«, raunte er dicht an meinem Mund, bog meinen Kopf nach hinten und zog mit dem Daumen meine Lippe runter, um ihn zwischen meine Zähne zu schieben. »Weil die Dinge, die ich mit dir vorhabe, nichts mit Freundschaft zu tun haben.«

Ohne nachzudenken, schloss ich meine Lippen um seinen Daumen, saugte daran und berührte ihn mit der Zunge. Seine Augen lagen dabei so dunkel auf mir, dass sie einen dämonischen Glanz bekamen.

Connor schob ihn noch weiter in meinen Mund, senkte seine Stimme in eine Tiefe, die sich wie eine Drohung anfühlte. »Und weil Freunde nachts nicht daran denken, wie perfekt sich diese Lippen um meinem Schwanz anfühlen.«

Als er das sagte, fing mein Herz heftig an zu klopfen. Vielleicht ein bisschen, weil es die Piranhas wütend machte, dass er über die Vergangenheit sprach – aber hauptsächlich, weil er damit ein Bild in meinen Kopf pflanzte, das meine Lider flattern ließ, sobald er seine Hüfte gegen meine drängte und ich wieder seine Erektion an mir spüren konnte.

Ich dachte nicht darüber nach, worüber wir gerade noch gestritten hatten oder dass ich mir morgen wahrscheinlich wünschte, ich hätte nichts hiervon getan.

Gerade nutzte ich es einfach aus – weil ich in seinen Augen

lesen konnte, dass er mir geben würde, was ich brauchte. Eine kurze Flucht. Irgendwo dorthin, wo dieses ganze beschissene Leben auf der anderen Seite der Stadt nicht existierte.

Connor zog langsam seinen Daumen wieder aus meinem Mund, doch statt mich wieder zu küssen, weiterzumachen, legte er dieselbe Hand um meinen Hals und drückte mich daran fester gegen die Tür.

Mir kam der Gedanke, dass er mich früher nie so angefasst hatte, nicht so grob und rau – so dominant. Eher wie diese Puppe, die ich einfach nicht sein wollte und auch nicht war.

Und es gefiel mir, dass er das vielleicht langsam zu begreifen schien.

Seine andere Hand glitt unter mein Kleid, schob den schwarzen Stoff zur Seite und erreichte viel zu zielsicher den Punkt, an dem ich ihn haben wollte. Abgegrenzt durch das Bikinihöschen, rieb er über meinen Kitzler und konnte wahrscheinlich spüren, wie mein Puls nicht nur in meinem Hals raste.

»Sieh mich nicht so an, als würde ich dich gleich hier vögeln, Kit, das wird nicht passieren«, stellte er klar, rieb weiter über den Stoff, aber das war nicht genug. Ich drückte ihm meine Hüfte so weit entgegen, wie ich es zwischen ihm und der Tür eingeklemmt überhaupt konnte, wollte, dass er mir das Bikinihöschen einfach runterriss und mich richtig berührte.

Aber … Moment, was hatte er da gesagt? »Was?«

»Ich werde. Dich nicht. Vögeln«, wiederholte er, ließ seine Hand tiefer zwischen meine Beine wandern und zog meinen Bikini zur Seite. Ein leises, raues »Fuck« kam über seine Lippen, als er, ohne zu zögern, einen Finger in mich schob.

Ein Stöhnen unterdrückend biss ich mir in die Unterlippe.

Ich konnte selbst spüren, wie nass ich war, als er seinen Finger durch meine feuchte Spur führte und meinen Kitzler erreichte. Sofort zogen sich die Muskeln in meinem Unterleib zusammen, was lächerlich war, weil er nicht mal etwas tat. Ich wand mich unter seinem bewegungslosen Finger, und irgendwas daran trieb mich in den Wahnsinn.

»Warum nicht?«, stieß ich hervor, fing an, meine Hüfte zu kreisen, mir von ihm zu nehmen, was er mir gerade nicht gab, aber er drückte mich nur mit seiner ganzen Hand zurück gegen die Tür.

»Weil ich dich nicht hier vögeln werde. Nicht heute, nicht in diesem Zustand und nicht in diesem Bett, in dem es noch hundert andere treiben werden. Und fuck, erst recht nicht, wenn du mich morgen dafür hassen wirst.«

Während er das sagte, zog er am Bund meines Bikini-Unterteils. Ich ließ es auf den Boden fallen und trat es weg.

Dann war seine Hand endlich wieder zwischen meinen Beinen, rieb fest und genau richtig über meine pulsierende Stelle und hörte nicht wieder auf. Mir entglitt ein leises Stöhnen, meine Lider wollten sich schließen, aber ich schaffte es nicht, mich von seinem Blick zu lösen, der sich tief in meinen brannte.

»Ich werde dich irgendwann unter mir haben, in meinem verdammten Bett«, raunte er dicht an meinem Mund, küsste mich. »Und wir wissen beide, dass es passieren wird. Aber … merk dir meine Worte, Cali.« Er biss mir leicht in meine Unterlippe. »Ab diesem Tag wirst du mir gehören.«

Ich wollte ihm sagen, dass er das vergessen konnte.

Dass ich niemals ihm gehören würde.

Aber als würde er meine Antwort kennen, presste er seine Lippen zu schnell wieder auf meine, küsste mich heftig, rau und grob, wobei er nicht aufhörte, seinen Finger so verflucht perfekt über meinen Kitzler zu bewegen, dass meine Beine zu zittern anfingen. Ich krallte mich in sein T-Shirt, wollte es ihm vom Körper reißen und meine Zähne in seiner Haut vergraben, weil etwas in mir ihm immer noch wehtun wollte.

Ich würde es vielleicht immer wollen, würde immer gegen ihn kämpfen, mit Zähnen und Krallen, aber vielleicht war das jetzt einfach unsere Sprache – unterstrichen von seinen Gegenangriffen, seinem Kampf und seinem tiefen, fluchenden Stöhnen an meinen Lippen, als ich mit einer Hand zu seiner Erektion glitt und sie durch den Stoff seiner Badeshorts drückte. Ich wollte damit weitermachen, wollte mehr von seinen Lauten, mehr von ihm, ganz egal, dass er mich nicht vögeln wollte. Aber er nahm plötzlich seine Hand von mir und hob mich mit einem Griff unter meinen Schenkeln hoch. Instinktiv umklammerte ich mit meinen Beinen seine Hüfte, küsste ihn weiter und keuchte unbeherrscht in seinen Mund, sobald er mich gegen die Tür drückte und sein harter Schwanz gegen meine Mitte stieß, immer wieder darüber rieb, kreiste, sich fest gegen mich presste und mich einer süßen Folter aussetzte, von der ich nicht genug bekommen konnte.

Es war mir egal, dass ich Spuren auf seinen Badeshorts hinterlassen würde.

Es war mir egal, ob uns jemand hören würde. Ob die Tür Geräusche von sich gab oder ob mein Stöhnen bis in den Korridor drang.

Es fühlte sich viel zu gut an.

Himmel, es war lächerlich, *wie* gut es sich anfühlte.

Ich drückte Connor meine Hüfte immer wieder entgegen, fuhr mit meinen Nägeln über seinen Nacken, entlockte ihm ein Knurren und ein paar noch härtere Bewegungen seiner Hüfte. Dabei küsste er mich, als würde die Welt um uns herum zu Asche zerfallen. Als hätte er vielleicht nie wieder die Chance dazu.

Die Piranhas in mir wollten mich daran erinnern, dass das auch besser so war – aber alles andere von mir … das ließ sich gerade bereitwillig von ihm gegen diese Tür trockenvögeln.

»Du wirst dich von diesen Wichsern fernhalten, verstanden?«, drohte er dann plötzlich, und es nervte mich, dass er dabei so verflucht beherrscht klang. Als würde ihn das hier nicht mal außer Atem bringen. »Ich warte nicht bis Montag, Cali. Es werden schon heute alle wissen, dass sie sich von ihrem verdammten Augenlicht verabschieden können, wenn sie dich auch nur zu lange ansehen.«

Mit diesen Worten stieß er uns beide von der Tür ab, trug mich ins Bad, das zum Schlafzimmer gehörte. Wie alles auf der Yacht war es teuer und stilvoll gehalten. Dunkle Farben. Klare Linien. Aber ehrlich gesagt hatte ich gerade wenig Interesse daran, die Inneneinrichtung zu bestaunen.

Connor setzte mich auf dem Waschtisch ab, wobei ich meine Beine um seine Hüften geschlungen hielt. Das Licht über dem Spiegel hinter mir leuchtete uns beide an, sodass ich das Blut sehen konnte, das an seiner Unterlippe klebte.

Ich zog sein Gesicht zu mir runter, leckte über die Stelle und musste dann meinen Kopf in den Nacken fallen lassen, als ich seine Hand wieder zwischen meinen Beinen spürte und alles nur noch pochte.

»Oh Gott …«, stöhnte ich ein bisschen gequält, weil ich mich nicht daran erinnern konnte, wann ich das letzte Mal so angefasst worden war. Wenn ich mit den Kerlen in die Ruine ging, kam ich selten, und das war irgendwie frustrierend, aber auch nicht unbedingt der wahre Grund, wieso ich sie in die Ruine mitnahm.

Dass Connor wusste, wie ich funktionierte und dass es ihm so leichtfiel, sollte mich nerven – aber … *Himmel.*

»Hier«, riss er mich aus meiner kleinen Trance und hielt mir auf einmal sein Handy hin. Mit geöffneter Kamera-App. »Mach ein Foto.« Er nickte zum Spiegel hinter mir.

Ich fragte nicht mal nach, warum. Ich nahm das Handy und

richtete es mit einem Blick über meine Schulter auf den Spiegel, sah auf dem Display Connor und mich. Er, wie er zwischen meinen gespreizten Beinen stand, eine Hand auf meinem Bein abgelegt, und mich, wie ich immer noch seine Basecap trug.

Niemand konnte sehen, dass er dabei weiter seine Hand bewegte, dass er mit einem Finger in mich glitt und ich glaubte, jeden Moment zu zerspringen. Ehrlich, keine Ahnung, wie ich es schaffte, ein Foto zu machen und mein Gesicht dabei zu beherrschen.

»Jedes Mal, wenn du dieses Foto ansehen wirst, wirst du hieran denken«, raunte er dann, nahm sein Handy wieder aus meiner Hand und steckte es weg. »Ich will, dass du es tust, und dich daran erinnerst, wie es sich anfühlt.«

Ich nickte ein bisschen benommen. Mit seinem Finger in mir, der mal quälend langsam, dann wieder hart in mich stieß, konnte ich nicht anders.

Er schob eine Hand in meinen Nacken, wickelte sich meine langen Haare um seine Faust und zog meinen Kopf nach hinten, bevor er mich wieder küsste. Seine Zunge glitt in meinen Mund, und das in Kombination mit seiner Hand zwischen meinen Beinen sorgte dafür, dass ich meine Finger in seine Arme krallte. Meine Nägel in seine Haut grub und das Pulsieren zwischen meinen Beinen in meinem ganzen Körper zu spüren war.

»Glaubst du noch an den Teufel, Cali?«, fragte er mich und glitt mit seinen Lippen über meinen Kiefer entlang bis zu meinem Hals.

»Nein.«

»Solltest du.« Sein dunkles Raunen löste einen Schauer in mir aus, dann biss er sanft in meinen Hals, meine Schulter und leckte darüber. »Sünden ziehen den Bastard an. Vor allem die, die er nicht haben kann.«

Er wickelte meine Haare noch fester um seine Faust und machte es mir damit beinahe unmöglich, meinen Kopf zu bewegen. Ich ließ ihn machen, stöhnte atemlos, wie berauscht, und drängte ihm meine Hüfte noch weiter entgegen, als aus dem Pulsieren ein tiefes Ziehen wurde, das von irgendwo aus meinem Inneren kam. Vertraute Wärme breitete sich in mir aus, mein Herz schlug schneller und schneller, und Connor folgte dem Rhythmus. Stieß immer wieder seine Finger in mich, reizte mich mit seiner ganzen Hand, und Shit, ich war so kurz davor, zu kommen, dass ich kaum noch klar denken konnte.

Wahrscheinlich realisierte ich auch deswegen zu spät, dass er aufhörte. Sich nicht mehr rührte. Er tat es für mehrere Sekunden nicht – und das war verdammt noch mal zu lang.

»Connor«, stieß ich keuchend hervor. »Was –«

»Wie fühlt sich das an?«, wollte er dann wissen, seine Stimme plötzlich so dunkel wie die Abgründe seiner Augen.

Ich verstand nicht, was er meinte, und ich verstand auch nicht, wieso er seine Hand von mir nahm und sie stattdessen auf meinen Oberschenkel ablegte, mit seinem Daumen fest in meine Muskeln gegraben.

»Genauso geht es mir mit dir.« Er drehte meinen Kopf weg, sodass seine Lippen beim Sprechen besser an mein Ohr kamen. »So verdammt nah dran – und so gottverdammt weit weg.«

Damit ließ er mich endgültig los. Mich, meine Haare, meine Beine, die es nicht schafften, ihn festzuhalten, als er sich vom Waschtisch abdrückte und mich fast mit sich zog.

Was zum … Teufel?!

Ich war unfähig, etwas zu sagen, auch wenn ich ihn gerade am liebsten angeschrien hätte, dass er nicht einfach aufhören konnte, aber er starrte mich so ausdruckslos an, dass ich kein Wort über meine Lippen brachte.

Erst recht nicht, als er sich den Finger, der in mir gewesen war, in den Mund schob, ihn ableckte und dann wieder mit diesem dämonischen Funkeln in den Augen meinte: »Genau wie früher. Immer noch du.«

Daraufhin verschwand er aus dem Bad, aus der Schlafkabine und ließ mich sitzen.

Er ließ mich einfach hier sitzen.

War das etwa sein verdammter Ernst?!

Fassungslos saß ich Sekunden, nein, Minuten wie erstarrt auf dem Waschtisch und hoffte aus irgendeinem dämlichen Grund, dass er wieder zurückkommen und zu Ende bringen würde, was hier gerade passiert war.

Aber er kam nicht zurück. Die Tür blieb verschlossen.

Ich stieß ein harsches Lachen aus.

Verdammt, ob ich noch an den Teufel glaubte? So wie damals, als er mir die Frage in dem Beichtstuhl gestellt hatte?

Nein. Ich glaubte schon lange nicht mehr an *den* Teufel. Oder an irgendeinen.

Ich glaubte nur noch an meinen – und der ließ mich gerade spüren, dass er immer noch existierte.

# 24

☾

# CONNOR

*Vergangenheit*
*Kit, 17 – Connor, 19*

**Nach Jahren der Trauer: Silver-Horizons-Witwe verkündet Verlobung**

*Solane* – Drei Jahre ist es her, seit ihr Ehemann Silver-Horizons-CEO Stephen Quinn (†37) und ihr 14-jähriger Sohn bei einem Raubüberfall in ihrem New Yorker Wohnsitz durch tödliche Schüsse verunglückten. Jetzt gibt es an der Seite von Rebecca Quinn einen neuen Mann, der ihr in der Zeit der Trauer eine große Stütze war.

»Er war in der schwersten Zeit meines Lebens für mich da, und dabei haben wir uns einfach ineinander verliebt. Es tut gut, jemanden zu haben, der mich versteht und mich dabei unterstützt, mit dem Trauma, das ich erlebt habe, abzuschließen«, sagte Rebecca Quinn in einem Interview mit dem *Solane Sun Magazine*.

Wir haben auch mit ihrem frisch Verlobten gesprochen, der ein enger Freund von Quinn war und der Familie schon lange sehr nahesteht.

»Ich fühlte mich mit Rebeccas Schmerz verbunden«, so ihr neuer Partner …

☾

Ich erfuhr aus den fucking Medien, dass meine Mutter wieder heiraten würde.

Ich gratulierte ihr, indem ich mit den Jungs in den Dreckspalast einbrach, in dem sie immer noch wohnte, den ich immer noch hasste und aus dem ich mir ein paar Dinge holte, die sie offenbar nicht mehr brauchte.

Ashers Eishockey-Puck.

Den Verlobungsring von meinem Vater.

Den Schlüssel zu der Yacht, die Dad ihr gewidmet hatte, und noch einen zweiten, weil ich irgendwas abfackeln wollte.

Und eine kleine Holzkiste mit goldbeschlagenen Ecken, auf deren Goldplakette DALMORE stand, darin eine fünfzig Jahre alte Whiskey-Flasche, die er für einen besonderen Moment aufbewahrt hatte.

Die Jungs und ich taten ihm den Gefallen, ihn auf seinen Namen zu trinken, während wir mit Golfschlägern, die dem Bastard-Verlobten meiner Mutter gehörten, das Herrenhaus verwüsteten. Die beiden waren gerade weiß der Teufel wo, war mir auch scheißegal. Nate hatte den Code für die Alarmanlage aus seiner Mom rausbekommen (was auch nicht schwer war, wenn man in letzter Zeit so mit Antidepressiva und Beruhigungsmitteln vollgepumpt war, dass es an Sedierung grenzte), sodass uns der ohnehin lächerliche Sicherheitsdienst der Wohnanlage nicht auf den Sack ging.

Wir traten Möbel um. Zerschlugen Vitrinen. Fegten Regale leer. Zerrissen Bilder. Und als Glückwunsch dafür, dass sie laut ihrem Interview ihr Trauma überwunden hatte, benutzte ich ihre Entwürfe für verdammte Babykleidung als Anzünder für die Zigaretten, die ich überall verteilte.

Alec und Nate, die beide eher Probleme mit beschissenen Vätern hatten, waren nicht ganz so euphorisch mit dabei wie Jesse und ich, aber der Unterschied war minimal. Jesse hasste beschissene Mütter – vor allem die Frau, die ihn auf die Welt gebracht hatte und die genug Wut in ihm weckte, dass er bei allem dabei war, was ich in dieser Nacht mit meiner vorhatte.

Dabei war ich nicht mal angepisst, weil sie wieder heiraten würde. Früher oder später wäre das sowieso passiert und Dad hätte gewollt, dass sie weitermachte, glücklich war oder so'n Scheiß. Ich war nur nicht der Meinung, dass sie es verdient hatte – weil sie eine verdammte Heuchlerin war.

Mit ihrer beschissenen Stiftung in Ashers Namen, mit den Millionen von Spenden und mit ihrer Mitleidstour in diversen Klatschblättern, die wie versessen auf das Liebesleben der reichsten Witwe Kaliforniens waren.

Außerdem hatten wir seit eineinhalb Jahren kein Wort miteinander gewechselt. Sie verleugnete meine Existenz, wo sie nur konnte, ignorierte mich, wenn wir die wenigen Male im Jahr zu irgendeinem Familienmist zusammenkamen, und lebte ihr fucking Leben, als hätte es das vor dem Raubüberfall nicht gegeben. Als wäre sie nie die Mutter gewesen, die zu jedem meiner und Ashers Eishockey-Spiele gekommen war. Nie die Mutter, die uns beigebracht hatte, dass Geld nicht alles im Leben war, auch wenn wir so viel davon hatten, dass wir *alles* hätten haben können. Und nie die, die lieber im Central Park mit uns picknicken als in ein überteuertes Restaurant gegangen war, deren Speisekarte nur aus hochgestochenen Wörtern und zu vielen Meeresfrüchten bestand.

*Davor* war meine Mutter eine richtige Mutter gewesen.

*Danach* hasste ich sie fast so sehr, wie ich Bailey hasste.

Nachdem wir mit dem Herrenhaus fertig waren, fuhren

die Jungs und ich mit ihrem Rolls Royce zum Country Club runter, hinterließen achtlos ein paar Dellen im Blech, tränkten ihre Yacht mit Benzin und ließen sie in Flammen aufgehen.

Wir waren weg, bevor die Feuerwehr da war.

In den Tagen danach rechnete ich deswegen damit, dass die Cops bei uns aufschlagen würden, aber witzigerweise war es nur meine Mutter, die vor unserer Tür stand.

»Du hattest jetzt deine Aufmerksamkeit, Connor. Lass es gut sein«, meinte sie warnend, nachdem sie mir mitgeteilt hatte, dass mit dem Feuer bereits alles geklärt war und es keine Konsequenzen für mich geben würde.

Mensch, danke.

Als ob ich ein fucking Problem damit gehabt hätte.

»Gibst du mir jetzt bitte die Sachen wieder, die du gestohlen hast?«

»*Bitte?*« Ich lachte kalt, lehnte mit einer Schulter und verschränkten Armen vor der Brust im Türrahmen und sah auf sie herab. »Shit, ich wusste gar nicht, dass du das Wort noch kennst. Aber, wenn du mich schon *bittest* … Nein.«

Sie presste ihre inzwischen viel zu aufgeblasenen Botox-Lippen aufeinander. »Sei nicht kindisch.«

Ich lachte wieder.

*Kindisch* – das war es, was ich in ihren Augen für sie war.

Mir würden da eine Menge andere Adjektive einfallen, die treffender wären, aber ich verzichtete darauf, sie ihr aufzuzählen. Ich hatte noch zu tun. Unter anderem mit der Tussi in meinem Zimmer, die glaubte, ich wäre auf ihre »Ich-mach-dreimal-die-Woche-Yoga«-Nachricht angesprungen – was mir in der Position, in der ich sie von hinten nehmen würde, scheißegal war.

Als ich die Tür schließen wollte, ohne meiner Mutter überhaupt zu antworten, drückte sie ihre manikürte Hand mit einem neuen goldenen Ring dagegen. Mein Blick fiel auf den Diamanten, der so groß war, dass er an ihren schmalen Fingern lächerlich aussah, und die Wut, die nie verebbte, wallte wieder auf. Meine Dämonen witterten ihre Chance, Rechnungen zu begleichen, ein bisschen Blut zu sehen, aber ich hielt sie zurück und starrte ihre Hand nur tödlich an.

»Connor, bitte«, flehte sie. Es war ein wirkliches *Flehen*. Ihre Stimme wurde leiser, Krokodilstränen stiegen ihr in ihre toten Augen. »Gib mir wenigstens den Ring und den Puck wieder, *bitte* – sie sind alles, was ich noch habe.«

*Alles?* Alles, was sie noch fucking hatte?

*Was ist mit mir, Mom?*

*Ich.*

*Bin.*

*Noch.*

*Hier.*

Ich machte einen Schritt auf sie zu, was sie dazu brachte, vor mir zurückzuweichen. Sie trug Schuhe mit Absätzen, die leise auf dem Boden klackerten, aber sie war trotzdem nicht mal ansatzweise mit mir auf Augenhöhe.

Und sie würde es auch nie wieder sein.

»Verschwinde von hier, *Rebecca*«, knurrte ich leise und sah das Echo eines vergangenen Schmerzes in ihren Augen aufflackern. Sie sah aus, als würde sie jeden Moment anfangen zu heulen, und obwohl ich ihr diesen Scheiß sogar abkaufte, ließ es mich kalt. »Wenn das alles ist, was du noch hast, dann hast du nichts davon verdient.«

Ich erwartete, dass sie mir jetzt doch mit den Cops drohen würde, um zu bekommen, was sie wollte, aber sie tat es nicht. Sie verpfiff mich auch die Tage und Wochen danach nicht, und das Feuer wurde als Unfall abgetan.

Rückblickend war dieser Vorfall der Schalter, der etwas in mir umlegte. Wie ein leuchtend roter Selbstzerstörungsknopf, der so fest in meinen Verstand gerammt wurde, dass er sich daraus nicht mehr lösen ließ.

Ich fing an, Dinge zu tun, die ich nicht tun sollte.

Ich ging wieder regelmäßiger zu den Kämpfen, von denen Alec immer erst kurz vorher erfuhr. Ich schüttete mir puren Wodka in meine Wasserflasche für die Uni. Ich schlief kaum noch, weil Schlaf bedeutete im Spielparadies meiner Dämonen aufzuwachen.

Und ich ließ Kit auf unsere Partys.

Normalerweise tat ich das nicht. Ich wollte nicht, dass sie dabei war, weil sie zu gut dafür war – zu unschuldig, um mit einem Haufen abgefuckter, gelangweilter Elite-Sprösslinge zu feiern, die auf unseren Partys nur vögelten, tranken und kifften. Wir wussten, dass auch härtere Drogen rumgingen, aber wer damit erwischt wurde, flog raus. Jesse hatte genug Drogenleichen gesehen, dass er keinen Bock darauf hatte, dass irgendwer bei uns zu Hause daran krepierte.

So radikal er darin war, so wenig interessierte es ihn aber, wenn er sich im *Cage* – unserem Entertainmentraum, in den wir kaum jemanden reinließen – in Kits Anwesenheit einen Blowjob geben ließ. Ich hatte dem Penner gesagt, dass er das lassen sollte, wenn sie dabei war, aber er war halt ein Wichser.

Wenn ich deswegen schon nicht wieder zu Verstand gekommen war, hätte ich es tun sollen, als ich Kit durchgehen ließ, dass sie trank. Stattdessen war ich irgendwann derjenige, der ihren Becher wieder auffüllte. Der sie mal am Blunt ziehen ließ, weil sie wissen wollte, wie es war.

Ich hatte Momente, in denen mir klar war, dass ich nichts davon tun sollte, weil sie zu jung und zu rein für diesen ganzen Dreck war – aber die wurden immer weniger.

Das war die Gefahr mit meinen Dämonen. Sie übernahmen langsam die Kontrolle, und ich wehrte mich nicht mehr gegen sie.

Ich gab mich ihnen hin.

Als ich dann anfing, plötzlich Kits Lippen um meinen Schwanz zu sehen, wenn mir irgendeine namenlose Tussi einen blies, war es zu spät, um sie noch aufzuhalten.

Auf einmal waren da meerblaue Murmeln, wenn sie auf ihren Knien zu mir hochsahen. Auf einmal hatte ich ständig Kits Sommergeruch in meinem System, und mehr als einmal einen verfluchten Ständer, wenn sie mir zu nah kam.

Dabei war dieses Mädchen meine beste Freundin.

Der Anker, von dem Dad mal gesprochen hatte. Meine Sonne, meine Rettung und der Himmel, den ich nie betreten würde. Wenn ich sie sah, sah ich nichts als weiße Federn, und ja, vielleicht war ich high as fuck, als mir der Gedanke kam, aber er stimmte. Kit musste ein verdammter Engel sein, weil es sonst keine Erklärung gab, warum ich noch hier war.

Ich war nicht in sie verliebt, diesen Bullshit konnte ich nicht empfinden – aber ich fing an, sie zu wollen, und das war ein Problem.

Weil ich immer bekam, was ich wollte.

Eine Zeit lang hielt mich einzig die Warnung, dass ich sie verlieren würde, sollte ich dem Drängen in mir nachgeben, davon ab, etwas Dummes zu tun.

Ich durfte sie nicht verlieren. Ich brauchte Kit mehr als die verfickte Luft zum Atmen, und ich wusste, fuck, ich *wusste*, dass ich ohne sie nicht konnte. Ohne jeden anderen, aber nicht ohne sie. Sie war die Einzige, die mich nicht ständig so ansah, als wäre ich nur noch das Trümmerfeld meiner Vergangenheit. Die Einzige, die mich verstand. Die Einzige, die nicht versuchte, etwas zu reparieren, das kaputt war.

Aber zu viel Gras, zu viel Alkohol und zu viele Vorstellungen davon, ihren sanften, unberührten, für jemanden wie mich zu heiligen Körper zu beschmutzen, führten dazu, dass ich einen Fehler machte.

# 25

☾

## CONNOR

Ich rannte über den Waldboden, als würde die Erde hinter mir aufreißen. Meine Muskeln brannten inzwischen wie Feuer, meine Lunge drohte zu bersten, doch statt endlich stehen zu bleiben, trieb ich mich nur weiter an, drehte meine Musik noch lauter. »Self-Destruction« von I Prevail hämmerte so ohrenbetäubend laut durch meine Kopfhörer, dass die Beats auf meine Trommelfelle einstachen – es war trotzdem noch nicht genug.

Ich konnte sie darüber hinweg immer noch hören.

Kit und ihr verfluchtes Stöhnen, das mich ununterbrochen daran erinnerte, wie gottverdammt *nah* sie auf einmal gewesen war. Wie verflucht greifbar.

Wie … *fuck*, so sehr das Mädchen, das ich von früher kannte. Das Mädchen, das mir vertraut und zugelassen hatte, dass ich ihr über einen beschissenen Tag hinweghalf, ihr einen *Kill Switch* gab – genau wie damals, als ich den ersten Fehler gemacht und damit eine ganze verdammte Dominokette angestoßen hatte.

Es was an irgendeinem Abend passiert, auf irgendeiner unserer Partys. Damals, als Kit noch Cali gewesen war und noch nicht diese Maske auf ihr Gesicht genagelt hatte. Wir lagen auf der Dachterrasse, die zu meinem Zimmer gehörte, allein, weil ich die Tür abgeschlossen hatte. Sie hatte sich wieder mal mit ihrer Mutter ums Geld gestritten, und weil ich sie nicht so fertig sehen und ihr noch weniger abschlagen konnte, hatte ich sie an meinem Joint ziehen lassen.

Ein bisschen high von dem Gras, stellte sie mir dann die Frage, die zu vielen anderen und damit zu Fehlern führte.

»Wenn du morgen sterben würdest, was würdest du dann noch machen wollen?«

Für jemanden, der ständig mit dem Tod spielte und an den schlimmsten Tagen darüber nachdachte, ihn gewinnen zu lassen, eine makabre Frage.

»Gar nichts«, erwiderte ich ehrlich und nahm noch einen Schluck von meinem Bourbon. Mein Kopf war schwer, alles lief ein bisschen langsamer als sonst, aber hier mit Kit, unter dem Nachthimmel auf dem Daybed, war die Welt für einen Moment mal still.

Was witzig war, weil die Musik, kreischendes Gelächter und der Lärm der Party vom Garten zu uns hochdröhnten.

»Das glaub ich dir nicht.« Kit stieß mich mit ihrem Ellbogen an, bevor sie sich auf die Seite rollte und ihren Kopf auf einen Arm aufstützte. »Irgendwas wirst du doch bestimmt noch machen wollen.«

»Nein.«

»Eine Weltreise?«

»In einer Nacht?«

Sie lachte. »Ja, wieso nicht? Einfach los und mal sehen, wie viel man schafft.«

Ohne zu antworten, schüttelte ich mit einem Grinsen den Kopf.

»Aber los, sag schon. Deine letzte Nacht auf Erden, was wäre dein Wunsch?«

»Dass du mich nicht zu sehr vermisst«, meinte ich, woraufhin sie eins dieser nervtötenden Mädchen-Geräusche ausstieß, als wäre ich ein verdammter Hamster.

Sie legte eine Hand auf meine Brust und spielte mit den beiden Dog-Tags herum, die ich an der Kette trug. Jeden Tag, jede Nacht.

»Das war ja fast süß, Quinn. Aber keine Sorge – ich denke, ich würde schnell über dich hinwegkommen.«

Ich zog eine Braue hoch, und sie grinste, wobei ich ihr definitiv nicht so auf die Lippen starren sollte, aber es war wie verdammter Voodoo.

»Und was ist mir dir?«, fragte ich, und ihre Mundwinkel rutschten ein wenig ab.

Sie gab mir nicht sofort eine Antwort und wurde rot. »Ich hab noch nie … *das* getan«, gestand sie zögernd, wobei sie ihr Gesicht in eins der Kissen vergrub und sich anhörte, als hätte sie einen Mord gebeichtet.

Auch wenn sie nur von Sex sprach.

Dass sie offenbar noch keinen gehabt hatte, erleichterte mich mehr, als hätte erlaubt sein sollen. Allein der Gedanke, sie könnte mit irgendeinem Vollpfosten ins Bett gehen, der falsch machte, was man nur falsch machen konnte, trieb meinen Puls in ungesunde Höhen. Sie war zu gut für ungefähr jeden. Irgendwo da draußen gab es sicher jemanden, den ich an ihrer Seite akzeptiert hätte – aber noch war der Kerl nicht in Sicht, und, fuck, er sollte sich da auch besser raushalten.

»Aber da ist doch nichts bei«, sagte ich und versuchte ihr ein bisschen die Scham zu nehmen. »Du bist siebzehn, Cali. Du hast noch Zeit.«

»Ja, schon klar. Aber …«

Ich hob fragend eine Braue, was sie erst sah, als sie kurz zu mir rüberblinzelte und dann wieder ihr Gesicht ins Kissen drückte. Ich konnte sie kaum verstehen, als sie nuschelte: »Ich hab auch noch nie … ich bin noch nie … du weißt schon.«

Als ich kapierte, was sie mir damit sagen wollte, hätte ich den Mund halten sollen. Ich hätte gehen sollen. Ich hätte irgendwas tun sollen – nur verdammt noch mal nicht fragen, ob sie noch nie gekommen war.

Sie verneinte.

Und ab da fing die Sache an, eine Richtung einzuschlagen, aus der ich nicht mehr rauskam.

Kit war für mich tabu. Ich sollte sie nicht anfassen und nicht mal darüber nachdenken wollen, es zu tun – aber dieses Mädchen war eine Sünde für mich. Der süße rote Apfel des Paradieses, den ich nicht haben durfte.

Ich nahm ihn mir trotzdem.

Was als Nächstes passierte, war in meinen Erinnerungen nur noch verschwommen, wahrscheinlich, weil ich zu wenig Blut im Hirn und plötzlich zu viel im Schwanz hatte. Aber ich erinnerte mich daran, dass ich sie küsste. Dass ihre Lippen weicher waren, als ich sie mir vorgestellt hatte, unsicher und zögernd, aber perfekt.

Ich erinnerte mich daran, dass sie mir sagte, dass sie mir vertraute. Dass es okay war, dass ich meine Hand unter ihren Skaterrock gleiten ließ und sie berührte.

Und ich erinnerte mich daran, dass ich, als ich meinen Kopf zwischen ihren Beinen versenkte und sie leckte, so schmerzhaft hart war, wie seit Monaten nicht mehr, weil ich zu viel trank und zu viel kiffte.

Irgendwo am Rande meines Bewusstseins, zwischen dem Alkohol, dem High und Kits überraschten und unterdrückten Geräuschen, war mir verdammt klar, dass ich gerade etwas tat, was schiefgehen konnte. *Würde.* Hiernach wäre zwischen uns alles anders, nur weil wir beide nicht ganz klar dachten und ich zu abgefuckt war, um mich im Griff zu haben. Aber es hinderte mich nicht daran, weiterzumachen. Weiter meine Zunge über sie gleiten zu lassen, sie zu schmecken und mich in das nächste High zu stürzen.

Ich hatte so einige Dämonen. Mehr als ein Dutzend. Vielleicht mehr als hundert, aber da war nur einer, der seine Fänge in Kit schlagen und etwas von ihrer Unschuld nehmen wollte. Etwas, das für immer ihm gehören und das kein anderer je haben würde.

Und dieser Dämon war ich selbst.

Er ließ sich Zeit. Er wusste noch nicht, dass er sich bald mehr von ihr holen und sie ihm noch öfter ihr Becken entgegenstrecken würde, wenn er mit einem Finger langsam in sie eindrang und sie weiter leckte. Daher genoss er alles, was sie von sich gab, ihr Stöhnen, ihren Geschmack, das Beben in ihren Muskeln, als sie in heftigen Wellen kam und ihm damit gab, was er wollte.

Aber dann zwang er mich dazu, den nächsten Fehler zu machen.

Ich blieb nicht bei ihr.

Ich sagte ihr nicht, dass wir immer noch Freunde waren. Dass sich nichts ändern würde.

Ich verschwand von der Dachterrasse, wusste selbst nicht, was ich tun würde – bis ich keine zwei Minuten, nachdem ich meiner besten Freundin ihren ersten Orgasmus verschafft hatte, bis zum Anschlag in irgendeiner Elite-Tussi steckte, die ich über einen Schreibtisch beugte.

Es fühlte sich beschissen an. Falsch und schmutzig. Ich hasste mich dafür, aber ich wusste, dass es für mich der einzige Weg war, um klarzukommen. Der einzige, um gerade nichts zu tun, was ich bitter bereuen würde. Trotzdem fühlte ich mich wie der Dreck, den Kit niemals zu spüren bekommen durfte.

Nicht diese Seite von mir, die rote Spuren auf dem Körper der namenlosen Studentin hinterließ und sich dabei vorstellte, es wäre Kit.

Als ich das Zimmer später wieder verließ – keine Ahnung, wo wir überhaupt gewesen waren, meins war es nicht –, widerte ich mich selbst an.

Nicht wegen der Studentin, die kannte mein Safeword und hatte es nicht benutzt – ich tat es wegen Kit.

Sie hatte diesen Scheiß nicht verdient. Weder, dass ich einfach abgehauen war, noch, dass ich mit ihrem Geschmack in meinem Mund eine andere gevögelt hatte.

Wenn sie davon erfuhr, würde sie mich nicht mehr ansehen können. Aber vielleicht würde sie das auch schon jetzt nicht mehr. Vielleicht war es jetzt schon zu spät und ich verlor sie bereits.

Und das durfte ich nicht.

Das *konnte* ich einfach nicht.

Mit dem Wissen, dass ich das irgendwie wieder in Ordnung bringen musste, taumelte ich über den Flur, vorbei an verschwommenen Gesichtern und halb nackten Körpern. Ich wollte mir diesen Schmutz abwaschen, bevor ich zu Kit zurückgehen und ihr sagen würde, dass sich nichts änderte. Dass wir immer noch Freunde waren und wir einfach so tun könnten, als wäre das nie passiert.

Allerdings rannte vorher irgendwer in mich rein. Wie sich später herausstellte ein Wichser namens TK, dem ich in den Monaten danach regelmäßiger begegnen würde.

»Hier, du siehst beschissen aus. Damit wird's dir besser gehen.« Er grinste, steckte mir etwas zu und klopfte mir auf die Schulter. »Für neue Freunde ist das erste Mal umsonst.«

Als mein Blick auf meine Hand fiel, lag darin ein Tütchen, für das Jesse ihm sämtliche Knochen gebrochen hätte.

Ich hätte es genauso tun sollen.

Stattdessen verschwand ich damit in mein Badezimmer, beging den nächsten Fehler und kam meinem Abgrund wieder ein paar Schritte näher.

Nachdem ich den Inhalt des Tütchens auf meinem Waschbecken verteilt hatte, hob ich den Blick und sah direkt in den Spiegel, mit angespanntem Kiefer und immer noch rasendem Puls. Meine Finger bohrten sich in das Holz des Waschtischs. Es war so dunkel im Raum, dass ich mich beinahe selbst nicht gesehen hätte.

Fiebrig suchte ich nach etwas in meinem Gesicht. Nach irgendwas, das … Fuck, einfach nach *irgendwas*.

Aber alles, was ich fand, war glanzlos.

Leer. Verloren.

Und als mein Blick auf meine rechte Armbeuge fiel, auf die kleine tätowierte Sonne, fragte ich mich, ob dieses Gefühl jemals aufhörte.

Das Brennen auf meinem Arm, dort, wo das Tattoo immer noch war, gab mir heute eine Antwort darauf.

Es hatte nie aufgehört. Es war nur erträglicher geworden, der Ruf meines Abgrunds leiser, die Anziehung schwächer.

Während ich in der Vergangenheit vor allem seinetwegen von der Dachterrasse abgehauen war, hatte es letzte Nacht auf der Yacht aber einen anderen Grund gehabt. Und dass Kit Russisch Roulette mit meiner Selbstbeherrschung gespielt hatte, hatte damit nur wenig zu tun.

Es war ein Beweis an mich selbst gewesen, dafür, dass ich mich im Griff und die Kontrolle hatte – und eine Demonstration für Kit.

Ich hatte gewollt, dass sie spürte, wie beschissen es sich anfühlte, sie ständig mit ihrer Maske zu sehen.

*So verdammt nah dran – und so gottverdammt weit weg.*

Ich schob die Gedanken daran zur Seite, als die Ruine wieder in Sichtweite kam, und legte auf den letzten hundert Metern einen Sprint hin. Ich zog noch mal das Tempo an, brachte meine brennenden Muskeln an ihre Schmerzgrenze, dann darüber hinaus, und erlaubte mir erst kurz vor meinem Geländewagen, wieder abzubremsen.

Keuchend und mit rasendem Puls holte ich mir bei meinem Auto angekommen eine Wasserflasche von der Rückbank, stürzte die eine Hälfte runter, die andere schüttete ich mir einfach über.

Während ich mir dann mit meinem Muskelshirt Wasser und Schweiß aus dem Gesicht wischte, sah ich eine flüchtige Bewegung aus dem Augenwinkel.

Ohne mich von der Stelle zu rühren, starrte ich hoch zu dem Loch in der Außenwand der Ruine, wartete darauf, einen Schatten zu sehen, ein vertrautes Gesicht, meinetwegen auch einen Mittelfinger, den ich definitiv verdient gehabt hätte. Als aber nichts passierte, ging ich rein und rechnete jeden Moment damit, dass sie die Treppe runterkam.

Aber die Ruine schien leer zu sein.

Kit war nicht hier.

Das wurde mir endgültig klar, als ich den Raum, *unseren* Raum, betrat und noch sehen konnte, wie ein Eichhörnchen aus dem Loch nach draußen verschwand.

Ich wollte dasselbe tun, sobald mein Blick auf die Graffiti fiel, die Kit hier hinterlassen hatte.

Dutzende hellblaue Nachrichten, alle mit derselben verdammten Bedeutung: *Fuck you.*

Mit aufeinandergepressten Zähnen starrte ich auf das *GO TO HELL*, das sie in der Nacht, in der sie mit diesem Wichser Trey Montgomery hier gewesen war, an die Wand gesprayt hatte. Zu diesem Zeitpunkt hatte ich nicht kapiert, was sie damit bezwecken wollte, aber wenn ich eins über Kit wusste – vor allem über die, die mich ansah, als würde sie für einen Tanz mit dem Teufel auch die Hölle heraufbeschwören –, dann, dass sie nichts einfach so tat.

Diese Graffiti hatten einen Grund, und ich war mir verdammt sicher, dass der mir nicht gefallen würde.

Hier drin, in diesem Raum, in den Wänden, steckten Erinnerungen.

Gespräche. Probleme. Wut. Schmerz. Sex.

Selbst wenn Kit und ich nie miteinander geschlafen hatten, hatte ich hier Stunden mit meiner Zunge zwischen ihren verfluchten Beinen verbracht – aber in diesem Raum war jetzt nicht mehr nur ich.

Nicht mehr nur *wir*.

Er war voll von ihrer Rache. Voll von irgendwelchen Wichsern, die in der Frau gewesen waren, die mein Leben öfter gerettet hatte, als sie je ahnen würde.

*Sie* waren jetzt hier drin – ihre Spuren an *meinen* fucking Wänden – und ja, verdammt, mir war schon die ganze Zeit klar gewesen, dass sie mir wehtun wollte, indem sie mit diesen Pissern hierherkam und sie hier vögelte. Sich von ihnen das holte, was ich ihr nie gegeben hatte.

Aber sie wollte mehr als das.

Sie wollte uns ausradieren.

Sie wollte überdecken, was in diesen Wänden steckte, und begraben, was wir gewesen waren.

Mit geballten Fäusten und dem Drang, jedes einzelne ihrer Graffiti mit bloßen Händen rauszureißen, ging ich tiefer in den Raum hinein, und obwohl ich wusste, dass es eine beschissene Idee war, sah ich mir zu viele davon an. Bilder stiegen in mir hoch. Die, die schon immer da gewesen waren, jetzt vermischt mit denen, die sich mein verfickter Kopf einbildete, weil *ich* schuld war.

*Ich* war für diesen Bullshit hier verantwortlich.

Für ihre Wut. Ihren Hass. Ihren Schmerz.

Und ich hatte alles davon verdient.

Ich hätte es verdient, dass sie nie wieder ein Wort mit mir sprach, mich nie wieder auch nur einen Fuß in ihr Leben setzen ließ – aber ich war nicht mehr der Wichser von damals, der von seinen Dämonen kontrolliert wurde. Nicht mehr der, der ihnen genug Macht gab, alles, was ihm im Leben je wichtig gewesen war, zu zerstören.

Ich hatte mich verändert – genau wie Kit.

Mir war bewusst, dass nicht alles an ihr ihre Maske war. Vieles daran war immer noch sie, das Mädchen von damals, nur in laut, mit scharfen Zähnen und unzähligen Tattoos. Aber da war jetzt auch eine zentimeterdicke Mauer, hinter der sie die Vergangenheit verschloss und den Teil von sich wegsperrte, der aus ihr und mir bestand.

Deswegen konnte ich nicht zulassen, dass Kit mit dem, was sie hier tat, weitermachte.

Ich konnte nicht zulassen, dass sie uns vergaß.

Also änderte ich meine verdammten Pläne, ging wieder runter zu meinem Wagen, holte mein Handy aus der Mittelkonsole und rief Nate an.

»Jo, Bro, was geht ab? Vermisst du mich?«

Ich ignorierte seine Frage und hörte ein Knistern im Hintergrund, dicht gefolgt von lautem Geballer. »Was macht ihr?«

»Es ist Sonntagabend. Wir haben gerade die Zeit unseres Lebens, was sonst?«

»Du bist verdammt tot, Mann«, knurrte Jesse zwischen noch mehr Geballer und etwas, das mich an *The Last Of Us* erinnerte.

»Klingt danach«, antwortete ich Nate trocken, ohne weiter darauf einzugehen. »Kannst du mir was besorgen?«

»Und was? Crack? Diätpillen? Eine lustigere Persönlichkeit? Dann muss ich erst mal rumtelefonieren.«

Im Sinne meiner Nerven ignorierte ich ihn. Manchmal kapierte ich einfach nicht, wie wir auch nur annähernd dieselbe DNA haben konnten.

»Vorschlaghammer und Schaufeln. Vielleicht Lampen. Könnte spät werden.«

»Musst du 'ne Leiche vergraben?«, fragte er amüsiert.

Ich sah wieder zur Ruine. »Ein paar.«

»Klingt nach Spaß. Wir sind dabei.«

»Wo dabei?«, fragte Alec, während von Jesse nur ein Schwall an Flüchen zu hören war.

»Connor hat uns gerade auf seine eigene, ganz reizende Art um Hilfe gebeten«, erwiderte Nate und wollte dann an mich gewandt wissen: »Wo treffen wir uns?«

»Ruine.«

»Alles klar, Baby. Sind auf dem Weg.«

Nachdem er aufgelegt hatte, starrte ich immer noch auf die von Rissen durchzogene Villa, die inzwischen im Halbschatten der untergehenden Sonne lag.

Ich hatte dieses Grundstück vor vier Jahren gekauft, nur wenige Wochen bevor ich das mit Kit endgültig verbockt und eine scheiß Nacht alles zwischen uns verändert hatte.

Vier Jahre hatten meine Pläne mit der Ruine deswegen auf Eis gelegen, und vier Jahre hatte ich kaum noch einen Gedanken daran verschwendet.

Aber jetzt, hier, wusste ich, dass es Zeit war.

Mit dieser Ruine hatte alles angefangen, und fuck – es würde mit ihr enden.

# 26

## KIT

Connor war bei mir eingebrochen.

*Schon. Wieder.*

Ich wollte ihn umbringen.

*Schon. Wieder.*

Keine Ahnung, wie oft ich das inzwischen hatte tun wollen, vermutlich zu oft. Das war aber auch kein Hexenwerk, wenn man so *dreist* und so verdammt … *er* war. Nur weil sich mein Fenster leicht öffnen ließ, konnte er nicht kommen und gehen, wie er wollte. Aber wann genau hatte er sich schon jemals an so was wie Grenzen gehalten?

Ach ja – nie.

Sonst wäre er nicht praktisch zwölf Stunden, nachdem er mich auf diesem Waschtisch sitzen gelassen hatte, in mein Zimmer eingestiegen und hätte mir auch keinen verdammten Vibrator aufs Bett gelegt.

Ich meine … *warum?* Einfach nur, warum?!

Was wollte er damit bezwecken? Dass ich ihm dieses kleine ovale Ding in den Rachen stopfte?

Okay, meinetwegen. Wenn er es drauf anlegte, würde ich ihm diesen Gefallen nur zu gern tun.

Wütend und mit einem üblen Kater, der sich gerade hinter meiner Stirn ein Eigenheim baute, zerknüllte ich in meiner Faust den Zettel, den Connor mir ebenfalls hinterlassen hatte.

*Für den Fall, dass deine Akkus noch nicht aufgeladen sind. Der hier ist voll.*

Ich schnaubte, warf das Papier von meinem Bett aus in den Mülleimer und überlegte, dasselbe mit seinem großzügigen Geschenk zu machen. Allein schon deshalb, weil es von ihm war und ich das Ding nicht mal ansehen – geschweige denn *benutzen* – konnte, ohne an ihn zu denken.

Bevor ich mich jedoch entscheiden konnte, was ich damit tun sollte, tauchte Jamie in meinem Zimmer auf. Zu meinem Glück bemerkte er nicht, wie ich den kleinen schwarzen Vibrator unter mein Kopfkissen verschwinden ließ, und fragte mich nur, ob wir mit Josie zum Pier fahren könnten.

Eigentlich hätte ich gerade nichts lieber getan, als mich ins Bett zu legen und im Freddy-Krueger-Stil Connor einen Besuch in seinen Träumen abzustatten, damit ich ihn da umbringen konnte – aber weil ich wie erwartet ein schlechtes Gewissen wegen letzter Nacht hatte, verbrachte ich meinen Nachmittag mit meinen beiden Geschwistern am Pier.

Irgendwie schaffte ich es da, kaum an Connor zu denken. Oder an Jackson. Oder an Logan. Oder an die tausend Probleme, die meine Eltern ständig verursachten und bei mir abluden. Ich genoss stattdessen die Zeit mit dem Teil meiner Familie, der noch mit mir sprach, ohne dass dabei Türen knallten, und sah die beiden Nachrichten auf meinem Handy erst, als ich wieder zu Hause ins Bett fiel.

Eine war ein Emoji-Lebenszeichen von Logan, der seit Tagen schon mal wieder überall war, nur nicht zu Hause – und die andere erinnerte mich daran, wieso ich immer noch ein heftiges Frust-Gefühl in der unteren Bauchgegend hatte.

**Connor:** Poste es.

Mir fielen ungefähr hundert Erwiderungen auf seinen Befehl ein. Angefangen von »Du kannst mich mal« bis hin zu »Wie wär's, wenn du dir eine andere Fake-Freundin suchst und mich einfach wieder in Ruhe lässt? Danke«.

Aus Gründen, die ich selbst nicht verstand, antwortete ich allerdings gar nicht und sah mir nur das Foto an, das er mitgeschickt hatte. Das, auf dem ich auf dem Waschtisch saß, mit seiner Hand zwischen meinen Beinen, und auf dem ich noch geglaubt hatte, er würde mir etwas von meinem Frust *nehmen* und ihn nicht auch noch verdreifachen.

Und ja – natürlich dachte ich darüber nach, mir einfach selbst Abhilfe zu verschaffen. Das Problem war nur … Es war nicht das, was ich gerade brauchte. Nicht das, an dem ich alles, den ganzen Frust, das Chaos und dieses Gefühl von Überforderung rauslassen und in das ich meine Hände hineinkrallen konnte. Und auch nicht das, was eine Reaktion zeigen und mit mir *kämpfen* würde.

Gerade brauchte ich genau das.

Einen Kampf.

Etwas Raues und Unbeherrschtes.

Einfach *mehr* als aufgeladene Akkus.

Ein großer Teil in mir wollte Connor übers Handy anschreien – aber nach seiner »Teufelsnummer« auf der Yacht wollte alles andere in mir ihn meinen Frust nicht sehen lassen und weigerte sich, ihm auf seine WhatsApp zu antworten.

Das Foto postete ich trotzdem, nachdem er es ebenfalls getan hatte. Er mit dem Hashtag *#hellknows*, ich mit *#heavenknows* – was auch immer das heißen sollte. Ich hatte seinen Hashtag nur geklaut, damit er nicht auf die Idee kam, ich hätte mir Gedanken darüber gemacht.

Am darauffolgenden Montagmorgen war dann ungefähr alles anders. Ich spürte es schon, als ich aufwachte und die tausend Pop-up-Benachrichtigungen auf meinem Handy sah. Da waren gefühlt eine Million neue Follower, Likes, Nachrichten, in denen stand, dass ich eine »blöde Bitch« war, und obwohl mir das alles nicht mehr am Arsch vorbeigehen konnte, konnte ich nicht aufhören, während meiner Arbeit im *Drop Ink* über Instagram und Society zu scrollen.

Witzigerweise waren ein paar der Society-Bewertungen verschwunden, die am Wochenende noch da gewesen waren. Statt den achtzehn, die sich bis Sonntagabend angesammelt hatten, waren es jetzt nur noch fünf.

*Wow.*

Na ja, wie auch immer, die Kommentare und Nachrichten hörten jedenfalls nicht auf. Es waren auch unzählige positive und begeisterte dabei, aber zu viele schienen zu enttäuscht darüber zu sein, dass Connor jetzt »in festen Händen« war. Ein paar waren der Meinung, dass wir »sowieso nicht lange zusammenbleiben würden« und sie ihm dann »gerne über mich hinweghelfen könnten«. Wiederum andere hofften, es wäre alles nur der Teaser einer Dating-Show, in der »Aschenputtel für gute Einschaltquoten den König bekam«.

Irgendwas daran ging mir so auf die Nerven, dass mich heute nicht nur die Blicke störten, für die eine schusssichere Weste angebracht gewesen wäre, sondern auch das ständige Getuschel hinter meinem Rücken.

Zwei Mädchen, die hinter mir im Buchhaltungskurs saßen, schossen dann den Vogel ab.

»Das ist sie doch, oder?«, hörte ich eins davon aufgeregt flüstern, als der Dozent am Ende des Kurses noch Aufgabenzettel für morgen verteilte. »Guck mal, sie hat diese Sonnenblume auf der Schulter. Wie auf dem Post. Ich sag dir, B, das ist sie!«

B, wenn ich mich recht erinnerte, Brianna, gab ein Zischen von sich. »Oh, stimmt. Aber was will er denn mit so einer?«

»Was meinst du? Sie sehen doch superheiß zusammen aus«, erwiderte die andere – ich glaube, sie hieß Jasmine. »Dieses Bild hat so Vibes, *sweet Jesus.* Hast du ihn dir mal richtig angesehen?«

»Ungefähr fünfzig Mal.« Brianna seufzte frustriert. »Meinst du, die sind echt zusammen? Frag sie mal.«

»Wieso ich? Frag du doch.«

»Nein, wenn Lukas das erfährt, schiebt er direkt wieder 'nen Film.«

»Zu Recht. Du hast Jesse einen geblasen, nur weil Luke mit seiner Ex geredet hat, B. An deiner Stelle wäre ich froh, dass er überhaupt noch mit dir zusammen ist.«

Noch ein Seufzen. »Vielleicht … aber kannst du sie jetzt trotzdem fragen?«

»Was soll ich da denn fragen? Connor hat noch nie ein Bild mit einem Mädchen gepostet, außerdem trägt sie darauf definitiv seine Basecap«, erwiderte Jasmine leise. »Die sind so safe ein Paar, dass du aufhören kannst, ihn mit DMs zuzuspamen. *Ernsthaft.* Du hast einen Freund.«

»Herrgott, du bist so verklemmt, Jazz. Wenn dich einer von denen über's Knie legt, würdest du auch direkt zur Beichte gehen und um Vergebung dafür bitten, oder?«

Weil der Dozent in diesem Moment die Zettel vor mir ablegte, stopfte ich sie mir schnell in meinen Rucksack und nahm mein Skateboard, um aus dem Raum zu verschwinden.

Es war mir völlig egal, was sie über mich und uns dachten oder sagten – aber irgendwas an diesem Gespräch plus die ganzen Kommentare und Nachrichten auf Instagram lösten dasselbe Gefühl in mir aus wie auf der Yacht. Wie in dem Moment, als diese beiden Wannabe-Sports-Illustrated-Models hüftschwingend auf Connor zugegangen waren und gemeint hatten, sie könnten ihn haben.

Einfach so.

Als wäre ich nicht gut genug für jemanden wie ihn.

*Nein*, als wäre er *zu gut* für mich, nur weil er eben mehr Kohle und einen Status hatte, der ihm schon in die Wiege gelegt worden war.

Deswegen riss ich meine blutrünstigen Piranhas auch an den Leinen zurück, sobald ich Connor lässig an der Wand gelehnt vor meinem Kursraum entdeckte. Sie wollte ihn mal wieder zerfetzen – dieses Mal wegen des Einbruchs und der Teufelsnummer –, aber ich hielt sie ruhig und ging stattdessen zu ihm rüber, um allen zu demonstrieren, dass die Fotos keine PR-Masche waren und sie sich jetzt andere Ziele im Leben suchen könnten, als Connor flachlegen zu wollen.

Ich zog sein Gesicht zu mir runter und küsste ihn.

Ohne etwas zu sagen. Ohne ein Hallo.

Connor spannte sich unter meinen Lippen an, erwiderte dann aber den Kuss und schob eine Hand auf meinen unteren Rücken. Er zog mich enger an sich, kam den Piranhas so nah, dass sie sich heftig gegen meine Rippen rammten und noch näher bei ihm sein wollten.

Kurz darauf löste er sich gerade so weit von mir, um gegen meine Lippen zu raunen: »Was ist los?«

Oh, ehrlich?

Wieso stellte er mir denn jetzt ausgerechnet diese Frage?

So, als *wüsste* er, dass er nicht der einzige Grund dafür war, dass ich gerade eine kurze Zündschnur hatte.

»Was denkst du denn?«, fragte ich leise zischend, beschloss aber, ihm nichts von den Mädchen oder den Kommentaren zu sagen. Das Letzte, was ich wollte, war, dass er den Kuss als eifersüchtige Reaktion abstempelte. »Wäre es dir lieber gewesen, ich hätte meine Drohung wahrgemacht und dir gleich hier vor allen Leuten was gebrochen?«

Einen Moment schien er nicht zu verstehen, dass ich seinen Einbruch und den Vibrator meinte, dann verzogen sich seine Mundwinkel aber viel zu schnell zu amüsiert.

»Wieso? Gefällt dir die Farbe nicht?«

»Jamie hätte ihn finden können«, erwiderte ich wütend und ignorierte, was er gesagt hatte.

Weil wir dabei immer noch dicht voreinander standen, er mit seiner Hand an meinem Rücken, ich mit meiner in seinem Nacken, konnte ich an meinem ganzen Körper spüren, dass er lautlos lachte. »Auf seinem alten Schulweg liegt ein Sado-Maso-Sexclub, und du machst dir Sorgen, dass er einen harmlosen Vibrator in deinem Zimmer findet?«

»Das tut nichts zur Sache.« Ich grub meine Finger drohend in Connors Hals, aber natürlich verstärkte das das amüsierte Funkeln in seinen Augen nur. »Hör auf, so selbstgefällig zu sein, und halt dich von meinem Zimmer fern.«

Statt darauf zu antworten, lächelte er nur herablassend. »Willst du hier jetzt noch weiter dein Revier markieren oder können wir verschwinden?«

Es nervte mich, dass er nicht auf meine Warnung einging, aber weil ich auch nichts anderes erwartet hatte, ließ ich ihn mit finsterer Miene los. Als ich dann mehr zufällig als absichtlich den Flur runter zu den beiden Mädchen sah, die hinter mir gesessen hatten, meinte Jasmine gerade etwas zu ihrer Freundin, das ein »Ich hab's dir doch gesagt« gewesen sein könnte. Brianna wandte genervt den Kopf ab. Allerdings nicht, ohne vorher einen giftigen Blick in meine Richtung abzufeuern, der unbeeindruckt an mir abprallte.

Ich brauchte keine schusssichere Weste, wenn ich statt Rippen und Muskeln einen Brustpanzer hatte.

»Ignorier sie einfach.« Connor zog meine Aufmerksamkeit wieder auf sich, verschränkte meine Hand mit seiner und setzte sich mit mir in Bewegung.

Auf dem Weg nach draußen versuchte ich es. Also, sie zu ignorieren. An jedem anderen Tag hätte das mit Sicherheit auch funktioniert, aber mit meiner Hand in seiner und einem immer noch anhaltenden Kribbeln auf meinen Lippen ging das nicht. Die ganzen Blicke stachelten meine Piranhas genauso sehr auf wie die Gedanken daran, dass Connor und ich noch etwas zu klären hatten. Dass zwischen uns noch etwas offen war, das beendet werden musste.

Und damit meinte ich nicht, dass er mir quasi noch einen Orgasmus schuldete.

Ich meinte unseren Streit. Seine Wut über meine Society-Bewertungen, sein dämlicher Beschützerinstinkt und dass er der Meinung war, dass wir irgendwann Sex haben würden.

Zu seinen Bedingungen.

Die aber – wenig überraschend – nicht meine waren.

Es war mir völlig gleichgültig, wann und wie er es für richtig hielt, ich wollte nur, dass er wieder meinen Kopf abschaltete und mir eine Fluchtmöglichkeit gab. Etwas, das mir half, das überlaufende Fass in mir zu stoppen und den Inhalt wieder auf einen Pegel zu senken, mit dem ich allein klarkam. Dass ich Connor dafür brauchte, lag nicht daran, dass er spezielle Superkräfte hatte, sondern an unserem Deal.

So furchtbar ich das fand – aber Connor war gerade der Einzige, der überhaupt infrage kam.

Trotzdem schluckte ich das Thema und diesen Streit fürs Erste einfach runter.

Als wir dann wie immer zum Parkplatz gingen, fragte er irgendwann: »Was war Samstag los mit dir?«

Meine Brauen schoben sich genervt zusammen, und ich öffnete schon den Mund, um ihm zu sagen, dass *nichts* war, aber er stoppte mich.

»Sag jetzt nicht *nichts*, Cali. Du hast nicht nach *nichts* ausgesehen. Keiner sagt, dass du mit mir darüber reden musst, aber wenn das hier funktionieren soll, sollten wir wenigstens Bescheid wissen.« Connor sah eindringlich zu mir runter, viel zu ernst und viel zu sehr so, als würde er mich immer noch kennen und spüren, dass sich meine Probleme nicht auf magische Weise in Luft aufgelöst hatten.

Nichts davon war der Grund, wieso ich nachgab.

Ich schätze nur, dass er recht hatte. (Und nein, ich konnte auch nicht fassen, dass ich das gerade gedacht hatte.)

»Ich habe mich am Freitag mit Logan gestritten«, warf ich ihm ein paar Krümel hin, mit denen er sich hoffentlich zufriedengab. Dass ich Ärger mit Logan hatte, dürfte für ihn sowieso nichts Neues sein.

»Hab ich mir gedacht«, erwiderte Connor ruhig, als ich nicht mehr weitersprach, und holte seine Zigaretten aus seiner hinteren Hosentasche. »Er war Freitagabend bei mir.«

»Ach ja?«

Das Ziehen, das meine Rippen daraufhin enger zusammenquetschte, traf mich nicht völlig unvorbereitet. Ich wünschte, es wäre so, aber eigentlich überraschte es mich nicht, dass Logan bei ihm gewesen war.

Bevor Connor antwortete, zog er eine Zigarette mit seinen Zähnen raus und hielt sie zwischen seine Lippen geklemmt.

»Er wollte wissen, was ich für das Geld von dir will.«

»Hast du's ihm gesagt?«

Er schüttelte den Kopf und zündete sich die Zigarette an. »Das ist deine Sache.«

Wohl wahr.

Es war meine Sache. Mein Bruder. Meine Aufgabe. Aber dummerweise wäre ich trotzdem froh gewesen, hätte Connor es ihm einfach gesagt. Irgendwie hatte ich nämlich das erdrückende Gefühl, dass er einen besseren Draht zu meinem eigenen Bruder hatte als ich.

Wahrscheinlich wollte ich auch deswegen eigentlich gar keine Antwort auf die Frage haben, die mir leise und auch ein bisschen verbittert über die Lippen kam.

»Er ist bei dir, oder? Wenn er nachts nicht nach Hause kommt, meine ich.«

Connor antwortete nicht sofort, aber das sagte genug, um das Engegefühl unter meinen Rippen zu verstärken.

»Nicht immer. Aber manchmal, ja.«

*Jepp, das tat weh.*

Ich steckte den Schlag in den Magen ein, ohne mir etwas anmerken zu lassen, und sah dann mit zwanghaft ausdrucksloser Miene an Connor vorbei auf den überbrückten Teich.

Auch wenn ich den Verdacht gehabt hatte, fühlte es sich scheiße an, ihn bestätigt zu bekommen.

Anscheinend hatte ich die Hoffnung doch noch nicht aufgegeben, dass Logan, wenn er sich wieder irgendwo rumtrieb und nächtelang weg war, bei einem Mädchen sein könnte. Dass es da eins gab, ahnte ich zumindest, seitdem vor einer Weile mal ein hübscher und teuer aussehender Ohrring aus seinen Sportklamotten gefallen war. Ein anderes Mal hatte ich einen kleinen abgerissenen Zettel gefunden, auf dem in einer geschwungenen Mädchen-Handschrift *»my bridge, my poem, my love«* gestanden hatte.

Logan hatte mir nie von ihr erzählt, was genauso wehtat, weil es mal eine Zeit gegeben hatte, in der wir über alles gesprochen hatten. Wir waren von all unseren Geschwistern am engsten gewesen, aber seit ein paar Jahren, genauer gesagt, seit

Jackson abgehauen war, hatte sich Logan verändert. Er hatte damals viel mit diesem Kiffer-Dylan rumgehangen und sich zwei Vorstrafen wegen Vandalismus und Diebstahl eingehandelt; seit er auf der Sunset High war, war es besser, nur die Distanz zwischen uns war immer größer geworden.

Jetzt zu wissen, dass er die Nächte, *manche* Nächte, bei Connor verbrachte, zumindest in den letzten drei Monaten ... tja, das zeigte mir nur, wie tief die Schlucht zwischen Logan und mir tatsächlich war.

»Kit«, raunte Connor leise, aber ich schüttelte den Kopf.

»Lass es.« Am liebsten hätte ich seine Hand losgelassen und mehr Abstand zwischen uns gebracht; ich tat es nur nicht, weil ich auch ein bisschen erleichtert war.

Wenigstens schlief Logan nicht auf der Straße.

»Er hat mich gefragt, ob *du es mir gesagt hast*«, erzählte ich ihm dann und sah wieder zu ihm hoch. »Was meinte er damit? Was sollst du mir gesagt haben?«

Falls ich erwartet hatte, dass Connor so tat, als wüsste er von nichts, täuschte ich mich. Seine Miene blieb ernst, aber der Schatten, der sich über seine Züge legte – wie eine dunkle Erinnerung, an die er eigentlich nicht denken wollte –, verriet mir, dass er Bescheid wusste. »Das ist nichts, was ich hier und auch nicht jetzt mit dir besprechen kann oder will.«

Ich verzog freudlos meine Lippen. »Natürlich nicht.«

»Ich werde dich nicht anlügen, okay? Ich kann es dir nur jetzt einfach noch nicht sagen.«

»Und wann dann?«

Einen Moment lang musterte er mein Gesicht, meine Augen, und schien darin nach etwas zu suchen. Ich wusste nicht, ob er es fand, er schüttelte nur den Kopf und meinte: »Du wirst es wissen, wenn es so weit ist.«

# 27

## KIT

Für den Rest der Woche verfielen Connor und ich wieder in unsere Routine. Er holte mich nach meinem Kurs ab, brachte mich nach Hause und ich besuchte ihn am Mittwoch in seinem Büro. Ansonsten passierte leider kein Wunder.

Meine Eltern beichteten mir nicht, dass sie sich die ganzen Probleme nur ausgedacht hatten, und Logan sah ich die ganze Woche über nur ein einziges Mal – und das war, als er gerade das Haus verließ und an mir vorbeirauschte, ohne mich eines Blickes zu würdigen.

Am Samstagmorgen klopfte dann der nächste Connor-Job an meiner Tür. Buchstäblich.

»Cali?« Der Kurierfahrer, der in aller Herrgottsfrühe auf unserer Veranda stand, sah mich mit gerunzelter Stirn an und wirkte in seiner makellosen, steifen Uniform, als hätte er sich im Viertel geirrt.

Mehr oder weniger gerade erst aufgestanden, schaltete ich nicht sofort, dass er mich ernsthaft Cali genannt hatte, und antwortete einfach gähnend: »Ja?«

»Mister Quinn schickt mich, um Ihnen das hier zu bringen. Er sagt, Sie sollen ihn anrufen, wenn etwas damit nicht stimmt. Er holt Sie um halb neun ab.« Der Kurier hielt mir eine große schwarze Schachtel, locker fünfmal so groß wie ein normaler

Schuhkarton, entgegen und wartete darauf, dass ich sie ihm abnahm.

Als ich das Gewicht darin spürte, tippe ich einfach mal ins Blaue, dass darin etwas zum Anziehen für heute Abend war.

Fürs »Business«, wie Connor es genannt hatte.

Nachdem ich mich dafür bedankt hatte, rauschte der Typ wieder ab und ich ging in mein Zimmer, wo ich genau einmal in die Schachtel reinsah. Nur zur Sicherheit, falls darin wieder etwas Batteriebetriebenes sein sollte, das nicht für Jamies Augen gedacht war. Oder für die von irgendjemand anderem, wenn ich so recht darüber nachdachte.

Weil in der Schachtel aber wie erwartet nur Klamotten, Schuhe und eine kleine Handtasche waren, beachtete ich sie für den Rest des Tages nicht weiter – hauptsächlich, weil ich mich mehr oder weniger innerlich darauf einstellen musste, *offiziell* mit Connor in der Öffentlichkeit aufzutreten.

Auch wenn mir sowieso schon jeder im Social Media ungefragt seine Meinung mitteilte, war ich mir nicht sicher, was mich heute Abend erwartete.

Abgesehen davon, hatten Connor und ich nicht mehr über das auf der Yacht geredet und einfach so getan, als wäre es nicht passiert. Zwischen uns war alles wieder okay. Vielleicht deshalb, weil ich mich eventuell doch mithilfe von aufgeladenen Akkus abreagiert hatte und mich inzwischen wieder mehr wie ich selbst fühlte. Es löste zwar nicht diese Anspannung, die sich die ganze Zeit anfühlte, als würde ich über ein Drahtseil laufen und bei einem falschen Schritt in die Tiefe stürzen, aber es gab mir ein temporäres Sicherheitsnetz.

Und das war besser als nichts, richtig?

Nachdem ich mich den ganzen Tag um den Haushalt und neue Fotoaufträge für Brandon gekümmert hatte, machte ich mich nach dem Abendessen fertig und zog mich um.

»Wow!«, stieß Josie mit großen funkelnden Augen aus, als sie kurz nach acht in mein Zimmer kam und ihr Glätteisen in die Steckdose neben meinem Spiegel steckte. »Du siehst richtig toll aus, wow! Jamie! Komm mal! Kit trägt ein *Kleid!* Ein verdammtes Kleid!«

Ich rollte mit den Augen, schmunzelte aber.

Es war selten, dass ich Kleider trug, und wenn, dann sicherlich nicht solche der Art, die mich finanziell ruinieren könnten, sollte ich davon einen Faden kaputt machen.

Josie trat immer noch kichernd hinter mich und ließ ihre Finger durch den schwarzen Stoff des Rocks fahren. »Das fühlt sich an, als hätte es ein Vermögen gekostet.« Sie grinste und wackelte mit den Brauen. »Hast du da etwa einen gewissen stinkreichen Verehrer?«

Ich schnaubte voller Ablehnung, war aber froh darüber, dass Jamie im nächsten Moment mit seinem leise dudelnden Nintendo in der Tür stehen blieb. Ich hatte Josie noch nichts von meinem Deal mit Connor erzählt, aber gerade war auch nicht der richtige Zeitpunkt. Obwohl ich es so, wie sie mich ansah, besser demnächst hinter mich bringen sollte.

»Oh, *kraaaaaass!*«, rief Jamie ebenfalls mit den großen, blauen Augen, die wir alle hatten, und grinste breit. »Du siehst aus wie eine aus dem Fernsehen.«

»Eher wie eine, die morgen auf der Titelseite von TMZ landet«, korrigierte ihn Josie belustigt. »Weißt du, mit wem sie heute Abend ein Date hat, JJ?«

Unser kleiner Bruder verzog das Gesicht. »Äh … ein Date mit Küssen und so?«

Ich würde gern Nein sagen, aber seit da am Montag eine kleine Sicherung in mir durchgebrannt war und ich Connor auf dem Gang geküsst hatte, hatte sich das in unsere Routine eingegliedert. Fragt mich nicht, wieso, aber es hatte sich danach schlichtweg lächerlich angefühlt, wieder damit aufzuhören. Und es war ja nicht so, als würde es irgendwas bedeuten. Daher zuckte ich nur mit den Schultern. Jedoch ließ sich Josie nicht davon abhalten, darin einzusteigen.

»Igitt, ja. Bestimmt machen sie den ganzen Abend rum.« Josie tat gespielt angeekelt und pikste Jamie auf die Stirn. »Ich würde es auch, wenn ich *so* ein Kleid tragen und dann auch noch mit dem König der Westside ausgehen würde.«

*Wohl eher mit dem Teufel …*

Und nein, wir würden sicher nicht den ganzen Abend rummachen, Himmel.

Ich sollte ihr Instagram verbieten, wenn sie so was aus nur einem Foto schloss – aber okay, an ihrer Stelle hätte ich dasselbe gedacht, also konnte ich es ihr schlecht vorwerfen.

»Das ist wirklich eklig«, meinte Jamie, wobei er sich mit seinem Nintendo auf mein Bett schmiss und einen neugierigen Blick in die Schachtel warf.

»Wir sprechen uns in ein paar Jahren noch mal, kleiner Mann«, zog ich ihn auf, während Josie zustimmend meinen Stuhl, den ich als Wäschekorb, Wäscheablage und manchmal auch als Schreibtisch benutzte, näher an die Steckdose schob.

Nachdem ich mich gesetzt hatte, verstärkte sie die Locken in meinen Haaren und steckte ein paar Strähnen aus meinem Gesicht an meinen Hinterkopf fest.

Sie war noch nicht ganz damit fertig, als Jamie mit dem Blick aus meinem Fenster gerichtet plötzlich fragte: »Ist er das? Da steht der Typ vorm Haus, der letztens bei uns war.«

Ich widerstand dem Drang, eine Miene zu verziehen. »Hat er ein Auto?«, wollte ich wissen – nur zur Sicherheit, falls er einen anderen meinte.

»Schwarzer Geländewagen.«

*Yay …*

»Tust du mir einen Gefallen, JJ?«, fragte ich ihn, woraufhin er sich umdrehte und mich im Spiegel ansah. »Könntest du ihm den Mittelfinger zeigen, wenn er hochsieht? Du hast meine offizielle Erlaubnis.«

Ein breites Grinsen erschien auf seinen Lippen. »Echt? Ich dachte, er ist dein Date?«

»Das macht nichts. Das kann er verkraften.«

»Okay.« Für meinen Geschmack etwas zu begeistert, wandte er sich wieder ans Fenster und fing an, mit seinem Mittelfinger zu winken. Nach nicht mal fünf Sekunden sagte er: »Er lacht.«

Ja, was sollte er auch sonst bei einem Achtjährigen tun?

»So, fast fertig. Fehlt nur noch der letzte Schliff.« Josie verpasste mir noch eine Ladung Haarspray und lächelte dann zufrieden. »Absolut filmstar-like.«

»Danke, Jo.« Ich lächelte zurück, zog mir noch die altrosafarbenen Riemchen-High-Heels an, die ebenfalls in der schwarzen Schachtel gewesen waren, und warf einen letzten prüfenden Blick in den Spiegel.

Ich strich über das schwarze Kleid und konnte mir immer noch nicht erklären, wie es um alles in der Welt für »Business« geeignet sein sollte.

Okay, es war nicht übertrieben sexy, sondern schlicht und ohne Schnickschnack – aber es verdeckte fast keins meiner Tattoos. Weder an meinen Beinen, die man bei jeder Bewegung durch die langen Schlitze des locker fallenden Rocks würde sehen können, noch an meinem Oberkörper. Das Kleid hatte keine Ärmel, nur dünne Träger und bestand aus einem Korsage-ähnlichen Body, von dem nur Teile komplett blickdicht verdeckt waren – meine Brust und mein Unterleib. Der Rest des Stoffs war gerade so durchschimmernd, dass es so wirkte, als gehörten meine Tattoos darunter zum Kleid.

»Du siehst super aus«, sagte Josie, trat neben mich und zupfte noch an zwei Haarsträhnen. »Falls du heute Abend nicht nach Hause kommst, mach dir keine –«

»Ich komme nach Hause«, unterbrach ich sie direkt, schnappte mir mein Handy und die kleine Handtasche von meinem Bett und schüttelte entschieden den Kopf. »So ist das nicht zwischen uns. Ich erklär dir das wann anders, okay?«

Sie musterte mich mit einer hochgezogenen Braue, nickte dann aber.

»Gut, dann bin ich mal weg. Und wenn irgendwas –«

»Dann rufen wir an.« Josie grinste und scheuchte mich zur Tür. »Und bitte geh endlich. Lass Romeo nicht warten.«

Ich wollte direkt wieder sagen, dass das *so* nicht war – aber was soll's. Darum würde ich mich später kümmern.

»Okay, habt einen schönen Abend«, verabschiedete ich mich dann schnell, verkniff mir, noch mal zu betonen, dass sie mich *auf jeden Fall* jederzeit anrufen könnten, und ließ sie dann in meinem Zimmer zurück.

Es würde schon nichts passieren.

Ehe ich nach draußen trat, erwischte ich mich dabei, wie ich ein letztes Mal in den Spiegel in der Diele sah, meine Haare über meine Schultern warf und dann mit längst aus ihrem Schlaf erwachten Piranhas die Haustür öffnete.

Mit dem Rücken gegen seine G-Klasse gelehnt, stand Connor auf dem Bürgersteig vor unserem Haus und hielt in der einen Hand eine brennende Zigarette, in der anderen sein Handy. Weil er seinen Blick darauf gesenkt hatte, sah er nicht, wie ich kurz im Türrahmen stockte.

Verdammt, er sah gut aus.

Viel zu gut.

Ich meine, Connor sah *immer* viel zu gut aus, sogar dann, wenn er sich nicht mal Mühe gab – und das tat er praktisch nie.

Anders als zum Beispiel Nate, der einer der eitelsten Kerle war, die ich kannte, war Connor eher der Typ, der morgens blind in seinen Schrank griff und das anzog, was er zu fassen bekam. Er legte keinen Wert auf so was Banales wie Klamotten, weshalb sein Stil auch eher simpel war.

Jeans. T-Shirt oder Hoodie. Sneaker. Basecap. Fertig.

Bevorzugte Farbe: Schwarz.

Deswegen war es auch noch mal was anderes, wenn er es drauf anlegte.

Sein schwarzer Anzug, der sich so perfekt an seinen Körper schmiegte, als hätte ihn Giorgio Armani persönlich angefertigt, war lässig und leger. Sein ebenfalls schwarzes Hemd war am Kragen aufgeknöpft, die Krawatte, die das Bild abgerundet hätte, fehlte. Beinahe so, als hätte er dem Ganzen noch einen rebellischen, ungezähmten Schliff geben müssen, der zu seinen zerzausten dunkelbraunen Haaren passte.

Er sah so gut aus, dass ich weinen wollte – weil der frustrierte Ball in meinem Bauch schlagartig wieder größer wurde. Eigentlich war er in den letzten Tagen wieder auf Tennisballgröße geschrumpft, aber gerade fühlte er sich eher wie ein Basketball an.

Oder eine fünf Kilo schwere Bowlingkugel.

Danke für nichts.

Ein bisschen genervt, dass er mich nicht einfach kaltlassen konnte, zog ich lautstark die Haustür hinter mir zu.

Connor hob daraufhin seinen Blick, und irgendwas in ihm erstarrte. Ich versuchte es zu ignorieren, während ich die Stufen runter auf ihn zuging, aber es fiel mir verdammt schwer, wenn dabei ein Feuer meine Beine hochzüngelte. Meine Haut reagierte auf Connors Blicke wie weißer Phosphor auf Sauerstoff und entzündete sich gerade einfach selbst – und ich hasste das.

Nach dem er mich auf der Yacht einfach hatte sitzen lassen,

sollte ich mich nicht so fühlen. Und verdammt, es sollte mir auch nicht noch *gefallen,* dass er mich so ansah.

Es war dumm. Dumm und ein absoluter Hochverrat.

»Werde ich dafür eigentlich extra bezahlt?«, fragte ich spöttisch, froh darüber, dass mich wenigstens meine Stimme nicht im Stich ließ.

Ohne zu antworten, schob Connor sich die Zigarette zwischen die Lippen und hob nur seine Braue.

Ich lächelte so falsch wie eine Drei-Dollar-Note. »Na, für den Blickfick.«

Als seine Augen daraufhin langsam von meinem Gesicht bis runter zu meinen Füßen fuhren und genauso langsam wieder hoch, war das pure Absicht. Das Inferno auf meiner Haut. Das Brandmarken. Der Wunsch, dass er eine Krawatte tragen würde, damit ich ihn damit erwürgen konnte …

»Wie du willst«, erwiderte er dann, ohne die Zigarette aus dem Mund zu nehmen, steckte sein Handy weg und öffnete mir die Beifahrertür. »Soll ich dir den Handjob auf der Yacht auch in Rechnung stellen?«

Mir kam ein abfälliger Laut über die Lippen. »Und was soll ich deiner Meinung nach da bezahlen? Eine schlechte Investition, weil ich es selbst zu Ende bringen musste?« Ich schnaufte, trat an ihm vorbei und wollte mich gerade am Türgriff in den Geländewagen ziehen, als er mich davon abhielt.

»Warte.« Er stieß den Rauch der Zigarette von mir abgewandt aus, ehe er sie auf den Boden warf und in seine Hosentasche griff. »Dreh dich nach vorn.«

»Warum?«

»Tu es einfach. Und halt deine Haare hoch.«

Den Piranhas gefiel das nicht. Weder, dass ich das tun sollte, noch sein Befehlston.

Trotzdem wandte ich ihm mit aufeinandergepressten Lippen den Rücken zu und schob meine Haare am Hinterkopf locker zusammen. Als er daraufhin geschickt etwas um meinen Hals führte, trat er dabei so dicht hinter mich, dass mich sein Geruch nach Parfüm, Zigarettenrauch und etwas, das einfach Connor war, wie eine aufziehende Gewitterwolke umgab. Schwer, spannungsgeladen und für jemanden wie mich, die bei Gewitter stundenlang aus dem Fenster sehen könnte ... Lassen wir das lieber.

»Was –«, setzte ich an, verstummte aber, als er die Kette eng um meinen Hals legte und mich daran sanft, aber bestimmend näher zu sich zog. Um nicht das Gleichgewicht zu verlieren, landete ich mit dem Rücken gegen seine Brust.

*Das* gefiel den Piranhas ebenfalls nicht. Sie fingen an, unruhig in meinem Brustkorb hin und her zu schwimmen.

»Keine Investition, Cali«, raunte er, und ich spürte, wie er einen Verschluss einhakte. »Nur eine Lektion.«

Er ließ die Kette los, ich meine Haare. Obwohl ich mich daraufhin direkt umdrehen wollte und, keine Ahnung, ihn wegschubsen, legte ich nur eine Hand auf die Kette und richtete meinen Blick in die dunkel getönte Fensterscheibe.

Es war eine Choker-Halskette. Ein schwarzes Samtband, das eng an meinem Hals anlag und einen kleinen Anhänger in der Mitte hatte. Eine Mondsichel.

Eine *verfluchte* Mondsichel.

Irgendwie wütend darüber fing ich Connors Blick in der Scheibe auf. Ich wollte ihn anschnauzen, was zum Teufel er sich eigentlich einbildete – dass das mit dem Mond und der Sonne und überhaupt alles vorbei war.

»Heb dir deine Krallen für wann anders auf«, kam er mir jedoch unberührt zuvor, schob mit einer Hand die Beifahrertür noch ein Stück mehr auf. »Das ist für die Geschichte, die du jedem erzählen wirst, der sie hören will.«

»Was für eine Geschichte?«

»Steig ein«, wich er mir aus und ging mir damit so auf die Nerven, dass ich wieder nur schnaufte und mich am Türgriff auf den Sitz zog.

Connor warf die Tür zu, und weil ich dabei an dem immer noch brennenden Licht in meinem Zimmer hängen blieb, entdeckte ich Josie und Jamie an der Fensterscheibe kleben. Sie grinsten beide breit und drückten ihre zu einem Herz geformten Hände gegen das Glas.

Ich warf ihnen einen kopfschüttelnden Blick zu und verkniff mir das Lachen.

Nachdem Connor eingestiegen war, fuhr er los, die Musik blieb aus. Trotzdem wartete er noch bis zum Ende der Straße, bis er die Stille im Auto durchbrach.

»Wir waren auf der Yacht noch nicht fertig.«

»Ach was«, bestätigte ich trocken und verschränkte meine Arme vor der Brust, um mir nicht an die Kette zu fassen. Sie lag zwar so eng an, dass sie sich nicht von der Stelle bewegte, aber nicht so, dass sie unangenehm war. Nur ... ungewohnt.

»Ich spreche von der Liste, Cali.«

Ah, die Basics. »Und?«

»Ich habe dir meine aufgezählt. Du bist dran.«

Mit zusammengezogenen Brauen sah ich zu ihm rüber und antwortete von seinem Anblick abgelenkt nicht sofort.

Dass er sogar beim Autofahren viel zu gut aussah, war fast schon eine Tragödie. Größtenteils, weil sich mir der Sinn nicht erschloss, wieso ich es attraktiv fand, dass er seine Hand locker auf dem Lenkrad abgelegt hatte und mit seinem Daumen den silbernen, schlichten Ring drehte, den er am Zeigefinger trug.

Kerle wie Connor landeten damit nur auf Pinterest. Auf Pinnwänden mit den Titeln »bAd BoYs aLeRt« oder »CHOKE ME DADDY«.

»Wieso bin ich jetzt dran?«, fragte ich dann von meinen Gedanken genervt und konzentrierte mich wie er wieder auf die Straße. »Ich weiß doch alles, was ich wissen muss.«

»Ach ja?«

»Nummer eins: Du bist ein Arschloch.«

»Das ist kein Geheimnis. Weiter.«

»Du trägst viel schwarz. Rauchst. Fährst Mercedes. Stehst irgendwo in den Top50 der Forbes-Liste. Silver-Horizons-Erbe. Hast ein iPhone und ein paar ernsthafte Probleme mit Kontrolle und Grenzen, und hm … magst offensichtlich kein Müll in deinem Auto. Das war's. Hab ich was vergessen?«

Ich brauchte seinen Gesichtsausdruck nicht zu sehen, um zu wissen, dass ich ungefähr alles »vergessen« hatte, was er wahrscheinlich von mir hatte hören wollen.

Die Dinge, die ich über meinen ehemals besten Freund wusste, und nicht die, die jeder wusste, der Augen im Kopf und aus Langeweile mal nach ihm gegoogelt hatte.

Dinge wie … dass er genauso gerne Filme sah wie ich. Dass er trotz der Konsumwelt, in der er lebte und in der er sich alles leisten und alles haben konnte, ein Minimalist war. Dass er wusste, wie Teleskope funktionierten, und dass er mir gezeigt hatte, wie ich damit den Saturn finden konnte. Dass er früher, vor Stephens und Ashers Tod, Eishockey gespielt hatte und seitdem nur noch einmal aufs Eis gegangen war, weil ich ihn darum gebeten hatte.

Ich wusste, dass er Salziges Süßem vorzog. Dass er Lost Places mochte, weil er sich damit identifizierte. Dass er früher auf seine Zigaretten geschrieben hatte. Dass er die Yacht, die er zu seinem achtzehnten Geburtstag von SH bekommen hatte, *Polaris* nannte, weil der Polarstern Ashers Lieblingsstern gewesen war.

Ich wusste von den Albträumen, die er früher gehabt hatte,

und von seinen Panikattacken, weil er mich oft, wenn ich nicht dabei gewesen war, angerufen hatte. Auch nachts.

Und ich wusste etwas, das fast niemand wusste. Etwas, das sie damals, so gut es ging, aus der Presse rausgehalten hatten, um Connor zu schützen – aber ich wusste, dass er und seine Mutter beim Raubüberfall dabei gewesen waren. Und ich wusste, dass Connor vielleicht hätte tot sein können, wenn sich seine Mutter nicht vor ihn gestellt und damit verhindert hätte, dass die Kugel, die für ihn bestimmt gewesen war, ihr Ziel erreichte. Sie hatte Connor lediglich seitlich unter seinen Rippen getroffen und eine Narbe hinterlassen, die ihn jeden Tag an den schlimmsten seines Lebens erinnerte.

Ich wünschte, ich hätte das einfach alles vergessen können.

Verbissen starrte ich aus dem Fenster und spürte, wie sich die Luft im Wagen veränderte. Dichter wurde, als würde plötzlich Sauerstoff fehlen.

»Ich habe in New York mit Unterbrechungen weiterstudiert«, sagte er tonlos, als ich nur schwieg. »Wenn alles nach Plan läuft, bin ich fertig, bevor ich meine Anteile an SH bekomme. Solange der Vorstand sie nicht einfriert. Was bedeutet, dass sie mich im Auge haben.«

Weil das für mich nichts Neues war, reagierte ich nicht.

»Tu uns beiden den Gefallen und erspar uns heute Abend die Version von dir, die so tut, als würde sie über die letzten vier Jahre nichts wissen wollen.«

Mein Kopf ruckte herum. »Was soll das denn heißen?«

Er warf mir einen kurzen, kühlen Blick zu, der so viel sagte wie: *Das weißt du.* Aber ich hatte keine Ahnung.

»Sorry, dass ich dir die Illusion rauben muss, aber ich tue nicht nur so.«

»Sicher.« Seine Stimme triefte vor Sarkasmus.

»Ja, *sicher*«, betonte ich genervt. »Außerdem hast du mir doch gerade gesagt, was du die letzten Jahre in New York gemacht hast. Also haben wir doch darüber geredet.«

»Mit Unterbrechungen.«

»Und?«

»Nichts, Cali«, erwiderte er dann plötzlich wieder mit einem Hauch von Bitterkeit und so kühl, dass die Temperatur im Auto einen Gefrierpunkt erreichte.

Obwohl ich nachhaken wollte, was jetzt auf einmal los war, schwieg ich wieder. Weil es stimmte. Ich wollte nichts über die letzten vier Jahre wissen und auch nicht darüber reden. Ich wusste genug von dem, was mir Nate erzählt hatte, und das reichte mir.

Es änderte nämlich nichts daran, dass er vier Jahre dafür gebraucht hatte, um wieder nach Solane zurückzukehren, und das auch nur, weil der Vorstand von SH verlangte, dass er neben seinem Studium auch im Headquarter arbeitete – und nicht, weil er bei mir zu Kreuze kriechen wollte.

Den Rest der fast fünfzehnminütigen Fahrt in die Westside sprachen wir nicht mehr. Leider hatte ich auch vergessen, ihn noch mal zu fragen, wohin wir überhaupt fuhren, und bekam dafür die Quittung, als wir das *La Mirada* erreichten, ein Hotel, das für sein edles Casino bekannt war.

Ein Casino? Ernsthaft? Er schleppte mich in ein verdammtes Casino?

»Vielen Dank für die Vorwarnung«, knurrte ich, nachdem er bis zum Eingang des Hotels vorgefahren war und gerade aussteigen wollte.

»Kein Problem«, erwiderte er mindestens genauso genervt, bevor er nach draußen verschwand, dem Parkservice seinen Autoschlüssel und ein Trinkgeld zusteckte, und mir dann die Autotür öffnete. Er hielt mir seine Hand entgegen, an der zwei silberne Ringe steckten. »Lächle, Cali. Ich will niemanden erklären müssen, warum mich meine Zukünftige so ansieht, als könnte man heute Nacht noch mein Hirn von den Wänden kratzen.«

Ich verzog die Lippen, nahm aber seine Hand. »Deine Zukünftige?«

»Du bist die Erste, die mich jemals irgendwohin begleitet«, erklärte er und half mir dabei, auszusteigen. »Und entweder wird jeder denken, dass ich den Verstand verloren habe, eine Frau mitzunehmen, die meinen Tod plant – oder sie werden glauben, dass ich ihnen die Mutter meiner Kinder vorstelle. Du entscheidest dich besser für Letzteres. *Lächelnd.*«

Mein linkes Auge fing an zu zucken. Die Mutter seiner Kinder? War er jetzt komplett irre?

»Du hast gesagt, es kommt nicht so weit, dass du mir einen Ring ansteckst«, erinnerte ich ihn zischend, als er mir seinen Arm anbot und ich ihn nahm – dabei hätte ich ihn lieber weggeschubst.

Connor schwieg. Dieses Mal war es allerdings nicht sein typisches Ich-hab-keinen-Bock-zu-reden-Schweigen, sondern eins, das voller unausgesprochener Wörter war.

Und das machte mir Angst. Vor allem, weil ich nicht leugnen konnte, dass ich abhängiger von Connor war als er von mir. Allein durch die Schulden, die neuen Privatschulen meiner Geschwister, die Zehntausend im Monat … Solche Tage wie mit Josie und Jamie am Pier hatte ich zum größten Teil Connor zu verdanken. Wenn er also plötzlich auf die Idee kam, dieses Fake-Dating bis zu einer Fake-Hochzeit zu treiben, nur damit er seine Firmenanteile bekam …

»Conner, ich schwöre, wenn du –«

»Ich habe gesagt, *lächeln*«, unterbrach er mich leise, ohne mich dabei anzusehen, und zwang mich dann an seinem Arm vorwärts. »Für heute Abend wirst du so tun, als würde exakt das passieren. Als würdest du wissen, dass ich dir irgendwann einen Ring anstecke und dich deswegen nicht mal fragen werde, weil wir beide wissen, dass deine Antwort immer Ja lauten wird. Du wirst so tun, als würdest du wissen, dass du und ich nicht nur eine Geschichte sind, sondern etwas, gegen das wir uns nicht wehren können. Etwas, das in diesen verfluchten Sternen steht, an die du so glaubst.«

Wenn es nicht absolut dämlich ausgesehen hätte, hätte ich ihn jetzt mit offenem Mund angestarrt.

»Du trägst doch so gerne Masken, Cali.« Connor sah kühl zu mir runter. »Dann trag diese.«

# 28

☾

## CONNOR

Während ich bereits nach dreißig Sekunden darüber nachdachte, ein paar Kugeln zu suchen, die ich mir geben konnte, ertrug Kit mehr von diesem ganzen Zirkus, als ich ihr zugetraut hätte. Wie erwartet, starrte man uns an, als wären wir die Hauptattraktion ihrer Freakshow.

In ihren Gesichtern standen die Fragen, wer die Frau an meiner Seite war, warum Kit und nicht sie, und was es kosten würde, sie auf dem Klo des Casinos zu vögeln.

*Dein Leben, Sackgesicht.*

Schon in dem Moment, in dem ich das Kleid für Kit ausgesucht hatte, war mir klar gewesen, dass sie damit mehr Aufmerksamkeit auf sich ziehen würde, als gut für uns war. Hauptsächlich für mich, weil ich meine eigene Maske weniger im Griff hatte als Kit ihre.

Sobald ich sah, dass irgendein Wichser sie mit den Augen auszog, starrte ich ihn so lange an, bis er zusammenzuckte und die kurze Spanne seiner Aufmerksamkeit auf irgendwas weniger Brandgefährliches richtete.

Wenn jemand auf mich zukam und versuchte, Small Talk mit mir zu führen, hätte ich ihn am liebsten darum gebeten, mir nicht auf den Sack zu gehen. Es interessierte mich weder, was für eine »angenehme Überraschung es war, mich hier zu sehen, und dann auch noch mit einer so schönen Frau«, noch, ob sie in Aktien für SH investieren wollten.

Keine verdammte Ahnung, wie oft Kit mich mit einem Tritt auf den Fuß daran erinnern musste, dass diese Farce und vor allem dieser schwachsinnige Small Talk nötig waren, aber es war zu oft.

Der Hauptgrund, wieso ich sie heute Abend mitgenommen hatte, war aber nicht, um sie der High Society zu präsentieren, sondern dem Vorstand von SH.

Er bestand aus fünf Mitgliedern – von denen drei Dumpfbacken waren, die ich, sobald ich konnte, mit einer verhandlungssicheren Abfindung in den frühzeitigen Ruhestand verfrachten würde –, und weil das *La Mirada* auf unserer Gehaltsliste stand, waren sie alle hier.

Ich stellte Kit jedem vor, und sie spielte die Geschichte perfekt. Sie war souverän, höflich, lachte an den richtigen Stellen, ließ sich nicht verunsichern, und verhielt sich, als hätte sie nie woanders gestanden als an meiner Seite.

Unterm Strich lief der Abend damit so, wie ich es wollte.

Trotzdem war ich froh, als sie zwischendurch mal kurz zur Toilette verschwand und mir eine Pause gab. Von ihr, ihrer Nähe, ihrem Lachen und dem blauen Feuer in ihren Augen, das mich schon killte, seit sie in diesem verfluchten Kleid aus dem Haus gekommen war.

In dieser Sekunde war ich mir fast sicher gewesen, sie hätte ihr Datum für meine Beerdigung gefunden.

Morgen.

Sie hätte mich auf der Stelle umbringen können und, fuck, es wäre mir scheißegal gewesen – weil das Letzte, was ich gesehen hätte, sie gewesen wäre.

»Na, wenn man vom Teufel spricht.«

Von einer bekannten Stimme aus den Gedanken gerissen, sah ich mit dem Rücken gegen eine der Bars gelehnt hoch.

Der letzte Wichser, mit dem ich auf diesem Planeten ein Wort wechseln, geschweige denn dieselbe Luft atmen wollte, drückte sich an ein paar Leuten vorbei und kam auf mich zu. An seinem Arm hing eine schlanke platinblonde Frau, in der ungefähr so viel Leben steckte wie in einer Marionette. Ihr Gesicht war nahezu ausdruckslos und alles an ihr so falsch, dass ich sie kaum ansehen konnte – die operierte Nase, die aufgespritzten Lippen, diese lächerliche Ariana-Grande-Frisur, für die sie zwanzig Jahre zu alt war.

Wenn es mich noch interessiert hätte, hätte ich mich gefragt, was zur Hölle sich meine Mutter dabei dachte, aber das hatte im Laufe der Jahre irgendwann aufgehört.

Ihr Ehemann – die Sorte charismatischer Scheißkerl, dem die Leute hinterherhechelten wie herrenlose Hunde – deutete auf den Mann zu seiner Linken, ohne auf eine Antwort von mir zu warten. »Benjamin und ich haben uns gerade über dich unterhalten. Benjamin, das ist Connor, mein Stiefsohn und zukünftiger CEO von SH. Connor, das ist Benjamin Hayes, der CEO von Royalty Motors.«

Ich wusste, wer der Typ war.

Mich aber als seinen Stiefsohn vorzustellen …

*Heuchlerischer Bastard.*

Weil ich heute eh schon netter tat, als ich war, begrüßte ich Benjamin und hörte mir für zwei Minuten irgendeinen Schwall an Plänen an, die er für die Zusammenarbeit an einer neuen Yachten-Serie hatte. Die Aufmerksamkeit dabei aber eher auf den heuchlerischen Bastard gerichtet, überlegte ich, ob es sich lohnen würde, es hier und jetzt zu Ende zu bringen.

Graham fucking Montgomery, der Mann meiner Mutter, enger Vertrauter meines Vaters und derzeitiger Übergangs-

CEO von Silver Horizons, glaubte, irgendein beschissenes Recht an SH zu haben – weil er meine Mutter vögelte und ihr einen neuen Nachnamen aufgedrückt hatte.

Er stolzierte durch die Flure von SH, als gehöre alles ihm, und die letzten acht Jahre seit Dads Tod mochte das gestimmt haben – aber meine Anwesenheit und die Tatsache, dass mein fünfundzwanzigster Geburtstag näher rückte, ließ seinen Arsch auf Grundeis laufen.

Seine Zeit in meinem Königreich lief ab.

Und er wusste es.

»Wir waren gerade auf dem Weg, eine Runde zu pokern«, beendete Benjamin seine mehr einseitige Unterhaltung. »Wollen Sie sich zu uns setzen, zusammen mit Ihrer bezaubernden Begleit– Ach da ist sie ja. Wenn ich mich Ihnen vorstellen darf?«

Kit tauchte wieder neben mir auf und nahm lächelnd die ihr entgegengestreckte Hand an.

»Benjamin Hayes, Royalty Motors. Sie sehen heute Abend ganz hinreißend aus, meine Liebe«, sagte er höflich. »Es ist eine ausgesprochene Freude, die Partnerin von Mister Quinn kennenzulernen. Wie war noch Ihr Name?«

»Christina Callahan. Die Freude ist ganz auf meiner Seite.« Sie lächelte immer noch, schielte dabei an Benjamin vorbei zu meiner Mutter und dem Drecksack, an dem ich spätestens an meinem ersten Tag als CEO ein Exempel statuieren würde.

Vorzugsweise auch schon gestern.

»Ich frage mich, ob wir es Ihnen zu verdanken haben, dass Connor uns heute Abend mit seiner Anwesenheit beehrt. Er macht sich sonst ziemlich rar«, ergriff Montgomery das Wort und musterte Kit für meinen Geschmack zu lange. »Aber bitte entschuldigen Sie, Christina, helfen Sie mir auf die Sprünge.

Ich habe das Gefühl, als würden wir uns bereits kennen?« Er trat auf sie zu und hielt ihr seine Hand entgegen.

Ich wollte sie wegtreten.

Aber Kit nahm sie und ihr Lächeln wurde eine Spur kühler. »Das könnte sein. Connor und ich waren früher sehr eng befreundet. Vielleicht sind wir uns da mal begegnet.«

»Ah, ja, genau. Das Mädchen mit dem Skateboard, ich erinnere mich. Sind Sie heute Abend auch nur als seine enge Freundin hier oder dürfen wir Sie in der Familie willkommen heißen?«, säuselte er, hob ihre Hand an und rieb mit dem Daumen über die leere Stelle ihres Ringfingers.

Mein Kiefer verkrampfte sich. *Fass. Sie. Nicht. An.*

Geschickt entzog Kit sich ihm, lachte mit falscher Bescheidenheit und legte dieselbe Hand, die ich mindestens mit Alkohol desinfizieren wollte, auf meine Brust. »Oh, wissen Sie, wir wollen nichts überstürzen. Wir haben noch eine Menge wiederaufzuholen.«

Ich nahm ihre Hand von meiner Brust, verschränkte sie mit meiner und zog Kit demonstrativ näher an mich.

Die Art, wie dieser Bastard sie ansah, war anders als die Blicke, die ihr schon den ganzen Abend zugeworfen wurden. In seinem lag nichts Lüsternes und auch keine Herablassung oder Verurteilung, weil Kit nicht zur High Society gehörte.

Da war nur unverhohlenes Interesse.

Als würde er darüber nachdenken, wie sie ihm von Nutzen sein konnte.

*Was hast du vor, Arschloch?*

»Würde es Ihnen etwas ausmachen, wenn wir Connor für eine Weile entführen?«, fragte er Kit, und für jedes Wort, dass er an sie richtete, wollte ich ihm mehr von seiner Zunge abschneiden. »Benjamin wollte ihn gerade zu einer Partie Poker überreden. Sie sind natürlich eingeladen, sich zu uns zu setzen.«

*Fuck, nein.* »Ich denke nicht, dass wir –«, begann ich mühselig beherrscht, aber Kit unterbrach mich mit einem herausfordernden Unterton.

»Nur dazu setzen oder auch mitspielen?«

Mein Blick schoss zu ihr, sie beachtete mich allerdings nicht und drückte nur so fest meine Hand, dass ich mir das »Was zur Hölle wird das?« klemmte.

Benjamin strahlte begeistert, meine Mutter zeigte die erste Gefühlsregung, indem ihre Brauen um drei Millimeter zusammenwanderten, und ihr Wichser von Ehemann verzog lächelnd die Lippen, als hätte Kit gerade einen Knebelvertrag unterzeichnet.

»Sie spielen Poker?«

»Natürlich«, grinste sie zurück, und ich sah den Riss in ihrer höflichen Christina-Maske schon, bevor sie erneut den Mund aufmachte.

Normalerweise hätte ich sie sagen lassen, was auch immer da auf ihrer Zunge lag, egal, wie provokant es wäre, aber ich erwiderte warnend ihren Händedruck.

»Dann stoßt doch beide zu uns.« Mit dem Blick auf unsere ineinander verschränkten Hände gerichtet, trat er wieder neben meine Mutter und legte ihr seine eigene auf den unteren Rücken. »Benjamin, wenn Sie meine Frau und mich noch mal kurz entschuldigen, wir kommen gleich nach.«

Sie verschwanden so schnell, wie sie aufgetaucht waren, wieder in der Menge. Benjamin teilte uns noch mit, welches der privaten Pokerzimmer er reserviert hatte, und verzog sich dann auch.

Kaum war er weg, sah ich finster zu Kit runter.

»Was?«, fragte sie wieder mit diesem gespielt unschuldigen Augenaufschlag, für den sie auf die Knie gehört hätte.

»Was sollte das?«

»Was denn? Er hat mich angesehen, als wäre ich zu dumm fürs Pokern.« Sie ließ ihren Blick durch das Casino schweifen, als würde sie ihm hinterhersehen wollen, und blickte dann eindringlich zu mir hoch. »Er ist es, oder?«

»Er ist was?«

»Der Grund für all das hier.« Sie zog an meiner Hand, was mich daran erinnerte, dass sie sie immer noch festhielt.

Oder ich sie. Wie auch immer. Ich ließ sie nicht los.

»Er ist derjenige, der für die Sache mit Leila verantwortlich ist, stimmt's? Er will nicht, dass du dein Erbe bekommst.«

Nicht mal überrascht darüber, dass sie gerade die richtigen Schlüsse gezogen hatte, nickte ich nur mit zusammengebissenen Zähnen.

Kit drückte sich daraufhin so gegen meine Seite, dass ich mich auf ihr Gesicht und nicht darauf konzentrieren musste, wie gottverdammt perfekt ihr Körper zu meinem passte.

»Du wolltest, dass wir eine Geschichte spielen«, meinte sie mit einem dunklen Lächeln, »also lass uns spielen.«

»Wir sind nicht hier, weil ich diesen Wichser davon überzeugen will, dass das zwischen uns echt ist, Cali.«

»Weiß ich. Aber du solltest ihn davon überzeugen, dass ich kein dummes kleines Mädchen bin, dass du wie ein nettes Accessoire herumträgst.« Sie legte ihre freie Hand wieder an meine Brust; verdammt nah an die Stelle, wo sie irgendeinen Nerv traf, der mit allem Möglichen in meinem Körper verbunden war, nur nicht mit meinem Verstand. »Wie sagt man? Ein König ist nichts ohne die Frau, die hinter ihm steht, oder so was in der Art.« Ihr Lächeln wurde schmal. »Auch wenn ich es vorziehen würde, auf dir zu sitzen.«

»Ach ja?«, raunte ich und senkte meinen Blick kurz auf ihre vollen Lippen. »Ich sehe dich eher auf allen vieren vor mir.«

Das Blau in ihren Augen flammte auf, aber sie schien es sofort wieder ersticken zu wollen. »Und wie darf ich mir das vorstellen, wenn du mich ja nicht vögeln wirst?«

»Werde ich«, erwiderte ich einfach nur, weil das auf der Yacht keine leeren Worte von mir gewesen waren.

Es würde früher oder später passieren.

Nicht heute. Nicht morgen.

Aber wir würden nicht anders können.

»Mhm …« Kit fuhr mit den Fingern ihrer Hand, die immer noch auf meiner Brust lag, über den Stoff meines Hemdes und berührte flüchtig den Ansatz meines Schlüsselbeins. Und als müsste sie meinem verdammten Blut noch ein paar mehr Gründe liefern, sich in meinem Schwanz besser aufgehoben zu fühlen, richtete sie ihre großen, alles andere als verflucht unschuldigen Augen wieder auf mich. »Und ab diesem Tag werde ich dir gehören, richtig?«

Fuck, ja.

Als könnte sie die Antwort in meinem Gesicht ablesen, kam sie mir ein bisschen näher und ließ ihre Fingerspitze erneut über meinen Hemdkragen fahren. »Na, wie schade, dass dieser Tag nie eintreten wird.«

Meine Lippen verzogen sich zu einem herablassenden Lächeln, ehe ich ihr einen Finger unters Kinn legte und es leicht anhob. Gerade so weit, dass ich die Distanz zwischen unseren Lippen auf ein Minimum beschränkte, und spürte, hörte und sah, wie Kit den Atem anhielt.

»Ich würde nicht unbedingt drauf wetten, Cali«, warnte ich sie rau und benutzte absichtlich dieselben Worte wie sie. »Du würdest wieder nur verlieren.«

»Wieder?«

»Wieder«, bestätigte ich und legte ein wenig den Kopf schief. »Hast du ihn schon benutzt?«

Sie verstand meine Anspielung sofort und hob herausfordernd eine Braue. »Natürlich. Und unter uns gesagt: Er ist sehr viel zuverlässiger und *zu Ende bringender* als du. Und besser.«

Klang nach einer Herausforderung.

»Dann sollten wir wohl dein Gedächtnis auffrischen, hm?«

Bevor sie darauf antworten konnte, überbrückte ich den Abstand zu ihr und verschloss ihre Lippen mit meinen. Ich küsste sie nicht so, wie ich es wollte. Nicht so, wie ich es mir seit einer verdammten Woche vorstellte.

Dieser Kuss war kein Kampf.

Kein Krieg. Keine Wut.

Er war nur dieses eine Versprechen, das ich einhalten würde.

Nachdem ich mich viel zu schnell wieder von ihr löste, nahm ich ihre Hand von meiner Brust und wischte mit dem Daumen über dieselbe Stelle ihres Ringfingers, wie Montgomery gerade eben noch. Ich beseitigte diesen Schmutz von meinem Platz, aber ich tat es so schnell und beiläufig, dass Kit es nicht mal bemerkte.

»Und jetzt komm«, sagte ich, als wäre nichts gewesen, und zog sie mit mir. »Wenn du pokern willst, brauchen wir Chips.«

Ich besorgte ihr welche und führte sie anschließend in das private Pokerzimmer. Schon als wir es betraten, hing der schwere Rauch von kubanischen Zigarren in der Luft, gemischt mit süßen Parfümen, dem Geruch von Macht, Geld und dem selbstgerechten Dunst reicher alter Säcke, die ich nicht in Kits Nähe haben wollte.

Es wäre mir lieber gewesen, sie so weit wie möglich von besonders einem der Wichser fernzuhalten, aber abgesehen davon, dass sie recht gehabt hatte und Montgomery sehen sollte, dass sie mehr war als nur ein hübsches Accessoire, hatte ich damit die Möglichkeit, ihn zu beobachten. Ihm vielleicht in die Karten zu sehen, damit ich endlich ein Gefühl dafür bekam, was er gegen mich in der Hand hatte, denn irgendwas an ihm erschien mir zu *sicher.*

Also setzte ich mich auf einen der freien Stühle am Tisch, ignorierte den neben Montgomery, und zog Kit auf meinen Schoß.

Ich spürte, wie sie sich kurz anspannte, ehe sie gespielt liebreizend zischte: »Was tust du da?«

»Ich werde nicht gegen dich pokern.« Mit einer Hand griff ich in die Innentasche meines Jacketts und nahm meine Zigaretten raus. »Außerdem wolltest du doch auf mir sitzen. Genieß es.«

Sie rollte mit den Augen, nahm eine Zigarette, nachdem ich ihr meine Packung angeboten hatte, und legte dann ihre Chips vor sich auf den Tisch.

Als wir sie geholt hatten, hatte sie gemeint, dass ich sie ihr von ihrem »Gehalt« abziehen sollte – aber ich würde einen Scheiß irgendwo abziehen. Wenn überhaupt würde ich ihr beibringen müssen, dass ihre zehntausend Dollar im Monat ein Witz waren und dass noch eine zweite Kreditkarte mit ihrem Namen versehen in meiner Wohnung lag.

Und dass ich für die Zukunft nichts von getrennten Konten hielt.

Aber das war ein anderes Thema.

Nachdem ich Kit ihre Zigarette angesteckt hatte und mit meiner dasselbe tat, richtete sie sich nach vorn und rutschte mit ihrem Hintern absichtlich so weit hoch, dass sie meiner Beerdigung wieder ein paar Schritte näher kam.

Sie warf mir einen frechen Blick über ihre Schulter zu. »Ach, und übrigens: Ich wette dagegen.«

Ich hätte ihr antworten können, dass der Bessere gewinnen möge, so wie sie bei der Bank in der Uni – aber stattdessen zog ich an meiner Zigarette, ohne den Blick von ihr abzuwenden.

»Du wirst eine wunderschöne Verliererin abgeben«, raunte ich, sah, wie nur noch mehr Widerstand, nur noch mehr Kampf in ihren Augen funkelte, und blieb dann an dem Samtband mit der Mondsichel an ihrem Hals hängen.

Schon möglich, dass ich mir dabei vorstellte, wie sie damit und ausschließlich damit in meinem Bett aussehen würde.

Verdammt sicher wie die Königin, von der sie gerade eben noch gesprochen hatte.

Die, die hinter mir stand. Unter mir lag. Auf mir saß.

Und die, die meinen Ring bereits trug, ohne dass sie etwas davon ahnte.

# 29

☾

## CONNOR

»Und jetzt müssen Sie Ihren Einsatz setzen, wenn Sie einen setzen wollen«, erklärte Foley – einer der Dumpfbacken aus dem Vorstand – zum dritten Mal, als Kit nur abwartend mit ihren Karten in der Hand dasaß und scheinbar nicht wusste, was sie tun sollte. »Sie können natürlich auch aussteigen.«

Sie lachte entschuldigend. »Oh, tut mir leid. Ich muss erst wieder ein bisschen reinkommen.«

*Ist klar* … Ich beobachtete sie amüsiert dabei, wie sie ein paar Chips in die Mitte des Tisches warf.

Sie verarschte sie.

Zwar hatte ich keine Ahnung, wie gut sie tatsächlich spielen konnte, aber ich kannte Kit – sie zog diese Wichser gerade mit ihrer charmanten, unbeholfenen Art so gekonnt über den Tisch, dass keiner von ihnen bemerkte, wie sie sie mit lockeren Gesprächen um den Finger wickelte und dabei ihre Karten und Gesichter studierte.

Sie fraßen ihr aus der Hand.

Sogar Montgomery hing an ihren Lippen, aber anders als Foley, Benjamin und Whitaker – Vorstandsdumpfbacke zwei – tat er das nicht nur, weil er ihr ihr Schauspiel abkaufte. Er beobachtete sie, als würde er darauf warten, dass einer von uns einen Fehler machte.

Was allerdings nicht passierte.

Kit blieb bei unserer Geschichte, beantwortete brav jede Frage, die ihr gestellt wurde, egal, ob über sich oder über uns, und sie machte es geschickt. Ohne zu viel preiszugeben, gab sie ihnen das Gefühl, als würden sie sich seit Jahren kennen, und war dabei auch noch so verflucht sympathisch, dass sie sie wahrscheinlich noch zu den Fußballspielen ihrer Kinder einladen würden.

»Und jetzt müssen wir die Karten umdrehen, nicht wahr?«, fragte Kit unschuldig, wartete aber nicht auf eine Antwort und deckte ihre Hand auf.

Die Augen der Männer wurden größer.

»Sie haben ein Full House, meine Liebe«, sagte Foley begeistert darüber, gerade zehn Riesen an sie verloren zu haben, und ermutigte sie dazu, sich den Pot einzusammeln.

Kit tat überrascht und wandte sich mit einem verschwörerischen Funkeln in den Augen an mich. »Was für ein Glück, hm? Sieht so aus, als würde ich doch nicht dein ganzes Geld verlieren. Aber falls doch, verlässt du mich nicht direkt wieder, oder?«, scherzte sie, klopfte mir auf die Schulter und brachte die Männer am Tisch wieder zum Lachen.

Ich hob einen Mundwinkel und nahm meine Zigarette runter, an der ich gerade gezogen hatte. »Ich überleg's mir«, raunte ich, woraufhin sie sich wieder umdrehte und die Chips mit einem Arm zu sich schob.

Die nächste Stunde verfolgte ich weiterhin das Spiel, meine Aufmerksamkeit dabei halb auf die Frau auf mir, halb auf Montgomery gerichtet. Der Wichser war allerdings nicht hilfreich. Was er von sich gab, nützte mir einen Scheiß, und ihn vor Foley und Whitaker auszufragen, war mir zu riskant. Seitdem ich ihn kannte, hatte ich noch weniger Sätze mit ihm als mit meiner Mutter gewechselt. Etwas daran zu ändern, würde ihn nur wissen lassen, dass ich Bescheid wusste, und meinetwegen sollte sich der Wichser noch eine Weile für clever und überlegen halten – am Ende würde er nicht auf meinem verdammten Thron sitzen.

Ich behielt ihn zwar weiterhin im Auge, lauerte darauf, dass er selbst einen Fehler machte, aber dann war da auch noch Kit. Sie spielte nach wie vor ihr falsches Spiel, »verlor« ein paar Runden und wurde dann langsam, ohne dass es auffiel, besser und besser. Dabei fing sie irgendwann an, ihren schon die ganze Zeit gegen mich gedrückten Hintern an meinem Schwanz zu reiben.

Zuerst ignorierte ich es, weil es mir sowieso schon verdammt schwerfiel, meine Hände bei mir zu behalten. Aber ihr beim Pokern zuzusehen, zu beobachten, wie sie über dem Tisch das scheinbar unbeholfene, *nette* Mädchen spielte, während sie unterm Tisch ihre Beine für mich öffnete, als ich meine Hand über ihre Pussy schob, sie daran fester an mich zog und sie die Reibung zwischen uns noch verstärkte – fuck, das brachte mich in Versuchung.

Ich hätte gerade nichts lieber getan, als ihr nachzugeben, aber ich hatte andere Pläne mit Kit, und sie vor den Augen von vier doppelt so alten Wichsern zum Kommen zu bringen, gehörte nicht dazu. Erst recht nicht, wenn einer davon ständig auf ihre Brüste starrte, auf Frischfleisch stand und zweimal die Woche seine zwanzig Jahre jüngere Sekretärin im selben 5-Sterne-Hotel nagelte, in dem seine Frau ins Spa ging.

Es dauerte noch eine Weile, aber irgendwann hatte Kit mehr Chips vor sich liegen als ihre Gegner.

Benjamin bemerkte es als Erster und prostete ihr amüsiert zu. »Meine Herren, ich glaube, wir wurden reingelegt.«

»Es war mir eine Ehre«, erwiderte sie grinsend und spielte noch ein paar Runden weiter. Sie bewies dabei definitiv, dass sie nicht nur ein hübsches Accessoire war, sondern auch gerissen, clever und wortgewandt, und vor allem gut darin, ihr Pokerface aufrechtzuerhalten. Meine Hand fuhr immer noch träge Kreise über ihre Mitte, und obwohl sie nach außen hin cool blieb, sagte mir der feuchte Stoff zwischen ihren Beinen etwas anderes. Er bettelte mich stumm an, mit ihr von hier zu verschwinden und ihr zu demonstrieren, dass ich die Wette früher oder später gewinnen würde – aber ich ließ Kit weiterspielen, bis sie irgendwann ihre Chips verdoppelt hatte.

Grinsend und mit einer Tiefe in den Augen, die mich bis auf den Meeresgrund ziehen könnte, drehte sie sich zu mir um und steckte einen ihrer Chips in die Brusttasche meines Jacketts. »Für schlechte Zeiten«, zwinkerte sie und hauchte mir einen flüchtigen Kuss auf die Wange.

Es war die nächste unschuldige Berührung über dem Tisch, während sie darunter ihre sündhaften Beine noch weiter spreizte und sich so fest an mich drückte, dass ich beschloss, dass sie hier fertig war.

»Steig aus. Wir fahren.« Ich umfasste ihre Pussy besitzergreifend mit meiner Hand, kaum dass ein Funke Trotz in ihren Augen aufkam.

Ihr war anzusehen, dass sie mir nach der Nummer auf der Yacht nicht über den Weg traute und auch nicht zugeben wollte, dass da eine Anziehung zwischen uns herrschte, der wir beide nicht entkommen konnten. Die irgendwann dazu führen würde, dass sie in meinem Bett landete. Aber irgendwas an meinem Blick dürfte ihr Beweis genug sein, dass ich heute noch etwas mit ihr vorhatte, denn sie nickte schließlich schwach.

Als der Croupier anfing, die Karten für eine neue Runde zu mischen, verkündete sie: »Es hat wirklich Spaß gemacht, mit Ihnen zu spielen, aber ich habe für heute genug.«

Sobald wir uns von den Männern verabschiedet und das Pokerzimmer verlassen hatten, verdrängte ich jeden Gedanken an Montgomery und wollte Kit wortlos nach draußen führen, aber sie drückte mir ihre Chips mit der Bitte in die Hand, sie umzutauschen, und entschuldigte sich in Richtung Toiletten.

Auch wenn ich eigentlich nur noch von hier verschwinden wollte, ließ ich sie gehen und brachte ihre Chips weg. Anschließend wartete ich in einem der Lounge-Sessel in der Lobby des Hotels und versuchte, wieder runterzukommen.

Kurz danach kam Kit bereits wieder in die Lobby – und sie war nicht allein.

Trey fucking Montgomery war unmittelbar neben ihr, hielt ein Whiskeyglas in der Hand und stieß sie mit dem Ellbogen an, als wären sie alte Freunde.

Mein Blick verharrte eine endlose Sekunde an der Stelle, an der er sie gerade berührt hatte – und. Das. War's.

Ich hatte mich aus dem Sessel hochgestoßen, bevor ich überhaupt schalten konnte. Mein Puls schoss hoch, und nicht mal, dass Kit genervt wirkte und sich umsah, als würde sie nach mir Ausschau halten, konnte ihn wieder in den Normalzustand versetzen.

Ich hatte dem Bastard gesagt, er solle sich verdammt noch mal von ihr fernhalten.

Sie nicht anfassen. Sie nicht mal *ansehen.*

Er tat gerade alles gleichzeitig und konnte froh sein, dass ich nicht genau hier meine Drohung wahr machte, ihm jeden verdammten Knochen zu brechen.

»… einmalige Sache, okay? Du solltest jetzt besser …«, hörte ich Kit zu Trey sagen, als ich noch zu weit von ihnen entfernt war, aber kaum entdeckte sie mich, verstummte sie und warf mir einen so brutal warnenden Blick zu, dass es sich anfühlte, als hätte sie mir ihre Hände gegen die Brust gerammt.

Der unsichtbare Stoß ging direkt durch mich hindurch.

Immer noch auf Trey fokussiert, der verdammt betrunken und verdammt bekifft aussah, stellte Kit sich vor ihn. Als würde sie davon ausgehen, ich wäre dumm genug, ihm in der Öffentlichkeit eins seiner beschissenen Haare zu krümmen.

»Ach, komm schon, Puppe. Wir hatten doch Spaß zusammen, oder?«

Wollte er eine neue Visage?

Trey, der anscheinend so high war, dass er mich immer noch nicht bemerkt hatte, beugte sich zu Kit runter und griff nach einer ihrer Haarsträhnen, als würde er an ihren Locken ziehen wollen. Weil sie ihm halb den Rücken zugewandt hatte, bemerkte sie es nicht.

Mein Blick fing an zu flackern.

»Ich hab hier ein Zimmer, aber wenn du willst, können wir auch wieder in dein Geisterhaus –«, schaffte er noch zu lallen, ehe ich unmittelbar vor ihnen stehen blieb und Kit ihre Hände gegen meine Brust drückte.

Sie stieß mich nicht weg, aber sie zischte scharf meinen Namen, versuchte mich zum Stehen zu bringen, und nur, weil der Pisser gerade ihre Haarsträhne losließ, erstarrte ich.

»Ist das dein verfickter Ernst?«, knurrte ich Trey an und zog Kit zur Seite.

Ich brauchte sie nicht als Schutzschild, nicht als Mauer. Ich wollte, dass sie dem Pisser nicht zu nah kam, aber sie wäre nicht Kit, wenn sie ein verdammtes Mal nicht gegen mich kämpfen würde.

In jeder anderen Situation hätte ich nichts dagegen gehabt – aber jetzt gerade ging es nicht um uns.

»Connor, nicht hier«, warnte sie mich zischend, doch ich ignorierte sie, ignorierte ihre Hand, die sie wieder auf meine Brust drückte. Wieder genau dorthin, wo mein pechschwarzer Muskel hämmerte.

Trey blinzelte mich träge an und schaffte es kaum, mich zu fokussieren. »Connor? Wow, hey, hab dich gar nicht gesehen. Was geht, Mann?«

*Was geht, Mann?!*

Wollte er zu seinem neuen Gesicht auch noch neue verdammte Zähne?

»Lass es gut sein«, zischte Kit. »Connor, es gucken schon alle. Lass uns gehen.«

»Ah, was? Nein, geht noch nicht. Wir könnten doch einfach auch zu dritt Spaß haben«, meinte Trey undeutlich, trat wieder näher an Kit heran und fasste. Ihre. Verdammten. Haare. An.

Fuck, er wollte nicht nur gebrochene Knochen.

Er wollte sterben.

»Geht's noch?« Dieses Mal bemerkte Kit seine Berührung und schlug seine Hand weg, bevor ich sie wieder aus seiner Reichweite brachte.

Ich baute mich vor dem Pisser auf, der ein Stück kleiner war als ich und mit diesem halbschiefen Grinsen zu mir hochsah, das mit jedem einzelnen Millimeter bettelte: Polier mir halt die Fresse. Tob dich aus.

*Aber nicht jetzt.*

*Nicht hier.*

»Schlaf mit offenen Augen, Montgomery«, drohte ich ihm kalt, wartete nicht darauf, dass er seine Hirnzellen zu einer Antwort zusammensammelte, und griff nach Kits Hand.

Ich zog sie durch die Lobby nach draußen, wo wir in angespanntem Schweigen auf meinen Wagen warteten.

Es dauerte eine verdammte Ewigkeit.

In jeder Sekunde davon musste ich mich zusammenreißen, nicht einfach wieder umzudrehen, Trey erst jeden Finger, dann die Hand, dann seinen beschissenen Arm zu brechen, und dabei auch noch Kits eindringlichen Blick zu ignorieren.

Ich konnte spüren, dass sie etwas sagen wollte, aber sie hielt sich zurück, bis wir in meinem Auto saßen und ich von der Auffahrt des Hotels runter auf die Straße gefahren war.

»Ich wusste es nicht, okay?« Sie drehte sich ruckartig auf dem Beifahrersitz um und warf vorwurfsvoll ihre Arme hoch, als wäre es verdammt noch mal meine Schuld.

»Was meinst du?«, fragte ich harsch, auch wenn ich die Antwort kannte. »Dass du meinen Stiefbruder gevögelt hast?«

Kaum war dieser verdammte Satz draußen, veränderte sich die Spannung zwischen uns von heiß nach kalt und wieder zurück. Ich spürte Kits Wut auf meiner Haut wie glühende Kohlen, aber, fuck, warum zur Hölle war *sie* wütend auf *mich*?

Sie war nicht diejenige, die diese beschissenen Bilder nicht aus dem System bekam. Bilder, die sich mein verdammter Kopf selbst ausdachte und in einer Flasche Bourbon ertränken wollte, seit Trey fucking Montgomery in der Ruine gewesen war.

In meinem verdammten Haus.

In meiner verdammten …

»Warum –«, setzte sie an, brach aber wieder ab und kniff verbissen ihre Lippen aufeinander.

Mein Finger schlossen sich so fest ums Lenkrad, dass meine Knöchel weiß hervortraten.

*Stell sie einfach. Stell einfach diese beschissene Frage, Cali.*

Ein paar Sekunden lang hing unser Schweigen schwer in der Luft, aber ich wartete, weil ich wollte, dass *sie* diesen Schritt machte. Sie *musste* ihn machen.

Nachdem sie sich mit vor der Brust verschränkten Armen tiefer in den Sitz zurückfallen gelassen hatte, stieß sie ein wütendes Schnauben aus.

Die Stille zwischen uns wurde verflucht dünn.

»Warum wusste ich nichts von ihm?! Warum hast du mir

nie von ihm erzählt?!«, platzte es dann aus ihr raus, beinahe, als hasste sie es, überhaupt den Mund aufzumachen.

»Konnte ich nicht. Ich weiß es selbst erst seit zwei Jahren.«

Verwirrung huschte über ihr Gesicht, dämpfte ihre Wut aber kaum. »Was? Wie kannst du das erst seit zwei Jahren wissen?«

Ich stieß einen bitteren Laut aus. »Wenn meine Mutter meine bloße Existenz verleugnet und mir nicht sagt, dass sie wieder heiratet, wieso zum Teufel sollte sie mir dann von Grahams Bastardsohn erzählen?«

Trey war erst vor ein paar Jahren aus dem Loch gekrochen, von dem niemand etwas gewusst hatte. Er hatte bis zu seinem achtzehnten Lebensjahr bei seiner Mutter in Vegas gelebt – einer Stripperin, die Graham auf einer Geschäftsreise geschwängert hatte. Er hatte sich davor einen Scheiß für seinen Sohn interessiert und war beschäftigter damit gewesen, sich sein verdammt perfektes Leben mit meiner Mutter aufzubauen. Vor zwei Jahren war Trey dann wie aus dem Nichts offiziell Teil der Scheißfamilie geworden, inklusive eines fetten Bankkontos, fünf Autos und eines neuen verdammten Nachnamens, den es im Großraum L.A. Hunderte Male gab.

Ich konnte Kit also nicht mal vorwerfen, dass ihr nicht schon früher klar gewesen war, wer der Pisser war.

Ich machte ihr auch so keinen Vorwurf wegen Trey.

Natürlich fuckte es mich ab, dass sie mit ihm gevögelt hatte – das Wissen allein fühlte sich an, als hätte sie mir meine verdammten Rippen gebrochen und alle davon in meine Lunge gerammt –, aber ich könnte sie dafür nicht hassen.

Als ich kurz zu ihr rübersah, loderten ihre Augen. »Und warum hast du es mir nicht einfach in der Ruine gesagt?«

»Du meinst, drei Minuten, nachdem der Wichser nicht mehr in dir war?«, knurrte ich und verkrampfte mich bei der bloßen Vorstellung daran. »Und was dann?«

»Keine Ahnung? Ich hätte es einfach wissen müssen.«

»Weil es so viel geändert hätte?«

Wir wussten beide, dass sie trotzdem mit ihm geschlafen hätte. Sie wollte mir wehtun, und sie würde dafür jedes Mittel nutzen, das sie in die Hände bekommen konnte.

Kit starrte mich finster an. »Ich weiß es nicht, okay? Du hast dich bei der Ruine wie ein grundlos eifersüchtiger –«

»Fang nicht wieder damit an, Kit.«

»Warum nicht?! Versuch nicht, mir weiszumachen, du wärst nicht eifersüchtig, nach dem mit Trey, mit Evan, mit diesen Kerlen auf der Yacht, die mal absolut gar nicht –«

Sie verstummte abrupt, als ich scharf abbremste und rechts ranfuhr. Hinter mir ertönte lautes Hupen, aber das war mir scheißegal.

»Was willst du von mir hören?«, knurrte ich, und irgendwas in mir knallte. »Dass ich es bin?! Dass es mich verdammt noch mal umbringt, zu wissen, dass sie dich angefasst haben? Dass du ihnen das gegeben hast, was ich –«, *Fuck, halt den Mund!* »Scheiße, ja – ich will jedem Einzelnen seine verdammten Hände brechen! Keiner von diesen Wichsern soll überhaupt daran *denken*, dich noch mal anzufassen! Aber das mit Trey ist was anderes, okay? Er ist genauso eine verdammte Ratte wie sein Vater, und nach dieser ganzen Scheiße mit Leila – nach allem, was ich inzwischen über den Wichser weiß –, wie zufällig war es, dass du ausgerechnet *ihm* an diesem verdammten Tag begegnet bist?«

Anstatt auf den letzten Teil einzugehen, drehte sie sich auf dem Sitz zu mir und zischte: »Verurteilst du mich etwa? Weil ich mit anderen Typen geschlafen und nicht darauf gewartet habe, dass du irgendwann zurückkommst? Falls du dich nicht daran erinnerst – *du* wolltest mich nicht! Du hast kein Recht dazu, dich hier so zu verhalten oder so was überhaupt zu empfinden!«

»Ich verurteile dich nicht, Kit. Fuck, denk das nicht.«

*Denk nicht, dass ich dich nicht wollte.*

*Dass ich dich nicht immer noch will.*

Aber das konnte ich ihr nicht sagen. Ihre Mauer stand gerade so verflucht hoch zwischen uns, dass ein falsches Wort reichte, und ich würde ihr nur noch mehr Steine geben, die sie ins Fundament drücken konnte.

»Du hast deine Vergangenheit und ich habe meine«, fuhr ich fort und zwang mich dazu, weiter das Lenkrad umklammert zu halten, um nicht darauf einzuschlagen. »Und ich verurteile dich nicht dafür.«

*Aber ich hasse sie.*

*Jeden Wichser, der dich berührt hat, als ich es hätte tun sollen.*

*Der das von dir bekommen hat, was von Anfang an für mich bestimmt gewesen war.*

*Und ich hasse jeden dafür, der mich spüren lässt, was ich hätte haben können, wenn nicht alles so abgefuckt schiefgelaufen wäre.*

Als hätte Kit gehört, was ich nicht laut ausgesprochen hatte, wurde ihre Miene noch finsterer. »Du hast dazu kein Recht mehr.«

Ihre Worte gruben sich wie Rasierklingen in meine Brust, und auch wenn ich verdammt noch mal wusste, dass es stimmte, was sie sagte, würde ich nicht aufhören. Ein Teil in mir hoffte, dass sie noch tiefer schnitt. Dass sie mir denselben Schmerz zufügte, den ich ihr zugefügt hatte, weil es das war, was ich verdient hatte.

Ihren Kampf. Ihre Wut. Ihren Schmerz.

Aber ich würde nicht einfach so aufgeben.

Ich würde darauf warten, bis sie mit diesem Bullshit fertig war, egal, wie lange es dauern würde. Egal, wie oft sie versuchen würde, mich wegzustoßen – das zwischen uns wäre erst vorbei, wenn sie es auch ernst meinte und mich wegschickte.

Keine Ahnung, ob sie das ebenfalls in meinem Gesicht ablesen konnte, aber statt ihre Worte zu wiederholen und mir zu sagen, dass es längst vorbei war, beugte sie sich plötzlich über die Mittelkonsole, griff nach meinem Gesicht und presste ihre Lippen hart auf meine.

Fuck.

Das war … *Fuck.*

Ich hatte das Gefühl, als müsste ich sie wieder von mir lösen. Sie fragen, was zum Teufel gerade in sie gefahren war. Aber stattdessen geschah das genaue Gegenteil davon und es reagierte alles in mir auf sie.

Meine Dämonen, die sie immer noch wollten.

Mein Abgrund, der sich betrogen fühlte, weil ich Kit vor Jahren davon weggestoßen hatte.

Und der pechschwarze Muskel unter meinen Rippen, der ihr nicht ausweichen konnte. Es nicht mal wollte, selbst wenn mein verdammtes Leben davon abgehangen hätte.

Ich erwiderte ihren Kuss, schob eine Hand fest in ihre Haare und zog sie weiter zu mir. Auf meinen eigenen Lippen lag so viel, was ich ihr in diesem Moment hätte sagen sollen, so viel, was sie immer noch nicht wusste, aber statt irgendwas davon auszusprechen, küsste ich Kit intensiver und drängender, und versuchte, sie meine unausgesprochenen Worte spüren zu lassen.

Als müsste sie darauf antworten, wieder nur kämpfen, biss sie mich in die Unterlippe, griff mit ihren Händen in meinen Nacken und zog sich näher an mich. Die Mittelkonsole war im Weg, genauso wie mein verdammtes Lenkrad, aber sie schaffte es trotzdem auf meinen Schoß, stöhnte leise auf, als ich meine Hände unter ihrem Kleid auf ihren Hintern schob und sie so fest an mich drückte, dass zwischen uns nicht mal mehr verdammte Luft passte.

So wie sie sich dann an mir rieb, da anknüpfte, wo wir am Pokertisch aufgehört hatten, hätte ich nichts lieber getan, als ihr dieses Kleid vom Körper zu reißen. Dass wir praktisch mitten auf der Straße standen, war mir dabei scheißegal. Aber als ich viel zu schnell ihre Hände am Kragen meines Hemdes spüren konnte, ihre Finger, die versuchten, die Knöpfe zu öffnen, griff ich nach ihren Handgelenken und hielt sie davon ab, damit weiterzumachen.

»Kit«, warnte ich sie schwer atmend, kaum dass ich mich von ihr gelöst hatte, aber nur so weit, dass ihr warmer Atem immer noch meine Lippen streifte. »Nicht.«

*Nicht hier. Nicht jetzt. Nicht so.*

Sie reagierte nicht sofort und sah nur mit so viel Emotionen in ihren Augen zu mir runter, dass in ihrem Kopf ein heftiges Chaos herrschen musste. Ihre Wut vermischte sich mit Verwirrung, mit Frust, weil ich sie schon wieder abwies, obwohl sie mehr als deutlich spüren konnte, wie mein Körper auf sie reagierte, und führte irrationalerweise nur zu noch mehr Spannung zwischen uns. Die Luft um uns herum war so dick und aufgeladen, dass eine falsche Bewegung genügen würde, und meine Pläne mit ihr würden in Flammen aufgehen.

Nach allem, was gerade passiert war, am Pokertisch, mit Trey, mit diesem verdammten Streit, war ich kurz davor, die Explosion selbst zu verursachen – aber, fuck, für mich ging es um mehr als nur ums Wollen und Lust und dem Drang, Kits nackte Haut an meiner zu spüren.

Ich wollte sie ganz.

Ich wollte sie ohne ihre beschissene Mauer.

Und hier, in meinem Auto, mitten auf der verdammten Straße, würde ich dem nicht näher kommen. Nicht so, wie es nötig wäre, um ihre Mauer nicht nur einzureißen, sondern sie komplett auseinanderzunehmen. Jeden verdammten Stein nacheinander, bis sie alle zwischen uns lagen – bereit, um daraus unser Imperium zu erschaffen.

Also drückte ich Kit sanft an ihren Handgelenken von mir, brachte mehr Abstand zwischen uns und spürte mit jedem Zentimeter mehr dieses Ziehen an meinen Rippen. Das Seil, das uns verband und kaum nachgeben wollte.

Kits Miene verfinsterte sich wieder, aber wider Erwarten sagte sie nichts, kletterte mit einem herablassenden Schnauben von mir runter und sank spürbar wütend und frustriert in ihren Sitz.

Ich hätte ihr jetzt sagen können, dass es keinen Grund gab, angepisst zu sein, dass wir hier noch nicht fertig waren, aber ich schwieg und lenkte meinen Wagen wieder in den Verkehr. Die ganze Fahrt bis zur Northside sprachen wir nicht miteinander, und als ich schließlich vor ihrem Elternhaus am Straßenrand parkte, hielt ich sie nur davon ab, auszusteigen, weil ich noch mal ihr Gesicht sehen musste.

»Cali«, raunte ich, nachdem sie mit aufeinandergepressten Lippen die Tür aufgestoßen hatte.

Es dauerte einen Moment, aber dann sah sie mich über ihre Schulter hinweg an, und das reichte mir.

Blaues Feuer in ihren Augen.

Stumme Kampfaufforderung auf ihren Lippen.

Statt darauf einzugehen, ignorierte ich sie und sagte nur: »Halt dich von Trey fern. Ich weiß nicht, was sein Vater vorhat und ob er mit drinhängt.«

Kaum hatte ich diesen Satz beendet, huschte ein beinahe spöttisches Lächeln über ihre Lippen. »Natürlich. War's das dann?«

Ich antwortete nicht, aber sie wartete auch nicht darauf. Sie stieg aus und warf die Beifahrertür mit so viel Kraft hinter sich zu, dass sie mir genauso gut ein *Fuck You* hätte an den Kopf knallen können.

Auch das ignorierte ich.

Hauptsächlich, weil ich nur darauf wartete, dass sie mit schnellen, wütenden Schritten im Inneren ihres Elternhauses verschwand.

Zwei Sekunden nachdem sie die Tür hinter sich verriegelt hatte, hatte ich bereits mein Einhandmesser aus meinem Handschuhfach geholt und stieg aus, um ihr zu folgen. Das Fenster ihres Zimmers lag zur Straße gewandt, aber als ich mich über die Veranda aufs Vordach zog, achtete ich nicht drauf, ob man mich sah. Ich hebelte das Fenster trotzdem mit der Klinge meines Messers auf und kletterte ins Zimmer.

Weil Kit noch nicht hier war und leise Geräusche von unten ins Zimmer drangen, schloss ich ihr Fenster wieder vorsichtig und wartete hinter der weit offenen Tür auf sie.

Fuck, ja, ich wusste, dass die Chancen hoch standen, dass sie mich gleich wieder rausschmeißen würde – aber irgendwas sagte mir, dass das nicht passieren würde.

Nicht mal wegen dem, was im Auto vorgefallen war, oder weil ihre Worte, dass ich kein Recht auf Eifersucht hatte, nach ihrem Kuss immer noch wie eine Lüge auf meinen Lippen schmeckten.

Sondern weil ich sie langsam verstand.

Ich hatte verstanden, was sie mit ihren Graffiti bezweckte. Dass sie ihren Krieg gegen mich nicht mit Worten, sondern mit ihrem Körper führte, und dass sie mit diesen Wichsern in der Ruine und mit dem Sex mit ihnen ihre Mauer aufgebaut hatte.

Und ich hatte verstanden, dass sie nicht mehr das Mädchen aus der Vergangenheit war. Nicht der Engel mit den schneeweißen Federn, die zu gut für mich waren. Zu gut dafür, sie zu beschmutzen.

Aber vielleicht war das noch nicht alles.

Vielleicht war sie nie dieser Engel gewesen, für den ich sie gehalten hatte, und ihr Heiligenschein damals nichts weiter als eine Projektion von mir, damit ich die Finger von ihr ließ.

Als ich leise Schritte von der Treppe hörte, sah ich aus den Gedanken gerissen hoch und durch den Spalt der Tür. Es fiel kein Licht auf den Flur, aber ich erkannte Kits Silhouette trotzdem und beobachtete, wie sie mit den Schuhen in der Hand in ihr Zimmer schlich.

Sie bemerkte mich erst, als es längst zu spät war.

Sobald sie die Tür schließen wollte, stieß ich mich von der Wand ab und schlang ihr von hinten einen Arm um die Taille. Sie stieß ein erschrockenes Keuchen aus, ihre Schuhe fielen mit einem leisen Poltern zu Boden, aber kaum hatte ich sie mit dem Rücken an meine Brust gezogen, presste ich ihr eine Hand auf den Mund.

»Pscht, Cali. Du willst doch niemanden wecken, oder?«, raunte ich dunkel mit den Lippen dicht an ihrem Ohr, wissend, dass ihre Federn nie so weiß gewesen waren, wie ich geglaubt hatte.

Sie hatten eine andere Farbe.

Fragte sich nur noch, ob ich richtiglag – und ob sie annähernd so pechschwarz waren wie meine.

# 30

☾

## CONNOR

Kits Muskeln erstarrten an mir, allerdings nicht meinetwegen. Vielleicht hatte sie sich erschrocken, aber dass ihr Herz heftig gegen meinen Unterarm hämmerte, während sie angestrengt darauf lauschte, ob sich irgendwo im Haus etwas rührte, hatte nichts mit Angst vor mir zu tun.

Ich wartete ebenfalls darauf, ob wir jemanden geweckt hatten, und schaffte es davon abgelenkt gerade noch so, Kits Ellbogen auszuweichen, den sie mir in den Magen rammen wollte.

Mir kam ein leises Lachen über die Lippen, als ich ihre Arme noch fester an ihren Körper gedrückt hielt. »Ich dachte eigentlich nicht, dass du scharf drauf bist, Jamie zu erklären, was ich nachts in deinem Zimmer mache.«

Sie stieß ein paar angepisste Laute gegen meine Hand aus, aber ich verstand kein Wort.

»Oder vielleicht ja doch?«, flüsterte ich mit dem Blick auf die geschlossene Tür gegenüber von Kits gerichtet. »Dann könntest du ihm auch gleich die kleine Sammlung in deiner Schublade zeigen.«

Sie brummte irgendwas, das nach »Arschloch« klang, und versuchte dann, mir in die Hand zu beißen. Ich spürte ihre Zähne an meiner Haut, aber nicht tief genug, dass sie damit einen Schmerzimpuls auslösen konnte und ich sie losließ.

»Mach die Tür zu«, befahl ich ihr leise und schob sie ein Stück vorwärts, damit sie überhaupt drankam.

Im ersten Moment schien es, als wollte sie sich weigern, aber dann schloss sie mit einem Schnaufen so leise wie möglich die Tür und schien zu erwarten, wieder losgelassen zu werden.

Was ich nicht tat.

Stattdessen drückte ich sie mit der Brust an die Wand, behielt eine Hand auf ihrem Mund und machte sie komplett bewegungsunfähig. Ein Beben lief durch ihren angespannten Körper, aber anders als vorher wehrte sie sich nicht. Nicht mal, als ich langsam mein Knie zwischen ihre Beine schob und sie weiter auseinanderdrängte.

Ihre Wut umgab sie immer noch, schwer und brennend, aber als ich mich wieder dicht an ihr Ohr beugte, hielt sie den Atem aus völlig gegenteiligen Gründen an.

»Du hast doch nicht wirklich geglaubt, dass ich dich einfach so abhauen lasse, oder?«, murmelte ich dicht an ihrem Ohr und beobachtete, wie auf ihrem Arm eine Gänsehaut hochwanderte. »Wir sind noch nicht fertig miteinander. Und nur, damit du's weißt …« Ich sah zu ihr runter und ließ die Drehung ihres Kopfes gerade so weit zu, dass sich mich aus zusammengekniffenen Lidern ansehen konnte.

Schwaches Licht von der Straße fiel auf ihr wunderschönes, wütendes Gesicht, tauchte ihre Augen in fuchsteufelswilde Flammen, die aufloderten, als ich mein Klappmesser neben ihrem Bein aufschnellen ließ und sie das Geräusch wiedererkannte.

»Wir werden nie miteinander fertig sein, Cali.«

Ihr Brustkorb hob und senkte sich plötzlich schneller, aber immer noch nicht aus Furcht. Nicht meinetwegen, nicht wegen dem, was ich hier tat, nicht wegen des Messers.

Sie war nur wütend, weil ich wieder in ihrem Zimmer war,

sie gegen die Wand drückte, und mit der stumpfen Seite der Klinge langsam über ihren Oberschenkel glitt – weil es ihr gefiel. Ihre Augen verrieten es mir genauso wie der Schauer, der durch ihren Körper lief und in meinen überging.

»Ich habe einen neuen Deal für dich«, teilte ich ihr dann mit, ließ das Messer dabei langsam weiterfahren. »Wenn du willst, dass ich verschwinde, klopf zweimal.«

Ohne zu zögern, hob sie ihre Faust in Richtung Kommode, die neben uns stand, aber ich stoppte sie.

»Du sollst dir die andere Option anhören.«

Sie zeigte mir den Mittelfinger, ich ignorierte sie.

»Oder du schließt jetzt deine Augen … und ich mache wieder gut, was ich dir noch von der Yacht schuldig bin.«

Kit sah mich im ersten Moment an, als hätte ich sie nicht mehr alle, und versuchte sich wenig überzeugend von der Wand abzudrücken. Da das aber keine der Optionen war, presste ich sie wieder fester dagegen und spürte, wie sie sich anspannte, je höher das Messer ihr Bein hinaufglitt.

»Klopf oder schließ die Augen, Cali.«

Ihre Lippen verzogen sich unter meiner Hand, ihre Lider wurden noch schmaler – aber sie tat weder das eine noch das andere.

*Was zum Teufel soll das?*, schien sie mich zu fragen, und ich hätte ihr mit Sicherheit eine Erklärung darauf geben können. Aber nicht jetzt.

»Du hast immer noch nicht geantwortet«, erinnerte ich sie leise, ließ ihr aber kaum die Zeit dazu. Ich nahm die Klinge von ihrem Bein und ließ sie stattdessen über ihre Brust bis zu dem Träger ihres Kleides gleiten. Ich schob sie darunter und hob ihn warnend an.

»Antworte«, raunte ich dunkel und genoss es, wie ihre Muskeln an meinen erschauderten. »Soll ich gehen – oder soll ich deine Erinnerungen auffrischen, wie leicht und heftig du auf meinem Gesicht kommen kannst?«

Als sie daraufhin die Augen schloss und schluckte, wirkte es eher wie ein Reflex. So, als würde sie gerade nur selbst daran denken, es sich vorstellen, weshalb ich es noch nicht als ganzes Ja nahm. Trotzdem ließ ich meine Klinge, wo sie war, und drückte dann leicht meine Hüfte gegen ihren Hintern.

Ohne die Augen zu öffnen, atmete sie tief und beinahe ergeben aus, erwiderte den Druck und fing an, sich an meinem Schwanz zu reiben.

Mehr brauchte ich nicht.

Ich zog die scharfe Seite der Klinge durch den ersten Träger ihres Kleides.

»Das hast du schon am Pokertisch tun wollen, oder?«, fragte ich sie provozierend nah an ihrem Ohr und hielt mich nicht mehr zurück. »Mich mit deiner kleinen, nassen Pussy reiten, hm?«

Ich ließ die Klinge unter den zweiten Träger gleiten.

Schnitt diesen ebenfalls durch.

Beide davon rutschten von ihren tätowierten Schultern, während ich über ihren Hals leckte, den sie gerade so weit neigte, dass ich mühelos an die Stelle kam, unter der ihr Puls hämmerte.

»Ich hab's mir vorgestellt … Wie du nass auf meinem Bein sitzt und dich zusammenreißen musst, weil die reichen Wichser am Tisch deinen Anblick nicht wert sind.« Ich grub meine Zähne sanft in ihre weiche Haut, woraufhin sie wieder an mir bebte. »Wie ich dich über den Tisch werfe und ihnen demonstriere, wem diese Pussy gehört.«

Als ich das jetzt wieder eingeklappte Messer zwischen ihre Beine schob, mit dem Griff über den Body unter ihrem Kleid, stöhnte sie leise und unterdrückt gegen meine Hand.

Nein, Kits Federn waren definitiv nicht weiß.

Dieser Scheiß machte sie an, und, fuck, ich musste wissen, wie sehr.

»Zieh es aus«, befahl ich ihr, kaum dass ich widerwillig beide Hände von ihr gelöst und den Reißverschluss am Rücken ihres Kleides geöffnet hatte.

»Ich sollte dich rausschmeißen«, knurrte sie zurück.

»Dann klopf. Klopf, oder zieh es aus.«

Sie warf mir über ihre Schulter einen wütenden Blick zu, schien immer noch mit sich zu kämpfen und das letzte Wort haben zu wollen – und ich genoss es, ihr dabei zuzusehen.

Ich mochte es, wenn sie kämpfte.

Aber ich liebte es, wenn sie gehorchte.

Irgendwas vor sich hin fluchend, schob sie den Stoff des Kleides runter, zog ihn sich mühselig, weil ich ihr immer noch an sie gedrückt kaum Platz ließ, über ihre Hüfte und ließ das schwarze Kleid um ihre Füße auf den Boden fallen.

Einen Moment lang blieb ich an denselben Tattoos hängen, die ich schon den ganzen Abend unmittelbar vor mir gehabt hatte, vor allem das anatomische, zweigeteilte Herz, aus dem ein Karussell hervorbrach, genau an der Stelle ihres Rückens, unter der ihr echtes Herz pochte. Dann griff ich aber in ihre Haare, zog ihren Kopf zurück und presste meine Lippen ohne Vorwarnung fest und hart auf ihre.

Genau wie sie vorhin setzte ich da, wo wir in meinem Wagen aufgehört hatten, wieder an, brachte sie dazu, ihre Lippen für mich zu öffnen, und stieß mit meiner Zunge in ihren Mund. Sie erwiderte den Kuss sofort, ließ mich das Piercing an ihrer Zungenspitze spüren und sandte damit den Befehl an meinen Schwanz, sich hart an ihren perfekten, jetzt halb nackten Hintern zu drücken, auf dem ich irgendwann mein Zeichen hinterlassen würde.

Ich ließ den Griff des Messers wieder zwischen ihre Beine verschwinden, drückte ihn gegen ihren Kitzler und rieb darüber. Mehrmals. In kreisenden Bewegungen, mal sanfter, mal fester. Sie kam mir mit ihrer Hüfte entgegen, immer abwechselnd erst dem Messer in meiner Hand, dann meiner nach mehr bettelnden Erektion.

Als ich mich kurz von ihr löste, zog ich ihre Unterlippe zwischen meine Zähne und musste mich zusammenreißen, sie nicht zu fest zu beißen.

»Das gefällt dir, hm, Good Girl?«, fragte ich sie herausfordernd und konnte mir das leise Lachen nicht verkneifen, als sie mich finster und gleichzeitig mit einem leicht verschleierten Blick ansah.

»Good Girl?«, echote sie zischend. »Vergiss –«

Ich schnitt ihr das Wort ab, indem ich sie wieder küsste, intensiver als vorher, mit mehr Druck zwischen ihren Beinen.

Kit gab sofort wieder nach, drängte sich weiter gegen mich und versuchte, eine Hand in meinen Nacken zu schieben. Sie packte mich fester und fuhr mit ihren Nägeln so über meine Kopfhaut, dass Hitze von da meine Wirbelsäule abwärts schoss.

Etwas an der Art, wie sie mich küsste, mit Zähnen und ihren Krallen, verriet mir, dass sie die Kontrolle an sich reißen wollte – aber weil das für mich nicht funktionierte, noch nie, kämpften wir darum.

Wurden rauer, unbeherrschter, und grob.

Wir konnten nicht anders.

Ich gab ihr meine Wut, meinen Schmerz, meine Dunkelheit, und sie antwortete mir, gab mir alles in derselben Intensität zurück und bewies mir nur, was mir sowieso schon klar war – wir waren vielleicht nicht mehr dieselben wie früher, aber wir waren immer noch wir.

Noch während ich weiter mit ihren Lippen beschäftigt war, das Messer über ihren Kitzler rieb, öffnete ich mit der anderen Hand ihren BH. Kit warf ihn achtlos zu Boden und drückte ihren Rücken durch, sobald ich eine Brust von hinten umfasste und meine Finger hineingrub.

Fuck, sie passte noch genauso perfekt in meine Hand wie früher. Rund, fest, ihr Nippel hart zwischen meinen Fingern. Ich kniff ihn sanft und entlockte ihr damit ein Stöhnen gegen meinen Mund. Ein zweites, als ich mehr zupackte.

Widerwillig löste ich mich von ihr, zog das Messer zwischen ihren Beinen hervor und durchtrennte damit die Seiten ihres schwarzen Spitzen-Strings. Ich ließ ihn auf den Boden fallen, und fuhr dann mit der stumpfen Seite der Klinge über die Kurven ihres nackten Pos. Sobald sie die kratzende Spitze des Metalls auf ihrer Haut spürte, streckte sie ihn mir entgegen, und ich schob meine Hand um ihre Hüfte herum zwischen ihre Beine, spürte sofort, wie gottverdammt feucht sie war.

Sie sog sehnsüchtig die Luft ein, presste sich wieder fester gegen meinen Schwanz.

»Mhm … wollen wir wetten, dass du am Pokertisch genauso nass warst?« Ich ließ einen Finger in sie gleiten, verteilte ihre Erregung über ihren Kitzler und fing an, sie zu reizen. Mit dem richtigen Druck, dem richtigen Tempo, und hörte auch dann nicht damit auf, als sie ihren Kopf in den Nacken fallen ließ und ihren Hintern so verflucht scharf an mir rieb, dass ich mich daran erinnern musste, was ich hier überhaupt tat. »Einen Teil des Deals habe ich dir übrigens noch nicht verraten, Cali.«

»Und der wäre?«, wollte sie schwer atmend wissen, aber ich antwortete ihr nicht, ließ nur weiter meinen Finger über ihre Pussy gleiten und verzog einen Mundwinkel.

Dann wirbelte ich sie einfach herum.

Warf sie auf ihr Bett hinter uns, das dadurch dumpf gegen die Wand stieß.

Kit landete rücklings auf ihrer Matratze, stützte sich sofort auf ihre Ellbogen und sah mich warnend an.

»Das kannst du ebenfalls verge–«, begann sie wieder, aber ich ließ sie ihren Satz nicht beenden, weil er so verdammt vorhersehbar war, und zog sie mit einem geschickten Griff unter ihren Knien an die Kante der Matratze, wieder näher zu mir. Sie fiel dabei auf ihren Rücken, ihre nackten Brüste wippten bei der ruckartigen Bewegung, und fuck, es war ein so verdammt perfekter Anblick, dass ich mehr davon wollte.

Sie trug jetzt nur noch den schwarzen Choker um ihren schlanken Hals.

Sonst nichts.

Nur meine Kette.

*Ihren Mond.*

»Wie viele Wichser waren in diesem Bett?«, fragte ich sie und nahm ihr die Antwort vorweg, während ich mir mein Jackett auszog und es irgendwohin warf. »Keiner, richtig? Die hast du nur in der Ruine gevögelt – hier drin nur dich selbst, hab ich recht?«

Ich wusste, dass ich recht hatte, auch wenn sie nicht antwortete und die Wut in ihrem Blick heller brannte.

»Glück für sie. Aber für dich … Ich werde dich in deinem Bett lecken, Cali. *Nur* in deinem Bett«, teilte ich ihr freundlicherweise mit. »Und du wirst heute auch nur in deinem Bett kommen. Nimm es hin oder lass es bleiben. Zweimal klopfen, und ich verschwinde.«

Sie ballte mit fest aufeinandergepressten Lippen ihre Faust, bereit, irgendwo gegen zu klopfen – dem Feuer in ihren Augen nach vorzugsweise gegen mein Gesicht –, aber dann brachte sie nur einen frustrierten Ton hervor.

»Stoß das verdammte Bett aber nicht gegen die Wand«, drohte sie, ihre Augen wanderten über meine Schulter zur geschlossenen Tür.

»Du machst dir Sorgen, dass ich deine Geschwister wecken könnte, hm?«, neckte ich sie, beugte mich zwischen ihre gespreizten Beine gedrängt über sie und spürte tief in meinem Inneren, wie mein Dämon danach verlangte, rausgelassen zu werden.

Er sehnte sich nach Kit. Er tat es immer. Jedes Mal, wenn sie in seiner Nähe war, so verdammt nah, dass er nur seine Finger nach ihr ausstrecken brauchte. So nah, dass er sich kaum beherrschen konnte, nicht einfach seine Zähne in sie zu schlagen und sich zu nehmen, was ihm gehörte.

Immer ihm gehört hatte.

Aber weil er nicht mehr derjenige war, der kontrollierte, sondern ich es war, der seine Ketten festhielt, ließ ich ihn nur so weit raus, dass ich wieder mit der stumpfen Seite meines Klappmessers über ihre Haut glitt. Angefangen bei ihrem Schlüsselbein, dann über das Boho-Tattoo, das zwischen ihren runden Brüsten startete und wie ein Wegweiser darunter entlangführte.

Ich hatte Kit damals oft nackt gesehen, ohne ihre Tattoos. Eigentlich hätte es ein vertrauter Anblick sein müssen, ein Film, den man zum hundertsten Mal sah und in- und auswendig kannte. Aber allein durch ihre Tattoos fühlte es sich an, als hätte ich ihren Körper nie zuvor gesehen und deswegen Angst davor, wegzusehen. Ich wollte keine einzige Sequenz verpassen.

Kit nickte zur Antwort auf meine Frage, atmete zittrig aus und sah dabei zu, wie die Klinge über sie fuhr, über ihre Brust, ihren harten Nippel, der sich bettelnd nach mehr aufrichtete, dann zu dem anderen, der dasselbe verlangte.

»Keine Sorge, ich werde dir den Mund zuhalten«, raunte

ich, beugte mich tiefer über sie und verzog meine Mundwinkel zu einem finsteren Lächeln. »Das hat früher doch auch so gut funktioniert, oder?«

Ich sah in ihren Augen, dass sie mir widersprechen, mir sagen wollte, dass nichts mehr wie früher war, aber ich legte ihr die Klinge flach auf ihre vollen Lippen und schüttelte den Kopf.

»Ich weiß, was du in der Ruine versucht hast … Ich werde mit dir dasselbe hier tun, Cali. Nur *besser.*«

Sie wollte uns vergessen – ich würde sie dazu bringen, sich zu erinnern.

Daran, wie es gewesen war.

Wer wir gewesen waren.

An uns.

Ich nahm das Messer wieder weg und küsste sie stattdessen. Nur kurz, aber intensiv, ehe ich mich wieder von ihr löste und mich über ihren Hals bis runter zu ihren Brüsten arbeitete, über ihren Nippel leckte, leicht hineinbiss und dann noch tiefer glitt. Am liebsten hätte ich mir mehr Zeit gelassen, um mir jedes ihrer Tattoos vorzunehmen und ihren verfluchten Körper anzubeten, und nicht damit aufgehört, ehe ich nicht fertig wäre – aber das rückte in den Hintergrund, als ich mit meiner Zunge über ihren Kitzler fuhr. Sofort spannten sich ihre Beine unter meinen Händen an, ein unterdrücktes Stöhnen glitt ihr über die Lippen. Kit hob mir ihre Hüfte entgegen, aber ich drückte sie mit meinem Mund bestimmend zurück auf die Matratze. Hielt sie fest, nahm ihr die Kontrolle und leckte sie langsam und intensiv.

Mit meinem Blick auf ihr teuflisch schönes Gesicht gerichtet, ließ ich meine Zunge über ihren Kitzler kreisen, lauschte auf ihre Atmung, auf ihr Stöhnen, und drang mit zwei Fingern in ihre enge Pussy ein.

»Oh, sh–«, fluchte sie, bäumte sich unter mir auf und drückte mir ihr Becken wieder entgegen. »Ich schwöre, wenn du wieder aufhörst, bring ich dich um.«

Ich lachte leise, schloss meine Lippen um ihren pulsierenden Nervenpunkt und saugte daran. Erhöhte sanft den Druck und war inzwischen so gottverdammt hart, dass sie mich sowieso schon umbrachte. Von Sekunde zu Sekunde mehr.

Mit jedem leisen Stöhnen, das ich aus ihr rausbekommen und sie unterdrücken wollte.

Mit jedem Zucken ihrer Muskeln, mit ihren Händen, die sie wieder und wieder in meine Haare grub, einfach mit allem.

Als ich meinen Mund von ihr löste, übernahm meine Hand. Ich hörte nicht auf, sie in und auf ihr zu bewegen, mit meinem Handballen über ihren geschwollenen Kitzler zu reiben, in sie zu stoßen, während ich wieder zu ihr hochkam, sie küsste und sie sich selbst schmecken ließ. Sie keuchte sinnlich an meinen Lippen, biss mich, und fing an, ihre Hüfte verdammt selbstbewusst und ohne Hemmungen zu bewegen. Sie kam den Stößen meiner Hand entgegen, und das war verdammt noch mal nicht gut für meinen Kopf und noch weniger für meinen Schwanz, der sich dabei vorstellte, tief in ihr zu sein und sie härter zu nehmen, als meine Hand es gerade tat.

Fuck, ich hatte das vermisst.

Ich tat es ständig, aber gerade krallte sich die Erkenntnis so heftig in meine Brust, dass ich einen Moment lang nicht atmen konnte.

Mir war klar, dass ich Kit die Wahrheit über die Nacht sagen musste, in der ich uns zerstört hatte – aber ich hatte so eine gottverfluchte Angst davor, dass ich sie dann wieder verlieren könnte, dass sie sich erst wieder an uns erinnern musste. Sie musste spüren, dass da irgendetwas zwischen uns war, schon immer, und dass wir nichts dagegen tun konnten. Dass uns etwas zueinander zog, scheißegal, ob sich einer von uns dagegen wehrte.

Ich damals, sie heute.

Wir waren dagegen machtlos.

Sie musste sich nur verdammt noch mal daran erinnern.

»Eins noch«, sagte ich, stoppte dann ohne Vorwarnung meine Hand und zog meine Finger aus ihr zurück. Bevor sie jedoch protestieren konnte, schob ich sie zwischen ihre Lippen und spürte, wie sie mit ihrer Zunge darüber leckte. Ich wollte verfickt noch mal sterben. »War Montgomery der Letzte?«

Sie nickte.

»Gut. Wenn wir hier heute fertig sind, wirst du sein Graffiti übersprayen«, raunte ich drohend, zog langsam meine Finger zurück und fuhr damit über ihre Lippen. »Dann wirst du mit allen anderen weitermachen, eins nach dem anderen, jedes Mal, wenn du *für mich* kommst.« Ich glitt mit meiner Zunge über ihre feuchten Lippen und leckte ihren Geschmack davon ab. »Der ganze verdammte Raum wird schwarz sein, Cali. Versuch gar nicht erst, daran etwas zu ändern. Wir wissen beide, dass es so kommen wird.«

»Träum weiter«, erwiderte sie schnaubend, und ich lächelte auf sie herab.

»Was glaubst du, was ich die ganze Zeit tue?«

»Offenbar fantasieren.«

Ich antwortete nicht darauf, weil ich jetzt nicht mit ihr diskutieren würde, sondern drehte uns beide herum, sodass sie nackt auf mir lag.

»Komm«, befahl ich ihr, kniff ihr in den Hintern, obwohl ich lieber einen Handabdruck darauf hinterlassen hätte. »Reit mein Gesicht, und halt dir den Mund zu.«

Sie verdrehte die Augen, gehorchte dennoch wieder wie das verdammte brave Mädchen, das sie angeblich nicht war, und rutschte mit gespreizten Beinen hoch. Meine Hände umschlossen von hinten beide ihrer Arschbacken, gruben sich fest in ihre Muskeln und dirigierten sie an meinen Mund. Sobald meine Zunge wieder auf ihr war, ihren Kitzler umkreiste, ließ sie ihren Kopf nach hinten fallen, sodass ihre langen Haare meine Finger streiften. Ich löste eine Hand von ihr, um meine Faust darum zu wickeln, während ich mit der anderen ihre Hüfte vor- und zurückkippte.

Fuck, es war die verdammte Hölle, ihr so nah und trotzdem nicht nah genug zu sein. Ich wollte mich in dieser Frau vergraben, spüren, wenn sie kam und sich ihre Muskeln um meinen Schwanz zusammenzogen.

Ich wollte alles von ihr, und es war scheißhart, mich zurückzuhalten. Aber wenn es bedeutete, dass sie sich erinnerte, dass ein Stein in ihrer Mauer verschwand, dann nahm ich es in Kauf. Ich würde für diese verfluchte Frau alles in Kauf nehmen und wieder und wieder und verdammt noch mal wieder durch die Hölle gehen.

Ich schob einen Finger in sie, zwang sie an ihren Haaren dazu, ihren Kopf noch weiter nach hinten zu neigen, und stieß im Rhythmus meiner Zunge in sie. Kit schlug sich beide Hände auf den Mund und stöhnte dagegen, fing endlich an, sich richtig auf meinem Gesicht zu bewegen und sich zu holen, was sie brauchte. Ich leckte sie weiter, saugte weiter an ihrem Kitzler und spürte, wie sie zwischen meinen Lippen pulsierte. Sie ritt mich, wurde schneller, unbeherrschter, atmete tiefer und immer tiefer, bis sie plötzlich komplett stillhielt und sich mit angespannten Muskeln gegen meinen Mund drängte.

Dann kam sie.

Schnell und heftig.

Ihre Beine zitterten, ihre Muskeln schlossen sich pulsierend um meinen Finger, und ihr Stöhnen war so sinnlich, dass ich beinahe in meiner verdammten Hose gekommen wäre.

Sie war so … verflucht heiß.

Anbetungswürdig.

Gottverdammt.

*Schön.*

Ich wollte nicht, dass es endete, dass sie von mir runterstieg, um mich aus ihrem Zimmer zu schmeißen – aber ich konnte nicht anders, als sie wieder zurück auf ihr Bett zu werfen und sie zu küssen. Mich noch tiefer in ihren Verstand zu brennen.

In ihr Bett.

In ihre verdammten Wände.

Sie erwiderte den Kuss immer noch ein wenig atemlos, krallte sich dabei in mein Hemd und fing dann plötzlich an, sich an meinem Gürtel zu schaffen zu machen.

»Cali«, raunte ich warnend. »Ich werde nicht mit dir –«

»Himmel, entspann dich«, unterbrach sie mich leise, zupfte an meinen Lippen und zog meinen Gürtel auf. »Du hast darüber fantasiert, wie feucht ich am Pokertisch war – ich konnte spüren, wie hart du warst. Und wie sehr du es jetzt bist …« In dem Moment, in dem sie meinen Mund wieder mit ihrem verschloss, ihre Zunge hineingleiten ließ, schob sie ihre Hand über meiner Hose auf meinen Schwanz und drückte zu.

*Fuck.*

»Oder willst du nicht? Dann klopf zweimal«, zog sie mich neckisch auf, rieb über meine schmerzhafte Erektion, die ich unkontrolliert tiefer in ihre Hand drückte.

»Deswegen bin ich nicht hier«, versuchte ich mich schwach rauszureden, auch wenn es komplett sinnlos war. Ich würde sie sowieso nicht stoppen.

»Aber du bist auch noch nicht gegangen.«

*Ich will auch nicht.*

Als hätte ich das laut ausgesprochen, öffnete sie den Knopf meiner Hose und zog sie mir samt Boxershorts gerade so weit runter, dass sie meinen Schwanz befreien und ihn mit ihren Fingern umschließen konnte.

Alles in mir spannte sich unter ihrer Berührung an, ich hörte auf zu atmen, um keinen lauten Fluch auszustoßen, aber … *Gottverdammt.* Es fühlte sich besser an, als ich in Erinnerung hatte, und viel besser als es gerade sollte.

Ehe ich mich zurückhalten konnte, schob ich ihr meine Hüfte entgegen, spürte, wie sie fester zupackte und Stromstöße durch meinen Körper schickte. In der nächsten Sekunde prallten unsere Lippen wieder aufeinander, sie fing an, ihre Hand zu bewegen, ihre Zähne in meiner Lippe zu vergraben, und es kostete mich meine gesamte Selbstbeherrschung, nicht innerhalb von fünf Sekunden zu kommen.

Ich würde so oder so nicht lange durchhalten, nicht wenn ich so verflucht lange darauf gewartet hatte, es mir jede Nacht vorstellte und sie mich schon den ganzen Abend mit ihrer bloßen Anwesenheit, diesem Kleid und ihrem Körper auf meinem Schoß gefoltert hatte.

Um wenigstens ein bisschen Kontrolle zu behalten, Kontrolle, die ich brauchte, löste ich mich von ihr, stieg von ihr und dem Bett runter und blieb direkt davor stehen.

»Komm her«, wies ich sie rau an, woraufhin sie wieder gehorchte und mich mit einer verhangenen Lust in den Augen ansah, dass ich mir wünschte, zwischen uns wäre es anders – und wir wären irgendwo, nur nicht hier in ihrem Zimmer, keine fünf Meter von ihrem achtjährigen Bruder entfernt, der nicht hören sollte, wie ich es seiner Schwester besorgte.

Kit kam zum Rand der Matratze, aber als sie aufstehen wollte, drückte ich sie wieder runter, in eine sitzende Position.

Ohne sie aus den Augen zu lassen, nahm ich meinen bereits jetzt schon um Gnade flehenden Schwanz in die Hand und führte ihn dicht vor ihre Lippen.

»Mund auf.«

Sie hob beide Brauen, und ich liebte es, wie aus der Lust eine Wildheit wurde. Die Rebellion, die mein Blut zum Kochen brachte und auf die mein Dämon wie ein Junkie reagierte.

Kit leckte sich über die Lippen und lächelte spitz. »Du könntest noch *bitte* sagen.«

Ich erwiderte ihr Lächeln düster, legte meine andere Hand an ihren Kiefer und beugte mich ein Stück runter. »*Bitte,* Cali. Mach deinen Mund auf.« Dann fuhr ich mit meinen Daumen über ihre leicht geschwollenen Lippen und zog daran. »Lass mich deinen Mund ficken, damit ich mir dabei vorstellen kann, es wäre deine Pussy.«

Früher hätte ich nie so mit ihr gesprochen. Hauptsächlich, weil ich mir eingeredet hatte, sie damit nur ebenfalls zu beschmutzen – aber so, wie sie zu mir hochsah, mit diesen verflucht großen Augen, wusste ich, dass ich auch damit falschgelegen hatte.

Kit gefiel dieser Schmutz, und ich wusste, dass sie in diesem Moment, in dieser Situation, nahezu alles getan hätte, was ich von ihr verlangen würde. Denn die eine Sache, mit der Kit mir zeigte, dass sie immer noch auch Cali war, war Dominanz. Sie hatte inzwischen vielleicht Zähne bekommen, mit denen sie beweisen wollte, kein Good Girl zu sein – aber das war sie. Sie war in meinen Händen und mit meinen schmutzigen Worten in ihren Ohren immer noch Wachs. Jetzt gerade ließ sie mich sie formen, ließ mich sie kontrollieren wie früher schon, und das nicht, weil sie schwach und unerfahren gewesen war – sondern weil sie es mochte, dominiert zu werden.

Auch das machte sie gefährlich für mich. Noch gefährlicher,

als wenn sie versuchte, mich mit einer ihrer Masken zu provozieren, denn das hier war *sie.*

Meine geladene Waffe.

Meine Sonne.

Meine Absolution.

Ohne unseren Blickkontakt zu unterbrechen, öffnete sie den Mund und ich schob ihr meinen Schwanz zwischen ihre weichen, warmen Lippen, die sie sofort so fest darum schloss, dass das Ziehen in meinem Unterleib beinahe zu viel wurde.

»Braves Mädchen«, raunte ich in dem Wissen, sie damit zu provozieren, das Feuer in ihr noch weiter zu schüren, und stieß dann in ihren Mund.

Ich versuchte, mich zurückzuhalten, mich nicht zu fest in ihrem Mund zu vergraben, aber, fuck – ich kam doch sowieso in die Hölle.

»Vergiss das Klopfen, Kit«, knurrte ich, griff mit einer Hand in ihre Haare und hielt ihren Kopf fest. »Wenn ich aufhören soll, lass dir was Besseres einfallen.«

Ich hätte vielleicht auf eine Antwort warten sollen, aber so, wie sie ihre Augen verdrehte, teils wie sie es immer tat, teils immer noch vor Lust, fing ich an, in ihren Mund zu stoßen. Bei jeder meiner Bewegungen ließ sie mich ihre Zunge spüren, ihr Piercing, das sie fest gegen meinen Schwanz drückte, meinen Stößen folgend immer wieder bis über die Spitze.

Ich wiederholte das ein paarmal, zog mich krampfhaft langsam zurück, stieß wieder zu, und genoss jeden Zentimeter von mir in ihr, weil es sich in diesem Moment so verfickt gut anfühlte.

Der Muskel unter meinen Rippen hämmerte viel zu schnell, mein Blut kochte inzwischen. Ich vergrub mich immer hemmungsloser zwischen ihre Lippen, ließ den Dämon ein bisschen raus und berauschte mich daran, dass Kit dabei wieder zu stöhnen anfing. Sie krallte ihre Nägel in meine Hüfte, kam meinen Stößen entgegen und sah dabei zu mir hoch, und fuck – es wäre für mich sicherer gewesen, ein Streichholz in eine Benzinlache zu werfen.

Auf einer verdammten Tankstelle.

Diese Frau hatte keine scheiß Ahnung, was sie mir damit antat. Welche Macht sie über mich hatte, während ich derjenige war, der sie ausübte.

»Ich komme gleich«, warnte ich sie schwer atmend vor, stieß gnadenlos weiter in ihren Mund und spürte, wie sich meine Muskeln vertraut zusammenzogen.

Ich versuchte, es weiter hinauszuzögern, mir mehr von Kit zu nehmen – aber das hier war nicht das Ende. Es fing gerade erst wieder an und ich würde noch mehr von ihr haben als nur diese eine Nacht.

Ich würde mir alles von ihr zurückholen.

Jede Erinnerung, jedes Stöhnen, jeden Pulsschlag.

Bevor ich kam, zog ich mich aus ihr zurück und schubste sie an der Schulter rücklings aufs Bett, sodass ihre Brüste wieder so verdammt perfekt wippten.

Mit dem Blick darauf, auf sie, die Kette und ihre schwarzen Federn gerichtet, stieß ich zwei, drei Mal in meine eigene Hand und gab fluchend auf.

»*Fuck.*«

Ich kam über ihrem Bauch, so gottverdammt heftig, dass ich schwören konnte, meine Seele kurz über uns schweben zusehen.

Hätte es mich gerade interessiert, hätte ich mich darüber gewundert, dass ich offensichtlich noch eine hatte – aber gleich darauf war es in meinem Kopf so leer, so still, dass ich nur meinen eigenen hämmernden Puls hören konnte.

*So ruhig war es schon lange nicht mehr, hm?*

Ich brauchte einen Moment, bis sich mein Blick wieder klärte und ich erkennen konnte, wie Kit zu mir hochsah.

Falls ich aber erwartet hatte, Wut in ihrem Gesicht zu finden, weil ich auf ihrem Bauch gekommen war, war da nichts – ich sah nur sie, und ich konnte mich nicht daran erinnern, jemals etwas Heißeres vor Augen gehabt zu haben.

Kit zog ihre Zähne zwischen die Lippen, beobachtete mich dabei, wie ich meine Hose wieder schloss und dann nach den Taschentüchern griff, die neben ihrem Bett lagen.

Schweigend wischte ich sie sauber, beobachtete sie, wie sie mich beobachtete, und wartete darauf, dass dieser Moment vorbeiging. Ich sah die rausgebrochenen Steine ihrer Mauer zwischen uns, aber ich machte mir nichts vor – seitdem ich wieder in Solane war, fühlte es sich mit Kit immer so an, als würde ich gegen etwas kämpfen, und ich spürte bereits, wie sie die Steine wieder aufsammelte.

»Tu das nicht«, sagte ich leise, in der bitteren Hoffnung, dass es noch nicht zu spät war. Dass sie mir irgendwann die Chance gab, zu reparieren, was ich zerbrochen hatte.

Sie wirkte verwirrt. »Was soll ich nicht tun?«

»Wieder verschwinden«, raunte ich, entledigte die Tücher in dem Papierkorb in einer Ecke ihres Zimmers und ging an ihre Kommode, um ihr neue Unterwäsche rauszuholen.

Als ich ihr was zuwarf, sah sie mich mit hochgezogenen Brauen an. »Du bist echt … so ein Stalker.«

Ich hob amüsiert einen Mundwinkel, sagte aber nichts dazu. Klar, es war scheiße gewesen, dass ich ihre Sachen durchsucht hatte. Aber irgendwie hatte ich ja meine Dog-Tag-Kette finden müssen …

Kit zog sich kopfschüttelnd einen neuen Slip an und sah – als würde sie an dasselbe denken wie ich – erst auf meine Brust, wo die Kette eigentlich hingehörte, dann auf das Versteck in ihrer Wand, worin ich sie gefunden hatte. Dabei erstarrte sie, und eine Falte erschien zwischen ihren Brauen.

»Was ist?«, wollte ich von ihr wissen, aber sie ignorierte mich und ging zu ihrer Fensterbank.

»Warst du da dran?«

»Nein. Warum?«

Ohne zu antworten, kniete sie sich vor ihr Versteck und zog den Putzbrocken aus der Wand. Sobald sie hineinsah, spannten sich ihre Schultern an.

»Lüg mich nicht an, Connor«, warnte sie mich, drehte sich wieder zu mir um und sah wütend zu mir hoch. »Wenn du da dran warst, dann –«

»Kit. Ich habe da nur die Kette rausgeholt und das weißt du«, unterbrach ich sie, trat näher auf sie zu. »Was ist los?«

Sie wandte sich wieder von mir ab, blieb aber auf dem Boden sitzen und krallte ihre Finger um den Putzbrocken. Ein paar Sekunden lang sah sie aus, als würde sie ihn durchs Fenster werfen. Dann richteten sich ihre Augen aber wieder finster auf mich – mit dem Unterschied, dass sich ihre Wut nicht mehr gegen mich richtete.

»Es ist weg«, sagte sie, die Zähne fest zusammengebissen. »Sie haben mir mein verdammtes Geld gestohlen.«

# 31

KIT

Mein Geld war weg.

Die viertausend Dollar, die mir Logan gegeben, plus noch mal tausend, die ich mir zur Sicherheit in mein Versteck gelegt hatte. Aber jetzt war nichts mehr da.

Als ich in das Loch in meiner Wand starrte, herrschte darin gähnende Leere, und ich war so kurz davor, deswegen zu explodieren, dass es mir scheißegal war, dass Connor noch in meinem Zimmer war, dass ich praktisch nackt auf dem Boden saß und alles hier drin nach ihm roch. Nach uns.

Ich spürte, wie er mich beobachtete, erst recht, als ich anfing zu kichern und mich fragte, ob ich jetzt verrückt wurde. Halluzinierte. Mir einbildete, meine verdammten Eltern hätten mich bestohlen.

Es konnten nur sie gewesen sein.

Meine Geschwister wären niemals an mein Versteck gegangen, vor allem Logan nicht.

Ich fuhr mir lachend durch die Haare.

Gott, das erklärte, wieso meine Mutter mich noch nicht wie sonst damit genervt hatte, dass ich ihr »einen verdammten Fuffi« geben sollte – sie hatte gewusst, wo mein Geld war, und nur auf eine Gelegenheit gewartet, es sich zu holen.

»Ich fasse es nicht«, stieß ich hervor, ließ den Putzbrocken aus meiner Hand auf den Boden fallen und bemerkte kaum, dass Connor mir sein Jackett um die Schultern legte. Oder es versuchte. Als ich aufstand, rutschte es einfach runter, aber ich beachtete es nicht, sondern sah zu ihm hoch und breitete mit dem Gefühl, gerade die Kontrolle zu verlieren, dicht gefolgt von meinem Verstand, die Arme aus.

»Du wolltest wissen, was los ist?! *Das* ist los«, lachte ich bitter und wusste nicht mal, wieso ich Connor davon erzählte. Vielleicht, weil ich spürte, dass der Punkt erreicht war.

Ich hatte genug.

Ich konnte nicht mehr.

Keine Ahnung, wie ich es überhaupt so lange mitgemacht und ertragen hatte, dass sie ihren ganzen Scheiß bei mir abluden, in der Hoffnung, ich würde die beschissene Titanic schon retten – aber diesen Eisberg hatten sie selbst erschaffen.

Connor sah ruhig zu mir runter, abwartend, dass ich weitersprach. Ich tat es, während ich wie eine Irre die Schubladen meiner Kommode aufzog und mir erst willkürlich irgendeinen Pullover überzog, und dann die Hälfte davon auf mein Bett warf.

»Meine Eltern haben noch mehr Schulden. An dem Tag, an dem ich mich mit Logan gestritten habe, war Jackson auch da und hat es mir gesagt. Und tja – jetzt ist mein verdammtes Geld weg.«

Ich wäre ja runtergerannt, um meine Eltern sofort zur Rede zu stellen – aber sie waren nicht da gewesen, als ich vorhin nach Hause gekommen war, und ich bezweifelte, dass sich inzwischen etwas daran geändert hatte. Sie waren wahrscheinlich schon wieder im *Royal Island* und verprassten Geld, das ihnen nicht zustand.

Das ihnen nicht *gehörte.*

Wütend warf ich immer mehr Klamotten auf mein Bett. Einerseits, weil ich das Bedürfnis verspürte, irgendwas durch die Gegend zu werfen, das wenigstens leise war, andererseits, weil ich tief in mir drin spürte, dass ich gehen wollte.

Ich konnte das hier nicht mehr. Es war zu viel.

»Kit.« Connor hielt meinen Arm fest, als ich gerade wieder in die Kommode greifen und irgendwas rausziehen wollte. Einen Stapel T-Shirts, wie ich feststellte. »Was machst du da?«

»Packen«, erwiderte ich ohne Sinn und Verstand, weil ich nicht mal eine Tasche, geschweige denn einen Koffer hatte, in den mein ganzes Zeug reinpassen würde.

»Und was soll das heißen? Wo willst du hin?«, hakte er nach, woraufhin ich mit den Schultern zuckte.

»Ist mir völlig egal. In ein verdammtes Hotel oder … keine Ahnung. Ein Motel.«

Ich machte mich von Connor los, weil ich meine Geschwister wecken musste. Ohne sie würde ich nicht gehen.

Bevor ich jedoch an ihm vorbeigehen konnte, hielt er mich wieder am Arm fest. »Warte. Fuck, Kit, atme mal durch.«

Ich lachte leise und schüttelte den Kopf. »Und was dann? Taucht mein Geld dann wieder auf?«

»Nein, aber hör mir kurz zu, okay?« Er hielt mich auch an meinem anderen Arm fest, als ich wieder versuchte, mich loszureißen, und zwang mich dazu, ihn anzusehen. Seine Miene war ernst. »Ihr könnt in eine meiner Penthousewohnungen. Schlaft da, denk nach, und wenn du morgen deine Sachen holen willst, holen wir deine Sachen.«

»Ich will nicht –«, setzte ich an und hasste es, dass ich plötzlich eine Enge in meinem Hals spürte, die mich diesen Satz nicht beenden ließ.

Ich wollte nicht, dass Connor mir half.

Ich wollte nicht, dass er mich bei sich wohnen ließ.

Ich wollte nichts von ihm – aber ein Teil von mir weigerte

sich, das zu akzeptieren. Zuzulassen, dass ich Nein sagte, wie ich es jedes Mal aus Prinzip tat, ohne mal richtig darüber nachzudenken.

Ehrlich gesagt konnte ich gerade keinen klaren Gedanken fassen und wusste nicht, ob das nur an meinen Eltern lag, oder auch an dem, was wir gerade getan hatten. Daran, dass ich mich verletzlicher fühlte als jemals zuvor, weil er hier war und alles mit ansah, weil er in meinem Bett gewesen war, wo er nicht hingehörte, oder weil … weil … verdammt, keine Ahnung!

Meine Muskeln fingen an zu zittern, und meine Brust schnürte sich zu. Ich wollte das alles nicht, aber ich konnte diese beschissenen Tränen auch nicht zurückhalten.

Ich konnte damit nicht umgehen.

Gott, ich war so *wütend*.

Ehe Connor mich an sich ziehen konnte, löste ich mich von ihm und wich zurück. Ich brauchte Abstand.

Ich brauchte Abstand von allem.

»Das Penthouse steht sowieso leer, Cali«, sagte er leise. »Ihr könnt für eine Nacht rein, meinetwegen für Monate, ist mir egal. Überleg es dir, okay?«

Den Rücken zu ihm gewandt, nickte ich einfach nur und wischte mir mit dem Ärmel meines Hoodies die Tränen aus dem Gesicht. Ich zwang mich dazu, tief durchzuatmen, um nicht die Nerven zu verlieren.

Ich wusste, dass ich keine Nacht mehr hierbleiben konnte. Nicht heute, nicht morgen, gar nicht mehr. Ich hasste dieses verfluchte Haus und was es aus meiner Familie gemacht hatte. Jackson hatte recht – ich konnte nichts retten, was längst kaputt war.

»Okay«, hörte ich mich heiser flüstern, wischte mir wieder Tränen weg und drehte mich langsam zu ihm um. Ich würde einfach morgen darüber nachdenken, was für ein riesiger Fehler das war, mit ihm mitzugehen, aber für heute spielte es keine Rolle mehr. »Okay, danke.«

Er nickte nur und wartete dann darauf, dass ich mir eine Jeans angezogen und ein paar Sachen in meinen Rucksack gestopft hatte, vor allem meine Wertsachen, die meine Eltern mir noch stehlen konnten, bevor ich meine Geschwister weckte.

Logan war wie immer nicht da, also hinterließ ich ihm eine Nachricht auf seinem Bett, dass er mich anrufen solle, schrieb ihm auch eine WhatsApp, aber es kam keine Antwort.

Jamie und Josie packten verwirrt einen Rucksack mit dem Nötigsten für eine Nacht; Jamie verstand nicht, was los war, Josie dürfte genug in meiner Miene ablesen können, dass sie keine Fragen stellte und mir zusammen mit Connor und Jamie nach unten folgte.

Sobald wir in Connors Mercedes saßen, schlief Jamie auf der Rückbank ein und ich spürte, wie Josie mich besorgt beobachtete. Ich schrieb Logan noch ein paarmal, und als er immer noch nicht reagierte, sagte ich ihm Bescheid, dass wir bei Connor waren. Jetzt, da ich wusste, dass Logan manche Nächte bei ihm unterkam, hoffte ich, dass er einfach dort auftauchen würde.

Zwanzig Minuten später erreichten wir das Pacific Plaza Building. Connor parkte in der Tiefgarage, und weil Jamie nicht wirklich wach zu bekommen war, trug er ihn nach oben. Aus irgendeinem Grund tat mir dieser Anblick weh. Nicht nur wegen Connor – sondern auch, weil an seiner Stelle jemand anderes hier sein sollte, es aber nicht war, weil er diese Familie und ihre Probleme schon lange hinter sich gelassen hatte.

Connor brachte uns über einen Privataufzug in den sechzehnten Stock und in ein leer stehendes Penthouse. Es war möbliert, sauber und sah aus, als gehöre es auf die Doppelseite eines Designer-Möbel-Magazins, aber das alles konnte mir gerade nicht egaler sein.

Nachdem wir eins der Schlafzimmer betreten hatten, legte er Jamie auf dem Kingsize-Bett ab, das so groß war, dass wir ohne Probleme zu dritt darin schlafen könnten, und winkte mich dann mit einem Nicken auf den Flur.

»Bin gleich wieder da«, sagte ich leise zu Josie, die sich auf die Bettkante gesetzt und ihren Rucksack auf ihren Schoß gezogen hatte.

Ohne auf eine Reaktion zu warten, folgte ich Connor und schloss leise die Tür hinter mir, ehe ich fragend zu ihm hochblickte.

Er sah bei dem gedimmten Licht auf dem Flur müde aus, es war inzwischen wahrscheinlich vier vorbei, und irgendwie war es komisch, hier mit ihm zu stehen, und gleichzeitig viel zu vertraut.

»Wenn irgendwas ist oder ihr irgendwas braucht … meine Wohnung ist die den Flur runter. Und falls du noch duschen willst …«, sagte er mit gesenkter Stimme und ließ seinen Blick kurz zu meinem Bauch schweifen, in dem es bei der Erinnerung daran, was gerade zwischen uns passiert war, zu kribbeln anfing. »Ich weiß nicht, ob hier Handtücher sind. Falls nicht, bring ich dir welche.«

»Danke«, murmelte ich und meinte damit nicht bloß die Handtücher. »Dass wir hier schlafen können.«

»Solange ihr wollt.« In seiner Miene veränderte sich etwas, wurde ein bisschen weicher und die Schatten, die sonst immer da waren, verblassten ein wenig. Einen Moment bildete ich mir ein, dass er mich berühren wollte, mich in seine Arme ziehen, oder so.

Ein Teil in mir hoffte darauf.

Der andere fragte mich, ob ich das Messer vergessen hatte – nicht das, mit dem er gerade noch über meine Haut gefahren war und Aufregung, Adrenalin und Lust in mir ausgelöst hatte, sondern das, das monatelang blutig zwischen meinen Rippen gesteckt hatte.

Wahrscheinlich bewegte sich deswegen auch keiner von uns auf den anderen zu. Connor nickte nur, als würde er verstehen, bevor er sich von mir abwandte und mit einem leisen »Gute Nacht, Cali« aus dem Penthouse verschwand.

Als ich hörte, wie die Tür ins Schloss fiel, kämpfte ich nicht mehr gegen den Schmerz an und umarmte mich selbst.

Mir stiegen erneut Tränen in die Augen, irgendwas in meiner Brust riss und riss, es tat weh, und ich hasste es. Ich hasste, dass ich nicht wusste, was es bedeutete, und ich hasste es, dass ich nicht darüber nachdenken wollte. Dass ich nicht wissen wollte, was ich von diesem Tag, dieser Nacht halten sollte.

Also schob ich es weg, zwang mich dazu, nicht zu weinen, und ging wieder zu Josie und Jamie ins Schlafzimmer.

Meine Schwester saß immer noch auf der Matratze, als schien sie keine Ahnung zu haben, was sie jetzt tun sollte, und sah mich so besorgt an, dass ich mich zu ihr hinunterbeugte und ihr ein paar Haarsträhnen hinters Ohr strich.

»Ich such mir mal eine Dusche, ja? Wir reden morgen«, flüsterte ich leise und nahm mir meinen Rucksack. »Versuch, ein bisschen zu schlafen. Ich bin gleich wieder da.«

»Weiß Logan Bescheid?«, fragte sie zurück, und ich nickte. »Mom und Dad … sie haben irgendwas gemacht, oder?«

Ich seufzte, schulterte meinen Rucksack und nickte wieder nur. »Lass uns morgen reden, bitte, okay?«

»Na gut …«

»Danke.« Bevor ich das Zimmer wieder verließ, lächelte ich mühselig und machte mich dann auf die Suche nach einem Badezimmer, das weit genug weg war, um Josie und Jamie nicht zu stören.

Nachdem ich eins gefunden hatte, duschte ich schnell – es lagen Handtücher im Schrank, sodass ich Connor nicht noch mal schreiben musste – und machte mich bettfertig. Ich wusste nicht, wie lange ich im Bad gewesen war, aber als ich wieder zurückkam und mich zwischen meinen Geschwistern ins Bett legte, schliefen sie bereits tief und fest.

Abgesehen von ihren Atemgeräuschen war es verdammt still im Zimmer. Sehr viel stiller als in meinem eigenen, wo ich die ganze Nacht Musik, Polizeisirenen und betrunkenes Gelächter hörte, was für gewöhnlich meine Gedanken übertönen konnte.

Vielleicht waren sie deswegen hier so laut, dass sie sich nicht einfach so ausblenden ließen.

Sie kreisten alle darum, was ich jetzt tun sollte. *Wie* ich es tun sollte. Für mich stand nur fest, dass es vorbei war.

Ich würde nicht mehr nach Hause zurückgehen.

Am nächsten Morgen erzählte ich Josie, was passiert war und was Connor uns angeboten hatte. Ich war immer noch nicht davon überzeugt, hier zu wohnen, aber Jamies Begeisterung für den Flachbildfernseher im Wohnzimmer, die Möglichkeit, in Ruhe darüber nachzudenken, wie ich eine Wohnung für uns suchen könnte, und die Tatsache, dass *alles* besser war, als wieder im Haus meiner Eltern zu wohnen, überstimmten mein mieses Gefühl schließlich.

Für uns war es das Beste, wenn wir aus diesem Loch rauskämen.

Connor brachte uns gegen Mittag wieder dorthin, damit wir unsere restlichen Sachen holen konnten. Aber weil ich nicht wollte, dass er mir beim Packen half, schickte ich ihn wieder weg. Nachdem ich ein paar Kartons aus dem Keller an Josie und Jamie verteilt hatte, legte ich für Logan welche zur Seite und fing an, mein Zeug zusammenzuräumen.

Es fühlte sich komisch an, es in dem Wissen zu tun, dass ich das jetzt wirklich durchzog. Ich rechnete mit Wehmut oder wenigstens mit einem schlechten Gewissen, aber alles, woran ich denken konnte, war, *endlich* frei zu sein.

Gerade als meine Klamotten vollständig in Kisten verpackt waren, hörte ich, wie jemand nach Hause kam. Sofort schoss Wut in mir hoch, und ich lief in dem Vorhaben, mir das Geld von meinen Eltern zurückzuholen, auf den Flur. Allerdings waren es nicht meine Eltern, sondern Logan, der die Treppe hochkam, seine Kapuze ins Gesicht gezogen und mal wieder mit einem Veilchen auf der Wange.

»Ich komm nicht mit«, sagte er sofort, ehe ich überhaupt meinen Mund aufmachen konnte.

»Was?« Ich blinzelte ihn unter zusammengeschobenen Brauen an. Mir war klar, was er meinte – ich hatte ihn mit Nachrichten bombardiert und ihm gesagt, dass wir zu Connor ziehen würden und er seine Sachen packen sollte. »Natürlich kommst du mit.«

Er schob sich an mir vorbei, ohne mir zu antworten, blieb aber so weit auf Abstand, dass er mich dabei nicht mal aus Versehen streifte. Das änderte allerdings nichts daran, dass ich glaubte, Alkohol an ihm zu riechen.

Mein Herz zog sich zusammen, aber wie jedes Mal traute ich mich nicht, etwas dazu zu sagen.

»Ich hab dir schon ein paar Kartons rausgesucht, du musst nur noch –«

»Bist du taub? Ich hab gesagt, ich komme nicht mit«, unterbrach er mich genervt, verschwand in sein Zimmer und stieg über einen Haufen Spielsachen hinweg, den Jamie gerade in seine Kartons sortierte. Weil er nicht besonders viele hatte, würde das nicht allzu lange dauern.

Ich folgte Logan, und obwohl ich versuchte, ruhig zu bleiben, waren meine Nerven zum Zerreißen gespannt. »Was soll das heißen?«

Darauf wartend, dass er mir eine Erklärung gab, sah ich dabei zu, wie er in sein Regal griff und sich was Neues zum Anziehen rausholte. Er tat währenddessen so, als wäre ich überhaupt nicht da, zog sich einen neuen Hoodie über und kramte nach irgendwas in seiner Nachttischschublade. Ich sah nicht, was er in seiner Hosentasche verschwinden ließ, ehe er sich wieder umdrehte und auf mich zukam.

»Logan, was soll das heißen, du kommst nicht mit?«, wiederholte ich meine Frage, versuchte, ihm den Weg abzuschneiden, als ich merkte, dass er wie jedes verdammte Mal an mir vorbeigehen würde. Er schob meinen Arm, den ich gegen den Türrahmen stemmte, einfach weg.

»Das, was es heißt«, knurrte er mich an und beeilte sich, von mir wegzukommen. »Zieht meinetwegen aus, ist mir scheißegal. Ich bleibe.«

»Logan … Können wir kurz reden? Bitte?«, setzte ich wieder an, ging ihm nach und versuchte, ihn an seinem Pullover festzuhalten. Aber er befreite sich, steuerte die Treppe an und lief sie runter, ohne mir zu antworten.

Keine Ahnung, ob das dazu führte, dass mir der Kragen platzte, oder ob es einfach im Allgemeinen alles war. Ob ich nicht nur meine Eltern und dieses Haus satthatte, oder ob ich es auch leid war, dass Logan mich wie einen Diktator behandelte. Ich hatte ihm nie einen Grund dazu geben, hatte ihm mehr durchgehen lassen, als ich hätte tun sollen, und immer versucht, wieder eine Verbindung zu ihm aufzubauen.

Aber auch das reichte mir.

»Verdammt noch mal, Logan!«, zischte ich, eilte ihm hinterher und packte ihn auf der untersten Stufe so fest am Hoodie, dass ich beinahe stolperte, als er daran zerrte. »Bleib hier! Ich will, dass du deine verdammten Sachen packst und mit uns kommst! Geh wieder hoch und –«

»Du bist nicht meine Mutter, Kit.« Die Kälte, mit der er mich ansah, traf mich wie ein Eiszapfen direkt in die Brust. »Du hast mir einen Scheiß zu sagen.«

»Darum geht es nicht! Ich – Logan!« Meine Stimme überschlug sich vor Wut, als er sich einfach umdrehte, die Hintertür aufriss und *schon wieder* weglief. »Das ist jetzt nicht dein Ernst, oder?! Logan!«

Ich setzte ihm nach, so wie ich es immer tat, aber er war schneller als ich, lief über die hintere Veranda in den Garten. Einen Herzschlag lang war es mir scheißegal, dass er offenbar nicht reden wollte – ich wäre auch bereit gewesen, über das dämliche Geländer zu springen und ihn zu Boden zu werfen, damit er endlich aufhörte, vor mir wegzurennen –, aber als ich sah, wie Dylan und seine Kifferfreunde an unserem Zaun lehnten, erstarrte ich in der Tür und beobachtete, wie einer von ihnen etwas an Logan reichte und sie dann alle zusammen die Straße runter verschwanden. Als wären sie jetzt verdammte Freunde.

Was zur Hölle?!

Vor nicht allzu langer Zeit hatten sie sich vor unserem Haus noch fast geprügelt und jetzt … das?

Sofort stieg Panik in mir hoch. Das letzte Mal, als Logan mit Dylan befreundet gewesen war, hatte er sich zwei Vorstrafen eingehandelt und … Mir steckte ein irres Lachen im Hals.

Logan war doch schon seit Wochen dabei, sich wieder von einer Scheiße in die nächste zu stürzen, und ich konnte verdammt noch mal nichts dagegen tun. Er war achtzehn, und er hatte recht: Ich war nicht seine Mutter.

Wenn er nichts mit mir zu tun haben wollte, konnte ich daran nichts ändern.

Trotzdem tat es weh.

So sehr, dass ich gar nicht bemerkte, dass ich mehrere Minuten einfach auf der Veranda stand und irgendwie hoffte, er würde zurückkommen, sich bitte wieder mit mir auf unser Dach setzen, wie früher, damit wir zusammen Musik hören und er dabei ein Buch lesen konnte, während ich mit dem Kopf auf seiner Schulter in den Nachthimmel sah und versuchte, Sternbilder zu finden.

Es tat weh, zu wissen, dass das nicht passieren würde. Dass es vorbei war.

Man konnte niemandem helfen, der sich nicht helfen lassen wollte, und vielleicht war es für mich an der Zeit, das einzusehen.

# 32

KIT

Als wir am Abend alles gepackt hatten, schwankte ich dazwischen, zusammenzubrechen, oder eine Flasche Sekt zu exen, mit der ich meinen Auszug feiern konnte.

Auf der einen Seite fiel es mir schwer, ohne Logan zu gehen, weil es sich anfühlte, als würde ich damit die letzte Verbindung zu ihm endgültig durchtrennen – aber auf der anderen war ich froh, als ich den letzten Karton in meinem neuen Schlafzimmer abgestellt und einen Schlussstrich gezogen hatte.

Inzwischen hatte ich auf meinem Handy ein paar unbeantwortete Anrufe von meinem Vater – er hatte wohl mitbekommen, dass die Sachen von drei seiner Kinder weg waren – und auch etliche Nachrichten von ihm, aber scheiß drauf. Ich hatte kein Interesse daran, mir irgendeinen Unsinn darüber anzuhören, warum sie mich bestohlen hatten, und wollte noch weniger wissen, ob mein Geld schon in allen Spielautomaten der Stadt verschwunden war.

Der Haken, den ich dahintersetzte, war so dick und tausend Mal aufs Papier gezeichnet, dass der Stift durchgebrochen war.

Ich war fertig mit meinen Eltern. Ende.

Das Gewicht, das damit von meinen Schultern fiel, war immens – aber der tonnenschwere Stein in meinem Magen blieb trotzdem. Zwar redete ich mir ein, dass es uns in Connors Penthouse besser gehen würde, bis ich einen noch besseren Plan hatte, das klaffende Loch ließ sich nur trotzdem nicht ignorieren.

Logan fehlte.

Obwohl er schon seit Monaten kaum zu Hause gewesen war, hatte ich dort wenigstens gespürt, dass er irgendwie *da* war. Dagegen war hier nichts – nur ein leeres Schlafzimmer, in das er hätte einziehen sollen.

Dazu kam, dass ich mich immer noch nicht entschieden hatte, was ich generell von Connors Hilfe halten sollte.

Dass er uns hier wohnen ließ, war … nett.

Das, was wir letzte Nacht getan hatten, Dinge, bei denen mein Körper allein bei der Erinnerung daran nach einer Wiederholung verlangte, war auch nett gewesen.

Sehr nett sogar.

Bombastisch nett.

Ich hatte dennoch keine Ahnung, wie ich jetzt mit ihm umgehen sollte. Irgendwas war anders zwischen uns, und ich war ihm auch dankbar, dass er uns half – aber das änderte doch nichts, oder?

Ich hatte ihm nicht verziehen und konnte auch nicht einfach vergessen, dass ich monatelang seinetwegen gelitten hatte.

Nicht, weil er mir das Herz herausgerissen hatte, als wäre es seine Lieblingsbeschäftigung an einem normalen Montag. Nicht, weil er mir ins Gesicht gesagt hatte, dass er meine lächerlichen Gefühle nicht erwiderte und keinen Bock auf diesen Kindergarten hatte. Und auch nicht, weil ich in nur einer Nacht meinen besten Freund und damit den Menschen verloren hatte, der mich besser kannte als ich mich selbst.

Sondern weil er drei Tage, bevor er endgültig nach New York abgehauen war, schon spurlos verschwunden, und alles, was er mir zurückgelassen hatte, seine *DON'T-MISS-ME*-Zigarette gewesen war.

Als ich sie in der Ruine gefunden hatte, war ich durchgedreht.

Es waren auch heute noch die für mich schlimmsten Stunden meines sowieso schon beschissenen Lebens, einerseits weil die Jungs mir nicht hatten sagen können, wo Connor gewesen war, und andererseits, weil ich geglaubt hatte, er hätte sich etwas angetan.

Connors mentaler Zustand war damals das reinste Auf und Ab gewesen – mal ging es ihm gut und er hatte alles im Griff, und mal drängten ihn die Albträume, Erinnerungen und Panikattacken so tief an seinen eigenen Abgrund, dass ich unfassbare Angst davor gehabt hatte, dass ich ihn am nächsten Tag in einem Sarg wiedersehen würde.

Also … ja. Nach dieser beschissenen Nachricht war es durchaus im Bereich des Möglichen gewesen, dass Connors Dämonen gewonnen hatten. Zwar war ich damals unendlich erleichtert gewesen, als er dann noch mal lebend und unversehrt vor mir gestanden hatte, aber, wie wir ja heute wussten, war das Wiedersehen nicht zu meinen Gunsten ausgegangen.

Deswegen saß ich gerade auch mit der Zigarette, die Connor mir letztens zusammen mit dem Vibrator in meinem Zimmer hinterlassen hatte, auf meinem neuen Bett, drehte sie zwischen meinen Fingern und las die Worte darauf.

*MISSED ME?*

Ich hatte sie aus demselben Grund aufgehoben, wie schon die *DON'T-MISS-ME*-Zigarette.

Als Mahnung. Warnschild. Dickes, fettes »Sei nicht noch mal so dumm«.

Sie gerade anzusehen, half mir, meine wirren Gedanken wieder zu sortieren und mir den Arschtritt zu verpassen, den ich gerade brauchte, um wieder klar denken zu können – und zwar ohne meine Libido, die mal kurz mein Urteilsvermögen getrübt hatte.

Als Connor mir am späten Abend eine Nachricht schrieb, in der er meinte, wir hätten noch was zu erledigen, war jedenfalls wieder alles weitestgehend beim Alten. Ich fuhr wenig begeistert mit ihm zur Ruine, und meine Piranhas reagierten auf ihn, wie sie es immer taten: mit dem Wunsch nach der nächsten Fütterung.

»Äh … Was geht denn hier ab?«, fragte ich Connor verwirrt, kaum dass die Ruine in der Dunkelheit von seinen Scheinwerfern angestrahlt wurde – zusammen mit einer unfassbaren Menge an Bauzäunen und fetten Hinweisschildern, die kein Mensch übersehen konnte.

Statt aber darauf zu antworten, nickte er mich raus und war praktisch schon ausgestiegen.

Ich folgte ihm und musterte mit einem seltsam nervösen Gefühl im Bauch die offensichtliche Baustelle.

»Ich habe sie schon vor vier Jahren gekauft«, meinte er dann, nachdem ich ihm durch die Lücke in einem der Zäune gefolgt war, schaltete die Taschenlampe seines Handys an und führte mich ins Innere der Ruine, in der schon nicht mehr alle Wände standen.

Ein paar davon waren durchbrochen, ein bisschen Schutt lag herum, aber das meiste davon musste sich bereits in den riesigen Containern vor der Villa befinden.

Ich blinzelte ihn schräg an. »Willst du hieraus ein Haus machen?«

Er nickte.

»*Dein* Haus?«, hakte ich nach, während er eine der beiden Treppen ansteuerte, die an den Seiten entlang in den ersten Stock führten, und ohne auf mich zu warten, hochging.

»Mein Haus, ja.«

»Ernsthaft?« *Nach allem, was hier drin passiert ist? Was ich hier getan habe?*

Am liebsten hätte ich ihn das gefragt, aber ich hatte keine Lust, schon wieder deswegen zu streiten. Und so, wie Connor mich über seine Schulter hinweg ansah, er wohl auch nicht.

»Ernsthaft«, bestätigte er. »Ich werde die Grundmauern stehen lassen und erneuern, was neu gemacht werden muss. Aber wir sind nicht wegen einer Führung hier, Cali.«

Ich hob fragend eine Braue, aber weil ich nicht gänzlich vergessen hatte, was er letzte Nacht von sich gegeben hatte – zwischen seinem ganzen Dirty Talk, der immer noch ein warmes Kribbeln in mir auslöste –, war mir schon klar, was er meinte und warum wir wirklich hier waren.

»Du musst noch was beseitigen«, meinte er und streckte mir, kaum dass wir *unseren* Raum betreten hatte, eine schwarze Spraydose entgegen.

Er wartete mit ausgestrecktem Arm darauf, dass ich ihm die Dose aus der Hand nahm, aber ich blinzelte erst sie, dann das hellblaue *GO TO HELL* an der Wand gegenüber von uns an, das symbolisch meine Nacht mit Trey darstellte, und rollte dann mit den Augen.

Das war doch bescheuert.

Trotzdem nahm ich ihm die Spraydose aus der Hand und schüttelte sie. »Es wird nichts ändern, das ist dir klar, oder?«

Connor lehnte sich mit vor der Brust verschränkten Armen gegeben die Wand und fing an, sein Zippo zwischen Daumen und Zeigefinger zu drehen. Dummerweise und aus Gründen, die ich selbst nicht verstand, dachte ich dabei an das Messer. Wie das kalte Metall über meine Haut gefahren war … wie dunkel er mich angesehen hatte, während er die Klinge über meine Brust geführt hatte …

Ich biss mir in die Unterlippe und versuchte, den Schauer zu unterdrücken, der von meinem Nacken abwärtsrieselte.

Gott, was da gestern passiert war, war anders gewesen als alles, was ich bisher erlebt hatte. Anders als alles, was Connor und ich früher getan hatten.

Er war zwar schon immer gröber und dominanter gewesen, aber damals hatte ich auch jedes Mal gespürt, dass er sich zurückhielt. Mich wie eine zerbrechliche Glaspuppe behandelte, für die ich mich selbst nie gehalten hatte.

Letzte Nacht hatte er das nicht getan. Er hatte mir einen kleinen Einblick in seinen Abgrund gegeben, und ich konnte nicht sagen, warum er mich in diesem Moment noch stärker als sowieso schon angezogen hatte – aber vielleicht, weil ich klar und deutlich gesehen hatte, dass darin dasselbe Feuer tanzte, das ich auch in mir spüren konnte.

Ich hasste es, das zuzugeben, weil es bedeutete, dass wir gleich waren – und weil ich es wiederholen wollte. Ich wollte mich noch mal so fühlen wie gestern, als ich loslassen und für eine kurze Zeit diesen ganzen Mist in meinem Leben vergessen konnte, weil jemand anders die Kontrolle übernahm und ich einmal nicht diejenige war, die alles im Griff haben musste.

Vermutlich wäre es schlauer gewesen, nicht mehr davon zu wollen, weil es nun mal Connor war – aber, verdammt, ich konnte doch auch nichts dafür, dass mein Körper auf ihn reagierte, als wäre er mein neuer Lieblingssong, den ich auf Dauerschleife abspielen und bei voller Lautstärke hören wollte.

»Cali. Wand.«

Ich riss meinen Blick von seiner Hand, hauptsächlich finster, weil sein Befehlston nervte, schob meine Gedanken zur Seite und sprayte dann halt die blöde Farbe über das GO TO HELL.

Nach gestern Abend konnte ich nicht mal so tun, als würde ich Trey nicht selbst verschwinden lassen wollen. Gar nicht mal wegen des Streits, der seinetwegen gefolgt war, sondern weil ich bei unserer Begegnung im *La Mirada* selbst nicht fassen konnte, dass ich mit ihm geschlafen hatte – mit einem penetranten, von sich selbst eingenommen Typen, der nicht mal einen geraden Anmachspruch lallen konnte und kein Nein verstand.

»Und es wird alles ändern«, durchbrach Connor unser Schweigen, während ich immer noch die schwarze Farbe mit dem Licht seiner Taschenlampe auf die Wand sprayte. »Der Wichser wird aus meinem Haus verschwinden.«

Ich erwiderte nichts darauf.

Fühlte ich mich schlecht wegen Trey? Ein bisschen, vielleicht. Ich hatte nicht kommen sehen, dass er Connors Stiefbruder war, aber selbst wenn, es hätte vermutlich nichts geändert. Ich würde ja gern so tun, als ob, aber seien wir ehrlich: Trey wäre wahrscheinlich mein erstes Graffiti geworden, und nicht das letzte.

Es war noch nicht mal halb verschwunden, als ich durch seinen Schatten an der Wand bemerkte, dass Connor auf mich zukam. Er blieb direkt hinter mir stehen und schob seine Hände auf meine Taille.

»Spray weiter«, raunte er dicht an meinem Ohr, als ich kurz aufhörte, abgelenkt von seiner Berührung und seinem Geruch – und jetzt auch von dem Schauer, den seine raue Stimme in mir auslöste. »Ich will, dass du jeden Millimeter von ihm hier auslöschst. Mach es gründlich, Cali.«

»Was hast du eigentlich mit ihm vor?«, fragte ich und tat, als würden meine Piranhas nicht kurz vergessen, wie sie darauf reagieren sollten, dass er seine Arme um meinen Bauch schlang und mich enger an sich zog. Eigentlich sollten sie ihn allein deswegen zerfleischen wollen, aber …

»Nichts.«

»Nichts?« Ich hob beide Brauen und sah kurz zu ihm hoch, aber er hatte den Blick mit angespanntem Kiefer aufs Graffiti geheftet. »Du hast gestern ausgesehen, als wolltest du ihn umbringen. Und jetzt sagst du *Nichts*?«

Seine grünen Augen, die in der Dunkelheit beinahe schwarz wirkten, richteten sich auf mich und das Kribbeln in meiner Wirbelsäule wurde stärker. »Ich habe Pläne mit ihm, aber die müssen warten, bis ich weiß, wie ich seinen Vater loswerde.«

»Und was sind das für Pläne?«

»Verrat ich dir, wenn es so weit ist. Und jetzt spray weiter.«

Wenig überrascht über seine Antwort, wandte ich mich wieder der Wand zu und versprühte mehr Farbe.

Als dann nur noch die beiden L von HELL übrig waren, ließ Connor eine Hand zu dem Bund meiner Jogginghose wandern und fragte: »Haben wir noch einen Deal?«

Die Geschwindigkeit, in der sich daraufhin Hitze in meinem Unterleib sammelte, war lächerlich.

»Was meinst du?«, fragte ich dennoch unschuldig, sprühte weiter und hielt ihn nicht auf, als er seine Hand unter den Bund schob, aber noch nicht weiterging.

»Alle Graffiti werden verschwinden.«

»Bis der ganze Raum schwarz ist?«, gab ich seine Worte von gestern wieder, woraufhin er seine Lippen an mein Ohr legte und damit irgendwie einen Punkt traf, der aus meinen Muskeln summende, unbrauchbare Atome machte.

»Exakt.« Er schob seine Hand ein bisschen tiefer, und vielleicht hätte ich das nicht zulassen sollen, aber vielleicht war es auch schon zu spät. »Also, Cali. Haben wir einen Deal?«

Ich zögerte mit einer Antwort. Ich wollte – verdammt, mir lag das Ja schon auf der Zunge.

Aber es fühlte sich auch gefährlich an.

Als würde ich bereits den ersten Schritt in mein Verderben machen, wenn ich zuließ, dass Connor und ich wieder etwas miteinander anfingen. Es war schon einmal schiefgegangen, und nicht mal, dass wir jetzt keine Freunde waren und eigentlich nichts zu verlieren hatten, konnte darüber hinwegtäuschen, dass das eine noch miesere Idee war als unser Einzug in sein Penthouse.

Weil es mir *gefallen* hatte, dass er eifersüchtig war.

Es war dumm, aber als ich ihn im Auto geküsst hatte, hatte ich tief in mir drin gespürt, dass es mir dabei um mehr gegangen war als die reine Genugtuung darüber, dass ich mein Ziel erreicht und Connor Schmerzen zugefügt hatte. Es hatte sich irgendwie gut angefühlt, machtvoll, gewollt, und hätte ich noch ein Herz, hätte ich mir wohl Sorgen darüber gemacht, dass ich doch wieder darauf reinfiel.

Aber da ich keins mehr hatte … reizte mich die Gefahr.

Connor reizte mich, sein Abgrund, seine Dunkelheit, und ich wollte mehr davon sehen. Mehr davon spüren. Ich wollte all das, was er mir damals nicht gegeben hatte, und noch mehr von dem, was er mich letzte Nacht hatte fühlen lassen.

Es half mir dabei, zu vergessen.

»Und was ist, wenn dieser Raum komplett schwarz ist?«, fragte ich ihn und gab ihm meine Antwort auf seine Frage, indem ich mich wie gestern fester an ihn drückte.

Er ließ daraufhin seine Hand tiefer zwischen meine Beine wandern, berührte mich zielsicher an der richtigen Stelle, und raunte mit einem hörbaren Lächeln: »Dann machen wir mit dem nächsten weiter.«

# 33

☾

## CONNOR

*Vergangenheit*
*Kit, 17 – Connor, 20*

**Silver-Horizons-Witwe wieder frisch verheiratet: Rebecca Quinn hat Ja gesagt!**
*Solane* – Rebecca Quinn scheint ihr neues Glück gefunden zu haben! Am vergangenen Wochenende heiratete die Witwe des verstorbenen Silver-Horizons-Gründers Stephen Quinn (†37) erneut und strahlt neben dem neuen Mann an ihrer Seite: dem 41-jährigen Geschäftsmann Graham Montgomery, mit dem Rebecca eine lange Freundschaft verbindet.

Das verliebte Paar gab sich nun endlich in einem kleinen Kreis das Ja-Wort und feierte die Hochzeit mit der Familie auf ihrem Anwesen auf der Westside.

So tragisch der Umstand ihrer Liebesgeschichte ist – wir berichteten *hier*, wie ihr frisch Vermählter Rebecca bei ihrer Trauer um ihren verstorbenen Mann zur Seite stand –, so schön ist es, dass die beiden gemeinsame Erinnerungen teilen und jetzt neue erschaffen können.

Wir wünschen dem frischvermählten Paar alles Gute und ein langes, glückliches Leben!

☾

Ich schaffte es nur, diese verfickte Hochzeit zu ertragen, weil ich schon betrunken und bekifft von dem Gras, das TK mir besorgte, dort aufschlug und sicherstellte, dass mein Whiskeyglas immer voll war.

Ehrlich gesagt kapierte ich bis heute nicht, wieso ich überhaupt eingeladen worden war, und noch weniger, wieso ich mir diesen Scheiß überhaupt antat. Sicher nicht, weil ich drauf hoffte, dass sie an dem zweiten »glücklichsten Tag ihres fucking Lebens« meine Existenz plötzlich wieder wahrnahm. Ich ging auch nicht hin, weil ich den nächsten Brand legen wollte – es wurde nur von mir verlangt, dass ich bei diesem Happy-Family-Bullshit mitspielte. Also tat ich für ein paar Stunden so, als wäre die Hochzeit nicht das Lächerlichste, das ich seit Langem gesehen hatte, und trank dieses Mal auf die Braut, die den ganzen Tag noch künstlicher lächelte als eine Marionette, der man die Mundwinkel nach oben genäht hatte.

Wie so oft in den Wochen vor der Hochzeit und erst recht in den kommenden Monaten danach, konnte ich mich am nächsten Tag kaum noch an etwas davon erinnern.

Mein Hirn wurde mehr und mehr zu einem einzigen Blackout, aber die Gleichgültigkeit darüber kickte schon seit einer Weile, also war es mir im Grunde scheißegal.

Es kümmerte mich nicht, wie viel ich trank oder dass ich mehrmals ins Bad verschwand, um die Hochzeit dank TK noch erträglicher zu machen, oder dass ich mich wie ein Arschloch benahm und einen Toast auf meine Mutter aussprach, der – wie ich gehört hatte – offenbar in etwa danach geklungen hatte, dass sie sich ficken sollte. So leblos, wie sie mich dabei angesehen hatte, hatte es sie aber genauso wenig interessiert.

Es war mir auch scheißegal, dass ich irgendwann mit Kit, die ich auf die Feier mitgenommen hatte, abhauen wollte, vorher aber noch mit ihr ins Büro meiner Mutter einbrach, als niemand hinsah.

»Connor, wir sollten das wirklich nicht machen«, versuchte sie mich kichernd und von ein wenig Alkohol benebelt wieder nach draußen auf den Flur zu ziehen, aber ich schob sie mit einem diabolischen Grinsen ins Büro, schloss leise die Tür und kesselte sie dagegen gedrückt mit meinen Armen ein.

Mein Blick glitt langsam über ihren Körper, über das schwarze Kleid, das sie trug und auf dem goldene Sterne eingestickt waren. Es hatte einen braven Ausschnitt, zeigte nicht zu viel, aber für mich trotzdem genug, dass ich nicht anders konnte, als ihr Kleid runterzuziehen und mit meiner Zunge über ihre Brust zu fahren.

Ich spürte sofort, wie ihre Muskeln an mir bebten, wie sie stockend den Atem anhielt und ich allein von dem Klang, ihrem vertrauten Duft nach Sommer und dem Gedanken, vor ihr auf die Knie zu gehen, hart wurde.

»Connor«, ermahnte sie mich schwach und klang dabei ein bisschen atemlos – doch statt mich von sich wegzudrücken, schob sie ihre Hände in meinen Nacken und bog mir ihre schlanken Kurven entgegen. Verlangte seufzend nach mehr, sobald ich auch ihren BH zur Seite gezogen hatte und über ihren Nippel leckte.

Fuck, allein meinen Namen über ihre Lippen kommen zu hören, weckte den Drang in mir, ihr dieses Kleid vom Körper zu reißen. Ich wollte ihre warme, weiche, verdammt unschuldige Haut auf meiner spüren, meinen Dämon so tief in sie hineinkriechen lassen, bis nichts mehr von ihrem Heiligenschein übrig war, und sie noch mehr, noch weiter beschmutzen.

Die Stimme, die mich noch vor Wochen davon abgehalten hatte, war schon lange zu leise geworden.

Keine Ahnung, wie ich es also schaffte, es nicht einfach zu tun. Ich wusste nur, dass ich meine Finger nicht von ihr lassen konnte, scheißegal, wie sehr ich es hätte tun sollen, dass es zu einer Sucht geworden war, sie ständig in meinem Bett, meinem Auto und in der Ruine zum Kommen zu bringen, jeden ihrer Laute zu schlucken und ihr mehr und mehr von ihrer Unschuld zu nehmen – und dass ich angefangen hatte zu ignorieren, was ich manchmal in ihren murmelblauen Augen sah, wenn sie dachte, ich würde es nicht mitbekommen.

Ich wollte nichts davon sehen.

Ich wollte nur mehr von ihr und war abgefuckt genug, um mir alles zu holen, was sie mir bereitwillig gab.

Dass das Risiko bestand, dass man uns vom Garten aus sehen konnte, war mir dabei nicht nur ebenfalls völlig egal – es reizte mich. Selbst wenn ich wusste, dass ich nichts davon tun, meinen Schmutz nicht auf ihr hinterlassen sollte, kniete ich mich vor sie und hob ihr Kleid hoch. Mit der Tür in ihrem Rücken und einem Bein über meine Schulter abgestützt, leckte ich sie, bis sie ihre Hand fest in meine Haare krallte und so laut kam, dass ich mich wie auf einem Trip fühlte.

So war es mit Kit jedes verdammte Mal.

Immer, wenn ich einen weiteren Biss von dem süßen, verbotenen Apfel bekam, gab es mir einen Kick. Ruhe. Einen Rausch, dicht gefolgt von einem unstillbaren Verlangen, noch mal zuzubeißen.

Im Gegenzug dafür blies Kit mir einen. Ich verlangte es nicht von ihr, würde ich nie, aber ich hielt sie auch nicht auf, als sie sich vor mich kniete, meinen Gürtel öffnete und immer noch fast schüchtern meinen Schwanz in den Mund nahm. Es fühlte sich an wie der gottverdammte Himmel – und es war die verfluchte Hölle, dass ich jeden Funken meiner Selbstbeherrschung aufbringen musste, um sie nicht mit dem Kopf gegen die Tür zu drängen, in ihren Mund zu stoßen und mit ihr dasselbe zu machen wie mit jeder namenlosen Tussi, die alles dafür tun würde, um mir zu gefallen.

Aber Kit war nicht wie sie.

Sie würde niemals wie sie sein.

Sie würde immer ein Gesicht und einen Namen haben – weil sie meine verdammte Sonne war.

Und allein deswegen konnte ich ihr diesen Scheiß nicht antun. Egal, wie sehr ich es wollte, wie sehr ich sie kontrollieren, brechen und besitzen wollte, weil das nun mal das war, wer ich war, Kit hatte das nicht verdient.

Also blieb ich mit meinen Unterarmen gegen die Tür gestemmt bewegungslos vor ihr stehen, ballte immer wieder die Fäuste und ließ sie machen. Sie war noch etwas unbeholfen und unsicher, aber, fuck – sie brauchte nur mit diesen unschuldigen, riesigen Augen zu mir hochsehen, die mich stumm fragten »So?«, und ich kam fast in ihrem Mund.

Das war allerdings eine der Regeln, die ich mir und meinem Dämon so tief ins Fleisch gebrannt hatte, dass ich keine Ausnahme machte: Nicht. In. Ihrem. Mund.

Vielleicht war das nur ein heuchlerischer Versuch, mich nicht noch mehr für das hier zu hassen, aber ich zog mich immer rechtzeitig zurück, auch jetzt, kam nur in meine Hand, und redete mir wieder ein, dass wir immer noch Freunde waren und ich sie nicht dadurch verlor, dass wir diesen Scheiß zu oft und immer öfter taten.

Nachdem ich meine Hand an einem der Entwürfe meiner Mutter, die ich von ihrem Schreibtisch genommen hatte, sauber gewischt hatte, zündete ich ihn mit meinem Zippo an und ließ die Spuren verschwinden.

Ich war abgefuckt – aber noch nicht abgefuckt genug, um ihr meine DNA zu hinterlassen.

Kit und ich fuhren schließlich wieder zu mir nach Hause. Die Jungs waren nicht da, Nate war noch auf der Hochzeit, und Jesse und Alec trieben sich weiß der Teufel wo rum – also hatten wir die Villa für uns.

Wahrscheinlich wäre es dort das Beste gewesen, ich wäre einfach schlafen gegangen und hätte nicht noch mehr getrunken. Wäre nicht weiterhin ins Bad gegangen, um mir das Zeug reinzuziehen, das ich von TK hatte und von dem weder Kit noch die Jungs etwas wussten.

Allerdings tat ich praktisch alles, was mich davon abhielt, die Augen zu schließen.

Bilder zu sehen. Erinnerungen. Blut.

Meine Albträume wurden seit Wochen schlimmer, manche von ihnen fühlten sich so verfickt real an, dass ich teilweise nicht mal mehr wusste, ob ich schlief oder wach war. Ob ich mich noch irgendwo festhielt oder schon fiel.

Heute Nacht hatte ich dann eine andere Art von Blackout.

In einem Moment lag ich noch mit Kit auf der Couch im Wohnzimmer, im Hintergrund lief irgendein Film, meine Lippen waren auf ihren – im nächsten war alles schwarz.

Und dann nass und kalt und schwer.

Ich hatte keine Orientierung, wusste nicht, wo oben und wo unten war, und wurde nur in eine Tiefe gezogen, gegen die ich mich schon lange nicht mehr wehrte. Ein helles Lachen ertönte in meinen Ohren, in denen mein Puls rauschte, eine Stimme, die irgendetwas sagte, das ich nicht verstand, sich aber so anhörte, als würde ich sie kennen.

War es Kit?

Oder war es Ash?

Keine Ahnung.

*Leben auf der einen, Tod auf der anderen Seite.*

Ich streckte nach beiden meine Hand aus, weil es mir scheißegal war, welche ich erreichte – Hauptsache, ich erreichte irgendeine, um nicht in diesem gottverdammten Nichts zu treiben. In meiner eigenen verfluchten Schwärze, die alles war, was ich noch kannte, und mich jedes verfickte Mal wieder daran erinnerte, dass es nicht aufhörte.

Dass es nicht vorbei war.

Dass es vielleicht nie vorbei sein würde.

So richtig zu mir kam ich erst wieder, als ich aus unserem Pool gezogen wurde und Nate mir mehrmals ins Gesicht schlug.

»Hey! Wach! Auf!«, knurrte er. Bei jedem Wort landete seine Hand wieder flach auf meiner Wange. »Connor! Hey! Mach deine scheiß Augen auf!«

Ich tat es nicht, fing aber an zu husten und spuckte Wasser neben mir auf den Boden unserer Terrasse. Meine Kehle brannte, als hätte ich Holzsplitter geschluckt.

»Fuck, sag mir, dass das nicht dein beschissener Ernst war«, verlangte er von mir zu wissen, packte mich am Kiefer und zwang mich dazu, ihn anzusehen.

Ich blinzelte mit zusammengekniffenen Lidern gegen die Drehungen in meinem Kopf an, versuchte, mich aus seinem Griff zu befreien, war aber zu schwach. Zu müde. Gott, ich war so verfickt müde. »Lass mich …«

»Willst du dich umbringen, verdammt?«, fiel er mir zischend ins Wort, und die Angst, vermischt mit der Wut, die ich für Sekunden in seiner Stimme hörte, löste irgendwas in mir aus, auf das es keine Antwort gab.

Deswegen schwieg ich, presste meine Lippen aufeinander und kämpfte dagegen an, wieder zu husten.

Nate war klatschnass, Wasser tropfte aus seinen Haaren in mein Gesicht, sein Anzug, den er immer noch trug, klebte an ihm, und er starrte mich so durchdringend an, als würde er in meinem Gesicht eine Erklärung finden können, was zum Teufel mit mir los war.

Ohne etwas zu sagen, drehte er dann meinen Kopf zur Seite und richtete meinen Blick auf Kit.

Sie kniete ebenfalls nass bis auf die Knochen ein paar Meter von mir entfernt, ihr Make-up war verschmiert, schwarze Schlieren liefen ihr die geröteten Wangen runter, und verdammt, scheißegal, wie betrunken, high oder zugedröhnt ich wäre, ich würde immer erkennen, ob sie geweint hatte – und sie hatte geweint.

Es riss mir mein verdammtes Herz raus.

»Tu diesen Scheiß nie wieder«, presste Nate hervor und zwang mich weiterhin dazu, Kit anzusehen. Zu sehen, was ich getan hatte – weil der Wichser wusste, dass sie die Einzige war, der ich nie wehtun wollte. Die ich nicht so sehen konnte, ohne mich nicht selbst dafür zu hassen, dass ich es dennoch tat. Weil *ich* für ihre Tränen verantwortlich war.

»Wir können in dieser Familie nicht noch einen Sarg ertragen.« Mit diesen Worten ließ er ruckartig meinen Kiefer los und verschwand durch die Terrassentür ins Innere der Villa, aber ich beachtete ihn nicht. Gerade konnte ich nicht.

Ich streckte nur meinen Arm nach Kit aus, die der stummen Aufforderung sofort folgte und über den nassen Boden zu mir kroch. Als ihr wieder Tränen in die Augen stiegen, die Dutzende von Messern zwischen meine Rippen rammten, zog ich sie an mich und Kit vergrub ihr Gesicht in meinem Hoodie, der nass und mit tonnenschwerer Schuld an mir klebte. Ich hielt sie fest, murmelte immer wieder, dass es mir leidtat, dass ich ihr keine Angst machen wollte und einfach nur zu viel getrunken hatte.

Aber, fuck … wir wussten beide, dass das nicht alles war.

Wir sprachen nur nichts davon aus.

Nachdem wir später wieder reingegangen waren und uns trockene Sachen angezogen hatten, nahm ich sie mit in mein Zimmer. Kit schlief in letzter Zeit öfter hier, einerseits, weil ich neben ihr überhaupt Schlaf bekam, andererseits, weil sie im Moment ständig mit ihrer Mutter stritt, und da uns beiden klar war, was das zwischen uns war, dass sie immer noch meine beste Freundin war, schlief sie auch in meinem Bett.

Sie hatte ihren Kopf wieder auf meiner Brust abgelegt und ihr Bein zwischen meine geschoben. Vielleicht sollten wir nicht so schlafen, vielleicht sollte ich nicht ständig das Bedürfnis verspüren, Kit zu berühren – aber mir war scheißegal, was wir nicht sollten, durften, könnten.

Mit ihr in meiner Nähe war es in mir immer stiller.

Mein Dämon war still.

Er hatte gerade alles, was er wollte, und der Rest spielte keine Rolle.

»Connor?«, murmelte sie irgendwann in die Dunkelheit meines Zimmers und klang, als würde sie schon fast schlafen.

Ich war noch hellwach, starrte ins Nichts und fuhr mit einer Hand träge Kreise auf ihrer Schulter. »Hm?«, machte ich leise.

»Du kommst immer zurück, oder?«, fragte sie noch leiser und berührte mit ihrem Zeigefinger die Dog-Tags auf meiner Brust. Sie fing an, sie hin- und herzuschieben, und ich ignorierte, dass dabei mein Puls beschleunigte.

Mir war klar, warum sie das fragte. Normalerweise bat sie mich immer, zurückzukommen, wenn sie versuchte, mich aus einer Panikattacke rauszuholen – jetzt bezog sie sich auf das, was Nate am Pool gesagt hatte. Was da passiert war.

Aber ich konnte ihr nicht sofort antworten.

Die Antwort war kompliziert.

Und abgefuckt.

Deswegen drückte ich nur meine Lippen auf ihren Hinterkopf, inhalierte ihren Geruch, der meinen Puls wieder runterfuhr, und antwortete: »Immer.«

»Versprochen?« Sie umschloss die Dog-Tags mit einer Hand und hielt sie fest.

Ich spürte ihr eigenes Herz an meiner Brust schlagen.

Ein bisschen zu schnell und sanft und … Meine Lippen pressten sich aufeinander, und meine Gedanken schossen zu der schwarzen Box, die unter meinem Bett lag.

*Versprich nichts, was du nicht halten kannst.*

*Sie hat das nicht verdient.*

Aber ich konnte sie nicht verlieren.

Ich brauchte sie.

Fuck … ich brauchte sie, damit ich immer nur nach ihrer und nicht nach Ashers Hand griff.

»Versprochen, Cali«, raunte ich, schloss die Augen und hoffte, dass ich es ernst meinte. »Ich werde immer zurückkommen.«

# 34

☾

## CONNOR

»Ähm, bitte entschuldigen Sie die Störung, Mister Quinn«, brachte Gina beinahe ängstlich hervor, nachdem sie geklopft und ihren Kopf in mein Büro gesteckt hatte. »Hier ist ein Mister Callahan, der Sie sprechen möchte. Er sagt, es ist wichtig.«

Mit zusammengeschobenen Brauen riss ich meinen Blick von meinem MacBook los und sah sie darüber hinweg an. Hauptsächlich in der Erwartung, Logan hinter ihr in der halb geöffneten Tür stehen zu sehen. Ich versuchte den kleinen Penner seit vier Tagen zu erreichen, damit er seinen Arsch in das freie Zimmer von Kits Penthouse bewegte und aufhörte, die Sorgenfalte zwischen ihren Brauen zu vertiefen – aber es war nicht Logan.

»Kann ich Ihnen irgendetwas bringen? Einen Kaffee vielleicht?«, bot Gina höflich an, aber ich schüttelte den Kopf und starrte unbeeindruckt an ihr vorbei zu Jackson.

»Er wird nicht lange bleiben.«

Es war schon zu nett von mir, ihn überhaupt einen Schritt in mein Büro setzen zu lassen, ohne mich für den Versuch von damals zu revanchieren, mir die Nase zu brechen. Auch wenn ich es verdient gehabt hatte, war ich nicht scharf drauf, länger als nötig dieselbe Luft zu atmen wie er.

Gina nickte, ließ Jackson ins Büro treten und schloss die Tür hinter sich.

Ich griff nach meinen Zigaretten und steckte mir eine davon zwischen die Lippen. »Ich habe mich schon gefragt, wann du hier auftauchen wirst«, ließ ich ihn herablassend wissen. »Wenn ich ehrlich bin, habe ich dich aber schon früher erwartet. Was hat so lange gedauert?«

Er sah mich abfällig an, ohne sich von der Stelle zu rühren. »Leck mich, Quinn.«

Meine Mundwinkel verzogen sich spöttisch.

*Das habe ich heute schon bei deiner Schwester getan.*

*Auf meinem Schreibtisch.*

»Sonst noch was?« Ich zündete mir die Zigarette an, während er auf mich zukam und mit angespanntem Kiefer vor meinem Schreibtisch stehen blieb.

Keine Ahnung, ob er erwartete, dass mich sein Auftritt samt Dienstuniform des Solane Police Departments, mit Funkgerät an der Schulter und Waffe im Gürtel, einschüchterte, aber dass er jetzt ein Cop war, interessierte mich nicht. Dass er offenbar das Surfen von früher gegen Krafttraining eingetauscht und damit heute bessere Chancen hätte, mir wirklich die Nase zu brechen, wenn er gut zielte, noch weniger.

»Was willst du von ihr?«

Amüsiert zog ich an der Zigarette. »Ihre Pussy.«

»Für das Geld«, knurrte er, offensichtlich nicht erfreut über meine Antwort.

»Witzig, dass du fragst. Immer noch ihre Pussy.«

Er machte einen lachhaft bedrohlichen Schritt auf meinen Schreibtisch zu, sodass er dagegenstieß, eine Hand auf die Tischplatte stützte und mich anstarrte. Derart gereizt, dass ich nur darauf wartete, den Lauf seiner Dienstwaffe an der Stirn zu haben.

Nur zu.

Wäre für mich nicht das erste Mal.

»Ich sollte dir allein dafür, dass du so über sie redest, deine selbstgefällige Fresse polieren.«

»Tu dir keinen Zwang an. Ich bin nicht derjenige, der danach ein Disziplinarverfahren am Arsch hat. Oder Daddy Cameron«, provozierte ich ihn weiter, zog wieder an der Zigarette und stieß den Rauch in seine Richtung.

Nein, ich hatte keinen Bedarf, mich mit ihm gut zu stellen. Vielleicht sollte ich, weil ich Kit in Zukunft mit einem anderen Nachnamen sah – aber dafür brauchte ich seinen Segen nicht.

»Deine Drohungen sind mir scheißegal. Ich will wissen, was du von Kit willst.«

»Nein. Willst du nicht.«

»Fuck, dann bist du offensichtlich tau–«

»Du willst wissen, ob ich mich um sie kümmere«, unterbrach ich ihn kalt. »Ob ich ihr aus der Scheiße raushelfe, in der sie feststeckt, weil du es nicht tust.« Ich aschte in mein leeres Wasserglas und stand von meinem Stuhl auf, um mit ihm auf Augenhöhe zu sein. »Du willst wissen, ob ich mich auch um den Rest deiner Geschwister kümmere. Ihre Schulen bis zum Abschluss bezahle, sie bei mir wohnen lasse, und ihnen die Möglichkeit gebe, nicht so zu enden wie eure erbärmlichen Eltern. Und du willst wissen, ob ich mit all dem aufhöre, wenn Kit mir irgendwann sagt, dass ich mich verpissen soll.«

Er starrte mich von Satz zu Satz noch wütender an, erwiderte jedoch nichts darauf. Was er auch nicht musste – ich sah in seinem verdammten Blick, dass ich recht hatte.

»Nein«, fuhr ich todernst fort. »Das werde ich nicht. Scheißegal, ob sie mich am Ende nicht mehr in ihrem Leben haben will, ich werde mich um sie kümmern. Weil ich jetzt wieder da bin, kapiert? Gewöhn dich dran.«

Er sah mich an, als würde er gern auf meinen Tisch spucken. Noch lieber auf mein Grab. »Du hast sie nicht verdient.«

*Weiß ich.* »Das hat sie zu entscheiden.«

Mehrere Sekunden lang bohrte sich sein Blick in mein Gesicht, als würde er mir wieder denselben endlosen Schwachsinn wie vor vier Jahren erzählen wollen. *Fass meine Schwester nicht an, sie ist zu gut für dich, wenn du sie anrührst, mach ich dich fertig.* Aber als wüsste er, dass es dafür längst zu spät war, verengte er nur seine Lider.

»Wenn du auch nur einen verdammten Fehler machst oder sie je wie Dreck behandelst, bist du erledigt.«

Ich erwiderte nichts darauf.

Genauso wenig wie ich seinen Segen wollte, würde ich mich vor ihm rechtfertigen, ihm mein Wort geben, dass ich nichts davon je tun würde, oder ihm verdammt noch mal sagen, dass ich nicht mehr dasselbe Arschloch war wie früher.

Ich hatte die letzten vier Jahre daran gearbeitet, mit mir selbst klarzukommen. In erster Linie für mich, weil ich wusste, dass es damals eine Entscheidung zwischen Leben und Tod gewesen war – aber ich hatte diesen Mist auch durchgezogen, damit ich Kit irgendwann wieder gegenüberstehen konnte.

Damit ich wiedergutmachen konnte, was ich getan hatte.

Damit ich sie nie wieder dafür brauchte, um mich vor mir selbst zu retten.

Jackson beließ es dabei, richtete sich wieder auf und schmiss mir einen USB- Stick auf den Schreibtisch. »Hier. Sag Cameron, wir sind quitt.«

»Was soll ich damit?«

»Klär das mit ihm«, erwiderte er nur abfällig, warf einen Blick auf seine Uhr und drehte sich dann um, ohne auf eine Antwort zu warten. Bevor er mein Büro allerdings wieder verließ, blieb er an der Tür stehen und meinte immer noch angepisst: »Ich werde dich nie an ihrer Seite akzeptieren. Mir ist klar, dass dir das scheißegal ist – aber glaub nicht, dass ich jemals aufhören werde, auf den verdammten Tag zu warten, an dem sie dich in den Wind schießt.«

Wenn es nach mir ging, würde dieser Tag nie eintreten, aber das behielt ich wieder für mich.

Wie gesagt – es ging ihn einen Scheiß an.

Jackson warf mir einen finsteren Blick über seine Schulter zu. »Sie hat es verdient, glücklich zu sein«, fuhr er fort und zog die Tür auf. »Wenn du dich verdammt noch mal um was kümmern willst, dann besser darum, dass nie das Gegenteil eintritt.«

In der nächsten Sekunde war er verschwunden, und ich murmelte wieder nur dieselben Worte wie auch schon nach Logans Ansage auf meiner Dachterrasse.

»Keine Sorge …«

Ohne richtig hinzusehen, ließ ich die Zigarette in die Pfütze des Wasserglases fallen und nahm den USB-Stick. Mit der anderen Hand zog ich die Schreibtischschublade auf, um einen Adapter für mein MacBook rauszuholen, erstarrte aber, als ich sah, was darin lag.

Okay, was zum Teufel …?

Ich griff nach dem dunkelblauen Spitzenstoff und erkannte ihn sofort als die Unterwäsche wieder, die Kit vorhin noch getragen und die ich ihr ausgezogen hatte.

Kurz wanderten meine Gedanken zurück zur Mittagspause, beschworen das Bild in mir hoch, auf dem sie mit gespreizten Beinen halb nackt auf meinem Schreibtisch saß, mit meinem Kopf zwischen ihren Beinen und zwei meiner Finger in ihr, die Nudel-Boxen, die sie mitgebracht hatte, unberührt und kalt neben uns.

Es war nicht wirklich geplant gewesen, aber seit wir unseren Deal erweitert hatten, konnte ich nicht anders, als sie ständig zu berühren. Sobald sie in Sichtweite kam, wurde mein Körper von ihrem angezogen, und jetzt, da sie es endlich zuließ, ohne mich dabei anzusehen, als würde sie mir am liebsten ihr Skateboard ins Gesicht werfen, gab es auch nichts mehr, was mich wirklich davon abhielt.

Zwar machte ich mir keine großen Hoffnungen, dass es viel zwischen uns änderte, aber es war trotzdem mehr, als ich nach der Nacht im Casino erwartet hatte.

Es hätte eher zu ihr gepasst, wenn sie sich jetzt wieder zurückgezogen hätte. Fuck, es hatte mich schon überrascht, dass sie überhaupt meine Hilfe angenommen hatte und im Penthouse nebenan eingezogen war.

Was, wenn ich ehrlich war, verdammt hart für mich war.

Im wahrsten fucking Sinne des Wortes.

Bevor ich aber wieder zu tief in die Vorstellung eintauchen konnte, was ich noch alles mit ihr vorhatte – auf meinem Schreibtisch, in meinem Bett, meinetwegen auch in dem, in dem sie hoffentlich nicht allzu lange schlafen würde –, schob ich die Bilder beiseite und ließ ihre Spitzenunterwäsche in der Tasche meiner Jeans verschwinden.

Anschließend verband ich den USB-Stick über den Adapter mit meinem MacBook und sah mir die Dateien darauf an. Ich brauchte einen Moment, um zu kapieren, was da drauf war – er war voller Videos, Fotos und Dokumenten, die alle nach einer einzigen Fallnummer benannt waren, die ich wahrscheinlich noch im Schlaf wiedererkannt hätte und gerade den Drang in mir weckte, mein MacBook vom Schreibtisch zu stoßen.

Was zur verfickten Hölle?!

Ohne den Blick vom Bildschirm loszureißen und mich blind durch die Fotos zu klicken – verdammte Tatortfotos –, nahm ich mein Handy und rief Jesse an.

»War Callahan da?«, fragte er sofort, als wüsste der Penner

genau, worum es ging, übertönte damit aber kaum das Rauschen in meinen Ohren.

»War er. Was ist das für eine Scheiße?«

»Erklär ich dir später, hab Training. Wir treffen uns um acht bei dir.«

☾

Letzte Woche, noch vor dem Abend im Casino, war Gina schon mal in mein Büro gekommen und hatte mich darüber informiert, dass der Bastard Bailey wieder angerufen hatte.

»Es tut mir leid, dass ich Ihnen nicht früher Bescheid gesagt habe«, hatte sie kleinlaut über ihre Lippen gebracht und die Schultern so weit hochgezogen, als rechnete sie damit, dass ich sie dafür, dass sie zwei Tage mit diesen Neuigkeiten gewartet hatte, anschrie oder so ein Bullshit. »Ich dachte nur, weil Ihr Stiefvater gesagt hat, er würde Ihnen Bescheid sagen, dass Sie es längst wüssten …«

Nun – das hatte der Wichser nicht. Und weil ich Gina daraufhin wohl irgendwie so angestarrt haben musste, als müsste sie Angst um ihre Existenz haben, traute sie sich jetzt kaum noch in mein Büro.

Klar, ich hätte sie darüber aufklären können, dass ich nicht ihretwegen abgefuckt gewesen war. Auch nicht mal deswegen, weil Bailey schon wieder angerufen hatte – sondern weil Montgomery aus irgendeinem Grund diesen Anruf angenommen, und mir einen verdammten Scheiß davon gesagt hatte. Aber aktuell hatte ich größere Probleme als die auf Zehenspitzen um mich herumschleichende Assistentin, die zwei Tage gewartet hatte, um mir davon zu erzählen.

Nachdem sie wieder aus meinem Büro verschwunden war, hatte ich Jesse angerufen. Aus zwei Gründen.

Erstens: Ich wollte wissen, warum Bailey ständig versuchte, mich zu kontaktieren.

Zweitens: Jesse hatte mir auf der Yacht angeboten, die Leute seines Vaters einzuschalten, und nachdem ich in dieser Sache immer noch nichts Neues oder Hilfreiches hatte, hatte ich ihm gesagt, er sollte sich mit Hale in Verbindung setzen, mit ihr zusammenarbeiten und alles tun, was nötig wäre, um herauszufinden, was Montgomery plante und gegen mich in der Hand hatte.

Als Jesse wie angekündigt um acht noch in Motocross-Montur und mit Dreck im Gesicht bei mir im Penthouse aufkreuzte, sah ich bereits an seinem Gesichtsausdruck, dass ich nichts von dem, was er mir zu sagen hatte, wissen wollte.

»Er hat Krebs«, eröffnete er, kaum dass er die Tür hinter sich zugeworfen hatte. »Lunge. Endstadium. Die Ärzte geben ihm noch Wochen, vielleicht Monate. Aber dann krepiert der Wichser.«

Ich saß auf der anderen Seite des Wohnzimmers auf meiner Couch, plötzlich mit verkrampften Schultern und angespanntem Kiefer. »Wer?«

Jesse zog seine schwarze Racer-Bomberjacke aus und warf sie auf meine Kücheninsel. Das MacBook, das er unterm Arm geklemmt hatte, klappte er darauf auf und nickte mich zu sich. »Bailey. Er hat die Diagnose erst seit ein paar Wochen, deswegen versucht er wahrscheinlich erst jetzt, dich zu erreichen. Und bevor ich dir sage, was ich noch alles habe – wo ist deine Waffe?«

Statt ihm zu antworten, starrte ich ihn nur finster an und versuchte zu begreifen, dass der Wichser, der meine halbe Familie auf dem Gewissen hatte, einfach an Krebs sterben würde.

Fucking Krebs.

Scheiße, ich hätte nach dem, was ich mir flüchtig auf dem

USB-Stick angesehen hatte, mit allem gerechnet – aber verdammt noch mal nicht damit.

»Willst du mich verarschen?«, knurrte ich, anstatt auf seine Frage einzugehen, stand aber trotzdem von der Couch auf und ging zu ihm rüber.

Er sah mich todernst an. »Ja. Meinst du, ich hab Bock drauf, dass du deinen Arsch gleich neben Bailey in den Knast beförderst?«

»Was?« Irritiert verzog ich das Gesicht. »Nein, fucking Bailey. Er verreckt an Krebs?«

»Ja. Und wenn du darauf schon so reagierst – wo ist deine Waffe, Mann?«

Ich biss meine Zähne zusammen und verstand die Relevanz dieser Frage nicht. »Wie oft soll ich dir noch sagen, dass ich mich im Griff habe?«

»Danach habe ich nicht gefragt. Würde ich immer noch glauben, dass du dir direkt wieder irgendeinen Scheiß reinknallst, wären Alec und Nate hier – sind die Wichser hier?« Er wartete nicht darauf, dass ich antwortete – ich hatte es sowieso nicht vor. »Nein, sind sie nicht. Aber ich kenne deine Wut, und was ich dir sagen muss, wird dich nicht nur ein bisschen abfucken. Also sag mir verdammt noch mal einfach, wo sie ist.«

»In meinem Safe.«

»Lass es mich nicht bereuen, dass ich sie nicht mit zu mir nehme, kapiert?«, warnte er mich, und ich tat ihm den Gefallen, ihn wegen dieser verdammten Bemutterung keine reinzuhauen.

Mir lag die Frage auf den Lippen, wieso er dann überhaupt hatte wissen wollen, wo sie war, aber eigentlich war's mir auch scheißegal.

Wortlos stellte ich mich neben ihn an die Kücheninsel und stützte beide Arme an der Kante ab, nachdem ich ihm den

USB-Stick von Jackson zugeschoben hatte. Er verband ihn mit seinem von Stickern zugekleisterten MacBook und meinte dann mit dem Blick aufs Display geheftet: »Bailey liegt gerade auf der Intensivstation. Aber nicht wegen des Krebses – er wurde von irgendeinem einsitzenden Gangster niedergestochen. Laut Polizeiakten, weil Bailey ihn angeblich einen *schwanzlutschenden Motherfucker* genannt hat.«

»Angeblich?« Ich zog schon jetzt mit einem leichten Hämmern in meiner Schädeldecke die Brauen zusammen.

»Ja. Ich meine, klar, du wirst auch für weniger im Knast gekillt, aber ich glaub's nicht. Der Pisser wurde keine vierundzwanzig Stunden, nachdem er dich letzte Woche Mittwoch wieder versucht hat, anzurufen, von hinten attackiert.« Er sah mich so scharf an, wie er es nur tat, wenn in seinem Kopf der Puppenspieler übernahm. »Das war keine Rache und auch kein Versuch, ihn zu töten – das war eine Warnung.«

»Wie kommst du darauf?«

»Weil Baileys Frau Donnerstagmorgen einen Autounfall hatte, bei dem sie fast gestorben wäre. Verdammt großer Zufall, nicht wahr?«

»Fuck, ist das dein Ernst?«

Er nickte. »Da war wohl irgendwer nicht so erfreut darüber, dass Bailey dich angerufen hat.«

»Irgendwer?«, hakte ich mit zusammengekniffenen Lidern nach, woraufhin Jesse mich ansah, als kenne ich die Antwort längst.

*Nein.*

*Einfach, fuck, nein.*

Obwohl ich mich daraufhin von der Kücheninsel abstoßen wollte, das plötzliche Verlangen spürte, mich zu bewegen, meine Hände irgendwo gegenzurammen, blieb ich wie erstarrt stehen, mein Kiefer inzwischen so angespannt, dass er knackte.

»Wir haben Montgomery abgehört, und der Pisser hat mit irgendwem telefoniert, um an das *hier* ranzukommen«, fuhr Jesse dann fort, schob das MacBook mehr zwischen uns und deutete auf die ganzen Verhörvideos von Bailey, die Protokolle von damals, Tatortfotos von unserem Haus – Bildern, auf denen ich das ganze scheiß Blut wieder vor mir sah, das den Boden im Foyer rot getränkt hatte. »Keine Ahnung, warum oder was er damit will – aber wir müssen uns den Scheiß angucken. Vielleicht fällt uns irgendwas auf.«

Nein, fuck – nicht *wir.* Nicht *uns.*

Nur ich.

Ich konnte sein stummes »Du warst in dieser scheiß Nacht dabei« hören, auch wenn er es nicht aussprach.

»Das ist nicht alles.«

*Ach, was.*

»Dass Bailey fast abgestochen wurde, war nicht der erste Vorfall. Vor einem Jahr hat er – angeblich – versucht, sich umzubringen. Mit einem Bettlaken. Ich hab's mal gegengecheckt. Das ist passiert, kurz nachdem er bei meinem Vater angerufen hat.«

Ich antwortete nicht darauf.

Ich bekam meine verdammten Zähne nicht auseinander.

»Hale hat Baileys komplette Lebensgeschichte auseinandergenommen. Jeden Scheiß, wie bei Montgomery, und sie hat gezielt gesucht – und, Mann, sie kennen sich. Montgomery war in der Highschool mit Baileys älterer Pflegeschwester zusammen. Laut den Akten war Bailey nicht lange dort, nur ein paar Monate, bevor er wieder woanders hingesteckt wurde, aber, wenn du mich fragst, reicht das, wenn sich zwei Motherfucker zur richtigen Zeit begegnen. Noch hat Hale nichts dazu gefunden, ob sie in den Jahren vor dem Raubüberfall noch Kontakt hatten. Sie arbeitet dran.«

Der Druck in meinem Schädel wurde ruckartig so groß, dass es knallte – danach begriff ich, dass ich den Barhocker, der direkt an der Kücheninsel stand, mit dem Fuß gegen die Front getreten hatte.

»Sag mir, dass das ein beschissener Witz ist«, knurrte ich, meinen flackernden Blick auf Jesse geheftet.

Er erwiderte ihn, als hätte er verdammt noch mal nur darauf gewartet, dass ich austickte. »Verstehst du jetzt, wieso ich wissen wollte, wo deine Waffe ist?«

Wieder schwieg ich.

Wieder trat ich gegen diesen verfickten Barhocker, weil ich auch so kapierte, was Jesse mir sagen wollte, ohne dass er es aussprach – und das änderte alles.

Alles, woran ich die letzten acht fucking Jahre geglaubt hatte.

Alles, was ich ertragen, zerstört und getan hatte.

Die ganzen beschissenen Albträume, die Panikattacken, das Gefühl, nachts mit Baileys Hand um meine Kehle gelegt aufzuwachen, meine eigenen Hände immer noch voll von dem Blut, das seit dieser Nacht, die mein Leben zerstört hatte, nie ganz verschwunden war.

Mein Puls fing an, unkontrolliert zu hämmern.

Die Erinnerung daran, wie ich auf dem Boden unseres Hauses in New York kniete, in der verdammten Blutlache meines Vaters, beide Hände auf die Einschusswunden seiner Brust gedrückt, schoss aus dem Nichts in mir hoch. Altbekannter Schmerz rammte sich wie Fäuste durch meine Brust.

Nicht nur ein paar.

Verfickte Dutzend.

Jede davon mit einem Bild versehen, das mich jahrelang verfolgt und dafür gesorgt hatte, dass ich diesen Scheiß nie vergessen würde.

Meine Mutter, wie sie die Hand meines Vaters hielt und mit dem anderen Arm den schlaffen Körper meines kleinen Bruders umschlungen an sich gezogen hatte … wie ihr hellgrünes Kleid von dunkelroten Flecken übersät war … wie sich ihre Augen mit ungeweinten Tränen füllten, sie mit leerem Blick Asher leicht wiegte, obwohl sein eigener starr ins Nichts gerichtet war.

Mein Vater, wie er versuchte, mir irgendwas zu sagen, aber da einfach zu viel beschissenes Blut gewesen war … wie er unter meinen Händen das Bewusstsein verloren und mich kurz davor angesehen hatte, als wüsste er, dass er die Augen nie wieder öffnen würde.

Asher, wie er leblos in den Armen meiner Mutter gehangen hatte, in seiner Hand noch der Eishockey-Puck, den er von meinem Spiel, von dem wir gerade nach Hause gekommen waren, mitgenommen hatte.

Und jetzt wollte Jesse mir sagen, dass Bailey und Montgomery sich kannten? Dass Montgomery in dieser ganzen Scheiße mit drinsteckte?

Der Wichser, der versuchte, etwas an sich zu reißen, was mir gehörte? Der meine Mutter nicht mal vier Jahre, nachdem sie ihren Ehemann und ihren für immer vierzehnjährigen Sohn beerdigt hatte, geheiratet hatte?

»Es kann alles nur ein Zufall sein«, fuhr Jesse dann fort. »Vielleicht ist er nur ein Motherfucker, der den Hals nicht voll genug bekommt und sich für den neuen Gott der Westküste hält. Oder …« Sein Blick machte deutlich, dass er an diesen Scheiß selbst nicht glaubte. Nicht, nachdem er die Akte gelesen hatte, die Hale in den letzten Wochen über Montgomery angelegt hatte. »Oder … deine Mutter hat den Auftragsmörder ihres Mannes und ihres Sohnes geheiratet.«

# 35

## KIT

Als Banks und ich am Abend das *Drop Ink* abschlossen, wollten wir uns eigentlich nur noch schnell zusammen was zu essen holen, bevor er mich zum Pacific Plaza Building bringen würde. Es war inzwischen nach acht, es wurde langsam dunkel, und Josie drängelte schon über WhatsApp, dass sie Hunger hatte. Aber in dem Moment, in dem ich die Person erkannte, die mit ihren Händen in den Taschen ihrer zerschlissenen Jeans vergraben auf dem Bürgersteig unter einer Laterne stand, wurde mir klar, dass ich so schnell nicht von hier wegkommen würde.

Ich tat trotzdem so, als hätte ich meinen Vater nicht gesehen, wandte ihm den Rücken zu und wartete darauf, dass Banks die Tür verriegelte.

Es nützte nur nichts.

»Kit? Können wir kurz reden?«

Banks reagierte im Gegensatz zu mir und musterte meinen Dad, der dem Klang seiner Stimme nach näher gekommen war. Ihm stand die Frage, wer der Kerl war, ins Gesicht geschrieben, aber ich ignorierte sie und überlegte, dasselbe auch mit meinem Vater zu tun.

Es war jetzt vier Tage her, seit wir von Zuhause abgehauen waren, und an keinem dieser vier Tage hatte ich auf seine Anrufe oder Nachrichten reagiert. Man sollte also meinen, er hätte die Message verstanden – aber anscheinend war das nicht der Fall.

»Es gibt nichts zu reden«, sagte ich an meinen Vater gewandt, ohne ihn dabei überhaupt eines Blickes zu würdigen. »Spar's dir.«

Ich wartete nicht auf eine Antwort, griff mein Skateboard fester und nickte Banks zu, damit wir uns auf den Weg machen konnten. Weil wir dabei an meinem Vater vorbeimussten, zwang ich mich dazu, ihn nicht zu beachten, aber natürlich stellte er sich mir in den Weg.

»Bitte, Kit. Nur fünf Minuten, okay? Lass es mich erklären, bitte, ich –«

»Nein«, unterbrach ich ihn zischend und sah wütend zu ihm hoch.

Es war mehr ein Reflex als ein Wollen, und deswegen hasste ich auch umso mehr, was ich sah. Ich hasste das schlechte Gewissen, das mich bei seinem Anblick spitz zwischen die Rippen traf, obwohl er nichts davon überhaupt verdient hatte.

Es war nicht mein Problem, dass er aussah, als hätte er seit Sonntag nicht geschlafen. Dass seine Augen blutunterlaufen waren, die Schatten darunter so dunkel, dass ich mir hätte Sorgen machen sollen, ob er es überhaupt nach Hause schaffte, ohne auf der Straße zusammenzubrechen. Seine dunkelblonden, von grauen Strähnen durchzogenen Haaren fielen ihm ungewaschen in die Stirn, und sein Gesicht wirkte eingefallen, um zehn Jahre gealtert. Seine gesamte Haltung, die herabhängenden Schultern, der gesenkte Kopf … Verdammt, er sah aus, als würde er den letzten Tag seines Lebens im Todestrakt verbringen, wissend, dass morgen alles vorbei wäre.

Ich schob das reißende Gefühl unter meinen Rippen weg.

*Nicht. Mein. Problem.*

Es war verdammt noch mal nicht mehr mein Problem.

»Bitte, Kit«, bat er mich noch mal leiser und verschränkte flehend seine Hände vor der Brust. »Ich habe nicht gewusst, dass sie das getan hat. Ich wusste nicht, dass es dein Geld ist, und wenn ich es gewusst hätte, wenn ich … ich hätte nie zugelassen, dass –«

»Oh, bitte«, zischte ich mit geballten Fäusten. Ich würde mir diesen Mist nicht anhören. Ganz egal, dass mein Dad wie ein beschissenes Häufchen Elend aussah – *Worte* bedeuteten einen Scheiß. »Ich will davon nichts hören, Dad! Verschwinde einfach wieder und fahrt euer Leben weiter gegen die Wand, wenn es euch so einen verdammten Spaß macht. Aber haltet uns da raus, kapiert?!«

Ich wollte an ihm vorbeitreten, aber er packte mich am Arm. Irgendwas in mir erstarrte, und obwohl sein Griff nicht zu fest war, tat er mir weh. Seine Berührung tat weh.

»Hey, Mann, sie hat gesagt, du sollst es lassen«, ertönte Banks' Stimme warnend hinter mir, aber mein Vater ignorierte ihn, ignorierte mich, als ich zischte, dass er mich nicht anfassen sollte, und fiel ernsthaft vor mir auf die Knie.

So ernsthaft wie es nur sein konnte, wenn sich jemand mitten auf der Straße vor einen warf, sich an seine Beine klammerte und am ganzen Körper zu beben anfing.

Um Himmels willen … War das sein verdammter Ernst?

»Steh auf«, forderte ich meinen Vater kalt auf, verdrängte, was dieser gepeinigte Anblick in mir auslöste, weil es schlichtweg zu spät war, aber mein Dad stand nicht auf.

»Es tut mir so leid, Kitty, bitte, das musst du mir glauben«, flehte er mit brüchiger Stimme. »Nicht nur, dass deine Mom dein Geld genommen hat, oder dass sie dich ständig danach fragt, ich dich danach frage, dass wir euch im Stich gelassen haben, und dass wir versagt haben, als wir …« Er schluchzte auf und verschluckte sich an seinen eigenen Worten.

Am liebsten hätte ich mich von ihm losgerissen, ihm gesagt, dass er damit aufhören und uns einfach in Ruhe lassen sollte – aber irgendwie konnte ich gerade nur ausdruckslos zu ihm runterstarren und versuchen, nicht die Nerven zu verlieren.

Ich wollte das hier nicht.

Ich wollte sein Gebettel nicht, seine Entschuldigungen nicht, und Shit – ich wollte ganz sicher auch kein Mitleid mit ihm haben. Nicht für den gebrochenen Mann vor mir, nicht für den Mann, der unsere Familie in dieses Loch katapultiert hatte, nicht für meinen Vater, der mir mal beigebracht hatte, wie Fotografie funktionierte, und erst recht nicht für den, mit dem ich mal dieselbe Leidenschaft für Kameras geteilt hatte.

Denn es war eine verdammte Kamera, die unser Leben zerstört hatte.

»Lass. Mich. Los«, verlangte ich schließlich zwischen zusammengebissenen Zähnen, aber wieder beachtete Dad mich nicht und sprach einfach weiter.

»Ich hätte mehr für euch da sein sollen. Ich hätte mir wieder einen Job suchen und nie zulassen sollen, dass du und Jackson unsere Rollen übernehmt. Ihr wart Kinder, und ohne euch wäre zu Hause alles zusammengebrochen, Kit, das weiß ich. Eure Mutter weiß das. Aber sie … wir … Sie hat einen Fehler gemacht, als sie dein Geld gestohlen hat, und ich verspreche dir, sie wird dir alles zurückgeben. Ich werde mir einen Job suchen, gleich morgen, und mit deiner Mom werde ich auch reden. Wir machen es wieder gut, Kit. Ich schwöre es, nur bitte – ich kann verstehen, wenn ihr nicht mehr nach Hause kommen wollt. Wenn ihr uns hasst. Aber bitte … *bitte* lass es mich wieder in Ordnung bringen.« Weitere Schluchzer schüttelten ihn, machten das, was er sagte, noch zusammenhangsloser als ohnehin schon. Er sah mit tränenverschleiertem Blick zu mir hoch. »Ich weiß, dass das alles meine Schuld ist und ich dich und euch so oft enttäuscht habe, aber ich schwöre dir, dass ich mich ändern werde. Ich mach es wieder gut, Kit, versprochen. Bitte … Lass es mich wiedergutmachen.«

Sobald er das sagte, stieß ich ein leises, trauriges Lachen aus. Die Bitterkeit in dem Klang schnürte mir selbst die Kehle zu.

»Wow«, sagte ich einfach nur fassungslos, versuchte, mich aus dem bettelnden Griff meines Vaters zu befreien, und verlor dabei beinahe mein Gleichgewicht.

Dass Banks mich festhielt und dann die Arme meines Dads von mir zog, realisierte ich kaum. Ich musste mich zu sehr darauf konzentrieren, mich nicht genauso irre zu verhalten wie er.

»Kitty, bitte«, heulte er weiter, saß immer noch auf seinen Knien da und verschwendete nur noch mehr Kraft auf etwas, das an mir abprallte.

Es war zu spät.

Ich konnte das nicht mehr.

»Ich weiß, dass ich so viele Fehler gemacht habe zu viele … Aber bitte … Es tut mir so leid …«

»Das hättest du dir früher überlegen müssen«, erwiderte ich harsch, schüttelte den Kopf und ging dieses Mal wirklich um ihn herum an ihm vorbei.

Banks folgte mir sofort, mein Vater rief mir irgendwas hinterher, aber ich ermahnte mich dazu, nicht hinzuhören.

Mit jedem Schritt von ihm weg spürte ich, wie sich meine Brust mehr verengte, allerdings nicht mal seinetwegen oder wegen dem, was er mir gerade vorgeheuchelt hatte – sondern weil er so lange gebraucht hatte, um es zu kapieren. So verflucht lange, bis er anscheinend begriffen hatte, dass er die Verantwortung für diesen Scheiß trug.

Die letzten dreizehn Jahre meines Lebens hatte ich mich um meine Geschwister gekümmert, als wären es meine eigenen Kinder. Ich war mit acht Jahren schlagartig mit Problemen konfrontiert worden, mit denen kein Kind etwas zu tun haben sollte, hatte mitbekommen, wie mein Vater meine Mutter betrogen hatte, und hatte dabei zugesehen, wie unsere Familie zerbrach – weil *ich* nicht aufgepasst und meine Mom das Video auf meiner Kamera gefunden hatte.

Natürlich wusste ich, dass es nicht meine Schuld war, auch wenn ich alles gefilmt hatte. Es war Dads Fehler gewesen, seine Affäre, sein Betrug, und der war es, der uns alles gekostet hatte.

Hatte ich mich trotzdem immer schuldig gefühlt? Als hätte unsere Familie vielleicht immer noch ganz sein können, wenn ich an diesem Tag vor dreizehn Jahren nicht mit meiner Kamera in Dads Büro gelaufen wäre und ihn nicht mit diesem Z-Promi-Model erwischt hätte?

Ja.

Ständig.

Immer.

Jedes verdammte Mal, wenn der Kühlschrank wieder so gut wie leer gewesen war. Jedes Mal, wenn uns der Strom wieder abgestellt worden war, und jedes Mal, wenn ich meine Eltern durch geschlossene Türen schreien gehört hatte.

Die Schuld für das, was ich damals als Kind getan hatte, hatte sich in mir festgekrallt wie ein Parasit, den ich nie losgeworden war, der mich an dieses Haus gekettet hatte, das ich so hasste – aber jetzt, mit meinem Auszug, mit Dad, den ich hinter mir auf dem Bürgersteig sitzen ließ, ohne mich nach ihm umzudrehen, hatte ich das Gefühl, als würde ein Stück der Schuld von mir wegbrechen.

Mich leichter machen.

Ich hatte im Grunde keine Ahnung, was das bedeutete, holte nur tief Luft, blinzelte die Tränen weg und blieb nicht noch mal stehen.

Ich hatte schon vor langer Zeit aufgehört, auf Worte zu vertrauen – sie waren nichts weiter als leere Sätze, die man mit Dingen füllte, von denen man glaubte, der andere wollte sie hören.

Aber ich wollte nichts hören. Nicht sprechen. Keine leeren Sätze.

Ich wollte nichts mehr davon.

Ich wollte nur endlich frei sein.

Wieder im Penthouse fiel mir die Decke auf den Kopf.

Ich versuchte, mir vor Josie und Jamie nichts anmerken zu lassen, aber na ja … das klappte nicht. Josie hatte irgendeinen Film auf Netflix eingeschaltet, den wir uns zu dritt ansahen. Der Film rauschte an mir vorbei, aber ich spürte immer wieder, wie Josie mich beobachtete. Irgendwie wartete ich nur darauf, dass sie nachhakte, aber was sollte ich ihr denn sagen?

Wenn ich ihr von Dads Auftritt eben erzählte – oder, schlimmer noch, wenn unser Vater ihr das alles so erzählt hätte –, sie hätte Dad geglaubt. Nicht, weil sie naiv oder zu gutgläubig war, sondern weil sie die unerschütterliche Hoffnung hatte, dass er es ernst meinte.

Josie hatte ein gutes Herz. Sie war die Sanfteste von uns fünf, wollte nie Streit und versuchte immer in allem das Beste zu sehen. Keine Ahnung, woher sie das hatte oder wie es ihr gelungen war, in diesem Loch unseres Zuhauses nicht so kaputtzugehen. Aber ich wusste, dass sie auf ihn und seine geheuchelten Entschuldigungen und Versprechen reinfallen würde, und ich wollte sie davor beschützen. Ich wollte nicht, dass er sie enttäuschen würde. Oder Jamie. Oder uns alle.

Weil ich irgendwann aber nicht mehr auf der Couch stillhalten konnte, ließ ich die beiden allein den Film weitergucken und ging nach draußen auf die Dachterrasse.

Wenn ich ehrlich war, drängte etwas in mir danach, nebenan an Connors Tür zu klopfen.

Ich tat es aus mehreren Gründen nicht.

Erstens: Ich wollte nicht reden.

Zweitens: Er hatte auf die beiden Nachrichten, die ich ihm schon vor zwei Stunden geschickt hatte, in der Hoffnung, er könnte meinen Kopf ausschalten, nicht geantwortet.

Drittens: Als ich auf der Dachterrasse stand und mir gerade eine Zigarette angezündet hatte, hörte ich Stimmen.

Im ersten Moment versetzte es mir einen dumpfen Tritt in den Magen. Keine Ahnung, warum, ich verbot es mir, weiter darüber nachzudenken.

Trotzdem konnte ich nicht anders, als den Stimmen entgegenzugehen, weil sie aus der Richtung des Penthouses kamen, in dem Connor wohnte. Die Dachterrassen waren nicht miteinander verbunden, dazwischen lag ein Teil des Gebäudes, der die beiden Wohnungen voneinander trennte, aber abgesehen vom dumpfen Verkehrslärm sechzehn Stockwerke tiefer war es hier oben still genug, dass ich vielleicht sogar hätte verstehen können, was sie sagten. Zumindest, wenn nicht irgendwo leise Musik gelaufen wäre und ich nur gerade so herausfiltern konnte, dass Nate da war.

Und dass er wütend klang.

Was so selten vorkam, dass ich mich dabei erwischte, wie ich lauschen wollte, und mich dann so heftig erschrak, als Josies Stimme hinter mir ertönte, dass ich ertappt zusammenzuckte.

»Kit?«

Die halb aufgerauchte Zigarette noch in der Hand, wirbelte ich zu ihr herum und sah sie mit ihrem Handy am Ohr in der Terrassentür stehen. Sie hatte besorgt ihre Stirn gerunzelt.

»Ja? Was gibt's?«, fragte ich sie betont unbekümmert, ging auf sie zu und zog meine Kapuzenjacke enger um meinen Oberkörper.

»Jacks ist am Handy. Er muss mit dir reden.«

Na toll. Das war das Letzte, worauf ich jetzt Bock hatte.

Als könnte Josie das in meiner praktisch nicht vorhandenen Reaktion ablesen, sah sie mich flehend an.

Wie gesagt … sie mochte keinen Streit.

»Gib her«, seufzte ich, nahm ihr das Handy ab, das sie mir entgegenhielt, und fragte genervt: »Was willst du?«

»Ich stehe unten vor dem Pacific Plaza«, informierte er mich kurz angebunden, und ich spannte mich sofort an.

Was zum Teufel?! Woher wusste er, wo wir waren?!

Bevor ich ihn aber danach fragen konnte, verlangte er von mir: »Komm runter, wir müssen aufs Revier.«

»Weil?« Mir entwich ein müdes Lachen. So verzweifelt wie mein Vater gewirkt hatte, würde es mich gerade nicht mal wundern, wenn er eine Spielbank überfallen oder versucht hatte, ein paar Automaten aufzubrechen, um an Geld zu kommen.

Muss scheiße sein, wenn einem niemand mehr hilft, die Schulden zu bezahlen.

Jackson schwieg einen Moment, aber als er dann antwortete, verging mir das Lachen.

»Weil Logan verhaftet wurde.«

# 36

☼

## KIT

*Verhaftet.*

Seit Jackson das Wort ausgesprochen hatte, wiederholte es sich in quälender Endlosschleife in meinem Kopf. Wie eine verzerrte Schallplatte, die immer wieder auf dieselbe Stelle zurücksprang und mich auslachte, weil ich geglaubt hatte, es könnte nicht noch schlimmer werden.

Offensichtlich konnte es das – und ich hatte absolut keine Ahnung, wie zur Hölle ich damit umgehen sollte.

Ich fühlte mich benommen und gleichzeitig so heftig unter Strom, dass ich die ganze Fahrt über zum Police Departement gegen das Armaturenbrett von Jacksons Wagen treten wollte. Ich konnte mich nur nicht bewegen. Verdammt, ich konnte ja nicht mal richtig atmen, aus Angst, ich würde jeden Moment einfach zu heulen anfangen, weil das gerade alles eine absolute Katastrophe war.

»Du hast fünfzehn Minuten«, drang Jacksons Stimme dumpf zu mir durch, nachdem wir beim Revier angekommen waren und er mich über den leeren Gang zu einem Verhörraum führte. »Mehr konnte ich nicht rausholen.«

»Okay.« Meine Stimme klang hohl, mein Herz lag schwer in meiner Brust. Umwickelt von heißen Drähten, die sich immer fester zuzogen.

»Es wird ein anderer Cop anwesend sein, ich warte hier. Und du widersetzt dich ihm nicht, verstanden?« Er sah mich eindringlich an, aber ich schaffte es kaum, seinen Blick zu erwidern. »Kein Körperkontakt, Kit. Behalt deine Hände bei dir. Er steckt schon tief genug in der Scheiße.«

Ich nickte, woraufhin er mir die Tür öffnete, und das Erste, was ich sah, war Logan.

Er saß allein an einem Metalltisch. Seine Hände waren mit Handschellen daran gekettet, als wäre er ein verdammter Schwerverbrecher, und seine Fingerknöchel waren aufgeplatzt.

Bei diesem Anblick wollte ich schreien.

Irgendwas zog plötzlich an mir, wollte zu ihm rennen und meinen kleinen Bruder von den Fesseln reißen, damit ich mit ihm abhauen und rückgängig machen konnte, dass er gerade sein verdammtes Leben gegen die Wand gefahren hatte. Aber ich schaffte es kaum, mich überhaupt zu bewegen. Meine Muskeln waren so angespannt, dass ich das Zittern in meinen Beinen und Fäusten spüren konnte, als ich auf den Tisch zuging und mich gegenüber von Logan auf den Stuhl setzte.

»Fünfzehn Minuten«, erinnerte Jackson uns, bevor er die Tür hinter sich schloss und wir mit dem Cop, der mit vor der Brust verschränkten Armen in der Ecke stand, allein waren.

Logan saß mit zusammengesackten Schultern da, den Blick auf seine angeketteten Hände geheftet. Seine blonden Haare fielen ihm in die Stirn, beinahe so, als wollte er das blaue Auge und die neue Platzwunde an seiner Braue verbergen und vermeiden, dass sich unsere Blicke begegneten. Er schwieg, und die Stille zwischen uns dehnte sich wie erstickender Rauch in diesem winzigen Raum aus.

»Logan, sag etwas«, stieß ich hervor, obwohl Wut meine Stimmbänder verknotete.

Am liebsten hätte ich ihn angeschrien und ihn geschüttelt, ihn gefragt, wieso er nur so dumm sein konnte, alles wegzuwerfen, aber noch mehr wollte ich ihn gerade einfach nur festhalten. Ihn auf meinen Schoß ziehen und ihm sagen, dass alles okay war und alles wieder gut werden würde, als wäre er noch immer das Kind, das nachts aus einem Albtraum hochschreckte und zu mir kam.

Nur dass er kein Kind mehr war. Er war volljährig, und er hatte schon zwei Vorstrafen.

»Logan«, wiederholte ich deutlicher, forscher.

»Fuck, was soll ich denn sagen?« Er starrte immer noch stur den Tisch an, weigerte sich, mich anzusehen, und klang auch noch so … verdammt emotionslos. So gleichgültig. Als würde es ihn nicht mal interessieren, dass er sein Leben gerade in die Tonne geworfen hatte.

»Warum, Logan?! Warum hast du das getan?!«, brach es zornig aus mir heraus. »Wieso hast du …« Ich presste meine Lippen aufeinander, als meine Sicht verschwamm. Wuttränen drückten hinter meinen Augen, aber ich weinte nicht.

Er zuckte wieder mit der Schulter und mahlte mit dem Kiefer.

Ich wusste nicht, ob es diese Reaktion von ihm war – diese schreckliche Gleichgültigkeit, die Haltung der letzten Monate, dass er nicht mehr mit mir sprach, sich nur noch prügelte, nächtelang von zu Hause weggeblieben war und jetzt auch noch diese verdammte Scheiße.

Meine Hände knallten auf den Tisch, der Stuhl, auf dem ich eben noch gesessen hatte, schabte kratzend über den Boden.

»Hör auf! Hör einfach endlich auf damit und sag mir verdammt noch mal, was mit dir los ist!« Ich stützte mich auf dem Tisch auf, obwohl ich am liebsten noch mal mit den Fäusten draufgeschlagen hätte. »Du kannst hier nicht einfach sitzen und mit den verdammten Schultern zucken! Du hast *gedealt*! Mit *Kokain*! Bist du – hast du eigentlich … gottverdammt, Logan, sieh mich an!«

Ohne den Kopf zu heben, richteten sich seine Augen kurz auf meine, und mir blieb die Luft weg. Die Wut in seinem Blick, vermischt mit diesem reißenden Schmerz, den ich schon so oft in Connors Augen gesehen hatte, zog die heißen Drähte durch mein Herz, und es machte mich wahnsinnig, dass ich nicht wusste, was mit ihm passiert war.

Es machte mich fertig, dass er mich nur anstarrte, kein Ton über die zu einer Linie zusammengepressten Lippen brachte und alles einfach immer weiter auseinanderfiel.

Meine Nägel gruben sich fest in den Tisch. »Warum hast du das getan, Logan?«

»Wir brauchten das Geld«, war alles, was er endlich antwortete, aber seine Stimme klang kalt.

»Ist das dein Ernst?« Mir fiel für einen Moment alles aus dem Gesicht, bevor schon wieder dieses verzweifelte Lachen in mir hochkroch und ich es mit aller Macht unterdrückte. »Ich glaube dir kein verdammtes Wort. Du bist nicht so dumm, deine ganze Zukunft in der Luft zu zerreißen und so einen Scheiß zu machen. Also – *warum?!*«

Wieder antwortete er nicht und starrte mich nur verbissen an.

»Es war Dylan«, riet ich ins Blaue, und wenn irgendwas auf dem Tisch gestanden hätte, würde ich es einfach runterfegen. »Er und seine Kifferfreunde haben dich da reingezogen, stimmt's?«

Ich schlug wieder auf den Tisch, ignorierte, dass mir der Cop in der Ecke dabei einen warnenden Blick zu warf.

»Logan, Herrgott, noch mal –«

»Es ist doch scheißegal«, knurrte er, ballte die Fäuste und

ließ die Ketten rasseln. »Ich hab's getan und das war's. Krieg dich wieder ein und such dir irgendwelche anderen Probleme, um die du dich kümmern kannst – ich bin nicht deins.«

»Doch, Lo, das bist du! Was zum Teufel ist nur los mit dir? Seit wann bist du so ... so ...« *Abweisend, verdammt kompliziert, so verflucht wütend und weg.* Aber ich sprach nichts davon aus, weil ich es gerade nicht ertragen könnte, wenn er mich wieder abweisen würde.

Scheiße, es tat so weh, dass ich einfach nicht mehr an ihn herankam. Dass ich nicht ... nicht aufgepasst hatte, dass er diesen Scheiß nicht machte. Dass ich nicht *mehr* getan hatte.

»Ich hätte nicht zulassen sollen, dass du dich ständig prügelst«, brachte ich dann leise hervor und bemerkte nicht mal wirklich, dass ich redete. »Ich hätte dich nicht jede Nacht einfach verschwinden lassen sollen. Wenn ich ... Gott, ich hätte mehr auf dich aufpassen müssen, damit du nicht wieder mit Dylan ...« Ich schüttelte den Kopf und spürte wieder, wie mir diese verhassten Tränen in die Augen stiegen.

Wie hatte ich so versagen können?

Wie hatte ich einfach nur dabei zusehen können, dass er immer tiefer abrutschte?

Wie ...

*Wie konnte es nur so weit kommen?*

Meine Kehle schnürte sich zu, aber die Worte wollten trotzdem raus.

»Seit wann reden wir nicht mehr miteinander?«

Wieder nur Schweigen.

Es wickelte nur noch mehr heiße Drähte um meine Brust.

»Warum, verdammt, hasst du mich so?«, wollte ich von ihm wissen, woraufhin er zusammenzuckte und das Gesicht verzog, als hätte ich ihn geschlagen.

»Ich hasse dich nicht, Kit.«

»Warum redest du dann nicht mehr mit mir?! Wieso vertraust du mir nicht mehr? Was habe ich dir getan, damit du mich einfach jedes Mal wegstößt, wenn ich versuche, mit dir über irgendwas zu reden? *Was* habe ich falsch gemacht?«

Als könnte er es so vermeiden, mich ansehen zu müssen, stützte er seine Ellbogen auf und vergrub sein Gesicht in seinen Händen. Das metallische Rasseln der Ketten hörte sich in meinen Ohren an wie Schreie – Gott, es waren Hilfeschreie. Und ich hatte nicht … Wieso hatte ich nicht einfach mehr getan?

»Wann hab ich dich verloren, Lo?«

»Es ist nicht deine Schuld, nichts hiervon«, erwiderte er hart, griff mit seinen Händen in seine Haare und krallte sich daran fest.

»Natürlich ist es das! *Ich* habe nicht auf dich aufgepasst. Nicht richtig hingesehen. Ich –«

»Lass den Scheiß, okay?! Hör einmal auf, dir für irgendwas, das *ich* tue, die verdammte Schuld zu geben! Es ist *meine*!«

»Du hast gedealt, und ich habe es nicht mitbekommen! Wie zur Hölle soll ich mir dafür nicht die Schuld geben, wenn ich auf dich hätte aufpassen müssen?! Ich war so beschäftigt mit diesem ganzen anderen Scheiß, dass ich einfach nicht –«

»Fuck, Kit! Es ist *meine* Schuld! Es ist alles verfickt noch mal *meine* beschissene Schuld!« Er riss seine Hände wieder aus den Haaren, und als er mich dann ansah, sah ich es. Seine Wut, die Schuld, seinen Schmerz – dass er gerade fiel. »Hör auf, die scheiß Schuld, bei dir zu suchen. Du hättest nichts anders machen können, okay?! Weil du nicht *mich*, sondern ich *dich* verloren habe!« Etwas in seiner Stimme brach. »Ich habe dich wegstoßen, ja, verdammt – weil ich es nicht ertragen konnte, dich anzusehen! Jedes Mal sehe ich nur, was ich getan habe, und dass ich für diesen ganzen Scheiß verantwortlich bin. Fuck … Es ist *meine* gottverdammte Schuld!«

Ich wusste nicht, warum, aber ich bekam das alarmierende Gefühl, dass er nicht mehr übers Dealen sprach. Plötzlich fing mein Herz an erdrückend zu pochen.

»Wovon redest du da, Logan?«

Er ließ die Hände wieder sinken und legte sie vor uns auf dem Tisch ab. Sein Gesicht war eine einzige gequälte Maske.

»Er wollte nicht, dass ich es dir sage«, fuhr er mit rauer Stimme fort, plötzlich erschöpft, leiser, ohne wirklich auf meine Frage einzugehen. »Er wollte dich beschützen. *Ich* wollte dich beschützen. Ich wollte nicht, dass du dir Sorgen machst, und ich ... Ich hab ihm geschworen, dass ich so einen Scheiß nicht noch mal mache, und ich ... Fuck, es tut mir so verdammt leid. Ich hätte nicht ...« Er kniff die Lider zusammen, schüttelte den Kopf und auf einmal hatte ich das Gefühl, wieder etwas mehr von meinem Bruder zu sehen. Etwas mehr von dem Menschen, der mir etwas aus seinen Büchern vorlas und die Welt ein bisschen leichter gemacht hatte, wenn ich meinen Kopf auf seiner Schulter hatte ablegen können.

»Logan, sieh mich an«, verlangte ich von ihm, aber er schüttelte nur wieder den Kopf. Seine Muskeln waren so verkrampft, dass sie zitterten.

»Logan, bitte ... Wovon redest du da? Wem hast du was versprochen?«

*Sag es nicht.*

*Bitte sag es nicht.*

Eine dunkle Vorahnung machte sich in mir breit, und obwohl ich sie nicht bestätigt haben wollte, plötzlich überhaupt nicht mehr wissen wollte, was er mir gerade anscheinend zu sagen versuchte, saß ich nur abwartend da.

»Logan?«

Anstatt zu antworten, verbarg er sein Gesicht wieder hinter seinen Händen, war so angespannt, dass er gerade nicht mal mehr atmete, und dann fingen seine Schultern an zu beben. Ein leises, raues Schluchzen erklang, und ich brauchte einen Moment, um zu begreifen, dass es von ihm kam.

Dass Logan weinte.

Dass mein kleiner Bruder, den ich das letzte Mal weinen gesehen hatte, als er noch ein Kind gewesen war, gerade vor meinen Augen zusammenbrach.

Jeder Funke Wut in mir erlosch.

»Connor«, brachte er widerwillig hervor, und ich realisierte, was er sagte – aber gerade spielte es keine Rolle. »Er hat das alles meinetwegen getan. *Ich bin schuld.* An allem. Es tut mir leid.«

Er schob seine Hände wieder in seine Haare und zerrte so heftig daran, dass ich nach ihnen greifen, ihn davon abhalten und ihm sagen wollte, dass es bestimmt nicht so war. Dass Connor nichts seinetwegen getan hatte. Ich wollte ihm sagen, dass er an überhaupt gar nichts schuld war, und verhindern, dass er unter einer Last, die er offenbar nicht mehr tragen konnte, auseinanderfiel.

Aber ich saß einfach nur da und starrte ihn an, verwirrt und erschlagen, während irgendwas in meiner Brust blutete. Meine Hände, die ihn nicht hatten festhalten können, bewegungslos zwischen uns auf dem Tisch.

»Es tut mir leid, Kit. Fuck, es tut mir so leid …«

# 37

☾

## CONNOR

Es war kurz nach eins, als es an meiner Wohnungstür hämmerte und die Jungs und ich von unseren Bildschirmen hochsahen. Wir saßen inzwischen alle vier an meinem Esstisch und zogen uns schon seit Stunden das Verhörmaterial von Bailey rein, auf der Suche nach irgendwas, mit dem wir eine Verbindung zwischen dem Bastard, der meine halbe Familie in ihrem eigenen Zuhause umgebracht hatte, und dem Wichser ziehen konnten, den meine Mutter – vielleicht, oder *fuck*, vielleicht auch nicht – unwissend geheiratet hatte.

»Erwartest du jemanden?«, nuschelte Nate mit einem Blunt im Mund und wackelte mit den Brauen.

Statt darauf zu antworten, warf ich ihm nur einen finsteren Blick zu, erhob mich und warf meine Zigarette in den Aschenbecher.

»Sollen wir uns die Augen zuhalten, wenn du die Tür aufmachst?«, fragte Nate amüsiert weiter. »Das klingt ganz schön dringend. Als hätte da jemand Sehnsucht.«

»Nate, halt die Schnauze«, brummte Jesse, den Blick immer noch auf dem Bildschirm, und bewarf ihn mit einem der zusammengeknüllten Zettel, die überall auf dem Tisch rumlagen.

Ich ignorierte sie – zum einen, weil nichts hieran irgendwie witzig war, zum anderen, weil ich wusste, dass es Nates Art war, mit der ganzen Wagenladung Scheiße umzugehen, die Jesse auf meinem Esstisch ausgebreitet hatte.

Es war eine Menge, sodass ich, mal abgesehen davon, dass ich heute wahrscheinlich sowieso nicht schlafen könnte, nicht damit rechnete, dass wir heute Nacht mit allem durchkommen würden. Was aber jetzt schon klar war: Wir mussten nach New York – und ich musste mit dem verdammten Mörder meiner Familie reden.

Darauf war ich ungefähr so scharf, wie mir mit einer Zigarette die Mandeln rauszubrennen, aber ich würde es durchziehen. Der Wichser hatte mir schon zu viel genommen, und das Letzte, was er mit ins Grab nehmen würde, wäre die verdammte Wahrheit.

Als ich dann die Tür aufzog und nur gerade so einer Faust ausweichen konnte, löste sich aber jeder Gedanke daran in Luft auf.

»Was zum –«, stieß ich knurrend aus, registrierte, das Jackson vor mir stand, und schaffte es nicht mal, meinen verdammten Satz zu beenden.

Ein Stoß. Ich knallte auf den Boden. Ein Knie landete auf meinem Rücken, quetschte mir die Luft aus den Lungen, und bevor ich begriff, was zur Hölle hier passierte, hatte er mir beide Arme auf den Rücken gedreht und schob einen davon fest ein Stück höher. Schmerz jagte meine Schulter abwärts, explodierte irgendwo, und ich verzog fluchend das Gesicht.

»Du hättest dich verdammt noch mal aus ihrem Leben verpissen sollen. Das war unser Deal, Arschloch«, knurrte er dicht hinter mir, während bereits im selben Moment lautstark Stühle über den Boden geschoben wurden.

Ich hörte Jesses angepisste Stimme durch das Rauschen in meinen Ohren, verstand aber kein Wort.

»Runter von mir«, presste ich abgehackt hervor und zischte, als er den Druck mit seinem Knie erhöhte und mir die Luft abschnürte.

*Wichser.*

»Ich habe dich machen lassen, weil du Logans Schule bezahlst und weil du ihr aus irgendeinem beschissenen Grund mal wichtig warst – aber du bist immer noch dasselbe abgefuckte Arschloch, und ich *schwöre*, finde ich heraus, dass du irgendwas mit der ganzen Scheiße zu tun hast, bring ich dich um!«

Kaum hatte er seinen Satz beendet, verschwand sein Gewicht von mir, und Sauerstoff strömte wieder in meine Lunge. Jesse und Alec hatten ihn an den Armen gepackt und von mir runtergerissen.

Früher hätte ich ihn allein dafür sein eigenes Blut von meinem Boden aufwischen lassen – er trug keine Uniform, die mich zwar auch nicht aufgehalten hätte, die Sache aber um Welten leichter machte –, aber ich riss mich irgendwie zusammen und stieß mich wieder hoch.

»Fuck, wovon zur Hölle redest du?«

»Von deinem scheiß Kokain!«, spuckte er aus, wollte wieder auf mich losgehen, aber Alec und Jesse blockierten ihm den Weg. »Wenn du nicht – *fuck!* Verpisst euch!«

Er wollte Jesse zur Seite stoßen, aber Alec hielt ihn fest, bevor Jackson mir wieder zu nah kommen konnte. Zwar versuchte er wieder, sich loszureißen, aber sein rasender Blick war auf mich fixiert.

»Halt dich verdammt noch mal aus ihrem Leben raus! Jedes verfickte Mal, wenn du darin auftauchst, ziehst du sie mit runter! Mir ist scheißegal, wie viele Entzüge du gemacht hast, und es ist mir auch scheißegal, dass du sie liebst – du hast ihr schon genug Scheiße angetan! Also, fuck, lass sie einfach in Ruhe und zerstör sie nicht noch mehr!«

Bevor ich ihm darauf antworten konnte, riss er sich von Alec los und drückte sich an Jesse vorbei in Richtung Wohnungstür.

Jeder Muskel in meinem Körper war angespannt und wollte ihm sofort nachsetzen, aber … was zur Hölle?!

Ich spürte, wie Jesses Blick auf meinem Gesicht brannte, wahrscheinlich wegen dieser verdammten Kokain-Sache, aber ich ignorierte ihn und folgte Jackson aus meiner Wohnung.

Scheiße, ja – ein Teil in mir wusste, dass er recht hatte. Dass ich Kit schon vor Jahren hätte in Ruhe lassen sollen, weil ich zu abgefuckt von mir selbst gewesen war, zu kaputt und zu sehr von meinen Dämonen kontrolliert, die nie ganz verschwinden würden.

Sie würden immer in mir festgekettet sein.

Sie würden immer versuchen, mit ihren Klauen nach dem Schlüssel zu greifen, der in ihr Paradies und meinen Abgrund führte, und ich würde wahrscheinlich nie damit aufhören können, ihn nur Zentimeter aus ihrer Reichweite entfernt vor ihren Gesichtern baumeln zu lassen.

Aber heute hatte ich mich im Griff. Selbst nach dieser Scheiße mit Bailey und der Theorie mit Montgomery hatte ich meine Fäuste noch nicht durch jede Wand in meiner Wohnung gerammt, mich nicht in einer Flaschen Bourbon ertränkt und war auch nicht zur nächsten Straßenecke gefahren, um mir Stoff zu besorgen.

Und wenn jemand mir sagen könnte, dass ich mich aus ihrem verdammten Leben raushalten sollte, dann Kit.

»Du bist nicht mitten in der Nacht in meiner Wohnung aufgetaucht, um mir diesen Bullshit zu sagen«, brachte ich hervor, sobald ich Jackson auf dem Flur stehen sah – direkt vor der Wohnungstür, die in Kits Penthouse führte. »Warum bist du wirklich hier?«

Ohne mir zu antworten, schloss er die Tür auf und verschwand ins Innere.

Fuck, warum hatte er einen Schlüssel?

Und woher wusste er überhaupt …

Was zum Teufel ging hier ab, verdammt?!

Kaum hatte er die Tür geöffnet und das Penthouse betreten, war ich hinter ihm und sah, wie Josie und Jamie auf der großen Couch im Wohnbereich saßen.

Instinktiv suchte ich nach Kit – die entweder nicht hier bei ihnen in diesem Raum oder nicht in dieser verdammten Wohnung war. Und so besorgt, wie Josie zwischen Jackson und mir hin- und hersah, befürchtete ich Letzteres.

Meine Fäuste ballten sich, unter meinen Rippen kratzte ein komisches Gefühl. »Wo ist –«

»Habt ihr eure Sachen?«, übertönte Jackson mich einfach, woraufhin Josie und Jamie beide von der Couch aufstanden und schon Rucksäcke in den Händen hielten.

»Jackson«, knurrte ich warnend und war so verdammt kurz davor, drauf zu scheißen, dass seine jüngeren Geschwister anwesend waren, dass ich meine Zähne kaum auseinanderbekam. »Was ist passiert und wo verdammt noch mal ist sie?«

Er stieß einen abfälligen Laut aus und wartete darauf, dass Josie und Jamie an uns vorbei nach draußen verschwanden. »Ich habe dir gerade gesagt, dass du dich von ihr fernhalten sollst«, zischte er. »Und jetzt fragst du mich ernsthaft, wo sie ist? Fick dich, Quinn.«

Einen Moment lang lähmte mich der Gedanke, dass ihr irgendwas zugestoßen war und der Wichser es mir nur einfach nicht sagen wollte – aber irgendwas in seinem Gesicht passte nicht damit zusammen.

»Du weißt es nicht«, stellte ich finster fest, und der Schatten, der daraufhin über seine Miene huschte, reichte mir als Antwort. Er hatte keine verdammte Ahnung, wo sie war. »Woher hast du ihren Schlüssel?«

Er schnaubte nur verächtlich und wollte sich an mir vorbeidrücken. »Ich hol ihre Sachen morgen.«

Ich wollte ihm sagen, dass er einen Scheiß holen würde, aber ich musste mich gerade zu sehr zusammenreißen, ihn nicht gegen die nächste Wand zu pinnen, als ich ihn am Arm packte und daran hinderte, dieses Penthouse zu verlassen.

Sein Blick schoss auf meine Hand und drohte mir stumm, sie zu brechen, wenn ich ihn nicht sofort losließ.

Ich ignorierte seine scheiß Warnung. »Was verfickt noch mal ist hier los, Callahan?«

»Nichts, was dich noch irgendwas angeht, kapiert?«, knurrte er zurück, riss seinen Arm los und stieß mich mit der Schulter hart aus dem Weg. »Und, fuck, ich mein's ernst – halt dich von ihr fern. Halt dich von Logan fern. Lass einfach meine ganze verdammte Familie in Ruhe.«

Jackson verschwand auf den Flur, und obwohl ich mich auf ihn stürzen und ihn dazu zwingen wollte, mir eine richtige Antwort zu geben, blieb ich in der Tür stehen und starrte zu ihnen den Gang runter. Er hatte die Rucksäcke von seinen jüngeren Geschwistern genommen und stieg bereits mit ihnen in den Fahrstuhl ein.

Hatte Kit ihn geschickt?

Sie musste. Sonst hätte er nicht ihren verdammten Schlüssel, aber …

Ich blinzelte in Josies Richtung, als ich bemerkte, dass sie mich anstarrte. Sie formte etwas mit ihren Lippen, dass nach »Logan« aussah und verschränkte dann ihre Handgelenke übereinander.

Meine Brauen schoben sich verwirrt zusammen, woraufhin sie sie ihre Arme hinter den Rücken nahm.

In der nächsten Sekunde verschwand sie hinter den sich schließenden Türen des Aufzugs, und noch bevor sie ganz geschlossen waren, war ich wieder in meiner Wohnung und wies Jesse an, seinen Vater anzurufen.

☾

Dreißig Minuten später wusste ich von Logans Verhaftung und fing an zu verstehen, wieso Jackson gerade vor meiner Tür gestanden hatte. Wieso Kit offenbar weg war. Und wieso sie nicht an ihr Handy ging, wenn ich oder auch einer von den Jungs versuchte, sie anzurufen.

Nicht nur, weil sie wahrscheinlich gerade andere Probleme hatte – sondern weil das Kratzen unter meinen Rippen von Minute zu Minute stärker wurde und sich der Gedanke in meinen Verstand grub, dass sie Bescheid wusste.

Dass Logan geredet hatte.

Vielleicht auch Jackson.

Vielleicht beide.

Fuck.

Alles, was gerade wegen Bailey noch auf dem Tisch lag, interessierte mich nicht länger. Nicht in der nächsten Stunde, nicht bis zum nächsten Morgen, und verdammt noch mal auch nicht bis zum nächsten Abend.

Ohne dass ich die Jungs darum bitten musste, übernahmen sie die Angelegenheiten: Alec beschäftigte sich weiter mit den Verhörvideos und den Protokollen von Bailey, Jesse sprach mit seinem Vater und sorgte dafür, dass Logan einen richtigen verdammten Anwalt bekam, auch wenn es aufgrund seiner zwei Vorstrafen und der Menge, mit der er erwischt wurde, schwierig werden würde, seinen Arsch vor dem Knast zu bewahren, und Nate sprach mit Lana. Sie war gerade wahrscheinlich die

Einzige abgesehen von Kits Geschwistern, die wusste, wo Kit war – aber sie sagte nichts.

Und als hätte ich noch einen letzten Tritt zur Erkenntnis gebraucht, dass Kit es wirklich wusste, verdammt noch mal alles, dann bekam ich ihn jetzt.

Sie reagierte auf keinen Anruf.

Sie tauchte nicht bei der Arbeit im Tattoo-Studio auf.

Sie war nicht bei Lana.

Sie war nicht bei sich zu Hause.

Sie war nicht bei Jackson.

Ich fuhr mehrmals erfolglos zur Ruine, jedes Mal mit Nate, der mir schon die ganze Nacht am Arsch klebte, weil die Jungs jetzt sowieso damit rechneten, dass ich mich abschoss und meine Dämonen gewinnen ließ. Dass ich nach allem, was mit Wucht auf mich eingeprasselt war, kopfüber in meinen Abgrund springen und die kleinen Bastarde ihren Spaß mit mir haben lassen würde.

Aber das Letzte, woran ich gerade ironischerweise dachte, war, ihnen auch nur den Funken meiner Beachtung zu schenken.

Alles, woran ich gerade überhaupt noch denken wollte, *konnte*, war, das mit Kit in Ordnung zu bringen.

# 38

☾

## CONNOR

*Vergangenheit*
*Kit, 17 – Connor, 20*

In der Nacht, in der ich Kit verlor, hatte ich ihr eigentlich davon erzählen wollen, dass ich die Ruine gekauft hatte.

Wir waren mit ein paar Leuten zum Feiern dort gewesen, schmissen mal wieder eine unserer Partys und hatten die Musik in unseren Autos aufgedreht. Irgendwann verzog ich mich mit ihr aber unbemerkt von den anderen in unseren Raum. Hauptsächlich, weil ich mir vor zehn Minuten die letzte Line reingezogen hatte und drauf hoffte, dass sie mir einen blies, und weniger, weil ich mit ihr über die Pläne reden wollte, die ich mit der Ruine hatte.

Sie gab sich auf ihre Art Mühe, mich zu befriedigen, und, fuck, ich wollte sie auch. Ihr Körper, ihr Gesicht und ihre Augen waren seit Wochen das Einzige, das mich noch irgendwie kümmerte, das Einzige, das bei dieser ganzen Schwärze in mir noch irgendwie Sinn ergab.

Aber ich bekam keinen hoch.

Verficktes Kokain.

Weil es nicht das erste Mal war, dass das passierte, fragte Kit mich schon gar nicht mehr, ob alles okay war.

»Nur zu viel Gras«, murmelte ich trotzdem, während ich meine Jeans wieder schloss und sie sich wieder aufrichtete. »Liegt nicht an dir, Cali.«

Sie lächelte verständnisvoll, so, wie sie es danach immer tat, aber gerade umspielte etwas ihre Lippen, das mich rückblickend wahrscheinlich davon abgehalten hatte, ihr von dem Kauf der Ruine zu erzählen.

Ich wusste, dass sie in mich verliebt war.

Wir hatten nie über diesen Scheiß gesprochen, und ich hatte auch keine Ahnung, ob sie wusste, dass ich es wusste, oder ob sie einfach mein Verhalten nicht fehlinterpretierte.

Ich machte ihr keine Hoffnungen, keine falschen Versprechungen. Sie wusste, wie abgefuckt es in mir aussah und dass ich für so einen Bullshit wie Gefühle nicht geschaffen war.

Alle Gefühle, die ich kannte, waren schwarz, tot und schwer.

Kit war nichts davon.

Sie war das komplette Gegenteil.

Hell, lebendig und leicht.

Dass ich das zwischen uns schon in dem Moment hätte beenden sollen, in dem ich das erste Mal ihre Gefühle für mich in ihren Augen gesehen hatte, war mir selbst klar – aber das zwischen uns zu beenden, war gleichgesetzt mit »sie zu verlieren«, und wenn ich sie verlor … allein die Vorstellung sorgte dafür, dass sich mein Puls beschleunigte und ein Anflug von Panik in meinen Gliedern kribbelte.

Kit war der einzige Grund, wieso ich – wenn ich mal wieder nach einem Blackout auf dem Boden meines Badezimmers aufwachte – wieder aufstand und nicht liegen blieb.

Sie war das Gesicht, das ich hinter mir im Spiegel sah, wenn ich mit meiner Neunmillimeter davorstand.

Die Stimme in meinem Kopf, die mich anflehte, die Waffe wieder runterzunehmen.

Sie wieder in die schwarze Box zu legen.

Meine Dämonen nicht gewinnen zu lassen.

Bisher hatte ich es jedes Mal geschafft, aber ich wusste nicht, wie lange noch. Ich wusste nicht, was ich tun würde, wäre ihre Stimme irgendwann nicht mehr da.

Deswegen konnte ich ihr nicht sagen, dass wir mit dem, was wir taten, aufhören mussten – stattdessen konnte ich mich aber so lange mit meiner Zunge zwischen ihren Beinen beschäftigen, bis sie mit meinen Namen auf den Lippen kommen würde.

Als wäre dieser Abend aber gottverdammt verflucht, klingelte mein Handy in dem Moment, als ich sie küssen wollte. Normalerweise hätte ich es ignoriert, aber aus einem mir unerklärlichen Grund tat ich es nicht und ging dran.

Es war Logan.

Und ab da fing alles an, auseinanderzubrechen.

☾

»Hör mal, Bro, du bist mein bester Kunde – aber mein Boss lässt mir das nicht durchgehen, wenn du seinen Stoff weiterverkaufst. Schon gar nicht über kleine Kinder, die ihm das Geschäft kaputt machen.« TK deutete locker mit der Waffe in der Hand – meiner verdammten Waffe – auf Logan, der meinen Blick mied und von einem bulligen Typen festgehalten wurde, der aussah wie ein ausgeschiedener MMA-Fighter.

Gottverdammt …

Obwohl ich mich gerade am liebsten selbst auf Logan gestürzt und ihn angeschrien hätte, wie zur Hölle er an meine Waffe gekommen war, an mein Kokain, das ich … ja, fuck, nicht besonders gut versteckt hatte. Aber … Shit. Dass er es trotzdem irgendwie in die Hände bekommen hatte und offensichtlich versuchte, es zu verkaufen …

Ich biss so fest meine Zähne aufeinander, dass mein Kiefer knackte. »Ich verkauf seinen Stoff nicht. Und der Kleine wird's auch nie wieder, okay? Fuck, nimm die Waffe runter und lasst ihn gehen.«

TK zögerte einen Moment und kratzte sich dann mit dem Lauf die Wange. Er war vermutlich so alt wie ich, vielleicht älter. Keine Ahnung. Allein sein dürrer Körperbau, als hätte er sein ganzes Leben lang in Müllcontainern nach Essen suchen müssen, ließ ihn jünger wirken.

»Okay, ich glaube dir. Weil du es bist, Mann«, meinte er und grinste breit. Die goldene Rolex an seinem Handgelenk rutschte wie ein lockeres Armband mit, als er mir meine Waffe wieder zuwarf.

Ich fing sie auf und prüfte, ob sie gesichert war. Auch wenn sie es war, nahm ich die Munition raus.

Mein Puls fuhr trotzdem keinen Gang runter, sondern raste immer noch weiter, hämmerte vor allem mit Wut und einem Was-wäre-wenn durch meine Adern, auf das ich keine verdammte Antwort haben wollte.

»Aber sorg dafür, dass er nicht mehr in unserem Gebiet Zeug vertickt, okay? Wir wollen keinen Ärger – da sind wir uns doch einig, oder?«

»Ja«, erwiderte ich nur gepresst, woraufhin MMA, der Logan am Hoodie festgehalten hatte, ihn losließ und in meine Richtung schubste.

Logan kam sofort zu mir, was mich zwar erleichterte, aber auch so abfuckte, dass ich ihm gleich jetzt seinen verfluchten Arsch aufreißen wollte.

Ich konnte es nur nicht, weil hinter mir eine Stimme ertönte, die ich gerade nicht gebrauchen konnte.

»Was zur Hölle ist hier los?«

Als wäre das TKs Stichwort, verpisste er sich mit seinem

Schlägerfreund und meinte vorher noch zu mir, dass ich mich melden sollte, wenn ich Nachschub bräuchte.

Ich wusste da noch nicht, dass ich ihn später in der Nacht noch anrufen würde.

Jackson tauchte neben mir auf, und das Erste, was er tat, war zu kontrollieren, ob Logan verletzt war. Ich hatte keinen verdammten Schimmer, was er hier machte, ob Logan ihn auch angerufen hatte, und falls ja, wie viel er wusste. Sobald er seinen Blick auf mich richtete, hatte ich meine Antwort.

In Form seiner verdammten Faust in meinem Gesicht.

Schmerz detonierte überall, meine Sicht verschwamm, und ehe ich diesen Mist überhaupt richtig verarbeitet hatte, stieß Jackson mich am Kragen meiner Collegejacke gepackt gegen die Hauswand. In meinem Hinterkopf explodierte die nächste Schmerzwelle.

»Fuck!«, knurrte ich, wollte mich gegen ihn wehren, aber das ging echt beschissen, wenn man doppelt sah und einen Mix an Substanzen intus hatte, der die eigenen Reflexe komplett nutzlos machte.

»Ich wusste, dass du ein Stück Dreck bist, Quinn«, zischte er mir ins Gesicht und ignorierte, dass mir Blut aus der Nase lief und auf seine Hände tropfte. »Und ich will dir schon dafür, dass du dich an meiner verdammt minderjährigen Schwester vergreifst, jeden beschissenen Knochen brechen – aber, fuck, Logan ist vierzehn, und du ziehst ihn in diese Scheiße mit rein?!«

Mein Blick klärte sich, nachdem ich mehrmals geblinzelt hatte, und landete auf Jacksons wutverzerrter Miene. Er wartete offenbar auf eine Antwort – ich wusste nur nicht, was ich dazu sagen sollte.

Ich hatte keine Ahnung, wie Logan an meine Waffe gekommen war. Ich hatte keine Ahnung, wie er an mein Kokain gekommen war. Und, gottverdammt, ich hatte auch keine Ahnung, woher er überhaupt von beidem wusste.

»Es tut mir leid«, kam es leise von der Seite. »Ich wollte nicht … Das Geld … Ich …«

Ohne seinem Bruder Beachtung zu schenken, rammte Jackson mich noch mal mit dem Rücken gegen die Mauer und ließ mich dann los. Mir kam ein von Schmerz unterdrücktes Keuchen über die Lippen, aber ich wehrte mich nicht.

Ich dachte plötzlich nur noch an Kit.

Daran, dass sie nichts hiervon wissen durfte.

Logan hätte erwischt werden können. Verletzt werden können. Er hätte jemanden verletzen können, die Waffe verlieren können, sie … fuck! Scheißegal, was damit passiert wäre, es wäre *meine* Schuld gewesen.

Nein – es war schon meine Schuld.

Jackson spuckte vor mir auf den Boden. »Ich werde nie kapieren, was Kit von dir will. Aber wenn sie dir auch nur irgendwas bedeutet und du nicht der egoistische Wichser bist, für den ich dich halte, dann lass sie in Ruhe.«

»Sie ist alles, was ich –«, begann ich, ohne zu wissen, wieso ich es überhaupt tat. Aber Jackson war sofort wieder bei mir, packte mich am Kiefer und stieß meinen Hinterkopf wieder so fest gegen die Mauer, dass für ein paar Sekunden alles schwarz wurde.

*War nichts Neues.*

»Beende diesen scheiß Satz nicht«, zischte er dicht vor meinem Gesicht. »Du bist nicht gut genug für sie. Du wirst es nie sein. Und so wie du mich gerade ansiehst, weißt du es längst.« Er musterte mich angewidert. »Dann sollte die Entscheidung klar sein, oder?«

Auch das wusste ich in diesem Moment noch nicht – aber sie war klar.

Sie war so klar, dass ich mich Minuten, vielleicht Stunden nicht von der Stelle rührte, nachdem Logan und Jackson abgehauen waren, und es nicht schaffte wieder zurück zur Ruine zu fahren. Oder in die Villa.

Oder irgendwo dorthin, wo sie sein könnte.

Ich glaubte zuerst, dass es nur an meinen Schuldgefühlen lag, die Angst davor, dass sie davon erfahren könnte und mich hassen würde – weil ich mir hinter ihrem Rücken eine Line nach der anderen reinzog, weil ich morgens zuerst zur Flasche und dann zur Zahnbürste griff, weil ihr kleiner Bruder an meine Waffe gekommen war, ohne dass ich es gemerkt hatte, und weil ich sie brauchte.

Fuck, ich brauchte sie so sehr, dass die Panik schon anfing, als ich noch auf dem Bordstein vor irgendeinem Haus saß, nicht aufhörte, nachdem ich bei TK gewesen war, und noch schlimmer wurde, als ich irgendwann mitten im verdammten Nirgendwo wieder zu mir kam. Die Knöchel blutig, in der Hand meine Waffe, in meinem verfickten Kopf die Stimmen meiner Dämonen, die mir sagten, dass Asher hätte leben sollen, dass er es verdient hätte, zu leben, und ich mein Leben zerstörte, jeden zerstörte, der um mich herum war, dass ich nicht verdient hatte, auch nur eine beschissene Minute länger zu atmen.

Ich *konnte* nicht atmen.

Ich *konnte* sie nicht verlieren.

Schmerz, Wut, Hass auf mich selbst, alles Nahrung für die kleinen Bastarde, die mich mehr und mehr und mehr an meinen Abgrund drängten, fraßen mich von innen auf, vergrößerten das riesige Loch in mir, das ich nicht füllen konnte, in das Kit irgendwann reinfallen würde, so wie ich reinfiel, und fuck – ich. *Konnte.* Es. Einfach. Nicht.

»Gottverdammt!« Ich riss die Waffe von meiner Schläfe,

schleuderte sie von mir weg, scheißegal, wohin, und versuchte, zu atmen, zu schreien, es ohne sie zu schaffen.

Ich wusste nur einfach nicht, wie.

☾

Die nächsten Tage fuhr ich auch nicht nach Hause. Die Jungs riefen mich ständig an, aber ich sprach nur ein paarmal in einem halbwegs funktionalen Zustand mit ihnen, sagte, dass sie mich in Ruhe lassen sollten, und konnte mich sonst an kaum was erinnern. Manchmal sah ich Kit, realisierte nicht, dass sie nicht wirklich da war, und andere Male sah ich Asher, wie er im Schneidersitz auf dem Boden neben mir saß, mit diesem verfluchten *The Beautiful Secrets of the Milky Way* im Schoß, und realisierte ebenfalls nicht, dass er nicht wirklich da war.

Ich hatte mich in irgendeinem Hotel außerhalb von L.A. einquartiert, irgend so ein heruntergekommener Drecksladen, in dem ich bei gesundem Verstand nie auf der Matratze geschlafen hätte. Erst nach drei Nächten, nachdem Nate mich übers Handy anschrie, dass Kit wegen meiner Zigarette in der Ruine und weil ich nicht auf ihre Kontaktversuche reagierte, glaubte, ich hätte mir was angetan, kam ich wieder raus.

Zugegeben, ich erinnerte mich auch nicht mehr daran, wann und wie ich die Zigarette in der Ruine abgelegt hatte. Ich wusste nicht mal mehr, dass ich *DON'T MISS ME* draufgeschrieben hatte. Oder wie ich es gemeint hatte.

Nates verbaler Arschtritt sorgte im Endeffekt aber dafür, dass ich nach Solane zurückfuhr und mitten in der Nacht vor Kits Haus hielt.

Ich wusste, dass ich das, was ich daraufhin tun würde, selbst nicht ertragen konnte, also zog ich vorher ein paar Lines, bewies mir wieder, dass Jackson recht hatte, dass ich nicht gut genug für sie war.

Ich war ein schwarzes Loch.

Irgendwann würde ich Kit mit mir in die Dunkelheit ziehen. Würde sie genauso kaputt machen, wie ich es jeden Tag mit mir selbst machte, und ich konnte nicht mehr so tun, als würde ich das nicht wissen.

Ich konnte nicht mehr so tun, als wüsste ich nicht, dass sie etwas Besseres verdient hatte. Sie verdiente alles, und ich konnte ihr nichts geben.

Weil ich nichts zu geben hatte.

Irgendwann warf ich ein paar Steinchen gegen ihr Fenster und brauchte mehrere Versuche, um überhaupt zu treffen. Nachdem sie davon aufgewacht war, kam sie runter und ich beendete das zwischen uns.

Vielleicht hätte ich es hinbekommen, es ihr schonend beizubringen. Ihr zu sagen, dass sie ohne mich besser dran war, dass sie das Beste war, was mir je begegnet war, dass sie mein liebster Ort auf der Welt war – dass ich, wenn sie in meinen Armen lag, zu Hause war.

Aber in der Sekunde, in der ich ihr in die Augen sah, konnte ich es nicht. Ich sah ihre Erleichterung und ihre Gefühle für mich, die mich innerlich zerrissen, weil ich sie zerstören musste, damit sie mich vergaß. Damit sie nicht auf mich wartete und nicht weiter versuchte, mich festzuhalten, während ich nur immer tiefer fiel.

Sie musste mich hassen.

Ich überließ meinen Dämonen die Kontrolle und sah mit jedem Satz, den sie Kit brutal ins Gesicht sagten, dabei zu, wie meerblaue Murmeln zersplitterten.

Ich sagte ihr, dass ich keinen Bock auf ihre kindischen Gefühle hatte. Dass ich die ganze Zeit gewusst hatte, dass sie in mich verliebt war. Dass ich scharf auf etwas Verbotenes gewesen war, sie mich jetzt aber langweilte, weil der Reiz weg war. Dass sie mich langweilte, weil sie es mir zu einfach gemacht hatte. Ich sagte ihr, dass sie mir zu jung und unerfahren war, dass ich mal wieder eine richtige Pussy brauchte, und ich keinen Bedarf an einer Jungfrau hatte.

Und ich sagte ihr, dass ich in der Nacht, in der ich sie das erste Mal zum Kommen gebracht hatte, zwei Minuten danach eine andere ficken musste, weil es mit ihr nicht funktioniert hätte.

Während ich ihr diesen ganzen Scheiß sagte, zerstörte ich mein Zuhause.

Ich zerstörte alles, was mir wichtig war, weil ich wollte, dass sie mich losließ.

Weil es *nötig* war, dass sie mich losließ, damit ich aufhörte, meine Hand nach etwas auszustrecken, was ich niemals mit in diese gottverdammte Schwärze ziehen durfte.

Bevor ich ging, nahm ich die Kette ab, die Kit mir vor zwei Jahren geschenkt hatte, und warf sie vor ihr auf den Boden.

Sie stand die ganze Zeit über einfach nur da, starrte mich an, als würde sie die Welt nicht mehr verstehen, während ihr stumme Tränen über die Wangen liefen.

Jede einzelne davon war wie eine Klinge in meiner Brust.

Jeder Splitter ihrer Murmeln grub sich in den pechschwarzen Muskel unter meinen Rippen, tötete ihn nur noch mehr, und dann bekam ich für eine Weile gar nichts mehr mit.

Dass ich in New York war, begriff ich erst, als ich in einem Krankenhaus wieder aufwachte und alles, einfach alles abgefuckt wehtat.

»Du hattest eine Überdosis«, sagte Nate neben mir. Seine Stimme war so todernst, dass ich sie kaum wiedererkannte. »Und es ist genug, Connor. Ich sehe dir nicht länger dabei zu, wie du dich umbringst. Du machst einen Entzug, und du machst eine verdammte Therapie. Und du wirst diese Stadt erst wieder verlassen, wenn du mit dieser Scheiße klarkommst.«

Als ich darauf nichts erwiderte, ihn nicht mal ansah, stand er plötzlich über mir und zwang mich dazu, auch in seinem Gesicht sehen zu müssen, was ich jedem um mich herum antat.

»Du bist wie ein beschissener Bruder für mich, und ich liebe dich, Mann, aber dich in diesem verfickten Hotelzimmer zu finden …« Er griff nach meinem Kiefer und drückte seine Stirn gegen meine – etwas, das er das letzte Mal getan hatte, als wir noch Kinder gewesen waren. »Wenn du dich nicht fürs Leben entscheidest, lässt du diesen Wichser gewinnen, und wenn du diesen Wichser gewinnen lässt, werde ich dich hassen. Kapiert, Arschloch? Ich werde dich verdammt noch mal hassen.«

Ich spürte etwas Nasses auf meiner Wange, aber ich wusste nicht, woher es kam.

Ob es Nates Schmerz war oder meiner.

»Entscheide dich fürs Leben, Connor. Lass ihn nicht gewinnen.«

# 39

☾

## CONNOR

Jesse und ich warteten draußen vor dem Gerichtsgebäude, während im Inneren Logans Anhörung stattfand. Ein Haftrichter tat sich jetzt das Gelaber an, aber nur, weil Jesses Vater ein paar Hebel in Gang gesetzt hatte.

Ich lehnte an meinem Geländewagen, die Basecap wegen der Nachmittagssonne tief ins Gesicht gezogen. Und vielleicht auch ein bisschen wegen diesem kleinen Penner, dessen Kaution ich bezahlt hatte. Ich warte nur darauf, dass er wieder rauskam und mir erklärte, was zum Teufel er daran nicht verstanden hatte, so einen Scheiß wie damals nicht noch mal zu machen.

Jesse und ich sprachen nicht. Er sah nur in regelmäßigen Abständen auf sein Handy, während ich mir genauso regelmäßig eine neue Zigarette anzündete. Es dauerte aber auch verdammt lang.

Endlich öffnete sich die schwere Tür, und sie kamen raus. Logan in der Mitte, mit gesenktem Kopf und zerknirschtem Gesicht, flankiert von Jackson und von Vincent Cameron, Jesses Vater.

Sobald sie näher kamen, ließ ich meine Zigarette auf den Bürgersteig fallen und Jesse und ich gingen ihnen entgegen.

Jacksons Blick fiel sofort auf mich, die Brauen zusammengezogen und die Augen verengt, als wolle er mich daran erinnern wollen, was er mir letzte Nacht in meiner Wohnung für eine Ansage gehalten hatte, von wegen, ich sollte mich von Kit und seiner Familie fernhalten und von Logan, und dieser ganze Bullshit, der mich gerade nicht im Mindestens kümmerte.

Wir würden sowieso nie auf einen Nenner kommen, also sollte er sich besser daran gewöhnen – denn falls er glaubte, dass ich denselben Fehler noch mal machte und Kit gehen ließ … fuck, dann war das nicht mein Problem.

Trotzdem versuchte er Logan in die andere Richtung mitzuziehen, aber Logan entzog ihm seinen Arm und kam auf Jesse und mich zu.

»Tritt ihm nicht zu fest in den Arsch, hier sind überall Cops.« Jesse drückte warnend meine Schulter, bevor er mich wieder losließ und zu seinem Vater ging, der mit dem Handy am Ohr auf der obersten Treppenstufe des Gerichts stehen geblieben war.

Dabei wollte ich Logan gar nicht in den Arsch treten.

Ich wollte seinen Kopf abreißen und nachsehen, ob darin noch ein Funken Verstand war – aber abgesehen davon, dass der Junge gerade schon am Boden lag, stand ihm ins Gesicht geschrieben, dass er es verbockt hatte und dass er sich deswegen so beschissen fühlte, wie er aussah. Er war blass, seine Augen gerötet und hatte offensichtlich mal wieder nicht geschlafen.

»Es tut mir leid«, stieß er gepresst hervor, als er nur noch ein paar Meter von mir entfernt war, seine Miene verzerrt von Schuld, unterdrückter Wut und eine Hilflosigkeit, die ich selbst nur zu gut kannte. »Ich weiß, dass ich nicht … ich hätte nicht … fuck, es –«

Bevor er sich weiter einen abstammelte, zog ich ihn einfach mit einem Griff im Nacken an mich und spürte, wie er sich verkrampfte.

»Schon gut«, meinte ich nur knapp und wartete darauf, dass er nachgab.

Er kämpfte innerlich dagegen an, aber entweder hatte er keine Kraft mehr oder er verlor. In dem Moment, in dem ein Beben durch seine angespannten Muskeln lief, drückte er seine Stirn gegen meine Schulter und krallte sich mit einer Hand daran fest.

Ich war eigentlich selbst nicht der Typ für diesen Mist, aber durch Logan verstand ich inzwischen annähernd, was die Jungs damals mit mir mitgemacht hatten. Zwar waren Logans Probleme andere, seine Gedanken bei Weitem nicht so schwarz wie meine, aber er war empfänglich für Schmerz und fand gerade keinen Weg, damit umzugehen.

Fuck, ich hatte versucht, ihm zu helfen und ihn über Wasser zu halten, und ich gab ihm nicht die Schuld dafür, dass es nicht genug gewesen war. Manchmal musste man tief fallen, um zu verstehen, dass man irgendwann wieder aufstehen musste.

»Vincent wird tun, was er kann«, meinte ich nach einer Weile, weil ich Logan sicher nicht versprechen konnte, dass ihm der Knast erspart blieb.

Wie ich inzwischen wusste, hatte er nicht nur ein paar Gramm zu viel Kokain in seinen Taschen gehabt – sie hatten auch in seinem verdammten Schulspind Tütchen mit etlichen Gramm gefunden, was es schwer machen würde, auf eine Bewährungsstrafe runterzukommen.

»Kit … sie … ich musste es ihr sagen, ich …« Er klang gequält und spannte sich wieder an. »Ich konnte es ihr nicht länger verschweigen.«

»Ich weiß, ist okay.«

»Es tut mir leid …«

»Muss es nicht.«

»Alles.«

»Es ist okay«, erwiderte ich mit mehr Nachdruck. Am Ende wäre es vermutlich scheißegal gewesen, wer von uns ihr die Wahrheit über diese Nacht von vor vier Jahren erzählt hätte. Ich hatte es ihr nur trotzdem nicht sagen können, ohne Logan zu hintergehen, weil er sich bisher geweigert hatte, mit ihr darüber zu reden. Verdammt, ja, es wäre besser gewesen, hätte er es nicht ohne mich getan, weil ich keine verdammte Ahnung hatte, was jetzt in Kits Kopf vor sich ging – aber jetzt war es, wie es war.

»Nein«, presste Logan hervor, ehe er sich von mir losmachte, die Fäuste ballte und aussah, als wolle er sie durch die nächste Autoscheibe rammen. »Ich bin schuld an dieser ganzen Scheiße! Ich habe meiner Schwester das Herz gebrochen, und … fuck, euch beiden. Es tut mir so gottverdammt leid, so … so … Fuck!« Er griff sich in die Haare, zerrte daran und wollte sich von mir abwenden, aber ich hielt ihn am Arm fest und starrte ihn verwirrt an.

»Logan, du hast ihr nicht das Herz gebrochen. Klar, du hättest verdammt noch mal nicht mit Kokain dealen und vielleicht mit ihr über Vanessa –«

»Mit ihr hat das nichts zu tun!«, unterbrach er mich knurrend und befreite sich. »Ich spreche von damals. Ein verdammter Blinder hat gesehen, dass ihr ineinander verliebt wart, und hätte ich nicht dein Zeug gestohlen, hätte Jackson nicht …« Er schüttelte den Kopf und sah kurz an mir vorbei zu seinem älteren Bruder, der immer noch abseits stand, uns mit vor der Brust verschränkten Armen und hervorgetretenen Kiefermuskeln finster anstarrte und offenbar auf Logan wartete. »Er hätte dir nicht gesagt, dass du sie in Ruhe lassen sollst, und nichts wäre so –«

»Ist das gerade dein Ernst? Du denkst … Was?« Ich runzelte verständnislos meine Stirn, weil ich davon gerade zum ersten

Mal hörte. »Du hattest damit nichts zu tun. Und dein Bruder hat mir schon davor tausend Mal gesagt, dass ich Kit in Ruhe lassen soll. Ich bin nicht deswegen nach New York.«

»Aber wäre das nicht passiert, dann –«

»Dann wäre es irgendwann anders dazu gekommen. Fuck, du hast geglaubt, ich wäre euretwegen weg?«

Als er darauf nichts erwiderte und mich nur genauso verwirrt anstarrte, begriff ich, warum er sich immer weiter von Kit entfernt hatte. Bisher war ich davon ausgegangen, dass er einfach nicht mehr mit ihr über seine Probleme reden wollte, und sich von ihr abschottete, weil seine Jetzt-Ex wohl irgendeinen anderen Wichser gevögelt haben sollte.

Aber er gab sich die Schuld an dem, was damals passiert ist?

»Ich bin gegangen, weil ich abhängig war, Logan. Ich hatte Probleme, mit denen ich allein fertig werden musste. Du oder Jackson hattet damit nichts zu tun.«

Sie waren höchstens der Tropfen gewesen, der in einem sowieso schon zum Bersten vollen Fass gefehlt hatte.

Aber wenn er das so Kit gesagt hatte …

»Weißt du, wo sie ist?«, fragte ich ihn, aber er schüttelte den Kopf.

Sie war nicht bei Logans Anhörung im Gericht gewesen und war auch jetzt nicht hier, um ihn nach Hause zu holen. Was eigentlich nicht zu ihr passte.

Gottverdammt … Ich musste einfach mit ihr reden.

»Erzähl mir, was du ihr alles gesagt hast«, verlangte ich und Logan erzählte mir knapp, worüber sie im Verhörraum gesprochen hatten, und dass er ihr schon vor Wochen einen Brief in eins seiner Notizbücher geschrieben hatte, in dem stand, was eben aus seiner Sicht passiert war.

»Warum hast du mit diesem Scheiß überhaupt noch mal angefangen?«, wollte ich wissen.

»Wegen dem Geld …«, begann er stockend. Wohl wissend, dass ich ihm Geld gegeben hätte, wenn er mich nur gefragt hätte. Aber das wusste er wohl selbst.

»Und weiter?«

Er verzog das Gesicht. »Du weißt, wieso«, sagte er einfach nur noch, schob seine Hände in die Taschen seiner Jeans und zog die Schultern hoch. Mit von mir abgewandtem Blick spannten sich seine Kiefermuskeln an, und ja, selbst wenn er gerade noch gesagt hatte, Vanessa hätte nichts damit zu tun, war sie der Grund, wieso es Logan scheißegal gewesen war, ob er beim Dealen erwischt werden würde. Er hatte sich von den kleinen Möchtegern-Gangster-Clowns auf der Northside bereitwillig in diesen Scheiß reinziehen lassen, weil er sich gerade haltlos in einem *Fuck-The-World*-Zustand befand.

Als wüsste er, was mir gerade durch den Kopf gegangen war, fuhr er dann mit deutlichem Widerwillen fort: »Kit denkt auch, dass es Dylan war, aber er war's nicht.«

»Wer dann?«

Ein paar Sekunden lang sah er mich verkniffen an. Auf eine Art, die mir nicht gefiel.

»TK.«

# 40

# KIT

**Jackson:** Er ist auf Kaution draußen. Wir fahren jetzt erstmal zu mir, aber wenn du irgendwann reden willst … Cameron sagt, dass Lo aufgrund seiner Vorstrafen wahrscheinlich keine Bewährung kriegt.

Meine Finger klammerten sich fest um mein Handy, während ich die Nachricht immer wieder las, jedes Mal mit einem anderen Gefühl unter meiner Brust. Vor allem einem schlechten, weil ich nicht bei Logans Anhörung aufgetaucht und stattdessen gerade im Penthouse war, aber andererseits auch einem irgendwie wütenden, weil … na ja. Er mit Kokain gedealt hat und verhaftet wurde.

Ich konnte ihn gerade nur irgendwie nicht sehen, auch wenn ich natürlich für Logan da sein und ihm nicht auch noch Vorwürfe machen wollte, gerade jetzt, nachdem er sich mir geöffnet hatte und ohnehin derjenige von uns war, der am meisten darunter leiden würde. Zwar hatte er in den letzten Monaten den harten Kerl raushängen lassen, der sich ständig prügelte, dealte und auf alles und jeden einen Scheiß gab, aber Logan war von uns fünf der Sensibelste. Er fühlte intensiver, litt intensiver – und es machte mir eine höllische Angst, auch nur daran zu denken, dass er in den Knast musste.

Trotzdem brauchte ich gerade aber erst mal Zeit, um irgendwie mit allem klarzukommen. Ich musste mir überlegen, wie es jetzt weiterging, denn obwohl Josie, Jamie und Logan vorübergehend bei Jackson wohnen würden – das hatte er mir letzte Nacht versprochen –, konnten sie ja nicht für immer bei ihm bleiben.

Seufzend ließ ich mein Handy wieder sinken und steckte es in meine Hosentasche, ohne Jackson zu antworten. Ich versuchte, nicht allzu viel darüber nachdenken, und packte weiter die Kartons. Jackson hatte mir zwar angeboten, für mich die Sachen aus Connors Penthouse zu holen, aber ich war aus einem bestimmten Grund hier, nachdem ich mehr oder weniger gut auf Banks Couch geschlafen hatte, um Connor aus dem Weg zu gehen.

Der Grund nannte sich Abschluss.

Ende.

Auf Nimmerwiedersehen.

Deswegen hetzte ich mich auch nicht, alles aus den Schränken rauszuholen, die ich erst vor wenigen Tagen befüllt hatte, und wieder in die Kisten zu packen, in denen erneut mein ganzes Leben verschwinden würde. Josies und Jamies Sachen waren schon gepackt, und sobald ich mit allem durch war, würde Banks mir mit seinem Pick-up helfen, damit wir die Sachen bei Jackson unterbringen konnten.

So weit mein Plan bisher. Was danach kommen würde … ehrlich, ich wusste es nicht.

Und irgendwie wollte ich es gerade auch nicht wissen.

Nachdem ich den letzten Karton wieder verschlossen hatte, setzte ich mich ins Wohnzimmer auf die Couch, und dann wartete ich.

In der letzten halben Stunde hatte mein Handy mehrmals hartnäckig geklingelt, die meisten Anrufe waren von Connor, aber ich war nicht drangegangen. Und ja, vielleicht war es kindisch, dass ich hier zwar auf ihn wartete, ihm gleichzeitig jedoch nicht sagte, wo ich war – gerade war es mir nur echt egal.

Er kam dann tatsächlich irgendwann, als es draußen längst dunkel wurde und ich mir mit Photoshop auf meinem Laptop die Zeit vertrieb.

Ich hörte zuerst nur, wie die Tür ins Schloss fiel, dann tauchte er im Flur auf und blieb kurz stehen, sobald sein angespannter Blick auf mir landete. Er trug wie üblich eine Basecap mit der Kappe nach hinten, einen schwarzen Hoodie und schwarze Jeans, und ich wartete darauf, dass sein Auftauchen irgendetwas in mir auslöste.

Aber … nope. Mein Brustkorb war immer noch von der Eisschicht umgeben, die sich schon seit heute Nacht bis in mein Inneres vorgearbeitet hatte. Wut fühlte ich schon lange nicht mehr, auch nicht wirklich auf mich selbst, weil Connor offenbar noch größere Probleme gehabt hatte, als ich mitbekommen hatte und hatte ahnen können. Ich meine, verdammt – ich hatte immer gewusst, dass er zu viel getrunken und gekifft und zu wenig geschlafen hatte. Ich war bei wahrscheinlich der Hälfte seiner Albträume und Panikattacken bei ihm gewesen, hatte ihn mit Nate zusammen bewusstlos aus dem Pool gezogen und immer mehr Angst davor bekommen, was er irgendwann bereit wäre zu tun, wenn ihm sein Kopf zu viel werden würde. Aber dass er hinter meinem Rücken Kokain genommen hatte, obwohl wir damals über alles gesprochen hatten …

Das alles war aber nicht wirklich der Grund, wieso das Eis in mir bei seinem Anblick noch ein bisschen kälter wurde. Dicker.

Es war ganz einfach: Connor hatte mich belogen.

Er hatte sich dazu entschieden, mir ins Gesicht zu lügen, mehrmals und mit voller Absicht, hatte verheimlicht, was mit

Logan vorgefallen war, und war dann abgehauen, nachdem er mir ein Messer zwischen die Rippen gerammt hatte.

Er hatte mich einfach fallen gelassen.

Im Stich gelassen.

Und er hat es nicht für nötig gehalten, mir irgendwas davon in den letzten Wochen oder *Jahren* zu erzählen.

Klar, ich hatte nicht über die Vergangenheit reden wollen und es ihm mehr als deutlich gemacht – aber ganz ehrlich? Es war ja nicht so, als hätte ihn das davon abhalten können, es mir trotzdem zu sagen, oder?

Stattdessen hatte er es mir *wieder* verheimlicht, hatte es *wieder* geschafft, dass ich Teil seines Lebens wurde, nur um *wieder* nicht sein Wort zu halten.

Er hatte gesagt, er würde mich nicht mehr anlügen – dabei fühlte sich das alles hier wie eine riesengroße Lüge an, die sich wie ein fremdes, krankes Organ in meinem Körper ausbreitete. Und ich wollte es abstoßen. Loswerden. Wenn es sein musste, würde ich es mir auch mit bloßen Händen rausreißen, damit ich es nie wieder spüren musste.

Niemals. Wieder.

Ohne Connor aus den Augen zu lassen, klappte ich meinen Laptop zu und legte ihn neben mich auf die Couch.

Seine Kiefermuskeln waren angespannt, seine Miene die reinste Facette an dunklen Tönen, seine Augen fokussiert.

»Wir müssen reden«, meinte er fest, woraufhin ich aber nichts erwiderte.

Ich verschränkte nur meine Arme vor der Brust und lehnte mich mit überschlagenen Beinen auf der Couch zurück.

Am liebsten hätte ich ihm sofort gesagt, dass *wir* überhaupt nichts mehr mussten, vor allem nicht reden. Aber es war verdammt noch mal längt überfällig – er schuldete mir eine Erklärung.

Deswegen saß ich einfach nur schweigend da, beobachtete ihn dabei, wie er sich mir gegenübersetzte, und ballte unter meinen verschränkten Armen die Fäuste, zwang die Blut witternden Piranhas unter meinen Rippen zur Ruhe.

Connor musterte mich eindringlich, bevor er nach mehreren Sekunden angespannt die Stille durchbrach: »Ich konnte es dir nicht sagen. Ich wollte, okay? Aber es ging nicht, Kit. Nicht so, wie du dir das gerade vorstellst.«

Ich wollte es nicht, aber ich schnaubte leise. »Ist das dein Ernst? Du hättest es mir ungefähr tausend Mal sagen können.«

*An ungefähr 1400 Tagen, um genau zu sein – aber was soll's, hm?*

»Und dann? Hättest du mir zugehört?«, wollte er wissen, inzwischen mit seinen Ellbogen auf seine Oberschenkel gestützt nach vorn gelehnt, in seiner Hand das Zippo, das er wie immer zwischen Daumen und Zeigefinger drehte. »Oder hättest du mich noch mehr gehasst?«

»Du wirst es wohl nie herausfinden.«

»Nein, aber ich weiß es schon.« Seine Augen verengten sich. »Du hättest mir keine Chance gegeben, dir alles in Ruhe zu erklären, und du hättest mir nicht richtig zugehört. Aber es ist wichtig, dass du es tust, Kit. Dass du verstehst, dass ich …«

Ich musste überhaupt gar nichts, und sowieso – wie kam er überhaupt darauf, gerade so zu tun, als wüsste er, was ich getan oder nicht getan hätte?

Er presste seine Lippen aufeinander und ein Schatten legte sich auf sein Gesicht. »Fuck, ich hatte damals keine andere Wahl, als zu verschwinden. Nach dem, was mit Logan passiert ist, war mir klar, dass ich es schon längst hätte tun sollen.«

Mir lag ein Widerspruch auf den Lippen, aber ich biss mir so fest auf die Zunge, dass ich ihn nicht aussprach.

»Ich weiß, dass Logan dir alles gesagt hat – alles, was er wusste. Aber er hat keine Ahnung, wie abgefuckt ich damals gewesen bin. Ja, er wusste von dem verdammten Kokain, aber nicht, dass ich so abhängig davon war, dass ich immer mehr genommen habe. Immer mehr … *gebraucht* habe, damit ich überhaupt funktioniere. Und mehr habe ich damals nicht getan – ich habe einfach nur funktioniert.«

Ich wartete darauf, dass er weitersprach, aber er schwieg einen Moment, sah mit zusammengeschobenen Brauen an mir vorbei – dorthin, wo ich die Kisten mit dem Kram von mir und meinen Geschwistern abgestellt hatte.

Seine Züge verhärteten sich, ehe er seinen Blick wieder auf mich richtete. »Kit, ich konnte es dir nicht sagen – und ich *musste* gehen.«

»Du konntest, und du musstest gar nichts«, widersprach ich ihm jetzt doch, bevor er diesen Mist noch mal sagen konnte. »Du –«

»Nein, konnte ich nicht. Du hast keine Ahnung, *wie* abhängig ich von diesem Scheiß war, Kit. Ich war abhängig von allem, was mir in die verdammten Hände gefallen ist. Alkohol, Gras, Sex, diesen ganzen beschissenen Schlägereien. Ich war abhängig von *dir*.«

»Mir?« Meine Brauen zogen sich verwirrt zusammen.

»Ja, von dir«, erwiderte er mit verzerrter Miene, klang, als hasse er es, das zuzugeben. »Fuck, ich war so gottverdammt abhängig von dir, dass ich ohne dich nicht mehr klarkam. Ich habe mich dafür gehasst, dass ich damals nicht die Finger von dir lassen konnte, weil ich eine so beschissene Angst davor hatte, dich deswegen zu verlieren. Aber als das mit uns angefangen hat, konnte ich nicht mehr aufhören, weil du … fuck, du warst wie eine verdammte Droge für mich, Kit. Mit dir war dieser ganze Scheiß in mir irgendwie erträglich.«

Sollte mich dieser pseudoromantische Bullshit etwa milde stimmen? Er machte eher die Piranhas, die allein für diese

Antwort auf Connor losgehen wollten, noch blutrünstiger als ohnehin schon.

»Aber ich habe auch von dir immer mehr gebraucht. Ich habe *dich* gebraucht, weil ich nicht wusste, was ich ohne dich tun würde. Du warst buchstäblich meine Luft zum Atmen, und ich habe dir diesen ganzen Scheiß zugemutet. Ich habe dich als Flucht benutzt, und nicht mal deine Gefühle für mich konnten mich davon abhalten, damit weiterzumachen und mir immer mehr von dir zu holen. Auch wenn ich wusste, was ich dir damit antue, dass ich dich damit irgendwann genauso zerstöre wie mich selbst, weil ich mich verdammt noch mal nicht mehr im Griff hatte. Ich habe nicht mal gemerkt, dass Logan mein Kokain gestohlen hat, geschweige denn meine beschissene Waffe. Und es tut mir leid, dass das passiert ist. Es tut mir leid, dass ich nicht verhindern konnte, dass Logan an meine Sachen kommt, und es tut mir leid, dass du es so erfahren musstest.«

Connor verstummte und einen Moment lang wartete ich darauf, dass da noch mehr kam – aber er schwieg und schien darauf zu warten, dass *ich* irgendwas dazu sagte. Aber falls er auf ein »Schon gut, macht nichts, wir machen alle mal Fehler, Schwamm drüber« hoffte, konnte er das lange tun.

»Das war alles?«, fragte ich kühl nach, als er nichts weiter sagte, und drückte meine Arme ein weniger fester gegen meine Brust, weil sich die Piranhas heftig gegen die Eisschicht rammten.

»Was willst du von mir hören?«, wollte er fast in derselben Tonlage wissen, nur mit ein bisschen mehr Bitterkeit. »Dass es mir leidtut, dass ich gegangen bin? Tut es nicht. Ich würde es wieder tun, wenn das bedeutet, dass ich dich nicht mit mir runterziehe. Aber, fuck, ja, es tut mir leid, dass ich dir deswegen wehtun musste und dass ich keinen anderen Weg gesehen habe, damit du mich so verflucht sehr hasst, dass du mich loslässt. Du *musstest* mich loslassen, Kit, weil nicht mal du mich hättest davon abhalten können, dass mich dieser Scheiß vielleicht umbringt, und ich … ich musste das irgendwie ohne dich schaffen. Ich konnte mein Leben nicht buchstäblich davon abhängig machen, dass du mich davon abhältst, mir die Kugel zu geben, und, verdammt, du weißt, dass ich Probleme hatte. Dass ich …«

Er presste seine Lippen zu einer geraden Linie aufeinander, und ich hasste es, dass die Piranhas bei jedem Wort noch kräftiger gegen das Eis schlugen. Dass sie ihre Zähne bei dem Versuch, es zu durchbohren, in meine Muskeln stachen.

»Es war mir irgendwann scheißegal, ob ich lebe oder nicht, Kit, und ich war zu schwach, um irgendwas daran zu ändern. Vielleicht wollte ich es auch nicht, fuck, keine Ahnung. Aber dass ich gehe, hätte früher oder später passieren müssen, und nachdem das mit Logan war, konnte ich dir das nicht länger antun. Bitte versuch das zu verstehen.«

»Nein, ich verstehe es nicht, Connor. Es gibt keinen Grund, wieso du mir nicht einfach die Wahrheit hättest sagen können.«

»Doch, den gibt es.«

»Ach ja, und welchen? Denn irgendwie habe ich ihn immer noch nicht so herausgehört.«

»Weil mich die Jungs zwei Tage, nachdem ich aus Solane abgehauen bin, mit einer Überdosis im Hotel gefunden haben, und ich bis heute nicht weiß, wie ich den Scheiß überlebt habe.«

Überdosis … das bedeutete …

Das Eis um meine Brust bekam einen tiefen Riss, bei der Vorstellung, wie Connor da vielleicht auf dem Boden gelegen hatte und nicht mehr atmete. Er ließ wieder ein Gefühl rein, das ich nicht fühlen wollte, weil es dafür sorgte, dass sich irgendwas in mir zusammenzog, und die Piranhas aufhetzte.

Aber es gab keinen Grund mehr, wieso es mich kümmern sollte. Ich versuchte den Riss zu ignorieren, ihn sofort wieder zu schließen und so zu tun, als ginge mich das nichts an.

Es ging mich nichts an.

Connors Blick lag dabei die ganze Zeit auf mir, so, als könnte er das Eis sehen und als wolle er es genauso zerstören wie die Piranhas.

»Das tut mir leid für dich, ehrlich«, brachte ich hervor, froh darüber, dass es zwar keine Lüge war, aber auch nicht wirklich mitleidig klang. »Aber ich glaube, *du* verstehst nicht, worum es mir geht. Musst du aber auch nicht, schon gut. Ich wollte nur Antworten, die habe ich bekommen. Danke. Wir sind dann hier jetzt fertig. Also, allgemein und mit dem Deal. Ich denke, das sollte klar sein, oder?«

Bevor er darauf antworten konnte, stand ich von der Couch auf, nahm meinen Laptop und wollte verschwinden. Ich ermahnte mich zur Ruhe, erst recht, als Connor ein fast warnendes »Cali …« raunte.

Vielleicht wäre jetzt ein guter Zeitpunkt gewesen, ihm zu sagen, dass er mich nicht mehr so nennen sollte, weil es vorbei war. Dass ich diesem Deal zugestimmt hatte, war ein Fehler gewesen. Es war ein Fehler gewesen, wieder Zeit mit Connor zu verbringen, und … keine Ahnung. Ich konnte nicht sagen, was ich mir davon versprochen hatte.

Das Geld. Klar. Vielleicht wäre es cleverer gewesen, unseren Deal weiter durchzuziehen, weiter seine Freundin oder was auch immer zu spielen und einfach so zu tun, als hätte letzte Nacht keine alten und neuen Wunden aufgerissen. Als wäre nicht plötzlich dieses verfluchte Messer wieder da, dieses Mal nur rostig und mit abgebrochener Klinge, damit es so richtig schön wehtat.

Ich wollte das nicht mehr.

Ich wollte überhaupt nichts hiervon jemals wieder.

»Ich gebe dir den Schlüssel zurück, sobald ich alle Sachen geholt habe«, informierte ich ihn, nahm meinen Rucksack und setzte mich in Bewegung.

»Ist das jetzt dein Ernst?«, fragte er harsch und stand ebenfalls auf. »Wir sind noch *nicht* fertig.«

»Doch, sind wir.«

»Kit«, setzte er wieder an, versuchte, mir den Weg zu versperren, weil ich direkt an ihm vorbeimusste, um das Penthouse verlassen zu können. »*Ich* bin aber noch nicht fertig, ich muss dir –«

»Nein, Connor, lass es einfach gut sein«, schnitt ich ihm das Wort ab, trat schnell an ihm vorbei. »Es war echt nett von dir, mir die Wahrheit zu sagen, aber sie ändert nichts.«

»Sie ändert … Kit, jetzt warte, verdammt.«

Ich spürte, wie er nach meinem Arm greifen wollte, aber ich entzog mich ihm gerade noch rechtzeitig und beschleunigte meine Schritte.

»Fuck, hör auf, wegzurennen«, knurrte er dicht hinter mir, was mir wieder nur ein kaltes Lachen entlockte.

»Musst du gerade sagen, oder?«

»Ich musste verdammt noch mal weg! Hast du mir gerade nicht zugehört?!«

»Es ist mir scheißegal, Connor!«

»Dir ist *immer* alles scheißegal! Du tust gerade so, als hätte ich nicht schon seit verdammten Wochen *versucht* mit dir über alles zu reden, aber jedes verfickte Mal rennst du vor mir weg, blockst ab und verhältst dich, als würde dir alles am Arsch vorbeigehen! Aber wir wissen beide, dass es das nicht tut, also bleib verdammt noch mal stehen!«

»Ich weiß echt nicht, wie oft ich dir das noch –«, fuhr ich ihn an, kam aber nicht weiter. Ich verstummte mit einem Zischen, als er plötzlich seinen Arm um meine Taille schlang und mich dazu zwang, stehen zu bleiben.

Aus Reflex holte ich aus, schlug in seine Richtung, wobei ich fast meinen Laptop fallen ließ. Connor fing ihn auf und warf ihn auf die Polster eines Sessels neben uns. Mein Rucksack rutschte mir von der Schulter und plumpste zu Boden.

»Was soll – «, fauchte ich wieder, aber er übertönte mich und verstärkte seinen Griff mit seinem anderen Arm, als ich ihm meinen Ellbogen irgendwo hinrammen wollte.

»Wenn du mir jetzt verdammt noch mal sagst, dass ich dir scheißegal bin …«, knurrte er dicht an meinem Ohr und ignorierte komplett, wie ich mich gegen ihn wehrte. »Ich schwöre bei Gott, Cali, hör auf damit.«

Fast hätte ich ihm geantwortet, dass er dafür erst mal an Gott glauben musste – aber im Grunde interessierte mich gerade nicht, auf was er schwor. Er sollte mich nur loslassen.

Ich krallte meine Hände in seinen Unterarm, um ihn von mir wegzustoßen. Es brachte nur nichts. »Du *bist* mir scheißegal!«

»Wieso rennst du dann vor mir weg?!«

»Ich renne überhaupt nicht – «

»Du machst nichts anderes, seit ich wieder hier bin!«, unterbrach er mich grob, drängte mich vorwärts, ohne mich loszulassen. »Versuchs meinetwegen weiter, aber sieh verdammt noch mal ein, dass ich dir nicht scheißegal bin.«

Ich stieß einen verächtlichen Laut aus, beschloss jedoch, nicht noch mal darauf zu antworten, und wand mich stattdessen in seinem Griff, um mich zu befreien. »Lass. Mich. Jetzt. Los.«

Er ignorierte mich, blieb aber plötzlich mit mir stehen und drehte mich – uns – vor einen bodentiefen Spiegel. Ich zuckte zusammen, als ich direkt in mein Gesicht blickte und sah, wie weit meine Augen aufgerissen waren, dass ich irgendwie gehetzt und wütend und verwirrt aussah, dass mein Atem viel zu schnell ging und dass Connor mich im Spiegel anstarrte. Seine Miene war hart, seine Augen wirkten auf einmal dunkler; er war fast einen Kopf größer als ich, und was ich sah … uns … wie …

Das Eis um meine Rippen fing an zu knacken, und ich wollte das nicht. Es *durfte* nicht knacken. Nicht brüchig werden. Gar nichts.

Connor verstärkte seinen Griff und knurrte: »Fuck, sieh hin, Cali.«

Ohne etwas zu antworten, versuchte ich meinen Blick immer wieder abzuwenden. Aber dann packte er mit einer Hand nach meinem Kiefer und zwang mich dazu, wieder unser Spiegelbild anzusehen.

»Du kannst mir nicht entkommen, scheißegal, wie sehr du es versuchst, das ist dir klar, oder?«, raunte er so dicht an meinem Ohr, dass sich meine Schultern anspannten, um ein Kribbeln zu unterdrücken, das ich nicht spüren wollte. Nicht jetzt, nicht hier, niemals wieder. »Warum warst du in der Ruine? Warum hast du die Wände besprayt? Ich sag es dir: Weil *ich* in jedem deiner verdammten Graffiti bin. Wie viele sind es inzwischen? Noch nicht genug, dass du geschafft hast, was du damit erreichen wolltest, richtig?«

Ich biss meine Zähne zusammen und zwang mich dazu, an mir vorbei sein Gesicht zu fixieren. »Falsch – aber ich habe auch keine Ahnung, was du dir da in deinem Hirn zusammenreimst.«

»Sieh dich doch an. Warum hast du die Tattoos auf deinem Körper? Mach die verdammten Augen auf. Ich bin überall auf dir, Kit. In jedem verdammten Nadelstich, in jedem Millimeter schwarzer Tinte.«

Das Eis knackte wieder.

So laut, dass ich mich wieder wand, um es damit zu übertönen. Ich wollte meinen Kopf aus seinem Griff ziehen, aber er ließ mich nicht los und zuckte nicht mal zusammen, als ich ihm in der Hoffnung, er würde mich loslassen, meine Nägel wieder fest in seine Unterarme grub.

»Meine Tattoos haben überhaupt nichts mit dir zu tun!«, zischte ich und verstand nicht, wieso die Worte bitter schmeckten.

Ja, ich hatte mit den Tattoos erst nach Connor angefangen.

Ja, ich mochte den Schmerz, wenn die Nadel ihre Spuren auf meiner Haut hinterließ.

Aber ganz sicher spielte Connor dabei keine verdammte Rolle.

»Red dir das ein, wenn's dir hilft. Aber du und ich wissen, was du damit versuchst, und du hasst es, dass es nicht funktioniert.«

»Das ist nicht –«, stieß ich hervor und verschluckte mich fast an meinen Worten, als Connor mich plötzlich herumwirbelte und mit dem Rücken gegen den Spiegel drückte.

Sofort waren meine Hände auf seiner Brust, wollten ihn wegdrücken, kaum dass er mich mit seinen Armen rechts und links von meinem Kopf einsperrte und so nah kam, dass ich direkt in den Abgrund seiner Augen sehen konnte. In diese verfluchte, nicht enden wollende Schlucht, in die es so gefährlich war, hineinzufallen. Ich hasste es, dass sie mich anzog.

Immer noch.

*Wahrscheinlich für immer.*

»Du hasst es, dass du mich nicht vergessen kannst. Dass du mich nicht loslassen kannst, auch wenn du genau das die letzten verfickten vier Jahre versucht hast.«

»Gott, du hast sie doch nicht mehr alle«, presste ich hervor, wollte irgendwie an Connor vorbei, weil er mich einengte. Das

Knacken in meiner Brust wurde immer stärker und lauter und ich … Ich. Wollte. Das. Nicht.

Bevor ich zur Seite ausweichen konnte, drückte er mich mit seinem angespannten Körper fester gegen den Spiegel und ignorierte komplett, was ich gesagt hatte. »Und glaubst du ernsthaft, ich wüsste nicht, worum es hier geht? Du hasst mich nicht dafür, dass ich dir das mit Logan nicht gesagt habe. Du hasst mich nicht, weil er mein scheiß Kokain und die Waffe gestohlen hat, und du hasst mich auch nicht dafür, dass er gedealt hat.«

Ich schüttelte den Kopf. »Connor, lass –«

»Du hasst mich, weil du verdammt noch mal weißt, dass alles, was ich dir in dieser verfickten Nacht gesagt habe, eine Lüge war«, raunte er und zwang mich dazu, ihm dabei in die Augen zu sehen.

Dieselben verfluchten Augen, die dabei zugesehen hatten, wie er mir das Messer in die Brust rammte und wie ich verblutete.

»Dass ich nur was Verbotenes wollte? Gottverdammte Lüge.«

Mein Atem ging zornig, ich biss die Zähne so fest aufeinander, dass es wehtat. »Ich will nicht –«

»Dass du mich gelangweilt hast? Lüge.«

Wieder schüttelte ich den Kopf. Wieder versuchte ich ihn wegzustoßen. Wieder riss und riss und riss dieses verdammte Eis in meiner Brust und es hörte nicht auf.

»Dass du mir zu unerfahren, zu unschuldig warst? Deswegen wollte ich dich nur noch mehr. Fuck, ich wollte dich so gottverdammt sehr, Kit, und du wusstest es. Du wusstest es, als ich dir diese ganze Scheiße erzählt habe, und *deswegen* hasst du mich so sehr.«

Ich wusste nicht, was es war. Welcher Satz, welches Wort, ob es vielleicht nur sein eindringlicher Blick war, der sich bis in mein Inneres grub und das Eis um meine Rippen sprengte.

Meine Hände rammten sich so fest gegen Connors Brust, dass ich es schaffte, ihn von mir wegzustoßen. »Verdammt, ja!«, stieß ich plötzlich so kochend, so komplett in Flammen stehend hervor, dass ich kaum Luft bekam. »Ja, ich *hasse* dich dafür! Ich hasse dich für deine beschissenen Lügen! Ich hasse dich dafür, dass du mich lieber angelogen hast, als mir die verdammte Wahrheit zu sagen! Ich hasse dich dafür, dass du gegangen bist! Dass du mich einfach weggeschmissen hast, als wäre ich Müll!«

Wieder holte ich mit meinen Händen aus und knallte sie gegen seine Brust. Stieß ihn weg.

Wieder und wieder.

Und wieder.

Ohne dass er sich verdammt noch mal wehrte. Aber es fühlte sich nicht gut an. Es fühlte sich nicht mal ein bisschen genugtuend an. Eigentlich überhaupt nicht.

Gott – wieso konnte es sich nicht einfach gut anfühlen?!

»Ich hasse dich dafür, dass ich mich in dich verliebt habe!«, platzte es weiter aus mir heraus, schweratmend und so verdammt unkontrolliert. »Ich hasse dich dafür, dass ich dich nicht loslassen kann!«

Stoß.

»Ich hasse dich dafür, dass verdammt noch mal nichts funktioniert!«

Stoß.

»Dass du vier verdammte Jahre nicht zurückgekommen bist!«

Stoß.

»Und ich hasse dich so abgrundtief dafür, dass du uns kaputt gemacht hast, obwohl du genau dasselbe empfunden hast wie ich!«

»Fuck, Cali, genau das war das verdammte Problem!« Connor griff so plötzlich nach meinem Gesicht, hielt es fest mit beiden Händen umschlossen, dass irgendwas in mir erstarrte. Meine Kehle schnürte sich plötzlich zu, meine Sicht verschwamm, und da war auf einmal so unsagbar viel von allem in mir, dass ich nicht wusste, was ich tun sollte. Was ich denken sollte. Was ich fühlen sollte.

Weil ich überhaupt nichts fühlen wollte.

Ich wollte nicht in Connors Augen sehen. Ich wollte diesem verfluchten Abgrund nie wieder zu nah kommen.

Ich wollte nie wieder wie Alice hineinstürzen und dann darin umherirren, weil Connor verschwunden war und mich wieder allein ließ.

Ich wollte das alles nicht.

»Connor, bitte lass mich …«, presste ich mit einem Knoten im Hals hervor, kämpfte gegen die Tränen, wollte auch die nicht, verdammt.

»Sieh mich an. Verdammt, Kit, mach die Augen wieder auf und sieh mich an«, verlangte er grob, fast verzweifelt, und bog meinen Kopf leicht nach hinten.

Meine Augen gehorchten, und ich hasste auch sie dafür abgrundtief. Ich hasste gerade einfach alles, vor allem, dass ich direkt in seine Augen sah und sein Abgrund mir die Luft nahm, weil darin alles war, was ich nie wieder fühlen und gleichzeitig nie loslassen wollte.

Connors Blick verankerte sich so fest mit meinem, dass ich nicht wegsehen konnte. »Ich musste damals gehen, Kit, weil ich wusste, wenn ich es nicht schaffe, dann tue ich dir nur noch mehr weh. Ich konnte dir nicht geben, was du verdient hast, was du von mir gewollt hast, egal, wie sehr ich es zulassen wollte. Du hattest mehr verdient als dieses beschissene Wrack, das dich zum fucking Atmen gebraucht hat, das ohne dich nicht konnte und das nur eine Sekunde davon entfernt war, sich mit diesem ganzen Scheiß umzubringen.«

Noch mehr Tränen sammelten sich in meinen Augen, meine Hände krallten sich plötzlich in Connors Pullover, und ich hörte, was er sagte, aber ich verstand es nicht wirklich.

Als würde er das wissen, es in meinem Gesicht ablesen, kam er meinem näher und seine Stimme wurde leiser.

»Cali … ich war die letzten vier Jahre dreimal im Entzug und in mehreren Therapien, damit ich zurückkommen kann. Damit ich dir geben kann, was du verdienst, und damit du weißt, dass ich ohne dich klarkomme. Dass ich dich nicht brauche, aber dich *will.* Fuck, Kit, ich weiß, dass ich dir so verdammt wehgetan habe, dass du mir nicht sofort verzeihen wirst, und dass es nie wieder so wird, wie es mal war. Aber ich werde nicht aufgeben – und ich werde nicht wieder gehen. Weil du alles für mich bist, Cali. Du warst es all diese beschissenen Jahre, und wenn ich noch mal genauso viele Jahre darauf warten muss, dass du mir vergibst – dann werde ich das tun. Hörst du?«

Jedes seiner Worte sank bis in meine Brust und ein Teil in mir wollte ihm glauben. Gott, es wollte ihm aus irgendeinem naiven Grund so sehr glauben.

Aber es ging nicht.

Ich konnte nicht.

Ein zweites Mal würde ich das einfach nicht durchstehen.

Ich wusste nicht, ob Connor auch das wusste, ob er die stummen Worte hörte, aber in der nächsten Sekunde zog er mein Gesicht an seins, drückte seine Lippen hart auf meine und irgendwas in mir brach so entsetzlich auf. Ich versuchte ihn wegzustoßen, holte mit meinen Händen aus, aber alles, was sie schafften, war, sich noch fester in seinen Pullover zu krallen, den Stoff zu verdrehen. Ich ballte meine Fäuste, aber ich konnte ihn nicht loslassen.

Stattdessen erwiderte ich den Kuss heftig, schob meine Hände in seinen Nacken und zog ihn noch mehr und so eng an mich, bis er mich plötzlich herumwirbelte und mit dem Rücken gegen die Wand drückte. Meine Lippen öffneten sich, unsere Zungen stießen aufeinander, und auf einmal war da überall nur noch ein Ziehen und Kämpfen, ein Beißen und Festkrallen.

Ich biss ihm so fest in die Unterlippe, dass ich Blut schmeckte, und es erfüllte mich mit Genugtuung.

Ich wollte ihm so wehtun, wie er mir wehgetan hatte.

Ich wollte, dass er *spürte,* was er mir angetan hatte. Wie sehr er mich zerbrochen und nicht mal annähernd wieder zusammengesetzt hatte.

Connor löste seine Hände aus meinen Haaren, packte mich unter meinen Oberschenkeln und hob mich gegen die Wand gepresst hoch, ohne den Kuss zu unterbrechen. Sofort schlang ich meine Beine um seine Hüfte, keuchte auf, als er mich so intensiv gegen die Wand stieß, seine Brust auf meine drückte, dass ich sein Herz an meinem hämmern spüren konnte. Spüren konnte, wie er bei jeder Reibung, jeder noch so kleinen unserer Bewegungen zwischen meinen Beinen härter wurde.

»Ich will, dass du weißt, dass ich das ernst meine«, raunte er dicht an meinem Mund, bevor er ihn wieder verschloss, mit seiner Zunge über meine Lippe strich und mit den Zähnen daran zog. Ein Schauer breitete sich über meinem Rücken aus, verlangte nach mehr. »Sag Ja – sag Ja, dass du weißt, dass du und ich in deinen verdammten Sternen stehen. Dass du weißt, dass wir das schaffen werden. Fuck, sag mir, dass du mir gehörst, auch wenn du mich hasst.«

Anstatt zu antworten, verstärkte ich meine Umklammerung, drückte mich von der Wand ab, um den Druck seiner Hüfte gegen meine zu erhöhen, das Feuer zu schüren, und ihm ein tiefes, fluchendes Geräusch zu entlocken. Ich versenkte meine Zähne sanft in seiner Lippe, und wusste in dem Moment, in dem er uns von der Wand abstieß, dass er meine Antwort auch so verstanden hatte. Dass ich es nicht laut aussprechen musste, weil ich, egal, wie sehr ich mich dagegen wehrte, egal, wie sehr ich dagegen kämpfen und auf Händen und Knien von dem Abgrund wegkriechen wollte, der mich gerade mehr und mehr zu sich zog, nichts dagegen tun konnte.

Ich verabscheute es, weil ich alles dafür getan hatte, dass es aufhörte. Aber noch mehr verabscheute ich mich dafür, wie sehr ich das hier gerade wollte, brauchte, und seine Worte nicht nur hören, sondern auch spüren wollte.

Auch wenn sie vielleicht nichts änderten.

Connor trug mich durchs Wohnzimmer und hörte dabei nicht auf, mich zu küssen. Seine Hände packten mich fester an meinem Hintern, brandmarkten mich durch den Stoff meiner Jeans, die so dringend verschwinden musste, dass ich beinahe erleichtert aufseufzte, als er mit mir auf die breite Couch fiel, ich auf ihm, und er sofort nach dem Knopf meiner Jeans tastete.

Er drehte uns herum, kniete sich zwischen meine Beine und zog mir die Jeans aus. Ich winkelte die Beine an, um ihm dabei zu helfen, und konnte den Stoff nicht schnell genug loswerden. Kaum hatte er die Jeans weggeworfen, zog er meinen Slip bis zu meinen Knien, drückte meine geschlossenen Beine an meinen Bauch und fuhr mit seiner Zunge über meine Erregung bis zu meinem Kitzler. Sofort spannten sich meine Muskeln an, mir glitt ein Keuchen über die Lippen, als er ohne zu zögern seine Lippen um die längst pochende Stelle schloss, saugte, leckte, und sich ein warmes Kribbeln in meinem Unterleib ausbreitete.

Ich zerrte fast an meinem Slip, um ihn mir auszuziehen, ihn ebenfalls irgendwo hinzuwerfen und dann meine Beine zu öffnen, damit ich meine Hände in seine Haare krallen konnte.

Sehen konnte, was er tat, wie er kurz zu mir hochsah, und seine Zunge immer wieder über meine Mitte glitt, die so empfindlich auf Connor reagierte, dass es sich gerade nach zu viel und absolut nicht genug anfühlte.

Als er dann zwei Finger in mich schob, drängte ich mich ihm entgegen. Ich bäumte mich auf, während er, immer noch mit dem Blick auf mich gerichtet, meinen Kitzler wieder mit seinen Lippen umschloss und so intensiv daran saugte und leckte, dass ich wegsehen und meinen Kopf mit einem Stöhnen tiefer in die Polster drücken musste.

»Oh, Gott«, brachte ich gequält hervor, weil meine Beine zitterten, da auf einmal so verflucht viel Wärme und Kribbeln und Ziehen und alles in meinem Unterleib war, viel zu schnell, viel zu heftig, weil ich meinen Orgasmus schon spüren konnte, und irgendwie wollte ich gerade nicht kommen, und irgendwie schon – aber bevor ich die Entscheidungsgewalt über eins davon hatte, zog Connor sich zurück und kam wieder zu mir hoch.

Er presste seine Lippen auf meine, ließ mich mich schmecken, als er mit seiner Zunge tief in meinen Mund eindrang, mich besitzergreifend küsste und sich dabei mit einem Arm neben meinem Kopf abstützte. Seine andere Hand schob er an meinen Hals, mit den Fingern direkt auf meinen rasenden Puls.

»Komm noch nicht«, raunte er und zog mit seinen Zähnen an meiner Unterlippe. »Fuck, ich muss dich spüren, wenn du's tust. Du hast keine Ahnung, wie gottverdammt oft ich nichts anderes wollte als das, Cali.«

Ich erwiderte nichts darauf, küsste ihn wieder, weil ich dasselbe wollte, und zerrte an seinem Pullover, um ihn auszuziehen.

Connor löste sich daraufhin kurz von mir, griff nach dem Kragen und zog ihn aus – meine Hände lagen in der nächsten Sekunde auf seinen angespannten Bauchmuskeln, wollten mit meinen Nägeln darüberfahren, aber als mein Blick auf etwas Silbernes fiel, erstarrte ich.

Er trug meine Kette.

Die Dog-Tags ruhten auf seiner Brust, mit der Gravur nach oben, und schrien mich an, dass die Worte ihre Bedeutung verloren hatten.

*If you're lost, come home.*

In meiner Brust stach es, die Piranhas waren plötzlich wieder mit ihren Zähnen in meinen Muskeln, aber ehe sie zu fest zubeißen konnten, war Connor wieder bei mir und die Kette landete mit den Anhängern auf meiner Brust.

»Ich habe dir versprochen, dass ich immer zurückkomme«, flüsterte er eindringlich gegen meine Lippen. »Und, fuck, ich habe so viele Versprechen gebrochen, aber ich habe alles dafür getan, um das nicht zu brechen. Niemals dieses.«

Bei der Erinnerung daran fühlte sich die Kette zwischen meinen Brüsten wie dreißig Kilo an. Das Bild, wie ich ihn im Pool gefunden hatte und mit so einer Scheißangst nach Nate geschrien hatte, weil ich Connor nicht allein aus dem Wasser gekriegt hätte, schoss wieder in mir hoch. Es wollte mich daran erinnern, was ich durchgemacht hatte, die ständige Angst und Sorge – aber als ich nach seinem Gesicht griff, tat ich es, um ihn an mich zu ziehen, ihn zu küssen und mir Versprechen abzuholen, die keine Worte brauchten.

Dass er so was nie wieder tun würde.

Dass er nicht noch einmal an diesen Punkt in seinem Leben kommen würde, an dem ich so etwas mitansehen und daran Stück für Stück zerbrechen musste.

Denn ja – ich sah, dass Connor nicht mehr derselbe war wie früher. Ich hatte es schon in der Sekunde gesehen, als er vor Monaten wiedergekommen war und einfach … besser ausgesehen hatte. Wacher. Klarer. Einfach wieder *hier*.

Ich griff nach seinem Gürtel und wollte ihn öffnen, als er sich vor mir zurückzog und beinahe frustriert knurrte: »Bitte sag mir, dass du was hier hast.«

»In meinem Rucksack«, erwiderte ich und Connor stemmte sich mit einem Blick auf mein T-Shirt hoch.

»Zieh das aus. Alles.«

Während er zu meinem Rucksack ging, der mitten im Wohnzimmer auf dem Fußboden lag, entledigte ich mich meines T-Shirts und meines BHs und ließ ihn genau in dem Moment fallen, als Connor sich wieder zu mir umdrehte und ich deswegen nur einen kurzen Blick auf das Tattoo auf seinem Rücken hatte erhaschen können. Weil ich es schon auf der Yacht gesehen hatte, wusste ich, dass es drei Kompasse waren, die in verschiedenen Größen untereinander zu einem einzigen Bild zusammengesetzt waren.

Sein Blick wanderte langsam über meinen Körper, so intensiv, als würde er ihn zum ersten Mal sehen, und hinterließ auf jedem Zentimeter, den er abtastete, von meinen Brüsten über meinen Bauch bis runter zu meinen angewinkelten Beinen eine Gänsehaut.

Mit meinem Rucksack in der Hand kam er wieder zurück, seine Muskeln waren angespannt, und wenn ich gerade noch das Gefühl gehabt hatte, die Kette um seinen Hals würde mich verspotten, für meinen Verlust und meine Dummheit, Connor zu wollen, konnte ich ihn mir nicht mehr ohne vorstellen.

Die Kette gehörte zu ihm wie meine Tattoos jetzt zu mir.

Er ließ den Rucksack neben mir auf den Boden fallen, legte sich wieder auf mich und fuhr mit seinen Lippen über meine Haut. Ich bemerkte, dass er die Tattoos auf meiner Schulterbeuge nachfuhr, auf meinem Hals, während meine Hände über seine angespannten Arme glitten, über seine Schultern, wo sie sich festkrallten, kaum dass er runter zu meinen Brüsten glitt.

Mein Körper bog sich ihm entgegen, als er sie zusammendrückte und einen meiner harten Nippel in den Mund nahm. Mich sanft biss und ein leises Beben in mir auslöste, und ich mich dabei irgendwie … begehrt fühlte.

Weil ich mehr davon wollte, jetzt mit diesem verfluchten Ziehen in meinem Unterleib, das in ein sehnsüchtiges Pochen überging, je länger Connor mit seiner Zunge Spuren auf meinen Nippeln und Brüsten hinterließ, tastete ich nach meinem Rucksack und holte ein Kondom aus der kleinen Seitentasche.

Connor richtete sich wieder auf, öffnete seine Jeans und zog sie samt Boxershorts so weit runter, dass mein Blick auf seinen harten Schwanz fiel und sich mein Puls beschleunigte.

Gott, ich hasste es, dass ich ihn gerade so sehr in mir spüren wollte, auch wenn ich Angst davor hatte, wieder zu fallen, Angst davor, dass er mir dasselbe noch mal antat wie damals – aber ich hörte nicht hin, öffnete stattdessen das Plastik und zog ihm das Kondom über, ohne dass er mich dazu auffordern musste.

Ein leises Knuren verließ seine Lippen, als ich ihn mit einer Hand umfasste, und dabei zusah, wie sich ein dunkler Schleier über seine Augen legte. Dann drängte er sich wieder über mich, presste seine heiße, pochende Erektion gegen meine Mitte, seine Brust gegen meine und küsste mich fest und rau, mit einer Hand in meinen Haaren.

»Wir kriegen das hin, Cali«, raunte er entschlossen gegen meinen Mund, griff zwischen uns nach seinem Schwanz und führte ihn dorthin, wo ich ihn so verflucht dringend haben wollte, dass mein Puls immer schneller und ungeduldiger schlug. »Vergiss das nicht.«

Im nächsten Moment schob Connor sich in mich, seine Augen dabei unentwegt auf mich gerichtet, der Abgrund darin plötzlich so weit offen, dass ich mit erschreckender Gewissheit wusste, dass ich wieder reinfallen würde – weil ich, so sehr ich es nicht wollte, spüren konnte, dass er recht hatte.

Mit allem, was er gesagt hatte.

Dass ich ihm nicht so schnell verzeihen konnte, aber dass wir das trotzdem irgendwie hinkriegen würden.

Dass ich ihm gehörte, auch wenn ich ihn immer noch für all das hasste, was er mir angetan hatte. Ich hasste ihn für seine Lügen, für den Schmerz, den ich seinetwegen wie eine offene Wunde zwischen meinen Rippen trug, und ich hasste ihn dafür, dass ich mich das erste Mal seit Langem irgendwie wieder ganz fühlte.

»Fuck, Kit«, brachte er unterdrückt hervor, hatte sich noch keinen Zentimeter in mir bewegt, aber alles pochte und glühte und als er dann zustieß, hart, tief, fühlte ich ihn in jeder Faser meines Körpers.

Gottverdammt, er war wirklich überall – und das gefiel mir nicht.

Es gefiel mir nicht, wie er anfing, sich in mir zu bewegen, nicht sanft, nicht langsam, und es gefiel mir auch nicht, wie er nach meinen Händen griff, sie mit seinen verschränkte und über meinen Kopf ins Kissen drückte. Ich mochte es nicht, wie die Dog-Tags zwischen meinen Brüsten lagen, die sich bei jedem heftigen Stoß mitbewegten, und, oh Gott, es gefiel mir auch nicht, wie Connor mich dabei küsste. Wie wir miteinander kämpften, mit unseren Zungen aneinander, unseren Zähnen in den Lippen des anderen, mit den Händen, die sich aneinander festkrallten, unsere Hüften, die immer wieder aneinanderstießen und viel zu schnell zu unbeherrscht wurden. Und vor allem gefiel es mir nicht, dass es mir zu sehr gefiel.

Ich stöhnte in Connors Mund, bäumte mich unter ihm immer wieder auf, kam seinen Stößen entgegen und wollte immer mehr, brauchte immer mehr. Meine Beine schlangen sich fest um seine Hüfte, und ich versuchte zu ignorieren, wie perfekt sich das hier anfühlte, wie niemals ausreichend, und wie einfach viel zu viel.

Connor löste sich von meinen Lippen, ließ meine Hände los und schob stattdessen eine Hand unter meinen Hinterkopf, um ihn ein Stück hochzuziehen. Meinen Blick auf *uns* zu richten.

»Siehst du das, Cali?«, knurrte er angestrengt, während er sich aus mir herauszog und sich quälend langsam wieder in mir versank. Wieder raus, wieder rein, wieder intensiver, wieder erschütternd zu viel. »Fuck, du bist mein verdammter Untergang.«

Ich wollte ihm widersprechen, weil er schon vor Jahren meiner gewesen war, aber bevor ich antworten konnte, stieß er wieder so hart zu, dass ein lautes Stöhnen aus mir herausbrach, sich alles in mir zusammenzog und sich das Kribbeln in meinem Unterleib anfühlte, als würde es sich bis in meine Fingerspitzen ausbreiten können.

Und ich wusste nicht, warum, aber als würde Connor irgendwas mit meinem Inneren machen, das ich nicht wollte; mehr aufreißen, als ohnehin schon offen war, wurde es plötzlich eng in meiner Kehle. Meine Hände klammerten sich an seinen Armen fest, suchten nach Halt, während er weiter unerbittlich in mich stieß, mich wieder und wieder küsste und wir einen Kampf kämpften, von dem ich nicht mal wusste, worum es ging.

Ich wusste nur, dass der Druck auf meinen Hals immer stärker wurde und wie sich meine Brust immer mehr mit Dingen und Erinnerungen, Schmerz und Gefühlen füllte, dass ich kaum noch Luft bekam. Als würde Connor mir mit jedem Stoß zeigen wollen, dass er überall war. In mir, auf mir, in meinen Tattoos, in meinem Kopf, tief in diesem Muskel unter meinen Rippen, von dem ich mir geschworen hatte, dass er ihn nie, nie wieder bekommen würde.

Und jetzt raste er schneller, hämmerte gegen meinen Brustkorb und drohte unter diesem ganzen Schmerz in Stücke zu reißen.

Als ich meine Augen wieder öffnete und direkt in Connors über mir sah, sah ich nur noch verschwommen. Er veränderte sofort das Tempo, hörte aber nicht auf, sich in mir zu bewegen, sondern stützte sich auf seine Ellbogen, legte seine Stirn gegen meine und nahm mich plötzlich langsamer und intensiver und es war noch viel mehr zu viel, als ich sowieso schon ertragen konnte.

»Ist okay, Cali«, flüsterte er, aber ich schüttelte den Kopf, biss mir auf meine Unterlippe und versuchte, die Tränen zurückzuhalten.

»Nein, ich … Ich weiß nicht, wie ich dich nicht hassen soll. Ich weiß nicht, wie ich …« Meine Stimme brach weg, und ich fand sie nicht wieder.

Gerade hatte ich das Gefühl, als würde ich überhaupt nichts wiederfinden.

Und gleichzeitig alles.

Und das war so verdammt verwirrend, so … so unmöglich, weil es doch nicht sein durfte, weil ich mich zusammenhalten musste, wie ich es immer tat, und weil ich loslassen wollte.

Connor fuhr mit seinen Daumen unter meinen Augen entlang, in seinen eigenen der vertraute Riss, der ihn für mich schon immer zu schön, zu zerbrochen gemacht hatte. »Es ist okay«, raunte er noch mal eindringlicher. »Hass mich, solange du musst. Kämpf gegen mich, wenn du das brauchst. Aber glaub niemals auch nur für eine Sekunde, dass ich dich noch mal gehen lassen werde – irgendwann haben wir diesen ganzen Scheiß aufgeräumt, und wenn es so weit ist, kommst du nach Hause. Ich warte da auf dich, Cali. Immer. So lange, wie ich muss.«

Kaum dass seine Lippen danach wieder auf meinen lagen, brachen die Tränen aus mir raus.

Ich klammerte mich an Connor fest, hörte nicht auf, mich im Rhythmus seiner Stöße zu bewegen, die mich irgendwie zerstörten und wieder zusammensetzen, die mich zu Fall brachten und wieder auffingen. Ich konnte es nicht verhindern, dass immer mehr Tränen über meine Wangen liefen, aber ich ließ trotzdem zu, dass Connor sie immer wieder wegwischte, mich festhielt und mich dabei spüren ließ, wovor ich die letzten Jahre weggelaufen war – dass es immer *er* sein würde.

Selbst wenn ich ihm noch nicht verzeihen konnte, weil einfach zu viel zwischen uns schiefgegangen war, wusste ich, dass er und ich auf eine Weise miteinander verbunden waren, die man nicht mit Worten erklären konnte.

Für die es vielleicht auch einfach keine Erklärung gab.

Wir waren einfach nur er und ich und egal, wohin ich gehen, egal, wohin ich jemals weglaufen würde, gerade spürte ich mit erschreckender Gewissheit, dass mein Weg immer wieder bei Connor enden würde.

Weil er meine Dunkelheit war.

Mein Mond, der mal da und mal weg sein würde, aber immer bei mir, auch wenn ich ihn nicht immer sehen konnte.

Als ich dann plötzlich spüren konnte, wie sich mein Unterleib bebend zusammenzog, wie der Druck so überwältigend wurde, dass ich meine Fingernägel in seine Schultern krallte, kam ich so intensiv, dass ich komplett die Kontrolle über mich selbst verlor. Connor küsste mich dabei tief und fest, beinahe, als würde er mir für immer seinen Namen auf meine Lippen brennen, erhöhte noch mal das Tempo, das Gefühl, die Stöße, alles, verstärkte meinen Orgasmus, und kam kurz darauf in mir. Er unterdrückte einen Fluch, hielt sich an mir fest, wie ich mich immer noch an ihm, und für diesen einen Moment, für ein paar Sekunden konnte ich so tun, als wäre zwischen uns alles in Ordnung.

Als hätte ich immer noch das Glück, mich in meinen besten Freund verliebt zu haben, den Menschen, der mich besser kannte als ich mich selbst, und es war perfekt.

Es war echt.

Es war rau.

Es waren *wir*.

# 41

☾

## CONNOR

Es fiel mir verdammt schwer, Kit erst mal allein zu lassen und ihr den Raum zu geben, den sie gerade brauchte.

Ich meine, ja, ich hatte eigentlich nur darauf gewartet, dass ihre Mauer endlich einstürzen würde, aber sie weinen zu sehen, in diesem Moment, in dem ich sie an meinem ganzen Körper gespürt hatte, hatte mir das verdammte Herz rausgerissen.

Und, fuck – ich konnte auch jetzt, fast drei Stunden später, kaum an etwas anderes denken als an sie. Daran, wie sie mich wieder an sich rangelassen und mich angesehen hatte, wie sie sich unter mir, in meinen Armen, Haut an Haut, angefühlt hatte und mir verdammt noch mal endgültig klar geworden war, dass Kit nie wirklich das Gegenteil von mir gewesen war.

Sie war mein Gegenstück.

Sie war es damals nur zur falschen Zeit gewesen, aber das änderte nichts daran, dass sie es heute immer noch war und immer sein würde – weil ihre Federn nie so weiß gewesen waren, wie ich mir hatte einreden wollen.

Sie waren genauso schwarz wie meine.

Pechschwarz. Rabenschwarz. Kohlschwarz.

Und sie gehörte mir. Auch wenn sie es nicht ausgesprochen hatte, hatte sie es mich spüren lassen, und, fuck, ich schätze, es war verdammt klar, dass ich ihr schon verfallen war, als ich es selbst nicht wahrhaben wollte. Dass ich mit jeder abgefuckten Zelle meines Körpers ihr gehörte und sie alles von mir haben konnte, was sie wollte.

Weil sie schon immer mein Zuhause gewesen war und ich ihres sein wollte.

Dass ich auf sie warten würde, bis sie bereit dafür war, hatte ich ernst gemeint. Ich würde da sein, wenn sie sich dazu entscheiden würde, zu mir nach Hause zu kommen, und hatte ihr deswegen auch den Dog-Tag-Anhänger meiner Kette mit der *Come-Home*-Gravur dagelassen.

»Erde an Connor«, riss mich Nates nervtötende Stimme aus den Gedanken, und brachte mich dazu, meinen Kopf nach ihm umzudrehen. Er hatte seinen durch die Vordersitze meines Wagens gesteckt und starrte mich unter fragend zusammengeschobenen Brauen an. Alec auf dem Beifahrersitz tat dasselbe.

Wir saßen schon seit Stunden in meinem Auto, wartend auf den nächsten Scheiß, weil die Welt nicht anhielt, nur weil ich nicht hinterherkam.

»Was ist?«, erwiderte ich gereizt – auch wenn ich es wahrscheinlich zum ersten Mal seit Langem überhaupt nicht war – und wandte mich wieder von ihnen ab, um die Tiefgarage vor uns im Auge zu behalten. Wir hatten inzwischen nach zwei Uhr und dieser Wichser war immer noch nicht aufgekreuzt.

»Jesse hat geschrieben, er ist auf dem Weg. Er hat mit seinem Dad alles geklärt und hat die ganzen Unterlagen von Hale und seinen Leuten an ihn übergeben. Montgomery ist gefickt. Im besten Fall früher als später.«

Ich erwiderte nichts darauf, aber bei der Erinnerung daran, dass sich die Jungs quasi von letzter Nacht bis vor wenigen Stunden hinter die Verhörvideos geklemmt und alle Beweise gegen Montgomery zusammengesammelt hatten, während ich im Grunde auf der Suche nach meinem buchstäblichen Zuhause gewesen war, verspürte ich den seltsamen Drang, Danke zu sagen. Mit Worten, und so ein Bullshit.

Allerdings hielt mich Nates bohrender Blick gerade davon ab, überhaupt irgendwas zu sagen.

»Sag mal, ist alles in Ordnung mit dir? Du wirkst so …«

»Normal«, half Alec ihm aus, woraufhin Nate plötzlich näher kam und hinten den Kragen meines Pullovers weiter runterzog.

»Alter, was hast du – oh. Oh, fuck«, lachte er, und beachtete kaum, dass ich mich von ihm losmachte. »Fuck, fuck, fuck – es ist passiert. Wie haben wir noch mal gewettet? Hab ich gewonnen? Ach, scheißegal. Wie war's?«

Er drückte sein Gesicht wieder durch die Sitze und beugte sich noch weiter vor, als ich ihm einen demonstrativ genervten Blick zuwarf.

»Na, wie wohl? Wahrscheinlich hat's fünf Sekunden gedauert, wenn man bedenkt, dass Kit seine Eier schon eine ganze Weile in der Tasche hat«, warf Alec ein, wobei er sich mit einem Ellbogen auf die Tür aufstützte und seinen Blick ebenfalls durch die dunkle Tiefgarage schweifen ließ.

»Also, ich glaube, es hat länger gedauert. Höchstens zehn Sekunden. Weil er's genießen wollte.« Nate schlug mir seine Hand auf meine Schulter, als wäre er stolz auf mich, aber ich ignorierte die beiden Sackgesichter und drehte ungeduldig mein Zippo in der Hand.

Er war immer noch nicht hier aufgekreuzt. Dabei stand sein Porsche ein paar Parkplätze entfernt, was angesichts der Gegend, in der wir uns gerade befanden, nicht die beste Idee war. Ehrlich gesagt rechnete ich schon, seit dem Moment, seitdem wir hier parkten, dass mir die Reifen mit uns im Auto abmontiert wurden.

Weil sich aber immer noch nichts tat und Nate anfing, über die perfekte Dauer von Sex zu philosophieren, wanderten meine Gedanken wieder zu Kit.

Ich hatte ihr vorhin fast alles erzählt, und ja, es war scheiße von mir, dass ich ihr direkt wieder etwas verheimlichte, aber, was Montgomery anging, wusste ich nicht mal, ob ich das Fass überhaupt aufmachen wollte und ob es nicht für alle besser wäre, sie würde nie davon erfahren.

»Jesse ist da«, sagte Alec dann mit einem Blick auf sein Handy gerichtet. »Er meinte, er hätte ihn gerade aufs Parkhaus zugehen sehen.«

»Ah, Showtime. Was hab ich das vermisst.« Nate ließ seine Schulter kreisen, als würde er sie aufwärmen. »Ich hoffe, ich bin noch nicht eingerostet.«

Ich stieg aus, ohne dass Alec und Nate mir folgten. Nachdem ich meine Tür zugeworfen hatte, lehnte ich mich mit dem Rücken an die Motorhaube, klemmte mir eine Zigarette zwischen die Lippen, auf denen ich Kit immer noch schmecken konnte, und zündete sie mir an. Mit einer Hand in meine Hosentasche geschoben, wartete ich darauf, dass Trey fucking Montgomery aus der Ferne über den Asphalt auf seinen silbernen Porsche zutaumelte.

Er schwankte stark, hatte einen Joint im Mund und blieb nur einmal kurz stehen, um ihn sich erneut anzustecken.

Ich rauchte meine eigene Zigarette in aller Seelenruhe, obwohl dieser Wichser mir einen Großteil meiner inneren Ruhe gerade wieder nahm. Fuck, ich hasste diesen Bastard, und dass er das offensichtlich stärkste Spermium eines Psychopathen war, war nur ein Grund.

Es dauerte eine Weile, fast den ganzen Weg, bis er endlich mal den Blick hob und einen Moment brauchte, um mich unter seinen halb gesenkten Lidern zu fixieren. Er wirkte komplett zugedröhnt und so wie er kaum die Balance halten konnte, hatte er vermutlich auch verdammt viel getrunken.

»Connor?«, fragte er verwirrt, beinahe freudig überrascht. »Jo, Mann, was machst du denn hier? Hast du Sehnsucht?«

Ich erwiderte nichts darauf und aschte meine Zigarette ab. Ließ ihn noch näher kommen.

»Also, falls ja – ich hab echt guten neuen Stoff, der ballert dir so den Schädel zu, ich sag dir, Mann … Astreines Zeug. Ich könnte dir bestimmt einen guten Preis …«

Er wurde leiser, als hinter ihm die Motorengeräusche eines Bikes lauter wurden. Jesse ließ ihn einmal aufheulen – der Penner liebte große Auftritte – und kam dann schnell näher.

Trey drehte sich mit dem Joint in der Hand schwankend um und weil Jesses Bike durch die neongrüne Lackierung unschwer zu identifizieren war, schien er zu kapieren, was hier abging. Ein fast schon resignierter Laut verließ seine Lippen, ehe er sich wieder an mich wandte.

»Ach, komm schon, Mann … es tut mir leid, wenn ich deine Puppe angefasst habe, okay? Ich meine, ist ja nicht so, als würde die ganze Welt dir gehören – du kannst auch mal teilen, und so. Tut nicht weh.«

Ich ließ mich wieder nicht dazu herab, dem Wichser zu antworten.

Wegen der Sache – seinem Graffiti – mit Kit, war ich nicht hier. Auch wenn ich ihm die Hände dafür brechen wollte, dass er sie überhaupt angefasst hatte.

Aber heute war ich wegen etwas anderem hier.

In dem Moment in dem Jesse sein Bike zwei, drei Meter hinter Trey abbremste und dann stehen blieb, stiegen Alec und Nate hinter mir aus meinem Wagen, Nate mit einem Baseballschläger, den er mit einem abgefuckt-fröhlichen Grinsen auf die Schulter warf.

»Hey, Trey-Baby, lang nicht gesehen«, meinte er, blieb zu meiner Linken stehen, während Alec auf meine rechte Seite kam.

Trey ließ die Schultern sinken, sah erst die beiden neben mir an, vor allem Nate, dann wieder mich. »Wollt ihr mich jetzt echt verprügeln, oder was? Was hab ich denn getan? Ich meine, soweit ich weiß, war die Kleine vor ein paar Wochen noch zu haben, und wenn du mich fragst – also, hey, ich würde sie heiraten, ich meine, diese …« Er machte eine Geste mit den Händen, als würde er ein Paar Titten umfassen – was meine Meinung änderte.

Ich war doch wegen Kit hier.

Und ich würde dem verdammten Bastard jeden Knochen seiner Hände und vielleicht auch noch ein paar mehr brechen. Kam insbesondere darauf an, wie weit er sein Maul noch aufreißen wollte.

Ein Grinsen huschte über seine Lippen, als wüsste er, dass er mich damit provozierte – sobald Jesse hinter ihm sein Bike wieder aufheulen ließ, verging ihm das Lachen.

»Ich würde an deiner Stelle aufpassen, was du sagst. Ohne Zähne isst es sich nicht so gut«, meinte Nate gelassen, fasste den Schläger demonstrativ fester.

»Und mit ’nem zertrümmerten Gesicht auch nicht«, warf Alec ein.

»Ach ja, stimmt. Hab ich vergessen.« Nate lachte und ging dann auf Trey zu, wobei er den Schläger hinter seinem Nacken über beide Schultern ablegte.

Alec näherte sich ihm von der anderen Seite und Jesse kam mit seinem Bike wieder näher, als Trey einen Schritt von ihnen weg machen wollte.

Ich betrachtete die Szene mit augenscheinlicher Gelassenheit, zog an meiner Zigarette und sah dabei zu, wie Trey besiegt den Kopf hängen ließ und streckte seine Arme so aus, als würde er verhaftet werden.

»Macht aber schnell, okay? Ich hab noch – « Der Rest seines Satzes ging in einem schmerzerfüllten Stöhnen unter.

Nate zog den Schläger wieder aus seinem Magen. »Uh, das hat gesessen, oder?«

Trey, der getroffen von dem Schlag leicht nach vorn gebeugt dastand, sah an Nate vorbei zu mir, dann wieder hektisch zu Alec, der dicht genug an ihn herantrat, um ihn mit einem Tritt in die Knie auf den Boden zu befördern.

»He, Leute, das war doch nur ein Spaß, was –«, laberte er rum und stockte, sobald Nate ihm den mit dem Arm ausgestreckten Schläger unters Kinn legte und Alec hinter ihm seinen Kopf zurückriss.

»Ich frag mich gerade, was schlimmer wäre: Zertrümmertes Gesicht oder zertrümmerter Kehlkopf?«

Nate meldete sich mit seiner freien Hand. »Ich wäre dafür, wir finden es heraus. Der Wichser redet ja noch mehr als ich.«

»Was zum Teufel wollt ihr denn von mir?«, wollte er wissen, und wirkte aufrichtig verwirrt.

Ich ließ meine Zigarette auf den Boden fallen und trat sie aus, bevor ich auf ihn zu- und direkt vor ihm in die Hocke ging. Nate nahm den Baseballschläger runter, aber Alec hielt ihn immer noch weiter fest. Auch dann, als ich aus meinem Stiefel mein Einhandklappmesser rauszog, es aufschnellen ließ und Trey nur ein paar Millimeter von seiner Kehle entfernt hinhielt.

»Aber ich glaube, am schlimmsten wäre ein Blutbad – oder, TK?«

Trey Kennedy – wie der Bastardsohn von Montgomery wirklich hieß – schluckte sichtlich. »Was wollt ihr von mir?«

»Falsche Frage. Die richtige Frage lautet: Was wolltest du von Logan?«

»Von wem?«, stellte er sich unwissend – in seinem Gesicht war abzulesen, dass er wusste, von wem ich sprach.

Ich nahm das Messer weg und Nate holte mit dem Schläger aus.

»Okay, okay, ist ja gut!« Trey wich so weit zurück, wie Alec es zuließ, und Nate hielt inne. »Chillt mal. Ich sollte neue Rekruten ausbilden, und dann hab ich mich halt an den Kleinen erinnert. Er hatte Potenzial und ging zufällig zur Sunset High, also war er ein guter Kandidat.«

»Das ist bedauerlich. Logan ist ihr kleiner Bruder.«

»Ach ja?« Er runzelte verwirrt die Stirn.

»Und ihr anderer Bruder ist ein Cop. Ganz schön mieser Background-Check deinerseits.« Ich beobachtete jede Regung seines Gesichts, um herauszufinden, wie er darauf reagierte.

Er hatte ein beschissenes Pokerface.

»Was wollte dein Vater von Logan?«

»Ich habe keine Ah–«

Er zuckte zusammen, als ich ihm die flache Klinge von unten gegen seinen Kiefer drückte. Alec verrenkte seine Arme fester hinter den Rücken, sodass er seine Miene vor Schmerzen verzog.

»Was wollte er von Logan?«, wiederholte ich.

Trey blinzelte mich mit seinen zugedröhnten Augen an. »Die Frage ist eher, was will so ein Mädchen wie sie von jemandem wie dir, der so tut als sei er böse, aber in echt sich nicht mal wirklich traut, jemanden zu schneiden.« Er drückte sein Kinn gegen die Klinge und grinste dabei wie besessen.

Bevor ich darauf reagieren konnte, hatte ihm Alec bereits mit der Faust ins Gesicht geschlagen, sodass sein Kopf zur Seite geschleudert wurde. Dieser Bastard fasste sich aber viel zu schnell. Das Blut lief ihm aus der Nase, und er spuckte aus, bevor er mich wieder angrinste, die Zähne mit hellem Rot überzogen.

»Glaubst du etwa, ich habe Angst vor euch? Shit, Mann, ich hab mehr Angst vor meinem Vater als vor euch. Also wenn ihr mich verprügeln wollt, macht's nur. Aber du würdest mir echt einen riesigen Gefallen tun, wenn du dieses Messer wegnehmen könntest.«

»Buhu, mein Papi ist stärker als ihr«, feixte Nate. »Sind wir im Kindergarten, oder was?«

Für einen kurzen Moment verengte Trey die Augen. »Ihr habt ja so was von keine Ahnung.«

Etwas machte mich hellhörig. »Was meinst du damit?«

»Wie, was soll ich damit meinen? Ich hänge an meinem Leben. Ich will sicher nicht so enden wie Megan.«

Als begriff er in dem Moment, in dem er den Satz beendet hatte, was er da gerade gesagt hatte, wurde er eine Spur blasser.

Megan Bailey war die Frau von Isaac Bailey – die, die erst kürzlich einen schweren Autounfall gehabt und gerade so überlebt hatte.

Ich versuchte, mir nicht anmerken zu lassen, dass er uns mit diesem Satz in die Karten spielte. »Hat er den Unfall beauftragt?«

Trey fing an den Kopf zu schütteln, allerdings nicht wirklich als Nein auf meine Frage, sondern als Nein dazu, überhaupt zu antworten.

Ungeduldig und weil ich keinen Bock hatte, ewig mit ihm zu diskutieren, stand ich wieder auf und Nate schnalzte mit der Zunge. »Blöde Entscheidung, Kumpel, ganz blöde Entscheidung.«

»Was?« Er blickte hektisch zwischen mir und Nate hin und

her, aber ich sagte nichts mehr und holte mir nur eine neue Zigarette raus, während Nate aus meinem Wagen einen Benzinkanister holte.

Er stellte ihn vor mir ab und schraubte den Deckel ab.

Ich zündete mir die Zigarette an.

Trey bekam sichtlich Panik.

Perfekt.

»Was soll das werden?«, wollte er mit aufgerissenen Augen wissen und beobachtete, wie Nate mit dem Fuß den Kanister umkippte, sodass sich binnen Sekunden eine Benzinlache unter Treys Knien sammelte. Er versuchte davor zurückzuweichen, aber als er dabei gegen Alec stieß, drückt der ihn nur wieder runter. »Fuck! Ist das euer scheiß Ernst?! Das könnt ihr doch nicht machen!«

»Wir machen gar nichts«, erwiderte Nate locker. »Ich meine, hast du nicht gesehen, wie der Kanister umgekippt ist? Ups.«

Ich starrte zu Trey runter und zog dabei an meiner Zigarette, weit genug weg von der Benzinlache, dass schon nichts passieren würde. Er hatte recht, wir waren nicht so skrupellos wie sein Vater, und wie ich jetzt erahnen konnte, auch nicht mal ansatzweise so abgefuckt, jemanden als Mittel zum Zweck zu töten – aber das brauchte Trey nicht zu wissen.

»Wie sieht's jetzt aus, TK? Immer noch mehr Angst vor deinem Vater als vor uns?«, fragte ich und ließ meine Stimme dabei so verflucht emotionslos klingen, dass Trey zu Recht Zweifel daran hatte, ob ich nur bluffte.

Um ihn unter Druck zu setzen, aschte ich meine Zigarette ab, aber der kaum nennenswerte Wind trug sie in die entgegengesetzte Richtung.

Es funktionierte trotzdem.

»Das ist total dumm von euch«, brachte Trey dann hervor und wand sich immer noch in Alecs Griff. »Ihr habe keine Ahnung, mit wem ihr euch da anlegt. Der Typ ist völlig krank im Kopf, und fuck, ganz ehrlich? Deine Mutter tut mir richtig leid, Mann.«

Bei ihrer Erwähnung verhärtete sich etwas in mir, mein Blick wurde noch finsterer.

Allerdings fing Trey dann ohne weiteres Zutun an zu reden – und er hörte verdammt noch mal nicht wieder damit auf.

☾

Ich schlief die zweite Nacht in Folge praktisch so gut wie gar nicht.

Hauptsächlich, weil ich darauf wartete, dass Jesse sich bei mir meldete und mir sagte, dass der Haftbefehl für Graham fucking Montgomery über den Tisch gegangen war. Er hatte alles aufgenommen, nachdem Trey gesungen hatte wie ein verdammter Vogel, und es an seinen Vater weitergeleitet – was als Nächstes passierte, lag nicht mehr in meiner Hand.

Fuck, ich wünschte, es wäre so, weil ich mir gerade ehrlich gesagt die Zeit damit vertrieb, mir vorzustellen, wie ein Loch in seinem Kopf aussehen würde.

Früher, vor meiner Therapie, wäre es wahrscheinlich auch dazu gekommen, aber jetzt ... jetzt fragte ich mich, was es mir bringen würde, diesem Wichser noch mal ins Gesicht zu sehen. Selbst wenn ich es wollte, weil ich verdammt noch mal aus seinem Mund hören musste, wieso er den Mord in Auftrag gegeben hatte – aber sein Bastardsohn hat mir schon genug Antworten gegeben.

Montgomery war schon in der Highschool in meine Mutter verliebt gewesen. Aber mein Dad, mit dem er befreundet gewesen war, hat ihm meine Mutter praktisch vor der Nase weggeschnappt. Er hat es wohl nicht ertragen, dass mein Vater derjenige gewesen war, der nicht nur meine Mutter bekommen hatte, sondern aus einer reichen Familie stammte, sich ein millionenschweres Business aufbauen konnte und Montgomery immer unter ihm gestanden hatte.

In jeder Hinsicht.

Durch meine Recherchen von Hale hatte ich herausgefunden, dass er ein Pflegekind war, da sein leiblicher Vater wegen eines dreifachen Mordes im Zuge eines Raubüberfalls bis an sein Lebensende im Knast saß und seine Mutter sich nach der Inhaftierung irgendeiner Sekte angeschlossen hatte, die jeden Sonntag irgendwelche Rituale abhielt, um den Weltuntergang zu verhindern. Er war in seiner Kindheit von einer Familie zur nächsten gewandert, hatte irgendwann in seiner Jugend Bailey kennengelernt und ein halbes Jahr auf einer geschlossenen Station einer Psychiatrie verbracht, weil er verhaltensauffällig gewesen war.

Falls man das noch so durchwinken konnte, wenn man im Kunstunterricht mal einem Mitschüler einen Pinsel durch die Hand gerammt hatte.

Ich schätze, wenn mein Vater mehr über die Vergangenheit von diesem Wichser gewusst hätte, hätte er ihn nicht in sein Unternehmen geholt und ihn all die Jahre als Freund der Familie bezeichnet. Aber man konnte nicht immer alles über die Menschen in seinem Umfeld wissen. Vor allem nicht, dass sie Psychopathen waren.

Wie meine Mutter an diesen Wichser geraten war, hatte Trey mir ebenfalls verraten, was es umso schwerer machte, darauf zu warten, dass Montgomery in Handschellen von meinem Thron gerissen und aus meinem zukünftigen Büro abgeführt wurde.

Ich zwang mich dazu, nicht dabei zu sein, und fuhr direkt nach Jesses Anruf zu meiner Mutter, denn wenn ich eins aus den Jahren dieser verdammten Therapie gelernt hatte, dann die richtigen Prioritäten zu setzen.

Kit war eine davon, eigentlich *die* Priorität, und ich musste mit ihr auch auf jeden Fall noch über Bailey, Montgomery und meine Familie reden. Wenn ich gekonnt hätte, wäre ich auch letzte Nacht zu ihr gegangen, hätte ihr einfach alles gesagt und darauf gehofft, dass sie jetzt keinen Rückzieher mehr machen würde – aber ich hielt mich an mein Wort, dass ich ihr die Zeit gab, die sie brauchte.

Dass meine Mutter jemals wieder zu einer Priorität werden könnte – fuck, ich war der Letzte, der damit gerechnet hätte. Aber ihretwegen lief ich jetzt mit schnellen Schritten durch die Gänge des Krankenhauses, in das sie kurz nach der Verhaftung gekommen war, und sah nicht aus der ersten Reihe dabei zu, wie der Wichser verhaftet wurde, der unser Leben zerstört hatte.

Als ich das Zimmer betrat, lag sie im Bett, den Blick durch die bodentiefe Fensterfront nach draußen auf das Meer geheftet. Sie wirkte abwesend und bemerkte weder, dass ich ins Zimmer gekommen war, noch, dass ich näher an sie herantrat. Um ihre Unterarme waren dicke Verbände gewickelt, ihre blondierten Haare hatte sie zu einem Zopf geflochten und ihr Gesicht war ausnahmsweise mal komplett ohne Make-up.

Trotzdem war sie nicht meine Mutter.

Keine verdammte Ahnung, ob sie es jemals wieder sein würde, aber ich war nicht hier, um darauf sofort eine Antwort zu finden.

»Mom.«

Sie reagierte nicht sofort, sondern blinzelte zuerst nur, als hätte sie sich das nur eingebildet; dann wandte sie ihren leeren Blick in meine Richtung und sah mich ohne jede Regung an.

Ich tat dasselbe, weil ich nicht wusste, wie ich reagieren sollte. Wir hatten seit fast acht Jahren kaum richtig miteinander gesprochen. Wir waren zu Fremden geworden und jetzt stand ich nur hier in ihrem Krankenzimmer, weil sie jahrelang mit einem Psychopathen unter einem Dach gelebt hatte, der aus ihr seine eigene perfekte Frau geformt hatte.

Die blonden Haare.

Die aufgespritzten Lippen.

Die ganzen Schönheits-OPs, die meine Mutter nicht nötig gehabt und mit denen der Wichser wortwörtlich eine verdammte Barbie aus ihr gemacht hatte, um sie zu Hause einzusperren und draußen anderen vorzuführen.

Von einer Sekunde zur nächsten brach sie in Tränen aus. Ihr Schluchzen zerriss die Stille des Zimmers und traf völlig unvorbereitet meine Brust.

Fuck. Bei Kit war das einfach gewesen, das fucking Selbstverständlichste überhaupt, dass ich sie in diesem Moment festgehalten hatte – aber bei meiner Mutter? Bei ihr konnte ich mich keinen Zentimeter rühren.

»Connor, es … Es tut mir so leid, ich … oh Gott, es tut mir so leid … ich weiß nicht, wie ich …«, weinte sie, hob hilflos die Schultern und verbarg immer noch ihr Gesicht.

Ich wusste nicht, was ich antworten sollte, ob ich etwas antworten sollte, und wie ich antworten sollte. Zwischen meiner Mutter und mir war in der Vergangenheit so verdammt viel schiefgelaufen, und auch, wenn ich jetzt wusste, was dahintersteckte, und dass dieser Bastard sie dazu gezwungen hatte, konnte ich nicht komplett abschalten, dass ich sie damals gebraucht hätte und dass vielleicht ein paar Dinge anders gelaufen wären, wäre sie da gewesen.

Ich stand mitten im Raum, die Hände in den Hosentaschen vergraben, und verlagerte das Gewicht von einem Bein aufs andere, weil ich keine Ahnung hatte, wohin ich jetzt wollte.

Ihr Weinen wurde lauter, regelrecht zu erbärmlichen Schluchzern, bis es wieder verebbte und sie ein paar Worte stammelte. »Connor … Ich weiß, ich kann nicht von dir verlangen, dass du mir verzeihst …«

Ich sah hoch in ihr aufgequollenes Gesicht, in ihre blutunterlaufenen Augen, und fuck, ich konnte nicht anders, als mich zu ihr zu setzen.

»Graham … Er wollte dich tot sehen.« Sie brach ab und schluchzte wieder, und obwohl mich ihre Worte nicht mal überraschten, nicht nach allem, was ich über den Wichser wusste, traf mich der Gedanke, dass er es beinahe geschafft hätte. Scheißegal, auf welche Art, ob durch eine Kugel oder meine Dämonen – ich hätte heute tot sein können.

»Er wollte dich umbringen, Connor. Er wollte alles für sich allein. Er wollte *alles* haben, was deinem Vater gehört hat und ich … Er hat mir damals mehr als einmal gesagt, dass er Gefühle für mich hat, aber ich … ich war glücklich mit deinem Dad und ich wollte nicht … ich hab doch nicht gewusst, was er tun würde. Dass er so weit gehen würde und …« Sie griff immer noch bitterlich weinend mit bebenden Händen nach der Packung Taschentücher, die ich von ihrem Nachtschrank genommen hatte und ihr hinhielt. »Heute wünschte ich, ich hätte deinem Dad davon erzählt, aber ich hatte Angst, dass ihre Freundschaft darunter leidet, weil Graham ja trotzdem … ein Freund war … und ich … ich wollte nicht … Aber dann ist auf einmal dieser Raubüberfall passiert, kurz nachdem er versucht hat, mich … mich zu …« Sie schaffte es nicht, die Worte auszusprechen, aber das musste sie auch nicht. Mir war klar, was sie sagen wollte, und es reichte, dass ich für eine fucking Sekunde bereute, dass wir gestern das Benzin nur seinem Bastardsohn vor die Knie geschüttet hatten.

Er hätte es verdient, im verdammten Höllenfeuer zu enden.

»Er hat es nicht geschafft«, fuhr sie dann leise schniefend fort und legte zögernd ihre Hand auf meinen Unterarm. »Aber deswegen wusste ich bei diesem Raubüberfall sofort, dass etwas nicht stimmte, und als Bailey die Waffe auf dich gerichtet hat, konnte ich nicht … ich … ich würde … hätte dich und Ash mit meinem Leben beschützt, Connor.«

Als sie das sagte, holte sie damit wieder das Bild von meinem Bruder hoch, und ich sah wieder vor mir, wie sie ihn festgehalten hatte … Ich nahm ihre Hand von meinem Arm und umschloss sie mit meiner.

»Ich weiß«, murmelte ich, betrachtete dabei die dicken Verbände um ihre Unterarme und wusste, dass sich darunter Verbrennungen befanden.

Es waren keine, die sie sich aus Versehen zugezogen hatte, keine Unfälle.

Es war eine verdammte Bestrafung.

»Ich hab versucht, dich zu beschützen … er hat mir gedroht, dass wenn ich nicht tue, was er sagt, wenn ich dich nicht … wegstoße und er mich nicht für sich allein haben kann, dann … dann nimmt er dich mir auch noch weg … Deswegen habe ich mich so an den Eishockey-Puck und den Verlobungsring geklammert. Sie waren alles, was er mir gelassen hat …«

Und ich hatte ihr das weggenommen.

Fuck, ich konnte nicht sagen, dass ich es bereute. Damals hatte ich geglaubt, sie hätte meine Existenz aus ihrem Leben gestrichen, weil sie meinen Anblick nicht ertragen konnte. Dass ich alles war, was sie an ihren Verlust erinnerte, an ihre Reue, den falschen Sohn gerettet zu haben.

Aber dass dieser Wichser ihr das angetan hatte …

Mein Kiefer knackte, weil ich mich zusammenreißen musste, meinen Puls wieder runterzufahren. »Warum hast du verdammt noch mal nie was gesagt, Mom?«

»Ich konnte es nicht … Nachdem dein Vater … Ich glaube, als er gestorben ist, hat er zu viel von mir mit sich genommen. Er … Connor …« Trauer und Schmerz überschatteten ihre Augen, die mich gerade das erste Mal seit Langem an die meiner Mutter erinnerten. »Dieses Mädchen mit dem Skateboard«, flüsterte sie dann weiter, wobei sie wieder mit den Tränen kämpfte und sich an meine Hand klammerte. »Ich habe gesehen, wie du sie ansiehst, und genau das war dein Vater für mich. Ohne ihn habe ich einfach … nicht mehr funktioniert und aufgegeben. Ich konnte nicht kämpfen, nicht mehr für mich. Alles, was ich nur noch wollte, war, dass er dich in Ruhe lässt und … Ich hatte viel zu viel Angst davor, dass er seine Drohung wahrmacht und dir auch etwas antut. Selbst vom Gefängnis aus, ich … bitte versprich mir, dass du aufpasst. Dass er dich nicht auch noch kriegt, ja?« Die Tränen liefen ihr über die Wange, ohne dass sie sie wegwischte.

Weil sie anscheinend auf eine Antwort wartete, nickte ich nur und umschloss ihre Hand auch mit meiner anderen.

In den letzten Jahren hatte meine Mutter auf mich immer wie eine zu Plastik gewordene Marionette gewirkt, die mich ihre Reue spüren lassen wollte, sich damals vor mich und nicht vor Asher gestellt zu haben. Aber gerade war sie komplett gebrochen. Als wäre diese Hülle, in der ich sie die ganze Zeit gesehen hatte, wie eine Schicht Lehm aufgeplatzt und von ihr abgefallen, und als wäre darunter immer noch die Frau, die mit uns im Central Park Baseball gespielt hatte, statt uns bei irgendwelchen Nannys abzuladen. Die am Esstisch von uns wissen wollte, wie die Schule gewesen war, und die jeden Sonntagabend mit meinem Vater zu ihrer eigenen stummen Musik getanzt hatte.

»Versprochen«, erwiderte ich und drückte ihre Hand, woraufhin sie mit bebenden Lippen nickte.

»Ich muss eine Menge wiedergutmachen und ich hoffe, dass du mir irgendwann vergeben kannst … Es tut mir so leid, dass ich nicht für dich da gewesen bin … Ich …« Ihr versagte wieder die Stimme und ein trauriges Lächeln umspielte ihre Mundwinkel. »Gott, er wäre so stolz auf dich … das wären sie beide …«

# 42

KIT

Ich zog meine Kapuze über den Kopf und verschwand in eine Seitenstraße, in der Hoffnung, dass mich niemand entdeckt hatte. Vor dem Pacific Plaza Building standen lokale Fernsehteams und Journalisten, wohl in der Hoffnung, Connor zu Gesicht zu bekommen … und vielleicht auch mich als seine Freundin.

Eigentlich hätte ich wissen müssen, dass sie hier auftauchen würden. Mein Handy kam schon eine ganze Weile nicht mehr zur Ruhe, weil ich wegen der Verhaftung von Montgomery mit Nachrichten und Verlinkungen auf Instagram und Society bombardiert wurde. Auch jetzt, als ich mein Handy entsperrte, um Lana zu schreiben, weil sie gerade ein paar Sachen aus dem Penthouse für mich holte, musste ich erst mal die ganzen Pop-ups zur Seite wischen, die meinen Startbildschirm füllten.

Vielleicht sollte ich auch Connor schreiben und ihn warnen, dass er nicht herkommen sollte, weil diese Aasgeier nur darauf warten, sich auf ihn zu stürzen, und ich wusste, wie sehr er Journalisten hasste. Sie hatten schon damals zu oft immer wieder dieselben Wunden aufgerissen.

Bevor ich ihm aber schreiben konnte, kam eine Nachricht von ihm.

**Connor**: Geh nicht zum Pacific Plaza.

**Ich**: Das wollte ich dir gerade sagen. Keine Sorge, ich komm klar. Und du?

Ich bezog mich dabei nicht auf die Presse, sondern auf die Nachricht, die er mir heute Nachmittag geschrieben hatte, um über die Verhaftung von Montgomery zu sprechen und was dieses Arschloch seiner Mutter angetan hatte. Zwar war ich bisher aus offensichtlichen Gründen nie ein Fan von Rebecca gewesen, aber es fiel schwer, ihr Handeln nicht zu verstehen, wenn man wusste, was sie durchgemacht hatte.

**Connor:** Ja, ich war gerade noch mal bei ihr. Alles gut.
**Connor:** Und du ziehst es durch?
**Ich:** Ja

Ich beließ es dabei und besiegelte meinen Plan – bis jetzt war ich mir nicht sicher gewesen, ob ich ihn hätte heute noch durchziehen können, wenn ich wusste, dass er vielleicht wieder …

Ich schüttelte über mich selbst den Kopf.

Nach gestern und weil ich es schon die letzten Wochen bemerkt hatte, glaubte ich ihm, wenn er sagte, dass er klarkam, und ich wollte nicht wieder anfangen, an ihm zu zweifeln.

»Hier, ich hoffe ich habe alles«, riss Lanas Stimme mich aus meinen Gedanken, kaum dass sie um die Ecke gehuscht war und mir einen Rucksack randvoll vollgestopft mit Klamotten und Waschzeug entgegenhielt.

Nachdem ich mein Handy weggesteckt und den Rucksack aufgesetzt hatte, zog ich sie in eine feste Umarmung. »Danke, ehrlich«, sagte ich und meinte damit noch so viel mehr. Sie war immer für mich da gewesen, wenn ich alleine nicht mehr weitergewusst hatte, hatte mich wieder vom Boden hochgeholt, wenn ich keine Kraft mehr gehabt hatte, und es tat ein bisschen weh, mich erst mal von ihr verabschieden zu müssen.

Lana erwiderte die Umarmung genauso fest und klang tatsächlich, als würde sie gegen Tränen ankämpfen. »Pass auf dich auf, ja? Und schreib mir. Schick mir Fotos. Ruf an, wenn irgendwas ist. Du weißt, dass du mich Tag und Nacht erreichen kannst, Baby. Versprochen?«

»Versprochen. Ich bin ja nicht für immer weg.« Ebenfalls ein wenig schniefend, löste ich mich wieder von ihr und erwiderte ihr wehmütiges Lächeln.

»Okay, dann verschwinde jetzt, bevor dich noch jemand sieht.« Sie drückte mich in die Richtung, in die ich ohnehin musste. »Und bevor ich noch anfange zu heulen.«

Ich lachte leise – mir ging es nicht anders – und warf ihr noch schnell eine Kusshand zu, ehe ich die Straße überquerte und nur noch mal einen kurzen Blick zurückwarf, um sicherzustellen, dass mich niemand gesehen hatte.

Lana stand immer noch an derselben Stelle und winkte mir kurz zu. Nachdem ich ein letztes Mal zum Abschied zurückgewinkt hatte, lief ich weiter und ließ Lana und die Traube an aufgeregten Menschen vor der Pacific Plaza Building hinter mir.

Auch wenn ich immer noch von Connors Verhalten aus der Vergangenheit verletzt war und nicht wusste, wann das zwischen uns jemals wieder ganz sein konnte, würde, *wollte* ich es versuchen. Ich hatte sogar beinahe das Gefühl, es mir nach allem, was gewesen war, selbst schuldig zu sein, denn entweder zog ich ein für alle Mal einen Schlussstrich zwischen uns – oder ich tat alles dafür, damit es irgendwann wieder funktionierte.

Connor war vielleicht derjenige gewesen, der angefangen

hatte, uns kaputt zu machen, aber ich war diejenige gewesen, die nicht damit aufhören konnte.

Er hatte die letzten vier Jahre an sich gearbeitet, und Himmel, ich hoffte, dass es bei mir nicht so lange dauern würde, aber mir war irgendwie klar geworden, dass ich das gerade brauchte.

Eine Flucht.

Die der guten Art.

Eine ganz für mich.

Vielleicht, um meinen Kopf zu sortieren. Vielleicht, um erst mal zu verstehen, was alles passiert war. Und um eine Lösung zu finden, wie ich damit umgehen konnte. Wie ich anfangen konnte, mich mehr um mich selbst zu kümmern und nicht immer nur um andere.

Weil ich aber selbst noch nicht wusste, wie lang ich weggehen würde, musste ich mit meinen Geschwistern reden, vor allem mit Jackson und noch mehr mit Logan.

Als ich nach dreißig Minuten Fußweg bei Jacksons Wohnhaus ankam, war ich aus irgendeinem Grund nervös, und klingelte mit klopfendem Herzen.

*Vielleicht, weil du das erste Mal in deinem Leben wirklich etwas für dich tust.*

*Und vielleicht hast du Angst davor.*

*Aber vielleicht ist es genau das Richtige.*

Nachdem die Tür ein leises Summen von sich gab, stieß ich sie auf und lief über das Treppenhaus in den dritten Stock, wo Jamie bereits auf mich wartete und mir förmlich in die Arme lief.

»Hey JJ«, lächelte ich und spürte sofort, wie mein Herz schwer wurde, als ich ihm durch seine blonden Locken wuschelte. »Kommt ihr hier zurecht, oder ist schon Krieg ausgebrochen?«

»Nur ungefähr fünf Mal, weil keiner Josies komisches Mädchenzeug im Fernsehen sehen will«, grinste er und zog mich anschließend mit in die kleine Wohnung.

Weil man direkt das Wohnzimmer betrat, fiel mein Blick sofort auf das mehr oder weniger aufgeschlagene Lager – es lagen überall Bettdecken und Kissen rum, Josie lag mit Kopfhörern und einem Comic auf dem Boden, und nahm sie kurz runter, als sie mich reinkommen sah.

Ein Lächeln breitete sich auf ihrem Gesicht aus, wenn auch ein leicht trauriges, weil ich ihr schon von meinem Plan erzählt hatte.

Ich erwiderte es, bevor ich Jamie erst mal zu ihr schickte und dann einen Raum weiterging, wo Logan und Jackson in der Küche am Tisch saßen. Logan hatte wie ich seine Kapuze aufgesetzt und sah immer noch fertig aus, wenn auch etwas besser als im Verhörraum, und ja – ein Teil in mir wollte ihn immer noch schütteln und anschreien. Aber als ich jetzt auf ihn zuging, war das Erste, was ich tat, ihn zu umarmen. Er schien überrascht, vor allem, weil er dabei immer noch auf dem Stuhl saß, aber er erwiderte meine Umarmung trotzdem.

Ich wusste selbst nicht mehr, wann er mich das letzte Mal so nah an sich herangelassen hatte, weshalb sich ein kleiner Ballon unter meinen Rippen ausdehnte und mir kurz ein bisschen das Atmen schwermachte.

»Ich bin nicht wütend auf dich, Lo«, sagte ich ihm leise, und er umarmte mich noch ein bisschen fester. »Du hast Scheiße gebaut, ja, aber das weißt du selbst, und ich will einfach, dass du weißt, dass ich immer für dich da sein werde. Dass du mit mir über alles reden kannst, auch wenn du denkst, dass es mich verletzt. Du bist mein Bruder, Lo, und ich hab dich lieb, ganz egal, was du für einen Mist anstellst.«

Bevor er darauf antworten konnte, löste ich mich bereits

wieder von ihm und ging zu Jackson. Im ersten Moment sah er mich genauso irritiert an wie Lo und reagierte nur noch überraschter, als ich auch ihn umarmte und dabei spüren konnte, wie etwas, ein winzig kleiner Teil in mir wieder zusammenwuchs.

Als hätte etwas gefehlt, das jetzt wieder an seinen Platz gerückt war.

»Es tut mir leid, Jacks«, murmelte ich gerade, als auch er meine Umarmung mit einem Arm erwiderte. »Ich weiß, dass ich zu hart zu dir war, und ich verstehe, was du versucht hast, was du … warum du gehen musstest. Ich kann dir nicht versprechen, dass ich nicht immer noch sauer bin, aber ich arbeite dran, okay? Weil ich dich trotzdem lieb habe und dir für alles dankbar bin, was du für uns getan hast.«

Nachdem ich mich wieder von ihm gelöst hatte, sahen mich meine Brüder an, als rechneten sie damit, dass ich ihnen gleich irgendeine tödliche Krankheit oder so verkünden würde.

»Ist alles okay bei dir?«, wollte Logan dann wissen und tauschte einen *Dreht-sie-gleich-durch?*-Blick mit Jackson aus.

»Nein, gerade ist irgendwie nichts okay«, erwiderte ich ehrlich, und es fühlte sich gut an, das zuzugeben. »Ich muss gehen. Ich weiß noch nicht, wohin und wie lang, und wann ich zurückkommen werde, aber ich muss gehen.«

Logan nickte, als würde er verstehen, und auch Jacks Blick wurde weich und verständnisvoll.

Ich sagte ihnen noch, dass sie mich aber über Logans Anklage auf dem Laufenden halten sollten, und dass wir über alles reden würden, wenn ich wieder zurück wäre.

Im Endeffekt blieb ich danach nicht mehr lang, weil ich eigentlich nur für einen kurzen Abschied gekommen war, und machte mich dann mit dem Bus auf den Weg nach Los Angeles. Dort am Busbahnhof angekommen, hielt ich mich nicht lange mit der Entscheidung auf, wo ich hinfahren würde – ich warf einen Blick auf die Tafeln, sah nach, welche Busse als Nächstes abfahren würden, und holte mir ein Ticket für San Diego.

Als ich dann im Bus saß, mit meinem Rucksack auf dem Schoß und gerade genug Geld, dass ich damit irgendwo hinkommen würde, konnte ich im ersten Moment selbst nicht ganz glauben, dass ich das gerade wirklich tat.

Die Aufregung kehrte wieder zurück, ein bisschen die Sorge, die ich nie unterdrücken konnte, ob meine Geschwister auch ohne mich klarkommen würden, aber vor allem irgendwie das Gefühl, als könnte alles besser werden. Leichter.

Sobald sich der Bus in Bewegung setzte, setzte ich meine Kopfhörer auf, schaltete »lovebomb« von Nessa Barrett ein und schrieb Lana eine kurze Nachricht.

Sie hatte mich überhaupt erst auf die Idee gebracht, mir eine Auszeit zu nehmen, nachdem ich letzte Nacht total verheult bei ihr vor der Tür gestanden hatte – mit Connors *Come-Home*-Dog-Tag in der Hand. Ich hatte nicht mal irgendwas dazu zu sagen brauchen, Lana hatte mich einfach in den Arm gezogen, als ich hilflos nach Worten gerungen hatte, und ein »Ich weiß« geflüstert.

Mein Blick glitt auf das Dog-Tag, das ich zwischen meinen Fingern festhielt.

*Ich weiß.*

Und ich glaube, ich wusste es auch.

# EPILOG

## KIT

*Vier Wochen später*

Meine nackten Zehen gruben sich in den Sand, während ich am Strand von San Diego saß, mit dem Wind in den Haaren und »Bad Life« von Bring Me The Horizon und Sigrid im Ohr.

Obwohl es noch früh war, waren bereits die ersten Surfer aus ihren Betten gekrochen, um die besten Wellen zu erwischen, aber ich war nicht deswegen hier. Zugegeben, ich hatte in meiner dritten Woche hier an einem Surfkurs teilgenommen, um mir ein wenig die Zeit zu vertreiben, aber heute war ich hier, um mir ein letztes Mal den Sonnenaufgang über dem azurblauen Meer anzusehen.

Tief die salzige Luft einatmend, schloss ich für einen Moment die Augen und wartete darauf, das Sonnenlicht auf meinem Gesicht zu spüren.

Mein Rucksack lag bereits neben mir, damit ich, bevor ich mich später zum nächsten Busbahnhof aufmachte, nicht noch mal in das Hostel musste, in das ich mich einquartiert hatte. Und auch wenn sich mein Gepäck an sich nicht verändert hatte und eher noch etwas dazu gekommen war, kam es mir um einiges leichter vor als noch vor vier Wochen.

Nachdem ich mich nach meiner Ankunft in San Diego zuerst ein wenig verloren gefühlt hatte, seltsam allein und nur mit mir selbst, ging es mir inzwischen besser. Als hätte mein Kopf einen Neustart gebraucht, hatte ich jetzt irgendwie das Gefühl, als wäre er ein wenig zur Ruhe gekommen. Als hätte er verstanden, dass Jackson mit dem, was er vor einer Weile zu mir gesagt hatte, recht gehabt hatte.

Ich hatte erkannt, dass ich mich an etwas geklammert hatte, das mich runtergezogen hatte. Hatte versucht, etwas zusammenzuhalten, was längst kaputt gewesen war, und ich hatte dabei nicht bemerkt, wie viel Kraft es mich tatsächlich gekostet hatte.

Als ich hier angekommen war und ein kleines, bezahlbares Hostel gefunden hatte, hatte ich die ersten Tage komplett im Bett verbracht, entweder hatte ich geschlafen, oder ich hatte geheult. Nach dem dritten Tag hatte ich mich aber gezwungen, mich richtig zu duschen und mich frisch zu machen, rauszugehen und mal mehr als nur den Zimmerservice kommen zu lassen. Ich hatte die Tage in der Stadt verbracht und die meisten Abende am Strand, aber vor allem hatte ich Zeit mit mir selbst verbracht.

Draußen unterwegs zu sein, mir verschiedene Spots anzusehen und von allem Möglichen Fotos zu machen, hatte mir dabei geholfen, meine Gedanken immer wieder ein bisschen abzubremsen, um nicht zu viel auf einmal rauszulassen, sondern es nach und nach abzuarbeiten. Damit ich aufhörte, mich selbst so fertigzumachen, und ich würde nicht lügen: Der Weg dahin war hart gewesen.

Man konnte die Enttäuschung über sein eigenes Versagen nicht einfach weglächeln, und auch die Selbstvorwürfe nicht einfach stoppen, nur weil man beschloss, sie nicht mehr hören zu wollen.

Der Kopf machte manchmal trotzdem einfach weiter und nutzte jedes noch so kleine negative Gefühl aus, und bei mir hatte es einige gegeben.

Ein Teil in mir hatte sich schuldig gefühlt, weil ich es nicht geschafft hatte, uns alle zusammenzuhalten, und tat es vielleicht sogar immer noch. Auch wenn ich nichts dafür konnte, weil das Leben manchmal einfach lief, wie es lief, und man nicht die Kontrolle über alles haben konnte, hatte ich geglaubt, dass ich es irgendwie hätte besser machen müssen. Mehr tun müssen. Mehr sehen müssen. Besser aufpassen müssen.

Aber jetzt, nachdem ich mir Zeit nehmen konnte, die Ruhe um mich herum genießen und dafür nutzen konnte, mich mit mir selbst zu befassen, fiel es mir leichter, gerade hier am Strand zu sitzen und daran zu glauben, dass ich mein Bestes versucht und getan hatte. Dass das Beste, was man tun konnte, immer noch genug war, selbst wenn es sich nicht immer so anfühlte, selbst wenn man manchmal eine gewisse Zeit brauchte, um es selbst zu verstehen.

Das Gewicht, das sich über Jahre hinweg auf mir festgesetzt hatte, mir das Atmen erschwert hatte, war zu einem großen Stück von mir abgefallen und ließ mich jetzt erkennen, dass Loslassen kein Aufgeben war.

Manchmal musste Loslassen sein, um sich selbst vor dem Fall zu retten.

Sobald ich dann die Wärme der ersten Sonnenstrahlen auf meinem Gesicht spürte, lächelte ich und öffnete wieder die Augen. Inzwischen waren noch mehr Surfer hergekommen, ein paar Jogger liefen vor mir am Ufer entlang, und der Geruch von Kaffee vermischte sich mit dem salzigen des Meeres.

Mit all diesen neuen Gedanken und Erkenntnissen, hatte ich aber nicht nur begriffen, dass es richtig gewesen war, dass Jackson damals von zu Hause weggegangen war, dass *ich* gerade weggegangen war, sondern auch, wieso Connor sich damals dazu entscheiden musste, aus meinem Leben zu verschwinden. Zwar tat die Art, wie er es getan hatte, immer noch weh und es würde auch eine Weile dauern, bis es aufhören würde, aber mit dem, was ich jetzt wusste, verstand ich sogar das … Irgendwie.

Die ganze Zeit über hatte ich geglaubt, dass Connor auf seinem Podest stand und dass man, wenn er fiel, mit ihm in die Tiefe stürzte.

Aber mir war klar geworden, dass wir zwar beide gefallen waren, nur nicht gemeinsam, sondern jeder für sich.

Und das war vielleicht das, was *uns* gerettet hatte.

Nicht vor dem Fall selbst, aber vielleicht davor, danach nicht wieder aufstehen zu können.

Manchmal kam mir sogar der Gedanke, dass dieser Cut auch für mich wichtig gewesen war. Dass nicht nur er damals von mir abhängig gewesen war, sondern ich auf eine andere Weise auch von ihm.

Genauso wie ich meine Familie festgehalten hatte, hatte ich damals mit Connor dasselbe getan. Ich hatte mit allen Mitteln und meiner ganzen Kraft versucht, ihm zu helfen und für ihn da zu sein, egal, wie hoch der Preis dafür gewesen war.

Wahrscheinlich war ich irgendwie auch deswegen, nachdem er mich von sich weggestoßen hatte, zerbrochen, auf eine verdrehte Weise aber auch daran gewachsen. Ich war wieder aufgestanden und stärker geworden. Vielleicht nicht wirklich darin, loslassen zu können, aber darin, zu erkennen, wer ich eigentlich war.

Ich blieb noch eine kleine Weile am Strand sitzen, genoss die Wärme, das Meer, dieses guttuende Gefühl von Ruhe, das einen überkam, wenn man diesen unendlichen Blick auf den Horizont hatte und darüber nachdachte, wo er wohl endete, und schoss ein paar letzte Fotos von meiner heutigen Aussicht.

Um dann noch pünktlich, wie schon vor Tagen verabredet, gegen Mittag bei Jackson anzukommen, stand ich schließlich auf, klopfte mir den Sand von den Beinen und machte mich mit weniger Last auf meinen Schultern auf den Weg zum Bus.

Sobald ich in dem zurück nach Los Angeles saß, schrieb ich Jackson eine Nachricht, dass ich unterwegs war, und bekam ein Foto von einem grinsenden Jamie zurück, der beide Daumen hoch zeigte.

Ein Lächeln schlich sich auf meine Lippen und irgendwie wurde mein Herz schwer und leicht gleichzeitig. Es war total ungewohnt für mich, so lange von ihnen getrennt gewesen zu sein. Das Längste, an das ich mich erinnern konnte, waren zwei Tage bei Lana, aber ich hatte nie wirklich die Stadt oder L.A. mal verlassen. Ich hatte es immer nur vorgehabt und davon geträumt – irgendwann wollte ich auch immer noch mit meinem Skateboard und meiner Kamera durchs Land –, und ja, es machte mich glücklich, dass ich es durchgezogen hatte. Aber, Mann ... ich freute mich darauf, meine Geschwister wiederzusehen.

Nach einer ungefähr dreistündigen Fahrt stieg ich in Los Angeles in einen Bus nach Solane, und lief ohne Umwege direkt zu Jacksons Wohnung, wo Jamie bereits mit einem Sirup bemalten Pancake vor dem Haus auf mich wartete. Es roch bereits nach Essen, und nachdem er mich nach drinnen gezogen hatte, sah ich auch, wieso: Weil sie ernsthaft den ganzen Küchentisch mit selbst gemachtem Essen beladen hatten – wie früher, wenn Jackson und ich für unsere jüngeren Geschwister ein provisorisches Festmahl zusammengewürfelt hatten.

Sie hatten Pizzen selbst gemacht, alles für Tacos eingekauft und einen wahrscheinlich meterhohen Berg an Pancakes gebacken. Während wir alles davon aßen, erzählten sie mir, was in den letzten Wochen so los gewesen war.

Ich erfuhr, dass Dad sich von unserer Mutter getrennt und inzwischen einen Job als Lagerarbeiter eines Versandhandels gefunden hatte. Jackson war vorsichtig optimistisch, dass Dad begriffen hatte, dass er etwas verändern musste und es dieses Mal schaffen könnte. Vor allem ohne unsere Mutter, von der bisher keiner mehr etwas gehört hatte. Worum ich ehrlich gesagt nicht wirklich traurig war. Gerade wusste ich nicht mal mehr, ob ich je wieder Kontakt zu ihr haben wollte.

Ob ich in nächster Zeit noch mal mit meinem Vater reden würde, wusste ich ebenfalls nicht. Vielleicht, wenn er bewiesen hatte, dass wir uns irgendwann wieder auf ihn verlassen konnten.

Über Logans Situation gab es auch nicht wirklich etwas Neues; der Gerichtstermin war erst in ein paar Wochen, und zumindest jetzt, wo er nicht mehr in diesem Loch auf der Northside wohnte, sondern hier bei Jackson, schien es ihm einigermaßen gut zu gehen.

Nach dem Essen zeigte ich meinen Geschwistern die Fotos, die ich während meiner vier Wochen in San Diego gemacht hatte – ein bisschen klassischer Touri-Kram gemischt mit schönen Spots –, und zwei kleine neue Tattoos, die ich mir auf meinen Arm hatte stechen lassen – *JUST A BAD DAY, NOT A BAD LIFE* aus dem Song »Bad Life« und das Line Art einer Sandburg.

Sie stand für mich für meine Liebe zum Strand und dem Meer und gleichzeitig für etwas, was leicht zu zerstören war, aber immer wieder aufgebaut werden konnte.

Weil es da noch etwas gab, das ich heute ebenfalls noch zu erledigen hatte, fuhr ich am Abend mit meinem Skateboard raus zur Ruine. Dort angekommen, sah ich schon von Weitem die Autos der Jungs vor den Bauzäunen parken, plus Jesses neongrünes Bike. Ich hörte laute Musik, wahrscheinlich einen

Presslufthammer und Nates Stimme, die dazwischen irgendwas grölte, das ich nicht verstehen konnte.

Für einen Moment blieb ich mit klopfendem Herzen davor stehen. Inzwischen hat sich schon ein bisschen was auf der Baustelle getan, aber die Ruine war immer noch weit davon entfernt, ein richtiges Haus zum Wohnen zu sein.

Ein Zuhause.

Bei dem Gedanken daran umschloss ich den Dog-Tag-Anhänger in meiner Hand fester und ging mit meinem Skateboard unter dem Arm zu ihnen rein.

»Kneift mich mal einer!«, rief Nate, der auf einmal mit einer Colaflasche in der Hand – und wenig überraschend ohne T-Shirt – ins Foyer kam und mitten in der Bewegung stehen geblieben war. »Die Sonnenblume ist wieder da!«

Ich verdrehte mit einem Lächeln die Augen und ließ mich von ihm in die Arme ziehen und von den Füßen heben, auch wenn er total von Staub überzogen war. Es beruhigte ein bisschen meinen rasenden Puls, dass er der Erste war, der mich bemerkte und vor allem alle anderen gleich über meine Ankunft informierte. Das machte den Moment, in dem Connor im Durchgang auftauchte – natürlich ebenfalls ohne T-Shirt, Himmel –, nicht ganz so komisch.

Wir hatten während meiner Zeit in San Diego nur ein bisschen geschrieben, hauptsächlich über die Fotos, die ich ihm als Zeichen von mir geschickt hatte, dass ich nicht länger vor ihm oder uns weglaufen wollte, und einmal telefoniert, aber nie über etwas Wichtiges gesprochen.

Das hatten wir tun wollen, wenn ich wieder da war, und na ja … Hier war ich. Ohne die Piranhas, die bei seinem Anblick normalerweise gegen meine Brust gesprungen wären. Die waren inzwischen verschwunden. Nicht, weil ich ihm alles verziehen, sondern weil ich meine Wut auf ihn losgelassen hatte.

Jetzt war da nur noch mein Herz, das ein paar Schläge aussetzte und stolperte, als sich einer seiner Mundwinkel zu einem Lächeln verzog.

»Hey, Cali«, meinte er rau und musterte mich dabei viel zu intensiv.

»Hi«, erwiderte ich nur knapp, irgendwie ein bisschen atemlos, und konnte ebenfalls nicht aufhören, ihn anzusehen.

In meiner Brust dehnte sich etwas aus und zog sich direkt wieder zusammen, fast so als … als hätte ich ihn tatsächlich vermisst. Was seltsam war, aber irgendwie auch der Beweis für mich, dass es richtig gewesen war, erst mal Abstand zwischen uns zu bringen. Jetzt gerade wollte ich davon allerdings möglichst wenig zwischen uns.

»Okaaaaay, ähm …«, räusperte Nate sich dann, als würde er das ebenfalls spüren. »Also ich werde dann mal … ihr wisst schon … so tun, als wäre ich nicht hier gewesen …«

Keiner von uns beiden beachtete ihn wirklich, während er sich nach draußen verzog. Trotzdem gingen wir erst aufeinander zu, nachdem Nate außer Sichtweite war und blieben direkt voreinander stehen, ohne uns zu berühren.

Mich traf sofort sein vertrauter Geruch nach Sommerregen und dem Parfüm, das er immer trug, und obwohl ich gerade nichts sehnlicher wollte, als seine Haut wieder auf meiner zu spüren, rührte ich mich nicht und sah zu ihm hoch. Direkt in seine Augen, die mich gerade daran erinnern, dass ich ihm noch gar keine richtige Antwort gegeben hatte.

Darauf, dass er und ich in meinen Sternen standen.

Darauf, dass wir das schaffen würden.

Und darauf, dass ich ihm gehörte, auch dann, wenn ich ihn hasste.

Bevor ich es tat, bevor ich überhaupt noch irgendetwas sagte, befestigte ich aber das *Come-Home*-Dog-Tag wieder an seine

Kette und spürte dabei unentwegt seinen Blick auf mir. Anschließend zog ich die schwarze Choker-Kette mit der Mondsichel aus meiner Hosentasche und legte sie mir um den Hals.

Erst dann blickte ich wieder hoch und brachte ein leises, aber festes »Ja« hervor.

Mein Herz hämmerte wie wild, als er mich nur stumm ansah, aber trotzdem so, als wüsste er, was ich ihm damit sagen wollte.

Und ich schätze, mehr Worte brauchte es auch nicht. Später vielleicht, irgendwann in den nächsten Tagen. Aber jetzt reichte es mir, dass er mein Gesicht mit beiden Händen an sich zog und mich küsste, wie er es immer tat, fest und ohne jeden Zweifel daran, dass wir nicht würden voreinander weglaufen können.

Dass er und ich auch in seinen Sternen standen.

Das wir nichts überstürzen würden.

Und dass er genauso mir gehörte wie ich ihm.

Wir hatten vielleicht noch einen langen Weg vor uns, einer, der nicht leicht werden würde, weil kaputte Dinge Zeit brauchten, um repariert zu werden. Aber am Ende jeden Tages wusste ich, dass ich immer nach Hause kommen würde.

Und dass er da auf mich wartete.

*»Long live the Devil and his queen*
*in their sand castle ruin.«*

# DANKSAGUNG

Ich glaube, es gab bisher keine Danksagung in einem meiner Bücher, die jemals wichtiger war als diese hier – aber zuerst einmal DANKE an dich, dass du es bis hierhin geschafft hast, und ich hoffe sehr, dass das Buch nicht gegen die Wand geflogen ist (ich wollte es sehr oft werfen, aber, yay – es ist alles heile geblieben, haha).

Ich würde lügen, wenn ich sage, dass mich dieses Buch nicht auf mehrere Arten an meine Grenzen gebracht und herausgefordert hat, und ohne ein paar ganz wichtige Menschen, die mich während dieser Zeit unterstützt, sich mein Gejammer und meine tausend Gedanken angehört und mir immer wieder (liebevoll) in den Hintern getreten haben, damit Kit und Connor ihr ganz eigenes Happy End bekommen, hätte ich es vermutlich nie geschafft.

Zu allerallererst muss ich dem gesamten LYX-Verlag und Steffi danken, und vor allem dir, liebe Katharina. Danke, danke, danke, dass du und ihr diesem Buch ein Zuhause gegeben habt, und danke, danke, danke für alles, was ich nicht in Worte fassen kann, weil es eigentlich keine dafür gibt. Danke für deine Unterstützung, dein offenes Ohr, deine Geduld, euer Vertrauen, und dafür, dass du meine kilometerlangen Mails noch liest. Danke, dass du an mich geglaubt hast. 🩶

Anna, du weißt, dass ohne dich dieses Buch weder existieren

würde, noch funktioniert hätte. Es tut mir leid für meine nächtelangen Selbstgespräche und das Zugeheule, wenn mal wieder was nicht so funktioniert hat, wie es sollte – aber DANKE, dass du das mit mir durchgestanden und immer wieder meine Zweifel beseitigt hast. DANKE für so unendlich viel, und bitte ertrag weiter mein Geheule, okay?

Michelle, ohne dich wäre dieses Buch etwas völlig anderes gewesen. Du weißt, wie dankbar ich dir für deine Worte bin, wie viel es mir bedeutet, dass du die Figuren so sehr liebst wie ich, und die letzten Nächte vor der Abgabe mit mir wach geblieben bist. Danke, dass ich dich immer zujammern und mit meinen »ach, ich hab schon wieder eine Änderung« nerven durfte.

Vanessa, auch dir unendlichen Dank für deine Unterstützung, für deine Zeit, für deine Sprachmemos, die Fehler in deiner Autokorrektur, die mich jedes Mal zum Lachen gebracht haben, auch wenn ich gerade am liebsten hätte weinen wollen, und danke, dass ich dich immer mit allem zutexten durfte und du immer, immer, immer für mich da warst.

Lisa, ich liebe es so, so, so mit dir zu arbeiten! Danke, dass du dieses Projekt mit mir begleitest, danke, dass du dir mit mir die Nächte um die Ohren geschlagen hast, und danke, dass du mich auf den letzten Metern so unterstützt hast. Ohne dich könnte ich dieses Buch gerade nicht schließen, DANKE!

Phillip, ich kann dir nur zum (ich sollte langsam mal zählen) eine millionsten Mal danken, dass du mich bei jedem Buch erträgst, obwohl ich manchmal unerträglich bin. Danke für deine Unterstützung und dass du mir immer wieder gesagt hast, dass ich das hier schaffe. (Und ohne dich wäre ich vermutlich verhungert, also danke, dass du immer gekocht hast, obwohl du es hasst, haha.)

Natürlich auch danke an Mama, dass du mich jeden Tag fünf Mal gefragt hast, ob das Buch schon fertig ist, und danke an Papa, dass du Mama daran erinnert hast, mich nicht vom Schreiben abzuhalten, haha. Danke, dass ihr an mich glaubt.

Charlie, unendlichen Dank für deine Unterstützung, deine lieben Worte, dass ich dich nächtelang zublubbern durfte und dass du mich mit deinen Memes zum Lachen bringst.

Chiara, danke, dass du mich immer aufbaust und du schon so lange mit dabei bist, dass ich dir gar nicht genug danken kann, dass du dir immer noch alles anhörst.

Danke an jeden, der dieses Buch gelesen und mir eine Chance gegeben hat. Danke an jeden, den ich vielleicht (natürlich ganz ohne Absicht) vergessen habe, und danke an jeden, der sich hoffentlich vielleicht genauso in die Figuren verliebt hat wie ich.

Ich wünschte, ich könnte sagen, ich schließe dieses Buch mit einem weinenden und einem lachenden Auge, aber ich glaube, ich weine gerade mit beiden. Denn auch wenn es mich sehr oft an meine Grenzen gebracht hat, nicht immer alles so lief, wie es sollte und geplant war, und Kit und Connor wortwörtlich gemacht haben, was sie wollten, haben sie sich für immer einen ganz besonderen Platz in meinem Herzen ergattert.

(Mögen sie darin für immer glücklich sein.)

## TRIGGERWARNUNG

Dieses Buch enthält neben expliziten Szenen und derber Wortwahl auch Elemente, die potenziell triggern können.

Diese sind:
*Gewalt, Drogen-/Alkoholmissbrauch und Abhängigkeit, Tod/Trauer, Mord, Glückspielsucht, Waffen, Vernachlässigung, emotionale Abhängigkeit, PTBS, Panikattacken, Suizidgefährdung, Suizidversuch, Selbstverletzung*